Für meine liebste Schwester Swantje. Du hast viel mehr Anteil an diesem Buch, als du denkst ...

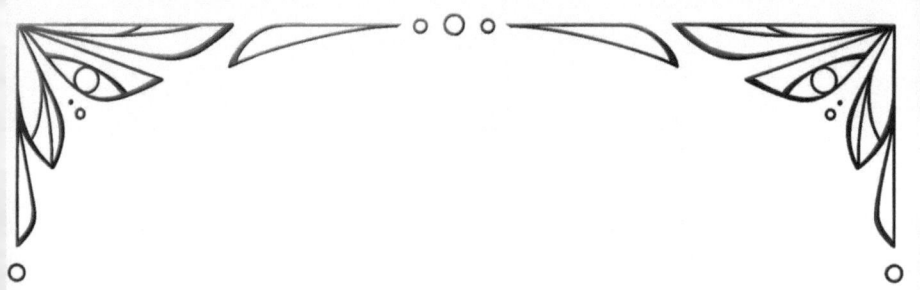

Sophie Anschütz

Urellias

Die Leuchtende

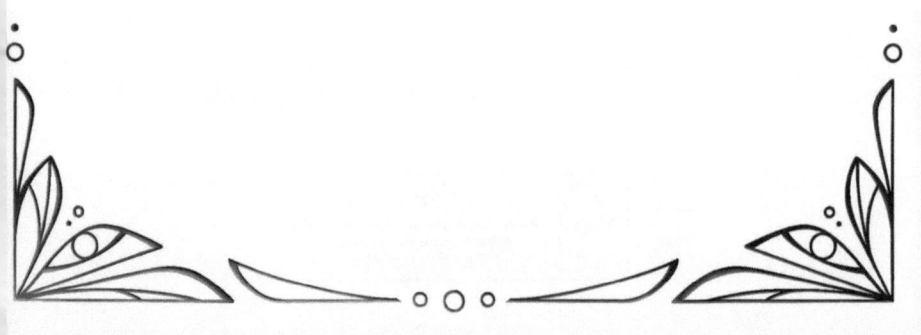

Von Sophie Anschütz bereits erschienen:

Urellias - die Brennende
Urellias - die Tödliche

Bibliografische Informationen der deutschen Nationalbibliothek:
Die Deutsche Nationalbibliothek verzeichnet diese Publikation in der
Deutschen Nationalbibliografie; detaillierte bibliografische Daten sind
im Internet über http://dnb.dnb.de abrufbar

Originalausgabe
© 2024 Sophie Anschütz

Text+ Satz: Sophie Anschütz
Covergestaltung und Karten: Lilian Vater
Lektorat: Xenia Wucherer
www.ariadnes-world.com

Verlag: BoD • Books on Demand GmbH, In de Tarpen 42, 22848
Norderstedt
Druck: Libri Plureos GmbH, Friedensallee 273, 22763 Hamburg

ISBN: 978-3-7597-2229-4

Altersempfehlung:

ab 14 Jahren

Triggerwarnung:

In diesem Roman gibt es Inhalte, die triggernd auf einige
Menschen wirken können:

*Tod (inkl. Tod von Tieren)
*explizite Gewaltdarstellung
*sexueller Missbrauch
*Machtgefälle

AKOS

INJADAN

KRALA

UTOPONÉ

UMARHAR

OHRAS
ERNAT

PHYLOS

KUFKANÉ

KUFKANIA

MALA

PALAIT

NEU PHYLO

NIDALIS

MALDOS

PRAIM

Manskelie

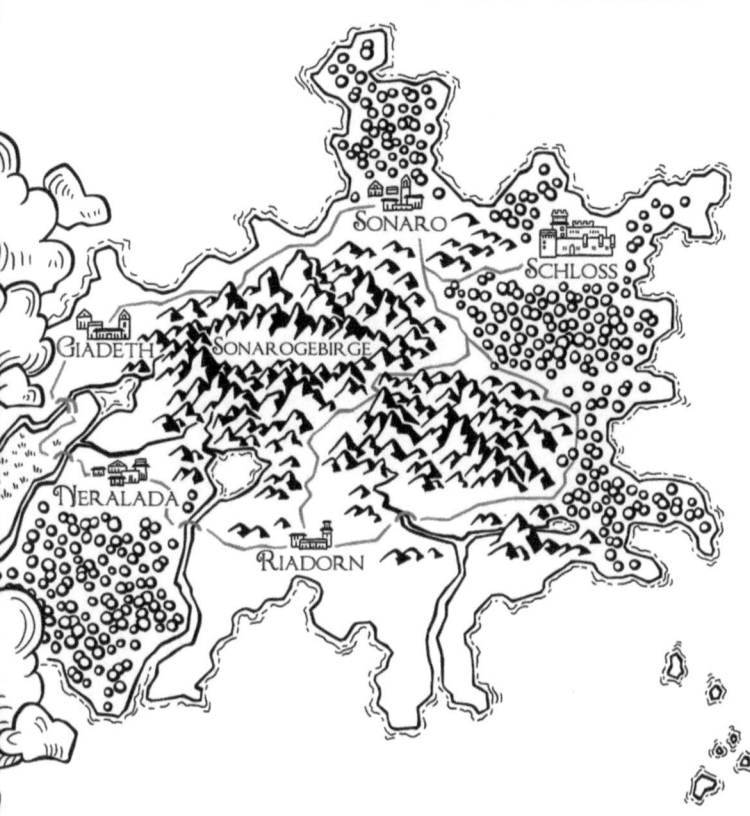

Die Leuchtende Playlist

Septimus - Ilan Eshkeri
Breath of life - Florence + The Machine
Birds of a Feather - Lilith Max
Queen of kings - Alessandra
I didnt know - Sofia Carson
Rival - Ruelle
Erlkoenig - David Garrett
Dead of night - Ruelle
One day - Hans Zimmer
Trollabundin - Eivor
Lost without you - Freya Ridings
Kingdom Fall - Claire Wyndham
The Humming - Enya
My heart is broken - Evanescence
Love and War - Diane Birch
Go Do - Jonsi
Varvindar Friska - Poeta Magica
Berserkir - Danheim
whos afraid of little old me - Taylor Swift
Castle - Halsey
Survivor - 2Wei, Edda Hayes
Become the Beast - Karliene

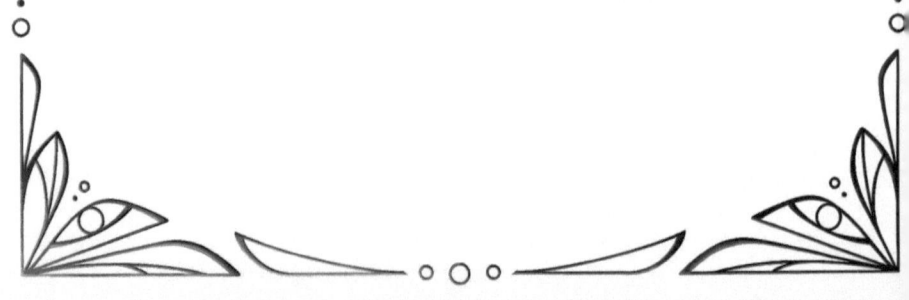

PROLOG

Sie kamen in der Nacht. Leise, aber nicht so lautlos, als dass sie die Hunde hätten täuschen können. Er war schon wach, als seine Mutter ihn an der Schulter packte, und ihn wachrüttelte. Kein anderer Zwölfjähriger, den er kannte, musste dieselben Ängste durchstehen. Alle Vorsicht der letzten Jahre, seine Kräfte nicht zu offenbaren. All die Lügen, die er seit frühester Kindheit aufrecht erhalten musste, um alle im Dorf zu täuschen. Nichts hatte etwas gebracht.

Sie kamen. Und sie waren schon viel zu nah. Er hörte harte Stimmen über den Dorfplatz rufen.

»Schnell, du musst zum Callo!«, drängte ihn seine Mutter.

Sooft hatte sie ihn gewarnt. Nie hatte er hören wollen. Dazu waren die Kräfte, die ihm geschenkt worden waren, viel zu verlockend. Verdammter Leichtsinn!

»Rasch, sie nahen von Osten.«

Seine Mutter trieb ihn durch die kleine Luke in den Stall, hob ihn auf das Callo, das noch zu groß für ihn war, aber das einzig wertvolle, was seine Familie besaß. Sie sah ihn streng an, die Hand noch am Zügel des Tieres.

»Reite nach Norden, mein Sohn, reite. Und blicke nicht zurück. Auf keinen Fall! Egal, was du hörst! Du kannst noch so mächtig sein, blickst du zurück, kriegen sie dich!«

Sie ließ seine Hand los, eilte zur Stalltür und stieß diese auf. Er nickte ihr mit einem Kloß im Hals zu, dann drückte er dem Callo die Fersen in die Flanken. Er war ein Kind der Ebenen. Er hatte Reiten gelernt, noch bevor er laufen konnte. Aber er wusste, unter all den Drachen, die der Armee dienten, war selbst

11

der schärfste Galopp eines Callos nur ein schwacher Hoffnungs-schimmer. Wie ein Schatten preschte das schwarze Tier über das Gras. Trittsicher und leise. Es kannte jeden Stein im Umkreis von Kilometern. Lederne Flügelschläge jagten über die Ebene. Er duckte sich tief auf den Rücken seines Gefährten, um nicht trotz der wolkenverhangenen Nacht entdeckt zu werden. Hinter ihm wurde es trotz Distanz lauter. Zunächst hörte er noch das harsche Klopfen auf Holz, dunkle Männerstimmen. Er schluckte. Wie sehr wollte er daran glauben, dass seine Eltern, seine Brüder und seine beiden Schwestern es noch geschafft hatten, die Hütte zu verlassen. Aber die Zeit war zu knapp gewesen. Und wenn diese Männer nicht fanden, wonach sie suchten ...

Trotz seiner jungen Jahre war er nicht naiv. Wer auch immer ihn verraten hatte, hätte nun mit diesen Männern seine Familie auf dem Gewissen. Und wofür? Ein paar Goldstücke, als Beloh-nung für den Hinweis auf ihn? Seine Hände ballten sich um die Zügel zu Fäusten. *Nicht zurückblicken!*, sagte er sich. Aber wie könnte er das mit sich vereinbaren? Fliehen, um ein Leben ohne Heimat zu verbringen, ohne Familie? In dem Wissen, sie den Wachen hilflos ausgeliefert zu haben?

Er nagte an seiner Unterlippe. Was könnte er schon gegen die Königin ausrichten? Weiteres Flügelrauschen. Das heisere Bellen der Hunde verklang darunter. Ein Schrei. Das Geräusch von wei-teren Callos auf der Ebene. Callos und etwas, das er nicht zu-ordnen konnte.

Noch ein Schrei zerriss die Nacht. Die Stimme seiner Schwester! Er atmete tief durch. Zwang das Callo zum Stehen. Noch eine Sekunde der Überlegung, dann stand der Entschluss – er würde nicht kampflos gehen. Er war schließlich der Grund, weshalb sie seine Familie angriffen.

Die Königin duldete keine so mächtigen Feen, hatte seine Mutter gesagt. Seine Vorgänger waren alle in ihren Verliesen verrottet. Und sehr wahrscheinlich würde ihn dieses Schicksal auch erwarten. Aber vielleicht könnte er wenigstens seiner Familie zur Flucht verhelfen, ehe es so weit war. Er glitt vom Rücken des Callos und dachte im selben Moment an seine seltene Gabe.

Er klappte seine Flügel auf und glitt dicht über den Boden. Die Hufe der Callos seiner Verfolger donnerten über das Gras wie Trommelschläge. Er zögerte keinen Augenblick. Die Schreie seiner Familie im Ohr sammelte sich die Magie wie von selbst in seinen Händen. Er ließ sie zu sich kommen und schoss schwarze Dolche auf sie. Sofort sackten die Wachen zusammen. Reue überkam ihn nicht. Stattdessen flog er schnellstmöglich zurück Richtung Dorf.

Die Hütte stand in Flammen. Durch den Schein des Feuers sah er die Männer, die seine Familie zusammengetrieben hatten. Ein Mann hatte seine Schwestern an den Haaren gepackt und schleifte sie hinter sich her. Als er erkannte, wo sie hingebracht wurden, gefror ihm das Blut in den Adern. Dort stand keine Fee. Es war eine dämonische Gestalt, nur Haut und Knochen und schwarzer Sand. Der Schatten war gekommen. Er wusste, was mit seinen Schwestern geschehen würde. Und solange er lebte, würde er das nicht zulassen.

Seine Magie rann aus seinen Händen, formte sich zu einem Speer aus zäher, schwarzer Masse, die absolut tödlich war.

»Lasst sie in Ruhe!«

Alle Köpfe ruckten zu ihm herum. Er stieß den Speer in das Herz des Mannes, der seine Schwestern im Griff hatte. Dieser sackte zusammen. Die beiden Mädchen schrien auf, flüchteten sich geistesgegenwärtig in die Arme des Vaters.

»Lauft!«, befahl er ihnen. Wenigstens sie sollten leben.

Dann trat er dem Dämon entgegen.

Es sollte der Untergang sein, der ihm prophezeit worden war. Und dem er nicht entkommen konnte.

Vom Feuer verbrannt.
Vom Licht geblendet.
Von Erde zerdrückt.
Vom Gift getötet.
Vom Winde verweht.
So steht es geschrieben, so wird es geschehn.

In der Glut des Feuers
In dem Licht der Sonne
In den Samen der Blumen
In der Macht des Giftes
In dem Hauch der Luft
Dort liegt ihre Magie.

Geboren, um Liebe zu schenken
Geboren, um Leben zu schützen
Geboren, um Gutes zu tun
Geboren, um alle zu retten
Geboren, um Leid zu mildern.
So steht es geschrieben, so wird es geschehn.

Mit der Glut des Feuers
Mit der Hitze des Lichtes
Mit der Schönheit der Pflanzen
Mit der Kälte des Todes
Mit dem Hauch des Windes
Werden sie uns alle retten

Und die Eine schützen
Die den Stein weiss zu nützen

1.

Wogende Graslandschaften, soweit Venedta blicken konnte. Ihr Herzschlag legte einen Zahn zu. Sie kannte diesen Ort. Ihr war sofort bewusst, dass sie träumte. Wie oft hatte sie diese Panik schon durchlebt? Seit Iniyas Entführung waren die Albträume in Wellen zu ihr gekommen, aber nie verebbt. Auch diese Nacht war ihr keine Ruhe vergönnt.

Als sie sich umdrehte, stand ihr Vater neben ihr. Er deutete auf etwas in der Ferne – das Rudel von wilden Callos, wegen dem sie hier waren. Die Tiere grasten friedlich im hohen Gras. Das Röhren der Hirsche drang durch den starken Wind bis zu ihnen hinüber. Venedta brauchte nicht an sich herabzusehen, um zu wissen, dass sie ein junges Mädchen von zehn Wintern war. Sie ballte ihre Hände zu Fäusten. Nichts davon war echt. Sie hatte das schon hundertmal erfolgreich durchgestanden.

Dann aber sah sie den Mann, der ihren Vater und sie verfolgte. Ihren Vater, der mit dem Nymphenjäger rang. Es spielte keine Rolle, wie alt sie war. Noch immer schnürte ihr der Anblick die Kehle zu. Beförderte nackte Panik zu Tage. Wie von selbst trugen ihre Füße sie wieder näher an die Kämpfenden.

»Nicht!«

Ihre junge Stimme hallte über die Ebene, vermischt mit dem aufgeregten Röhren des davon galoppierenden Rudels und dem Gebrüll der Männer. Der Angreifer hatte ihren Vater bereits an den Haaren gepackt. Ihre Brust verengte sich.

»Tut ihm nichts!«, flehte sie.

Der Mann lachte nur, stieß sie weg und hob das Messer an den Schädel ihres Vaters. Sie wäre sein nächstes Opfer. Venedta stemmte sich wieder auf. Hob ihre Hände, die vom Sturz aufgeschürft waren. Und da waren sie. Ihre Lichtstrahlen – unerwartet und so hell, dass sie den Mann blendeten. Der Jäger schrie auf, ließ das Messer fallen. Er griff sich vor die Augen, als versuche er, das Licht zu verdrängen, doch ihre Hände hörten erst auf zu leuchten, als ihr Vater ihre Hand griff und sie mit sich zog.

Die Umgebung veränderte sich. Ihre Finger, die eben noch die tröstende Nähe ihres Vaters gespürt hatten, griffen ins Leere. Venedta runzelte die Stirn. Es war kein Ort, den sie kannte. Ihr Blick wanderte zum Boden – weißer Marmor, dessen Linien sie folgte. Die Tür vor ihr war schmal, geradezu zierlich, und die Wache in rabenschwarzen Gewändern schenkte ihr keinerlei Beachtung, als sie hineintrat.

In dem kleinen Zimmer saß ein Kind auf dem Bett. Es hatte graue Haare, die sich wie eine Gewitterwolke um den Kopf kräuselten und blasse Haut, die nunmehr fast durchscheinend wirkte, wie bei allen Kindern, die die Mondkrankheit in sich trugen.

»Iniya.«

Ihre Stimme war kaum ein Flüstern. Doch das Mädchen nahm sie so oder so nicht wahr. Ihre Schwester starrte aus dem einzigen Fenster, das den schmucklosen Raum zierte, hinaus in eine Landschaft aus nebligem Nadelwald. Die kleinen Hände umschlossen ein Stofftier. Venedta schluckte, als sie die Marane erkannte, die sie ihr zum vierten Geburtstag genäht hatte. Sie trat vor Iniya, ging in die Hocke, umfasste ihre Hand. Keine Reaktion. Ihre Schwester schien durch sie hindurch zu sehen. Ein Schleier bedeckte ihre Augen, als wäre sie in Trance. Er glich dem Ausdruck, den Iniya trug, wenn sie schlafwandelte. Wenn ihre Krankheit Besitz von ihrem jungen Körper ergriff und sie nachts durchs Schloss spazieren ließ. Ihre Schwester war schon immer anders als sie gewesen. Zerbrechlich. Lichtempfindlich.

Der Lichtgeist Anyx hatte ihr im Land der Götter gesagt, sie wäre eine perfekte Abbildung des Sonnenlichtes. Venedta hatte das nicht hören wollen, wo doch auf ihre Schwester das genaue Gegenteil zutraf.

Iniya hatte zwei Seiten, wie der Mond. Sie war schon immer eher nachtaktiv, was selten war für Lichtfeen. Die erste Magie, die sie gewirkt hatte, war das sanfte Strahlen des Mondlichtes gewesen, das sie abends für sich verstärkte, um unter der Bettdecke mit ihren Selenitsteinen weiterzuspielen. Ihre Haare waren eigentlich schwarz, wie die ihres Vaters. Doch wie Venedta trug sie die Gabe der Nymphen in sich - und während sie selbst stets Probleme damit hatte, ihre Haarfarbe zu kontrollieren, hatte sich Iniya schon früh für eine Farbe entschieden, die sie nur selten wechselte. Graue, beinahe weiße Strähnen, die im Licht wie Silber schimmerten.

»Iniya!«, wiederholte sie.

Keine Reaktion. Sie drückte die Hand ihrer Schwester fester. Aber das Kind nahm sie nicht wahr. Mit Sorge sah Venedta, dass der Schimmer auf ihren Augen keineswegs von der Mondkrankheit stammte. Iniya lächelte, atmete. Sie war etwas abgemagert, aber körperlich unversehrt – zumindest auf den ersten Blick. Sollte sie das nicht beruhigen?

»Herzzerreißend, aber du kannst nichts für sie tun.«

Venedta fuhr herum. Ihr Puls beschleunigte sich. Im Schatten lehnte eine Frau, deren Gesicht wie immer von einem boshaften Grinsen entstellt war.

»Lasst sie gehen!«

Caldhra lachte. Das Geräusch fuhr Venedta durch Mark und Bein. Caldhra legte den Kopf schief, fixierte sie mit angehobenen Mundwinkeln.

»Jeder, der meinen Zauber brechen will, muss an seinen eigenen Ängsten vorbei, Prinzessin. Wollen wir uns Eure mal ansehen?«

Zauber? Was hatte das zu bedeuten? Sollte es sich bei dem Schleier in Iniyas Augen um eine Illusion handeln? Möglicherweise um eine, die Caldhra höchstpersönlich aufrechterhielt?

Venedtas Puls raste. Sie hatte nie Träume von Orten, an denen sie noch nie war. Und schon gar keine, die sich so real anfühlten. Normalerweise war es, als stapfte sie durch Watte.

Sie hob die Arme, ihr helles Licht schoss auf die Königin zu. Doch die Dunkelheit war überall. Schwarze Masse überrollte sie, nahm ihr die Luft. Sie keuchte auf, ihre Muskeln zogen sich zusammen. Sie versank im Strudel und wusste, sie konnte nichts tun. Ruckartig fuhr sie hoch. Fühlte die Seide des Lakens unter ihren Händen. Irritiert griff sie an ihre Brust, das Atmen fiel ihr immer noch schwer. Sie schluckte. Was für ein verfluchter Traum! Sie atmete durch, ganz langsam. Mondlicht fiel in einem schmalen Streifen auf ihr Bett. Sie schlug die Augen zu, um den Traum vollends abzuschütteln. Das gelang ihr eher kläglich. Der fade Geschmack in ihrem Mund blieb. Könnte das mehr als ein Traum gewesen sein? Sie wagte einen Blick durch die Vorhänge des Himmelbettes. Tara war immerhin nicht durch sie wach geworden. Die Pflanzenfee schlief auf der anderen Seite des Zimmers tief und fest.

Venedta seufzte still. Ihr Herz pochte noch immer viel zu schnell. Sie hatte ihr Nachtgewand mit kaltem Schweiß durchzogen. Auch wenn es auf Ching nicht mehr so frisch war, wollte sie sich dennoch nicht erkälten. Sie durften sich keine weiteren Verzögerungen erlauben. Sie erhob sich und warf sich ihren Morgenmantel über, um zu den Fenstern zu tapsen. Der Mond stand hoch am Himmel. Sie schlug ihre Lider nieder. Schüttelte den Kopf. Diese Bilder würde sie so schnell nicht aus ihrem Kopf verbannen können. Wie so oft seit Iniyas Entführung, war an Schlaf nicht zu denken. Sie griff nach einem dickeren Umhang, schlüpfte in flache Schuhe und machte sich dann auf den Weg zu dem Platz, den sie auch gestern schon aufgesucht hatte.

Venedta hatte die kleine Holzbank bei einem Spaziergang mit Tara entdeckt. Im Schatten der alten Trauerweide fühlte sie sich geborgen und ein wenig in bessere Tage zurückversetzt.

Der Baum erinnerte sie an jenen, der auf der Felseninsel des Nymphensees thronte. Auch dieser berührte mit seinen dünnen Zweigspitzen beinahe das Wasser. Sie verstand, warum Aghni sich als Kind nachts so oft in die Gärten geschlichen hatte. Allein die silbernen Rücken der Fische im Mondlicht zu sehen, war dieses Abenteuer wert. Es war sternenklar. Der Westwind strich kühl von den Bergen herab und sie wickelte den Mantel enger um sich.

»Prinzessin.«

Sie schreckte auf. »Was tut Ihr denn hier?«

Er blieb stehen, die Arme vor der Brust verschränkt. »Dasselbe könnte ich Euch fragen.«

Venedta atmete tief durch. »Ich konnte nicht schlafen«, erwiderte sie ehrlich.

Prinz Keram nickte. Er sah sie an, dann warf er einen Blick auf den Teich. »Das wundert mich nicht. Könnt Ihr überhaupt schlafen seit ... seit der Entführung Eurer Schwester?«

Sie schluckte. Die Sorge, die in seiner Stimme lag, gefiel ihr gar nicht. Und auch nicht seine Anwesenheit und schon gar nicht die Blicke, mit denen er sie bei der Ratsversammlung bedacht hatte. Manskelie war ... er wäre definitiv kein Mann, den die werten Adligen ihrer Heimat als geeignet für eine Verbindung ansehen würden.

Und was ihr Bauch anstellte, jedes Mal, wenn sie auch nur im selben Raum mit ihm war, gefiel ihr am wenigsten. Nein. Das konnte sie so nicht stehen oder gar geschehen lassen. Solche lächerlichen Gefühle konnte sie nun wirklich nicht gebrauchen! Sie wusste ja nicht einmal, ob sie ihm überhaupt trauen konnte. Vermutlich würde sie vorerst niemandem mehr trauen – nach Nevins Verrat an Aghni prüfte auch sie jedes Lächeln, jede Aussage zweimal.

»Selten«, sagte sie nach einer Weile der Stille. »Und was hält Euch wach?«

19

»Derselbe Gedanke wie der Eure an Eure Schwester. Mein Bruder, Marek, er ...« Keram seufzte. »Er führt die Truppen an, die unser Vater Königin Melusine zur Hilfe geschickt hat, um Meral zurückzuerobern. Ich habe seit Wochen nichts von ihm gehört.«

Venedta sah, wie er tief Luft holte. Unwillkürlich stieg Mitleid in ihr auf. Nicht nur für ihn, der um seinen Bruder bangte. Sondern auch für Tara, die seit ihrer ersten Begegnung mit Prinz Marek auf dem phylenischen Tjost letzten Winter eine Art Zuneigung für ihn empfand. Wenn sie erfuhr, dass er an vorderster Front um die Rückeroberung Merals kämpfte, wie würde sie sich fühlen?

»Ihr habt nicht annähernd alles von dem erzählt, was Ihr auf der Reise erlebt habt, oder?«

Überrumpelt sah sie ihn an. Zuerst war sie einfach überrascht, dass er seine Vermutung so offen aussprach. Dann verschränkte sie ihre Arme vor der Brust. Was sollte diese Unterstellung?

»Ihr werft mir vor, nicht die Wahrheit gesagt zu haben?«

»Das habe ich nicht gesagt. Nur habt Ihr gewiss nicht alles offen aussprechen können. Eure Worte waren klug gewählt, um Euer Vorhaben voranzubringen und die Königreiche zu überzeugen. Aber die Pausen dazwischen haben viel Raum für Deutungsmöglichkeiten gelassen.«

»So, also unterstellt Ihr mir, wichtige Details verschwiegen zu haben?« Sie schnappte nach Luft.

Keram lachte leise. »Das würde ich nie wagen.« Er sah sie an. Im leichten Mondlicht stand die Belustigung in seinen Augen. Er zog sie nur auf. Von dem heißen Pflaster der politischen Reden und all den Geschehnissen der letzten Tage war sie so aufgewühlt, dass sie es nicht gemerkt hatte.

»Verzeiht, ich bin wohl etwas durcheinander«, gestand sie.

Keram zuckte mit den Schultern, aber seine Mundwinkel blieben oben und das verschmitzte Grinsen ließ ihr Herz flattern. »Ich muss mich entschuldigen. Ich wollte Euch keinesfalls noch mehr verwirren.«

Zaghaft griff er nach ihrer Hand. Ganz vorsichtig streifte sein Daumen den ihren, bevor sie ihre Finger schnell zurückzog.

»Ihr solltet nicht hier sein.« Venedta wich ein Stück weiter zurück. Ihre Finger kribbelten dort, wo er sie berührt hatte.

»Dann solltet Ihr nachts nicht allein durch die Gärten streifen. Haben meine Briefe und Nachrichten Euch so kaltgelassen?« Er sah ihr direkt in die Augen.

Sie schluckte. Konnte nicht anders, als langsam den Kopf zu schütteln. »Nein ... ich ...« Sie sah zornig auf ihre Hand, die noch immer prickelte, als würden die Grottenolme auf ihr tanzen. »Das haben sie nicht. Aber ...«

»Aber was? Venedta, Ihr seid eine bemerkenswerte Frau. Ich würde mir niemals einen Scherz mit Euch erlauben, glaubt ...«

»Das weiß ich«, fiel sie ihm ins Wort. »Aber die Umstände in meiner Heimat ... Keram, ich kann von Glück reden, wenn niemand uns zusammen sieht.«

Seine Augenbraue wanderte nach oben. »Warum das?«

»Wisst Ihr das nicht? Auf Kufkania herrschen Unruhen, schon seit Jahren. Sie werden von Rebellenführern getrieben, die sich mit adligen Unterstützern aus Manskelie verbündet haben. Sie versuchen vorrangig, die Thronfolge zu durchbrechen, aber auch, die Adelshäuser auf Kufkania anzugreifen, um eine militärische Führung durchzusetzen.«

Kerams Blick wanderte zum Boden. »Die kufkanischen Adligen würden eine Verbindung zu den Rebellen vermuten?«, fragte er zögerlich. Sie nickte. »Und deswegen würden sie verständlicherweise protestieren?«

Erneut nickte sie. Keram seufzte tief und fuhr sich mit beiden Händen durch die Haare. Als seine braunen Augen ihre wieder trafen, fuhr ihr der Schmerz, der in ihnen stand, durch Mark und Bein. Sie wusste, dass er etwas für sie empfand. Auch wenn er kein Freund großer Worte war, so hatte er seine Gefühle nie zurückgehalten. Aber ... hatte sie sich nicht immer gewünscht, dass jemand sie so ansah?

Immerzu ihren Freundinnen von der perfekten Liebe, der perfekten Ehe ihrer Eltern vorgeschwärmt, deren Wärme sie auf Láthrá schmerzlich vermisst hatte.

Ihr Magen flatterte. Das war doch absurd! Sie wollte so fühlen, sie wollte ihren Gefühlen folgen und sich am liebsten in seine Arme werfen. Doch nie und nimmer dürfte sie sich das erlauben. Jetzt, wo Iniya entführt worden war, galt sie als einzige Thronerbin. Sie besaß nun den gleichen Stand wie Aghni und Nephele. Der Druck auf sie wuchs mit jedem Tag, und gerade in Zeiten des Krieges konnte sie froh sein, dass ihre Eltern so besonnen waren. Mit einem strengeren Vater hätte sie schon längst heiraten müssen. Aber garantiert keinen Prinzen aus Manskelie – selbst, wenn sie dieser Ehe sofort zugestimmt hätte, allen Ängsten zum Trotz, auch wenn sie das ihm gegenüber nie zugeben würde. Eher müsste sie einen der kufkanischen Grafensöhne ehelichen, die sich stets über sie lustig gemacht hatten. Sie atmete tief durch. Keram ahnte nicht ansatzweise, worauf er sich einlassen würde. Sie hatte ihm nie erzählt, wer sie wirklich war. Und das sollte vorerst so bleiben.

Es reichte, wenn ihre Freundinnen wussten, dass sie eine Halbnymphe war. Zwar glaubte sie nicht, dass er sich deshalb von ihr abwenden würde, doch wollte sie vermeiden, dass noch mehr Feen außerhalb ihres engsten Kreises unnötigerweise davon erfuhren. Sie hatte keinen Schimmer, wer überhaupt außerhalb ihrer Familie davon wusste. Lediglich den Rebellen traute sie zu, dass sie irgendwie die Wahrheit herausgefunden hatten. Auf Kufkania besaßen die Nymphen immerhin einen hohen Stellenwert – aber wie würde ihre Herkunft in anderen Ländern betrachtet werden?

Und selbst, wenn er es wüsste ... sie durfte sich nicht zu diesen braunen Augen hingezogen fühlen! Es war einfach unmöglich. Er war unmöglich!

Sekunden vergingen, in denen sie sich einfach nur anstarrten. Der Schmerz in seinen Augen wich nicht. Wenn sie ihren Schild auch nur eine Sekunde senkte, würde er denselben Schmerz in ihr entdecken. Rasch schlug sie die Lider nieder. Und spürte eine kleine Berührung auf der Wange. Für eine Millisekunde erlaubte sie sich, die Wärme von Kerams Fingerknöcheln zu genießen. Dieser Herzschlag schien ewig zu dauern. Nie wieder wollte sie ihre Lider öffnen, sondern bis in alle Ewigkeit so verharren. Stattdessen wich sie wieder zurück. Diesmal weiter.

»Verzeiht, aber ich ...« Venedta versteckte ihre Hände hinter ihrem Rücken, damit er sie nicht zittern sah. »Ich muss gehen.«

»Venedta«, flüsterte er.

Sie schüttelte den Kopf, machte weitere Schritte rückwärts, zwei, drei. Dann machte sie auf dem Absatz kehrt und rannte. Ja, das war albern. Aber wenn sie noch länger in seiner Gegenwart wäre ... Warum fiel es ihr nur so schwer, ihre Gefühle zu unterdrücken? Was löste er in ihr nur aus?

Erst als sie im Gemach stand, registrierte sie, dass sie schwer atmend die Tür zugeschlagen hatte. Tara war aus dem Schlaf hochgefahren und sah sie verwundert an.

2.

Davius zog sich sein Wams über. Heute ging es um alles. Das wussten alle, und eine entsprechend düstere Stimmung hing wie eine Axt über ihnen. Oht und er hatten zusammen mit dem Hauptmann der Orks einen Plan erarbeitet, um die Stadt zu infiltrieren. Nachdem der erste Versuch gescheitert war, da die Feen von Alaith ihrerseits die Stadt komplett abgeriegelt hatten und keine einzige Fee aus- oder einließen, hatten sie keinen Spion einschmuggeln können.

Sie mussten also mit den Stadtplänen arbeiten, die Oht vorlagen. Die waren sicher schon an die hundert Jahre alt. Vielleicht war das der Grund, warum Davius Bauchschmerzen bei der Sache hatte. Das oder die Unruhe, die seit dem gescheiterten ersten Manöver unter den Truppen herrschte. Er konnte den Männern da keinen Vorwurf machen. Er selbst hatte die letzten Tage schlecht geschlafen.

Alaith war eine gut gesicherte Festungsstadt. Hinter ihr warteten zudem noch die Truppen von Nidalis und deren Hilfe aus Maldôs und Neu Phylos auf sie. Es gab nur diese eine Chance, um die Stadt einzunehmen. Andernfalls würden sie in einen Kampf auf den offenen Ebenen vor der Stadt hineingezogen werden, den sie trotz der Orks nur schwer gewinnen könnten. Und das nur mit großen Verlusten. Durch die Pläne wussten sie immerhin, wie komplex die Wasserversorgung der Stadt aufgebaut war. Alaith saß auf einer uralten Quelle, die so tief lag, dass die nidalischen Feen einen Bach aus dem Brathilgebirge umgeleitet hatten, um zusätzlich an Wasser zu gelangen. Durch die Quelle im Inneren der Stadt war es seinen Truppen unmöglich, den Feen ihre Wasserversorgung vollständig abzudrehen. Oht hatte das vor seiner Ankunft schon am Bach ausprobiert und das Wasser mit Todesmagie verseucht. Die Wasserfeen waren viel zu bewandert darin, es wieder zu reinigen.

Der Bach war winzig. Davius hätte nie für möglich gehalten, dass damit die Versorgung einer ganzen Stadt möglich wäre. Doch hatte er schon in den letzten Tagen bemerkt, wie der Wasserzufluss ständig anschwoll - im Brathilgebirge hatte die Schneeschmelze eingesetzt. Aus den Plänen entnahm er, dass die Baumeister ein komplexes System aus Kanälen geschaffen hatten. Die Stadt drängte sich in steilen Stufen an die Hänge des erloschenen Vulkans, sodass diese Wasserleitungen niemals ohne die Hilfe der Wassermagier funktionieren würde.

Gleichzeitig war das ihre einzige Chance, die unüberwindlichen Mauern Alaiths zu durchbrechen. Das Kanalsystem schien die einzige Schwachstelle der Außenmauern zu sein.

»Sind die Männer startklar?«

Der Vorhang zum Zelt wurde zurückgeschlagen und Oht steckte seinen Kopf hinein. Davius brummte etwas Zustimmendes. Er würde es nie vor dem Älteren zugeben, aber es gefiel ihm nicht, bei diesem Manöver unter ihm zu stehen. Nur der Hilfsoffizier zu sein. Daher war es ihm auch nicht schwergefallen, sich im Geheimen einen Plan auszudenken, der Oht garantiert nicht gefallen würde.

Davius winkte ihn herein und erklärte, was er vorhatte.

»Sicher, dass ihr nicht von den Tierfeen entdeckt werden könnt?«, fragte Oht.

Davius knirschte mit den Zähnen. »Seit dem Befehl kurz nach meiner Ankunft töten unsere Männer jedes Tierviech, das sie finden. Jeden verdammten Vogel haben sie abgeschossen. Wie sollen sie da von unseren Plänen erfahren haben?«

»Na ja, wir haben noch nicht herausgefunden, was dieses haarige Monster alles kann«, grunzte Oht.

»Das muss klappen. Sobald die Männer drin sind. Wir geben ein Signal, sobald die Balliste ausgeschaltet sind, die den Drachen gefährlich werden können.«

»Und du willst mir nicht verraten, wie du die Männer da rein bekommst?« Oht sah ihn prüfend an.

»Glaube mir, das ist besser so.«

»Weil ich es nicht erlauben würde?«

Davius schluckte. Wie immer hatte der alte General ihn schnell durchschaut. Er nickte knapp. »Es ist riskant. Dadurch, dass wir niemanden mit Yamas Fähigkeiten hier haben ...«

»Hast du gerade zugegeben, auf Yama angewiesen zu sein?« Oht klang fast schon belustigt.

Davius schnaubte und winkte ab. »Natürlich nicht. Aber es würde die ganze Operation einfacher gestalten«, gab er zu. »Alaith hat keine Illusionsschilde. Und Yama ist eine der wenigen Feen, die die Kunst der Verwandlung insoweit beherrscht, dass sie uns für einen Angriff nutzen könnte. Ich sage das auch nicht gerne, Oht, aber es würde vermutlich das Leben einiger Männer retten, wenn sie an unserer Seite wäre.«

»Also willst du mir nichts von deinem Plan verraten? Würde ich dich nicht brauchen, würde ich dich liebend gerne den Orks vorwerfen.«

Davius schmunzelte. »Was ist mit denen? Sind sie auf ihren Positionen?«

»Sie stehen im Höhlensystem verteilt, ja.«

»Gut.«

Davius atmete etwas auf. Das Wirrwarr aus Höhlen und schmalen Gängen, das einer von Ohts Spähern vor wenigen Tagen entdeckt hatte, war wie gemacht dafür, Alaith unentdeckt zu unterwandern. Es schien mit den unterirdischen Teilen der Stadt verbunden zu sein und bot damit einen Weg, Flüchtlinge aus der Stadt abzufangen. Davius hatte ungern unschuldige Feen auf dem Gewissen, aber zum Schutz seiner eigenen Männer musste er alles tun, was notwendig war. Auch, wenn das Grausamkeit bedeutete.

»Ach, übrigens«, sagte er zu Oht, »ich gehe mit da rein.«

»Bitte was?«

Der Ältere sah ihn an, als wäre er verrückt geworden. Und ja, das war er vielleicht auch. Die Männer, die er ausgewählt hatte, waren ebenso zu solchen Manövern ausgebildet wie er. Dennoch konnte er mit seiner Magie besser umgehen als jeder Einzelne von ihnen. »Wenn ich mitgehe, wird es hoffentlich keine Selbstmordmission«, erklärte er schlicht. »Außerdem brauchen sie einen Anführer.«

»Davius, wenn du stirbst, bringt die Königin mich um«, behauptete Oht.

Das brachte ihn zum Schmunzeln. »Wenn sie mich unbedingt am Leben halten wollte, hätte sie mich wohl kaum an die Front geschickt«, gab er zu bedenken. »Außerdem leitest du die Truppen. Lass mich auch etwas Spaß haben.«

»Spaß«, brummte Oht. »Du Grünschnabel hast keine Ahnung, worauf du dich da einlässt.«

O doch, die hatte er. Er war allein in den kufkanischen Palast eingedrungen, ohne auch nur einen Mann an seiner Seite, und hatte die Hälfte der Leibgarde des Königs getötet. Seinetwegen hockte die junge Prinzessin nun in Caldhras Gewalt. Seinetwegen war der alte maldôsische König samt seiner Familie tot. Und nein, er bereute es auch nicht, um zu überleben, viele der Wachen und eine Priesterin des Nephostempels auf dem Gewissen zu haben – aus dem er ebenfalls ganz allein entkommen war.

Oht hatte keine Ahnung, was er seit ihrem letzten gemeinsamen Übungskampf alles durchgemacht hatte. Und wie er daran gewachsen war. Er war vielleicht nicht bis ans Ende von Erakos gesegelt – aber ungefähr so fühlte sich seine Erfahrung mittlerweile an.

Davius griff nach seinem Schwert und band sich die Scheide

an den Gürtel. Er war startklar. Oht stellte sich vor ihn, packte ihn an den Schultern und sah ihm prüfend ins Gesicht.

»Und du bist sicher?«

Davius nickte. Er war alles immer und immer wieder durchgegangen, aber einen anderen Weg sah er nicht. Oht fing ihn in einer Umarmung. »Viel Glück«, sagte er nur.

Kein Abschiedsgruß, keine großen Reden.

Um ehrlich zu sein, hätte ihn das beim General auch gewundert. Oht wandte sich ab und stapfte aus dem Zelt. Davius fuhr ein letztes Mal prüfend über seine Ausrüstung. Das Schwert trug er nur für den Fall, dass es auf dem ersten Drittel des Weges unvorhergesehene Komplikationen gab. Spätestens in der Enge der Höhlensysteme war es kaum mehr zu gebrauchen und eine unnötige Last. Er schnürte sein Wams ein Stück enger, dann verließ auch er das Zelt. Seine Männer, eine Gruppe von neun talentierten Bändigern und wahre Assassinen, die er für diese Mission ausgewählt hatte, warteten unweit des Lagers auf ihn. Wie er waren sie komplett in Schwarz gehüllt.

Wortlos begannen sie ihren Aufstieg nach Nordosten. Wenn sie bei Anbruch des Sonnenuntergangs in den Höhlen sein wollten, mussten sie sich beeilen. In der Dunkelheit wäre es für sie innerhalb der Stadt einfacher. Das Geröll des Berges knirschte unter ihren Füßen, ansonsten blieb es still. Ab und an jaulte einer der Wölfe, die den Orks als Reittiere dienten und die rundum in den Bergen ebenfalls auf die Nacht warteten. Vom Tal wehten Geräusche der verschiedenen Lager hinauf, wenn der Wind drehte. Und die Sprechgesänge der Nephospriester, die im Herzen Alaiths in ihrem Tempel saßen und für die Stadt beteten. Davius schnaubte. Beten hatte ihn noch vorangebracht. Hartes Training dagegen schon.

Wie geplant erreichten sie bei Anbruch des Sonnenuntergangs die Öffnung zum Berg. Der kleine Eingang zum Höhlensystem klaffte wie eine verächtliche Fratze zwischen den Felsen hervor.

Immer noch schweigend legten seine Männer und er die Schwerter ab und deponierten sie nahe der Öffnung in einer Felsspalte. Jemand tippte auf seine Schulter. Davius fuhr herum. Einer der Männer deutete nach Norden, wo er einen winzigen grauen Vogel auf den Steinen erkannte. Davius nickte und der andere spannte seinen Reiterbogen und schoss. So knapp vor der Mission durften sie sich keinerlei Fehler erlauben. Der Mann behielt seinen Bogen bei sich, auch, als sie das Dunkel der Höhlen betraten. Hier drinnen waren ihnen die Bögen kaum von Vorteil, aber im Gegensatz zu den eisernen Schwertern besaßen sie kaum Gewicht und würden später über Leben und Tod entscheiden können. Er war der Einzige, der keinen bei sich trug. Davius war zwar begabt im Schießen, aber konnte er wählen, so waren ihm alle anderen Waffen lieber – er mochte die Distanz nicht. Das Schwert oder seine eigene Magie waren ihm vertrauter. Nur ein paar kleine Dolche hatte er zur Sicherheit an seiner Ausrüstung angebracht.

Sie entzündeten einige Fackeln, dann traten sie den Abstieg an. Der Gang führte recht steil nach unten. Lediglich die unebenen Wände und natürlichen Stufen halfen an einigen Stellen, dass er nicht das Gleichgewicht verlor. Je tiefer sie kamen, desto feuchter wurde es. Sie passierten zwei andere Gänge und waren schon längst in vollkommener Dunkelheit gefangen, als Davius das Plätschern hörte. Es war nur ein winziges Rinnsal, dem sie folgten. Im eiskalten Bergwasser hallten ihre Schritte verdächtig laut an den Höhlenwänden wieder. Aber die Späher hatten sich vergewissert, dass dieser kleine Zulauf zum Bach nicht bewacht war. Vermutlich, weil das Gelände so unwegsam war. Oder er war einfach vergessen worden. Der Bach hatte eine größere Quelle weiter nördlich von hier, doch die wurde strengstens von Außenposten beschützt. Davius wollte wenigstens eine Etappe ohne größeres Blutvergießen überstehen.

Das Wasser wurde langsam tiefer. Es reichte ihm schon bis zu den Knien und ließ ihn frösteln. Seine Stiefel und auch der Rest seiner ledernen Kleidung waren wasserfest behandelt, dennoch kroch die Kälte an seinen Beinen herauf. An sich wäre der Zulauf kaum tauglich für sein Vorhaben gewesen. Er war zu flach, als dass sie sich unentdeckt darin fortbewegen könnten. Nur durch die anhaltende Schneeschmelze wurde er weiter nördlich von einem zweiten Zulauf gespeist, in dessen Tiefen sie nachts nicht auffallen würden.

Bevor das Rinnsal unterirdisch auf den Bach traf, führte es durch einen engen Tunnel. Seine Männer und er mussten das Stück tauchend und tastend überstehen. Es waren nur gute zehn Meter, die durch den nackten Fels führten. Trotzdem rang er in den letzten Zügen unter Wasser um Luft und sein Herz überschlug sich. Schon lange hatte er sich nicht mehr so hilflos gefühlt. Endlich spürte er, wie sich die Strömung veränderte und sah, dass sich das Wasser einen Grauton erhellte. Beim Auftauchen zwang er sich, leise zu sein. Sie befanden sich leicht nördlich der Stadtmauer, die im Osten die Gebiete begrenzte, in denen die ärmere Bevölkerung hauste, und die baugeschichtlich jünger waren als der Rest von Alaith.

Davius vergewisserte sich, dass alle seine Assassinen die Passage geschafft hatten, dann wandte er seinen Blick zur Mauer. Obgleich dieser Teil der Stadt weniger bedeutend war, war es nicht verwunderlich, dass nun im Krieg Wachposten auf dem Wehr patrouillierten. Vermutlich waren auch welche im oder am Bach. Bändiger, die jeden Mucks im Wasser wahrnehmen konnten. Er befahl seinen Leuten mit einem Handzeichen, so wenig schnelle Bewegungen wie möglich zu machen. Der nächtliche Himmel war zwar auf ihrer Seite, dennoch hatten sie noch einen weiten Weg vor sich. Bevor sie sich der Mauer weiter näherten, erschuf er im Bach ein Schild seiner Magie, dicht an den Gittern der schmalen Pforte, die der einzige Schwachpunkt Alaiths zu sein schien. Durch den Schild könnte er hoffentlich die Wellen stoppen oder abmildern, die durch sie entstanden. Sie tauchten erst an der Mauer wieder auf. Wie erwartet, sah er hinter den Stäben die Stiefel von zwei Wachmännern, die am Ufer recht gelangweilt wirkten und – zu seinem Glück – ihre Aufgabe nicht ernst nahmen. Sie waren in ein leises Gespräch vertieft, die Rücken zu ihnen gedreht. Davius gab ein lautloses Zeichen und schon schnellten zwei Klingen auf die Ahnungslosen zu. Ohne einen Laut sackten sie zusammen. Seine Truppe zwängte sich durch das Gitter und versteckte die Leichen.

Laut dem Stadtplan von Oht war es nicht weit bis zum Eingang in die Unterwelt von Alaith. Er lag richtig. Sie waren kaum dreißig Schritte gegangen, immer im Schatten der Mauer, da sah er eine Abzweigung des Baches, der in einem unterirdischen Tunnel verschwand. Auch dort stand ein Mann, den sie erst beseitigen mussten. Dann machten sie sich auf den Weg ins Herz der Stadt. Eine Weile ging es immer tiefer hinab. In dem aus dem Felsen gehauenen Tunnel mussten sie schwimmen oder waten. Davius hielt das für ein gutes Zeichen. Da es bergab ging, dürften hier noch keine Bändiger arbeiten. Dennoch wollte er keinerlei Risiko eingehen und behielt sein Schild immer ein paar Meter vor ihnen im Wasser.

Gut so. Als sie die erste Biegung erreichten, stand dort eine Gruppe von Wasserfeen – Männern und Frauen, im hellen Schein einer Fackel – und filterten das Wasser. Einer bemerkte ihre Bewegungen im Bach, aber ehe er reagieren konnte, hatte Davius den Befehl gegeben und eine schwarze Wolke hüllte ihre Köpfe ein. Er tötete nicht gern auf diese Weise. Lieber hatte er einen ordentlichen Kampf, aber für das Leben seiner Männer war es notwendig.

Drei weitere Stationen folgten, von denen mehrere Tunnel abzweigten. Laut Ohts Plan führte der Haupttunnel direkt in Alaiths Heiligtum. Zu der alten Quelle, die inmitten des erloschenen Kraters lag. Vor dem Höhlenausgang, der in diesen

Krater führte, wurde der Tunnel breiter und das Wasser flacher. Sie standen nur noch knietief im Nass, als Davius die Wachen vor dem Ausgang sah. Eine gestickte Forelle prangte auf ihren Umhängen und sie waren mit Speeren und Schwertern bewaffnet. Fackelschein drang aus dem Krater und beleuchtete ihre Mienen schauderhaft. Davius schickte seine Assassinen an, sich an die Felsen zu pressen. Dann löschte er sein Schild und bewegte seinen Fuß laut im Wasser. Beinahe augenblicklich wurde einer der Männer aufmerksam.

»He, wer da?«, rief er.

Als keine Antwort kam, zückte die Gruppe ihre Waffen und schlich näher zu ihnen in den Tunnel. Davius wartete, bis sie weit genug entfernt vom Lichtkegel waren, dann gab er das Zeichen zum Angriff. Auch hier kam der Tod schnell. Seine Männer preschten von den Wänden vor. Die Wachen hatten kaum Zeit, zu reagieren, da lagen ihnen dunkle Schnüre um Hals und Mund und drückten ihnen die Luft ab. Er presste sein eigenes Opfer dicht an seine Brust, bis der Körper endgültig erschlaffte, dann zog er ihn an den Rand des Kanals. Die Wasserfeen entlang der Versorgungsader der Stadt würden Blut – oder auch Spuren ihrer Magie – viel zu schnell wahrnehmen können. Daher war er stets darauf bedacht, dass nichts davon den Bach berührte.

Hinter seinem Schild hievten sie ihre Opfer auf die oberste Treppenstufe, dicht an den Rand des Felsens, damit niemand sie bemerkte. Mit geübten Griffen entwendete Davius seinem Gegner Hose, Tunika, ein paar lächerliche Handschuhe und Umhang und zog alles über. Die Handschuhe spannten, aber sie taten ihren Zweck. Er nahm sich auch das Schwert. Dann vergewisserte er sich, dass alle Wasserfeen erledigt waren. Sie mussten sich beeilen, um noch pünktlich bei der Wachablösung zu sein. Er zog sich die Kapuze übers Gesicht und marschierte mit seinen Männern in den Krater. Die Hand stützte er lässig auf den Schwertknauf – er durfte jetzt bloß keine Anspannung zeigen.

Die nackte Felswand öffnete sich schleichend zum Heiligtum der Stadt. Immer mehr Fackeln erhellten den kalten Stein. Er blieb mit seinen Männern am Rand stehen und wartete auf die Ablösung. Die Zeit nutzte er, um alles in sich aufzusaugen. Hier unten fühlte er sich wie in einer Grotte. Es war feucht. Der dunkle Stein war uneben, nur an einigen Stellen war er bearbeitet worden und es waren Treppenstufen und Wege nach oben auszumachen. Der Kanal, aus dem sie kamen, traf wenige Schritte weiter auf einen weiteren Graben. Dieser schien die Mitte des Kraters vollständig zu umrunden. Nur zwei Stege führten auf die künstliche Insel, die eine seltsame Konstruktion aufwies. Dort stand eine Art Pavillon, unter dessen Schutz die ursprüngliche Quelle Alaiths sprudelte. Vier Priesterinnen bewachten das Konstrukt in jede Himmelsrichtung. Das Dach des Pavillons stützte wiederum eine gewaltige Säule, um die sich eine Treppe mit Geländer schlängelte. Und darauf …

Davius traute seinen Augen kaum. Er hatte geahnt, dass die Wasserversorgung der Stadt komplex war. Doch das, was er sah, übertraf selbst seine kühnsten Vorstellungen. Der Kraterrand befand sich hunderte Meter über ihnen und dort oben hatten sie, wie in einem Schneckenhaus, ein weiteres architektonisches Wunder vollbracht. Die Säule, die vom Pavillon in die Höhe ragte, trug den Herzogssitz, der über vier Steinbrücken mit dem Kraterrand verbunden war. Auf der Treppe der Säule stand in Höhenabständen von ungefähr zwanzig Metern je eine Fee und wirkte Wassermagie, sodass das Wasser aus dem Bach der Schwerkraft trotzte und entgegen aller Vernunft senkrecht nach oben floss. Von den äußeren Kraterrändern kehrte ein Teil in Form von hauchzarten Wasserfällen zurück, was zu Sprühnebel führte, der sich innerhalb der Grotte wie Schleier ausbreitete.

Davius musste sich zusammenreißen, um sich durch dieses Schauspiel nicht ablenken zu lassen. Er durfte nicht wie jemand wirken, der das alles zum ersten Mal sah.

Die Wachablösung kam. Er salutierte mit denselben Gesten und nickte dem Gegenüber dann nur zu. Die späte Stunde war ein guter Grund, kein Gespräch anzufangen. Als er sich schon in die Richtung abwandte, aus der die Wachen soeben gekommen waren, durchschnitt die Stimme des Anführers die Luft.

»Solltet ihr nicht elf sein?«

Innerlich fluchte er.

»Unser Kamerad hat was Falsches gegessen«, log er.

Die Wache brummte nur, dann ließ er ihn in Ruhe. Dennoch spürte er den Blick der Ablösung im Nacken, während er die Grotte durchquerte. Seine innere Unruhe ließ auch nicht nach, als sie die Stufen erreichten, die steil nach oben führten. Er rief sich den Stadtplan ins Gedächtnis. Jetzt galt es, die Drachenballiste im dritten Ring auszuschalten. Davius hatte noch weitere Pläne, aber von denen hatte er Oht nichts erzählt.

Sie gelangten erstaunlicherweise ohne Zwischenfälle oder weitere Begegnungen über das Treppensystem bis hinauf in den dritten Ring. Laut der Karte lebten hier hauptsächlich Beamte, und soweit Davius das von den Häusern einschätzte, mochte das auch stimmen. Die weiß gekalkten Wände und die organische Form der Häuser erinnerten ihn an Lormoralia. Es war unverkennbar, dass der Glaube des Nephos den alten Kult um Ako vollständig verdrängt hatte. Etwas gelassener schlug er mit seinen Männern den Weg zur dritten Mauer ein. Der Aufbau der Stadt glich dem des vergessenen Reiches. Das erleichterte es ihm, sich auch ohne Ohts Aufzeichnungen zu orientieren. Er schickte zwei Männer voraus, die sich einen Überblick über die Balliste und die Bewachung der Mauer verschaffen sollten. Sie kamen rasch zurück.

»Nur alle fünfzig Meter ein Soldat. An den Ballisten jeweils zwei.«

»Wie viele Balliste?«

»Acht.«

Davius fluchte. Warum war diese Stadt so verdammt reich? Die Balliste zu sabotieren war an sich kein Problem. Doch mit jeweils zwei Mann bewacht würde die Sabotage nicht immer ohne Kampf vonstattengehen. Und man konnte vom Herzogssitz und dem vierten Ring, in dem sich die Tempelanlage des Nephos befand, hervorragend auf die Mauer herabblicken. Um auf mehr Wolken vor dem Mond zu warten, hatten sie zu wenig Zeit. Schon zum zweiten Mal wünschte er sich, dass Yama mit ihren Illusionskünsten hier wäre. Unfassbar!

Es machte keinen Sinn, bei der Herzogsresidenz zu beginnen. Das Wichtigste für Oht und das Heer war es, die Drachenabwehrsysteme loszuwerden. Davius atmete tief durch. Er wollte seine Magiereserven eigentlich für den Herzog aufsparen, aber hatte er nicht selbst gewusst, dass er sich auf eine Selbstmordmission begab?

»Jeder knüpft sich eine der Ballisten vor. Versucht, die Wachen im Sitzen zu erwischen oder besser noch, in den Sichtschatten zu locken. Dann nutzt nur so viel Magie, um sie zu lähmen. Nicht töten! Sie müssen noch ihre Haltung bewahren, damit es von oben so wirkt, als sei alles in Ordnung. Dann kappt ihr die Seile. Hakoen und ich kümmern uns um die Soldaten dazwischen. Selbe Strategie. Notsignal bleibt gleich. Wir treffen uns wieder bei den Treppen. Alles klar?«

Seine Assassinen nickten. Sie teilten sich auf. Davius schlich zunächst nach Westen. Die Taktik, für die sie sich entschieden hatten, erforderte viel Magie, die er und die Männer aufrechterhalten mussten. Wenn die Wachposten wieder aufwachten, würden sie sich zwar nicht erinnern können, doch er wollte so lange wie möglich sicherstellen, dass die Ballisten ausgeschaltet blieben.

Er arbeitete im Schatten der Häuser, bewegte sich auf den verschrobenen Dachfronten oder sprang wie eine Marane beinahe lautlos von Balken zu Balken. Die Dunkelheit war schon immer sein Freund gewesen. Als er mit seinem Vater noch in Tiranun gewohnt hatte, der Bergfeste im Norden Altmyrs, hatte er nur an wenigen Tagen im Jahr Sonnenlicht gesehen. Im Berg gab es nur Fackeln und ein paar magische Lichter. Doch die größten Wärme- und Lichtquellen waren die Feuer der großen Schmiedeessen gewesen, angetrieben durch ein paar alte Drachen. Die kleine Wohnung, in der er mit seinem Vater gelebt hatte, war ihm ans Herz gewachsen. Dort war er ein ganz normales Kind gewesen. Nur, dass er nicht wie die anderen Kinder schreiend zu seiner Mutter laufen konnte, wenn er sich wehgetan hatte. Die war fort – der Aussage seines Vaters nach tot. Der Ring, den Davius an einem ledernen Band um seinen Hals trug war das Einzige, was er von ihr besaß. Das und die vage Erinnerung an seine Groß- eltern mütterlicherseits, die seinen Vater für das Unglück ihrer Tochter verantwortlich machten und sich keinen Deut um ihren Enkel scherten. Er verstand schon damals, wieso sein Vater das Leben im Berg nicht mehr aushielt. Doch bis heute blieb es ihm ein Rätsel, wieso er mit ihm nach Ching zog. Dort hatten sie nichts. Sein Vater hatte ihm einmal gesagt, es wäre ihm nicht nur um das Gerede gegangen – er hatte schlicht kein Handwerker mehr sein wollen.

In Ching versuchte er sich als Schreiber, ermöglichte es Da- vius sogar, eine Schule zu besuchen, in der er schreiben und le- sen lernte. Das half jedoch nicht gegen die Ausgrenzung. Die Feuerfeen wussten, dass sie Ausländer waren. Sie schienen zu spüren, dass Davius eine ihnen verhasste Gabe in sich trug. Sein Vater prägte ihm ständig ein, seine Magie nie zu benutzen, um keinen Hass auf sich zu ziehen. Als hätte das einen Unterschied gemacht. Sooft wie möglich, war er nur nachts unterwegs, um den jungen Feen, die ihn hänselten, aus dem Weg zu gehen.

Dann rettete er die Prinzessin. In der Schule machte das kaum einen Unterschied, aber mit dem Buchladen, den sein Vater für die Belohnung erstand, brauchte er sich darüber keine Gedanken mehr zu machen. Langsam aber sicher gewöhnten sich die Feuerfeen an den schrulligen Buchhändler und seinen Sohn.

Davius jedoch hatte schon immer gewusst, dass Papiere nicht sein Leben sein würden. Als der Schatten ihn vor ein paar Jahren einholte und ihn nach Altmyr brachte, war er nur im ersten Moment überrascht. Im Grunde hatte er gefühlt, dass er zu etwas anderem bestimmt war, die Götter andere Pläne mit ihm hatten.

Davius ließ sich vom Balken des nächsten Hauses fallen. Der Wachposten drehte sich nicht einmal um, sondern starrte weiter auf den Horizont. Er konzentrierte sich, ließ in jeder Hand eine winzige Wolke seiner Magie entstehen und sie in den Körper des Mannes fahren. Im Dunkel der Nacht war das kaum auszumachen – und schon bewegte sich der Soldat nicht mehr. Aus Erfahrung wusste Davius, dass er noch atmete.

Er behielt seine Magie bei und schlich im Schatten der Gebäude bis zum nächsten Mann. Es würde ihn viel Konzentration kosten, so viel Magie auf einmal aufrechtzuerhalten. Aber das war ihm lieber, als entdeckt zu werden.

3.

»Bei Ako, wie soll das funktionieren?«

Nuada stampfte mit dem Fuß auf. Ihr Blick wanderte zu Aghni, in der Hoffnung, dass die Feuerfee noch eine Idee hatte. Doch auch ihr Gesicht war ratlos.

»Schönes Geschenk«, brummte die Feuerfee und band sich das halbe Herz wieder um ihren zierlichen Hals. Den Anhänger, den Aghnis Großmutter ihnen so feierlich im Auftrag der Göttin Safrani übergeben hatte – und der dennoch keinerlei Kräfte zu besitzen schien.

Nuada konnte das noch gar nicht glauben. Die Götter existierten also wirklich! Aber noch weniger konnte sie sich vorstellen, dass dieses Geschenk, durch das sie angeblich die Macht der Liebe nutzen konnten, nicht funktionierte.

»Das kann doch nicht wahr sein.«

Aghni seufzte und ließ sich auf den Findling neben ihr sinken. Sie strich sich eine Strähne ihres langen schwarzen Haares aus der Stirn und sah wieder auf. »Morgen ...« Sie seufzte tief. »Morgen wollen wir aufbrechen. Wir müssen weiter. Ich wünschte nur ...« Sie schluckte sichtbar.

»Wir kommen schon noch dahinter, wie diese Magie funktioniert.« Aufmunternd ergriff Nuada die Hand der Feuerfee, obwohl sie ihren Frust viel lieber laut den umstehenden Bäumen entgegen geschmettert hätte. Aber sie durfte nicht vergessen, wo sie sich befand. Sie musste stark wirken.

Den gesamten gestrigen Tag hatte sie mit Aghnis Freundin Nahél in der Bibliothek verbracht, um etwas über diese angebliche Macht von Akos und Ylonas Erben herauszufinden. Aber sie hatten kein einziges Wort gefunden. Auch nicht in den Schriften vom Ylonaschrein, die ihnen die königliche Priesterin gern zur Verfügung gestellt hatte. Nuada ließ Aghnis Hand wieder los und wippte träge von einem Fuß auf den anderen.

Seit der Beerdigung vor zwei Tagen fühlte sie sich leer. Sie hatte ihre Brüder verloren. Tränen kamen keine mehr, obwohl sie allen Grund gehabt hätte, immer und immer weiter zu weinen.

Ab morgen dürfte sie offiziell kämpfen lernen – als einzige Erbin des nidalischen Thrones, die noch infrage kam, stand ihr das rechtmäßig zu. Selbst wenn von ihrem Land nach dem Krieg nicht mehr viel übrig bleiben sollte. Nicht nur heimliches Fächerwinken mit Tjorgen, sondern richtiges Kampftraining erwartete sie. Und auch Magieunterricht. Seit sie denken konnte, hatte sie sich nichts mehr gewünscht. Und nun? Sie würde die Götter anbetteln, ein braves Prinzessinnenleben führen zu dürfen, bekäme sie ihre Brüder dafür zurück.

Nuada drehte das halbe Herz in ihrer Hand und betrachtete es von allen Seiten. Es bestand aus einem silbernen Metall, Platin vielleicht, mit einer bläulich schimmernden Legierung auf ihrer Hälfte. Sie ballte die Hand darum zur Faust. Hätte Safrani ihnen keine Anleitung hinterlassen können? Wäre das, bei all den Problemen, die sie gerade hatten, zu viel verlangt gewesen?

Auf ihr Nachfragen hin war Aghni eingeknickt und hatte ihr etwas über ihre Reise zu den Göttern und zum alten *Rat der fünf Weisen* erzählt. Obwohl Nuada so viel las und eigentlich angenommen hatte, für ihr Alter gut belesen zu sein – niemals hätte sie sich ausmalen können, dass diese Wesen ... dass es die Götter noch gab. Dass sie noch immer das Schicksal von Erakos und den Feen in ihren Händen hielten.

Hieß das auch, dass sie sich selbst ein Grab gemeißelt hatte? An Treás Totenbett hatte sie ein großes Versprechen an Ako und Ylona abgegeben: ihren Bruder zu rächen und Caldhra dafür büßen lassen, was sie ihrer Familie angetan hatte. Würden die

Gottheiten sie persönlich bestrafen, wenn sie dieses nicht einhalten konnte? Oder wären sie der Meinung, dass sie so oder so schon genug gestraft war? Würde sie von ihnen verflucht werden? Sie wollte nicht darüber nachdenken, denn es steigerte nur ihre Angst, dass diese Gedanken sie bis in ihre Träume verfolgten.

»Was, wenn wir mit unserer Magie probieren, sie zu aktivieren?«, riss Aghni sie aus ihren Gedanken.

Nuada runzelte die Stirn. »Wir können es versuchen, aber glaubst du denn, dass die Ketten das aushalten?« Schließlich hatten sie bisher keinerlei Anzeichen gezeigt, überhaupt magische Kräfte in sich zu tragen – und das machte Nuada rasend.

»Sie wurden von Safrani erschaffen. Es würde mich wundern, wenn eine Göttin sie nicht gegen Magie immun gemacht hätte.«

Aufgeben kam nicht infrage – wenn Maris Worte stimmten und diese Anhänger wirklich die Macht der Liebe heraufbeschwören konnten ... Vielleicht könnte sie damit zumindest einen ihrer Brüder zu sich zurückholen. Selbst, wenn sie noch nicht wusste, ob sie Nevin jemals verzeihen konnte.

Nur musste sie dazu das Geheimnis der Kette lüften.

Sie nickte und nahm ihren Anhänger wieder vom Hals. »Bei deiner Wasser und bei meiner Feuer? Sie sollen schließlich am besten funktionieren, wenn wir sie zusammen nutzen.« Aghni schoss eine kleine Flamme auf ihr Schmuckstück. Es schimmerte leicht auf und zischte, ansonsten tat sich nichts. Nuada stapfte mit dem Fuß auf, lenkte aber einen kleinen Wasserstrahl auf Aghnis Kette. Es folgte die gleiche Reaktion.

»Ich verstehe das nicht. Irgendwie muss es doch funktionieren. Wie sollen die uns sonst helfen?« Sie stützte ihre Hände in die Hüfte. »Wenn es stimmt, was deine Großmutter Mari gesagt hat und Ylona dich für irgendwas ausgewählt hat ...«

»... heißt das nicht, dass ich das will!« Aghni knirschte mit den Zähnen. »Aber wenn Safrani der Meinung ist, wir wären die genannten Nachfahren von Ako und Ylona, müssen wir dieses

Wissen nutzen. Es wird Caldhra Angst machen – denn genau das wollte sie immer verhindern.«

Obwohl Nuada das alles surreal vorkam, steckte die Hoffnung wie ein kleiner Anker tief in ihr. Sie glaubte sogar, dass Safrani richtig liegen könnte. Sie trug die Magie des Nephos in sich. Aber im Gegensatz zu ihren Brüdern hatte sie sich damit nie wohlgefühlt.

»Wasser kam mir zwar immer wie etwas Vertrautes vor«, versuchte sie zu erklären, »war aber dennoch wie ein Fremdkörper in mir. Ein Ruhepol, der mich gleichzeitig aufwühlte. Wissen war immer meine Heimat.« Aghni sah sie nachdenklich an und sie fügte rasch hinzu: »Seit ich lesen konnte, habe ich fast keinen Tag ohne Buch in den Händen verbracht. Jedes Wort inhaliert. Jeder Satz war wie ein Geschenk, der sich in mein Gedächtnis brannte wie deine Flammen in die Erde. Vieles verschwindet irgendwann wieder, dennoch fühlen sich Worte auf alten Papyrusrollen für mich viel mehr nach Magie an als ein griesgrämiger Meeresgott und jegliche Berührung mit Wasser, die ich je hatte. Nur wusste ich nie, was das bedeutet. Schließlich kann ich mit meinem Wissen keine Magie wirken – und schon gar keinen Kampf austragen. Aber als Treás erzählte, dass wir von Ako abstammen, da ... ergab plötzlich vieles in meinem Inneren Sinn.«

Aghni sah sie schief von der Seite an. »Magie muss nicht unbedingt sichtbar sein«, murmelte sie und fuhr die Maserung auf dem Stein unter ihr mit den Fingern nach. »Wirst du weiterhin von Prinz Tjorgen unterrichtet?«, wechselte sie urplötzlich das Thema.

Verwundert darüber, dass die Feuerfee sie auf Tjorgen ansprach, sah sie auf. »Ja, jetzt mehr denn je. Ich kann es mir nicht leisten, unter diesen Umständen schwach zu sein. Nicht kämpfen zu können. Seit der Totenzeremonie haben mich mehrere Angebote von Feen erreicht, die mich trainieren wollen. Seltsam, wie sich plötzlich alle um mich reißen. Wie ernst sie mich nehmen.

Und das, obwohl sich nichts an mir verändert hat.«

Sie wollte wütend sein, jeden anschreien, aber alle begegneten ihr plötzlich mit einem nie da gewesenen Respekt. Von heute auf morgen wurde sie nicht mehr wie ein Kind behandelt. Ihre Worte bei Treás Totenfeier hatten ihr einiges an Ehrfurcht eingehandelt. Das frustrierte sie noch mehr – aber sie wollte Aghni nicht noch mehr runterziehen.

Die Feuerfee sah auf ihre Hände herab. Dann erhob sie sich, kam näher und fasste sie bei den Schultern.

»Ich würde dir gern helfen, Nuada. Der Druck auf dir war ...« Sie räusperte sich »Du hast vorher schon vieles erdulden müssen. Das wird nicht besser werden, nun, da ganz Erakos auf dich schaut. Ich kann sehr gut verstehen, wie du dich fühlst. Mächtige Männer ...« Aghni runzelte die Stirn, dann korrigierte sie sich. »Mächtige Feen, oder jene, die nach Macht streben, werden es immer auf uns Frauen absehen. Ohne unseren Namen, unsere Titel, ohne unser Erbe und unsere Fähigkeit, gleichzeitig auch noch Kinder zu gebären, haben sie es viel schwerer, ihre Ziele zu erreichen.«

Sie schluckte und Nuada fragte sich unweigerlich, was ihr Bruder sich von einer Heirat mit ihr erhofft hatte, bevor er sich Caldhra angeschlossen hatte. Waren es wirklich nur Gefühle gewesen? Oder vielmehr die Aussicht darauf, König von Ching werden zu können? Wäre der Verrat an Aghni aus Nevins Sicht nicht nötig gewesen, wäre er König geworden?

Nuada schauderte es. Sie wollte sich gar nicht vorstellen, was Nevin dann alles hätte anrichten können. Wie viele Feen möglicherweise zu Schaden gekommen wären. Wobei, es stand außer Frage, dass ihnen Schlimmes bevorstand. Dieser Krieg würde nicht enden, wenn ihre Heimat fiel. Das war erst der Anfang.

Von ihren Eltern hatte sie kein Wort gehört. Obwohl sie ihnen direkt nach Treás Tod eine Nautilusnachricht geschickt hatte, gab es noch kein Lebenszeichen von ihnen. Der Gedanke schnürte ihr immer wieder die Kehle zu.

»Ich weiß nicht, inwieweit der maldôsische Prinz dir Magie beibringen kann«, nahm Aghni das lose Ende wieder auf. »Aber ich kann dir jemanden zur Seite stellen, dem ich bedingungslos vertraue. Kinan hat seine Treue mehrmals bewiesen. Zudem hat er dich und Prinz Tjorgen wieder sicher aus Gao hierher geleitet. Er ist wie ein großer Bruder für mich und kennt sich gut mit Techniken der Magie aus. Er hat mich zwar nicht direkt unterrichtet, aber ich habe nach meinen Privatstunden bei den Gelehrten immer mit ihm geübt.«

»Danke Aghni. Seine Unterstützung wäre toll.«

Die Feuerfee lächelte. »Außerdem möchte ich dich noch mit jemanden bekannt machen. Triff mich heute Nachmittag beim großen Übungsplatz. Ich hoffe, du hast robuste Kleidung dabei.«

Die Treppenstufen vor ihnen waren pechschwarz. Der schmale Weg, der über den Tempel des Nephos hinauf zur Residenz des Herzogs führte, stank nach verbrannten Kräutermischungen und Ölen. Auf der Ebene des Tempels gab es keine Balliste. Obwohl Nephos der Sage nach Nidalis mit viel Gewalt zu seinem Glauben gebracht und den des Ako fast vollständig ausradiert hatte, so hatten seine Priester geschworen, hier ein gewaltfreies Leben zu führen. Und anders als in Lormoralia glaubten sie sich in Alaith offenbar so sicher, dass sie nicht einmal Wachen aufstellten.

Sie passierten den Tempel ohne Zwischenfälle. Langsam wurde Davius unruhig. Noch hatte es keinerlei größere Probleme gegeben. Schon bald erreichten sie den Ausgang des Treppengewölbes. Vorsichtig wagte Davius einen Blick nach draußen. Der Sichelmond brach vereinzelt durch die Wolken. Anscheinend hatte sie dieser Gang genau an den Kraterrand geführt. Er hörte das Gurgeln und Rauschen des Wassers, das in die Kanalsysteme über schmale Aquädukte an die Ränder geleitet und von dort über das komplizierte Netz aus Kanälen an die Bevölkerung verteilt wurde. Und die dünnen Wasserfälle, die vom überschüssigen Wasser stammten und in die Grotte zurückfielen.

Unweit von ihnen erhob sich eine breitere Brücke, die zum Herzogsitz führte. Davor erkannte Davius die schemenhaften Umrisse von vier Wachposten. Die Brücke lag offen. Es gab keinerlei Sichtschutz. Damit würde er sich später befassen. Denn auch auf dem schmalen Kraterrand hatten die Wasserfeen Drachenballisten aufgestellt, eine für jede der Haupthimmelsrichtungen.

Er ließ seinen Blick über die harten Felskanten wandern. Das Gelände war so offen, dass es unmöglich war, ungesehen zu seinen Zielobjekten zu gelangen. Er könnte seine Männer wieder ein Stück bergabwärts bringen und von unten agieren. Aber dafür war nicht genügend Zeit. Oht und die Armee warteten auf das Zeichen, um anzugreifen. Er seufzte still. Weitere Magie zu nutzen hatte er nicht eingeplant. Er spielte an seinem Schwertknauf. Selbst Pfeile wären in diesem Gelände zu hören. Offensive wäre das Beste – wenn auch dumm und wahnsinnig waghalsig. Zu seinem Glück waren die Wege dunkel, als wären sie direkt aus dem Stein des Berges gehauen.

»Wer von euch beherrscht seine Magie gut?«, fragte er seine Assassinen.

»Ich bin nicht schlecht«, sagte Hakoen. »Und die beiden hier.« Er deutete auf einen Jüngling und einen kleinen, aber beleibten Mann.

»Gut. Wir teilen uns in vier Gruppen. Hakoen und ich nehmen die Ballisten weiter hinten, zu denen der Weg am längsten ist. Versucht, mit eurer Magie einen Schild über euch zu spannen, sodass wir auf dem dunklen Untergrund nicht zu sehen sind. Und geht zügig und leise, damit die Soldaten nicht auf uns aufmerksam werden. Betäubt sie mit dergleichen Strategie wie eben. Wenn ihr eure Balliste entschärft habt, verharrt in dessen

Nähe, bis ich das Signal gebe!«

Davius schnappte sich Hakoen und wartete, bis die ersten beiden Gruppen ihre Arbeit erledigt hatten. Seine Finger kribbelten vor Aufregung.

Wie zu erwarten war das Adelshaus von Braton schon auf den Beinen – überall waren Wachen, die durch eine Explosion an der östlichen Balliste aufgescheucht worden waren. Mit ihrer Aktion hatten sie die ganze Burg aufgeweckt, aber das war Davius egal. Da sie weiterhin die Kleidung der Wache von Alaith trugen, waren sie noch nicht aufgeflogen. Der Trubel kam ihm sogar recht. Er warf einen kurzen Blick auf den Anführer. Vielleicht war er Herzog Deoras' Sohn.

Später, sagte er sich. Nur noch die eine Balliste, dann hatte er, was er wollte. Er zog sich mit seinen Männern in einen Seitengang zurück.

»Versucht, nicht aufzufallen. Hakoen und ich gehen dort nach oben und schalten das letzte Geschoss aus. Ihr seht zu, dass ihr aus dem Schatten heraus so viele wie möglich tötet. Lasst euch nicht erwischen. Falls ihr umstellt seid, wisst ihr, was zu tun ist.«

Er schnappte sich Hakoen. Gemeinsam stiegen sie zum obersten Turm dieses seltsamen Gebildes, auf dem die Alaither eine weitere Balliste untergebracht hatten. Wenn er Ohts Worte nicht im Ohr hätte, so hätte Davius jetzt schon das Zeichen gegeben. Doch der alte Narr war davon überzeugt, dass diese die wendigste und modernste Balliste war, die er jemals zu sehen bekommen hatte.

Die Burg war wie ein summender Bienenstock. Wenn jemand auf sie achtete, dann lediglich mit einem knappen Kopfnicken. Ihn wunderte das kaum. Obwohl Fackeln die Innenräume und Teile der gewölbten Gänge erhellten, warf die seltsame Wandtäfelung so seltsame Schatten, dass die Feen im Vorbeihuschen schwer zu erkennen waren. Er tippte auf reines Perlmutt. Insgesamt erinnerte ihn das Gebäude an ein riesiges Schneckenhaus, dessen Windung er gerade herauf kraxelte. Läge Alaith am Meer, könnte die Burg auch gut als Leuchtfeuer taugen.

Er nickte einem vorbeieilenden Soldaten zu, der ihn kaum registrierte. Umso besser. Endlich erreichten sie den obersten Treppenabsatz. Aus dem flackernden Halbdunkel wurde etwas weniger flackerndes Halbdunkel. Es dämmerte bereits. Er musste sich beeilen, wenn sie weiterhin im Vorteil sein wollten. Auf dem Plateau stand eine riesige Balliste. Selbst im Licht der zuckenden Flamme konnte er erkennen, wie fein sie gearbeitet war. Nicht zu vergleichen mit den Massivholzballisten weiter unten in der Stadt. Auch die Konstruktion erschien ihm komplizierter.

Hakoen und er erklommen die letzten Stufen. Die drei Männer, die hier oben positioniert waren, beachteten sie zunächst kaum. Unentwegt richteten sie ihre Blicke auf den Himmel rund um die Stadt, um schnellstmöglich einen Drachen abschießen zu können, sollte er die Stadt angreifen. Neben der Balliste brannte ein kleines Feuer in einer offenen Schale. Perfekt. Davius nutzte die Gunst der Stunde. Sowie Hakoen und er auf dem Plateau standen, verschloss er den Eingang zum Treppenhaus mit seiner Magie. Bevor sie sich den drei Männern zuwenden konnten, ertönte unten im Hof ein Hornstoß. Rufe wurden laut. Er fluchte. Irgendetwas war bei seinen Kameraden schiefgegangen. Jetzt war ihm egal, ob die Wachen ihn entdeckten. Er hatte nur noch ein Ziel. Ohne groß nachzudenken gab er Hakoen das Zeichen. Dieser sprintete zu dem Soldaten, der direkt an der Balliste stand und schlitzte ihm hinterrücks mit seinem Dolch die Kehle auf. Dann wandte er sich der Waffe zu.

»He, was geht hier vor sich?«

Die anderen beiden hatten ihre Blicke vom Hof losgerissen. Davius zögerte nicht und warf einen Dolch mitten ins Herz des rechten Mannes. Der sackte röchelnd zusammen. Der verbliebene

Soldat war geschickter. Er blockte die Klinge mit seinem Einhänder ab. Mit der freien Hand erschuf er eine Peitsche aus Wasser – wie jene, die auch die Nidaliserben so gerne verwendeten. Davius erlaubte sich ein Lächeln. Hakoen war weiterhin mit der Balliste beschäftigt. Davius griff den Soldaten an. Formte ein Schwert aus seiner Magie, dass die Wasserpeitsche mit jedem Hieb erneut in ihre Elementarteile spaltete. Der Kampf dauerte nicht lange. Er stieß seinem Gegner die Klinge in die Seite, woraufhin dieser zusammenbrach.

»Hakoen, bist du so weit?«, rief er harsch.

»Balliste ist unschädlich.«

Davius ließ sich zu einem Blick auf den Hof hinreißen. Dort herrschte noch immer Tumult unter den Wachen, aber er konnte keinerlei Leichen seiner Männer entdecken. Hier oben waren sie verwundbar und gut für Bogenschützen sichtbar, aber offenbar hatte sie niemand bemerkt.

»Das Pulver, rasch.«

Hakoen holte ein kleines Säckchen aus seinem Umhang und wollte es schon ins Feuer schütten.

Davius riss ihn zurück. »Wenn du das jetzt tust, sind wir beide tot.« Er rief seine Magie zu sich zurück, mit der er die Treppe blockiert hatte. Der Aufgang war leer. Sie stiegen ein Stück hinab, dann nahm er Hakoen das Pulver ab.

»Mach, das du hier raus kommst«, sagte er zu ihm. »Ich kümmere mich noch um etwas anderes.«

Der Soldat nickte ihm mit verhärmter Miene zu. Dann drehte er sich um und eilte die Treppenstufen hinab. Davius schüttete das Pulver in seine Hand und erschuf eine Art Schutzschild darum. Dann warf er die Kugel ins Feuer, rannte ein paar Stufen hinab und rief seine Magie zurück. Keine Sekunde später riss es ihn von den Füßen. Die Explosion erschütterte das gesamte Stockwerk. Perlmutt barst von den Wänden und er konnte gerade noch ein kleines Schutzschild erschaffen, bevor sich Splitter in seine Augen bohrten. Mehrere Hornstöße ertönten, jetzt auch weiter unten in der Stadt. Auch andere erklangen: die Kriegshörner von Ohts Heer. Er lächelte zufrieden und eilte weiter die Stufen hinab.

Zeit, sich einen Herzog vorzuknöpfen.

4.

Nuada war aufgeregt. Ihr gingen Aghnis Worte nicht aus dem Kopf. Sie hatte sich robuste Kleider übergeworfen und war schon lange vor der vereinbarten Zeit am Übungsplatz. Bis auf ein paar Blicke schenkte ihr niemand Beachtung. Das war ihr nur recht, denn so konnte sie alles bestmöglich beobachten und in sich inhalieren.

Der Platz lag erhöht, etwas abseits der großen Gebäude, welche die Gemächer der Königsfamilie beherbergten. Steinerne Pfade und Treppenstufen schlängelten sich den Hügel zwischen Nadelgehölzen und ihr unbekannten Büschen hoch. Auf der ebenen Hügelkuppe übten zwei Männer mit schmalen chingesischen Doppelschwertern umzugehen. Beide waren schon etwas betagter und geschickt im Umgang mit den Waffen. Sie lieferten sich einen spannenden Kampf.

Nuada lehnte sich gegen die steinerne Brüstung. Ihre Aufmerksamkeit sollte dem Training gelten, doch schon nach wenigen Augenblicken schweifte sie mit ihren Gedanken ab. Zum Geruch des Regens, der in der Luft lag, obwohl am Himmel kaum Wolken zu sehen waren. Zum Gurgeln des kleinen Baches, der durch ein Bett aus Moos den Hügel hinunter floss und sich seinen Weg in einen der zahlreichen Teiche des Palastgartens suchte. Endlich verstand sie, woher der Wissensdurst in ihr stammte. Gleichzeitig war auch eine höhere Akzeptanz für die Magie des Nephos in ihr gewachsen. Dass sie diese als Erbin Akos besaß, würde von Ahnen sicher kritisch beäugt werden. Aber die Geschichte machte auch Nephos zu ihrem Urahnen. Selbst wenn es eine grausame Geschichte war, in der Nephos die damalige Erbin des nidalischen Throns jahrelang eingesperrt hatte, bis sie den Halbgott Rardus zur Welt brachte, so war sie doch ein Teil von ihr. Und etwas, das in ihr wohnte, ob ihr das gefiel oder nicht. Sie hatte Nephos' Magie geerbt. Nur mit dieser könnte sie ordentlich kämpfen. Bisher beherrschte sie nur ein paar Spielereien wie Wasserbälle, mit denen sie Kinder beeindrucken konnte wie Tjorgens kleine Schwester Phera. Aber sie musste noch viel lernen, um sich mit dieser zu verteidigen. Immerhin kam es ihr nicht mehr wie ein Widerspruch vor, wenn sie heimlich mit dem Badewasser übte. Sie fühlte sich nicht mehr wie eine Verräterin, wenn sie ihren Hunger nach Wissen vernachlässigte. Stattdessen würde sie lernen, beides zu vereinen. Das hatte sie sich geschworen, als sie am Tag von Treás' Bestattung zu den Göttern gesprochen hatte.

Sie hob ihren Kopf, als sie Schritte auf dem Kies vernahm. Aghni stiefelte in weißer Kleidung den Hügel hinauf. Nuada fühlte sich sofort schlecht, dass sie ihr Trauergewand für dieses Treffen abgelegt hatte. Aber sie besaß keine weißen Kleider, die zugleich robust waren. Ein paar Schritte hinter der Chingesin folgte ein junger Mann, den sie auf Anfang zwanzig schätzte. Er trug sein schwarzes Haar zu einem Knoten auf dem Hinterkopf.

Als die beiden sie erreichten, strich Aghni sich die Haare aus der Stirn. »Nuada, darf ich vorstellen?«

Nuada löste sich von der Abgrenzung und drückte ihren Rücken durch, um größer auszusehen. Sie wollte vor diesem Fremden nicht wie ein Kind wirken. Ihr war bewusst, dass ihre Augen mal wieder wild wirkten. Denn sich auf Nephos' Magie, das Wasser, einzulassen, und sei es auch nur gedanklich, beförderte sofort wieder Treás' Bild in ihr herauf, wie er mit aufgeschlitzter Kehle vor ihr auf dem Boden lag. Sie zwang sich zu einem Lächeln.

»Danke für das Treffen, Prinzessin Aghni«, sagte sie förmlich, da sie nicht einschätzen konnte, wen die Feuerfee ihr da mitgebracht hatte.

»Prinzessin Nuada, ich darf Euch mit Vhuor vom Su-Clan bekanntmachen. Er ist der Sohn von General Vheon und ein großartiger Kämpfer.«

Der Mann errötete bei Aghnis Worten. Sie fand ihn dadurch gleich sympathischer, schien er sich doch reichlich unwohl zu fühlen, so angepriesen zu werden.

»Prinzessin«, brachte er heraus und verbeugte sich knapp.

»Freut mich sehr, Vhuor von Su«, stammelte sie. Bei dem Lächeln, das sich nun auf Aghnis Gesicht abzeichnete, wusste sie nicht so ganz, was sie von dieser Vorstellung halten sollte.

»Mein Beileid für Euren Verlust.«

Sie stand wieder einmal da, wie vom Donner gerührt. So oft hatte sie die Worte in den letzten Tagen gehört. So oft hätte sie demjenigen am liebsten mit den Fäusten auf die Brust getrommelt, weil ihr das alles so falsch vorkam. Bei Vhuor war das anders. In seiner Stimme lag echtes Bedauern, echtes Mitgefühl. Kein Heucheln, kein Gekrieche, nichts, was auf einen Hintergedanken hinwies. Nur Ehrlichkeit.

»Da…Danke«, stotterte sie.

»Ich habe den Gedanken gehabt, Euch miteinander bekannt zu machen, da Vhuor hier«, die Feuerfee stieß den jungen Mann freundschaftlich in die Seite, »sehr oft mit mir die Kampfkunst geübt hat. Yias Bruder ist ein begnadeter Kämpfer und kann dir vieles beibringen, Nuada.«

Der Bruder von Aghnis Hofdame war jetzt bis an die Ohrenspitzen rot angelaufen. Er verschränkte fast schon beschämt die Arme hinter dem dünnen Rücken. Nuada war tatsächlich erstaunt. Wäre Vhuor ihr allein begegnet, hätte sie niemals vermutet, dass er mit seiner drahtigen Statur ein großer Verfechter der Kampfkunst war. Vielmehr hätte sie ihn für einen Bibliothekar gehalten.

»Danke, Vhuor, das ist … ich weiß ehrlich nicht, wie ich Euch für Eure Hilfe danken kann«, hauchte Nuada gerührt. »Und danke

Aghni, dass du an mich gedacht hast.« Nicht nur, dass die Feuerfee ihr Kinan zur Seite stellte … nein, nun hatte sie auch noch
jemanden gefunden, der ihr zusammen mit Tjorgen das Kämpfen
beibringen würde.

»He, ich kann dich in dieser Situation doch nicht ohne Feen
zurücklassen, denen ich vertraue. Am Ende hättest du noch das
Angebot von unpassenden Trainern angenommen.«

Aghni ließ offen, was – oder wen – sie damit meinte, drehte
sich zu Vhuor und deutete auf seine Seite, an der ein Schwert
angebracht war. »Also was ist, fangt ihr jetzt an?«

»Natürlich. Aber ich erwarte, dass Ihr wenigstens heute zuseht,
Prinzessin.« Schalk lag in seiner Stimme. Wussten Aghnis Eltern
von dem freundschaftlichen Verhältnis der beiden? Es wäre
nicht das erste Mal, dass auf dieser Basis unter den Adelshäusern
verheiratet wurde. Und nun, da die chingesische Prinzessin wieder
vogelfrei war … Nuada schüttelte vehement den Kopf, als sie
Vhuor auf den Platz folgte. Aghni würde morgen abreisen! Und
es lag bei den Göttern, ob sie diesen Krieg überleben würden.

»Kennt Ihr die Grundhaltung?«, fragte Vhuor.

Nuadas Kopf ruckte zu ihm herum. Während Aghni am Rand
des Platzes geblieben war, standen sie nun in der Mitte. Und
Yias Bruder nur ein paar Schritte neben ihr. Er reichte ihr einen
Holzstab, den er wohl im Gehen von einer der Waffenhalterungen
geklaubt hatte. Dankend nahm sie den Stab an sich.

»Für die Fächer, ja. Aber nicht für den Schwertkampf«, gab
sie zu.

»Ich werde Euch nicht den Umgang mit einem Schwert zeigen«,
erklärte Vhuor fast schüchtern.

»Nicht?«

»Wir können es natürlich ausprobieren, wenn Zeit ist. Aber
Prinzessin Aghni erklärte mir, dass ihr ein Wirbelwind und
recht ungestüm sein könnt.«

Jetzt war es an ihr, rot anzulaufen.

Das hatte Aghni nicht wirklich so geäußert! Peinlich berührt starrte sie auf den Boden, aber Vhuor sprach weiter, als würde er ihre Verlegenheit gar nicht bemerken. »Daher dachte ich eher an die Bang – ein Stab, der sich über einen Handgriff in drei teilen lässt. Damit könnt Ihr mit schnellen Bewegungen mehr erreichen als mit einem Schwert. Euer Training kann noch so gut sein, aber solange Ihr Euch mit Eurer Waffe nicht wohl fühlt, wird aus Euch keine gute Kämpferin. Eure Waffe muss ein Teil von Euch werden, sich im besten Fall wie ein verlängerter Arm anfühlen. Die Meister sagen immer, die Waffe sucht sich Euch aus. Daher werden wir mit der Bang beginnen und sehen, ob das etwas für Euch ist. Prinz Tjorgen wird Euch gewiss das Gleiche erzählen, wenn Ihr umfassender mit ihm übt.«

»Umfassender?«, fragte sie verwundert.

Vhuor warf einen Blick an den Rand des Platzes, wo Aghni sich auf die Balken stützte und gespannt zu ihnen herüber sah.

»Die Königin hat ihm die Erlaubnis erteilt, Euch von nun an offiziell beim Kampftraining zu unterstützen. Ihr braucht Euch nicht mehr mit Fächerwinken zufriedengeben, jetzt da Ihr … die Thronfolgerin seid.«

»Und was sagen meine Eltern dazu?«

»Eure Eltern gaben Euch, wie Ihr wisst, in die Obhut von Prinz Tjorgen. Er ist als Familienmitglied mit Euch gereist, nicht wahr?«

»Das ist keine Antwort«, fuhr sie Vhuor harscher als beabsichtigt an.

Er zuckte zurück. »Verzeiht Prinzessin, aber … ich weiß es nicht.«

Ihre Schultern sackten nach vorn. Natürlich nicht. Es gab noch immer kein Lebenszeichen von ihnen. Warum sollten sie sich auch zuerst bei jemand anderem melden?

»Nein, ich bitte um Verzeihung, Vhuor. Ich hatte nur auf eine Nachricht von ihnen gehofft, aber …«

»Dafür müsst Ihr Euch nicht entschuldigen.« Er atmete tief durch. »Also, Prinzessin, ich hoffe, Ihr wisst, was Euch bevorsteht? Macht Euch auf vielerlei Schmerzen und Muskelkater gefasst. Ihr habt harte Wochen vor Euch, wenn Ihr lernen wollt, Euch zu verteidigen.«

Nuada ließ ihre Schultern kreisen. »Ja«, sagte sie. »Ich weiß, dass es ein harter Weg wird. Aber kein anderer wird diesen für mich gehen. Ich bin bereit.«

Vhuor nickte. Er wirkte zufrieden.

»Gut. Grundstellung also. Das rechte Bein ein Stück nach vorn. Die Füße etwas auseinander, damit Ihr einen sicheren Stand habt. Gut so, ja. Und jetzt macht mir nach.«

Nuada folgte seinen Bewegungen und griff den Stab mit beiden Händen, so wie er. Auch wenn das zunächst ungewohnt war, da diese Art Waffe auf Nidalis kaum genutzt wurde, so fühlte es sich zumindest besser an als das eine Mal, als sie unerlaubterweise Nevins Schwert in der Hand gehabt hatte. Vhuor fuhr mit seinem Stab durch die Luft und sie ahmte die Bewegung nach – oder glaubte es zumindest. Immer wieder unterbrach er sie sanft tadelnd und korrigierte ihre Haltung. Das konnte doch nicht so schwer sein! Sie kniff die Lippen zusammen, aber sie bekam das Bild nicht aus dem Kopf, wie Treás' Leichnam vor ihr verbrannte.

»Wie viel schwerer wird die Waffe sein?«, fragte sie ihren Lehrer, denn es dauerte nicht lang, bis ihre Arme schmerzten. Sie ließ den Stab sinken und hatte Mühe, ihn nicht von sich zu schmeißen. Sie war stark! Warum gab ihr Körper so schnell auf?

Vhuor schmunzelte. »Nicht so viel schwerer. Ich habe Euch extra einen Stab aus einem schweren Holz gegeben, der auch nicht so leicht bricht, damit die Umstellung nachher nicht so schwerfällt.«

Sie erlaubte sich ein kurzes Aufatmen, hatte sich aber scheinbar zu früh gefreut. Vhuor sah sie prüfend an und nahm ihr mit einer schnellen Bewegung den Stab ab, ohne das sie auch nur darauf vorbereitet gewesen wäre.

»Lasst mich raten: Ihr habt die letzten Nächte kaum geschlafen?«

Woher ...? Zögerlich nickte sie.

»Verständlich. Trauern ist anstrengend. Es ist kein Wunder, dass Ihr nicht folgen könnt. Sagt mir, was erhofft Ihr Euch vom Kämpfen?«

»Was ist das für eine Frage? Natürlich, mich verteidigen zu können.«

»Und weiter?«, hakte er nach.

»Was meint Ihr?«

»Warum möchtet Ihr das können?«

»Na, um mich zu beschützen und die, die ich liebe. Mein Land und ...«

»Da haben wir es doch. Es geht gar nicht so sehr um Euch, oder?« Vhuor stützte sich geduldig auf seinen Stab.

Nuada runzelte die Stirn. »Ich wollte es immer schon lernen. Seit ich klein war. Aber ... irgendwas fühlt sich jetzt anders an. Da ist viel Schmerz«, gestand sie.

»Dann nutzt diesen. Ihr wollt Euer Land verteidigen, vor den Todesfeen und ...«

»Treás rächen. Eigentlich ist es das. Ich ... Nidalis hat sich nie wirklich nach einer Heimat angefühlt.« Sie schluckte, als sie die Wahrheit aussprach.

»Gut. Dann haben wir ein Motiv. Ihr müsst Nevin besiegen, um Treás zu rächen, oder?«

Wieder zögerte sie kurz, nickte aber dann. Sie verstand, was er meinte. Anstatt den Schmerz und die Wut zu unterdrücken, könnte sie diese für sich nutzen.

»Ich möchte etwas ausprobieren«, sagte er und stapfte zum Waffenlager. Er kam mit zwei kleinen Fächern wieder, die er ihr reichte.

»Lasst uns doch mal sehen, was der maldôsische Prinz Euch schon beigebracht hat. Ihr dürft ruhig schreien, fluchen und

Eure Wut über den Platz brüllen. Zeigt mir, wie sehr Ihr Euren Bruder dafür hasst, was er getan hat.«

Sie schluckte, griff nach den Fächern und griff nach einem Nicken von ihm an – lautstark. Ihre Finger kribbelten.

Hatte sie damit gerechnet, von ihm getestet zu werden? Ja.

So schnell? Nein, schließlich wusste er um ihren Stand.

Ehrlich gesagt war sie davon ausgegangen, von ihm mit Samthandschuhen angefasst zu werden – so, wie alle ihre Lehrer es ihr Leben lang getan hatten. Umso mehr überraschte es sie, dass er sie direkt in der ersten Stunde herausforderte. Selbst, wenn sie das ziemlich rasch auf den Boden der Tatsachen, oder eher ihren Hintern, zurück brachte. Nuada rappelte sich wieder auf und griff nach dem übrigen Fächer, bevor er ihr auch diesen aus dem Weg treten konnte. Ihr Kampfgeist war geweckt. Sie würde sich nicht unterkriegen lassen. Weder von altmyrschen Soldaten noch von Caldhra und erst recht nicht von Nevin. Wenn sie ihm jemals wieder begegnen sollte, würde sie vorbereitet sein. Und er konnte sich auf etwas gefasst machen!

Kurz vor Sonnenuntergang statteten sie einem der Gästegemächer noch einen Besuch ab. Nuada tat alles weh, doch es war ein guter Schmerz. Schmerz, den sie mit Fassung tragen würde, denn er brachte sie voran. Aghni hatte dafür gesorgt, dass keine Dienerschar sie umringte. Nur ihre Kammerzofe Li, die optisch mit ihren kupferroten Haaren so gar nicht an den chingesischen Hof zu passte, hielt sich fünf Schritt hinter ihnen.

Nuada war sie vom ersten Moment an unsympathisch und sie konnte sich nicht erklären, wieso. Bis auf ihr hübsches Äußeres war die Zofe in Gegenwart der Prinzessin eher ruhig. Aghni hatte ihr aber verraten, dass der Schein trügte und Li eines der größten Gesprächsthemen unter der Dienerschaft war, da sie reihenweise wachen, Bedienstete und angeblich sogar Beamte um ihren Finger wickelte. Vielleicht war es dieser Ehrgeiz, der Nuada nach den jüngsten Ereignissen skeptisch werden ließ.

Zwei Wachen öffneten die zarten Flügeltüren vor ihnen, ein Diener verkündete sie. Schon huschte eine blonde Frau auf sie zu.

»Prinzessin Aghni!«, stieß sie aus.

In Aoides Gesicht zeichnete sich Überraschung ab. Sie sah schlecht aus. Selbst die Pigmente, die sie über ihr Gesicht und sogar ihre Sommersprossen geschminkt hatte, konnten ihre tiefen Augenringe nicht verbergen. Ob Nuada auf andere Feen auch so ausgezehrt wirkte?

»Wolltet Ihr nicht aufbrechen?«, fragte Aoide.

Aghni nickte. »Ich habe noch eine Bitte an Euch.«

Aoides Blick schnellte zu Nuada, fragend. Sie kam sich etwas fehl am Platz vor, obwohl sie sich seit Treás Ermordung stärker mit der Halbcelone verbunden fühlte. Sie war zwar letztes Jahr für eine längere Zeit am nidalischen Palast gewesen, aber wegen Nuadas übermütigen Art ihr gegenüber immer etwas distanziert geblieben. Zumindest nahm sie an, dass dies der Grund war.

»Bitte lasst uns allein«, befahl Aghni den anwesenden Dienern und gab auch ihrer Zofe ein Zeichen, draußen zu warten.

Aoides Hände krallten sich in ihre dünnen Stoffschichten. Sie erwartete wohl schlechte Nachrichten.

»Ist etwas passiert?«, fragte sie.

Nuada schüttelte den Kopf.

»Komm, setzen wir uns doch erstmal«, bat die Feuerfee.

Aoide führte sie eine Schiebetür weiter. Ihre Unterbringung ähnelte den Räumen von Nuada, obwohl sie beinahe am anderen Ende der Etage lagen. Alles war in dunklem Holz verkleidet und von goldenen bis roten Akzenten durchsetzt. Die Prinzessin von Neu Phylos führte sie zu einer kleinen Sitzkissengruppierung, die auf einer leichten Erhöhung einen Blick auf den Palastgarten bot.

»Ich kann Prinzessin Nuada alles beibringen, was ich über Politik weiß«, sagte Aoide, sobald sie die Beine überschlagen hatte.

Aghni lächelte zaghaft. »Das ist ein großzügiges Angebot, aber deshalb sind wir nicht hier.«

»Nicht?« Aoide hob ihre Augenbrauen.

Nuada berührte unmerklich das halbe Herz an ihrem Schlüsselbein. War es gerecht, dass die Feuerfee und sie diese bekommen hatten, und nicht Aoide, die Treás ebenso aus tiefstem Herzen geliebt hatte?

»Es geht um etwas viel Größeres. Und ich gebe zu, es ist mir äußerst unangenehm, Euch danach zu fragen.« Aghni räusperte sich.

Aoides Blick schnellte erneut zu ihr, sank auf ihre Finger, die sich noch immer an dem halben Herz festhielten. Sie schluckte.

»Ihr möchtet meine Urellia haben«, sagte sie tonlos.

Aghni zögerte kurz, dann nickte sie. »Ich weiß, es ist viel verlangt. Aber wir benötigen alle Urellias, wenn unser Plan aufgehen soll. Würdet Ihr mir Euer Rätsel stellen, sofern ...« Sie knetete ihre Hände. »Wir werden selbstverständlich trotz der aktuellen Lage versuchen, nach Neu Phylos zu reisen und ...«

»Untersteht Euch!«, stieß Aoide aus.

Nuada zog irritiert die Brauen zusammen. Wollte die Gesangsfee etwa nicht, dass Caldhra gestürzt wurde? Wollte sie Treás nicht rächen?

»Ihr werdet nichts dergleichen tun«, stellte Aoide klar.

»Prinzessin Aoide, wir ...«

»Ich verbiete es. Euch in solche Gefahr begeben zu wollen, obwohl Ihr wisst, was Euch dort blüht!« Aoide schüttelte den Kopf.

Die Strenge ließ sie viel älter wirken, als ihr junges Aussehen vermuten ließ. Nuada vergaß schnell einmal, dass Treás sein Herz an eine Frau verloren hatte, die rund fünfzig Jahre älter war als er, denn Aoides sonst so fröhliches Auftreten ließ davon überhaupt nichts erahnen.

»Es ist notwendig«, versuchte Aghni es erneut.

»Papperlapapp!« Aoide wedelte mit dem Zeigefinger hin und her. »Das sind vielleicht die Vorschriften unserer Vorfahren, aber wer sagt denn, dass ich mich daran zu halten habe? Meine Eltern, Linquor habe sie selig, würden gewiss nicht wollen, dass Ihr Euch unnötig in Gefahr begebt, wenn ich die Urellia bei mir trage.«

»Aoide, Ihr könnt doch nicht ...«

»Und ob ich das kann.« Die Prinzessin von Neu Phylos lächelte. »Ich trage dieses Ding schon seit Jahrzehnten mit mir herum. Ja, seht mich nicht so an.« Sie kicherte. »Ich habe Professor Lathon noch als Kleinkind kennengelernt.«

Nuada konnte nicht mitreden, aber Aghni kicherte ebenfalls.

»Jedenfalls trage ich damit schon seit einer Weile die Verantwortung für die Urellia. Ich könnte nicht verantworten, dass Ihr an die Front geratet, für etwas, das ich Euch einfach geben kann.«

»Aoide, das ist ...« Aghni schluckte, sichtlich gerührt. »Vielen Dank.«

Die Halbcelone lehnte sich über den niedrigen Tisch und umfasste Aghnis Hände. »Das ist gar nichts. Ich wünschte, ich könnte viel mehr als das tun, um Treás ...« Sie schluckte.

Die Chingesin erwiderte deutlich ihren Händedruck. »Ich weiß. Und ich glaube, früher oder später werdet Ihr das. Freiwillig oder nicht. Ich denke ...«

Ihr Blick schwenkte zu Nuada. Ohne zu wissen, worauf die Feuerfee hinauswollte, wurde ihr kalt, denn in Aghnis braunen Augen lag reines Mitgefühl und Sorge.

»Selbst mit den zugesagten Hilfen von Königin Salva bin ich leider nicht zuversichtlich, dass die *Drei Freunde* eine Chance haben«, flüsterte Aghni.

Nuadas Hände wurden schwitzig. Sie wusste es. Schon seit ihre Eltern sie fortgeschickt hatten. Aber es aus dem Mund ihrer starken Fast-Schwägerin zu hören, brach ihr das Herz.

»Eure Generäle waren sehr klug, die drohende Gefahr vor der Haustür anzusprechen«, sagte Aoide und lehnte sich wieder zurück. »Der Albtraum wird dort nicht enden. Und wenn Altmyr die *Drei Freunde* eingenommen hat, wird es nicht mehr lange dauern, bis Caldhra ihr Augenmerk militärisch nach Ching richtet. Ich vermute, sie wird nur solange warten, bis ihr Heer groß genug ist. Wenn sie genug feindliche Feen zwingen kann, für sie zu kämpfen.«

»Ihr scheint mehr Erfahrung zu haben, als ich dachte«, rutschte es Nuada flapsig raus.

Aoide grinste. »Der Vorteil daran, dass ich schon eine Weile lebe. Meine Eltern haben ihre Ängste über die Protokolle längst verloren. Ich habe meinen Vater oft bei seinen strategischen Sitzungen begleitet, da ich nun mal die einzige Erbin bin.« Sie zuckte mit den Schultern. »Ich hatte zwei kleine Brüder, müsst ihr wissen.« Ihre Miene wurde wieder unlesbar. »Beide waren von Geburt an krank und starben noch im Kleinkindalter. Die Krankheit liegt in der Familie meines Vaters, er hatte schon mit Verlusten gerechnet. Das war ein ...«, sie wiegte den Kopf hin und her, »Grund, sozusagen, weshalb er sich mit einer Celone vermählte. Er hatte die Hoffnung, durch das Celonenblut das Risiko zu verringern, die Krankheit weiterzugeben. Hat nur bedingt geklappt.«

Bevor Nuada ihr Beileid aussprechen konnte, griff Aoide sich an den Hals und löste die Urellia. Ein rosafarbener Pezzatit.

»Entsprechend waren beide froh, überhaupt ein lebendes, gesundes Kind zu haben. Ich wurde zwar nicht wie ein Junge erzogen, aber ich hatte viel mehr Freiheiten als andere Mädchen. Mein Vater bereut das mittlerweile zwar«, sie kicherte wieder, »da er eigentlich sehr konservativ ist, und wollte, dass ich unter der Fuchtel meines Ehemannes stehen werde. Ich habe mich in Treás verliebt, weil ...«, trotz ihres Lächelns kullerte ihr eine Träne über die Wange, »weil er mir nur mit Güte und Freundlichkeit begegnete. Verständnis. Mit ihm hätte ich unsere Länder vereinigen können, ohne meinem Mann alle Entscheidungen überlassen zu müssen.« Aoide räusperte sich, fuhr sich mit der freien Hand übers Gesicht und strich die Tränen fort. »Entschuldigt.«

»Da gibt es nichts zu entschuldigen.« Nuada fand endlich ihre Stimme wieder und zwang sich zu einem Lächeln. »Wir fühlen mit dir.«

Aoide nickte. Wortlos übergab sie Aghni den feingliedrigen Anhänger.

»Danke. Wirklich.« Die Augen der Feuerfee leuchteten. Auch in ihnen standen Tränen.

»Dafür nicht«, stellte Aoide klar. »Auch wenn ich nur einen kleinen Teil dazu beitragen kann, dass Treás' Tod gerächt wird.«

»Das wird nicht umsonst sein«, versprach Aghni.

Sie klang so zuversichtlich, obwohl noch so viel zwischen den Freundinnen und ihrem Ziel lag. Nuada ahnte, dass der schwerste Teil ihrer Reise noch vor den Frauen lag – und dennoch hatte auch sie Mut darin geschöpft, dass Aoide ihnen die Urellia einfach so überreicht hatte. Sie sah Aghni an, dass es ihr ebenfalls so ging. Gleichzeitig war sie der Feuerfee dankbar, dass sie ihr Hilfe bereitgestellt hatte.

Sie würde diese Gunst nicht verstreichen lassen.

5.

Venedta erstarrte zu einer Salzsäule. Bei ihren Begleitern, die gesattelt und gespornt bei ihren Freundinnen vor den Ställen standen … stand *er*.

Sie wäre ihm nach ihrer schlaflosen Nacht und ihrem Treffen im Palastgarten am liebsten für immer aus dem Weg gegangen. Blut schoss in ihre Wangen.

Nayana schnaubte irritiert. Die Ricke stupste sie an, fast schon ungeduldig, denn natürlich war dem Tier die Aufregung um die Abreise nicht entgangen. Was machte er hier?

Warum war er dort? Und noch viel dringender stellte sich ihr die Frage: Warum hatte er einen stämmigen Phidrehirsch bei sich, bepackt mit Satteltaschen? Die einzig logische Erklärung dafür gefiel Venedta ganz und gar nicht. Sie atmete tief durch. Sie sollte nicht zu schnell schlussfolgern.

Beruhigend redete sie auf Nayana ein und zwang sich, die letzten Schritte zu ihren Freundinnen zu gehen.

»Prinz Keram, das ist aber eine Überraschung.« Sie versuchte sich an einem Lächeln.

»Venedta, ich hoffe, auch du bist damit einverstanden. Er und sein Kammerdiener werden uns nach Manskelie begleiten«, antwortete stattdessen Nephele und grinste sie breit an.

»Wieso das denn?«, rutschte es ihr flapsig heraus und sie schob schnell hinterher: »Glaubt Ihr etwa, wir finden den Weg nicht allein?«

Seine Anwesenheit war ihr jetzt schon unangenehm. Wenn sie daran dachte, die nächsten Tage in seiner Gegenwart zu verbringen … Ihr Magen flatterte.

Wie sollte sie das aushalten? Wie sollte sie es schaffen, ihre Gefühle zu ignorieren und vernünftig zu bleiben?

Keram biss sich ebenfalls grinsend auf die Lippe. »Ganz im Gegenteil, Prinzessin Venedta. Aber wir haben denselben Weg, denn ich gedenke in meine Heimat zurückzukehren und meinem Vater Bericht über die Konferenz zu erstatten. Und ein wenig Geleitschutz schadet nicht, oder?«

»Wir brauchen Eure Hilfe nicht«, stellte Venedta klar.

Tara sah sie verwundert an, vermutlich, weil die Pflanzenfee sie noch nie so erlebt hatte. Es war ihr selbst unangenehm, so harsch zu sein, doch seltsamerweise löste Keram das in ihr aus. Tara wusste nicht, was zwischen ihnen stand. Venedta hatte es ihren Freundinnen, so gut es ging, verheimlicht, dass sie Nachrichten mit ihm austauschte. Und selbst wenn sie es mitbekommen hatten ... Für Venedta stand von vorneherein fest, dass zwischen Keram und ihr nur Freundschaft bestehen durfte. Und das war schon das allerhöchste der Gefühle, was die kufkanischen Adligen ihr gestatten würden. Nach dem, was Aghni widerfahren war, konnte sie nicht vorsichtig genug sein. Wer wusste schon, ob Keram nicht doch mit den Rebellen unter einer Decke steckte und ihr nur deshalb Avancen machte.

»Wer sagt denn, dass ich euch meinen Geleitschutz anbiete? Einen solchen Gedanken hätte ich spätestens auf dem Kampffeld des Tjosts verworfen. Vielmehr habe ich auf den Euren gehofft.«

Venedta schürzte die Lippen. Natürlich war er der Charme in Person. Und natürlich wusste sie, dass sie sich albern benahm und ja, vielleicht nicht ganz fair. Aber es würde ihr schwerfallen, auf der Reise nach Manskelie die Distanz zu wahren, die ihre Gefühle bräuchten, um nicht vollends durchzudrehen. Es reichte ja schon ein Brief von ihm, um ihr den Tag zu versüßen. Ganz zu schweigen vom gestrigen Abend, wo er ... Nein! Sie verbot sich strikt jeglichen Gedanken an den Moment im Garten.

»Schön. Von mir aus«, schnaufte sie. »Können wir dann los?

Wo ist Nahél?«

»Sie ist auf der Suche nach Jumanh und Catarh«, erklärte Aghni und lugte hinter dem Luftgeist Ciraia hervor. »Sie wollte uns heute Abend abfangen. Ich mache mir keine Sorgen darum, dass sie uns findet.«

Nephele nickte. »Also wir sind startklar.«

Venedta sah mit zusammengekniffenen Augen zu Keram und seinem Diener. »Gut, dann bitte. Wir sollten nicht noch mehr Zeit vertrödeln.«

Keram öffnete beinahe empört den Mund, aber Venedta wandte sich schnell Nayanas Sattel zu und prüfte die Gurte, um sich nicht in seinen Augen zu verlieren. Sie schwang sich auf den Rücken der Ricke. Ihre Wangen waren viel zu heiß, als dass sie ihm noch länger hätte entgegensehen können.

Das war auch der Grund, warum sie Nayana schnell vorantrieb, um neben Ciraia, die Aghni und Nephele trug, die Führung ihrer Gruppe zu übernehmen. Der Luftgeist kannte den Weg nach Nordwesten. Sowie sie vom Boden abhoben, versuchte Venedta, ihre Gedanken auszuschalten. Sie ließ Ching auf sich wirken, so wie in den ruhigeren Momenten der letzten Tage. Ihr gefiel Aghnis Heimat, auch wenn sie gänzlich anders war als ihre eigene – die weitläufigen Hügel der Ostlande, das quirlige Treiben in Vaysuv standen im starken Kontrast zu den rauen Berglandschaften Kufkanias.

Den Tag über sprachen sie nicht viel. Nayana hatte sich seit ihrem Ausbruch aus Láthrá an die lange Zeit in der Luft gewöhnt. Die Flügel, die Nahél ihr erschaffen hatte, waren ihr mittlerweile nicht mehr fremd, und die starke Muskulatur, die sie aufgebaut hatte, ermöglichte es ihnen, tagsüber kaum noch Pausen zu machen. Sie stoppten meist nur mittags einmal.

Am Abend rasteten sie nah dem Hafen von Gao. Sie folgten ihrer üblichen Aufbauroutine des Lagers, wobei Nephele und Aghni Nahéls Aufgabe mit übernahmen und Holz sammelten.

Es fühlte sich seltsam an, nach all den Geschehnissen der letzten Tage im Königstempel mit dem Wissen zu reisen, dass die Königshäuser sie fortan nicht mehr suchen würden. Zumindest offiziell. Venedta hegte den Verdacht, dass nicht alle sich daran halten würden – Taras Vater eingeschlossen. Aus dem Augenwinkel beobachtete sie Keram und seinen Diener. Die beiden folgten ebenfalls einer schnellen Routine, ihr Zelt aufzuschlagen. Der Kammerdiener machte sich daran eine Feuergrube zu heben, als Aghni aus ihrem Zelt trat.

»Nicht. Wir werden zwar offiziell nicht mehr gesucht, aber jeder im Umkreis von drei Kilometern wird diese Flammen sehen. Ebenso den Rauch, solange die Sonne noch nicht untergegangen ist. Jeder wird wissen, dass wir Reisende sind. Ihr könnt mit uns speisen«, bot sie an.

Aghni hatte Recht – ihre magischen Flammen hatten schon öfter dafür gesorgt, dass sie in der Nähe von Städten nicht aufgefallen waren, denn diese konnten sie gefahrlos im Zelt nutzen und sie produzierten keinen Rauch.

»Vielen Dank«, kam es von Keram, »dieses Angebot nehmen wir gern an.« Er nickte Aghni zu.

Venedta biss sich auf die Unterlippe. Das wurde ja immer besser! Flügelschläge unterbrachen ihre Gedanken. Sie blickte auf. Jumanh und Catarh landeten neben ihnen. Nahél glitt vom Rücken ihres Maranenkaters und grinste.

»Ich sehe, ich komme gerade noch pünktlich zum Abendessen.« Sie rieb sich die Hände und führte Jumanh an ihr vorbei, um ihn dann abzuzäumen. Catarh tapste zu Aghni und begrüßte sie mit einem heißen Schnauben ins Gesicht, welches ihr die Frisur ruinierte. Die Feuerfee lachte.

»Ja, ich habe dich auch vermisst«, sagte sie und kraulte den Drachen unterm Kinn.

Venedta schlug die Zeltplane zurück und half Tara beim Bereiten des Mahls. Die Pflanzenfee erschuf noch zwei Hocker aus

Weidengeflecht, dann riefen sie zum Essen.

»Oh, ihr habt es aber gemütlich hier drinnen«, befand Keram, als er eintrat.

»So komfortabel kann man nur mit einem magischen Zelt reisen«, sagte Nephele stolz und setzte sich.

»Unsere Familie besitzt auch so eines. Aber es wird eher pragmatisch genutzt«, erklärte Keram. Er setzte sich ihr gegenüber.

»Und das heißt?«, fragte Tara. Sie füllte die erste Schale mit Eintopf und reichte sie Nephele.

»Gerade befindet es sich bei Marek an der Front um Meral. Es ist noch um einiges größer als dieses hier und wird als Krankenlager genutzt.«

»Das klingt vernünftig. Hat es einen Tarnzauber?«, fragte die Luftfee.

Keram nickte. Während die anderen sich ebenfalls setzten und Tara das Essen verteilte, herrschte Schweigen.

»Wisst Ihr, was Euer Vater als Rätsel für die Urellia vorsieht?«, fragte Nahél.

»Ich bedaure, nein. Aber dass er sie euch nicht einfach aushändigen wird, davon muss ich leider ausgehen. Ihr müsst wissen, im Kampf gibt es gewisse Regeln, denen wir alle folgen müssen. Iatei ist ein sehr strenger Gott.«

Venedta kroch eine Gänsehaut über den Rücken. O ja, das wusste sie! In ihren Ohren hallte noch immer der Fluch nach, den Iatei auf Nahél losgelassen hatte. Ein weiterer Albtraum, der sich in ihre schlaflosen Nächte einreihte.

»Ich habe mich schon immer gefragt, wie Ihr den Lehren Iateis folgen könnt«, rutschte es ihr heraus.

Keram sah sie stirnrunzelnd an. »Iatei mag streng sein, zugleich ist er aber auch gerecht. Und er verurteilt Feen nicht für ihr Äußeres, sondern sieht nur ihre innere Stärke.«

Sie schnaubte leise, aber bevor er etwas sagen konnte, grätschte Nahél dazwischen.

»Ich hatte schon befürchtet, dass Euer Vater keine Ausnahme für uns machen wird«, murmelte die Giftfee und tauschte einen langen Blick mit ihr. Ob sie sich ebenso unwohl dabei fühlte, in das Herrschaftsgebiet des Gottes vorzudringen, den sie verärgert hatten?

»Ich muss mich wirklich bedanken. Das Essen ist köstlich.« Keram lächelte zu Tara hinüber. »Ich würde mich freuen, wenn ich dafür die erste Wache übernehmen dürfte.«

»Tut Euch keinen Zwang an«, rutschte es Venedta heraus, bevor sie sich auf die Zunge beißen konnte. Kerams Mundwinkel zuckten. Was war nur mit ihr los?

Venedta erkannte den Albtraum sofort wieder.

Kalter Stein umgab sie. Hohe, von Säulen getragene Decken ragten hoch über ihrem Kopf auf. Aufgeregte Stimmen drangen an ihre Ohren. Um sie herum versuchten Feen, irgendwie aus den Seitenausgängen zu fliehen. Auch vor den schweren Türen, die noch von Wachen verteidigt wurde, herrschte Tumult. Die Rebellen waren da.

»Venedta, komm schnell!«

Ihre Mutter packte ihre Hand. Mit der anderen hatte sie Iniya gegriffen, die ihr schnell von ihrem Vater abgenommen wurde, der sie auf den Arm nahm. Ihre kleine Schwester hatte gerade erst das Laufen gelernt.

»Rasch, hier entlang.«

Ihr Vater dirigierte sie nach Osten. Wachen begleiteten sie, doch in dem Chaos, das herrschte, war kaum ersichtlich, wer um sie herum zu welchem Haus gehörte, geschweige denn, wer wem Treue geschworen hatte. Das Fest war zu Ehren von Ulmar abgehalten worden, der neben Paiké der wichtigste Gott auf Kufkania war. Priesterinnen und Adlige aus dem ganzen Land waren gekommen. Und die Rebellen hämmerten lautstark gegen die Türen. Venedta stolperte hinter ihren Eltern her.

Dieser Tag ... sie hatte versucht, ihn aus ihrem Gedächtnis zu verbannen. Viel mehr noch als jenen Tag auf den Steppen, als sie mit ihrem Vater auf den Nymphenjäger gestoßen war.

Sie erreichten einen langen Gang. Auch dieser war voller Feen. Die Schreie der Wachen hallten schauderhaft durch die hohen Räume. Iniya weinte, an die Brust ihres Vaters gepresst. Venedta hörte das Holz bersten. Die Flügeltüren, aus mächtigem Eichenholz, brachen unter dem Druck der Rebellen, die von außen versuchten, ins Gebäude einzudringen.

»Phaenna, nimm die Mädchen und lauf«, befahl ihr Vater.

Venedta konnte ihn nur anstarren, unfähig, etwas zu sagen. Ihr Magen war verknotet. Fieberhaft versuchte sie, die Hand ihrer Mutter nicht zu verlieren. Diese starrte ihren Mann nur verständnislos an, als er ihr Iniya in die Arme drückte.

»Schützt den König!«, brüllten Wachen nah bei ihnen.

»Mein Schwert!«, forderte ihr Vater. »General, geleitet meine Frau und die Kinder nach draußen!«

»Wie Ihr befehlt, Hoheit.«

»Leotro, nein!«

Ihre Mutter schluchzte. Der General packte sie kommentarlos und schob sie weiter voran, ihren Widerstand ignorierend. »Meine Königin, denkt an die Kinder, bitte«, brachte er ein paar Schritte weiter hervor und das schien sie zu überzeugen.

Kampfeslärm drang an ihre Ohren. Venedtas ganzer Körper war mit einer Gänsehaut überzogen. Damals verstand sie noch nicht, was die Rebellen wollten. Warum sie die Ratshalle und die Krone angriffen. Und selbst ihr, einem jungen Mädchen, nach dem Leben trachteten. Sie verstand noch nichts von Politik. Wie naiv sie gewesen war, begriff sie erst, als sie diese Szene wieder durchlebte. Sie hätte sich schon viel früher mit Intrigen und Ränkespielen auseinandersetzen müssen. Besonders als Halbnymphe, die sie war.

Die Wachen eskortierten sie durch eine Seitentür nach draußen. Dort war Blut, viel Blut. Vor ihnen wurde gekämpft. Der General stellte sich immer wieder mit einem Schild aus Sonnenlicht vor ihre Mutter und Iniya. Ein weiterer Mann schirmte sie ab. Mit der freien Hand parierte er Hiebe einer Axt, die ihr gefährlich nahekam. Knapp vor ihr flogen Gedärme. Sie schrie spitz auf. Der Mann, ihr Beschützer, ging röchelnd zu Boden.

»Venedta!«

Der General wollte sie näher an ihre Mutter ziehen, doch er hatte damit zu kämpfen, die Angreifer von der Königin fernzuhalten.

»Die Prinzessin! Greift sie euch, Männer!«

Derbe Hände versuchten, nach ihr zu packen. Ihre Angst ließ sie rückwärts taumeln. Aus ihren Fingern drangen helle Lichtstrahlen. Sie erschuf sich ihr eigenes kleines Schild. Nicht viel, aber das war das Einzige, was sie durch ihren bisherigen Magieunterricht, in ihrer Panik zustande brachte. Sie wich einem weiteren groben Handschuh aus.

»Haltet sie!«

»Venedta!«

Ihre Mutter rief immer wieder ihren Namen. Aber in diesem Moment war sie auf sich gestellt. Sie traf den Blick von einem der Rebellen. Und es dauerte keine Millisekunde, da wusste sie: entweder sie oder die Männer. Ja, sie war wohlbehütet aufgezogen worden … dennoch hatte sie genug Sagen gelesen, um zu wissen, was in den Augen des Mannes stand. Es war nicht nur Mordlust. Wenn sie in die Hände der Rebellen gelangte, wäre der Tod vermutlich ein Segen.

Ihr Herz klopfte wie das eines kleinen Vogels. Ohne zu zögern, rannte sie im Zickzack los, zwängte sich zwischen Feen und Karren hindurch. Zwischen Kämpfenden und Fliehenden. Wich Händen und Waffen aus, die ihren Weg kreuzten. Die Rufe ihrer Mutter wurden leiser im Gedränge der Massen, das Gebrüll der

Männer hinter ihr dafür immer lauter. Sie wechselte die Haarfarbe, einmal, zweimal, wusste aber, dass ihr das nichts nützen würde, solange sie das gleiche Kleid trug, denn das wies sie unausweichlich als Adlige aus. Und dann stand sie da. In der engen Gasse. Vor sich eine Mauer, hinter sich eine Gruppe Rebellen, dem wie einem Rudel Wölfe schon der Zahn tropfte.

Panisch fuhr sie herum. Erst jetzt sah sie genau, mit wem sie es zu tun hatte. Es waren meist grobschlächtige Kerle. Nur einer war schmal gebaut, fast schon spindeldürr. Aber das machte ihn nicht weniger gefährlich.

»Sieh an, sieh an. Der kleine Nymphenbastard.« Ein grimmiges Lächeln lag auf dem verhärmten Gesicht. Der Mann hatte eisblaue Augen, mit denen er sie fixierte. »Na, was ist Männer? Wollen wir mal sehen, was die Kleine so kann?«

Venedta hob trotzig ihr Kinn. Sie winkelte ihre Arme an und drehte ihre Handflächen nach außen, so wie in den Übungskämpfen mit ihren Lehrern. Dann ließ sie kleine Lichtfunken auf ihrer Hand tanzen, zur Abschreckung. Sicher konnten diese Männer keinen einzigen Lichtstrahl hervorbringen, keinen Funken von Magie, wenn sie es amüsant fanden, sich mit einem Kind zu messen und es zu bedrohen.

»O seht doch, sie droht uns«, johlte ein anderer Kerl.

Ein Feixen ging durch die Runde, aber sie ließen sie keine Sekunde aus den Augen. Der dürre Kerl hob abschätzig eine Augenbraue und stützte sich auf den Griff seiner Mistgabel.

»Süß.« Er prustete sich eine dreckige Strähne aus der Stirn. »Sie versteht gar nicht, was wir ihr alles tun könnten.«

O doch. Das tat sie. Und als sie seinem Blick erneut begegnete, fuhr ihr die Erkenntnis wie eine heiße Faust in den Magen, dass mindestens sieben dieser Kerle ihr den Weg zu ihrer Mutter abschnitten.

»Bleibt mir fern!«, brüllte sie ihnen entgegen.

Lautes Gejohle war die Antwort. In all dem Chaos um sie herum,

70

dem ganzen Blut und dem Kampfgebrüll, wirkte das geradezu absurd.

»Meint ihr, Nymphen sehen anders aus, zwischen den Beinen?« Der abschätzige Blick eines Hünen ließ sie schaudern. Sie ballte ihre Hände ängstlich zusammen, ließ ihre Strahlen heller werden, und erntete dafür noch mehr Gelächter. Der dünnere Kerl beobachtete sie genau. Er fuhr mit der Hand über seinen ungepflegten Bart.

»Finde es doch heraus, entwischen kann sie dir kaum. Diese lächerlichen Lichtspielchen und das Wechseln der Haarfarbe ... ts, ts.«

Venedta biss sich auf die Lippe. Sie musste einen Weg raus finden! Sie öffnete ihre Gedanken, schrie mithilfe ihrer Telepathie nach Hilfe, aber alles, was zurückkam, war Leere. Ihr Kopf blieb leer, ebenso wie die Gasse hinter den Männern. Keine Wachen, die mit erhobenen Waffen herbei stürmten, um sie zu retten.

Der Hüne machte einen schwerfälligen Schritt auf sie zu. Nein! Sie durfte das nicht geschehen lassen. Er dufte sie nicht mit seinen dreckigen Händen berühren! Aber wie ...?

Etwas Kleines in ihrem Augenwinkel erregte ihre Aufmerksamkeit. Eine Maus, die hinter Fässern hervor huschte und in einer Mauerritze verschwand. Und plötzlich hallte die Stimme ihres Lehrers in ihr wieder.

»Nichts ist auf den zweiten Blick so, wie es auf den ersten scheint.« Und die ihrer Tante Nydalhé, die etwas für Nymphen Selbstverständliches gesagt hatte: »Du kannst alles sein, was du dir vornimmst.« Sicher, sie war nur eine Halbnymphe. Und ihre Tante hatte es in einem ganz anderen Zusammenhang gesagt, nämlich dem der Tarnung in dem natürlichen Lebensraum der Nymphen, dem Wasser. Genau dafür konnten sie ihre Haarfarbe ändern, und auch ihre Haut der Umgebung leicht anpassen. Um sich zu schützen. Sie hatte nur ihre Haare. Aber dafür schlummerte etwas anderes in ihr. Feenkräfte. Ihre ganz eigenen, tief verankerten Feenkräfte.

Der Mann war ihr schon viel zu nahe. Er griff nach ihrem Arm. Und sie? Venedta atmete tief durch, ließ ihre Magie fließen, plötzlich ganz gelassen. Sie stellte sich vor, wie es wäre, klein und wendig zu sein ... und einfach ganz schnell fort von diesen Männern zu kommen. Ihre Mutter in diesem Chaos zu finden.

Dann schrumpfte sie. Entkam den Händen des Mannes, der sie greifen wollte. Spreizte ihre Arme – nein, es waren Flügel. Flügel, die ihr das Leben retteten, als sie vom Boden abhob und so rasch über den Köpfen der Männer war, über den Dächern der Stadt, dass sie kaum verstand, was ihr gerade gelungen war.

Aber dieser Pfeil, wo kam der her? Der war damals nicht dort gewesen und ... Venedta schrie. Schmerz durchzog ihren Körper, brannte in ihr wie Feuer. Das Lachen Caldhras kam aus dem Nichts. Dunkelheit überschwemmte sie erneut, nahm ihr die Luft. Schemen von Feen umwaberten sie. Die Dunkelheit legte sich und sie fand sich auf einem Schlachtfeld voller Toten wieder.

Nicht weit entfernt stand Caldhra und durchbohrte sie mit ihrem Blick. »Du hast immer noch keine Angst? Ich bin fast schon beeindruckt«, gab die Halbgöttin von sich. »Aber vielleicht kennst du den wahren Grund nicht, warum Zarath mich damals bestrafte.« Sie stieß ein hohes Lachen aus, hob ihre Hände und dunkle Masse legte sich um den Toten, der Venedta am nächsten war. Der Gefallene richtete sich auf. Er schlug die blutunterlaufenen Augen auf und rannte auf sie zu. Wieder war dort ein Pfeil aus schwarzer Masse, der auf sie zuraste, sie traf. Schreiend griff sie sich an die Brust und ...

Venedta schreckte hoch. Es war bestimmt das zehnte Mal diese Nacht, dass sie aufwachte.

Dieser Albtraum war der Schlimmste seit langem gewesen. Sie fuhr sich mit den Händen übers Gesicht, gab den Versuch zu schlafen auf. Seit Iniyas Entführung waren Augenringe ihre ständigen Begleiter geworden. Venedta seufzte still und griff nach ihrem Umhang. Lautlos wickelte sie sich in die dünne Wolle, schlüpfte in ihre Schuhe und verließ das Zelt. Sie wusste, dass Nahél das jedes Mal bemerkte, aber nach den ersten kalten Winternächten, in denen sie nichts für sie hatte tun können, hatte die Halbcelone es aufgegeben und überließ sie ihren Gedanken.

Sie war erst ein paar Schritte weit gegangen, als ein Knacken sie zusammenfahren ließ. Wie von selbst entzündete sich ein kleines Sternenlicht in ihrer Hand.

»Wo wollt Ihr denn ... Venedta?«

Sie verkniff sich ein Augenrollen. Natürlich. Sie hatte vergessen, wer diese Nacht Wache hielt.

»Ich konnte nicht schlafen«, antwortete sie so würdevoll wie möglich. Im Halbdunkel ihres Lichts erkannte sie, dass er auf einer Decke hockte und schnitzte. Sein Phidrehirsch lag neben ihm, den Kopf mit dem mächtigen Geweih auf seinen Füßen gestützt und beäugte sie kritisch. Zumindest bildete Venedta sich das ein.

Keram zog die Brauen nach oben und eine Falte bildete sich auf seiner Stirn, die sie gern nachgefahren wäre. Moment, was? Sie rügte sich selbst.

»Und im Dunkeln allein spazieren zu gehen ist die Lösung?«

»Die Lösung wäre es, meine Schwester zu finden«, fauchte sie harscher als beabsichtigt. Er hatte ja keine Ahnung! Der Hirsch hob seinen Kopf und seine Ohren drehten sich zu ihr. Sie seufzte. »Im Übrigen gehe ich nicht spazieren«, sagte sie etwas gelassener. »Ich sehe mir nur gerne den Sternenhimmel an. Und den Mond. Dann fühle ich mich Iniya näher.«

»Verzeiht«, sagte Keram. »Ich wollte nicht aufdringlich sein.«

Venedta atmete tief durch. »Schon gut. Und bitte, da wir ja offensichtlich eine Weile gemeinsam unterwegs sein werden, duzt mich doch.«

Ein Lächeln huschte über sein Gesicht. Im Schein des Feuers wirkte seine Haut wie flüssiger Topas. »Wie du wünschst.« Er rückte ein Stück näher zu seinem Hirsch und klopfte neben sich auf die Decke. »Willst du dich zu mir setzen?«

Wie bitte? Ihr Herz begann zu rasen. Kurz blieb sie an seinen dunkelbraunen Augen hängen, in denen Schalk lag.

»Ich fürchte, dass würde auch weiterhin einem Skandal gleichkommen«, sagte sie betont gelassen. Der Wind strich kühl vom nahe gelegenen Tamirgebirge herunter. Sie fröstelte und sah zu den Bergen. Durch den dichten Nebel waren nur die obersten Gipfel im Mondschein zu erkennen. Ruhelos schritt sie an Keram vorbei zur Hügelkuppe. Im Tal brannten selbst zu dieser späten Stunde die Lichter von Gao. Ein paar vereinzelte Feuer waren sogar auf dem Wasser zu sehen.

»Vermutlich ist es das letzte Mal, dass ich eine solche Reise mit Bimosh antreten werde.« Keram war lautlos neben sie getreten.

Sie warf ihm lediglich einen Seitenblick zu. Versuchte, ihr springendes Herz zu ignorieren. »Bimosh?«

Er schmunzelte, pfiff ganz leise durch die Zähne. Der Phidrehirsch kam angetrabt und schmiegte seine Nüstern in Kerams Hand.

»Wie alt ist er?« So falsch es ihr auch vorkam, wäre es vermutlich das Einfachste für diese Reise, so zu tun, als wäre da nichts. Als würde sie nicht ahnen, dass er sie nicht nur als kufkanische Prinzessin schätzte. Es gab so vieles, das er nicht über sie wusste. Ob er sie immer noch so ansehen würde, wenn er sie richtig kennen würde? Ob er bei der Konferenz ebenfalls so an ihren Lippen gehangen hätte?

»Ich habe ihn zu meiner Geburt geschenkt bekommen«, erklärte Keram. »Das ist verbreitet auf Manskelie. Die Tiere sollen sich von klein auf an unsere Gesten und Signale gewöhnen, um im Kampfgeschehen bestmöglich zu reagieren.«

Er kraulte den Hirsch unterm Kinn.

»Da kann ich kaum mitreden«, gestand sie. »Ich hab erst mit zwölf das erste Mal auf einem Callo gesessen.«

»Dafür schlägst du dich gut«, befand er.

Ihre Wangen wurden heiß. »Untersteh dich, mich aufzuziehen! Es reicht, um diese langen Reisen zu überstehen. Ein Tjost oder gar eine Schlacht ...« Sie schüttelte den Kopf und musste sich zurückhalten, ihre Haarfarbe ins Dunkelgrün zu wechseln. Noch war sie nicht bereit, ihm diese Seite von sich zu zeigen.

»Sei froh.«

»Wie darf ich das jetzt verstehen?«

Er zuckte mit den Schultern. »Ich finde, es ist nicht richtig, Feen von Geburt an auf Schlachten vorzubereiten. Sie nur Kampf und Waffen sehen zu lassen ...«

»Das haben deine Eltern doch nicht getan?« Sie erschrak. In seinen Briefen klang es eher, als hätten Marek und er eine recht unbeschwerte Kindheit gehabt.

»Zum Glück nicht«, bestätigte er. »Aber ich habe es oft genug beobachtet. Feen, die ich früher als Freunde bezeichnete, sind heute verblendet. Sie hatten immer nur Training, wollten immer die Besten sein und ihren Familien Ehre bringen. Ihr Charakter hat sich diesem Wettbewerb angepasst und es macht heute keinen Spaß, mit ihnen zu reden.«

Venedta schwieg. Es passte zu Iatei, dass er ein solches Verhalten unter seinen Gläubigen guthieß, vielleicht sogar förderte.

»Der Mond ist leider nicht gut zu sehen«, stellte Keram fest. Sein Hirsch röhrte leise. Es klang es wie ein trauriger Seufzer.

»Das macht nichts«, flüsterte sie. »Die Nacht reicht aus, um mich Iniya nahe zu fühlen.«

»Sagte die Prinzessin der Sonne.« Er lachte leise.

»Nicht der Sonne«, stellte sie richtig. Auch wenn Kufkania Paiké gewidmet war, so bestand ihre Magie nicht nur aus Sonnenlicht. »Des Lichts. Klingt ekelhaft edel, ich weiß.« Sie zuckte entschuldigend mit den Schultern. »Viele vergessen, dass Mond und Sterne ebenso unsere Magie beeinflussen. Es ist kein Wunder, dass Irava kaum noch Beachtung geschenkt wird.«

»Wem?«, fragte er, wie zu erwarten.

»Irava.« Seit sie im Land der Götter gewesen war, fragte sie sich immer wieder, ob die Göttin der Nacht ebenfalls an der Gabe Kufkanias beteiligt war. Eine leise Stimme in ihr, vermutlich der Nachhall der Verbindung mit Paiké, bestätigte ihr diesen Verdacht.

»Die Vergessene, wird sie auch genannt«, fügte sie noch leiser hinzu. »Sie ist eine der ältesten Göttinnen, und doch kennt kaum eine Fee ihren Namen.«

»Ist sie die Göttin des Mondes?«

Venedta schmunzelte. »Der Nacht.« Sie strich sich eine Strähne aus dem Gesicht. »Viele der Gelehrten halten sie für undurchsichtig, oder gar böse. Aber ist die Nacht böse, nur weil sie dunkel ist?«

»Die Nacht bringt kaum Leben hervor. Nichts könnte ohne Tageslicht leben, oder?«, fragte er im Gegenzug.

»Und nichts ohne die Nacht. Zu viel Sonnenlicht ist ebenso schädlich. Nur beides zusammen ergibt Harmonie.«

»Ihr seid ja eine tolle Wache!« Eine tadelnde Stimme ließ sie beide herumfahren.

Tara stand ein paar Schritt hinter ihnen, im Dunkeln nur durch ihre Narbenlinien zu erkennen, die leicht glühten. Sie hatte die Arme verschränkt.

»Ich habe ihn wohl abgelenkt«, rutschte es ihr raus.

Tara zog die Brauen hoch. »Das sehe ich. Ich übernehme die nächste Wache.« Ihre sonst so zarte Stimme duldete keine Widerrede.

Venedta schlug die Augen nieder. Zwang ihre Haare, nicht zu verraten, wie ertappt sie sich fühlte.

Dabei war es nicht verwerflich, ein Gespräch zu führen, oder? Aber wenn jemand von außerhalb ihrer Gruppe gesehen hätte, wie sie Seite an Seite in den Sternenhimmel schauten ...

»Das ist vermutlich besser«, stimmte sie zu. »Gute Nacht.«

Sie huschte an Keram vorbei, drückte kurz Taras Hand und verschwand im Zelt. Wie hatte sie nur so unvorsichtig, ja gedankenlos, sein können? Leise legte sie sich wieder schlafen.

Doch sie lag noch lange wach, dachte an seine Augen, die immer wieder längeren Blickkontakt gesucht hatten. Ihr Herz raste.

6.

Nach fünf Tagen und einer harten letzten Etappe erreichten sie den Südostzipfel Manskelies. Schwer erschöpft rasteten sie am späten Abend am Delta des Rhós, bevor sie am nächsten Morgen zum Schloss in den Norden des Landes aufbrachen. Die Landschaft war wild und erinnerte Venedta ein wenig an ihre Heimat. Raue Berglandschaften zogen im Westen unter ihnen vorbei. Sie flogen nahe der Straße, die von Riardorn nach Sonaro führte, wie Kerams Kammerdiener ihr erklärte.

Während der Reise kam sie nicht drumherum, ab und zu ein Wort mit Keram zu wechseln. Sie hatte gehofft, dass es ihr nach einiger Zeit leichter fallen würde, sich in seiner Nähe aufzuhalten. Doch ihr Körper machte ihr einen Strich durch die Rechnung, was sie immer mehr ärgerte. Sie wurde nervös, ihr Herz flatterte und ihre Haare wollten ständig ins Orange wechseln. Warum fühlte sie so? Warum konnte sie das nicht einfach ignorieren? Wenn sie mit ihren Freundinnen zusammen war, tat sie, als wäre alles gut. Sie wollte nicht, dass jemand Wind davon bekam, was in ihrem Herzen vorging. Sie hatten genug andere Sorgen. Dennoch konnte sie nicht anders, wich seinem Blick aus oder, noch untypischer für sie, wurde schnippisch.

Am Vormittag des siebten Tages erreichten sie endlich die äußeren Mauern des Schlosses. Die Sandsteingebilde erinnerten sie im ersten Augenblick an den Palast von Maldôs. Doch sobald sie die schweren Metalltüren passiert hatten und Kerams Zuhause zwischen den Hügeln in Sicht kam, korrigierte Venedta diesen Eindruck. Vielmehr erschien das Schloss wie eine wilde Mischung aus umarharschem Baustil und Kufkanias Architektur.

Wuchtig, beinahe aufdringlich ragten die Türme gen Himmel, unterbrochen von geschwungenen Öffnungen mit bunten Fenstern, die in der Sonne aufblitzten. Als sie näher kamen, erkannte Venedta, dass die vermeintlich feisten Wände zum Großteil mit feinsten Mosaiken in schillernden Rot- und Brauntönen verziert waren, die im Sonnenlicht fast wie geronnenes Blut wirkten. Die hohen metallenen Flügeltüren schwangen zurück und gaben den Blick auf eine kleine grüne Oase frei. Entgegen ihrer Erwartung, einen Übungsplatz vorzufinden, war der Palasthof von Büschen überwuchert, die gerade die ersten sattgrünen Blätter trieben. Ihr Blick glitt zu Keram, der vor dem Seitenflügel hielt, von seinem Hirsch stieg und dann seinem Kammerdiener vom Callo half. Er winkte Bedienstete heran, die sich um ihre Reittiere kümmerten.

»Folgt mir bitte«, rief er und stieg die Stufen zur Galerie hinauf.

Kalter Ostwind fuhr unter ihren Reisemantel und ließ sie frösteln. Sie beeilte sich, ihm und ihren Freundinnen ins Gebäude zu folgen. Hohe Gänge empfingen sie, deren Böden und Wände bunte Kacheln schmückten. Durch die vielen Buntglasfenster wirkte es beinahe, als liefen sie durch einen Regenbogen.

»Dren Neros, ich habe Gäste mitgebracht.«

Der Angesprochene empfing sie breit lächelnd und deutete eine Verbeugung an. »Ihr seid zurück.«

»Wo finde ich meinen Vater?«, fragte Keram.

»In seinen Gemächern, mein Prinz. Ich schicke sofort einen Boten los, der Euch ankündigt, dann braucht Ihr nicht lange warten.«

»Vielen Dank, Dren.« Keram schüttelte ihm freundschaftlich die Hände, bevor er sich zu ihnen umdrehte. »Das wird nicht lange dauern. Folgt mir, es würde mich wundern, wenn er uns mehr als ein paar Minuten warten lässt.«

Er sollte recht behalten. Sie standen nur wenige Sekunden im Gang vor den königlichen Gemächern, bis sie ein breitschultriger

Bediensteter hereinbat.

»Keram«, empfing König Jolin sie breit lächelnd. »Du solltest doch nur eine Frau mit ins Haus bringen, nicht gleich fünf. Wir leben schließlich nicht in Sjobral, du alter Charmeur.«

Venedtas Blick wanderte irritiert zum manskelischen Prinzen, der die Augen zuschlug.

Jolin lachte und sein Bart bebte. »Ich mache nur Scherze, nur Scherze«, winkte er ab und klopfte neben sich auf die wuchtigen Kissen. Er saß auf einem übergroßen Sofa, in dem selbst seine athletische Figur fast unterging. »Wenngleich Iatei stolz auf dich wäre, mein Sohn, könnte er dich so sehen.« Er zwinkerte.

»Vater, bitte!« Keram schoss tatsächlich Röte ins Gesicht. Er sah aus, als wäre er am liebsten im Erdboden versunken. »Die Fünf sind garantiert nicht meinetwegen hier.«

König Jolin kicherte und sein Blick wanderte zu ihnen. »Ich ziehe meine Söhne nur gerne auf. Kommt, setzt Euch doch. Das sind meine privaten Räume, wir müssen uns hier nicht so formell geben.«

Venedta atmete tief durch. Ihr war klar gewesen, dass es auf Manskelie in vielerlei Hinsicht nicht einfach für sie werden würde, allein schon, weil die Kampffeen Iatei verehrten und damit auch Werte, die sie in keiner Form unterstützte. Dennoch brauchten sie die Hilfe von Kerams Vater. Sie ließ sich auf dem Sofa gegenüber im Schneidersitz auf die bequemen Polster sinken. Ihre Freundinnen folgten nach kurzem Zögern ihrem Beispiel. Keram seufzte und setzte sich neben seinen Vater.

Obwohl zwei Diener anwesend waren, griff König Jolin selbst nach einer großen Karaffe und schenkte sich ein.

»Tee?«, fragte er in die Runde.

Venedta drückte ihren Rücken durch. Nachdem sie sich eine Tasse von ihm einschenken lassen hatte, sagte sie: »Vielen Dank für den Empfang, König Jolin. Ich weiß, es mag Euch fremd vorkommen, dass Frauen, Thronfolgerinnen, sich auf eine solche

Reise begeben und zu kämpfen gedenken, aber ...«

»Wo hat sie das denn her?«, unterbrach Jolin sie und er sah seinen Sohn verblüfft an. Dann schlug er sich die Hand vor den Mund. »Verzeiht, Werteste, ich wollte Euch nicht in den Satz fallen. Nur verwundert mich doch Eure Ansicht über uns. Wie kommt Ihr auf die Idee, dass mir dies fremd sein sollte?«

»Nun, ich ...« Venedta war aus dem Konzept gebracht.

Kerams Vater schmunzelte. »Prinzessin Venedta, wir sind Kampffeen. In unserer Kultur ist es üblich, dass alle, ganz egal welches Geschlecht oder Herkunft, das Kämpfen erlernen. Auf dem Schlachtfeld sind wir alle gleich und für Iatei zählen nur die Werte Mut und Ehre.«

Ehre? Wohl kaum. Sie unterdrückte gerade noch ein Schnauben.

»Was Venedta sicherlich meinte«, grätschte Nahél dazwischen, »ist, dass wir bisher den Eindruck hatten, dass Iatei Frauen nicht so ehrt wie Männer.«

König Jolin verschluckte sich fast an seinem Tee. »Ich kann Euch beruhigen, da habt Ihr etwas grundsätzlich falsch verstanden. Iatei liebt Frauen! Wir lieben Frauen. Ich gebe zu, manchmal sogar etwas zu sehr.« Er grinste und Venedta konnte ihm in diesem Punkt nur zustimmen. »Aber ich versichere Euch, dass wir keinerlei Unterschiede machen. Auf Manskelie dürfen Frauen ebenso in die Armee wie Männer, sie haben die gleichen Rechte und Pflichten und ich würde lügen, wenn ich nicht zugeben würde, dass sie oft eher das Sagen im Haus haben.« Er knuffte seinen Sohn in die Seite. »Da braucht Ihr Euch nur meine Familie anzusehen. Für meine Laduna würde ich alles tun. Und sie kann das Heer viel besser führen, als ich es je sein könnte. Die taktische Brillanz haben meine Söhne garantiert nicht von mir geerbt.« Er kicherte wieder.

Venedta sah irritiert von Vater zu Sohn und wieder zurück. Hatte sie sich so von den kufkanischen Adligen blenden lassen? Von ihrer Begegnung mit Iatei? Jolins Ansichten verwirrten und beruhigten sie gleichermaßen. Wie hatte sie nach all ihren Vorurteilen gegenüber Seimoria solch übergreifende Gedanken zulassen können? Unter dem Tisch knetete sie ihre Finger.

»Vater, können wir bitte zum eigentlichen Anliegen kommen? Wie du schon in meiner Nautilation gehört hast, steht es ...«

»Schlecht um die *Drei Freunde*. Ich weiß, mein Sohn.« Der König schlürfte einen Schluck. »Ich habe mich nach deiner Nachricht mit König Hiro beraten. Im Moment können wir nur abwarten. Doch eines ist interessant für uns. Caldhra baut weitere Schiffe, aber nicht mehr im Hafen von Har. Dort ruhen die Werkstätten. Stattdessen haben die Späher der Luftfeen entdeckt, dass sie die geschütztere Bucht nördlich von Tiranun verwendet.«

Venedta rief sich die Karten in Erinnerung und runzelte die Stirn. »So schnell kann ihnen dort niemand gefährlich werden.«

König Jolin seufzte. »In der Tat. Wenn ich deine Zusammenfassung der Konferenz also richtig verstanden habe, Keram, so hat sie die Flotte unter ihrem Kommando bereits gespalten. Was dafür spricht, dass sie eine Menge Söldner aus den *unbekannten Landen* angeheuert haben muss. Niemals könnte Altmyr so eine Streitmacht ganz allein aufbringen.«

»Was ist mit den Eisfeen?«, fragte Nephele. »Wenn Injadan sie zukünftig in ihrem Krieg unterstützen sollte?«

Der König wippte den Kopf hin und her. »Selbst dann könnte sie sich vielleicht die zwei Fronten in Nidalis und Seimoria erlauben, aber sie hätte keine Kapazitäten, um eine noch größere Flotte zu bemannen. Doch genau danach sieht es aus.«

»Ich habe Königin Marietta deine Hilfe zugesagt«, murrte Keram.

»Und die wird sie auch bekommen. Unsere Flotte wird bereits kampfbereit gemacht. Ihr müsst wissen«, er richtete seine braunen Augen direkt auf Venedta – honigbraun, wie die seines Sohnes, »dass wir zwar eine Menge Schiffe haben, aber von Natur aus lieber an Land kämpfen. Nicht, dass wir schlechte Seefahrer wären, aber strategisch birgt das Land viel mehr Möglichkeiten für ein Heer.«

»Was ist, wenn wir sie in dieser Bucht einkesseln?«, warf Keram ein. »Noch bevor sie überhaupt aufs offene Meer kommen? Damit wäre allen am meisten geholfen.«

»Das mag stimmen, aber unterschätzt die Gefahren dort nicht«, sagte Nephele. »Wenn ich mich richtig erinnere, müsstet Ihr dazu an den Strömungen vor den endlosen Fällen vorbei. Das werden Eure Schiffe nicht allein bewältigen, da können sie noch so gut gebaut sein. Ihr braucht Luftfeen, die Euch in diesem Gebiet beim Navigieren helfen.« Sie sah König Jolin mit einer Entschlossenheit an, die Venedta schaudern ließ. »Aber ich bin mir sicher, mein Vater kann ein paar aethrúnsche Generalssöhne für diese Mission entbehren.«

Aghni pustete laut in ihre Teetasse.

»Ich rede mit ihm«, versprach Nephele. »Können wir dann endlich zum eigentlichen Grund unseres Kommens übergehen?«

König Jolin sah ihre Freundin mit Grübchen um die Augen an. »Ihr wärt eine gute Kampffee, Werteste. Lasst gut sein, ich werde selbst mit Eurem Vater sprechen. Ihr habt andere Probleme zu lösen, oder nicht?«

»Vielleicht hat Euer Sohn dies ebenfalls schon berichtet«, stimmte Tara ihm zu. »Wie wir auf der Konferenz angedeutet haben, benötigen wir die Magie der Urellias, um Caldhra zu stürzen.«

»Das hat er nicht erwähnt«, sagte König Jolin und sah Keram stirnrunzelnd an. »Aber was Ihr da sagt, ergibt Sinn. Und ich würde Euch Manskelies Urellia mit Freuden einfach aushändigen, denn was ich dagegen hörte, sind Geschichten Eurer Reise ... von einer guten Freundin, der Ihr das Leben gerettet habt.«

Venedta stockte. Sollte das Königin Salva sein?

»Aber?«, hakte Keram nach und warf einen Blick zu ihr hinüber. Täuschte sie sich oder war er mindestens genauso ungeduldig, wie sie? Sein linker Fuß wippte unaufhörlich auf und ab.

»Aber«, Jolin seufzte wieder, »ich weiß nicht, wie ich an sie herankomme.«

»Wie bitte?« Tara sprang fast an die Decke.

»Ich habe nur eine ungefähre Ahnung, wo sie ist.«

»Ungefähr?«, echote Aghni.

»Wie kann das sein?«, fragte Venedta.

Sie gab sich alle Mühe, nach außen hin ruhig zu erscheinen. Tatsächlich aber zog ihr Magen krampfhaft zusammen. Wenn sie die Urellia nicht fände ... Sie schüttelte leicht den Kopf.

Nein! Sie mussten ihre Mission beenden – zur Not Caldhra ohne die geballte Kraft der Ketten angreifen. Sie hatten die Götter auf ihrer Seite.

Sie würde Iniya nicht so schnell aufgeben!

»Der Legende nach wurde mein Großvater, Herodos von Manskelie, vor rund dreihundert Jahren König. Dieser Erzählung nach war er ein Halbgott, ein Sohn von Iatei selbst und einer Halbgöttin namens Matshe, die nach dem Rückzug der Götter die erste Königin über Manskelie wurde. Er wurde auch *der Taktische* genannt und war dafür berüchtigt, viele Konflikte, die im Laufe der Jahre seiner Herrschaft passiert sind, allein durch sein gutes Gespür für Taktik und Verhaltensweisen vorauszusehen. Jedenfalls versteckte er die Urellia außerhalb des Palastes und hinterließ meiner Mutter einen Brief, dass das Erbstück in den falschen Händen großen Schaden anrichten würde.«

Tara vergrub ihr Gesicht in ihren Händen. »Ganz toll!«

Venedta zwirbelte eine Strähne zwischen ihren Fingern. »Würdet Ihr uns denn in die Kategorie falsche Hände einordnen?«

»Nicht im Geringsten«, versicherte König Jolin. »Dem Brief habe ich entnommen, dass er den Anhänger unter der Burg der Familie Glydeth verbarg, welche die Besitztümer von Giadeth verwaltet. In meinen jungen Jahren habe ich bereits nach ihr gesucht. Ihr müsst wissen, sie zu lokalisieren ist nicht sonderlich schwer. Das Versteck befindet sich direkt unter der Burg in den Katakomben.«

»Worauf warten wir dann noch?« Nephele war bereits Feuer und Flamme.

»Aber allein die Türen zu diesen heiligen Ort sind verrammelt und verriegelt und mit magischen Schutzvorrichtungen versehen«, fuhr Jolin fort, »die ich nicht in der Lage war, zu lösen. Es ist eine Art Rätsel, das Herodos seiner Aufzeichnung nach selbst erfunden und angebracht hat. Was sich dahinter verbirgt, klingt allerdings in den Schriften noch weniger einladend ...«

Nahél räusperte sich. »Und die Adelsfamilie dort, weiß sie davon?«

»Graf Giadeth hat keine Ahnung«, sagte König Jolin. »Die verschlossenen Türen lassen eher auf eine alte Gruft schließen als auf eine Schatzkammer. Zudem ist er kein großer Freund von Katakomben.« Er lachte. »Athos war schon immer eher ängstlich, wenn es um den Kontakt zu Toten ging.«

»Die Urellia könnte nicht woanders versteckt worden sein?«, hakte Venedta nach. Sie drehte die Tasse in ihren Händen, um das mulmige Gefühl in ihrem Bauch loszuwerden. Nicht, dass es helfen würde.

»Es ist der einzige Hinweis, den ich von meinem Großvater bekommen habe«, bestätigte Jolin. »Tatsächlich würde ich mich freuen, wenn Ihr sie findet. Natürlich dürft Ihr sie für Euer Anliegen mitnehmen, aber es wird guttun zu wissen, dass sie wirklich existiert.« Er trank noch einen Schluck Tee und stellte die Tasse dann klirrend auf dem niedrigen Tisch ab. »Keram, ich möchte, dass du die Frauen begleitest.«

»Ich glaube kaum, dass sie Hilfe brauchen werden, Vater«, warf dieser rasch ein.

Venedta biss sich auf die Unterlippe. Dachte er das wirklich? Oder war die Reise mit fünf Frauen für ihn so anstrengend, dass er seine Ruhe wollte? Das wäre umso besser. Ein Grund, dass er auf keinen Fall in ihr Herz gehörte. Wenn er ihr auswich, konnte er nicht der Richtige für sie sein.

»Das bezweifle ich gar nicht«, sagte König Jolin ruhig. »Aber ich möchte, dass du ihre Anwesenheit als Ausrede nutzt, um der Grafenfamilie etwas auf den Zahn zu fühlen. Athos war in den letzten Monaten sehr wortkarg in seinen Nachrichten, und auch die Steuerzahlungen sind im Rückstand. Selbst bei Laduna hat er sich kaum gemeldet, dieser eitle Gockel von einem Bruder! Sieh nach, ob alles in Ordnung ist.«

Er quälte sich aus dem Schneidersitz hoch und schlenderte zum Fenster. »Du könntest zum Beispiel erzählen ...«, er verschränkte die Arme und lächelte versonnen in ihre Runde, »dass die Historiker anhand alter Schriften entziffern konnten, dass dort unten deine Urgroßmutter liegt. Seit ihrem Tod auf dem Schlachtfeld ist die Leiche verschwunden und die Grafschaft Beldor verlangt seit fünfzig Jahren eine Abfindung dafür. Das wäre zumindest ein Vorwand ... Ich lasse dir ein solches Schreiben gleich anfertigen. So, und jetzt sollten wir alle zusehen, dass wir etwas in den Magen bekommen. Mein Jagdausflug heute morgen hat mich ganz ausgelaugt.«

7.

Giadeth war eine Festungsstadt, mehr noch als alle anderen, die Venedta je gesehen hatte.

Die Mauern, aus dunklem Gestein errichtet, mussten an die zehn Meter hoch sein. Sie ragten bedrohlich über ihnen auf und als sie die schweren Eisentore passierten, die hinter der südlichen Zugbrücke lagen, fühlte sie sich eher wie in einem Gefängnis als in einer lebendigen Stadt. Nun war sie ganz froh darüber, dass Keram sie begleitete. Familie Glydeth war eine alteingesessene Sippe, die schon vor der Herrschaft seines Großvaters und damit eines Halbgottes, der mehrere Jahrhunderte geherrscht hatte, ihren Sitz und ihre Macht auf Giadeth verteidigte. Es war die Familie von Kerams Mutter, doch er hatte ihnen direkt nach dem Aufbruch vom Palast erklärt, dass er zu seinem Onkel und dessen Kindern seit Jahren kaum Kontakt hatte. Dieser war nach einem Streit mit dem König zu stur, um wieder auf das Königshaus zuzugehen.

Tiefer in der Stadt verfestigte sich Venedtas erster Eindruck. Selbst die Mauern der kleinsten Häuser waren dick wie Bollwerke. Frauen und Männer in manskelischen Rüstungen strichen zu Dutzenden durch die engen Gassen und warfen ihnen ausnahmslos misstrauische Blicke zu. Die Burg des Adelshauses lag leicht erhöht, auf einem kleinen Hügel, inmitten der Nordstadt.

Sie kamen nicht einmal bis zum Marktplatz, auf dem sich die Buden so eng aneinanderdrängten, dass sie von ihren Reittieren steigen mussten, da preschte ihnen ein Reiter auf einem nebelgrauen Callo entgegen. Geschickt trippelte das Tier um die Stände herum, ohne auch nur eine Tasse zu streifen.

»Cousin! Wollt Ihr hier versauern? Mein Vater erwartet Euch bereits. Und wenn die Reisenden etwas eilen, schaffen wir es sogar noch pünktlich zum Mittag.«

Mit Erstaunen stellte Venedta fest, dass die Stimme unter dem Helm eine weibliche war. Fragend sah sie zu Keram. Auf dessen Gesicht hatte sich ein breites Lächeln ausgebreitet.

»Es ist auch eine Freude, dich zu sehen, Agrané.«

Die Frau schnaubte, nahm den Helm ab und funkelte Keram an. »Habe ich Euch erlaubt, mich zu duzen, junger Mann?«

Grüne Augen wanderten über sie. Ihr voller Mund grinste. Agrané trug die schwarzen Haare kurz geschnitten wie ein junger Bursche.

»Eure Gäste, die haben sich meine Anerkennung wenigstens verdient. Nicht jeden Tag ist ganz Erakos wegen einer Gruppe Frauen in Aufruhr.« Sie wendete ihre Calloricke und winkte. »Jetzt kommt endlich, ich kann es nicht ausstehen, wenn die Leute starren.«

Venedta wollte sich vor dieser taffen Frau keine Blöße geben. Sie stieg wieder auf Nayanas Rücken und schlängelte sich ebenso durch die Stände, wie Kerams Cousine es wenige Schritt vor ihr tat. Als sie eine breitere Straße erreichten, lenkte Agrané ihre Ricke neben sie.

»Ihr seid weit gereist«, bemerkte sie und warf einen Blick über ihre Schulter. »Und wohl kaum, um die Gebeine einer alten Frau zu bestaunen. Was führt Euch wirklich her?«

»Wir machen nur Rast auf unserem Weg nach Aethrún. Es bot sich an, mit Prinz Keram zusammen zu reisen«, log Venedta. Sie war erstaunt, wie leicht ihr die Lüge über die Lippen kam.

Agrané zog eine Braue nach oben. Doch sie erreichten das Tor zum Anwesen der Glydeths, bevor sie Venedta weiter ausfragen konnte. Bis auf einige Malvenbüsche, die halb verkümmert um einen steinernen Brunnen gruppiert waren, wirkte der Hof durch die hohen Mauern ebenso einengend wie der Rest der

Stadt. Die Grafentochter sprang von ihrem Callo und drückte die Zügel einem Diener in die Hand.

»Bitte«, sagte sie und schnallte ihre Armschienen ab, »bringt Eure Tiere doch in die Ställe. Ich geleite Euch dann zu meinem Vater.«

Venedta glitt von Nayanas Rücken und folgte dem Diener zur Ostseite des Gebäudekomplexes. Nahél, die neben ihr lief, hob kurz die Nase. Venedta kannte ihre Freundin lange genug, um zu wissen, dass der Halbcelone etwas an diesem Sitz absolut nicht gefiel. Aghni, Tara, Keram und Nephele folgten ihnen in die Ställe.

»Mit Verlaub, aber wie lange habt Ihr Eure Cousine nicht mehr gesehen?«, fragte Nephele.

»Zehn, elf Jahre bestimmt. Ich hätte sie beinahe nicht erkannt«, gestand Keram.

»O Götter, das kann ja was werden«, murmelte Tara kopfschüttelnd.

Auf den Treppen zum Speisesaal begegneten sie jemandem, der Venedta bekannt vorkam.

»Quasin?«, stieß Aghni aus und Venedta schenkte dem Mann einen zweiten Blick. Jetzt erkannte sie ebenfalls den Wächter der umaharschen Königsgarde, der ihnen bei Yamas Angriff beim Kostümfest heldenhaft zur Flucht verholfen hatte. Von seinem Drachenbiss, mit dem er dafür bezahlt hatte, schien er sich bestens erholt zu haben. Selbst die Narbe auf seiner Wange stand ihm ausgesprochen gut.

»Prinzessin Aghni«, erwiderte er ebenso verblüfft und starrte ihre Freundin mit großen Augen an, bevor sein Blick zu Nephele sprang.

»Ihr kennt Euch?«, fragte Agrané und sah stirnrunzelnd von einem zum anderen.

Die Feuerfee fand ihre Fassung schnell wieder. »Flüchtig«, sagte sie.

Quasin lachte. »Das kann man wohl sagen. Es ist schön, Euch

alle wohlauf zu sehen.« Er nickte auch ihr zu.

»Was tut Ihr hier?« Nephele sah ihn abschätzig an. »Solltet Ihr nicht an Makumis Seite sein?«

»Meine verehrte Base weiß durchaus auf sich selbst aufzupassen, Prinzessin ... Nephele, nicht wahr? Aber ich bin ihretwegen hier. Die Verhandlungen bezüglich ihrer Hochzeit sind noch nicht abgeschlossen. Ihr wisst sicher, wie so etwas ausarten kann.«

Bei all den Kämpfen der letzten Monate hatte Venedta beinahe vergessen, dass auf Umarhar eine königliche Vermählung bevorsteht. Vage erinnerte sie sich daran, dass Makumi von einer Verlobung mit einem manskelischen Adligen gesprochen hatte – das musste Agranés Bruder sein.

»Bei Daphne, da könnt Ihr einem wirklich leidtun.«

Quasin zuckte mit den Schultern. »Ich bin lediglich für die Verhandlungen hier. Meine Base hat es durchaus schlimmer getroffen.«

»Na, da bin ich Eurer Meinung.«

Agrané räusperte sich. »Könnten wir dann bitte fortfahren? Mein Vater ist ein überaus ungeduldiger Mann.«

Keram neigte seinen Kopf. »Natürlich, verzeiht, Cousine. Also, wollen wir?«

Er hielt Venedta doch tatsächlich den Arm hin! Sie starrte ihn an. Wie unverfroren!

Als Agrané und Quasin vorangingen, beugte er sich dichter zu ihr und flüsterte ihr ins Ohr: »Glaub mir, das ist zu deinem Besten. So wie ich meinen Onkel in Erinnerung habe, ist er nicht unbedingt der höflichste Mann.«

»Da sind noch vier andere Frauen, denen du Hilfe anbieten kannst«, zischte sie zurück. So beschützend kannte sie ihn gar nicht.

»Er ... mir ist das Gerücht zu Ohren gekommen, dass er mehrere Liebschaften hatte, ausnahmslos mit blonden Frauen.«

»Und das konntest du nicht früher sagen?«

Sie kniff ihre Augen zusammen. Dieser Mann machte sie noch

rasend! Zwar wirkte seine Begründung wie eine Ausrede, aber sie wollte nicht unnötig in das Visier eines alten Grafen geraten, wenn sie bereits Ärger mit einem Gott hatte. Sie seufzte.

Keram starrte sie an. »Was hast du da gerade ...?«

Sie brauchte ein paar Sekunden, um zu verstehen, dass sie aus Versehen ihre Haarfarbe in ein helles Braun umgeschwenkt hatte. Hart biss sie sich auf die Unterlippe. Großartig! Wie sollte sie das Agrané erklären?

»Illusion«, log sie.

Dann sagte sie: »Vielen Dank für Eure Fürsorge, Prinz Keram«, und bemühte sich, zu den anderen aufzuschließen. »Aber ich benötige keinerlei Unterstützung.«

»Vithra von Manskelie? Ihre Gebeine gelten seit Jahrzehnten als verschollen.«

»Die Historiker meines Vaters sind sich sicher.« Keram nippte an seinem Becher.

Was seinen Onkel anging, so hatte er nicht gelogen. Athos von Glydeth war ein unangenehmer Bursche. Mit überheblichem Blick hatte er sie zum Mahl empfangen und statt sich über den Besuch seines Neffen zu freuen, gab er ständig spitze Bemerkungen ab. Vor allem hob er die Tatsache hervor, dass sein Sohn unlängst in ein Königshaus einheiraten würde, wohingegen er sich bei Keram nicht sicher wäre, ob sein Vater überhaupt gedenke, ihn jemals zu vermählen. Selbst Quasin rutschte dabei auf seinem Stuhl hin und her, als fühlte er sich zutiefst unwohl. Als Angehöriger der zukünftigen Braut war er geladen worden, direkt neben dem Hausherrn zu sitzen. Er tat Venedta leid – die Verhandlungen mit einem Mann wie Athos verliefen sicher alles andere als angenehm. Seine Frau sowie der Sohn waren nicht anwesend. Stattdessen hatte Agrané ihrem Vater gegenüber Platz genommen und schien sich dort rundum wohl zu fühlen.

»Wir könnten endlich die Streitigkeiten mit Haus Beldor bei-
legen, sollte es sich wirklich um die Gebeine meiner Urgroßmutter handeln. Bitte, Onkel, lasst mich nachsehen.«

Athos fuhr sich über den langen Bart. Mehrere tiefe Narben
zierten sein Gesicht und ließen ihn viel älter erscheinen als König
Jolin. Sein linkes Ohr fehlte zur Hälfte.

»Wo hast du überhaupt deinen Bruder gelassen, hm? Sollte
so eine wichtige Sache nicht von euch beiden geregelt werden?«,
fragte Agrané.

Venedta griff unter dem Tisch nach Taras Hand. Marek war
ihr ein guter Freund, und es schmerzte sie sicher, dass er weiterhin
in Gefahr schwebte.

»Er führt die Truppen an, die unser Vater nach Phylos geschickt
hat, um Meral zurück...«

»Pah, Jolin hatte schon immer eine Schwäche für Königin
Melusine«, blaffte Athos.

Nephele sog scharf die Luft ein.

»Na, meinetwegen schau dir das an«, fuhr der Graf fort. »Aber
dein Vater wird dir bestimmt bereits gesagt haben, dass diese
Teile der Katakomben unmöglich zu öffnen sind.«

»Deswegen gehe ich nicht allein.« Keram drehte sich zu ihnen.
»Zwar war angedacht, dass Ihr sogleich nach Aethrún weiterzieht,
aber ehrlich gesagt könnte ich Eure Hilfe gebrauchen. Natürlich
nur, wenn es Euch nichts ausmacht.«

»Du willst die Hilfe von Feen in Anspruch nehmen, die nicht
einmal aus Manskelie stammen? Die unsere Bestattungsrituale
nicht kennen und Iatei nicht ehren?«, fuhr Athos auf.

Nahél legte ihr Besteck beiseite.

Nephele beugte sich vor und stützte ihr Gesicht sehr unda-
menhaft mit den Ellbogen auf dem Tisch ab. »Wenn Ihr darauf
besteht. Mein Vater wird auch noch einen Tag länger warten
können.«

»Natürlich«, brummte der Graf. »Ihr habt doch keine Ahnung,

was Euch da unten erwartet. Alles Grünschnäbel.«

Ohne ein weiteres Wort rauschte er aus dem Speisesaal. Sein schwerer Samtumhang riss dabei eine Riege silbernes Gedeck mit, das polternd auf den Boden krachte.

Agrané schmiss ihre Serviette auf ihren leeren Teller. »Bitte verzeiht, er ist in letzter Zeit etwas aufbrausend.« Sie seufzte und erhob sich. »Ich werde sicherstellen, dass Ihr die Schlüssel bekommt.«

»Seltsam, ich bin mir sicher, dass mein Vater von dieser Pforte sprach, als er meinte, er wäre nicht weitergekommen.« Keram stemmte die Hände in die Hüften.

»Da müsst ihr aneinander vorbeigeredet haben, oder wie erklärt Ihr Euch, dass Familie Glydeth einen dafür Schlüssel besitzt?«, fragte Venedta spitz.

Keram schüttelte den Kopf und murmelte etwas Unverständliches in seinen Dreitagesbart.

Zu Venedtas Erstaunen hatte der Graf sein Wort nicht zurückgezogen und Agrané hatte ihnen bei Sonnenuntergang einen ganzen Schlüsselbund vorbeigebracht. Die Grafentochter hatte dabei zwar nicht glücklich ausgesehen, doch sie schien immerhin genug Respekt für ihre Taten zu haben, dass sie ihnen noch einige Ratschläge mit auf den Weg gab.

»*Dort unten ist es wie in einem Labyrinth. Bleibt zusammen, habt immer Licht bei euch. Und vermeidet laute Geräusche. Unseren Aufzeichnungen zufolge leben in den Gängen immer noch Gnome. Ich war zwar vor Jahren einmal mit Angharad selbst in den vorderen Räumen und bin keinem begegnet, aber ... ich würde es nicht herausfordern.*«

»Von was für Bestattungsritualen hat Euer Onkel vorhin gesprochen?«, riss Tara sie aus ihren Gedanken, als sie vor einer großen steinernen Tür hielten.

Die Pforte war schwer mit Messing beschlagen, der mit geschwungenen Schriftzeichen und Bilder von Kriegern, die in der Schlacht fielen, bemalt war.

Keram seufzte. »Wenn ich die Berichte der Gelehrten richtig verstanden habe, werdet Ihr das früh genug selbst sehen. Ich glaube allerdings nicht, dass mein Vater jemals so weit gekommen ist. Von Gnomen hat er jedenfalls nichts erzählt.«

Der Schlüsselbund klimperte laut in der Kälte des unterirdischen Ganges, der in die Gruft führte, als er ihn aus seiner Tasche zog. Sie brauchten eine Weile, bis sie den Richtigen unter den klobigen Eisen fanden.

»Venedta, kannst du mir etwas mehr Licht geben?«

»Entschuldige. Natürlich.« Sie machte eine fließende Bewegung und die Lichtkugel, die seit geraumer Zeit über ihrem Kopf schwebte, glitt zur Tür herüber.

Keram schob den eisernen Schlüssel an seinen Platz und drehte ihn. Mit einem Kreischen öffnete sich die Pforte und schwang zur Seite. Ein breiter Gang führte in die Dunkelheit. Da der Sitz der Familie Glydeth mitten in der Stadt lag, ging Venedta davon aus, dass sie sich früher oder später unter den anderen Gebäuden befinden würden. Keram packte den Schlüsselbund wieder ein und holte dafür ein zerknittertes Pergament aus seiner Tasche, das er von den königlich manskelischen Historikern bekommen hatte. Mit pedantischer Sorgfalt entfaltete er es und fuhr einige Linien mit dem Zeigefinger nach.

»In Ordnung, folgt mir.«

Venedta blieb dicht bei ihm am Anfang der Gruppe. Aghni bildete mit ihrem Feuer die Nachhut. Schweigend folgten sie Keram. Selbst wenn sie nicht wüsste, wo sie sich hier befand, hätte sie ein Wort für die Atmosphäre dieser unterirdischen Räume gefunden. Totenstill. Es war, als läge eine drückende Ruhe in den Wänden, die jedes Geräusch verschluckte. Erst, als sie nach einigen Schritten auf den Boden sah, verstand sie, wieso. Er war grün. Über das Gestein zog sich eine Schicht flaumigen Mooses bis auf Kniehöhe auch die Wände hinauf. Venedta zog die Brauen zusammen. Sie hatte von Tara zumindest genug über Pflanzen gelernt, um eines zu wissen: Wenn es Moos gab, musste es irgendwo Wasser geben. Nur war davon nichts zu sehen oder zu hören. Eine ganze Weile stapften sie in der Stille voran.

Sie bog mit Keram um eine weitere Ecke. Beinahe blieb ihr das Herz stehen. Sie starrte direkt in die braunen Augen eines Kindes. Eines toten Kindes. Keram legte ihr gerade noch die Hand auf den Mund, bevor sie aufschrie. Erst einige Herzschläge später ging ihr auf, dass ihre Furcht völlig unbegründet war – oder zumindest nicht rational.

»Und das hättest du nicht früher erwähnen können?«, zischte sie ihm zu.

»Es hätte nichts an eurer aller Reaktion geändert«, behauptete er flüsternd.

Venedta sah das anders. Zumindest hätte sie sich mental darauf vorbereiten können, einem ziemlich lebendigen Toten gegenüberzustehen.

»Heilige Sasura!«, stieß Tara hinter ihr aus.

»Ihr betreibt tatsächlich noch Mumifizierung«, stellte Nephele fest. »Ich dachte, das wäre nur eine Legende.«

Keram drehte sich zu ihren Freundinnen um und zuckte entschuldigend mit den Schultern. »Ist es quasi auch. Unser Volk mumifiziert seit Jahrhunderten nicht mehr. Alle Toten in diesen Katakomben sind mindestens über fünfhundert Jahre alt. So lange war dieser Ort nämlich verschlossen. Ausnahme sind lediglich die Verstorbenen von Familie Glydeth, die direkt unter der Burg liegen.«

»Fünfhundert? Das Kind sieht aus, als wäre es gerade erst verschieden«, murmelte Nahél und besah sich den Jungen genauer. Dieser lehnte in einer Felsnische, sodass er nicht umfallen konnte.

»Müsste es in dieser Feuchtigkeit nicht verrotten?«, fragte Tara.

»Es ist geschützt, seht doch!«, hauchte die Halbcelone und strich über etwas, das Venedta glatt übersehen hatte. Eine hauchdünne Scheibe trennte sie von dem Toten. »Ist das Quarz?«

Keram nickte. »Gnomquarz. Uralt. Keiner weiß mehr, wie es hergestellt wird.«

»Lasst uns weitergehen, ja?« Nephele rieb sich die Arme, obwohl sie direkt unter Aghnis Feuerkugel stand. »Man hat ja das Gefühl, direkt angestarrt zu werden.«

Während sie weitergingen, achtete Venedta großzügig darauf, Keram bei Wegkreuzungen den Vortritt zu gewähren. Dennoch blieb sie nicht von weiteren Schrecken verschont. Immer mehr Tote reihten sich an den Wänden – Kinder, Frauen, Männer, ganz gleich welchen Alters. Auffällig war jedoch, dass die Erwachsenen und selbst einige Kinder in kämpfenden Haltungen präpariert worden waren – manchmal sogar mit den ausgestopften Überresten von Tieren, gegen die sie kämpften.

»Warum wurden all diese Feen mumifiziert?«, fragte Aghni von hinten.

Keram schwenkte nach links um eine weitere Gabelung, bevor er leise antwortete. »Die Historiker glauben, dass sie der Stoff der alten Sagen sind. Die Helden der Geschichten, die unser Volk den Kindern noch immer am Feuer erzählt. Früher soll dieser Ort eine Pilgerstätte gewesen sein. Die Gläubigen konnten hierherkommen und die Idole ansehen, die sie aus ihren Kindheitsgeschichten kannten. Um festzustellen, dass auch diese nur normale Feen waren, die sterblich waren wie wir alle. Irgendwann geriet die Kunst des Mumifizierens zunehmend in Vergessenheit. Die Feen begannen, sich vor diesem Ort zu fürchten. Es gingen Gerüchte um, dass die Feen, die in den umliegenden Orten wohnten, die Toten nachts singen hörten oder sie sogar tanzen sähen. Der Besitzer der Ländereien, einer der ersten aus der Familie Glydeth, beschloss im Jahr 1203, die Stätte zu schließen, um die Gerüchte zu unterbinden. Vermutlich hatte er selbst

Angst, dass an den Geschichten etwas dran sein könnte. Jedenfalls verschloss er die alten Kammern sorgfältig. Sie wurden erst vor einhundertfünfzig Jahren im Kreise der Familie Glydeth wieder geöffnet, da diese eine Ruhestätte für ihre eigenen Toten benötigte. Aber nur die vorderen, direkt unter der Burg, waren damals zugänglich.«

Gänsehaut überzog Venedtas Schultern, als Keram endete. Und das, obwohl sie mehr als warm genug gekleidet war. Sie schüttelte den Kopf. Das waren Tote! Hinter quarzenen Scheiben! Warum hatte sie dennoch das Gefühl, dass die Augen der Mumien ihren Blick erwiderten? Und sich in ihren Rücken bohrten, wenn sie an ihnen vorbeigingen?

»Sehr beruhigende Geschichte«, murmelte Tara sarkastisch.

Venedta hatte das Gefühl, ihr Herz würde immer lauter klopfen. Mehr und mehr erinnerten sie die Toten in ihren Kampfpositionen an ihre Albträume. An die Botschaften, die, so schien es ihr, direkt von Caldhra stammten. Und warum auch nicht? Sie hatte gelernt, dass die Königin des Todes eine geschickte Illusionistin war. Und sie wusste von Tiergeistern, denen es möglich war, in den Traumwelten zu wandeln. Sie hatte in ihren Träumen nicht nur gesehen, wie Caldhra Iniya in ihren Illusionen gefangen hielt. Was war mit dem Mann, den sie hatte wiederauferstehen lassen? Gehörte der auch ihrer Illusion an – wenn es denn eine war? Vielleicht wollte sie Venedta damit nur Angst einjagen? Aber warum sollte sie sich diese Mühe überhaupt machen? Wollte sie ihr soviel Angst machen, damit sie die Reise abbrach? Aber taten sie nicht genau das, was Caldhra wollte, damit sie einfacher an die Urellias gelangte?

»Sonnenschein?« Kerams Stimme riss sie erneut aus ihren Gedanken. »Wir sind da.«

Sie sah auf und runzelte die Stirn. Was sollte diese bescheuerte Anrede denn plötzlich? Vor ihnen erhob sich eine nackte Felswand, die keinerlei Anzeichen darauf bot, dass sich dahinter etwas anderes als Erde und Gestein befand.

»Seid Ihr sicher?«, fragte Nephele. »Ich sehe keinen Mechanismus.«

Keram deutete auf ein unscheinbares Symbol, das auf Kniehöhe in den Fels geritzt worden war. Venedta hatte diese Aneinanderreihung von Zeichen noch nie gesehen, doch Nahél keuchte auf.

»Sind das Totenzeichen?«

Venedta zuckte zusammen. *Nicht an Caldhra denken!*, ermahnte sie sich. *Und auch nicht an Iatei, der alles andere als erfreut wäre, wenn ausgerechnet eine Frau, die ihn abgewiesen hatte, in sein Refugium eindrang.*

»Wenn Ihr das so nennt«, sagte der Prinz. »Diese Symbole gelten bei unseren Priestern als eine Art Anbetung zu Iatei«, erklärte er. »Sie glauben, es bedeute so etwas wie Ehre, Mut, Selbstlosigkeit und sei eine Art Kampfspruch.«

»Aha. Und wie können wir es öffnen?«, fragte Nephele von hinten.

»Das ist die große Frage«, erwiderte Venedta.

»Es gibt Fallen. Oder es ist eine Falle«, stellte Nahél fest.

Venedta verstand zunächst nicht, worauf sie hinaus wollte, bis die Halbcelone auf das Gestein ein paar Meter weiter zeigte. Dort lagen Skelette in verrenkten Positionen. In ihren Körpern steckten Wurfmesser und kurze Pfeile aus einem dunklen Metall. Venedta schluckte.

»Könnte auch ein Kampf aus nächster Nähe gewesen sein«, befand Keram. »In jedem Fall sollten wir aufpassen, was wir anfassen.«

»Der Mechanismus ist sicher magisch«, sagte Aghni. »Was haltet ihr davon, wenn wir es mit Magie versuchen?«

»So wie im Nephostempel?«, fragte Venedta und wiegte ihren Kopf. »Ich halte das für keine gute Idee – dort wurde unsere Magie nur absorbiert. Was ist mit einer Urelliakette? Vielleicht kann sie uns den Weg frei machen. Schau, in der Mitte ist ein kleines Urellia abgebildet«, fiel ihr dann auf. Die Zeichnung war so verblasst, dass sie kaum zu erkennen war.

»Ich kann es versuchen«, stimmte Aghni zu.

Sie murmelte den Zauber, den der *Rat der fünf Weisen* ihnen verraten hatte – und an ihrer Taille tauchte eine kleine, ledergeprägte Tasche auf. Aghni hielt ihren Finger gegen den Schnallenverschluss und ließ eine kleine Flamme darauf tanzen. Es klickte leise und die Feuerfee zog die Urellia von Lormoralia aus dem Täschchen.

Keram machte große Augen. »Das … was ist das für ein Zauber?«

»Wenn sie ihn dir verraten würde, wäre er nicht mehr geheim«, neckte Venedta ihn. »Außerdem wissen wir es selbst nicht. Er war ein Geschenk.«

Tara und Nephele wichen zur Seite, um Aghni Platz zu machen. Ihre Freundin hielt Lormoralias Urellia zögerlich gegen die eingeritzte Zeichnung. Tatsächlich leuchtete sie kurz auf. Eine Brise fuhr durch die Räume und ließ Aghnis Feuerkugel und sogar Venedtas Lichtstrahlen flackern. Ein Geräusch fuhr ihr durch Mark und Bein, als wenn Wind um eine Ecke strich. Es klang wie ein Seufzen, das sich bei starkem Wind in den Kaminschächten bildete. Ohne es sich erklären zu können, hatte Venedta das Gefühl, jemand würde sie am Nacken packen.

»Irgendetwas ist anders«, flüsterte Tara.

Im Halbdunkel der Räume, die sich direkt hinter ihnen befanden, machte Venedta eine Bewegung aus. Instinktiv erschuf sie einen Schutzschild aus Licht um ihre Gruppe – gerade rechtzeitig, dass ein Dolch daran abprallte.

»Nehmt es mir nicht übel, Prinz Keram, aber Euer Gott wird mir immer unsympathischer«, murrte Nahél und erschuf ihrerseits einen Schild, um den ihren zu verstärken. »Da draußen ist offensichtlich etwas«, befand sie dann, als das nächste Wurfmesser am Schild abprallte, »aber ich kann es nicht spüren.«

Großartig! Venedta hatte genug gehört. Sie lenkte ihre Magie um und erhellte die Gänge um sie herum mit Sonnenstrahlen.

Erschrocken taumelte sie zurück und prallte an Kerams Brust, der sie geistesgegenwärtig vor einem Sturz bewahrte.

»Das kann nicht sein!«, raunte er dicht über ihrem Ohr.

Venedta hätte gern geglaubt, dass sie sich in einem Trugbild befanden. Aber nach ihren Übungen mit Anyx und dem Gespür, dass sie seitdem für Illusionen entwickelt hatte, wusste sie, dass dies bittere Realität war. Bittere Realität, aus der es kein Entkommen gab. Immerhin erklärte es, warum Nahél nichts spüren konnte. Wie sollte sie tote Wesen auch spüren? Ihre Lichtstrahlen gaben den Blick auf eine Horde toter, kampferprobter Feen frei, die immer näherkamen. Keram hatte gesagt, es waren nur Legenden. Von wegen, Legenden! Welche der Geschichten, die ihre Eltern ihr als Kind vorgelesen hatten, sollten sich noch als Realität herausstellen?

Ihre Freundinnen waren ebenfalls ein paar Schritte zurückgewichen und Nephele war … verschwunden?

»Nephele?«, hauchte Aghni.

»Ich bin hier«, piepste eine Stimme dicht bei Nahél und wurde wieder sichtbar. »Aber das ähm … vielleicht lassen sie mich in Ruhe, wenn sie mich nicht sehen, weißt du?«

»Ich werde nicht warten, bis sie mir auf die Pelle rücken«, beschloss Tara. Sie wandelte ihre Gestalt und sandte eine Welle aus starken Ranken über den Boden, die sich um die Beine der Toten wickelten. Das lenkte sie immerhin kurz ab. Doch viele sprangen über die Ranken oder zerschnitten sie auf der Stelle mit ihren Waffen.

»Sehe ich genauso.« Aghni schoss eine Feuersalve auf diejenigen, die ihnen am nächsten waren. Die toten Feen fingen Feuer, es zerfraß ihre Haut und Haare und legte ihr verfaultes Inneres frei. Genauso schnell erloschen die Flammen. Die Toten schienen nun richtig wütend zu sein. Sie wetzten ihre Klingen und das Geräusch verpasste Venedta einen heftigen Schauer.

»Aghni, du machst es nur schlimmer«, hauchte sie.

Ein Pfeil sirrte auf Nahéls Schutzschild zu, prallte ab und knallte gegen die Felswände. Der Nächste folgte sofort.

»Sehe ich. Aber wie tötet man Tote?«, presste die Feuerfee hervor.

Damit stellte sie die Frage, die Venedta seit ihren Albträumen aufschob.

»Ich kann versuchen, sie zu vergiften«, schlug Nahél vor. »Wenn dieser Tai Lo Recht hat und wir damit eine Chance haben, Caldhra zu erledigen … vielleicht auch diese Wesen?«

Nephele nickte und übernahm ihrerseits die Abwehr. Ihr Schutzschild waberte vor ihnen wie heiße Wüstenluft. So durchsichtig, dass Venedta ihm nie ganz traute, bis sie die ersten Angriffe abprallen sah.

Nahél webte ein gelbliches Gift in ihren Händen. Gezielt warf sie es auf den ersten Toten, der nur noch wenige Meter vom Schild entfernt war. Der duckte sich geschickt. Dann holte er mit seinem Schwert aus und sein Angriff prallte gegen Nepheles Schild. Nahél feuerte ein weiteres Gift ab, welches eine unschöne Verzierung auf dem Arm ihres Feindes hinterließ. Aber die Toten kannten keinen Schmerz. Immer mehr Angriffe trafen auf das Schild der Luftfee, und Venedta zog ihr Licht aus einem der Gänge zurück, um Nepheles Schild zu stärken. Ihr entging auch nicht, dass die verbrannten und vergifteten Stellen der Wesen von selbst zu heilen schienen. Tara erzeugte direkt vor Nepheles Schild einen ganzen Dschungel, der die Toten kurz dazu brachte, zurückzuweichen. Schnell mussten die Pflanzen den Klingen und Axthieben wieder weichen.

Einer der Krieger brach mit einer wirbelnden Attacke durch ihre Schilde. Seine zwei Klingen fuhren haarscharf an ihrer Wange vorbei. Dabei wollte er sie gar nicht treffen: Er hatte es auf Nephele abgesehen. Diese riss die Hände vor sich und erschuf einen Wirbelsturm, der den Toten an die Decke schleuderte. Er kam weit hinten im Gang wieder auf und obwohl sich noch Dutzend andere Wesen zwischen ihm und ihrer Gruppe befanden, bohrte sich sein hasserfüllter Blick direkt in Venedtas Augen. Aghni erschuf eine Feuerwand, die den kompletten Gang einnahm, aber nach einer kurzen Verschnaufpause, in der die Toten zögerten und Tara weitere Pflanzen vom Deckengewölbe sprießen ließ, brachen immer mehr von ihnen durch die Flammen. Venedta versuchte, sie zu blenden, während Keram Pfeile und Dolchattacken von ihnen fernhielt.

»Verflucht, das kann doch nicht wahr sein!«, presste er hervor.

Sie stand nur wenige Zentimeter von ihm entfernt, musste sich aber vergewissern. War er verletzt?

Sein Blick kreuzte kurz den ihren.

»Venedta, Achtung!«, schrie Tara.

Im Augenwinkel sah sie eine Lanze auf sich zufliegen. Sie fuhr herum, aber Keram war schneller. Er wirbelte mit einer Drehung vor sie, riss die Arme hoch und – fing die Lanze auf, ohne sie zu berühren. Die Spitze schwebte nur wenige Millimeter vor seiner Brust. Ehe sie verstand, was passierte, drehte er seine Hände und machte eine wegstoßende Bewegung. Die Lanze leuchtete seltsam rötlich auf, flog zurück in die Reihen der Toten und bohrte sich direkt in die Brust des Werfers. Das Wesen umgab ebenfalls kurz ein Schimmer, dann sackte es zusammen. Noch bevor es den Boden erreichte, zerfiel es zu Staub und Asche. Venedta starrte erst auf den übriggebliebenen Haufen, dann wanderte ihr Blick zu Keram.

»Was habt Ihr da gerade gemacht?«, kam Nahél ihr zuvor.

»Ich … äh … meine Magie verwendet.«

Nahéls Blick streifte ihren. Die Halbcelone hatte sich ein Schild aus Giften erschaffen, welches in allen Farben schimmerte.

»Dann wiederholt das«, forderte sie. »Andernfalls werden wir das Tageslicht nicht wiedersehen.«

Keram nickte mit knirschenden Zähnen.

»Ich gebe dir Rückendeckung«, hauchte Venedta.

Das brachte ihn zum Schmunzeln. »Mach dir mal um mich keine Sorgen, Sonnenschein.«

Machte er sich etwa über sie lustig? Venedta kniff die Augen zusammen. Sie fuhr herum, erzeugte eine kleine Sternenlichtexplosion in ihrer Hand und brachte damit den Toten zu Fall, der ihr am nächsten war.

»Dann los, du Held!« Seine Worte waren herablassend und übergriffig und ihre Wut sollte er ruhig spüren.

Eine Welle aus Magie traf den Toten. Sie sah nichts davon, die Kampfmagie war nur spürbar und für sie in diesem Moment vermutlich nicht gefährlich – aber wer wusste das schon? Mit der manskelischen Magie kannte sie sich überhaupt nicht aus. Selbst auf Láthrá hatten sie nur wenige Mitschüler aus dem nordischen Land gehabt, und die waren alle in höheren Klassenstufen gewesen. Der Tote zerfiel wie der Erste.

»Es wäre nett, wenn du mich dabei nicht mit deiner Magie einwickeln würdest«, murrte sie.

»Ich bitte dich. Hast du etwa Angst vor mir?« Er besaß doch tatsächlich die Dreistigkeit, ihre Nase mit dem Finger anzustupsen! Und das in einer solchen Situation und überhaupt ...! Venedta biss sich auf die Lippe. Jetzt war nicht der Moment, um einen Streit anzufangen.

»Haltet die Toten irgendwie fest, dann kann Prinz Keram sie erledigen«, rief Aghni.

Die Feuerfee hatte dabei selbst schlechte Chancen, sie konnte nur Feuerkreise ziehen, welche die Wesen für ein paar Sekunden an Ort und Stelle hielten. Das reichte Keram aber, ebenso wie Taras Ranken.

Nach einigen Minuten stand Keram schwer atmend über dem letzten Toten und stach mit einem Dolch in dessen Herz. Dieses Mal leuchtete nicht nur der Krieger auf und zerfiel. Die Wand, in die das Schloss eingelassen war, schimmerte plötzlich wie die quarzene Struktur der *Zuva* von Paiké auf. Wie ein irisierender

Vorhang schwang sie zur Seite.

»Oh«, machte Nephele und trat zusammen mit Aghni, die ihr Flammen spendete, vorsichtig in die Höhle dahinter.

Venedta vergewisserte sich zusammen mit Keram, dass wirklich alle Toten zu Staub zerfallen waren – weitere Überraschungen konnten sie nicht gebrauchen. Dann folgte sie ihren Freundinnen.

»Das sieht Iatei ähnlich«, murmelte Nahél. »Den Zugang zur Urellia so zu verzaubern, dass nur ein Kampfmagier ihn öffnen kann.«

»Ich würde sogar noch weiter gehen«, sagte Keram. »Ich glaube, es hat nur funktioniert, weil ich direkt aus der Königslinie stamme. Wenn ich mir die Spuren an den Wänden vorhin richtig angesehen habe, scheint erst vor wenigen Jahren jemand versucht zu haben, sich Zutritt zu diesem Ort zu verschaffen.«

Venedta hatte die Spuren von Klingen an den Wänden ebenfalls bemerkt, doch ihnen keine besondere Bedeutung zugestanden. Wer wusste schon, wie diese Bestattungsrituale damals abgelaufen waren?

»Ihr glaubt, jemand aus der Familie Eures Onkels hat es versucht?«, schlussfolgerte Tara.

»Gut möglich. Als ich meinen Onkel das letzte Mal besuchte, hatte er noch einen sehr guten Freund an seiner Seite. Die beiden waren schon seit Kindheitstagen stets zusammen gewesen und als Athos Graf wurde, wurde dieser Mann seine rechte Hand. Ich kann mich noch daran erinnern, dass uns vor ungefähr sechs Wintern die Nachricht ereilte, dass dieser Freund meines Onkels unter mysteriösen Umständen verschwunden wäre.«

»Würdet Ihr Eurem Onkel zutrauen, diesen Kampf überlebt zu haben und entkommen zu sein?«, fragte Venedta zögerlich.

Keram wischte sich Blut von einer kleinen Schnittwunde an seinem Arm. »Er ist ein guter Krieger und Kampfmagier. Sehr gut, sogar. Das liegt in der Familie Glydeth und meine Mutter hat diese Geschicklichkeit ebenfalls geerbt. Der Konflikt mit meinem

Vater entstand damals hauptsächlich daraus, dass die beiden grundsätzlich verschiedene Ansichten zu gewissen Themen haben. Er hält meinen Vater für zu milde, schwach. Ich würde keinesfalls ausschließen, dass er einen Hinweis zur Urellia erhielt und sich diese selbst unter den Nagel reißen wollte. Er weiß, dass Iatei niemals nur einen Plan hat – und das könnte jemand wie Athos stets als Aufruf zum Wettstreit verstehen.«

So sicher, wie er das sagte, schauderte es Venedta. Über einen möglichen Plan B Iateis, sie doch zu seiner Frau zu machen, wollte sie ganz sicher nicht nachdenken.

Ein paar Schritte weiter in der Höhle waren Aghni und Nephele stehengeblieben. Die Flammen ihrer Freundin erhellten einen schlichten Altar, auf dem eine beinah durchsichtige Kugel thronte. Und tatsächlich schwebte darin die Urellia von Manskelie.

»Ihr Stein sieht wirklich aus wie ein Auge«, stellte Nahél fest. Sie ging einen Schritt an den Altar heran und begutachtete die Kugel von allen Seiten, ohne sie zu berühren. »Im Stein ist etwas eingraviert.« Venedta trat neben die Halbcelone und kniff die Augen zusammen.

»*Fünf haben uns geschmiedet. Fünf haben uns Magie eingehaucht. Fünf haben uns verraten. Fünf haben uns verborgen. Fünf werden uns führen. Aber nur der Eine wird uns erlösen*«, las sie vor.

Nephele atmete hörbar aus.

»Das klingt eher nach dem Rat als nach Iatei«, befand Aghni. »Sollen wir es aufschreiben?«

»Nicht nötig«, sagte Nahél. »Die Worte haben sich schon in mein Gedächtnis gebrannt.«

Tara schnalzte mit der Zunge. »Vermutlich haben sie nichts mit der Urellia von Manskelie und dieser Barriere zu tun.«

»Denke ich auch nicht«, stimmte Venedta ihr zu.

»Glaubt ihr, dass diese Barriere ebenso funktioniert wie die im Nephostempel?«, grübelte Aghni.

Venedta trat neben Tara und besah sich die Kugel. Im Halbdunkel der Flammen kaum zu sehen, zogen sich dünne Adern durch das glasähnliche Gebilde. Sie schickte einen kleinen Ball aus Sonnenlicht auf die andere Seite und besah sich die feinen Linien genauer. Wie sie es sich gedacht hatte!

»Nein, Aghni«, sagte sie entschlossen. »Diese Kugel besteht aus dem magischen Gnomquarz. Ich glaube, es ist dasselbe Material, das wir andernorts als Mondstein kennengelernt haben. Und egal, ob die *Zuvas* von den Gnomen verzaubert wurden oder nicht … in dieser Anlage hat es nur auf eine Magie reagiert. Keram, du musst die Urellia daraus lösen.«

Der Prinz sah mit großen Augen in die Runde. »Bist du dir sicher? Das ist eure Mission, eure … ich will euch nicht euren Platz streitig machen.«

Nephele kicherte. »Den lassen wir uns schon nicht wegnehmen. Vielmehr helft Ihr uns. Also los, es ist kalt hier unten und ich habe vor, diese Nacht noch etwas zu schlafen.«

Kerams Blick huschte zu Venedta. Er atmete tief durch, dann nickte er. Er drehte seine Hände einmal umeinander, dann spreizte er jeweils zwei Finger ab und lenkte einen Hauch seiner Magie auf die Kugel. Wie in den Nachbildungen der *Zuvas*, die sie in Láthrá nutzten, glimmten die Adern des hauchdünnen Gesteins in Berührung mit der Magie auf. Die Kugel begann, um sich selbst zu rotieren. Immer schneller und schneller.

»Äh«, machte Keram und zog seine Finger zurück. »Soll das so sein?«

»Mach weiter«, bat sie rasch.

Er zögerte.

»Bisher hat jeder Gnomquarz, den ich gesehen habe, so oder so ähnlich reagiert, wenn er mit Magie von Feen in Kontakt gekommen ist«, erklärte sie.

Kerams Blick huschte zu ihren Freundinnen, die allesamt nickten. Er zuckte mit den Schultern. »Also gut«, murmelte er und wiederholte das Prozedere. Dieses Mal brach er nicht ab. Die Kugel drehte sich immer schneller, bis die Adern sich über ihre gesamte Oberfläche ausbreiteten und sie mit einem Aufschimmern komplett verpuffte. Die Kette hingegen schwebte noch an exakt derselben Stelle.

»Ihr müsst sie von ihrem Platz entfernen«, befand Tara.

Keram griff, diesmal ohne zu zögern, nach der Urellia und nahm sie an sich. »Es ist kein Wunder, dass sie wie ein Auge aussieht. Das ist ein Maranenauge.«

»Ihr meint, ein echtes Auge einer Marane, dass versteinert wurde?«, fragte Nephele.

Nahél lachte.

»Nein, ein Maranenaugen ist ein bräunliches Gestein«, erklärte Tara, die ebenfalls breit grinste. »Ohne richtiges Auge darin. Die Gelehrten bezeichnen es nur aufgrund der Maserung so.«

Venedta konnte sich ein Kichern nicht verkneifen. Aber sie würde Nephele für diese Wissenslücke niemals verurteilen – als Luftfee hatte sie schließlich mit Gesteinen am wenigsten zu tun. Sie selbst war noch nie auf Aethrún gewesen, doch Aghni hatte ihr einmal erzählt, dass es dort kaum natürliches Gestein gab. Diese Aussage allein reichte schon, um ihre Fantasie anzuregen. Wie bauten die Luftfeen wohl ihre Häuser – auch aus Wolken? Wie wohnten sie? Sie hatte sich nie getraut, Nephele darauf anzusprechen – sicher wusste das sonst jede kleine Fee.

Keram drehte sich zu ihr. »Du solltest sie nehmen. Wenn wir ohne einen Hinweis auf die Gebeine von Vithra aus den Katakomben zurückkehren, wird mein Onkel mich genau unter die Lupe nehmen. Außerdem würde dir diese Farbe ausgezeichnet stehen.« Er biss sich auf die Unterlippe.

Hitze schoss ihr in die Wangen.

Musste er ihr so offen vor ihren Freundinnen Komplimente machen? Bei Paiké, dieser Mann machte sie mit jeder Sekunde verlegener.

Keram hielt sie ihr in der offenen Hand hin. Ohne ihn anzusehen, griff sie danach und murmelte ein »Danke.« Anstatt sich den Anhänger umzubinden, wie er es wohl gehofft hatte, webte sie denselben Zauber wie Aghni und öffnete den magischen Gürtel, den der *Rat der fünf Weisen* ihr geschenkt hatte, und versenkte das Schmuckstück darin. Sie hatten die Urellias in Absprache mit dem Rat unter sich aufgeteilt – jede von ihnen trug mindestens eine bei sich. Falls sie sich noch einmal aus den Augen verlieren sollten, verschwanden auf diese Weise nicht gleich alle der Urellias. Dass Aghni die chingesische Urellia zu den Feierlichkeiten offen bei sich getragen hatte, um ihre Familie zu ehren, war eine absolute Ausnahme gewesen – sonst hätte Nevin den Anhänger niemals gefunden.

Venedta verschloss das Täschchen gerade wieder sorgfältig, da murmelte Nahél neben ihr: »Verflucht.«

»Was ist?«, fragte Nephele.

Die Halbcelone brauchte nicht zu antworten. Auch Venedta hörte die schnellen Schritte, die immer lauter wurden. Wenige Sekunden später kam jemand schlitternd vor ihnen zu stehen.

»Was tut Ihr denn hier?«, stieß Aghni aus.

Quasin hielt sich die Seiten. »Euch warnen«, keuchte er. »Graf Athos ... ein Hinterhalt.«

8.

»Was meint Ihr damit?« Keram zog seine Klingen wieder aus ihren Halterungen. »Wurde die Festung angegriffen? Von wem?«

»Nein. Euer Onkel ... Er hat Söldner dort oben. Sie werden bald hier sein«, brachte Quasin hervor.

»Was?« Tara ballte die Fäuste.

Venedta fuhr zu Keram herum. Dessen Hände wanderten unentschlossen an den Griffen seiner Doppelschwerter entlang. »Das ergibt keinen Sinn«, murmelte er. »Wenn er auch nur ansatzweise wusste, was sich hier unten befindet, wozu dann ein Hinterhalt?«

Sie holte tief Luft. Am liebsten wollte sie seine Schulter berühren, um ihn zu beruhigen, aber das traute sie sich vor ihren Freundinnen nicht.

»Ob er das wusste, können wir dann herausfinden.« Tara presste ihre Lippen fest aufeinander. »Wie viele?«

»Ich...« Quasin stoppte abrupt.

Nahél hob ihren Finger an die Lippen und bedeutete ihnen allen, still zu sein. Venedta konnte förmlich sehen, wie sie ihre Sinne ausweitete.

»Mindestens ein Dutzend. Wartet ... sie halten an.« Niemand regte sich auch nur einen Millimeter, bis Nahél nickte. »Sie lauern auf halber Höhe des Ausgangs auf uns.«

»Haben sich wahrscheinlich nicht weiter rein getraut, wenn sie auch nur einen Funken Verstand besitzen«, stieß Keram aus.

Venedta konnte nicht zulassen, dass sie erneut in einen Kampf verwickelt wurden. Nicht nur, dass sie im Kampf mit den Untoten viel Magie eingesetzt hatten, sie wollte nicht das geringste Risiko eingehen, dass eine von ihnen verletzt wurde oder sie mehr Zeit verschwendeten, jetzt, wo die Urellia in ihrem Besitz war

Sie fuhr zu Keram herum. »Gibt es noch einen anderen Weg aus den Katakomben?«

Er schlug die Zähne aufeinander. »Laut der Karte nur einen verschütteten, aber ... was bei Iatei?«

Nahél hatte sich geirrt. Die Söldner waren nicht in den Gängen geblieben. Sie standen direkt im Zugang der kleinen Höhle, in der sie sich aufhielten. Es waren mindestens drei Dutzend bis an die Zähne bewaffnete ... Moment!

Venedta nagte an ihrer Unterlippe. Graf Athos musste gewartet haben, dass sie die Gefahr für ihn aus dem Weg räumen. Aber wie hatte er sie beschattet, ohne dass sie es mitbekamen? Nahéls Sinne waren so ausgeprägt ... Verwendeten sie vielleicht Kampfmagie, um sich bestmöglich zu tarnen? Sie konnten sich sonst immer auf das Gehör der Halbcelone verlassen.

»Ihr seid also die berüchtigten fünf Mädchen?«

Der vorderste Krieger grinste. Seine Stimme hallte blechern von den Wänden wieder. »Das ist ein Scherz, oder?« Er lachte. »Unmöglich kann ganz Erakos Euretwegen so in Aufruhr sein.«

»Und Ihr seid?« Nephele trat mit einem kleinen, drohenden Wirbelsturm in der Hand einen Schritt vor und musterte die Männer genau.

»Das ist unwichtig«, brummte ein Hüne. Er trug eine große Keule bei sich, aus der metallene Zacken herausragten.

Venedta runzelte die Stirn. Was wollte Graf Athos bezwecken? Was nützte es ihm, wenn sie tot wären?

»Ihr wisst nicht, worauf Ihr Euch eingelassen habt«, sagte Keram. »Keinen Schritt weiter, oder Ihr werdet die sein, die vergessen in diesen Tunneln verrotten.«

Ein hagerer Mann grunzte. Er stand bei dem Hünen und wirkte neben ihm geradezu schmächtig. Im Halbdunkel blitzte eine Brosche auf, die seinen kurzen Umhang zusammenhielt. Venedta kniff die Augen zusammen. Ehe sie sich bewusst werden konnte, wo sie das Symbol schon einmal gesehen hatte, hob er seine Hand und es war stockdunkel.

Schnell sandte sie ihre Lichtstrahlen in alle Richtungen aus. Von ihren Freundinnen fehlte jede Spur, ebenso von Keram. Ihr Herz verdoppelte seinen Rhythmus. Was bei Paiké? Sie verstärkte ihre Strahlen, doch die Schwärze schien sie regelrecht aufzufressen. Sie war nicht mehr in der Höhle. Selbst von den Männern fehlte jede Spur. Druck legte sich auf ihre Brust und drohte, ihr die Luft abzuschnüren. Das gleiche Gefühl von Einsamkeit, das sie an jenem Tag des Rebellenangriffs in den Massen von Feen überrollt hatte, drohte, sie einzuholen. Augenblick!

Venedtas Kopf ruckte nach oben. Sie musterte die Dunkelheit um sich genauer. Die Rebellen! Ihr rutschte das Herz in die Hose, als sie die Erinnerung noch einmal durchspielte. Sie hatte die Brosche wirklich schon einmal gesehen! Aber das … Das bedeutete …

»Es wird mir eine Freude sein, dich kleinen Nymphenbastard endlich zu töten«, raunte es dicht an ihrem Ohr.

Sie zuckte zusammen. Ihr Atem beschleunigte sich. Nein! Der Druck auf ihrer Brust nahm zu, das Atmen fiel ihr immer schwerer. Aber wieso …? Ihr Körper hatte noch nie derart auf diese Erinnerung reagiert. Nicht einmal, als Caldhra sich in ihre Träume geschlichen hatte. Venedta fuhr herum, aber dort war niemand. Oder doch?

Wie eine Explosion aus Sternenlicht schoss ihr eine Erkenntnis in den Kopf. Konnte das möglich sein? Sie vermochte kaum mehr zu atmen. Venedta tastete sich vorsichtig an diesen Gedanken heran. Die Sonnenstrahlen ihrer Magie wandelte sie in kleine Fäden aus Licht um, die sie durch den Raum streute. So, wie Anyx es ihr beigebracht hatte. Und richtig … fast sofort brach die Dunkelheit um sie herum wie ein berstender Kristall in sich zusammen. Sie hörte ihre Freundinnen wieder – und die Schreie beruhigten sie nicht im Geringsten. Aber zunächst musste sie sich selbst helfen.

»Zeig deinem Gegner nicht, wenn du die Illusion erkannt und gebrochen hast«, war einer von Anyx Ratschlägen gewesen.

Dafür hatte Venedta keine Zeit. Der enge Griff um ihre Brust und die Hand auf ihrem Hals, die ihr die Luft abschnürte, erschwerten ihr Denken ohnehin. Der Hagere hatte sie fest in der Mangel. Bisher schien er nicht mitbekommen zu haben, dass sie sich aus seiner optischen Täuschung befreit hatte. Sie musste dies für ein Überraschungsmoment ausnutzen. Da er sie an sich presste, konnte sie ihre Arme nur spärlich bewegen.

»Kann mich jemand hören? Tara? Aghni?«, rief sie, um ihm weiterhin den Anschein zu geben, sie wäre in seiner Illusion gefangen. Es war mehr ein Röcheln, aber das würde ihn nicht irritieren.

Gleichzeitig formte sie in ihrer rechten Hand eine winzige Klinge aus Sternenlicht, die sie ihm mit all ihrer Kraft in die Seite rammte. Der Hagere schrie auf und sein Griff lockerte sich, doch noch immer war er zu fest. Sie setzte noch einmal nach, diesmal mit einer gebogenen Klinge wie die einer Sichel. Ein erneuter Schrei drang an ihr Ohr.

»Was bei …?«

Sie nutzte ihre Chance, holte mit dem Bein aus und traf ihn in der Lendengegend, was ihn endlich dazu brachte, sie loszulassen. Um Luft ringend taumelte sie ein paar Schritte von ihm weg, bis sie mit dem Rücken an die Höhlenwand stieß. Sterne tanzten vor ihren Augen. Sie zog schnell ein Schutzschild vor sich hoch, um ein paarmal tief Luft zu holen.

Als sich ihr Sichtfeld klärte, musste sie der nächsten erschreckenden Erkenntnis ins Auge blicken. Nicht nur er war fähig, Illusionszauber zu wirken, sie alle waren es. Jetzt, da sie die seinen durchbrochen hatte, war es ihr möglich, das komplette Ausmaß des Angriffes auszumachen.

Sechs Rebellen hielten jeweils einen ihrer Freunde in einer Illusion gefangen – aber im Gegensatz zum Hageren schienen sie es nicht so eilig zu haben, zu töten, und ließen sie hauptsächlich in ihren Illusionen leiden. Venedta konnte nicht erahnen, was ihre Freundinnen, Quasin und Keram sahen, in welchen Bildern oder Räumen sie gefangen waren. Und obwohl das sicher keine zauberhafte Waldlichtung war, atmete sie auf. Alle waren am Leben - und ohne große Verletzungen. Taras Arme bluteten, doch es schienen nur flache Schnittwunden zu sein, die sie sich von Dornenranken, die sich wie ein Käfig um sie rankten, zugezogen haben musste. Diese Männer rechneten nicht mit Gegenwehr. Sie ließen sich Zeit, um sie zu foltern und alles auszukosten.

Der Hagere richtete sich gerade wieder auf. Für eine Millisekunde sahen sie sich in die Augen. Nun hatte sie keinerlei Zweifel mehr. Es war derselbe Kerl, der sie damals mit seinen Männern in die Ecke gedrängt hatte, weitab von ihrer Familie. Der ein junges Mädchen ohne zu zögern von ebendiesen Männern vergewaltigen, foltern und töten lassen hätte, weil er einen Hass auf ihre Eltern und das damit verbundene System hegte. Er öffnete seinen Mund. Zweifellos, um seine Mitstreiter zu warnen.

Sie war kein kleines Mädchen mehr.

Venedta wandelte ihre Gestalt. Sie formte eine weitere gebogene Klinge mit ihren Händen, landete hinter ihm und trat ihn in die Kniekehle, sodass seine Beine einknickten. Wortlos zog sie seinen Kopf nach hinten und starrte ihm in die Augen. Sie hatte nicht viel Zeit, ihren Freundinnen zu helfen, und dennoch wollte sie ihn nicht ohne letzte Worte zu Andavor schicken.

»Ihr hättet weitaus Schlimmeres verdient, aber Ihr lasst mir keine Zeit dafür.«

Sie schloss die Augen und zog die Klinge über seine Kehle. Rebellenblut besudelte ihre Hände. Dann wandte sie sich den anderen Söldnern zu.

Während die vorderen mit ihren Freunden beschäftigt waren,

lauerte der Rest vor dem Höhlenausgang. Vermutlich um ihnen den Weg abzuschneiden, sollte es einer von ihnen gelingen, zu fliehen. Venedta ballte die Hände zu Fäusten. Sie waren sich ihrer Sache so sicher, dass sie noch nicht einmal mit voller Macht angriffen? Immerhin – so hatten sie noch nicht mitbekommen, dass sie den Hageren erledigt hatte. Sie warf einen Blick auf ihre Begleiter und wog ab.

Zunächst wandte sie sich Nahéls Gegner zu – einem rothaarigen Kerl mit irrem Grinsen. Im Gegensatz zum Hageren rührte er keinen Finger, gaukelte ihrer Freundin aber offenbar etwas Imaginäres vor, mit dem sie am Boden rang. Wenn die Halbcelone erst einmal wusste, dass sie es mit Illusionszaubern zu tun hatten, waren die Chancen hoch, dass sie mit ihren guten Sinnen einer erneuten Attacke entgehen konnte. Venedta wollte kein Risiko eingehen, die anderen Männer auf sich aufmerksam zu machen. Es kam ihr zugute, dass diese sich stark auf ihre Illusionen konzentrieren mussten.

Sie verwandelte sich, wurde kleiner und kleiner. Ihre Ohren wuchsen, ihre Arme verformten sich zu ledrigen Schwingen. Als Fledermaus flatterte sie an die Höhlendecke und platzierte sich direkt über dem Rotschopf am Gestein. Dann ließ sie sich fallen, wandelte im Fall ihre Gestalt zurück und rammte dem Mann einen Dolch aus Sonnenlicht in den Rücken. Er brüllte auf wie ein Bär, bevor er unter ihr zusammenbrach.

»Achtung, Männer!«, rief einer der Rebellen am Höhleneingang.

Venedta biss die Zähne zusammen. Jetzt hatte sie die ungeteilte Aufmerksamkeit aller.

Nahél fuhr hoch und sah sie irritiert an. »Was … wo …?«

»Illusion«, rief sie knapp. »Kümmere dich um die da!«

Sie griff nach ihren Händen und zog sie rasch hoch. Die vier übrig gebliebenen Rebellen in der Höhle wandten sich im gleichen Moment zu ihr. Leider ohne, dass ihre Magie abebbte. Immerhin würde es für sie zu schwierig sein, zwei Täuschungen zur gleichen

Zeit zu erschaffen – das hoffte Venedta zumindest inständig.

Nahél sprang über den Körper des Rotschopfs und rannte mit Giften in den Händen auf die restlichen Männer am Eingang zu. Venedta wich einem Wurfmesser des Mannes aus, der Tara in einer Illusion gefangen hielt. Er war so schmächtig, dass sie ihm den Wurf niemals zugetraut hätte, zumal er noch dazu eine Augenklappe trug wie ein Pirat. Sie erschuf eine optische Täuschung, die sie von Nahél gelernt hatte, und sogleich war er in einem Kreis aus zehn Versionen von ihr eingekesselt. Der Pirat lachte. Sicher, das war kein großes Kunstwerk für einen geübten Illusionisten.

Aber als Venedta im Bruchteil weniger Sekunden mehrfach ihre Gestalt änderte – zu einer Maus, einer Marane und einem Fuchs und wieder zurück – und dabei einen Haken schlug, um dem Angriff des nächststehenden Mannes auszuweichen, erstarb sein Lachen und er zog seine Brauen zusammen. Noch lag ein Großteil seiner Konzentration jedoch auf der Pflanzenfee. Sie nutzte die Chance und blendete Aghnis Gegner in einer Drehung, bevor sie ihre Strahlen auf den Piraten richtete. Aghnis Gegner schrie auf, doch sie hatte keine Zeit, um nachzusehen, ob die Feuerfee sich aus der Illusion befreien konnte. Ihre Sonnenstrahlen wurden von einem Schild aus Mondlicht abgewehrt – der Pirat war eine Lichtfee wie sie.

Ein Schrei lenkte ihre Aufmerksamkeit nach rechts. Gerade noch rechtzeitig, um zu sehen, wie Quasin sich selbst einen Dolch ins Bein rammte. Venedta kniff die Lippen zusammen. Das musste aufhören! Sie wehrte die Attacke des Piraten ab, wirbelte herum und nutzte nur noch eine Hand für ihr Schild, um dem ein Ende zu setzen. Quasins Gegner sah aus, als hätte er Bekanntschaft mit Nepheles Wirbelstürmen gemacht – wirre Strähnen hatten sich aus seiner ordentlich frisierten Tolle gelöst. Sie schoss einen Lichtstrahl auf die Tolle, aber sie zitterte. Zwei Kämpfe hintereinander waren selbst für ihren Magievorrat grenzwertig. In ihrem Sichtfeld tauchte Aghnis Kurzschwert auf, dass einen weiteren Angriff des Piraten auf sie abfing. Im nächsten Moment warf die Feuerfee sich mit einem wütenden Schrei zwischen die Tolle und sie und verwickelte ihn in einen Kampf Schwert gegen Schwert. Na ja, und Feuer. Was auch immer die Rebellen für sie heraufbeschworen hatten, ging nicht an ihr vorbei. Flammen leckten an ihrem Körper und ließen sie wie ein schauriger Dämon aussehen.

Venedta atmete durch und wandte sich ihrem eigenen Problem zu. Die anderen Männer verstanden nun, dass sie kein leichtes Spiel mit ihnen hatten. Und der Hüne, der Nephele gefangen hielt, holte mit seiner Keule zum Schlag gegen Tara aus.

»So nicht«, presste sie hervor. Sie sandte Sternenschlingen aus, wickelte sie um seine Waffe und riss sie ihm mit einem kräftigen Zug aus der Hand.

Dann wurde es erneut stockdunkel um sie herum. Nach einem Atemzug, indem sie sich in der Illusion zurechtfand, tauchte ein Lichtstrahl vor ihr auf und mit ihm Taras Gegner – in ihrer Erinnerung hatte er nie etwas gesagt. Als sie nun seine Stimme zum ersten Mal hörte, gefror ihr das Blut in den Adern. Nun ging ihr auf, dass er der Anführer war.

»So, die kleine Prinzessin hat also Spielen gelernt?« Er lachte. »Wollen wir doch mal sehen, ob du das Spiel auch gewinnen kannst.«

Der Raum um sie veränderte sich zu einer Stadt. Venedta kannte diese Straßen in- und auswendig. So oft hatten diese Albträume sie als Kind geplagt, bis sie in der Lage gewesen war, diese in sich zu begraben und zu vergessen. Bis Caldhra sie wieder ausgegraben hatte. Sie kniff die Augen zusammen. »Zu einfach«, murmelte sie.

Der Anführer hatte noch nicht einmal an ihrer Oberfläche gekratzt – er wusste nur von dieser Situation, weil er selbst dabei gewesen war. Sie wagte den ersten Schritt, drehte ihre Hände um sich selbst und wandelte den Raum zu etwas Simplerem – zurück zu der Höhle, in der sie sich befanden. Anstatt ihre Freundinnen und den Kampf stellte sie sich bildlich die Untoten vor, die sie noch vor wenigen Minuten heimgesucht hatten. *Finde Schwächen heraus, die du nutzen kannst,* hallte Anyx Stimme in ihr wieder. Schwächen finden, aber wie? Wovor könnte er Angst haben?

Kurz taumelte der Anführer im Angesicht der Toten tatsächlich zurück. Ein kleines Hochgefühl durchflutete sie. Sollte es so einfach sein?

Dann lachte er auf. »Eine lebhafte Fantasie hast du, kleine Prinzessin. Aber bleiben wir doch bei etwas Realistischerem, ja?«

Er strich vor sich durch die Luft. Ihr Raum brach in sich zusammen. Wieder befand sie sich in den Straßen voller Feen, in eine Mauerecke gedrängt. Diesmal spürte sie Arme, die sie festhielten. Sofort schlug ihr Herz bis zum Hals.

Das war nie passiert!, redete sie sich ein. Sie war diesen Männern entkommen. Dank ihrer Kräfte, welche die Rebellen so verabscheuten. Eine Hand strich ihr Bein entlang und griff nach ihrem Rocksaum. Ihr Puls raste, aber so schnell würde sie sich nicht geschlagen geben. Wenn es vorerst nichts brachte, den Raum zu verändern … vielleicht könnte sie die Nähe nutzen, die er in der Illusion herstellte.

»Ihr wollt Euch an einem kleinen Mädchen vergehen? Zu schade, dass dies kein kleines Mädchen mehr ist«, hörte sie sich selbst sagen. Sie griff sich vors Gesicht und zog es ab wie eine Maske. Vor ihrem inneren Auge stellte sie sich vor, wie ihr Kopf zu dem eines Orks wurde.

»Was bei Paiké?«, keuchte der Mann. Ihre noch zarten Kinderhände griffen nach ihm, wurden zu Orkpranken und pressten ihn an ihre Brust. »Lächerlich«, brummte er, »solche Wesen gibt es nicht!« Er riss sich los und drohte, ihre Illusion zu zerbrechen.

Sie veränderte ihre Taktik, veränderte sich selbst und den Raum. Sie flutete die Höhle, nahm das Aussehen einer Qualle an und riss ihn mit sich in die Tiefe. Wie gut, dass sie auf ihrer Reise einige Orte gesehen hatte, vor denen sich eine Fee fürchten konnte.

Er rang nach Luft, Blasen stiegen an die Oberfläche, während er sich an den Hals griff und ihre Arme abzuschütteln versuchte. Venedta wagte den nächsten Schritt, denn nun gehörte die Illusion ganz ihr. In der Realität der Höhle ließ sie in ihrer linken Hand eine Schlinge aus Sternen entstehen und schlang diese fest um seinen Hals. Diese Art des Todes würde ihn nicht aus der Illusion reißen, so hoffte sie und vielleicht könnte sie ihn lediglich für eine Weile unschädlich machen, wenn …

Eine Welle aus Gift explodierte nahe ihrem Kopf. Ihre Illusion zerplatzte und sie verlor die Orientierung.

»Venedta, Achtung!«, schrie jemand. Es klang verdächtig nach Keram.

Das Gift zerstob vor ihren Augen, ohne ihr zu schaden. Dann sah sie das, was Nahél versucht hatte, aufzuhalten. Eine Eisenkeule hielt direkt auf ihr Gesicht zu. Venedta konnte nur noch die Arme vor ihren Kopf reißen, als sie hart zur Seite gestoßen wurde.

Mit Wucht landete sie auf dem Stein und der Aufprall presste ihr die Luft aus den Lungen. Ein Schrei ertönte. Sie hob gerade rechtzeitig den Kopf, um zu sehen, wie Nephele wieder sichtbar wurde, ebenfalls taumelte und fiel. Getroffen von der schweren Eisenkeule, die Venedta gegolten hatte. Zwei Stiefel, die sie Keram zuordnete, versperrten ihr die Sicht. Auch er keuchte, doch sie spürte die Kampfmagie, die er auf den Hünen lenkte, der sie fast getötet hätte. Wenn … ja, wenn sich Nephele und Keram nicht dazwischengeworfen hätten.

Nephele! Ruckartig hob Venedta ihren Kopf und stöhnte auf. Ihre linke Seite schien vom Sturz geprellt zu sein. Sie rollte sich herum und schaffte es unter Anstrengung, sich aufzusetzen. Keram kämpfte weiterhin mit dem Hünen. Um sie herum herrschte Chaos. Sie warf einen Blick über die Schulter. Immerhin schien sie den Anführer ausgeschaltet zu haben – er lag ein paar Meter entfernt reglos auf dem Boden. Tara schien sich schnell von der

Illusion erholt zu haben. Sie hatte bereits die Gestalt gewandelt und half Nahél, die Männer am Eingang auszuschalten.

Venedta überbrückte den Abstand zur Luftfee und stützte sich auf. Nephele lag rücklings auf den Steinen. Sie war kreidebleich.

»Neph, kannst du mich hören?« Vorsichtig strich Venedta ihrer Retterin über das Haar.

Nur ein Murmeln kam als Antwort. Sie entdeckte nirgends Blut, aber das musste nichts heißen. Mit der Wucht des Schlags von der Keule hatte der Mann ihr bestimmt sämtliche Rippen gebrochen.

»Tara!«, rief sie in das Chaos und zog zur Sicherheit ein Schild über Nephele und sich. »Tara!«

Endlich hörte die Pflanzenfee sie. Sie fesselte noch einen Mann mit Schlingpflanzen an der Wand fest, dann war sie bei ihnen. Den Kampf nahm Venedta nur noch wie durch Watte wahr. Voll und ganz konzentrierte sie sich darauf, Tara bei der Notversorgung von Nephele zu unterstützen. Sie wandelte ihre Gestalt zurück und reichte ihrer Freundin Elixiere aus ihrem Retikül.

»Das wird sie nicht heilen«, murmelte Tara. »Ich kann nur mögliche innere Blutungen stoppen und weiß nicht, ob es überhaupt anschlägt.«

»He.« Venedta griff nach ihrem Arm. »Das weiß ich. Du kannst nur tun, was dir möglich ist.«

Ab und an sah sie kurz auf, um sicherzugehen, dass ihr Schild alle Angriffe abhielt. Keram kämpfte dicht bei ihnen. Sein Hemd bestand nur noch aus Fetzen und offenbarte, dass seine rechte Schulter blutunterlaufen war. Venedta sah ihm keinerlei Regung, kein Anzeichen von Schmerz an. Er wirbelte einfach weiter mit seinen Doppelschwertern herum.

»Venedta, wir müssen sie hier rausbringen. Ich kann nicht viel für sie tun.«

Sie nickte knapp. Sah noch einmal hoch, denn ihre Freundinnen, Quasin und Keram hatten soeben den Letzten der Männer erledigt.

Sie fing Kerams Blick auf.

»Sag mir bitte, dass wir den verschütteten Ausgang freiräumen können. Wenn dein Onkel für diesen Angriff verantwortlich ist, dann …«

»Und was ist mit euren Begleitern? Ihr wollt sie wohl kaum in Giadeth zurücklassen, oder?« Stumm starrten sie sich an. Natürlich wollte Venedta das nicht. Aber Nephele ging vor.

Keram seufzte. »Ich kann euch zum verschütteten Ausgang führen, ja. Ob wir ihn freibekommen, ist eine andere Frage.«

»Es gibt keine andere Möglichkeit. Wir haben mehrere Verletzte. So können wir nicht in die Festung, wenn dein Onkel …«

»Ich weiß.« Kerams Blick sprang hinter sie. »Nahél, seid Ihr wirklich so schnell, wie es heißt?«

Die Halbcelone knackte mit ihren Fingern. »Möglich. Wieso?«

»Könnt Ihr Quasin zurück in die Burg bringen? Athos sollte besser nicht erfahren, dass er von diesem Anschlag weiß. Ich möchte nicht, dass die Unverfrorenheit meines Onkels die Pläne Umarhars ins Wanken bringen.«

»Das werde nicht ich entscheiden, sondern meine Base«, sagte Quasin. »Allein ihre Gefühle werden eine entscheidende Rolle bei dieser Entscheidung spielen – und Angharad ist nicht sein Vater.«

»Dachte ich mir«, brummte Keram und schüttelte den Kopf. »Nein, mein Cousin kam immer mehr nach seiner Mutter.«

»Um Eure Frage zu beantworten, das kann ich«, sagte Nahél.

»Ich helfe dir«, warf Aghni ein. »Ich verdanke Quasin mein Leben. Außerdem werde ich Catarh sicher nicht zurücklassen.«

Nahél nickte. »Sehe ich genauso.« Sie sah besorgt zu ihnen. »Passt nur gut auf euch auf. Wir finden euch.« Damit verließen sie zusammen mit Quasin die Höhle.

Venedta war nicht wohl dabei, die beiden gehen zu lassen – aber sie hatte oft genug gesehen, was Aghni und Nahél allein ausrichten konnten, und sie vertraute ihnen. Sie half Keram,

Nephele halbwegs sicher auf seine heile Seite zu betten. Er trug sie in den Armen, damit ihre Rippen nicht noch mehr belastet wurden. Sie streifte dabei seine Hände, doch verdrängte das leichte Kribbeln, das dabei ihre Finger durchzuckte. Sie hatten jetzt wahrlich andere Probleme! Außerdem wusste sie nicht so recht, wie sie damit umgehen sollte, dass er sich so wie Nephele vor sie geworfen hatte. Das hatte ihr erschreckend klar vor Augen geführt, wie weit er für sie gehen würde. Sie schluckte und wandte ihren Blick zu Tara.

»Also, wo ist dieser zweite Ausgang?«

»Ich versuche, die Karte zu entziffern. Geh bitte vor und sorge für Licht«, sagte Keram.

Sie entzündete eine kleine Sonnenkugel und leuchtete ihnen den Weg. Sie kamen nur langsam voran, denn so kräftig Keram auch war, er musste mit diesem Bluterguss ebenfalls starke Schmerzen leiden. Tara deckte ihnen den Rücken, aber das Einzige, wogegen die Pflanzenfee sie verteidigen musste, war eine Gruppe Fledermäuse, die in einer der Höhlen hauste.

»Ich kann nicht glauben, dass die Rebellen so mächtig geworden sind.«

»Das waren Rebellen? Aus deiner Heimat?« Keram stöhnte und verlagerte Nephele leicht in seinen Armen.

Während sie dem schmalen Gang folgten, erzählte sie ihm und Tara davon. Eine Weile folgte Schweigen.

»Jetzt verstehe ich, was du mit den Spannungen meintest.« Keram klang überhaupt nicht glücklich. »Ihr solltet sofort weiterziehen. Hier seid ihr nicht mehr sicher.«

»Kennt Ihr einen Ort in der Nähe, wo wir Nephele zumindest zu einem Heiler bringen könnten?«, fragte Tara.

»Familie Glydeth ist zu mächtig. Und es würde euch einen zu großen Umweg kosten, mit mir zurück zum Palast zu reisen. Müsst ihr nicht ohnehin nach Aethrún?«

Venedta erinnerte sich an die Probleme mit den Generälen,

die Nephele in ihrer Heimat hatte. Ihrer Freundin würde einiges bevorstehen, sollte sie dort aufkreuzen, vor allem in diesem Zustand. Vermutlich würde man sie nicht mehr gehenlassen – und ihr im Falle einer Genesung jeden Generalssohn vor die Nase setzen, damit sie sich für einen davon als zukünftigen Gemahl entschied.

»Keine gute Idee«, beschloss Venedta und dachte nach.

»Was ist mit Phylos? Königin Melusine ist ihre Tante und zudem haben sie Zugang zu ausgezeichneten Heilern«, schlug Tara vor.

Venedta warf einen Blick auf das blasse Gesicht ihrer Retterin. Würde sie eine so harte Reise überstehen? Sie war taff, das hatte sie nach Yamas Angriff auf Umarhar bewiesen. Aber mit den inneren Blutungen und Brüchen, die sie höchstwahrscheinlich hatte…

»Dort ist der Ausgang«, riss Keram sie aus ihrem Grübeln. »Zumindest glaube ich das.«

Sein sogenannter Ausgang war ein winziges Loch im Gestein, nicht einmal drei Finger breit. Sie zog die Brauen hoch.

»Und wie sollen wir da durchkommen? Dieser Durchgang scheint schon jahrhundertelang verschüttet zu sein«, stellte Tara fest.

Venedta hielt ihre Finger vor das Loch und leuchtete vorsichtig hindurch – es war gerade groß genug, dass sie hindurch sehen konnte. Dahinter machte sie einen Raum voller alter Fässer aus, vielleicht der Lagerraum einer Schenke oder eines Händlers.

»Hoffentlich sind das keine Räume des Grafen«, murmelte sie.

»Dazu sind wir viel zu weit gelaufen.« Tara hatte zwar recht, aber da die Gänge so verzweigt waren, konnte sie beim besten Willen nicht sagen, ob sie nicht halb Giadeth durchquert hatten, um am Ende im Keller von Kerams Onkel wieder hervorzukommen. In der Zwischenzeit hatte sie nicht nur die Orientierung verloren, sondern das Gestein der Gänge hatte sich auch zu gestampfter Erde gewechselt – was ihr Hoffnung gab, dass dieser Teil des

Höhlensystems längst vergessen worden war.

»Tara, die Steine sehen locker gelagert aus. Meinst du, deine Pflanzen können uns den Weg freiräumen?«

Ihre Freundin trat neben sie und begutachtete das Geröll. Im Lichtschimmer leuchteten die Narben auf ihren Händen dunkelgrün auf. »Einen Versuch ist es wert«, sagte sie und spreizte ihre schlanken Finger. »Mal sehen, ob ich die Steine mit den Wurzeln auffangen kann. Dann ist es nicht so laut.«

Aus ihren Fingerspitzen sprossen schlanke Ranken, die sich durch die Ritzen im Gestein schlängelten. Sobald sich ein dichtes Geflecht gebildet hatte, krümmte Tara ihre Finger und die Blauregenranken wurden dicker, aber außer einem Rütteln tat sich nichts.

Tara pustete sich eine Locke von der Stirn. »Na schön, graben wir mal tiefer.« Die Pflanzenfee schloss die Augen, legte ihre Hände auf die Erde. Sekunden später zogen sich feine grün leuchtende Linien durch das Geröll, wie eine Art Biolumineszenz, und die Erde formte sich wie von Geisterhand zu einem Tunnel. Venedta klappte der Mund auf. War das die neue Fähigkeit, die sie vom Dryaden Zerklon gelernt hatte?

»Wie habt Ihr ...?«, stieß Keram aus.

Tara achtete gar nicht auf sie, sie stieg bereits durch den Tunnel. »Die Luft ist rein.«

Bei näherer Betrachtung wirkte das Lager schon seit Jahren verlassen. Die Luft roch abgestanden. Staub wirbelte durch den Raum. Venedta ließ ihr Licht vorsichtig heller werden, dann überprüfte sie die Umgebung. Das Gebäude war viel baufälliger, als sie zuerst vermutet hatte. Leise öffnete sie die morsche Tür und wagte einen Blick nach draußen. Der Morgen graute. Vor ihr wiegten sich hüfthoch tauschwere Gräser im Wind. Die Mauern der Stadt lagen im Tal unter ihnen. Sie hatte gar nicht wahrgenommen, dass die Tunnel sie bergan geführt hatten. Bis auf das Quaken von Fröschen und Vogelgezwitscher war es komplett still.

Leise schob sie sich an der Bretterwand um die Ecke. Eine verlassene, halb zerfallene Mühle thronte am Rand eines schmalen Baches, der das Gletscherwasser aus dem Sonarogebirge ins Tal führte. Erleichtert kehrte sie zu den anderen zurück.

»Alles sicher. Wir können hier vorerst auf Nahél und Aghni warten.«

Tara nickte. Sie verschloss den Tunnel, aus dem sie gekommen waren. Venedta verband ihre Magie mit der ihrer Freundin und zusammen ließen sie in Windeseile ein Bett aus weichen Gräsern und Kräutern wachsen, auf das Keram Nephele bettete. Venedtas ganzer Arm zitterte dabei – mehr Zauber dürfte sie in den nächsten Stunden nicht einsetzen.

»Ich brauche sauberes Wasser.« Tara war sofort im Arbeitsmodus.

Venedta unterstützte sie, so gut sie konnte. Während Keram Holz suchen ging, zog sie ihren Wasserschlauch hervor und füllte ihn am Bach auf. Sie nutzten die alte Feuerstelle des Gebäudes, um Wasser abzukochen. Obwohl der Prinz selbst verletzt war, schien es für ihn selbstverständlich zu sein, Wache zu halten, während sie sich um Nephele kümmerten.

»Es wird reichen, damit sie stabil bleibt.« Tara wischte sich Dreck von der Stirn. »Aber ich fürchte, sie wird in den nächsten Stunden Fieber bekommen.«

Venedta drückte Nepheles Hand. Die Luftfee war nur ab und an ansprechbar. Wenn sie nur mehr tun könnte!

»So, jetzt lass uns dich ansehen.« Tara kniete sich neben sie.

»Willst du nicht erst nach Keram sehen? Ich glaube, er hat mehr abbekommen als ich.«

»Hat er. Aber er hat schon ein Elixier eingeworfen, das er bei sich trug«, konterte Tara.

Schweigend ließ sie die Untersuchung der Pflanzenfee über sich ergehen. Eine ihrer Rippen war geprellt, sie hatte ein paar Schnittwunden und Druckstellen an ihrem Hals vom Griff des Hageren, aber es war nichts Schlimmes. Dank Nephele und Keram!

Sie würde tot sein ohne ihre Freunde.

»Wie geht es dir denn?«, traute sie sich schließlich, Tara zu fragen, und deutete auf die Arme ihrer Freundin, an denen getrocknetes Blut klebte. Ihre Stimme klang heiser.

»Hab nicht viel abbekommen.« Sie wich ihrem Blick aus. »Das kann ich gleich selbst versorgen.«

»Tara, was hat er dir gezeigt?«, hauchte sie.

Die Pflanzenfee schluckte sichtbar. »Ist nicht relevant.« Ihre Stimme brach.

»Oh, komm her!« Sie ignorierte die Schmerzen der Prellung und zog Tara in eine Umarmung.

»Was ... was mit Dagon«, schluchzte ihre Freundin in ihre Halsbeuge.

Venedta strich ihr über die Haare, murmelte beruhigende Worte, aber der Satz klebte in ihren Gedanken fest wie in einem Spinnennetz. Woher wussten die Rebellen von Taras Fehde? Reichten ihre Arme weiter, als sie vermutet hatte?

Es dauerte eine ganze Weile, bis Tara sich wieder gesammelt hatte. »Danke.« Fast beschämt rieb sie sich die Tränen von den Wangen.

»Immer doch.« Sie drückte ihre Hände. »Brauchst du Hilfe mit deinen Armen?«

Tara schüttelte den Kopf. »Lass gut sein. Hol lieber Prinz Keram her, damit ich mir seine Schulter ansehen kann.«

»Natürlich.« Sie hauchte einen Kuss auf Taras Stirn, dann erhob sie sich und wagte sich ins hohe Gras.

Am Stall konnte sie ihn nirgends entdecken. Als sie um die Ecke bog, blieb sie wie angewurzelt stehen. Keram stand bei der Mühle, halb im Bach und reinigte seine Wunde. Natürlich war er oberkörperfrei! Venedta blinzelte. Einmal, zweimal.

Sie räusperte sich.

Er fuhr herum. Ein goldener Pfeil bohrte sich in das Holz knapp neben ihrem Kopf. »Oh, verdammt, Venedta!« Erst, als er seine Hände wieder senkte, traute sie sich dichter ans Ufer.

»Kein Grund, gleich handgreiflich zu werden«, sagte sie und starrte betont gleichgültig die alte Mühle nieder. »Das, äh, sieht nicht gut aus.«

»Ja, die wird nicht mehr lange stehen.« Er nickte zur Mühle und sein Mundwinkel zuckte verräterisch. Ihre Wangen wurden heiß. Ertappt! »Meine Schulter war ausgekugelt. Ist aber schon wieder eingerenkt«, fügte er hinzu.

»Du hast dir selbst die Schulter wieder eingerenkt?«

Er grinste. Es war unmöglich, nicht auf seinen muskulösen Oberkörper zu schauen. »Ist nicht so dramatisch, wie es klingt. Ich hatte das schon öfter.«

»Du hast mir das Leben gerettet.«

Er fuhr sich durch die offenen Locken, die sich malerisch um sein goldbraunes Gesicht legten. »Ich glaube eher, Nephele hat dein Leben gerettet«, konterte er.

»Keram.« Sein Name hing eine Weile in der Luft. So viele unausgesprochene Worte, die sie ihm gern sagen würde. Die ihr Herz und ihren Verstand auseinanderrissen. Sie räusperte sich.

»Du hast dich genauso vor mich geworfen. Danke.«

Ihre Stimme war fast nur ein Flüstern. Sicher hatte der Wind sie davongetragen.

Mit zwei großen Schritten kletterte er die Uferkante hoch und zog sie zu sich. Sie schnappte nach Luft.

»Ich hatte solche Angst, dass du …«, raunte er in ihre Haare, »dass ich dich verliere.«

Entgegen aller Vernunft entspannte sie sich in seinen Armen. Protokolle? Egal. Kufkanische Adlige? Sowas von egal! Nur sie beide zählten in diesem Augenblick.

»Tu das nie wieder«, bat sie. »Du hast mir einen riesigen Schrecken eingejagt.«

Er lachte, um im nächsten Moment zu fluchen.

»Ist nichts Schlimmes, hm?«

Er ignorierte ihren Einwand, hielt sie stattdessen noch etwas fester. »Mir ist in dem Moment klargeworden, wie viel du mir bedeutest, Venedta.«

Wie ihr Name aus seinem Mund klang! Mit klopfendem Herzen wich sie ein Stück zurück und sah ihn mit großen Augen an. »Keram, bitte.« Sie schluckte. »Dieser Angriff macht die ganze Sache nur noch schwerer.«

Er lächelte wehmütig. Strich ihr eine pink gefärbte Haarsträhne hinters Ohr. »Ganz im Gegenteil«, behauptete er und küsste sie auf ihren Scheitel.

Ihr Herz flatterte. Sie hatte sich nicht unter Kontrolle gehabt – aber Keram schien ihre Fähigkeit überhaupt nicht zu stören! Bei Paiké, betete sie, bitte lass uns so unsichtbar werden wie Nephele vor Kämpfen. Sie brachte es nicht übers Herz, ihm noch einmal zu widersprechen. So oder so müssten sie sich bald Lebewohl sagen. Besser, sie raubte ihm seinen Optimismus nicht nach allem, was er für sie getan hatte.

»Tara wollte sich deine Wunde mal ansehen«, sagte sie nach einer gefühlten Ewigkeit und wand sich vorsichtig aus seiner Umarmung.

Keram griff sein Hemd von den Steinen und kleidete sich wieder an. Leider. Bevor sie wieder nach drinnen gehen konnte, griff er sanft nach ihrer Hand.

»Ich habe noch etwas für dich.«

»Ich kann nichts von dir annehmen.«

»Sieh es als Wiedergutmachung dafür an, dass ich dich in Gefahr gebracht habe.«

»Aber das hast du nicht«, flüsterte sie.

Seine Finger strichen über die ihren und schienen Narben zu hinterlassen, dort, wo die Berührung verklang. Mit brennendem Herzen drehte sie sich wieder um und begegnete seinem Blick, in dem so viel Gefühl lag. So viel, dass sie erneut schlucken musste. Zögerlich legte er ihr etwas Kleines in die Handfläche.

»Sieh es dir später an«, bat er.

Sie merkte, wie sie nickte. Ohne weitere Worte ließ er ihre Hand los und verschwand im Stall. Wieso wollte er ihre Reaktion nicht sehen? Sie schloss ihre Finger um den Gegenstand, hob ihre Hand und betrachtete ihn.

Ein Bernstein, in dem ein kleines Insekt eingeschlossen war. Ein Urellia. In der Morgensonne wirkte er fast golden. Venedta spürte, dass ihr Salz die Wangen herunterlief. Sie eilte zum Bach, tauchte ihre Füße hinein und teilte ihre Tränen mit dem Wasser.

9.

Von überall tönten Hörner. Mittlerweile auch die des Heeres der *Drei Freunde*, welches auf der westlichen Seite der Stadt lagerte und sich nun auf den Angriff von Oht bereitmachte.

Davius war ohne weitere Probleme vom Turm durch die Herzogsburg vorgedrungen. Niemand beachtete ihn in diesem Chaos. Niemand stellte sich ihm in den Weg. Das war gut so, denn ihm blieb nicht viel Zeit. Bald würde Oht die Drachenreiter schicken. Aber er wollte sichergehen, dass er alle erwischte. Er war nicht so ein Narr wie Oht. Ja, er hatte die Berichte aus Ching gelesen. Nevin von Nidalis hatte sich als hilfreich erwiesen. Er hatte seinen Bruder ermordet und zwei der Urellias in Caldhras Hände gespielt. Trotzdem, Davius traute dem Ganzen nicht. Er kannte Oht schon lange, aber es erschloss sich ihm in keiner Weise, wie dieser es geschafft hatte, den Prinzen auf Caldhras Seite zu bewegen. Obwohl dieser Prinzessin Aghni angeblich liebte. Vielleicht wollte er auch gar nicht wissen, was Oht ihm alles angetan hatte, um seinen Verstand zu manipulieren. Oder was er dem Jungen versprochen hatte. Davius würde niemanden verschonen. Das war nicht seine Art.

Tief in den Gängen der Burg wurde er das erste Mal entdeckt. Vier Wachen wollten ihn aufhalten, die er so leise wie möglich erledigte. Dann fand er sich vor den privaten Räumlichkeiten der Herzogsfamilie wieder. Der Herzog persönlich würde nicht hier sein. Deoras war einer der höchsten Generäle in der nidalischen Armee. Stattdessen würde er der Leibgarde der Familie gegenüberstehen. Davius atmete tief durch, zog sich noch einmal die Kapuze über den kurz geschorenen Schädel. Dann stieß er die schweren Türen auf.

»Stehenbleiben, sofort!«, empfingen ihn acht Feen, bis an die Zähne bewaffnet.

Davius stützte sich kurz auf den Knauf des Degens und musterte jeden von ihnen mit einem abfälligen Lächeln. »Und ihr wollt mich aufhalten?« Er zog seine Braue hoch.

»Nur einen Schritt weiter, Andavorbastard, und dein letztes Stündlein hat geschlagen!«, zischte der Anführer.

»So, hat es das, ja?« Er grinste. »Seht euch doch um«, forderte er sie auf. »In ein paar Stunden werden wir alle zu Andavor wandern, ganz gleich, wer wir sind. Und ich«, er knackte mit den Fingern, »bin so oder so schon tot.«

Das war natürlich eine Lüge, aber das wussten die Wachen nicht. Die Feen hatten einen solchen Aberglauben gegenüber seinem Volk entwickelt, dass dieser Satz ihm manchmal einen Kampf ersparte. In diesem Fall hatte er Pech.

»Wenn wir dir die Eingeweide rausgerissen haben, ganz bestimmt«, brummte der Anführer und richtete das Schwert auf ihn.

Davius verschenkte keine Sekunde. Während er sich aufrichtete, wirbelte er mit dem Degen herum und fing somit den Hieb des Anführers ab. Zu seinem Glück hatte die Klinge ein für einen Degen stabiles Blatt und war nicht so biegsam wie die Waffen der manskelischen Feen. Dadurch kostete es ihn lediglich viel Kraft, das Schwert von sich zu stoßen. Jetzt hatten auch die anderen ihren ersten Schock überwunden. Davius nutzte seine freie Hand, um einen Ball aus Magie zu formen und diesen auf die Wache zu feuern, die ihm am nächsten gekommen war. Der konnte gerade noch mit seiner eigenen Magie ein Schutzschild erschaffen.

Davius duckte sich unter dem nächsten Schwerthieb hindurch, führte den Degen tief und schlitzte dem ersten Angreifer mit einer schnellen Bewegung die Beine auf. Der Mann schrie, stolperte und er nutzte die kurze Unachtsamkeit, um in der rückläufigen

Bewegung seinen Degen über seine Brust zu ziehen. Die Rüstung aus geprägtem Leder, welche die Stadtwachen trugen, schützte ihn vor dem Tod. Dennoch schnitt die Klinge einen tiefen Riss hinein. Davius musste seine Taktik ändern. Die anderen Männer der Leibgarde hatten bemerkt, in welcher Lage ihr Anführer war. Sie umzingelten ihn und es war nur eine Frage von Sekunden, bis er ein Schwert im Rücken hatte.

Er schmiss den Degen weg, der ihm in dieser Enge nur noch hinderlich war und sammelte in beiden Händen Magie. Er ließ sie an den Beinen der Männer empor kriechen, die wie erwartet die Augen aufrissen und zurücktaumelten. Die magiebegabteren unter ihnen versuchten, die schwarzen Wogen fort zu waschen. Bei einem brach der Wall schnell. Davius konzentrierte sich stärker, schickte sie höher. Der Mann keuchte auf, als sich die Masse immer weiter um ihn schloss und sich durch seine Rüstung fraß. Er hatte keine Zeit, daher gönnte er ihm einen schnellen Tod. Er schloss seine Hand zur Faust, und seine Magie drang bis zum Herzen des Mannes vor. Davius spürte, wie der Muskel schneller schlug und versuchte, gegen den Tod anzukämpfen. Er presste fester zu, und der Mann keuchte und sackte zusammen.

Die Wache neben ihm wich kreidebleich zurück. Bevor er sich ihr zuwenden konnte, knallte eine Wasserpeitsche gegen Davius' rechten Arm und schlang sich um seinen Bizeps. Der Anführer hatte sich von seiner Attacke erholt und riss mit beiden Armen an der Peitsche. Davius hatte Mühe, sich dagegenzustemmen. Aus dem Augenwinkel sah er ein Schwert von links kommen und wich aus. Er schickte einen Ball seiner Magie zum Schwertträger, und legte seine linke Hand auf das Wasser um seinen Arm. Das Wasser zischte und dampfte, färbte sich bräunlich, bis es schließlich in seine Elementarteilchen zerfiel. Aber bevor er sich befreit hatte, schloss sich eine weitere Schlinge um sein linkes Handgelenk.

»Haltet ihn fest«, schrie der gedrungene Mann zu seiner Linken und zog.

Davius konzentrierte sich. Er war schon mehrmals in einer so brenzligen Situation gewesen. Er spannte seine Muskeln an und nutzte den letzten Druck, der auf seiner Rechten lag, um der Peitsche des Anführers einen Ruck zu verpassen. Das Wasser platschte auf den Boden und der blonde Mann wurde durch seine eigene Kraft rückwärts geschleudert. Ohne zu zögern formte Davius mit der nun freien Hand eine Spitze aus schwarzer Masse und schleuderte sie auf die offene Brust. Der Blonde brach augenblicklich zusammen. Blieben nur noch sechs Feen.

Unerwartet schwappte eine schwarze Woge über die beiden Wachen zu seiner Linken. Als sie zusammensackten, erkannte Davius Hakoen hinter ihnen.

»Ich dachte, du könntest etwas Hilfe gebrauchen bei deinem Wahnsinn«, sagte dieser und grinste irre.

Davius würde ihm später danken, denn noch immer standen vier Wachen aufrecht. Und er hörte hastige Schritte aus den Gemächern, die ihm verrieten, dass der Kampf nicht unbemerkt geblieben war. Er brachte zwei Schritte Abstand zwischen sich und die Männer und klaubte den Degen wieder vom Boden. Mit Hakoens Hilfe ging alles ganz schnell. Davius nutzte den Umhang einer der Gefallenen, um das Blut vom Degen zu wischen.

»Du nimmst die Tür, ich diese. Und dann den Gang runter. Keine Gefangenen. Und niemand wird verschont, verstanden? Und keine unnötigen Verzögerungen«, fügte er noch hinzu, denn er kannte den anderen gut genug, um zu wissen, dass er sich leicht von Frauen ablenken ließ.

Hakoen nickte mit ernstem Blick. An seiner Wange klebte Blut, das ihn noch gefährlicher aussehen ließ. Dann stieß er mit der Schulter hart gegen die Tür, sodass die Flügel gegen die Wände krachten.

»Keinen Schritt weiter!«, hörte Davius eine recht junge, männliche Stimme brüllen.

Metall klirrte auf Metall, während er die andere Tür aufstieß und in den Raum vordrang. Es war ein großes Gemach, sicher das des Herzogs und seiner Gemahlin. Das Zimmer schien leer zu sein. Aber er wusste, dieser Eindruck täuschte oft. Sorgfältig verschloss er die Pforte hinter sich mit seiner Magie. Dann durchsuchte er den Raum, bis … ja, bis er ein leises Geräusch hinter sich vernahm. Er fuhr herum und konnte gerade noch einer Schlinge aus Wasser ausweichen, die sich um seinen Hals legen wollte.

Die Fee dazu starrte ihn unverhohlen hasserfüllt an. Ihre rotblonden Locken glänzten im Licht des Mondes, der durch die Fenster brach. Er schirmte sich mit einem Schild seiner Magie gegen ihren Angriff ab. Ihre Mundwinkel verzogen sich zu einem höhnischen Grinsen.

»Ich wusste, dass mein Vater die Verteidigung vernachlässigt«, sagte sie und bewegte ihre Arme, wobei sie ihr Wasser zu einem neuen Angriff formte. Sie war erstaunlich muskulös. »Aber dass selbst Männer wie Ihr so einfach in unser Haus vordringen könnt, ist fast schon beschämend.«

Als sie einen Schritt nähertrat, mit zwei Kugeln Wasser in ihren Händen, erkannte er, wie jung sie war. Jünger als Aghni, fast noch ein Kind. Er stützte sich lässig auf seinen Degen.

»Und Ihr glaubt, solche Männer daran hindern zu können?«

Das Mädchen gab keine Antwort, sondern griff an. »Ihr wagt es, mich zu unterschätzen und mir zu drohen?«, zischte sie schließlich.

Davius konterte ihre Attacke, aber sie hatte recht. Er hatte sie im ersten Moment unterschätzt. Ihre Angriffe bereiteten ihm Probleme und er konnte ihren schnellen Hieben nur schwer ausweichen. Immer wieder musste er sie notdürftig mit dem Degen abfangen und kassierte rasch einen Schnitt an seinem linken Knie.

»Ihr seid Phiasdre von Braton?«, fragte er ungläubig und schickte selbst eine Woge aus Dunkelheit zu ihr.

»In der Tat. Ich bin eine der Jüngsten, die je die Ehre hatten, am großen Wasserlauf zu dienen.« Davius ging davon aus, dass sie damit die Treppe an der heiligen Quelle im Inneren von Alaith meinte. »Und mein Großvater trug die *elementarem* des Wassers in sich. Ergebt Euch besser, bevor ich Euch nur noch einen langsamen Tod gewähren kann.«

»Süßes Kind«, sagte er und grinste. »Weißt du denn nicht, dass ich schon tot bin? Ich fürchte Andavor nicht.«

Im Gegensatz zu den Soldaten ließ Phiasdre sich davon sehr wohl einschüchtern. Sie stolperte einen Schritt zurück und Angst flackerte in ihren stahlblauen Augen auf. Dann jedoch fing sie sich wieder, griff erneut an. Dieses Mal waren ihre Parolen viel zaghafter. Mit Leichtigkeit durchbrach er sie und näherte sich ihr. Er holte mit dem Degen aus.

»Phiasdre, nein!«

Eine hysterische Stimme ließ ihn herumfahren. Zu spät. Die Frau, vermutlich Herzogin von Braton, hatte bereits zu einen ihm unbekannten Singsang angesetzt.

Zum ersten Mal spürte er die als mächtige Magie verschrieene Macht der Gesangsfeen von Neu Phylos am eigenen Leib. Seine Bewegungen wurden langsamer. Das Blut in seinen Adern schien zu gefrieren, sein Herz verzögert zu schlagen. Jeder Atemzug fiel ihm schwer. Während die Herzogin ihre betörende Melodie sang, fing ihre Tochter sich wieder. Der kämpferische Ausdruck kehrte in Phiasdres Augen zurück. Sie hob die Arme vor ihren Körper und erschuf eine große Blase aus Wasser. Davius schluckte. Er wusste, was sie vorhatte. In den vergangenen Stunden hatte er so viel Magie eingesetzt, dass es schwer werden würde, gegen ihren Zauber zu bestehen. Krampfhaft versuchte er, seine Handflächen nach oben zu drehen. Jeder Millimeter kostete ihn ungeheure Kraft. Tausende Nadelstiche schienen sich in seine Haut zu bohren und Schweißperlen bildeten sich auf seiner Stirn. Er keuchte. Phiasdre stieß vor. Ein Wasserball schloss seinen Kopf ein, verdrängte die Luft zum Atmen. Ihre Magie hüllte ihn komplett ein. Blut rauschte in seinen Ohren. Er sah nichts, hörte verzerrt.

Gleichzeitig war genau das ein Segen. Ein Teil des Gesangszaubers löste sich dadurch auf. Er konnte sich ein Stück freier bewegen. Nicht komplett – noch immer drangen die Töne der Herzogin verschwommen zu ihm. Davius atmete tief ein. Dann sammelte er seine Magie in seinen Fingern und öffnete die Handflächen. Das Wasser brach um ihn zusammen. Klitschnass fuhr er herum. Die Herzogin hielt sich schreiend den Bauch. Splitter seiner Magie ragten aus ihren Rippen und ihrem Oberarm. Davius verschwendete keine Zeit. Er brachte den letzten Meter Abstand hinter sich und rammte ihr seinen Dolch ins Herz.

»Phiasdre ... lauf!«, hauchte die Herzogin. Dann brach ihr Blick. Sie sackte auf seinem Dolch zusammen.

Davius stieß den toten Körper von sich und wirbelte herum, bereit, die Tochter ebenfalls zu töten.

»Mutter!«

Phiasdre gab einen ohrenbetäubenden Schrei von sich. Purer Hass flammte in ihren Augen auf, als sie den Blick von der Leiche ihrer Mutter losriss und ihn fixierte. Dann griff sie an. Ohne Unterlass schoss sie Wassersalven auf ihn. Er konnte eben noch ausweichen, aber als eine beinahe sein Ohr streifte, spürte er, dass es sich um kochend heißes Wasser handelte. Überrascht von ihrem Können duckte er sich unter ihrer nächsten Attacke hinweg. Dann entsandte er eine Woge seiner Magie, die sich um ihre Beine wandte und sie fing. Geschockt sah sie ihn an.

Davius richtete sich wieder auf. Bevor er einen Schritt auf sie zumachen konnte, überzogen sich ihre Fesseln mit einer weißen Kruste. Mit offenem Mund starrte er auf das Eis, dass seine schwarze Masse sprengte. Gerade noch konnte er sich ein Schild erschaffen, sonst hätte eine Woge von gefrorenen Splittern ihm das Augenlicht genommen. Phiasdre schnaubte und stieß einen Kampfschrei aus. Sie ballte ihre Händen zu Fäusten. Zwischen ihren Fingern wuchsen lange Eiszapfen hervor. Während er noch die Splitter abwehrte, setzte sie zum Nahkampf an. Trotz der brenzligen

Lage grinste Davius. Er war beeindruckt. Noch nie hatte er eine Wasserfee Eismagie anwenden sehen, noch hatte er gewusst, dass das überhaupt möglich war. Es war fast eine Schande, eine so talentierte Fee zu töten. Aber das Spiel mit den Dolchen beherrschte er auch. Flink wich er ihren Attacken aus, mit obsidianfarbenen Klingen zwischen seinen Fingern. Sie lieferten einander einen schnellen Schlagabtausch.

Sie traf ihn zweimal, dreimal. Kleine Schnitte überzogen seine Arme, die sogar durch das dicke Leder drangen. Er verzog keine Miene. Er durfte keinen Schmerz kennen. Mit einem Bein täuschte er ein Manöver vor, dann wirbelte er herum und legte eine Klinge an ihre Kehle. Er fing sie zwischen sich und der Wand, ein Arm lag über ihrem Kopf und sein Gesicht war nur Zentimeter von ihrem entfernt. Schwer atmend sahen sie sich an. Phiasdres trotziger Ausdruck wich der Angst. Sie schluckte sichtbar.

»Bitte«, flehte sie dann. Ihre Stimme war kaum mehr als ein Flüstern. »Tötet mich nicht. Nehmt mich als Kriegsbeute, nehmt mich mit ins Lager, alles, nur ...«

Davius starrte ihr direkt in die Augen. Er musste sein Mitleid und seine Schuldgefühle gegenüber diesem unschuldigen Mädchen unterdrücken. Sie konnte nichts dafür, dass ihr Vater General in der nidalischen Armee war. Sie konnte nichts dafür, dass er nun hier war und ihre Heimatstadt angriff. Aber wer war daran schon schuld? Da draußen waren unzählige Feen, die ebenso wenig Schuld daran trugen wie sie. Einer Sache aber war er sich sicher.

»Glaub mir, Kind, als Kriegsgefangene erwartet Euch weitaus Schlimmeres als der Tod«, hauchte er an ihr Ohr.

»Und wenn ich nur Eure Gefangene wäre?«, versuchte sie es mit bebender Stimme.

Sein Mundwinkel zuckte. Sie war gewitzt. Vielleicht hätte sie ihr Leben bei anderen Soldaten so verlängern können. Bei Hakoen sicher.

Doch wofür? Für ein Leben in Schmerz, Leid und Scham?

Kriegsbeute wurde geteilt, und für Frauen galt das mehr als für alles andere.

»Todesfeen machen keine Gefangenen«, raunte er.

In dem Moment, in dem er die Klinge fester umfasste, ging ein Beben durch den Raum. Das Fenster barst. Davius hatte eine Millisekunde, um sich zu entscheiden. Gerade rechtzeitig warf er sich zur Seite in den Schutz einer Récamiere, um nicht vom Splitterregen getroffen zu werden. Etwas krachte auf die Fliesen, ließ diese ebenfalls bersten. Davius wagte einen Blick – wie er sich gedacht hatte, konnte dieses Chaos nur von einem Drachen verursacht worden sein. Eine seltsam gefärbte Lanze ragte aus seiner Brust. Kein Werk einer Balliste, immerhin. Ein Klacken ließ seinen Blick zurück Richtung Wand springen. Zu spät. Vor seinen Augen schoben sich eine Reihe Fliesen wieder ineinander. Eine Geheimtür! Er ballte die Hände zu Fäusten. Phiasdre war entkommen!

Davius stieß einen Fluch aus, erhob sich rasch und suchte die Perlmuttwände ab. Erfolglos. Schwer atmend klaubte er seinen Degen vom Boden. Was machte das für einen Unterschied?

Weit würde das Kind nicht kommen, redete er sich ein. Die Orks waren überall in den Bergen. Aus der Stadt würde sie es nicht lebend schaffen, oder?

Zähneknirschend machte er sich auf die Suche nach Hakoen. Es wurde Zeit, dass sie hier verschwanden.

Der phylenische Palast klammerte sich in der Abendsonne an die Felswand. Wie zwei Liebende trotzten die Türme den beiden Wasserfällen.

Venedta und ihre Freundinnen hatten keine Möglichkeit gehabt, sich vorher anzukündigen, daher ließen sie ihre Begleiter vor den äußeren Mauern landen. Venedtas Prellung pochte, aber das war nichts gegen die Schmerzen, die Nephele erleiden musste.

Obwohl Tara die Wunde mehrmals behandelt hatte, wurde es nicht besser. Die Luftfee war kreidebleich und selbst Nahél schien Mühe zu haben, sie auf den letzten Metern zu halten.

Aghni ritt voraus und diskutierte am hochgeflügelten Tor mit den Wachen. Die vier Feen waren gänzlich in weiße Rüstungen gekleidet und trugen lange Speere in den Händen, deren kristalline Spitzen im Sonnenuntergang funkelten. Wie Láthrá war auch dieser Ort einst von den Gnomen erschaffen worden, aus Schätzen des Reculagebirges, welches sich nach Osten hin erhob. Anders als auf Láthrá war ein Großteil des einstigen Glanzes jedoch seit Jahrhunderten verfallen und nur noch einige der Mauern bestanden aus den seltenen Quarzen.

Aghni verschränkte die Arme vor der Brust und deutete mehrmals auf Nephele, die nur noch kläglich bei Bewusstsein war. Sie erreichten das Tor, als endlich eine der Wachfeen losrannte. Es dauerte eine Ewigkeit, bis der Mann wiederkam. An seiner Seite schritt ein anderer Mann, ebenfalls in weiß gekleidet, doch er trug keine Rüstung.

»Meine Damen, willkommen auf Weißdorn«, begrüßte er sie und erklärte im Folgenden, dass er Melusines erster Berater war. Nach einem Blick auf Nephele fügte er hinzu: »Bitte folgt mir, die Königin erwartet Euch bereits.«

Die Flügel des äußeren Tores schwangen nach innen und gaben den Blick auf eine lange, schmale Brücke frei, die über den westlichen Fluss auf eine der Felseninseln führte. Weißdorn erstreckte sich über mehrere dieser Inseln, die allesamt von grazilen Brücken verbunden wurden. Sie folgten dem Mann, der sich gemächlich auf den Weg machte.

»Verzeiht meine Unverfrorenheit, aber der Nichte der Königin geht es sehr schlecht, wie ich dem Boten schon mitteilte. Es ist Eile geboten.«

Der Mann drehte sich lächelnd zu Aghni um. »Sicher, sicher. Keine Angst, ein Arzt wartet im Hof auf die Damen und wird sich um Prinzessin Nephele kümmern.«

Aghni kniff die Lippen zusammen, sagte aber nichts mehr. Tara warf ihr einen nachdenklichen Blick zu, doch Venedta winkte ab. Ihr ging es gut, im Vergleich zu ihrer Freundin. Und das nur wegen Nephele und Keram. Sie biss sich auf die Unterlippe. *Nicht an ihn denken!*, ermahnte sie sich. Nach ihrem Gespräch an der Mühle war ihnen keine Zeit zu zweit vergönnt gewesen. Nahél und Aghni waren nur wenig später mit ihren Reittieren zu ihnen gestoßen und hatten sie sofort zum Aufbruch gedrängt. Sie waren nach Süden geflogen, Keram nach Osten zum Palast seines Vaters aufgebrochen. Seitdem hatte sie kein Wort von ihm gehört.

Der Hof Weißdorns war überwältigend, aber ihr blieb kaum Zeit, ihn zu bewundern. Eine Gruppe von Feen erwartete sie. Darunter auch ein älterer Herr, vermutlich der Arzt.

»Nephele!«

Ein junger Mann löste sich aus der Gruppe und rannte zu Jumanh herüber. Der Kater fauchte, verstummte aber, als die Luftfee ihm beruhigend eine Hand auf den Hals legte. Ihre Freundin starrte den Fremden mit großen Augen an und errötete unter ihrem blassen, kränklichen Bild tatsächlich.

»Nayek«, hauchte sie.

Venedta hatte den Namen schon einmal gehört. Sicher war das eines von Melusines Kindern, dem Aussehen nach ihr Ältester. Der Prinz sagte nichts weiter, sondern strich Nephele beruhigend über die Haare. Dann half er ihr behutsam von der Marane und ehe die Rothaarige protestieren konnte, hob er sie sanft auf seine Arme und eilte mit großen Schritten auf den hageren Mann zu, in dem sie den Arzt vermutete. Die beiden tauschten ein paar Worte aus, die Venedta nicht verstand, dann nickte der Ältere und sie machten sich auf den Weg ins Innere von Weißdorn.

Da Aghni nicht protestierte, die Nephele und ihre Familie am besten kannte, sagte auch Venedta nichts dazu. Die Feuerfee sah dem phylenischen Prinzen zwar stirnrunzelnd hinterher, bis die Tür ins Schloss fiel, aber dann schien sie sich zu besinnen und schwang sich von Catarhs Rücken. Venedta tätschelte den Hals ihrer Ricke, dann ließ auch sie sich auf den Boden gleiten.

»Die Damen, für Eure Tiere wird gut gesorgt werden. Bitte folgt mir doch, die Königin möchte Euch kurz sprechen.«

Das hatte Venedta erwartet. Sie folgten dem ersten Berater über den Hof, um dann einen anderen Eingang als der Arzt und Prinz Nayek zu nehmen.

Zunächst ging es über schmalgewundene Treppen in die Höhe. Beim Aufstieg begann ihre Seite wieder zu pochen, aber sie versuchte, den Schmerz wegzuatmen. Der Ausblick aus den hohen schmalen Fenstern war atemberaubend. Aber mit jedem Blick, den sie nach Westen erhaschte, musste sie daran denken, dass sie vermutlich gerade näher an Iniya war als jemals zuvor seit ihrer Entführung. Nur der weite Ozean lag zwischen ihr und der Ostküste von Altmyr, an der Caldhras Palast lag. Und dennoch war nicht daran zu denken, diesen Weg schon einzuschlagen – noch fehlten ihnen sechs Urellias, um ihren Plan zu vollenden. Drei aus den Ländern von Erakos: Injadan, Sjobral und Phylos. Und drei, die in Caldhras Besitz waren und es nun unmöglich gestalteten, so unbemerkt wie einst angedacht in ihren Palast einzudringen. Selbst wenn, wie Aghni sagte, die Königin der Todesfeen ihre eigene Urellia abseits vom Schloss in einem geheimen Gewölbe untergebracht hatte, so würde sie das wohl kaum für die von Ching und Nidalis ebenfalls so machen.

Venedta warf einen Blick auf ihre Freundin. Ob Nevin sein gestohlenes Gut selbst trug? Sie bewunderte die Feuerfee. Ließ sie sich doch seit ihrer Abreise aus Ching kaum mehr etwas von Trauer oder Liebeskummer anmerken. Sie schien durch Nuada Halt gefunden zu haben …

Venedta könnte einen solchen Verrat niemals verkraften. Sie war froh, dass Keram ihre Zweifel komplett zunichtegemacht hatte, als er ihr das Leben gerettet hatte. Statt ein Teil der Rebellion zu sein, bewies er bedingungslose Güte und Treue gegen die Machenschaften der rebellischen Feen, und dennoch würde sie ihre Gefühle, so widersprüchlich sie auch waren, weiterhin verbergen müssen. Und ihn vermutlich nie wiedersehen. Sie blieben vor einer Tür aus hellem Holz stehen, die mit fein geschwungenen Linien verziert war.

»Bitte tretet ein. Königin Melusine empfängt Euch mit einem kleinen Mahl.«

Mit diesen Worten öffnete der Berater die Tür und gab den Blick auf einen gemütlichen Raum frei, an dessen hinterer Wand ein Feuer im Kamin brannte. Davor standen ein niedriger Tisch und einige Sessel auf einem bildgewebten Teppich. Durch das Fenster zu ihrer Linken fielen die letzten Sonnenstrahlen des Tages über die Berge und tauchten alles in ein rötliches Licht.

Eine hochgewachsene Fee mit alabasterfarbener Haut erwartete sie. Aus den Gesichtszügen schloss Venedta sofort, dass es sich hierbei um Königin Melusine, Nepheles Tante, handeln musste, obwohl die weißblonden Haare anderes vermuten ließen. An ihrer Seite stand eine jüngere Fee, die sie auf Mitte zwanzig schätzte. Auch bei ihr ließen lediglich einige Punkte im Gesicht darauf schließen, dass sie mit Nephele verwandt war. Selbst zu ihrer Mutter besaß sie nur wenig Ähnlichkeit.

»Willkommen auf Weißdorn, ihr Tapferen. Kommt, setzt Euch erst einmal. Und dann berichtet mir bitte genau, was auf Manskelie geschehen ist.«

»Woher ...?«, begann Tara.

»Ich würde es gern auf meine Magie schieben, aber nein ...« Die Königin deutete auf eine Nautilus, die auf einem weiteren Schemel lag. »Ich wusste lediglich durch König Jolin von Eurem Kommen.« Interessant. Ob an Herzog Athos' Worten über eine mögliche Beziehung zwischen den beiden doch etwas Wahres war?

Als sie sich setzten, fuhr Melusine fort. »Darf ich Euch meine

Tochter Marina vorstellen? Ich hoffe, es ist in Ordnung für Euch, wenn sie mit uns speist?«

Ihnen blieb nichts anderes übrig, als zu nicken. Da Melusine ihnen Gastfreundschaft gewährte, wäre alles andere unhöflich gewesen. Aber Venedta entging nicht, dass Nahél ihr einen amüsierten Blick zuwarf, und fragte sich sofort, wieso.

Zwei Diener trugen Brotspeisen, Tee und warmes Gebäck auf. Obwohl sie es von ihrer Zeit aus Láthrá schon kannte, war es immer wieder ungewohnt für sie, solch süße Speisen zum Abend zu sich zu nehmen. Das war etwas, was in ihrer Heimat niemand tun würde – dort gab es eher am Morgen Süßspeisen.

Während des Mahls berichteten Tara und Nahél abwechselnd, was auf Manskelie geschehen war, wobei sie ihre Begegnung mit wandelnden Toten ausließen. Als sie beim Hinterhalt angelangten, warf Marina ihr dunkelbraunes Haar in den Nacken.

»Bitte sagt mir, dass es Prinz Keram nach alldem gut geht!«, bat sie und sah Nahél mit großen Augen an.

Venedta verkrampfte sich. In ihrem Herzen spürte sie einen kleinen Stich … War das etwa Eifersucht? Sie biss sich auf die Zunge und versuchte, ihre unsinnigen Gefühle zu ignorieren. Wieso spürte sie das überhaupt? Konnte sie noch länger vor dem davonlaufen, was ihr Herz längst wusste, ihr Verstand aber nicht wahrhaben wollte?

Keram und seine Freunde waren nach dem Angriff auf Meral nach Weißdorn geflohen, um bei Melusine Schutz zu suchen. Sie waren einige Wochen hier gewesen. Natürlich hatte er da auch die Kinder der phylenischen Königin kennengelernt! Allen voran ihre Älteste, die vor ihnen saß und soweit Venedta wusste, noch nicht verheiratet war.

Sie hatte zu dieser Zeit einen Brief von ihm bekommen. Und dennoch schmerzte sie der Gedanke daran, dass hier eine Frau vor ihr saß, die weitaus bessere Chancen als sie hatte, ihn eines Tages zu heiraten, da niemand dieser Verbindung im Weg stehen würden. Und die offensichtlich etwas für ihn empfand – wie viel, darüber wollte Venedta lieber gar nicht nachdenken.

»Es geht ihm gut, soweit wir wissen«, sagte Tara in die Stille hinein, die sich kurz ausgebreitet hatte. »Als wir Manskelie verließen, war er in Sicherheit. Nur ihm verdanken wir, dass Eure Base und Prinzessin Venedta noch unter uns weilen.«

Marina bedachte erst Tara, dann sie mit einem nachdenklichen Blick, so als hörte sie mehr aus den Worten der Pflanzenfee heraus. Venedta wurde heiß. Es war durchaus möglich, dass die Phylenin das sogar tat. Durch ihre Magie … Sollte sie sie einsetzen, würde sie sofort wissen, dass sie in Venedta eine Rivalin um Kerams Gunst vor sich hatte. Venedta drückte ihren Rücken durch und verschloss sorgfältig ihre Gedanken. Sie hatte nicht vor, sich mehr Feinde als nötig zu machen, und sei es nur eine Frau, die für denselben Mann wie sie Gefühle hegte.

»Ihr Lieben, ich hoffe, Euch ist bewusst, dass diese Rebellen nicht in Manskelie ihren Ursprung haben. Es mag vielleicht den Anschein haben, aber es sind vorrangig nicht die manskelischen Adligen selbst für die rebellischen Attentate auf Kufkania verantwortlich. Meine Spione berichteten mir kürzlich von Illusionisten, die sich in Riardorn und Giadeth angesiedelt haben.«

»Verzeiht, aber was sind Illusionisten?«, fragte Tara.

Königin Melusine hob ihre Tasse und trank einen Schluck Tee. »So bezeichnen diese Feen sich selbst. Es sind speziell ausgebildete Feen aus Injadan, die im Auftrag der Königin Baraphé arbeiten. Mit Fähigkeiten, die sie meist in Caldhras Internat Nebelfels erlernen.«

»Und was sind das für Fähigkeiten?«, fragte Nahél und klang besorgt.

»Wie der Name schon sagt, bedienen sie sich zumeist Illusionen. Meinen Spähern zufolge geben sie sich als Berater oder Gelehrte aus und verschaffen sich so Zutritt in die Adelshäuser. Wenn sie das Vertrauen der Familie gewonnen haben, beginnen sie,

sie mit kleinen Illusionen in eine andere Realität zu führen. So weit, bis ein manskelischer Adliger glaubt, sein Status sei von den Adligen auf Kufkania gefährdet. Weil König Jolin keinen offenen Krieg erlauben würde, schicken die hinters Licht geführten Adligen also einfache Söldner aus, um Unruhe zu stiften und eine Rebellion zu beginnen.«

»Aber … diese Männer stammten aus Kufkania. Sie waren Teil der Rebellen, deren Unruhen jetzt schon beinahe zehn Winter andauern. Was nützt ausgerechnet Baraphé ein so langjähriger Konflikt ohne offenen Kampf und damit ohne Sieger? Und warum heuert sie dazu Lichtfeen an?«, fragte Venedta verwundert.

Königin Melusine seufzte und sah eine Weile in die Flammen. »Baraphé ist angeblich eine Halbgöttin. Ein paar Jahre mehr oder weniger sind ihr egal. In ihrem Leben – einem unsterblichen Leben – hat sie vermutlich eine andere Wahrnehmung von Zeit … oder schlichtweg einen langen Atem. Ich will damit nicht sagen, dass sie der einzige Ursprung des Konflikts ist. Aber durch die Illusionisten befeuert sie ihn und ruft die Rebellen aufs Feld.«

Eine Weile war nichts zu hören außer das Knistern des Feuers. Dann sackten Melusines Worte zu ihr durch. Und das, was das im Endeffekt bedeutete. Was das vielleicht bedeuten konnte – wäre es eine Lösung für ihr gesamtes Rebellenproblem, wenn die Wurzel herausgerissen werden würde? Ein winziger Funken Hoffnung kettete sich an ihr Herz. Könnte das sogar für Keram und sie einen Wandel bedeuten?

»Wissen …« Sie räusperte sich, denn ihre Stimme brach vor Aufregung. »Wissen meine Eltern davon?«

Melusine schenkte ihr ein Lächeln. »Bisher habe ich die Berichte für mich behalten, denn sie sind noch recht frisch und ich wollte sie zunächst überprüfen. Aber mit dem, was König Jolin und ihr mir von dem Attentat berichtet habt, bin ich mir sicher. Ich bin der Ansicht, dass wir unter diesen Umständen alle geschlossen gegen diese Bedrohung vorgehen sollten, denn weitere Konflikte kann Erakos sich im Angesicht des Krieges auf den *Drei Freunden* nicht erlauben. Ich werde Euren Eltern meine Erkenntnisse umgehend mitteilen. Seid unbesorgt. Ich bin zuversichtlich, dass die kufkanischen Adelshäuser durch diese Informationen gezielter gegen die Rebellen agieren können. So verhindern wir vielleicht einen noch größeren Akt der Aggression.«

»Aber warum ausgerechnet Manskelie?«, fragte Nahél stirnrunzelnd und spielte mit dem Ring an ihrem Zeigefinger.

»Ich kann nur raten«, gab Melusine zu, »aber ich schätze, das hat hauptsächlich geografische Gründe. Manskelie liegt günstig für Injadan und hat reichlich Rohstoffe, welche für die Eisfeen wirtschaftlich von Vorteil wären. Baraphé hat ihr Augenmerk schon öfter auf die umliegenden Reiche gerichtet. Und sie weiß, dass Manskelie allein dasteht. Sosehr ich meinen Schwager und die Luftfeen auch schätze, so mischen sie sich doch selten in die Angelegenheiten der anderen Königreiche ein und sind lieber unter sich. Baraphé weiß das. Außerdem haben die Kampffeen mit ihrer Magie das Potential, ein guter Verbündeter oder ein gefährlicher Gegner für sie zu werden. Es erscheint mir logisch, das Land durch politische Unruhen mit anderen Nationen schwächen zu wollen.« Sie schenkte sich und Tara ein wenig Tee nach. »Aber darüber können wir später genauer reden. Ihr hattet eine lange und verzehrende Reise und auch Ihr, Prinzessin Venedta, könnt allem Anschein nach einen Heiler gebrauchen. Und Ihr alle solltet Euch etwas ausruhen. Mein Berater wird Euch zu den Gemächern bringen, die ich Euch vorbereiten lassen habe. Solltet Ihr etwas brauchen, könnt Ihr Euch jederzeit an ihn wenden.«

10.

Davius zerrte Hakoen am Umhang mit sich. Nach Phiasdres Flucht hatte er ihn in einem der Gänge der unteren Etage vorgefunden, verwickelt in einen Kampf mit weiteren Wachen der herzoglichen Leibgarde. Hakoen hatte es sich nicht verkneifen können, trotz der üblen Lage einen Spruch darüber abzulassen, dass Davius sich ja ganz schön Zeit gelassen hätte. Zusammen waren sie einer Gruppe Soldaten über die Brücke in die Stadt gefolgt und hatten versucht, sich im Chaos der fliehenden, panischen Stadtbewohner nicht aus den Augen zu verlieren. Im dritten Ring angekommen, war plötzlich ein Schatten über ihnen gekreist – ein reiterloser Drache. Das war ihre Chance, schnell aus diesem Getümmel zu verschwinden. Im Gegensatz zu seinem eigenen Ungetüm war dieser nur knapp vier, fünf Meter groß. Das machte das Tier jedoch nicht weniger gefährlich.

»Hier lang!«

Davius griff über zwei Arme, die zu einem Kaufmann gehörten, hinweg nach Hakoens Oberarm. Davius zog ihn durch einen Hausspalt, so schmal, dass sie kaum hindurchpassten. Aber dieser Spalt trennte sie von den Flüchtlingen, die auf den Weg in die Untergründe der Stadt waren – und für die es kein Entkommen gab.

»Folge mir!«, wies Davius an.

Er suchte einen Weg zur Mauer des dritten Rings und nahm die nächste Treppe. Da sie die Uniform der Stadtwache trugen, schenkten ihnen die Wachen auf der Mauer keine Aufmerksamkeit. Ohnehin starrten diese an den Himmel und versuchten unter lautem Geschrei, die Balliste wieder in Gang zu bringen.

Davius holte tief Luft. Dann stieß er eine Reihe Laute aus, die

Oht ihn früh in seiner Ausbildung gelehrt hatte. Es war eine Mischung aus Pfeifen und dem Fauchen, dass die Drachen in ihrer Sprache verwendeten. Die Wachen um ihn herum sahen ihn verwirrt an. Es dauerte einige Sekunden, bis sie verstanden, dass er nicht zu ihnen gehörte. Genug Zeit, um sein Schwert zu ziehen und diejenigen auszuschalten, die in der Nähe standen. Er wiederholte die Laute, diesmal, so laut er konnte.

Endlich reagierte der Drache. Das dunkelgrüne Tier setzte zur Landung auf den Zinnen der Mauer an. Davius stieß einen weiteren Mann zur Seite.

»Hakoen, komm schon!«, brüllte er.

Der Rothaarige fluchte, im Kampf mit einem stämmigen Krieger verwickelt. Schließlich gelang es ihm, diesem die Klinge ins Bein zu hieben und sich Zeit zu verschaffen. Der Mann brüllte auf, und Hakoen rannte auf Davius zu.

Er wandte sich zum Drachen und schritt auf ihn zu. Dieser musterte ihn aus seinen pechschwarzen Augen, misstrauisch und bereit zum Angriff. Davius pfiff noch eine Abfolge aus Tönen, dann war er bei dem Tier angekommen und griff nach den umher schlackernden Zügeln. Der Drache schnaubte, ließ ihn aber auf seinen Rücken steigen, ohne auch nur einmal zu zucken. Das Tier konnte noch nicht lange ohne Führung sein. Seine Schuppen, die nicht nur warm, sondern glühend heiß waren, verrieten ihm, dass es erst kürzlich Feuer gespien hatte. Davius warf einen Blick auf die Ausrüstung. Am Sattel hing neben einem Reiterbogen ein Köcher mit Pfeilen, der noch fast voll war. Die Wasserfeen hatten sich von ihrem Schock erholt. Vom nächsten Ring regneten Speere und Pfeile auf sie herab. Der Drache schlug mit seinen Flügeln um sich, um die Klingen abzuwehren. Davius erschuf ein Schild seiner Magie über sich und dem Tier. Mit der freien Hand half er Hakoen, hinter ihn zu klettern.

»Ich hoffe, du kannst Bogenschießen«, knurrte Davius.

Dann presste er dem Tier seine Hacken in die Flanken und pfiff erneut. Der Drache kreischte, schlug mit den Flügeln und hob ab.

»Was ist der Plan?« Hakoen keuchte.

»Es gibt keinen«, gab er zu.

Er lenkte den Drachen nach Nordosten, wo ihre Armee noch in sicherer Entfernung zur Stadt Aufstellung genommen hatte. Die Soldaten warteten, bis die Drachen genug Unruhe gestiftet hatten, um verlustarmer zu den Stadttoren vorzudringen. In regelmäßigen Abständen standen Katapulte, die beladen und abgefeuert wurden. Sie enthielten das grobe Pulver der Orks, das Sachen explodieren ließ, gemischt mit Todesmagie, zu Klingen geformt. Davius lenkte den Drachen in einem kleinen Bogen über die Berge, um den Geschossen auszuweichen. Unweit der hinteren Reihen setzte das Tier zur Landung an.

»Nimm du deinen Platz bei den Truppen ein«, befahl er Hakoen. »Ich kümmere mich um die Stadttore.«

Sie sprangen vom Drachen und Davius drückte die Zügel einem der glücklichen Männer in die Hand, die nur die Zelte bewachen mussten, während ihre Kameraden sich ins Schlachtfeld stürzten. Er sprintete zu einem Waffenständer, rüstete sich komplett neu aus und warf ein Elixier ein, das seine Magiereserven hoffentlich zuverlässig wieder auffüllte, denn die würde er in der Schlacht brauchen. Dann gönnte er sich noch einen großen Schluck Wasser, bevor er sich wieder auf den Drachen schwang und sich zurück in die Gefahrenzone begab.

Ein Vorteil des schmächtigen Tieres: Es war wendig. Und zwar so wendig, dass Davius bei seinen schnellen Bewegungen mehr als einmal Mühe hatte, sich zu halten. Die Drachenreiter konzentrierten sich bisher auf den ersten Ring. Hauptsächlich, um das Stadttor zu zerstören, aber auch, um die mächtigeren Wassermagier auszuschalten, die Alaith bisher erfolgreich vor dem Großteil des Drachenfeuers bewahrten. Auf der Westseite der Stadt, dort, wo sich die Tore befanden, hatte sich die Armee der *Drei Freunde* nah den Mauern positioniert. Selbst wenn Ohts Heer noch ein

Stück nach Westen marschieren musste, um mit voller Kraft auf das Heer zu treffen, hatte das einen Vorteil. Noch waren sie außer Reichweite jeglicher Bogenschützen und konnten sich voll und ganz auf die dicken Mauern Alaiths konzentrieren.

Davius stutzte. Direkt vor den Toren flogen drei Feen dicht beieinander. Wachen gaben ihnen von den Mauern aus Deckung. Den einen Punkt umschwirrte eine Schar großer Vögel und mächtige Schilde umgaben alle drei. Keine Frage, das waren die Feen, welche die *elementarem* von Maldôs, Nidalis und Neu Phylos in sich trugen. Und an denen musste er vorbei, wenn er Erfolg haben wollte.

Nur wie? Das Feuer des Drachen würde gegen die starke Magie der *elementarem Gabe* kaum ankommen. Er musste sie ablenken. Vermutlich würde er dafür die anderen Drachen brauchen, um ihren Wall zu durchbrechen. Er flog eine Runde über den ersten Ring und stieß eine ähnliche Folge von Pfeif- und Zischlauten aus wie zuvor, um die Reiter und deren Tiere auf sich aufmerksam zu machen. Zufrieden stellte er fest, dass sie ihm folgten. Er wandte sich im Sattel um und den Reitern hinter ihm Handzeichen, dass sie nach links schwärmen sollten. Den restlichen Männern schickte er in die andere Richtung.

Natürlich sahen die drei Feen sie als Erstes kommen. Davius wob ein Schild seiner Magie um sich und die Vorderseite des Drachen, als auch schon Pfeile der nidalischen Armee auf ihn einregneten. Vor den Metallgeschossen schützte er vorrangig sich selbst, denn die Drachen waren immun dagegen. Schon näherte sich einer seiner Mitstreiter den drei *elementarem*. Eine hohe Welle aus Wasser erhob sich über Alaiths Mauer, spülte über die Schilde der Verteidiger hinweg, ohne Schaden anzurichten und traf einen großen, dunkelblauen Drachen mit voller Wucht. Das Tier taumelte in der Luft, schlug wild mit den Flügeln und spie Feuer in alle Richtungen. Die *elementarem* des Gesangs musste einer Feuersbrunst ausweichen. Ein weiterer Reiter nutzte die

Chance und schoss auf die Gesangsfee zu. Auch seine anderen Mitstreiter eröffneten das Feuer.

Davius fixierte die maldôsische *elementarem*. Die Tierfee war ein Mann um die sechzig, der mit seinen stark vernarbten Oberarmen wie ein Schmied wirkte. Seine Flügel erinnerten Davius an die einer Lichtmotte, braun und mit leichten weißen Sprenkeln darauf.

Er sammelte Magie in seiner Hand und hielt mit der anderen das Schild aufrecht. Dann schoss er. Spätestens jetzt hatte er die volle Aufmerksamkeit des Mannes. Eine Armada aus Raubvögeln schoss auf ihn zu. Sein Schild wehrte sie alle ab, teilweise blieben sie direkt mit den Schnäbeln in der schwarzen Masse stecken und fielen verendet zu Boden. Während seines Kampfes wich Davius immer öfter Wasserwänden, Feuersäulen der Drachen oder Todesmagie aus, die ihr Ziel nicht trafen.

Sein Schild brach unter den Angriffen der Tierfee und er hatte Mühe, den Angriff zu blocken. Er versuchte, seinen Gegner höher und von den Mauern wegzulocken, um die Angriffszone der Truppen der *Drei Freunde* zu verlassen. Dieses Chaos hatte durchaus seinen Nutzen. Aber er musste viel zu oft aufpassen, nicht selbst von einem Geschoss getroffen zu werden, als dass er sich vollständig auf seinen eigenen Kampf konzentrieren konnte. Schweiß trat ihm auf die Stirn. Immerhin, aus dem Augenwinkel erkannte er, dass sich die feindlichen Truppen unter den Drachenangriffen reduzierten, vor allem auf der Mauer des äußeren Rings von Alaith. Zusätzlich nutzte Oht das Ablenkungsmanöver, um seine Feen weiter nach Westen vorzurücken und mit voller Kraft gegen die Verteidiger zu branden.

Ein schwarzer Drache schoss wie ein Pfeil an ihm vorbei. Davius blockte den Angriff der Tierfee, dann erregte etwas anderes seine Aufmerksamkeit. Die *Wasserelementarem*, eine kräftige Frau in blaugrünen Gewändern und mit libellenartigen Flügeln, kämpfte unweit von ihnen mit drei seiner Kameraden und deren Drachen. Mit dem Rücken zu ihm. Er zögerte nicht, sondern wirbelte herum. In seiner freien Hand erschuf er einen Dolch aus seiner Magie. Mit der anderen blockte er den Angriff eines Wolfsgeistes, der mit der Tierfee zusammenarbeitete. Dann warf er und der Dolch fand sein Ziel. Die Welle, die auf seine Mitstreiter zurollte, brach in sich zusammen und übergoss die Hälfte der verteidigenden Truppen wie ein Eimer einen Ameisenhaufen. Das Flattern der *Wasserelementarem*-Flügel stoppte und sie fiel.

Die anderen Drachenreiter johlten und schienen neuen Mut zu fassen. Mit vereinten Kräften stürzten sie sich auf die *elementarem* von Neu Phylos, einen Mann um die dreißig, der das Tor soeben mit einer Woge aus Gesangsmagie vor einem Pfeilhagel schützte. Davius hob die Augenbrauen, kurz fasziniert davon, dass diese Magie sogar in der Lage zu sein schien, Metall zu beeinflussen.

Seine Unachtsamkeit rächte sich. Die Kralle eines weiteren Tiergeistes streifte seinen Knöchel und konnte einen Aufschrei nicht unterdrücken. Obgleich die Wunde nur klein zu sein schien, durchzog heißer Schmerz seinen Unterschenkel. An der Flanke des Drachen rutschte das Tier glücklicherweise ab, ohne ihm zu schaden. Endlich kam ihm ein weiterer Drachenreiter im Kampf mit der Tierfee zu Hilfe. Eine Woge schwarzer Masse schoss auf den älteren Mann zu. Dieser wich zur Seite, wo ihn bereits eine Feuersäule von Davius Drachen erwartete. Als ihn das Feuer am Arm streifte und seine Haut Blasen schlug, brüllte der Mann auf. Ein Blick zu seinem Mitstreiter, dann formte Davius in seinen Händen Magie zu einer Kugel, während die andere Todesfee ebenfalls eine Attacke begann. Anstatt aber ihren Drachen erneut feuern zu lassen, wie er es vermutet hatte, stemmte sie sich auf dem grauen Tier auf und zog einen langen Speer aus ihrer Satteltasche hervor. Auf dem Rücken des Drachens balancierend, griff sie die *Tierelementarem* damit an. Vier Tiergeister umschwirrten die *elementarem* noch, zwei in Form von Adlern, einer in Form einer geflügelten Schlange und einer als Bär.

Davius hatte keine Ahnung, wie er Tiergeister töten konnte. Aber das war auch gar nicht sein Ziel. Er hielt die Kugel in seinen Händen, presste sie zu einer kleineren Form zusammen. Während sein Kamerad die Tierfee ablenkte, duckte er sich unter den Angriffen des Bären und einem Adler hinweg und hüllte ihre Köpfe mit der freien Hand in seinen Todesnebel, sodass sie das Bewusstsein verloren. Dann stemmte er sich ebenfalls auf den Sattel seines Drachens, zog in der Bewegung einen Dolch aus seinem Stiefelschaft und rammte ihn dem zweiten Adler ins Herz. Er sah nicht nach, ob das den Geist überhaupt verletzte, sondern griff wieder einen Zügel, lenkte den Drachen höher und … sprang. Sein Mitstreiter hatte gerade einen Treffer gelandet. Die Tierfee brüllte auf. Perfekt, denn so brauchte er nur zu zielen und … Er schoss die kleine Kugel in seinen Händen in den offenen Mund der *elementarem*. Davius landete unsanft auf dem Rücken des zweiten Drachen. Der andere Kämpfer war noch beschäftigt, also hielt er sich selbstständig am rutschigen Sattel fest und zog sich hoch. Die Tierfee hustete. Dann würgte der Mann, während er Schwierigkeiten hatte, der Speerklinge der anderen Todesfee auszuweichen.

Die *Tierelementarem* hatte ein Schutzschild um sich gezogen, aber der übrige Tiergeist schoss auf die Todesfee vor ihm zu. Die geflügelte Schlange wich geschickt der Speerklinge aus. Er konnte nicht einmal so schnell reagieren, wie sie sich um den Hals seines Kameraden wickelte und zuzog. Dieser verlor den Halt auf seinem Reittier und rutschte ab. Davius konnte eben noch seinen Arm packen, aber viel Zeit blieb ihm nicht. Angestrengt presste er seine Schenkel gegen das Leder, um nicht selbst abzurutschen. Mit der zweiten Hand fasste er nach, sicherte seinen Griff. Dann ließ er eine kleine Klinge in den Zwischenräumen seiner Finger wachsen, wie beim Kampf mit Phiasdre. Die Schlange bäumte sich auf. Sie zog noch fester und versuchte, nach ihm zu schnappen. Sein Kamerad röchelte und, der Griff um seinen

Arm wurde bereits schwächer. Er löste eine Hand von seinem Kameraden und rammte dem Tiergeist seine Klinge direkt ins offene Maul. Ihr Würgegriff lockerte sich etwas, aber das reichte bereits, um sie mithilfe des Dolches vom Hals der Todesfee zu reißen und in die Tiefe zu stoßen. Davius packte seinen Kameraden wieder mit beiden Händen und zog ihn zurück in den Sattel. Schwer atmend fasste dieser sich an den Hals und nickte ihm zu. Währenddessen wagte er einen Blick zur *Tierelementarem*. Wie erhofft schien seine Magie zu wirken und tötete ihn von innen. Davius hatte diese Technik erst einmal zuvor im Training angewendet, aber laut Marlon war es eines der effektivsten Mittel, eine Fee zu töten, selbst, wenn es ein paar Minuten dauerte. Er wandte sich ab. Nichts würde diesen Mann jetzt noch retten. Zeit, sich dem gefährlichsten Wesen auf dem Schlachtfeld zu widmen. Der Gesangsfee.

Nephele fühlte sich wie von einer Herde Luftgeister überrannt. Ihr ganzer Körper schmerzte. Ihre Rippen brannten wie Feuer. Ihre Lider flatterten. Sie hatte keine Ahnung, wie lange sie geschlafen hatte. Das letzte, woran sie sich erinnerte, war ein ihr vertrautes Gesicht und dass er sie auf seine Arme hob. Sie zuckte zusammen. Nein! Das musste sie geträumt haben. Das konnte gar nicht sein. Er sollte gar nicht am Hof sein. Er sollte …

Nephele wandte all ihre Kraft auf. Endlich schaffte sie es, die Augen zu öffnen. Schnell registrierte sie, wo sie war, denn sie kannte das Zimmer. Es war das gleiche Gemach, in dem sie gefühlt die Hälfte ihrer Kindheit verbracht hatte. Die wolkenverhangenen Zeichnungen an der leicht gewölbten Decke hätten sie unter normalen Umständen zum Schmunzeln gebracht und an ihre Heimat erinnert. Aber die Brüche machten ihr so sehr zu schaffen, dass sie es nicht einmal zustande brachte, sich aufzusetzen.

Sie lag nicht in ihrem Bett. Keine weichen Wolkenschwaden schmiegten sich wie eine wärmende Umarmung an sie. Stattdessen schloss sie aus dem feinen Jacquardgewebe unter ihrer Hand, dass man sie auf die Récamiere gebettet hatte, auf der sie früher gern gesessen und gestrickt hatte. Nephele sammelte all ihre Kraft und drehte den Kopf ein Stück weit zum Fenster hin. Sofort setzte ihr Herz einen Schlag aus. Dort, zusammengesunken auf einem Sessel, saß Nayek. Nephele betrachtete ihn irritiert, dann warf sie einen Blick durch das bodentiefe Glas. Es war helllichter Tag. War er etwa die ganze Zeit hier gewesen? Sein Kopf lag abgestützt auf seiner Faust und drohte, herunter zu kippen. Einige seiner braunen Strähnen fielen ihm auf die haselnussbraunen Wangen. Ihr Herz flatterte wild in ihrer Brust. Also hatte sie das nicht geträumt. Sie hatte sich das nicht eingebildet und – sie seufzte still – wohl auch nicht den besorgten Blick, den er ihr geschenkt hatte.

Hoffentlich hatten ihre Freundinnen das nicht mitbekommen! Nephele schloss die Augen wieder und versuchte, sich zu erinnern – so hatte sie wenigstens eine Beschäftigung, um die Schmerzen mehr oder weniger erfolgreich zu ignorieren. *Bitte*, sagte sie sich, *bitte sei schlau genug gewesen, um Nahéls Wesen zu erkennen und deine Gedanken vor ihr zu verbergen.*

Aber vielleicht bildete sie sich das auch nur ein. Vielleicht war er, wie es sich gehörte, nur als Familienmitglied um sie besorgt. Aber wäre er dann hier? Hätte er dann die ganze Nacht hier verbracht? Was er getan haben musste, so wie sein zerknautschtes Gesicht und seine Kleidung aussahen.

Nephele wollte sich noch weiter herumdrehen. Sie wollte die wenigen Lichtstrahlen auf ihrem Gesicht spüren. Obwohl sie Teile ihrer Kindheit auf Phylos verbracht hatte, so war sie jedes Mal aufs Neue froh gewesen, in ihre Heimat zurückzukehren. Sie vermisste es, jeden Tag die Sonne zu sehen. Uneingeschränkt, ohne Wolken davor, ohne Regen oder Schnee. Reines, pures

Licht, das ihre Haut wärmte und die Felder der Wolkennarzissen in Gold tauchte. Sie drehte sich zu weit. Ihre Rippe schien zu explodieren. Sie konnte sich ein Aufkeuchen nicht verkneifen.

»Verfluchte Orkpisse!«, zischte sie unter Tränen, aber das machte das Feuer, das in der Wunde lichterloh brannte, auch nicht besser. Fest biss sie die Zähne aufeinander.

»Nephele, alles in Ordnung?«

Sie zuckte zusammen. Natürlich hatte sie ihn mit ihrer unüberlegten Aktion geweckt. Sie holte tief Luft und wagte einen Blick zu Nayek – nur um fast schon wieder zurückzuzucken. Nur der Schmerz hielt sie davon ab. Er war ihr viel zu nah. Stützte sich auf der Lehne der Récamiere ab und sah mit zusammengezogenen Brauen zu ihr hinab. Wie gern wollte sie die Furche auf seiner Stirn entlangfahren und glätten. Wie gut, dass ihr das durch ihre Verletzung unmöglich war.

»Es geht mir gut«, behauptete sie. Eine glatte Lüge, wie er sich sicher denken konnte. Aber sie wollte nicht noch mehr Schwäche vor ihm zeigen. »Was bei allen Göttern machst du hier?«, fragte sie harscher als beabsichtigt.

Der Blick, den er ihr aus seinen sanoibraunen Augen schenkte, war undefinierbar. Er sog seine Unterlippe leicht ein, wie immer, wenn er unsicher war oder über etwas nachdachte. »Du … du siehst verändert aus«, murmelte er.

Sie schnaubte. »Da irrst du dich. Ich bin immer noch die chaotische, unzähmbare, peinliche Halb-was-auch-immer, immer noch der flügellose Schrecken und nun auch noch …« Sie stockte, als er ihr einen Finger vor die Lippen hielt.

»Nephele, was redest du da?« Sie schluckte unter seinem Blick. »Du warst mir nie peinlich … Wie könntest du auch? Du warst uns nie peinlich und deinem Vater schon gar nicht!« Er nahm ihr Gesicht in seine Hände, ohne den Blick von ihr zu lassen. »Und du bist wunderschön!«, ermahnte er sie.

Sie schluckte erneut. Nein, sie hatte sich das nicht eingebildet.

Etwas in ihr brach unter seinem Blick entzwei. Er hatte nicht aufgegeben. Drei Jahre, die sie sich nicht gemeldet hatte. Die sie sich auf Phylos nicht hatte blicken lassen, in dem Wissen, dass es besonders ihre Tante und auch Marina und ihren kleinen Cousin Nivion unglaublich schmerzte, der sie wie eine große Schwester liebte. Und Nayek. Vor allen anderen Nayek.

»Nayek bitte, ich …«, sagte sie, aber es kam nur ein Flüstern heraus.

Er zog seine Hände zurück, was eine schmerzliche Kälte auf ihren Wangen hinterließ. Noch viel schlimmer war jedoch, zu sehen, wie er sein Gesicht kurz in seinen Händen verbarg, nur um sich dann die Haare zu raufen.

»Ich weiß. Tut mir leid. Ich war nur … Du hast mir einen ziemlichen Schrecken eingejagt.«

Sie schloss die Augen. Versuchte, wieder einmal vernünftig zu sein. Ihr Bauchgefühl zu ignorieren, auf das sie sonst so gern hörte. Sie musste stark sein. In dieser einen Angelegenheit durfte sie sich keinen weiteren Fehler erlauben, ihrem Vater zuliebe. Sie durfte ihn nicht enttäuschen. Sie hatte sich diese Gefühle nicht ausgesucht, die sie wie ein Sturm mitrissen und herumschleuderten, als befände sie sich mitten in einem Orkan.

Nicht damals und nein, auch jetzt nicht. Aber dass sie existierten, dagegen gab es kein Argument und keine Ausrede. Es war bittersüße Realität. Nephele wusste das. Sie hatte es schon damals gewusst, an jenem verhängnisvollen Tag vor drei Jahren. Sie wusste es und doch konnte sie nichts gegen sie tun, außer vor dem Sturm in sich davonzurennen. Vor ihm davonzurennen. Wie sehr hatte sie sich gewünscht, dass es ihm anders erging. Dass die Gefühle in ihm vergangen waren und dass ihr Handeln ihn dazu gebracht hatte, sich von ihr abzuwenden.

Die Worte kosteten sie ungemeine Kraft, noch ehe sie diese aussprach.

»Du solltest nicht hier sein.«

Ihre Stimme klang rau, alles in ihr wehrte sich gegen diesen Satz und die verzehrende Tragweite, die sie bedeuteten. Sein Nicken brach ihr das Herz.

»Ja«, sagte er, als ermahnte er sich selbst. Dann straffte er sich. Bevor sie wieder zurückzucken konnte, hauchte er einen Kuss auf ihre Stirn. »Werd schnell gesund«, wisperte er noch, dann stieß er sich mit den Armen von der Récamiere ab und verschwand aus ihrem Sichtfeld. Der Kloß in ihrem Hals wurde unerträglich. Eine Träne bahnte sich in ihren Augenwinkel, dann noch eine. Sie hörte, wie die Tür ins Schloss fiel. Und schon flossen die Tränen ungehemmt. Die Wunde war nichts gegen den Schmerz, der jetzt wieder in ihr aufriss.

Seit sie denken konnte, war Nayek an ihrer Seite gewesen. Sie hatte ihn nie wie einen großen Bruder betrachtet, vielmehr war er ihr bester Freund gewesen. Sie hatten so viel Unfug zusammen angestellt in jüngeren Jahren. Nephele erinnerte sich genau daran, wie sie sich einmal vor Marina fortgelaufen waren, weil sie ihr Lieblingskleid zusammen »verschönert« hatten. Sie hatten sich nicht mehr eingekriegt vor Lachen.

Ihr Schluchzen ebbte nicht ab. Obwohl keine Tränen mehr kamen und ihr ganzer Körper von den Erschütterungen schmerzte, als würde ein Hyppogreif darauf Stepptanz tanzen, konnte sie dennoch nicht aufhören zu weinen. Er war der Einzige, dem ihr Herz je gehören würde. Das hatte sie damals gewusst und heute wurde es ihr aufs Neue klar. Sie wollte ihm nicht wehtun. Doch was blieb ihr anderes übrig? Besser früher als später. Sie hatte genug Druck im Nacken. Wenn die Generäle erführen …

Nephele presste ihre Hände zu Fäusten. *Das werden sie nicht!*, ermahnte sie sich selbst. Und dennoch schlich da dieser kleine Gedanke aus ihrem Unterbewusstsein, dass sie es nicht nur für ihren Vater tat. Sondern auch, um Nayek zu beschützen. Um ihn und sich vor einem Skandal zu schützen, der Aethrún erschüttern würde. Es würde nicht darum gehen, dass sie verwandt waren.

Das war nie ein Problem gewesen. In keiner adligen Familie, die sie kannte, fehlten solche Verbindungen. Vielmehr war es eine einfache und so lächerlich banale Tatsache: Nayek war keine Luftfee. Und selbst jetzt, da sie die *elementarem* trug und die Gunst des Windes besaß, wusste sie tief in ihrem Inneren, dass ihr Volk eine Verbindung nach außen nicht noch einmal gutheißen würde. Es gab keine Zukunft für sie. Nicht so, wie sie sich das beide wünschten. Nephele wollte kein Leben im Verborgenen führen. Das war nicht ihre Natur. Niemals würde sie sich damit arrangieren können, eine Pflichtehe einzugehen und mit jedem Gedanken bei einem anderen Mann zu sein.

Nephele schlug die Augen wieder auf, als ein wärmender Sonnenstrahl ihre Wange traf. Auf den Berghängen tanzten die Fichten im schroffen Frühlingswind. Der Wind ließ sich nichts vorschreiben, von niemandem. So wie sie. Dank Nefgadon wusste sie, dass das einer der Gründe war, warum er sie als seine Freundin auserwählt hatte. Aber selbst, wenn sie diesen Krieg überlebte ... Im Gegensatz zu ihrem wilden Freund war sie an Regeln gebunden, auch wenn sich alles in ihr dagegen sträubte. Vor einigen Dingen konnte sie nicht davonrennen – auch nicht vor der Farce, sich einen der Generalssöhne als Mann zu erwählen, so wie sie es ihrem Vater versprochen hatte. Der einzige Lichtblick war, dass Aghni sie begleiten würde, wenn es so weit war. Schon schluchzte sie wieder.

Unmöglich!

Dieses Schauspiel könnte sie nie und nimmer mitmachen. Vor allem nicht in dem Wissen, ihrer besten Freundin etwas so Großes zu verheimlichen. Und das auch weiterhin tun zu müssen. Vermutlich bis an ihr Lebensende, denn Nephele kannte sich selbst gut genug, um sich einer Sache vollkommen sicher zu sein: Diese Gefühle würden nicht vergehen.

11.

Davius dachte, dass die Gesangsfee sein größtes Problem darstellen würde. Dann sah er unter den Truppen der *Drei Freunden* ein riesiges Tier herausragen. Es kämpfte gerade mit … es kämpfte mit Oht. Und selbst bis hier oben spürte Davius seine mächtige Aura. Was war das? Er schüttelte den Kopf. Er hatte eine andere Aufgabe!

Er sah wieder nach vorne. Die Gesangsfee hatte ihn bemerkt und streckte ihre Hand aus. Eine Schallwelle traf ihn und seinen Drachen vollkommen unvorbereitet. Der Drache strauchelte und röchelte. Er spie eine Brunst in Richtung der lauten Klänge. Davius brachte es fertig, einen Schild zu erschaffen, bevor er die Kontrolle über das Tier verlor. Weitere Drachenreiter nutzten die Chance, dass die Gesangsfee abgelenkt war, und preschten vor. Sie nahmen das Stadttor erneut unter Beschuss. Auch unter ihm tat sich etwas. Im Chaos der aufeinanderprallenden Heere kämpfte sich eine Gruppe Orks auf Gigantwölfen immer weiter in Richtung der Mauer vor. Davius gab seinen halben Schild auf und formte mit einer Hand eine Kugel aus Todesmagie. Die Gesangsfee änderte seine Taktik. Als der Mann das nächste Mal den Mund öffnete, fing Davius eine atemberaubende Melodie ein. Wunderschön schmerzlich und herzzerreißend.

Von einem Moment auf den anderen spülten alle Erinnerungen an Leid und Trauer über ihn hinweg, die er jemals erfahren hatte. Sein Herz zog sich zusammen. Ohne, dass er es wollte, schossen ihm Tränen in die Augen. Seit Jahren hatte er nicht mehr geweint, nun aber legte sich die Trauer wie ein immer enger werdender Griff um seine Brust und schien sein Herz zusammenzudrücken.

Er sah all die mitleidigen Blicke seiner Spielkameraden und das Getuschel, als herauskam, dass seine Mutter aus Tiranun verschwunden war. Seine Großeltern, die ihm die Schuld gaben und ihn keines Blickes würdigten. All die Abneigung, die seinem Vater und ihm in Letta entgegengebracht worden war. Er kniff die Augen zusammen. Der Drache unter ihm bebte. Sicher empfand auch das Tier solchen Schmerz wie er, wenn nicht noch mehr. Denn selbst wenn sein Leben kein Spaziergang gewesen war, so hatte Davius noch nie richtige Trauer empfunden. Er hatte noch nie jemanden verloren, der ihm nahestand. Als seine Mutter verschwand, war er noch zu jung gewesen, um sich an sie zu erinnern. Wenn dieser Schmerz in seiner Brust das war, was Feen bei Verlust empfanden – dann wollte er das nicht. Niemals.

Er schrie auf. Die Gesangsfee war schon viel zu nah. Aus verschleierten Augen sah er das Schwert, das der Mann mit sich führte. Dieser holte aus, bereit, ihn mit einem einzigen Hieb zu töten. Nein! Er hatte nicht so viel durchgemacht, um noch vor Einnahme der Stadt zu fallen. Davius ballte seine Hände zu Fäusten und riss sie nach oben. Gerade noch rechtzeitig konnte er den Angriff abblocken. Die Klinge schnitt in seinen Unterarm, aber seine Magie blockte das Meiste ab. Er atmete in den Schmerz, um bei Bewusstsein zu bleiben. Der Mann aus Neu Phylos war ihm so nah, dass er jedes Detail seiner anmutigen Flügel betrachten konnte, die wie die eines rosafarbenen Urellias erschienen. Davius sandte seine Magie an dessen Armen hinauf. Sie schlängelte sich über seine Finger, sein Schild entlang und streckte die Fühler zu seinem Gegner aus. Dessen Augen wurden groß. Offenbar hatte er mit keiner Gegenwehr mehr gerechnet. Er konnte nicht mehr ausweichen und seine Magie wand sich um den Hals des Mannes. Dieser röchelte, seine Gesangsmagie brach und er griff mit weit aufgerissen Augen nach dem Strang. Davius wollte ihn nicht töten. In den kommenden Schlachten wäre er eine viel zu gute Waffe, wenn er für Altmyr kämpfen würde – ob freiwillig oder nicht, sein Gesang, das hatte er selbst gesehen, konnte hunderte Feen einlullen. Er zog ihn zu sich und wartete, bis seine Magie die *elementarem* bewusstlos gewürgt hatte. Dann packte er den Mann vor sich auf den Drachen und zurrte ihn mit Seilen aus der Satteltasche fest. Diesen Gefangenen durfte und würde er nicht verlieren. Lautes Gejohle hallte über die Ebene und ließ ihn nach unten sehen. Ohts übrige Drachenreiter und die Orks hatten es dank seiner Ablenkung offenbar geschafft, mit den Wasserfeen auf den Mauern fertig zu werden. Das Schild aus Wasser, das die Armee unten vor dem Drachenfeuer geschützt hatte, war zerbrochen. Die Orks hatten es bereits vollbracht, eine Schneise durch die Verteidiger zu schlagen. In diesem Moment zerbarst unter weiterem Gegröle das imposante Tor.

Sein Drache schüttelte sich und schien sich von der Magie der Gesangsfee erholt zu haben. Er lenkte das Tier wieder tiefer an die Mauern heran und eröffnete ebenfalls das Feuer. Die übriggebliebenen Wasserfeen versuchten verzweifelt, den mindestens Dutzend Drachen, die sich im Moment noch auf das Tor fokussierten, etwas entgegenzusetzen. Davius lenkte sein Reittier nur noch mit Zischlauten und dem Druck seiner Beine. Um sich etwas zu erholen, griff er in die Satteltasche und zog den Bogen hervor. Sein nächster Handgriff galt dem Köcher an seiner Seite. Beinahe mit jedem Schuss erledigte er eine weitere Wache auf den Mauern. Er war nicht der einzige Bogenschütze unter den Drachenreitern, doch wenn er sich so umsah, gehörte er zu den treffsichersten. Lächerlich. Dabei war der Bogen überhaupt nicht seine liebste Waffe. Allerdings fiel es ihm immer schwerer, den Drachen ruhig zu halten.

Immer mehr Gigantwölfe, Orks und Todesfeen drangen in den ersten Ring Alaiths vor. Rauch biss ihn in Nase und Augen, Schreie hallten hinauf. Bisher sah er nur Wachen in Kämpfe verwickelt, was hoffentlich bedeutete, dass sie es geschafft hatten, den äußeren Ring gänzlich zu evakuieren. Davius ertrug zwar den Anblick toter Zivilisten, doch seiner Erfahrung nach führten mehr Übriggebliebene zu mehr Chaos und Ablenkung in den eigenen Truppen. Aus dem zweiten und dritten Ring prasselten Pfeilregen zu ihnen hinab, was unter ihren Truppen zu größeren Verlusten führte. Er schoss gerade einen weiteren Pfeil ab, als eine Bewegung im Augenwinkel seine Aufmerksamkeit erregte. Schon weiter oben, auf halbem Weg zum zweiten Ring, kämpfte Oht mit dem Heerführer von Nidalis. Und das war kein geringerer als Deoras Braton von Alaith. Sie kämpften mit allem, was sie hatten. Speeren, Schwertern und ihrer Magie. Von seiner erhöhten Position aus wurde ihm sofort bewusst, dass Oht keine Chance hatte. Herzog Deoras war nicht nur ein begnadeter Kämpfer, sondern beherrschte seine Magie auch viel besser als Oht die seine. Davius legte den nächsten Pfeil an und spannte die Sehne. Nur ein guter Schuss, und er würde Oht das Leben retten.

Ein seltsames Geräusch ließ ihn aufsehen. Ehe er reagieren konnte, stieß mit voller Wucht eine Wasserwand auf ihn und den Drachen. Der Pfeil sirrte ins Nirgendwo, aber das war sein geringstes Problem. Er stürzte vom Drachen und fiel. In voller Montur krachte er auf ein Dach. Selbst sein Reittier kreischte auf und riss zwei höhere Gebäude mit sich. Davius blinzelte und stöhnte. Er befahl dem Drachen lautstark, sich zu den Zelten zurückzuziehen – der Gefangene darauf war viel zu wertvoll, als dass er ihn im Chaos verlieren wollte. Das Tier schaffte es fauchend, der nächsten Attacke auszuweichen, und verschwand am Himmel.

Er hingegen keuchte und stemmte sich auf. Seine Wunden brannten am ganzen Körper wie glühende Eisen. Die Schnitte, die Phiasdre ihm zugefügt hatte, waren tiefer, als er angenommen hatte. Unter Stöhnen rappelte er sich auf. Der Bogen war zerbrochen, aber er hatte noch sein Schwert. Er schien sich nichts gebrochen zu haben – was wohl daran lag, dass er keine vollständige eiserne Rüstung trug. Dann fiel sein Blick auf den Platz. Nicht nur hatte Deoras seinen alten Freund bereits in die

Knie gezwungen und holte soeben zu einem kritischen Schlag aus – nein, die Wasserfeen schienen einen neuen Plan gefasst zu haben. Das Element schoss aus sämtlichen Öffnungen in Mauern, Ritzen und direkt aus dem Untergrund. Obwohl das Haupttor immer noch sperrangelweit offenstand, schienen sie es fertigzubringen, ihre eigene Unterstadt zu fluten.

Davius vergeudete keine Zeit. Er musste zu Oht. Dass er keine schwere Rüstung trug, würde ihm weiterhin von Vorteil sein. Im Rennen wich er einem herab sausenden Pfeil aus und hangelte sich vom Dach. Als er auf dem Pflaster aufkam, keuchte er auf. Das Wasser stand ihm bereits bis zu den Knöcheln. Er musste sich beeilen, wenn seine Männer nicht ertrinken sollten. Er hastete über den Platz und zog sein Schwert. Deoras stieß einen Triumphschrei aus. Er war zu spät. Für einen Herzschlag fassungslos musste er mit ansehen, wie sein Lehrer, einer der besten Kämpfer Caldhras, und ja, auch sein Freund, zusammenbrach. Deoras hatte ihm das Schwert über die Brust gezogen. Davius kniff die Augen zusammen. Für Trauer war jetzt keine Zeit. Er schrie und stürmte auf den General der nidalischen Armee zu. Der hatte offensichtlich gedacht, sich kurz erholen zu können. Schweratmend fing er eben noch seinen Angriff ab.

»Und wer seid Ihr?«, blaffte der Herzog und parierte seinen nächsten Schlag. Seine silberne Rüstung war bereits voller dunkler Blutspritzer und Schlieren, ebenso wie das wenige, das von seiner Haut darunter hervorlugte.

»Euer Verderben«, presste Davius hervor.

Er musste hoffen, dass der Herzog bereits durch seine vorherigen Kämpfe ermüdet war. Denn er war es auch und wenn dieser Mann Oht fällen konnte wie einen Baum, so würde er schlechte Chancen gegen ihn haben. Er hatte nur einen einzigen Vorteil: Er war geschickter mit seiner Magie als sein alter Lehrer.

Sie lieferten sich einen schnellen Schlagabtausch. Das Nass stand ihm schon bis zur Wade und der Herzog nutzte die Nähe

seines Elements geschickt aus. Er versuchte, seine Schritte zu ver-
langsamen oder ihn mit einer Wasserpeitsche aufzuhalten. Stur
hielt Davius sein Schild aufrecht. Alles Wasser, was in die Nähe
seiner Magie gelangte, verfaulte. Um sie herum schien es zu ko-
chen. Durch die Schlacht hatte es sich bereits in eine trübe Brühe
voller Blut und Dreck verwandelt.

Vage registrierte er, wie der Kampf um ihn herum weiter ging.
Die Drachen fegten immer mehr der Wasserfeen von der Mauer,
was dazu führte, dass die Nässe an seinen Beinen langsamer stieg.
Der Herzog parierte einen weiteren Schlag von ihm. Davius spürte nur
einen heftigen Ruck, dann landete er mit dem Rücken im Wasser.
Gerade noch so konnte er seinen Kopf über der Oberfläche halten
und den nächsten Hieb von Herzog Deoras mit seinem Schwert
abfangen. Die Brühe um ihn herum brodelte, wenn es auf seine
Magie traf. Er musste sich auf mehrere Punkte gleichzeitig konzentrieren, denn die Magie des Herzogs griff jetzt nach seiner Hand,
mit der er sich im Wasser abstützte. Keuchend versuchte Davius, wieder Abstand zwischen sich und den Mann zu bringen. Er
trat nach ihm, aber Deoras sah es voraus und wich geschickt aus.
Seine Klinge kam Davius' Gesicht mit jedem Schlag näher. Schon
erwischte Deoras mit einem Seitenhieb sein Knie. Er presste seine
Kiefer aufeinander, um den brennenden Schmerz zu unterdrücken.

»Mein Verderben, ja? Soso.« Der Herzog wirbelte sein breites
Schwert herum und entwaffnete ihn. »Meine Tochter kämpft
besser als Ihr.«

»Interessant, dass Ihr das ansprecht«, sagte er und ließ eine
Klinge aus Todesmagie in seiner Hand entstehen, »denn vor ein
paar Stunden habe ich sie getötet.«

»Ihr lügt«, schnaufte der Herzog. Er griff an, seine Hiebe immer
schneller.

»Phiasdre, das ist ihr Name, oder? Sie hat gut gekämpft, für
ihr Alter.« Das war nicht einmal eine Lüge. Die Chancen, dass
sie es lebend aus der Stadt schaffte, waren dennoch verschwindend

gering. »Und trotzdem wollte sie nicht sterben. Hat mich angefleht, sie zu verschonen und zu meiner Kriegsbeute zu machen. Meiner allein.«

Die Hiebe wurden härter. Deoras sagte nichts, doch sein Gesicht war ganz bleich geworden und in seinen Augen loderte Hass.

»Sie würde sich nicht so geben!«, presste er schließlich mit einem Aufschrei hervor.

Davius blockte mit seiner Magie, obwohl sein ganzer Arm ächzte. »Wenn mein Kamerad sie gefunden hätte ... Na, vielleicht wäre sie dann noch am Leben. Ich aber mache keine Gefangenen. Egal, ob Mutter oder Tochter. Unter meiner Hand sterben sie alle.«

Das schien zu viel für den Mann zu sein. »Nein«, keuchte er.

Er war nur einen Moment abgelenkt, aber das reichte. Es war genug, um sich unter seinem Schwertarm hinweg zu ducken, sich zu drehen und ihm einen Tritt in den Rücken zu verpassen. Ächzend fiel der Herzog auf die Knie. Er zögerte keine Sekunde, wartete nicht auf letzte Worte, sondern riss Deoras Kopf nach hinten und schlitzte seine Klinge über den Hals. Dann blieb er schweratmend stehen, während der Körper des Mannes zur Seite kippte und das Wasser noch mehr verseuchte.

Er sah auf. Um ihn herum war unklar, wer gerade die Oberhand hatte. Das Wasser, das sich langsam wieder zurückzog, legte tote Körper beider Seiten frei. Die Drachenreiter hatten also ihre Arbeit erfüllt und die meisten mächtigen Feen beseitigt.

Mindestens die Hälfte des unteren Rings stand jetzt in Flammen. Davius fuhr sich mit der freien Hand übers Gesicht, aber das half nicht viel. Staub und Blut klebten an jeder freien Stelle seines Körpers. Dumpf hörte er laute Rufe von den Toren des nächsten Ringes und blickte auf. Die Wasserfeen hatten bemerkt, dass ihr Anführer tot war. Sie sammelten sich vor den Toren des zweiten Rings. Nein, jemand rief sie dort zusammen, oder versuchte es zumindest. Selbst die Orks schienen in ihren Angriffen zu schwächeln und ein Stück zurückweichen.

Der orange Umhang war zerschlissen, das dunkle Haar von einem halb zerschmetterten Helm bedeckt. Davius verzog seinen Mund zu einem tödlichen Grinsen. Er kannte diesen Mann. Reagher von Refyr, Bruder des jetzigen maldôsischen Königs. Und der einzige, der ihm letzten Herbst bei seinem Anschlag auf die Königsfamilie entwischt war. Diesmal würde es kein Entkommen geben!

»Schneller.«

Tjorgen ließ eine Salve aus Schwerthieben auf seinen Schützling los. Es waren nur Holzschwerter, aber er wusste aus eigener Erfahrung, dass auch diese ungemein schmerzhaft sein konnten. Nuada wich keuchend aus. Sie wurde immer besser. Nicht schnell genug, in ihren eigenen Augen. Er hingegen hatte nur Bewunderung für sie übrig. Auch wenn sie im Umgang mit Waffen eher klägliche Fortschritte machte und ihr der Wille, es gleich perfekt zu beherrschen, immens im Weg stand … Dafür war sie sehr talentiert mit ihrer Magie. In jeder Stunde, die sie mit Kinan übte, machte sie enorme Fortschritte.

»Au!« Sie verzog ihr Gesicht, als eines seiner Schwerter sie streifte.

Er schenkte ihrer leidigen Miene keinerlei Beachtung. Sie wollte kämpfen lernen, wollte sich verteidigen können, also musste sie auch damit umgehen, dass es ein harter, langer Weg bis dahin war. Er hatte ihr das schon bei ihrer ersten Stunde mit den Fächern gesagt, aber so richtig geglaubt hatte sie ihm das wohl nicht.

»Schneller!«, wiederholte er seinen Befehl und parierte ihren Hieb mit Leichtigkeit. Stattdessen wurden ihre Bewegungen langsamer. »Konzentrier dich, Nuada! Koordiniere Beine und Schwertarm«, brüllte er ihr zu.

Ein missmutiges Schnauben war die Antwort. Tjorgen verkniff sich ein Lächeln. Wenn er an den Augenblick dachte, in dem er sie das erste Mal gesehen hatte, spielend im Springbrunnen mit Phera, dann waren das zwei unterschiedliche Feen. Im Moment sah sie eher wie ein Kadett aus, als nach einer Prinzessin. Schrammen und blaue Flecken prägten ihre Haut, die Übungskleidung strotzte nur so vor Staub und Dreck. Sie schien zu bemerken, dass er sie musterte, und stockte mitten in der Bewegung.

»Was?«, fragte sie und Misstrauen schwang in ihrer Stimme mit.

Ihm war nicht entgangen, wie sehr sie die letzten Tage und Wochen geprägt hatten. Und wie stur sie versuchte, die Erwartungen zu erfüllen, die nun auf ihren jungen Schultern lasteten. Ohne sich jegliche Regung ansehen zu lassen.

»Nichts«, sagte er. »Ich habe nur gerade festgestellt, wie erwachsen du dich mittlerweile verhältst.« Er setzte erneut zum Angriff an. Sie duckte sich unter seinem Stock hinweg und wirbelte herum, um ihn von der Seite zu attackieren.

»Muss ja«, sagte sie und knirschte mit den Zähnen.

»Weißt du«, sagte er, »du schlägst dich wirklich gut.«

Sie wich einen Schritt zurück, lachte laut auf und parierte seinen Hieb.

»Oh, wirklich? Und das sagst du nicht nur, um mich zu trösten, weil ich so eine miserable Schülerin bin?«

Er schüttelte den Kopf. »Nein, du hast große Fortschritte gemacht. Auch, wenn du das nicht sehen möchtest oder kannst. Du wirst besser, Nuada. Du brauchst nur etwas Zeit.«

Das waren offenbar die falschen Worte. Mit einem zornigen Gesichtsausdruck griff sie ihn wieder an.

»Ich habe aber keine Zeit!«, brüllte sie ihm entgegen.

Tjorgen wich zur Seite aus und tänzelte leichtfüßig vor ihr her. »Das wissen wir alle. Aber du musst auch bedenken, unter welchem Druck du das alles gerade lernst. Welchen Druck du dir selbst machst. Du kannst nicht von dir erwarten …«

»Doch«, schnaufte sie, »kann ich. Muss ich sogar. Selbst wenn alles in Nidalis den Bach runtergeht – ich lebe noch! Und solange ich noch am Leben bin, besteht die Chance, dass meine Linie von diesen Bastarden nicht ausgelöscht wird.«

Tjorgen horchte auf. »Nuada, wer sagt denn, dass das so wichtig ist? Hauptsache, dir geht es gut. Du bist weit fort vom Schlachtgetümmel und in Sicherheit, allein das sollte deinen Eltern reichen.«

Sie rümpfte die Nase. »Keine Ahnung. Ich habe immer noch nichts von ihnen gehört. Aber als ich nach Maldós abreiste, sagte mein Vater mir, das wäre sein größter Wunsch. Dass unser Haus nicht mit Caldhras Angriff auf Nidalis untergeht. Deswegen hat er…« Sie schluckte. »Deswegen hat er meine Brüder ja auch nach Ching geschickt. Damit dieses bescheuerte Bündnis stattfinden kann. Damit …« Sie unterbrach ihre Hiebe und stampfte mit dem Fuß auf. »Dieser perfide Trollkopf! Wie konnte er sich gegen unsere Eltern stellen? Wie? Sie haben ihm immer alles ermöglicht, was er wollte. Alles! Sogar seinen Vorschlag, Aghni an Treás Stelle zu heiraten, weil er sich angeblich Hals über Kopf auf dem Tjost in sie verliebt hatte, haben sie akzeptiert. Und so dankt er ihnen das alles? Indem er Treás ermordet? Nicht nur das, er hat sich gegen unser Volk gestellt, es verraten und den Händen dieser Monster überlassen. Und wofür?«

Ihre Schultern sackten nach vorne, ihre Stimme brach. Tjorgen senkte seinen Stab. Stattdessen nahm er sie bei den Schultern.

»Lass es ruhig raus«, ermunterte er sie und mit einem Schluchzen lehnte sie sich an ihn. Noch vor ein paar Wochen hätten sie nicht so entspannt miteinander umgehen können. Aber seltsamerweise wurde Nuada seit Nevins Verrat auch im Umgang mit Männern komplett anders behandelt. Da es von ihren Eltern kein Lebenszeichen gab, stand sie im Moment unter seiner Obhut. Und derer der chingesischen Königin. Wie Tjorgen beeindruckt, oder vielmehr verwundert nach dem Ablauf der Konferenz feststellte, vertraute Königin Marietta ihrer Tochter, auch in Bezug auf das, was sie ihr über Nuada und ihren Bund durch die Herzketten erzählt hatte. Sie sah fortan kein Problem darin, sie von den Lehrern ausbilden zu lassen, die Aghni vorgeschlagen hatte. Da er zu diesen zählte und einer der letzten männlichen Mitglieder aus Nuadas Familie war, durfte er ihr so nahekommen, ohne einen Skandal zu befürchten. Tjorgen fand das sehr befreiend, war sie doch wie eine zweite kleine Schwester für ihn geworden. Er wollte gerade etwas Tröstendes sagen, als er Schritte vernahm.

»Prinz Tjorgen?«, rief jemand über den Platz.

Er sah auf. Ein Bote eilte auf sie zu, in der Hand eine schmale Pergamentrolle, die sicherlich von einer Rauthnapost stammte. Tjorgen warf einen Blick auf Nuada. Beim Klang der Schritte wich sie reflexartig zurück und sah den Boten mit großen Augen an. Auch ihm wurde mulmig in der Magengegend. Er erwartete Bericht von seinem Vater. Doch mit jedem Brief und jeder Nautilation, die ihn in den letzten Tagen erreicht hatten, waren seine Hoffnungen auf gute Nachrichten aus Nidalis, von der Front bei Alaith, geschwunden. Dass noch immer keine Nautilusnachricht aus dem nidalischen Palast eingetroffen war … Nun, entweder wollte das Königspaar ihre Tochter nicht noch mehr beunruhigen, oder sie hatten die Hoffnung aufgegeben. Der Bote kam vor ihnen zum Stehen. Wortlos nahm Tjorgen das Pergament entgegen und entrollte es. Seine Augen flogen über die wenigen Zeichen, die dort geschrieben waren. Wieder und wieder.

Er holte tief Luft. Er bemerkte, dass Nuada den Kopf reckte und versuchte, über seine Schulter zu linsen. Er schluckte, las noch einmal. Dann reichte er ihr den Zettel weiter.

»Nein«, keuchte sie. »Nein, nein, nein, nein! Das darf nicht wahr sein.« Sie strauchelte.

Tjorgen stützte sie schnell, doch sie schüttelte seinen Arm ab. Ihr Haar flog hin und her, als sie ihren Kopf heftig schüttelte.

»Das geht nicht«, wiederholte sie. Es klang kraftlos.

Und dann nahm sie doch seine Hilfe an, stürzte sich in seine Arme und er hatte Mühe, von der Wucht nicht umzufallen. Er versuchte ihr Halt zu geben, presste sie eng an sich, obwohl auch seine Gedanken keine Ruhe fanden, nein, rasten stattdessen. Nuada schluchzte an seiner Schulter. Er sah kurz auf. Der Bote stand noch immer unschlüssig neben ihnen. Er gab ihm einen Wink, sich zu verziehen, wie er es schon längst hätte tun sollen. Als der Mann sich umwandte und ging, strich Tjorgen seinem Schützling über die Haare. Seine Kehle war zugeschnürt. Er hatte Schwierigkeiten, sich ihr nicht anzuschließen und in Tränen auszubrechen. Obwohl die Nachricht an ihn gerichtet war, waren die Folgen vor allem für seinen Schützling verheerend. Alaith war gefallen. Das uneinnehmbare Alaith. Es war nur eine Frage der Zeit, bis der nidalische Palast und damit das ganze Königreich folgten. Sein Onkel war tot. Reagher. Tjorgen hatte in seiner Kindheit viel Zeit mit ihm verbracht, von ihm Jagen gelernt und seine ersten Stunden im Schwertkampf bei ihm gehabt, bis seine Mutter sich ihm angenommen und in ihrer Magie unterrichtet hatte. Tjorgen schluckte.

Die Todesfeen, so schrieb sein Vater, hatten die Festungsstadt unterwandert – es war nicht klar, wie, aber das war Tjorgen auch egal. Klar war, dass Nuadas Eltern sofort fliehen mussten, sofern sie leben wollten. Nur würden sie das kaum tun. Wenn sein Schützling auch nur ansatzweise nach ihren Eltern kam, würde das nidalische Königspaar eher mit ihrem Volk untergehen, als sich zu retten.

12.

Ein Gegner. Zwei, drei. Solche Illusionen fielen Venedta mittlerweile spielend leicht. Vor ihrem inneren Auge verwandelte sie die Strohpuppe in das Wusapa, gestaltete eine bergige Landschaft drumherum. Mit einem Flimmern brach ihr Zauber. Wieder einmal.

»Bei Paiké!« Frustriert schnaubte sie auf und ließ ihre Hände wieder in den Schoß sinken.

»Starrt Ihr gerne wütend die Puppen an, anstatt sie zu attackieren?« Erschrocken fuhr sie herum. Marina lehnte lässig an der Bande, in der Hand einen Speer, als würde sie jeden Tag auf dem Platz üben. Vielleicht tat sie das sogar, so muskulös, wie sie war. Venedta hielt gerade noch ihre Haare davon ab, sich blau zu verfärben.

»Der Zauber erfordert meine gesamte Konzentration«, antwortete sie endlich.

»Dann ist es kein Wunder, dass er nicht funktioniert hat.« Marina lächelte und schwang sich in einer flüssigen Bewegung über die Bande. Lautlos kam sie auf dem Sand auf. »Nehmt es mir nicht übel, aber Ihr wirkt nicht, als wärt Ihr ganz bei der Sache.«

Hitze schoss ihr in die Wangen. Es war ihr mehr als unangenehm, dass die phylenische Prinzessin ihr Versagen beobachtet hatte. »Bin ich auch nicht«, gab sie leise zu. »Die Erinnerung an den Hinterhalt ist noch zu frisch.«

»Habe ich das richtig verstanden, dass Euch das Leben gerettet wurde?« Marina war bei ihr angekommen und zog sich ungefragt ein Sitzkissen heran, auf das sie sich im Schneidersitz niederließ.

Venedta hatte diesen winzigen Übungsplatz auf der obersten Ebene der Gärten aufgesucht, um ihre Ruhe zu haben. Aber Marina war das offenbar egal.

»Ich verdanke Eurer Base mein Leben, ja«, sagte sie knapp.

»Hm.« Die Brünette spielte mit Schnüren ihrer Handschuhe. Sie trug ein ledernes Harnisch, das ihre Figur betonte. »Und auch Prinz Keram, oder haben mich meine Ohren bei Eurem Bericht getäuscht?«

Venedta biss sich auf die Zunge. Sie war fast sicher, dass Marina sie nur deshalb aufgesucht hatte. Sorgsam verschloss sie ihre Gedanken. »Ich glaube, wir alle verdanken uns gegenseitig viel, nach einem Hinterhalt wie diesem. Wir können von Glück reden, so glimpflich davongekommen zu sein.«

»Glimpflich? Nephele ...«

»Wir könnten alle tot sein«, unterbrach sie Marinas Einwurf.

»Prinz Keram wurde auch verletzt, nicht wahr?«, überging diese sie. »Wie geht es ihm wirklich?«

»Verzeiht, aber unterstellt Ihr mir gerade, dass wir bei unserem Bericht gelogen hätten?«

»Nein. Nur sicher Euch unwichtig erscheinende Details ausgelassen. Aber der Prinz ist ein Freund des Hauses, deshalb frage ich.«

Venedta drehte sich der Magen um. Freund des Hauses. Von einer Fee der Weisheit hätte sie mehr Diskretion erwartet, zumindest, wenn sie mit ihrer Vermutung richtig lag.

»Es geht ihm gut, soweit ich weiß«, wiederholte sie ihre Aussage. »Er kehrte sofort zum Palast zurück, um König Jolin über den Verrat von Graf Glydeth zu unterrichten.«

Marina zupfte eine Weile schweigend an den Tressen des Kissens. »Er hat oft Euren Namen erwähnt, als er hier war.«

Sie hielt die Luft an. Keram würde nicht so unbedacht sein, oder? Versuchte Marina lediglich, sie aus ihrer Reserve zu locken? Ihre Haare unter Kontrolle zu halten, war in diesem Gefühlschaos nicht einfach. Nach den letzten Wochen, die sie hauptsächlich mit ihren Freundinnen verbracht hatte, war sie nachlässig gewesen, was das anging. Vor ihnen brauchte sie sich nicht mehr zu verstecken.

»Das kann ich mir kaum vorstellen«, fand sie rasch ihre Stimme wieder. »Dazu hätte der Thronfolger von Manskelie keinen Grund.«

Marina zuckte mit den Schultern. »Ob Ihr es glaubt oder nicht, ich sage die Wahrheit.« Sie klang nicht sehr bedrückt darüber, vielmehr hoben sich ihre Mundwinkel. »Ich habe ihn damit aufgezogen, dass die Männer beim Tjost nur gewonnen hätten, weil die Frauen ihre Waffen niedergelegt haben. Er sagte, sie hätten nur verlieren können, wenn Venedta von Kufkania mit auf dem Platz gewesen wäre.«

Venedta schüttelte den Kopf. Das war nicht sein Ernst! »Ich glaube nicht, dass sich so etwas vorhersagen lässt. Alles hätte passieren können.«

»Ich war recht neidisch auf alle Kämpfer da unten. Ich bin längst nicht gut genug, um im Tjost auch nur eine Minute lang zu bestehen«, behauptete Marina.

»Das kann ich mir nicht vorstellen.«

»Ihr aber ... Würdet Ihr einen Übungskampf mit mir ausfechten?«

»Oh, äh ...« Sie rang die Hände. Mit einer solchen Forderung hatte sie nicht gerechnet. Aber vielleicht wäre es eine ganz gute Ablenkung von ihrem Gesprächsthema. »In Ordnung. Aber ich bin keine gute Kämpferin.«

Marina zog nur die Augenbrauen nach oben. Dann erhob sie sich und griff nach ihrem Speer. »Wenn das stimmen sollte, hat Professor Lathons Unterricht sehr nachgelassen.«

»Ihr wart auf Láthrá?«

»Natürlich.« Die Phylenin grinste. »Auch wenn der Professor immer so geheimnisvoll tut, weiß meine Mutter natürlich, was hinter seinem Tanzunterricht steckt. Nach dem Angriff der Todesfeen auf Nebelfels befürwortet sie diesen sogar. Ich habe versucht, in Form zu bleiben, bin aber zugegebenermaßen in den letzten Monaten etwas eingerostet.« Sie ließ die Schultern kreisen.

Venedta erhob sich ebenfalls und warf einen Blick auf den Waffenständer. »Habt Ihr etwas dagegen, wenn wir mit Magie kämpfen?«

»Darin bin ich eine Niete«, gab Marina zu. »Aber Ihr könnt ge... oh, verdammt.«

Venedta blickte sich um, entdeckte aber nichts, was für die Reaktion der Weisheitsfee verantwortlich sein könnte. Dann sah sie, dass Marina ganz bleich war. Ihr Speer fiel zu Boden und sie hielt sich den Bauch.

Mit wenigen Schritten war sie bei ihr. »Was ist los?«

»Weiß ... nicht«, keuchte Marina. Ihre Hände lagen verkrampft über ihrem Bauch, sie krümmte sich.

»Ihr müsst zum Arzt«, beschloss Venedta sofort. »Könnt Ihr laufen?« Die Brünette nickte kläglich. Sie griff ihr unter den Arm und stützte sie. Wegen Nepheles Zustand wusste sie immerhin, wo die Räume des Hofarztes lagen. »Habt Ihr etwas Falsches gegessen?«, fragte sie im Laufen.

Marina schüttelte den Kopf. »Nichts anderes ... als sonst. Vielleicht ... vergiftet.«

Venedta packte sie etwas fester, da ihre Beine nachzugeben drohten. Sie winkte zwei Wachen heran, die der Prinzessin halfen, die Stufen zu erklimmen.

Ihr Zustand bereitete ihr Sorgen. Würde Altmyr so weit gehen, auch das phylenische Königshaus anzugreifen?

Als Nephele das nächste Mal zu sich kam, saß Tara an ihrer Liege. Sie fühlte sich ausgelaugt, obwohl sie dem Mondlicht nach zu urteilen wieder über zwölf Stunden weggetreten gewesen sein musste. Da war eine Leere in ihr, die nicht verschwinden wollte und sie endlos müde machte – und die nichts mit ihrer Verletzung zu tun hatte. Eine Leere, die sich genauso anfühlte wie vor drei Jahren, als sie Nayek Lebewohl gesagt hatte, in der Hoffnung, ihn erst wiederzusehen, wenn sie beide sich vergessen hatten. Oder nie wieder.

»Wie geht es dir?«, fragte Tara und fühlte ihre Stirn. Das Fieber war verklungen, seit sie auf Phylos waren und der Arzt ihre Behandlung unterstützte.

»Habe ich Aghnis Geburtstag verschlafen?«, fragte sie stattdessen.

Tara zog ihre Brauen zusammen. »Sie hat nichts dergleichen gesagt.«

»Das sieht ihr ähnlich.« Sie stemmte sich etwas mehr in die Aufrechte. »Vor allem nach der Katastrophe mit Nevin hätte es mich gewundert, wenn sie darum groß Aufhebens macht.«

Taras Lächeln fiel in sich zusammen. »Hatte sie wirklich Geburtstag? Und ich habe ihr gar nichts geschenkt!«

Nephele griff nach ihrer Hand. »Du brauchst dir keine Vorwürfe machen. Sie hasst diesen Tag – die chingesischen Astronomen veranstalten immer einen riesigen Wirbel. Wenn sie nichts gesagt hat, dann verrate es bitte den anderen auch nicht. Aber ... wärst du so lieb und würdest ihr einen Blumenstrauß in meinem Namen kreieren?«

Die Pflanzenfee nickte. »Natürlich. So, jetzt aber zu dir.« Sie sah sie streng an. »Wie geht es dir?«, wiederholte sie ihre Ausgangsfrage.

»Ganz ausgesprochen fabelhaft«, sagte Nephele.

»Wenn du nicht so bleich wärst, würde ich dir das fast glauben.«

Nephele zwang sich zu einem Grinsen. »Bin ich wieder so ein schlimmer Fall, dass ich nicht aus den Augen gelassen werden darf?«

Tara biss sich auf die Unterlippe und griff nach einer Tinktur, die auf dem schmalen Tischchen neben ihr stand. »Am Anfang warst du das, ja«, gab sie zu. »Weswegen dir dein Cousin auch nicht von der Seite wich. Jetzt hast du das Schlimmste überstanden. Eine Narbe von der Operation wird aber in jedem Fall bleiben.«

Nephele schnaubte. »Wenn das alles ist.« Sie wagte einen Blick unter die Bettdecke zu ihren Rippen, doch der Verband war dieses Mal weiß geblieben. Nach dem Eingriff des Arztes hatte sie viel Blut verloren. Aber es war nötig gewesen, um die Knochen zu richten, welche die Keule zersplittert hatte. Dann spielte sie Taras Worte noch einmal durch und kniff die Augen zusammen. »Ich habe wirklich nichts gegen deine Gesellschaft, Tara. Aber wo ist der Arzt?«

Tara wich ihrem Blick aus. Die Narben der Pflanzenfee leuchteten dunkelgrün, wie immer, wenn sie aufgeregt war.

»Was verschweigst du mir? Ist etwas passiert?«

Tara seufzte. »Nichts Ernstes, hoffe ich. Der Arzt unterstützt die Heilerin bei deiner Base.«

»Marina? Was ist mit ihr?« Nephele wollte sich aufrichten, aber es hämmerte sofort gegen ihre Rippen.

Tara drückte sie sanft, aber bestimmt in die Kissen zurück. »Du brauchst Ruhe!«, ermahnte sie sie. »Wir wissen es noch nicht. Sie hat über starke Bauchschmerzen geklagt und nach ihrer ersten Beschreibung geht die Heilerin von einer kleinen Vergiftung aus, die bei schneller Behandlung allerdings nicht gefährlich ist. Nahél ist auf dem Weg zu ihr, um zu helfen.«

»Bitte halte mich auf dem Laufenden, ja?«

»Selbstverständlich. Aber mach dir keine Sorgen, es klang nach nichts Ernstem.«

Nephele beruhigte das nicht im Geringsten. Sie kannte Marina gut genug, um zu wissen, dass ihre Cousine nur bei einem Punkt in ihrem Leben ein Drama veranstaltete. Und zwar, wenn ein Mann sie abblitzen ließ. Was ihre Gesundheit anging, war sie ebenso zäh wie alle Frauen aus der Familie – wie Nephele selbst, obwohl Außenstehende das im Augenblick wohl nicht von ihr vermuten würden.

Sie musste nach Marina sehen! Wenn sie nur nicht so bewegungsunfähig wäre! Tara würde sie nicht aus den Augen lassen, so viel war Nephele klar. Aber irgendwie musste sie zu ihrer Cousine. Denn ja, sie konnte nervig und unausstehlich sein. Aber, und Nephele würde das nie vor ihr zugeben, die Ältere war trotz allem so etwas wie eine große Schwester für sie. Da sie dank der Verletzung nicht einmal genug Kraft hatte, um selbstständig aufzustehen, geschweige denn, aus dem Zimmer zu laufen, blieb ihr nur eine Möglichkeit. Und auch wenn ihr die überhaupt nicht zusagte, ließ sie ihr Herz sofort höher schlagen.

Venedta saß ein wenig abseits des Geschehens, da sie Marina von Phylos kaum kannte und nur der Zufall sie in diesem Moment zusammengebracht hatte. Dennoch bekam sie alles mit, denn nur ein Paravent trennte sie von der phylenischen Prinzessin und der Heilerin – der Hofarzt hatte auf die Beschreibung von Krämpfen direkt eine ihm vertraute Kräuterfrau kommen lassen. Auf ihren Vorschlag hin hatte er auch Nahél rufen lassen, aber die war noch nicht eingetroffen. So blieb Venedta nichts anderes übrig, als zu warten. Marina krümmte sich vor Schmerzen. Es war schlimmer geworden, seit die Heilerin bei ihnen war.

»Prinzessin, Ihr müsst mir sagen, wo es am stärksten wehtut«, forderte diese.

»Das habe ich doch«, warf diese mit brüchiger Stimme ein. »Nein … ein Stück weiter unten. Auuuu, ja.«

Wenig später kam die Heilerin hinter dem Paravent hervor. Ihre Miene war nachdenklich, wenn nicht sogar besorgt.

»Und?«, fragte Venedta.

»Ich bin mir nicht sicher«, wisperte sie zurück. »Aber ich kenne nur wenige Gifte, die so weit unten im Verdauungstrakt anschlagen. Nach dem Abtasten befürchte ich eher, es könnte sich um eine Entzündung in den weiblichen Organen handeln.«

»Und das heißt? Könnt Ihr da nichts tun?«, fragte Venedta und ihr Herz klopfte plötzlich schneller.

»Es wird eine Weile dauern. Und ich möchte mich erst mithilfe Eurer Freundin vergewissern, dass eine Vergiftung ausgeschlossen werden kann.«

Venedta nickte. In diesem Moment klopfte es und Nahél streckte den Kopf durch den Türspalt. »Darf ich?«

»Sicher, tretet ein, Gräfin Alenzia«, bat die Heilerin. »Prinzessin Venedta sagte mir, dass Ihr eine Giftfee seid. Vielleicht könnt Ihr mir bei der Diagnose von Prinzessin Marina helfen, denn ich fürchte, sie hat ein Gift zu sich genommen. Oder sie plagt ein Leiden, welches einen größeren Eingriff erfordert.«

»Ich verstehe«, sagte Nahél und ging zu dem kleinen Becken, um sich die Hände zu waschen und mit Alkohol einzureiben. »Ich helfe gern, wenn ich kann.«

Die beiden verschwanden hinter dem Paravent und Venedta wandte sich dem Fenster zu. Die Aufregung machte sie ganz zittrig und das Sonnenlicht half ihr, sich wieder zu fangen. Hart zuckte sie zusammen, als sie wenig später eine Hand auf der Schulter spürte. Sie fuhr herum. Nahél stand mit undefinierbarer Miene vor ihr. Venedta warf einen Blick hinter sie, wo die Heilerin ein Fachbuch hervorzog und darin zu blättern begann.

»*Was hat sie?*«, fragte sie Nahél in Gedanken.

»*Ich denke, ich kann ihr helfen.*«

Nahéls Stimme hallte in ihrem Kopf wieder. Es war wunderbar, eine Freundin unter ihren Mitstreiterinnen zu haben, die ebenfalls Telepathie beherrschte. Sie genoss diese Art der Kommunikation, die sie dank ihres Nymphenerbes in sich trug, viel mehr als das Sprechen.

»*Also ein Gift?*«

Nahél schnaubte leise und das erstaunte Venedta dann doch. Die Halbcelone hatte ihre Gefühle doch sonst so gut im Griff. Sie kniff die Augen zusammen. »*Was ist?*«

»*Pflanzliches Gift*«, bestätigte Nahél. Sie warf einen Blick auf den Paravent, dann seufzte sie fast lautlos. »*Aber die Heilerin verschleiert natürlich den Grund, weshalb Marina es überhaupt genommen hat.*«

»*Sie hat es selbst genommen?*« Venedta verstand gar nichts mehr. Warum sollte sich die phylenische Prinzessin freiwillig vergiften?

»*Sehr wahrscheinlich sogar. Ich vermute, sie war bei jemandem außerhalb des Palastes und etwas ist schiefgegangen, denn hier macht die Dosis die Wirkung. In geringen Mengen ist die Mischung ungefährlich.«*

»Ich verstehe nicht, was du meinst. Denkst du, die Heilerin hat das auch erkannt?«

»Gewiss. Sie wird es aber niemals vor uns zugeben. Vermutlich, um Marinas Ansehen zu schützen.« Nahél fuhr sich durch die Haare. »Venedta, ich habe beim Tasten einen zweiten Herzschlag gespürt.«

Sie brauchte eine Weile, um die Worte zu begreifen, sie sacken zu lassen. Dann wurde ihr heiß. Und schlecht. Alles auf einmal. Sie musste sich an der Wand abstützen.

»Warte ... Wie bitte?«

Venedta hoffte, dass sie sich verhört hatte. Dass ihre Telepathie verrückt spielte und das nicht Nahéls Gedanken gewesen waren. Ihre Finger verkrampften sich. Sie konnte sich gerade noch zusammenreißen, nicht laut die Luft einzuziehen. Das hätte die Heilerin mitbekommen, die ihnen ohnehin schon einen fragenden Seitenblick zuwarf, schließlich standen sie in ihren Augen nur schweigend voreinander.

Das, was ihr als Erstes in den Kopf kam, tat ihr schmerzlich weh. Das durfte nicht sein. Sie rechnete. Und rechnete erneut. Ihr Atem drohte auszusetzen. Die Wand war eine klägliche Stütze. *Nein. Bitte nicht!* Ihr Blick glitt wie von selbst zum Paravent. Rund vier Monate. So viel Zeit war seit dem Angriff auf Meral vergangen. Seit Keram hier verweilt hatte. Was, wenn Marinas Fragen und ihr Interesse einen tieferen Grund gehabt hatten, als Venedta zunächst angenommen hatte? Wenn das keine bloße oberflächliche Verliebtheit war, sondern ... Ihre Kehle schnürte sich zu. Wenn sie mehr mit Keram ausgetauscht hatte, als sie je für möglich gehalten hatte? Nicht nur, weil Venedta seinen Worten und Gesten Glauben geschenkt hatte – sondern auch, weil sie Marina einen solchen Bruch des Protokolls nie zugetraut hätte. Und ihm?

Aber … aber der Zeitraum stimmte. Sie war oft genug Zeugin von Schwangerschaften geworden. Sicher, sie war im Palast wohlbehütet aufgewachsen, aber sie war oft genug bei den Nymphen gewesen, die mit dem Thema viel offener umgingen als der Hof. Und sie hatte eine Göttin in sich beherbergt, in Jahrtausende ihrer Erinnerungen geblickt. Vier, viereinhalb Monate. Spätestens in ein paar Wochen wäre es unter Marinas Kleidung aufgefallen. Nahéls Blick fuhr prüfend über Venedtas Gesicht. Rasch atmete sie tief ein und verschloss jegliche Gedanken daran in die hinterste Ecke. Sie durfte ihre Gefühle nicht vor ihrer Freundin enthüllen. Bestimmt hatte sie Kerams Interesse an ihr bemerkt. Sie durfte Nahél nicht zeigen, wie es in ihr aussah. Nicht das Gefühlschaos offenbaren, das in ihr tobte. Selbst, wenn ihre Haare ihren Schreck verraten mochten – doch das könnte auch mit der Tatsache hinter dem Paravent zusammenhängen.

»*Sie ist schwanger?*«, fragte sie also in Gedanken.

Nahél nickte. Venedta warf noch einen Blick zum Bett, als Marina unter Schmerzen aufstöhnte.

»*Ich habe ein wenig in ihren Kopf gesehen*«, gab die Halbcelone zu und senkte schuldbewusst den Blick. »*Deswegen vermute ich auch, dass sie das Gift freiwillig nahm.*«

»*Sie wollte abtreiben?*« Nahél nickte. »*Aber es hat nicht funktioniert?*«, schlussfolgerte sie und Nahél nickte wieder. Während die Giftfee sich bereits abwandte, einen Kittel überstreifte und sich darauf vorbereitete, der Heilerin unter die Arme zu greifen, stand Venedta wie angewurzelt da. Zum Glück konnten sie ihr Gespräch durch die Telepathie fortsetzen.

»*Das Gift ist eine Mischung aus pflanzlichen Extrakten. Ich konnte Bestandteile von Salbei, Wermut und dem auf Phylos vorkommenden Sadebaum ausmachen. Tara könnte dir sicher genauer beschreiben, was das pathologisch bedeutet.*« Die Halbcelone kniff die Lippen zusammen. »*Jedenfalls hat sie es in einer zu hohen*

Menge genommen. Der Kerl, bei dem sie war, ist ein Scharlatan durch und durch. Es macht mich so wütend, dass Frauen unter den Protokollen so leiden!« Sie ballte ihre Hände zu Fäusten, bevor sie rasch nach den Instrumenten griff und sie der Heilerin weiterreichte. »*Und dass sie auf solche Mittel zurückgreifen müssen, um ihr Ansehen zu schützen.*«

»*Kannst du sie retten?*«

»Seid so gut und taucht dies in Alkohol«, unterbrach die Heilerin ihr stummes Gespräch und reichte Nahél einen ledernen Umschlag, auf dem mehrere Zangen lagen. Die Halbcelone nickte und füllte eine metallene Schale mit der klaren Flüssigkeit.

»*Ich denke schon*«, antwortete sie ihr schließlich. »*Für das Kind ...*«, sie wiegte den Kopf hin und her, »*stehen die Chancen nicht so gut.*«

»*Das ist ... gut oder?*«, fragte Venedta vorsichtig. »*Sie wollte es ohnehin nicht. Und es hätte keine Zukunft, wenn der Vater nicht zu ihr zurückkehrt, oder?*«

»*Oh, das wird er*«, unterbrach Nahél sie.

Wieder wurde ihr schlecht. »*Was?*«

»*Er ist nie fortgewesen. Wenn ich ihre Gedanken richtig sehe, ist es einer der Gärtner.*«

Jetzt klappte Venedta doch der Mund auf. Ihr Herz flatterte. Erst vor Unglaube, dann Erleichterung. Plötzlich fühlte sie sich um einen ganzen Berg leichter. Ein Gärtner. Nur ein Gärtner. Sie schloss ihren Mund schnell wieder und schluckte. Nahél verschwand mit der Heilerin hinter dem Paravent. Bevor Venedta sich richtig fangen konnte, flog die Tür auf und Melusine stürmte herein.

»Raus, ich muss mit meiner Tochter allein sein«, befahl sie.

»Mit Verlaub, meine Königin, ich brauche die Hilfe von Gräfin Alenzia, um sie zu heilen«, warf die alte Heilerin ein.

»Gut, aber niemand Weiteres. Und auch Ihr geht, sobald sie stabil ist«, stellte sie klar.

Venedta beeilte sich, aus dem Raum zu kommen. Sie wartete

stattdessen im Gang auf Nahél. Vor der Tür und auch weiter vorne im Gang standen mittlerweile Wachen, die ihr bei ihrem ersten Treffen mit Königin Melusine aufgefallen waren und sicher zu ihrer Leibgarde zählten. *Sie schirmt Marina von der Außenwelt ab*, schoss es ihr in den Kopf.

Venedta starrte die Wasserfälle nieder, um die Schmerzensschreie der phylenischen Prinzessin auszublenden. Da ihr das nur kläglich gelang, schossen ihr Bilder von Paikés Vergangenheit in den Kopf wie Nadeln, die sich in ihre Schläfen bohrten. Seit die Sonnengöttin sich für den Kampf gegen Andavor in ihr niedergelassen hatte, passierte ihr das öfter. Sie sah, wie die Göttin die Geburten ihrer Söhne erlebte, aber auch, welchen Schmerz sie erlebt hatte, um zu verhindern, Kinder von Andavor zu empfangen – oder in jüngeren Jahren das Kind loszuwerden, das ihr eigener Vater Zarath ihr eingepflanzt hatte. Zitternd hielt Venedta sich am Fenstersims fest. Wie konnten die Protokolle immer noch so mit Frauen umgehen? Wieso wurden Männer, die uneheliche Kinder zeugten, nie zur Rechenschaft gezogen, und die Frauen mussten oft sogar mit ihrem Leben bezahlen?

Die Tür öffnete sich einen Spalt und Nahél schlüpfte heraus.

»Ist alles gutgegangen?«, fragte Venedta vorsichtig.

Nahél wog den Kopf hin und her und antwortete mit Telepathie. *»Marina ist stabil. Ich konnte das Gift aus ihr ziehen. Das Kind hat es allerdings nicht geschafft.«*

»*Oh.*« Sie wusste nicht, was sie sagen sollte.

Bevor Nahél etwas erwidern konnte, drang Melusines wütende Stimme an ihr Ohr. Sie verstand durch die dicken Türen kein Wort, hörte nur, dass die Heilerin dagegen argumentierte und sogar Marinas Stimme vernahm sie. Hastige Schritte kamen den Gang hinunter. Nayek stürmte um die Ecke und an ihnen vorbei, riss die Tür auf und mischte sich augenblicklich in den Streit ein.

»Lass sie sich ausruhen!«, forderte er mit besorgter Stimme.

»Du hast mir gar nichts zu sagen, Junge, du bist nicht mein Sohn!«

Die Tür knallte lautstark zu. Hatte der Prinz von Marinas Geheimnis gewusst? Und was noch viel wichtiger war: Was hatten Melusines Worte zu bedeuten?

»Wir sollten gehen«, befand Nahél stirnrunzelnd. »Er versucht gerade, die Königin zu beruhigen, und ich denke, es ist besser, wenn wir sie das unter sich klären lassen.«

Venedta konnte nur schlucken. Marina sollte sich schonen und nicht direkt in einen Streit verwickelt werden! Mehr und mehr Mitleid staute sich in ihr für die phylenische Prinzessin auf. Gleichzeitig rückte eine Frage immer mehr in den Vordergrund: Wie hätten ihre eigenen Eltern reagiert, wenn so etwas passiert wäre?

13.

Venedta schob den kleinen Zettel in den Ring und knotete ihn fest. Die Rauthna in ihren Händen gurrte. Sie besaß weiches und für ihre Größe erstaunlich prächtiges Gefieder. Venedta streichelte gedankenverloren ihren Kopf, bevor sie den Vogel in die Lüfte entließ. Seit sie aus Manskelie aufgebrochen waren, hatte sie nichts mehr von Keram gehört. Er hatte ihr das Leben gerettet und sie hatte sich nicht einmal richtig verabschieden können, so überstürzt waren sie aus der Mühle aufgebrochen. Zu gern würde sie sich einreden, dass das der einzige Grund für ihre Nachricht war. Sie sah dem Vogel eine Weile nach, wie er am Himmel immer kleiner wurde. Klar, die Nautilusmuscheln waren viel schneller. Aber sie waren durchaus anfällig für Magie. Und selbst, wenn ihre Eltern nun von den Ursprüngen der Rebellen wussten und sie Keram ihr Leben verdankte ... die Worte, die sie mit ihm austauschte, blieben besser ungehört.

Natürlich konnte auch der Vogel abgefangen werden. Deswegen unterzeichnete sie nie mit ihrem Namen. Keram kannte ihre Schrift, das reichte. Und auch er verwendete ihr zuliebe nie seinen echten Namen. Sie schrak auf, als die Tür, die nahe der Vogel-verschläge auf den westlichen Palasthof führte, geräuschvoll ins Schloss fiel. Doch es war nur eine der Mägde, die einen schweren Korb voller Gemüse auf den Armen trug und ihr keinerlei Beachtung schenkte. Venedta griff unter ihr Mieder und zog den Bernstein hervor. Sein Anblick brachte sofort die Erinnerungen an den Moment mit Keram sich, als er ihr den Anhänger geschenkt hatte. Wie er sie angesehen hatte. In der Hoffnung, dass es eines Tages vielleicht besser um ihre Zukunft bestellt sein würde. Venedta schluckte. Schluckte die Tränen herunter, die aufzuwallen drohten. Sie wollte es sich nicht eingestehen, aber sie vermisste seinen Optimismus. Wenn sie wieder einmal schlaflos durch die Gänge tigerte, in Sorge um Iniya, könnte sie eine Portion davon vertragen. Gedankenverloren hielt sie den Stein ins Sonnenlicht und betrachtete das eingeschlossene Insekt darin.

»Ein wirklich erstaunlicher Garten, für diese Lage.«

Erschrocken ließ sie den Anhänger wieder zwischen ihren Brüsten verschwinden und fuhr herum. Tara kauerte ein paar Schritte hinter ihr und strich über die Blätter eines gerade ergrünenden Strauches.

»Wenn man die kalten Winter auf Phylos bedenkt, ja«, stimmte sie ihrer Freundin zu. Wie lange hockte die Pflanzenfee schon dort? »Wie geht es Nephele?«, traute sie sich, zu fragen.

»Es wird besser. Sie kann sich wieder aufsetzen. Aber ...« Sie seufzte.

»Aber was?«, fragte Venedta angespannt.

Da sie Nephele ihr Leben verdankte, fühlte sie sich schlecht, wenn sie schon die Stunden zählte, bis die Luftfee wieder reisebereit war. Sie wusste, Tara und der Arzt gaben ihr Bestes. Und dennoch blieb die Verletzung auch eine Verzögerung. Eine Verzögerung, die Venedta sich nicht leisten konnte. Während der Iniya weiterhin in Caldhras Gewalt war. Womöglich war sie sogar in ihren Illusionen gefangen, sollten sich ihre Albträume tatsächlich als Botschaften Caldhras herausstellen.

Tara erhob sich und rieb Erdkrümel von ihren Händen. »Das Leid ihrer Cousine nimmt sie sehr mit. Ich befürchte, die Sorge um Marinas Verbleib wird sich auf den Heilungsprozess auswirken und ihn verzögern.«

Venedtas Magen verknotete sich. Auch sie nahm das Ganze mehr mit, als sie sich eingestehen wollte. Sie konnte sich nicht vorstellen, jemals selbst so von Gefühlen überrollt zu werden, dass sie das Risiko einer Schwangerschaft, eines für jeden sichtbaren Protokollbruchs, einging. Andererseits wehrte sich ihre nymphische Seite gegen diese starren Vorschriften. Der kufkanische Hof mit all seinen Regeln klebte wie eine Klette an ihr, doch Venedta hatte gesehen, dass es auch anders ging. Die Nymphen kannten keine Heirat, keine Bindung auf Lebenszeit. Wenn sich eine Nymphe verliebte, spielte nur das Alter eine Rolle. Und wenn aus diesen Beziehungen Kinder hervorgingen, kümmerten sich nicht nur die Eltern oder die Mutter darum, sondern der gesamte Stamm. War es ihr deswegen immer schon so wichtig gewesen, zumindest eine Liebesheirat wie ihre Eltern zu haben? Damit sie soweit aus der Norm ausbrechen konnte, wie es ihr möglich war? Sie spazierten durch die verwinkelten Gärten von Weißdorn, die sich, wie das Schloss selbst, auf mehreren Höhenebenen an den felsigen Untergrund der Inseln klammerten, die sich aus dem Panhagi erhoben. Mehrere schmale Brücken verbanden die einzelnen Inseln miteinander.

»Hast du etwas von deinen Eltern gehört?«, fragte Tara schließlich. »Haben sie auf die Berichte von Königin Melusine reagiert?«

Sie schüttelte den Kopf. »Nichts. Ich wünschte, es wäre so, denn …« Sie seufzte. »Ich hatte gehofft, dass meine Eltern die Adligen mit diesen Informationen vielleicht beruhigen könnten, in Bezug auf den Konflikt mit Manskelie.«

Tara schenkte ihr einen Seitenblick, während sie über eine der Brücken schlenderten. »Du hast ihn gern, oder?«

Sie hielt ihre Haare nur mit Mühe zurück, zu einem knalligen Pink zu wechseln, und sah ihre Freundin stattdessen betont irritiert an. Fing sie schon wieder damit an! Auf Seimoria hatte sie ihr doch gesagt, dass da nichts zwischen ihnen war und nicht sein durfte! »Wen genau meinst du?«

»Als wenn du das nicht wüsstest!«, behauptete Tara grinsend. Täuschte sie sich, oder war da ein seltsamer Unterton in ihrer Stimme? »Deinen Retter. Du hast ihn gern, oder?«, riss sie Venedta jedoch gleich wieder aus ihrer Grübelei.

»Ich …« Nun färbten sich ihre Haare doch. Ins Petrol, wie immer, wenn sie sich ertappt fühlte. »Ein wenig«, gab sie zu. »Aber erzähl das niemandem, ja?«

Tara kicherte. »Ich wusste es!«, beteuerte sie. Sie stieß sie leicht mit dem Ellbogen in die Seite. »Ich will dir nicht die Illusion nehmen, Sonnenschein, aber ich bin meist die Letzte, der so etwas auffällt. Vermutlich sieht selbst ein Blinder mit Krückstock, dass ihr euch mögt.«

»Wie kommst du darauf, dass er mich auch mag?«

»Du willst mir doch nicht erzählen, dass dir nicht aufgefallen ist, wie er dich bei deiner Rede beim großen Rat auf Ching angesehen hat, oder?«

Sie presste die Lippen fest aufeinander. O doch, das war ihr aufgefallen. Nicht nur das. Es hatte ihr Mut gegeben, weiterzusprechen. Ein kleiner Halt in diesem politischen Spießrutenlauf. »Es spielt keine Rolle«, sagte sie schließlich. »Selbst mit den Informationen von Melusine müsste ein Wunder geschehen, dass meine Eltern so eine Verbindung zulassen würden.«

Tara wiegte den Kopf hin und her. »Und dass er dir das Leben gerettet hat, auch noch bei einem Anschlag der Rebellen, ist das nicht ausschlaggebend?«

Sie schlug die Augen nieder. Wie gern würde sie das glauben! Wie gern so naiv sein, wie sie es früher einmal war. Doch mittlerweile wusste sie es besser. Und sie wollte den kleinen Hoffnungsfunken in ihrem Herzen, den Taras Worten wie einen Bienenschwarm aufgescheucht hatten, nicht noch mehr Honig geben.

»Nein, ist es nicht.« Sie starrte auf den Boden, um ihrer Freundin nicht in die Augen sehen zu müssen.

»Das kannst du nicht wissen, Venedta«, sagte Tara sanft. »Unter den derzeitigen Umständen … Welches Königreich würde sich da nicht einen starken Verbündeten wie Manskelie wünschen?«

Sie schluckte. »Bitte«, sie holte tief Luft, »lass uns nicht darüber reden.«

Am nächsten Tag sah Venedta mit Aghni zusammen nach Nephele. Tara hatte recht, was die Wunde betraf. Sie verheilte gut, dennoch war abzusehen, dass an eine Weiterreise erst in ein paar Tagen zu denken war. Nepheles Verlust war ebenfalls offenkundig – Marina hatte zwar überlebt, doch Königin Melusine war so wütend über den Protokollbruch ihrer Tochter, dass sie Marina lediglich ein paar Stunden Zeit gelassen hatte, sich zu sammeln. Sobald sie sich wieder aufsetzen konnte, hatte die Königin ihre Tochter fortgeschickt – wohin, wusste niemand so genau. Nephele erzählte, dass sie ihre Cousine immerhin noch mit Nayek hatte besuchen können, doch an Schlaf war für sie nicht zu denken gewesen. Das brachte Venedta zu der Frage, ob sie ihr von den Worten berichten sollte, Melusine Nayek an den Kopf geworfen hatte. Aber dazu müsste sie erst einmal selbst eine Vermutung haben, was es damit auf sich hatte, oder?

Es klopfte und Venedta sah auf. Ein Diener riss die Tür auf und holte tief Luft, ehe er zum Sprechen ansetzte. »Prinzessin Venedta, soeben ist eine Nachricht für Euch eingetroffen.«

Ihr Herz setzte einen Schlag aus. Sein Ton ließ sie das Schlimmste befürchten. Obwohl sie hoffte, dass man ihnen auf Weißdorn nicht hinterher spionierte und ihre Briefe ungeöffnet zu ihr gelangten, hatte das nichts zu bedeuten. Es ging sicher nicht um ihren Brief an Keram. Genauso gut konnte es sich um eine Nautilusnachricht, einen Hilferuf an Melusine oder Ähnliches, handeln.

»Ist sie von meinen Eltern?«, fragte sie mit klopfenden Herzen und erhob sich hastig vom Hocker.

»Ich bedaure, Prinzessin, das vermag ich Euch nicht zu sagen. Es kam eine Rauthna«, erklärte der Mann.

Venedtas Atem beruhigte sich wieder etwas. Wenn es dringend wäre, würden ihre Eltern kaum die Luftpost benutzen, sondern eine Nautilus.

»Vielen Dank.« Sie nickte dem Diener zu. »Ich sehe mir das sofort an.« Sie warf einen entschuldigenden Blick zu Aghni und Nephele. »Ist es in Ordnung, wenn ich euch allein lasse?«

»Aber natürlich«, sagte Nephele. »Wir kommen allein zurecht.« Die Rothaarige rang sich ein Grinsen ab.

Venedta nickte dankbar, dann machte sie sich auf den Weg in die Rauthnaverschläge. Diese waren im westlichen Teil der Gartenanlagen untergebracht, in einem gewölbten Gebäude, dessen schmales Türmchen sich mit den vielen Flugöffnungen über die Büsche erhob. Die Gänge des Palastes hinter sich lassend, schlang sie ihren Umhang enger um sich. Trotz der frühlingshaften Temperaturen war es noch frisch im Schatten. Im Verschlag entdeckte sie ihre Rauthna auf einem der unteren Stangen – das Tier unterschied sich äußerlich kaum von den anderen Rauthnen, war jedoch auf sie geprägt, und würde durch einen unsichtbaren Bindungszauber immer den Weg zurück zu ihr finden. Sie zog die Brauen zusammen. Wie war es möglich, dass der Vogel so schnell zurück war?

Der Hüter der Rauthnen widmete sich nach einem Kopfnicken wieder der Reinigung des Verschlages. So konnte sie ungestört einen ersten Blick auf den Brief erhaschen. Erstaunt fuhr sie über das Pergament und ihr Herz schlug schneller. Das war nicht das Papier, das sie verwendet hatte! Wie ...?

Schnell steckte sie den Zettel in ihre Manteltasche, setzte die Rauthna auf eine der Streben und suchte sich ein geeigneteres, ruhiges Plätzchen auf einer Bank weit hinten in den Gärten, wo sogar ein paar Sonnenstrahlen das Gestein erwärmten. Erst, nachdem sie sich vergewissert hatte, dass sie wirklich allein war, entrollte sie die Nachricht. Mit noch größerem Erstaunen erkannte sie Kerams Handschrift und begann zu lesen.

»*Meine Liebste*«

Sie wurde augenblicklich rot. Liebste? War das sein Ernst? Fassungslos, wenn auch gerührt, schüttelte sie den Kopf. Gegen ihren Willen flatterte ihr Herz.

»*Mit Freude habe ich deine Worte gelesen, die meine Sorge mindern konnten. Es freut mich, dass ihr wohlbehalten angekommen seid und es unserer Freundin den Umständen entsprechend gut geht.*«

Bei seiner gestelzten Sprache prustete sie leise auf. Wollte er sie aufziehen? Oder ... Sie drehte das Papier in ihren Händen. War die Rauthna trotz aller Vorsicht abgefangen worden und die Antwort stammte gar nicht von Keram? Nach ihrem Angriff auf Manskelie traute sie den Rebellen alles zu.

»*Wisse, dass auch ich mittlerweile nahe bin*«, las sie weiter. »*Ich werde in wenigen Stunden deinen Standort erreichen. Warte heute nach Sonnenuntergang in den südlichen Gärten auf mich, auf der kleinen Bank am Ende der Allee. Das ist mein Lieblingsplatz. Alles Weitere können wir dann besprechen.*«

Sie hielt den Atem an und sah sich um. Ihr ging auf, dass sie bereits auf der Bank saß und sie runzelte die Stirn. Was für ein Zufall! Gleichzeitig bereitete sich eine unerklärliche Aufregung in ihr aus. Heute Abend! Sie hatte keineswegs damit gerechnet, ihn so schnell wiederzusehen – sofern es sich denn um ihn handelte. Obwohl es seine Handschrift war, blieb sie skeptisch. Sollte er Marek bei der Rückeroberung Merals unterstützen und war deswegen so nah bei Weißdorn? Oder hatte König Jolin trotz aller Vorsichtsmaßnahmen Melusines vom Tod von Marinas Ungeborenem gehört und schickte seinen Ältesten, um sein Beileid auszudrücken? Bei dem Gedanken schnürte sich ihr lächerlicherweise wieder die Kehle zu, obwohl sie nun wusste, dass Marinas Nachfragen nichts mit Gefühlen zu tun gehabt hatten. Tara hatte recht – es war offensichtlich, dass Keram sie mochte. Sie, Venedta. Sie konnte das nicht mehr ignorieren. Nicht, nach allem, was passiert war. Aber wie sollte sie mit ihren Gefühlen umgehen? All das änderte nichts an der Tatsache, dass sie keine gemeinsame Zukunft hatten. Sie seufzte und schüttelte den Kopf.

Später!, sagte sie sich.

Sie blieb noch kurz sitzen und genoss die warmen Sonnenstrahlen, die sich einen Weg durch das sich entfaltende Blätterdach über ihr bahnten. Dann fasste sie einen Entschluss. Es wurde Zeit, dass sie die Dinge selbst in die Hand nahm. Sie vertraute Melusine, dennoch war sie sich in einer Sache sicher: Es würde einen Unterschied machen, wenn sie ihren Eltern selbst von den Erkenntnissen der phylenischen Königin berichtete.

Sie raffte ihren Umhang und eilte zurück zum Gemach. Dort fand sie Nahél vor, die auf dem breiten Fenstersims hockte und im Buch der Gifte las, das der *Rat der Fünf Weisen* ihr vermacht hatte. Sie war so vertieft, dass sie nur kurz aufsah, ihr ein Lächeln schenkte und dann weiterlas. Venedta war das nur recht. Ihre Freundin wusste ohnehin schon zu viel. Sie griff unter ihr fein säuberlich zusammengefaltetes Bündel Kleidung und zog ihren Nautilusapparat hervor. Weißdorn lag nahe genug am Meer, um ihn zu benutzen. Venedta schloss die Tür des Badezimmers hinter sich, atmete tief durch. Dann murmelte sie die Worte und sprach sich alles von der Seele. Nicht ihre Gefühle. Zwar war sie sicher, dass ihre Eltern sie verstehen würden. Aber sie wusste nur zu gut, dass die Nachricht ebenso in die falschen Hände gelangen oder abgehört werden könnte. Sie hatte das Gefühl, eine große Last von ihren Schultern zu lösen.

Als sie fertig war, streckte sie ihren Kopf aus der Tür, aber Nahél war noch immer allein. Zufrieden zog sie die Pforte wieder zu und ließ ihre Kleider fallen. Obwohl Phylos ganz andere Bräuche aufwies als Umarhar, so hatte die Verbindung von Zarath und Khasuba in der Architektur ihre Spuren hinterlassen. Zu ihrem Vorteil: die stets beheizten Becken, die sie aus Umarhar kannte, hatten sich auch in den phylenischen Palast eingeschlichen. Seufzend ließ sie sich in das warme Wasser gleiten. Königin Melusine hatte sie alle heute Abend das erste Mal nach Marinas erzwungener Abreise wieder zum Mahl geladen. Und da bestimmt alle Aufmerksamkeit auf Nephele liegen würde, die endlich aus dem Krankenbett entlassen worden war, könnte Venedta sich mit einer

Ausrede zurückziehen. Nahél war ihre einzige Sorge. In ihrer Anwesenheit fürchtete Venedta stets, ihre Gedanken nicht gut genug zu verschließen. Gleichzeitig konnte sie nicht umhin, sich fürchterlich über die Halbcelone zu ärgern. Sie wusste, sie machte das nicht mit Absicht, dennoch fühlte sie sich in ihrer Anwesenheit beobachtet wie nie zuvor.

Sie rubbelte sich trocken, wrang ihre Haare aus und ölte sich ein. Dann hüllte sie sich in den Badeumhang und schlich aus dem Bad, um in ihrem Retikül nach einem angemessenen Kleid zu wühlen.

Nahél, die mittlerweile vor dem Spiegel des Gemaches stand und sich um ihre eigene Frisur kümmerte, sah sie überrascht an. »Da macht aber jemand Aufhebens um sein Äußeres. Habe ich etwas verpasst? Hat die Königin ohne mein Wissen ein Fest ausgerufen?«

Venedta kniff die Lippen zusammen, während sie stur nach unten sah und in ihrer Tasche grub. »Mir ist einfach danach«, murmelte sie. Endlich hatte sie gefunden, wonach sie suchte und hob den Stoff vorsichtig aus dem magischen Gefäß. Als sie wieder im Bad verschwand, hörte sie, wie die Tür aufging und Aghni sich mit Nahél unterhielt. Sie seufzte innerlich, war aber fest entschlossen, nicht von ihrem Plan abzurücken.

»Geht es dir gut?«

Tara klopfte zaghaft an die Tür des Badezimmers. Venedta hatte ihnen genug Zeit gelassen, sich ebenfalls auf das Essen vorzubereiten, aber nun, bei Sonnenuntergang, war der Moment gekommen, sich davonzuschleichen.

»Ich habe furchtbare Kopfschmerzen«, sagte sie zaghaft. »Geht doch schon einmal ohne mich und entschuldigt mich bitte bei der Königin. Ich werde vielleicht später mit den Hofdamen etwas essen, sollte es mir dann besser gehen.«

»In Ordnung. Soll ich dir einen Tee aufsetzen?«, fragte die Pflanzenfee.

Venedta konnte sich ein Lächeln nicht verkneifen. »Das ist lieb, aber das kann ich später selbst machen. Dank dir weiß ich ja mittlerweile, welche Kräuter ich dafür benötige.«

»Lass uns wissen, wenn du etwas brauchst, ja?«

»Natürlich«, presste sie ungeduldig hervor.

Sie hörte, wie ihre Freundinnen das Gemach verließen. Es umfasste drei Schlafräume, das Bad und eine Stube. Venedta teilte sich das große Bett mit Tara, wie sooft auf ihrer Reise. Dies war das erste Mal, dass sie sich wünschte, die Pflanzenfee würde länger beim Essen weilen.

Sie wartete noch fünf Minuten ab, dann schob sie zögerlich die Tür des Badezimmers auf und schlüpfte hinaus. Sie legte den Umhang an, den sie vorhin fein säuberlich auf ihrem Bett drapiert hatte, und atmete tief durch. Ein letzter Blick in den Spiegel, eine letzte Vergewisserung, dass auch Nahél keinen Verdacht geschöpft hatte und sie allein war. Dann ließ sie ihre Feenkräfte fließen. Ihre Gliedmaßen verkürzten sich, ihre Nase wurde länger und ihr wuchs dichtes Gefieder. Venedta mochte die Verwandlung in Tiere. Seit sie an jenem schicksalhaften Tag entdeckt hatte, dass ihr diese Art der Magie vergleichsweise leichtfiel und sie sich vor den Rebellen hatte retten können, übte sie beinahe täglich.

Es gab wenige Feen, die davon wussten. Außer ihren Freundinnen zählten nur ihre liebste Hofdame und Iniya dazu. Nicht einmal ihren Eltern gab sie ihr Können preis. Schon bevor ihr auf Láthrá aufgegangen war, wie schwer Verwandlungen den meisten Feen fielen, war ihr aus irgendeinem Grund klar gewesen, dass die Leichtigkeit, mit der sie die Gestalt wechseln konnte, etwas Besonderes war. Obwohl sie es schon vor Jahren zur Flucht genutzt hatte, war ihr erst auf Umarhar, nach Taras Entführung, bewusst geworden, dass sie im Notfall einen enormen Vorteil gegenüber dem Feind besaß. Sie spreizte ihre kleinen Flügel und hob ab.

Die Verwandlung in einen Vogel war ihr schon immer am liebsten gewesen. Nicht nur, weil sie so vor den Rebellen geflohen war. Nein. So war sie schon in der Lage gewesen, ihre Heimat aus der Luft zu sehen, bevor sie auch nur ahnen konnte, die *elementarem* in sich zu tragen.

Sie flatterte aus dem offenen Fenster und hob sich über die Gärten empor. Die Dämmerung war schon so weit vorangeschritten, dass die Sonne fast gänzlich hinter den Bergen verschwand. Sie sputete sich, ließ den Wind durch ihr Gefieder fahren und sich nach Süden treiben. Ihr Glück war, dass man diesen Teil der Gärten von den Speisesälen aus nicht sehen konnte. Oder aus ihrem Gemach. Wenig später glitt sie abwärts. Die knospenden Bäume kamen immer näher. Noch war dort niemand zu sehen. Venedta landete hinter einem der immergrünen Sträucher und wartete. Für den Fall, dass jemand Kerams Handschrift gefälscht hatte, wollte sie fluchtbereit sein. Ihre Sorgen waren unbegründet. Sie brauchte nicht lange warten, bis Keram um die Ecke schlenderte, sich suchend umsah und sich auf der Bank niederließ. Venedta atmete tief durch und wurde wieder sie selbst. Sie zupfte sich zwei weiße Federn von ihrem Gewand, bevor sie hinter dem Strauch hervortrat und die letzten Meter zur Bank über den Rasen schlenderte. Die letzten Sonnenstrahlen wärmten ihre Haut. Als Keram sie sah, breitete sich sofort ein Lächeln auf seinem Gesicht aus, das ihr ein Kribbeln auf den Armen bescherte. Er saß mit einem Bein angewinkelt da, über dem er seine Hände verschränkt hatte.

»Hallo, Venedta.«

Sie setzte sich neben ihn, schaute ihm in die Augen und lächelte. Augenblicklich hatte sie ihre Haarfarbe nicht mehr im Griff. Sie färbten sich korallenrot. Sie schlug die Augen nieder und wich seinem Blick aus. Große Klasse, als wüsste er nicht bereits, dass er sie in Verlegenheit brachte! Manchmal könnte sie dieses Erbe ihres Vaters wirklich verdammen. Dann aber dachte sie an Kerams

Brief und ein Lächeln stahl sich auf ihr Gesicht.

»Liebster.« Sie zog ihre Augenbraue hoch und wagte, ihn neckend anzusehen.

Er zuckte mit den Schultern. »Ist es so verwerflich, dass ich meine Gefühle nicht länger verbergen will?«

»Nicht so laut!«, hauchte sie und schüttelte den Kopf.

Keram lachte. »Keine Sorge, Venedta, ich war lange genug am Hof. Hier kommt nie jemand entlang, wenn es dunkel ist.«

Trotz seiner Worte sah sie sich unbehaglich um. »Was sollten diese gestelzten Worte?«, rutschte es ihr heraus.

Unter seinem goldenen Teint lief er rot an. »Äh ... gestelzt?«

Als sie den Verband an seiner Schulter entdeckte, furchte sich ihre Stirn.

»Was ist?«, fragte er, scheinbar froh darüber, das Thema zu wechseln.

»Alles gut ... Nur deine Bereitschaft, so eine Gefahr einzugehen, um mich zu sehen, beunruhigt mich.«

Mit einer Hand strich er ihr über das offene Haar. »Welche Gefahr denn? Ich bin als Gast an Königin Melusines Hof. Nur vor Marina müsste ich wahrscheinlich flüchten, so sehr hat sie mich auf unserem Abschiedsessen bedrängt.«

Obwohl es lächerlich war, dass sie noch Eifersucht verspürte, fühlten seine Worte sich an, als bohrte sich ein Messer in ihr Herz. Sie schluckte. »Du weißt es nicht.«

Er runzelte die Stirn. »Was?«

Sie holte tief Luft. Sie war davon ausgegangen, dass Marinas Verlust einer der Gründe war, weshalb er Weißdorn besuchte. Aber offenbar hatte Königin Melusine die Verfehlung ihrer Tochter und ihre damit verbundene Abreise nicht an die Öffentlichkeit gebracht. »Sie ist nicht hier, Keram.«

Mit großen Augen sah er sie an. »Was ... wieso das nicht?«

Sie nickte langsam. »Sie ... Ich weiß es nicht. Melusine hat sie von einem Tag auf den nächsten fortgeschickt.«

Eine Weile war es still. Keram stützte seine Hände ab. Auch wenn sie sich unwohl dabei fühlte, Venedta würde ihm alle Zeit lassen, die er brauchte, um diese Information zu verdauen. Vielleicht war er nicht der Marinas Geliebter, die Beziehung der beiden hatte sie dennoch bisher nicht durchschaut.

Schließlich sah er auf, die Stirn gerunzelt. »Und wohin?«

Venedta rang die Hände. Wenn sie das nur wüsste! Dann könnte sie ihr wenigstens helfen.

»Weiß ich nicht«, seufzte sie. »Ich gehe von Melanon oder Vellamo aus, ich glaube, dort lebt Verwandtschaft von ihr.«

»Und wann war das?«

Venedta schluckte erneut. *Hör auf!*, rief sie sich selbst zur Vernunft. *Da war nichts zwischen den beiden!*

»Vor ein paar Tagen. Wieso bist du überhaupt auf Phylos?«, versuchte sie vom Thema abzulenken.

Keram starrte auf seine Hände.

»Weil ich Marek unterstützen soll«, sagte er schließlich. »Und weil wir nach Graf Athos' Angriff auf euch Hinweise gefunden haben, die auch Melusine etwas angehen.«

»Wie steht es denn um Meral? Wie geht es deinem Bruder?«, traute sie sich, zu fragen.

»Gut, soweit ich weiß. Der Verrat Nevins hat ihn allerdings ebenfalls schwer getroffen. Wir haben es nur aus Meral herausgeschafft, weil wir zusammengehalten haben. Unsere Freundschaft hat er genauso verraten wie seinen Bruder und Aghni ...«

Keram schluckte und schwieg eine Weile. »Aber das ist auch nur der offizielle Grund. Venedta, ich habe direkt nach eurer Abreise Berichte über die Rebellen und ihre Machenschaften zu deinen Eltern geschickt. Bis ich auf Weißdorn eintraf, hatte ich noch keine Antwort auf meine Frage von ihnen.«

»Welche Frage?«

Keram lachte leise und griff ihre Hand. Sacht strich er über ihre Finger. Venedta erschauderte. »Lass mich ausreden, ja?«, neckte er. »Jedenfalls erreichte mich vor wenigen Stunden eine Nautilation. Sie sagten, ihre Tochter habe ihnen Ähnliches berichtet. Und dass deine Nachricht sie zu einer Entscheidung gebracht hat.« Venedta horchte auf. »Entscheidung? Keram, was meinst du? Du hast doch nicht etwa darum gebeten, dass sie die Rebellen verschonen?«

»Wie könnte ich das? Nein, meine Frage war von anderer Natur.« Verwirrt sah sie ihn an.

Keram ließ ihre Hand nicht los, aber er erhob sich. »Ich weiß, du hast im Moment vermutlich keinen Kopf hierfür«, begann er. Er hob ihr Kinn sanft an, sodass sie seinem Blick nicht mehr ausweichen konnte. »Und dennoch muss ich dich etwas fragen, Venedta, was ich dich schon lange fragen will.«

Stirnrunzelnd sah sie ihn an, suchte sein Gesicht nach einer Antwort ab. Wovon sprach er?

Er holte tief Luft und ...

»Was wird das bitte?«, keuchte sie, als er vor sie kniete.

Keram räusperte sich. »Venedta von Kufkania, möchtest du ... meine Frau werden?«

Seine Augen trafen die ihren. Ihr Mund klappte auf. Ihr Herz klopfte so laut, dass sie sich sicher war, er müsste es hören. Alles hätte sie erwartet, nur das nicht.

»Du ... du meinst, du willst mich heiraten?«, stotterte sie.

Er lächelte unsicher und holte etwas aus einer kleinen samtenen Tasche. Einen schmalen Ring, auf dem ein kleiner Bernstein prangte. »Das bedeutet diese Frage normalerweise, ja.« Er grinste.

Venedta griff sich an den Hals, wo sie die Kette trug, die er ihr auf Manskelie geschenkt hatte. »Ich ...« Sie schüttelte den Kopf, versuchte, ihre Gedanken zu ordnen. »Aber ... aber unsere Länder, meine Eltern würden nie ...«

Ihre Kehle schnürte sich zu. Er wollte sie heiraten! Bei allen großen Göttern, niemals würden die kufkanischen Adligen dem zustimmen. Ihr Magen fühlte sich an, als würden tausende Urellias darin umherschwirren.

»Deine Eltern«, sagte Keram sanft und legte auch seine zweite Hand vorsichtig auf die ihre, ohne den Ring loszulassen, »haben zugestimmt. Es war diese Frage, die ich ihnen gestellt habe, Venedta. Deine Nachricht hat sie dazu gebracht, uns ihren Segen zu geben. Wenn du das auch möchtest.« Sein Lächeln vertiefte sich. »Ich weiß nicht, was du ihnen gesagt hast, Sonnenschein, aber ich bin dir so dankbar dafür.«

»Bilde dir ja nicht zu viel darauf ein«, schniefte sie.

Er lachte. »Niemals. Also?« Fragend sah er sie an. »Mein Vater hat zugestimmt. Deine Eltern ebenso. Aber was sagst du?«

Ihre Gedanken rasten noch immer. Sie sah in seine braunen Augen. Die Unsicherheit darin machte ihre Knie weich, obwohl sie saß. Das Unmögliche war eingetreten. Sie konnte nicht anders, als in sein Lachen einzustimmen. Sie fühlte sich plötzlich so leicht, fast schon frei. Übermütig beugte sie sich näher zu ihm und schlang ihre Arme um seinen Hals.

»Ja«, hauchte sie.

Und bevor er etwas erwidern konnte, überbrückte sie die letzten Zentimeter, ignorierte ihr klopfendes Herz und küsste ihn. Es fühlte sich ganz anders an, als erwartet. Der erste und letzte Junge, den sie je geküsst hatte, war ein Nymph gewesen, ein junger Diener am Hof ihrer Tante, und Meloma hatte sich einen Spaß daraus gemacht, sie dazu zu überreden. Der Kuss mit Keram war komplett anders. Vor allem, weil sie beide nicht aufhören konnten, zu lächeln.

»Sag das nochmal«, bat er an ihrem Mundwinkel und lehnte seine Stirn gegen ihre. Sein kurzer Bart kitzelte an ihrer Haut. Ohne hinabzusehen, spürte sie, wie er den Ring auf ihren Finger streifte.

»Ja«, krächzte sie.

Er erhob sich und setzte sich wieder neben sie. Dann strich er ihre mittlerweile pinken Haarsträhnen aus der Stirn und nahm zärtlich ihr Gesicht in beide Hände, ohne seinen Blick von ihren Augen zu lösen.

»Unter einer Bedingung«, murmelte sie.

Er zuckte ein Stück zurück und sah sie forschend an.

»Ich möchte, dass meine Schwester bei unserer Hochzeit dabei ist. Ich kann nicht heiraten, bevor sie nicht ...«

»Natürlich«, sagte Keram sofort. »Natürlich.«

Und dann fanden seine Lippen wieder die ihren. Wie hatte sie ihm so lange widerstehen können?

14.

Der Drache schnaufte unter ihm. Das graue Tier merkte ebenfalls, wie die Luft sich veränderte. Wie sie langsam nach Heimat roch. Davius hatte sich Zeit mit dem Rückweg gelassen. Seinem Rückweg nach Altmyr, seinem sogenannten Zuhause. Nur, dass es sich noch nie wie ein Zuhause angefühlt hatte. Er hatte sich Zeit gelassen seit der Rückbeorderung, denn er wollte allein sein, die Schlacht verarbeiten.

Ganz allein durch die Luft zu reisen war natürlich gefährlicher, aber er hasste Schiffe. Er hasste das Meer, die Wellen und alles, was dazu gehörte. Wenn er die raue See schon sah, drehte sich sein Magen um. Sein Abstecher nach Lormoralia hatte seine Meinung auch nicht geändert. Unter Wasser wurde ihm zwar nicht schlecht, dafür hatten ihn dort Panikattacken überkommen. Jeden Moment hatte er damit gerechnet, dass die Wirkung des Zaubers plötzlich nachlassen und er vom Druck der Tiefe zerquetscht werden würde. Die letzten Wochen hatte er kaum geschlafen. Jede Nacht nur ein paar Stunden, auf seinem Drachen. Nicht gerade bequem, doch er hatte keinerlei Interesse daran, von Spähern der feindlichen Armeen entdeckt zu werden. Der Flug über Ching war die reine Qual. Obwohl er sich zunächst an die kleinen Inseln und dann an das Tamirgebirge gehalten hatte, war er mehrmals nur knapp Spähertruppen entgangen.

Davius sah über die Schulter seines Reittieres auf den grauen Ozean tief unter ihm. In der Ferne malte sich ein anthrazitfarbener Streifen Land aus dem Schatten der Wolken. Die Klippen der Bucht von Rhodien. Er lenkte Banjar, das Ungetüm von einem Drachen, tiefer. Es war Ohts Tier, herrenlos nach seinem Tod.

Gedankenverloren grüßte Davius die Reiter, die den Zugang zur Bucht in der Luft überwachten. Zu seiner Linken bedeckten tiefe Nadelwälder die dunkle Landschaft. Lavaflüsse von mittlerweile erloschenen Vulkanen überzogen einen Großteil von Altmyr. Und noch immer spie die Erde regelmäßig Feuer. Die Feen hier hatten gelernt, mit der Gefahr zu leben. Sie deuteten es sogar als befürwortendes Zeichen Andavors, wenn einer der Feuerriesen wieder Asche in den Himmel spie.

Er dirigierte seinen Drachen ein Stück nach Süden, bis sie die Werkstätten der Schiffsbauer hinter sich gelassen hatten und der Palast in Sicht kam. Er landete westlich davon, im sumpfigen Gebiet, in dem sich die Drachenzwinger befanden.

»Wo ist Oht?«, fragte ihn einer der Hüter. »Warum reitet Ihr seinen Drachen?«

Davius schüttelte nur den Kopf und drückte ihm Banjars Zügel in die Hand. Er war müde, ausgelaugt und alle Knochen taten ihm weh. Und selbst nach all der Zeit allein in der Luft hatte er keinerlei Interesse daran, eine Konversation zu führen. Er riss sein weniges Hab und Gut vom Rücken des Drachen und stapfte zu Fuß weiter. Er war noch nicht einmal bis in den Innenhof des strahlend weißen Palastkomplexes gekommen, da stürmte Marlon ihm entgegen.

»Davius!«, schnaufte er, ganz außer Atem. Er schien gar nicht daran zu denken, ihm um den Hals zu fallen, wie es unter Freunden so üblich wäre. Stattdessen sah er ihn lange abschätzig an. »Du hast schon mal besser ausgesehen«, befand der Ältere dann. Der Ernst in seiner Stimme gefiel ihm nicht.

»Was ist los?«, hakte er nach.

Er setzte seinen Weg über den Hof fort und Marlon gesellte sich zu ihm. Trotz der Pause schnaufte er noch.

»Sie möchte dich sprechen.«

»Sofort?«

»Unverzüglich. So war die Anweisung. Sie wartet schon viel zu lange.«

Davius knirschte mit den Zähnen. *War ja klar!* »Marlon, so kann ich der Königin doch nicht unter die Augen treten.«

Marlon schnaubte belustigt. »Glaubst du ernsthaft, deine Befindlichkeiten über dein Äußeres werden eine Rolle spielen?«

»Meinen Bericht hat sie schon längst erhalten«, knurrte er.

Marlon schnalzte mit der Zunge. »Ich kann dich beruhigen. Selbst wenn du jetzt so in ihre Gemächer stratzt, werden die Hofdamen dich so nicht reinlassen. Du wirst selbstverständlich erst einmal vorzeigefein gemacht.«

Davius rollte mit den Augen, dann blieb er abrupt stehen. »Warte mal. Ich soll direkt in ihre Gemächer?«

Ein Schauer lief ihm über den Rücken. Die Rede über eine Belohnung, die sie letzten Sommer gehalten hatte, ließen seine Adern zu Eis gefrieren. Caldhra hatte schon öfter private Gespräche mit ihm geführt – in denen ihm rundum die Knie geschlottert hatten, aber das musste ja niemand wissen. Noch nie aber hatte sie ihn dafür in ihre Privatgemächer gerufen. Hunderte Befürchtungen rasten durch seinen Kopf, eine unangenehmer als die andere. Er war jetzt ein Kriegsheld. Weil er Deoras von Alaith und die *elementarem* der *Drei Freunde* erledigt hatte, konnten sie gewinnen. Doch alles, was nach Belohnung schrie, verpasste Davius einen flauen Magen.

Marlon deutete sein Schweigen richtig. »Ich nehme an, du hast keinerlei Ahnung, was dich erwartet?«

Er schüttelte den Kopf. »Du etwa?«

»Wenn ich es wüsste, hätte ich dir sofort eine Nachricht zukommen lassen. Nein, mein Freund. Da musst du allein durch.«

Sie erwartete ihn bereits. Genau, wie Marlon gesagt hatte. Die Hofdamen hatten ihn mit missbilligenden Blicken empfangen und ganze zwei Stunden seiner Zeit damit verschwendet, ihn zum Baden und zu einer Rasur zu zwingen. Davius hatte die Gelegenheit genutzt und seinen Schädel wieder kahl rasieren lassen. Er fühlte sich deutlich wohler damit als mit dem leicht lockigen Flaum, der sein Haar darstellen sollte. Als Kind war er dafür ausgelacht worden.

Caldhra saß auf einer Récamiere, in den Händen ein zerknittertes Pergament. Als er unter den Worten einer der Hofdamen eintrat, bohrten sich ihre gelben Maranenaugen in seine.

»Meine Königin:« Er verbeugte sich.

»Das wurde aber auch Zeit.« Sie deutete auf den geschwungenen Ohrensessel neben sich. »Setz dich.«

Wie meist war an ihrer Stimme nicht herauszuhören, in welcher Laune sie sich befand. Davius ließ sich mit regungsloser Miene in den Sessel fallen, obwohl sich innerlich alles in ihm verkrampfte.

»Lasst uns allein.«

Caldhra scheuchte die Hofdamen mit einer Handbewegung aus dem Gemach. Sie richtete sich ein Stück auf und überschlug die Beine. Der Stoff des Rockes rutschte zur Seite und gab den Blick auf eine dunkle Hose frei. Caldhra beugte sich weiter vor und stützte ihre Arme auf den geschwungenen Armlehnen ab.

»Euer Bericht ist schon eine Weile her«, warf sie ihm vor.

»Es tut mir leid, meine Königin. Es gab einige Komplikationen nach der Einnahme Alaiths, die meinen sofortigen Aufbruch verhinderten.«

Caldhra zog eine Braue nach oben. »Von welchen Komplikationen sprechen wir? Hattet Ihr Eure Männer nicht im Griff?«

»Nach Offizier Ohts Tod – eher die Orks«, begann Davius. »Sie machten sich einen Spaß daraus, die eingenommene Stadt weiter in ihre Einzelteile zu zerlegen. Dabei bildet sie einen viel zu guten Stützpunkt, strategisch gesehen, als dass sie zerstört werden sollte. Selbst mit der gesamten Truppenstärke war es beinahe unmöglich, sie einzunehmen.«

»Der letzten Nautilation meines Offiziers entnahm ich, dass

es Eure Idee war, sie über das Höhlensystem zu unterwandern.«
Caldhra verzog ihren Mund zu einem schaurig schönen Lächeln.

»Das ... das stimmt, Eure Hoheit. Ohne die Drachenreiter wäre alles andere aber nicht möglich gewesen.«

»Ein weiterer Grund dafür, warum ich diese Biester so mag. In dieser Hinsicht habe ich jedoch schlechte Nachrichten aus Ching erhalten.« Sie schnaubte.

»So?«, hakte Davius vorsichtig nach.

»Bei dieser ach-so-genialen Konferenz von Marietta ist einer unser wichtigsten chingesischen Spione, General Xu, aufgeflogen. Marietta ist keine Närrin. Sie wird ganz Fangao genau unter die Lupe nehmen. Zumindest von dort können wir mit keinen neuen Drachentrainern rechnen.«

»Und die Konferenz? Es war unübersehbar, dass Ching die Wachen an jeglichen Grenzen verstärkt hat.«

Caldhra rollte mit den Augen. »Ihr meint, nach unserem gescheiterten Versuch, über Prinz Nevins Hilfe die Linien auszulöschen? Diese verzogenen Königskinder gehen mir auf die Nerven.« Sie zischte. »Ihr scheint wie immer der Einzige zu sein, der wenigstens das ein oder andere Ergebnis liefern kann. Prinzessin Aghni mag mit dem Leben davongekommen sein, aber jetzt, wo Ihr zurück seid, bin ich zuversichtlich, dass das nicht lange so bleibt.«

Davius nickte. Er hatte schon damit gerechnet, dass er sie wieder einmal jagen sollte. »Und«, er räusperte sich, »was ist mit dem nidalischen Prinzen?« Noch immer konnte er Ohts Worten kaum glauben. Aber offensichtlich hatte sein alter Freund wirklich gute Arbeit geleistet.

»Bei unseren Männern. Sie werden bald hier eintreffen. Erzähl mir mehr von Alaith. Wie hast du es geschafft, die Orks zur Ordnung zu rufen?«

Er rutschte unruhig auf seinem Sessel hin und her. Es gefiel ihm absolut nicht, dass sie wie selbstverständlich ins Du gerutscht war.

»Meine Königin, ich habe zusammen mit Hakoen und den verbliebenen Generälen eine Ratssitzung gehalten. Wir kamen zu der gemeinsamen Übereinkunft, dass wir die Orks in den unteren beiden Ringen stationieren. Für unsere Truppen, die auf den *Drei Freunden* bleiben und weitere Gebiete einnehmen, ist das ein zusätzlicher Schutz, wenngleich die zerstörten Teile der Stadtmauern selbstverständlich schon wieder im Aufbau sind. Für die restlichen Bewohner, die sich ergeben haben und in den oberen Gebieten der Stadt unterworfen wurden, ist das ein Stück weit Erleichterung, denn ...«

»Ich pfeife auf die Bewohner. Meinetwegen hättet ihr sie alle abschlachten können.«

»Mit Verlaub, Ihr batet uns, die sich Ergebenden zu verschonen, damit Ihr ein paar Wasserfeen für weitere Vorgehen unter Eurem Banner habt.«

Caldhra rollte erneut mit den Augen. »Stimmt, das sagte ich. Was aber hast du den Orks versprochen? Und wer ist dieser Hakoen? Ist das dieser ruchlose Hurenjäger von einem Piraten, von dem du mir erzählt hast?«

Davius nickte. »Doch, eben der. Ohne seine Hilfe und die seiner Männer hätte ich meinen Plan kaum durchziehen können. Wenn er auch diesen Ruf hat, so ist er auch ein hervorragender Kämpfer, meine Königin. Was die Orks angeht, haben wir ihnen zugesagt, dass sie sich im Brathilgebirge heimisch niederlassen dürfen. Das Land ist für uns ohnehin zu unwegsam und bietet lediglich ein wenig Mineralvorkommen – aber zu dürftig, als dass es die Orks reich machen würde.«

Caldhra wiegte den Kopf hin und her. »So viel ist zumindest bekannt.« Sie erhob sich, schritt zur Kommode und griff nach einem länglichen Messer, wie die Andavorpriester sie in ihren Ritualen nutzten. »Schick eine Nachricht an diesen Hakoen. Nach den Verlusten der Schlacht sind einige Stellen freigeworden. Ich ernenne ihn hiermit zum General und zum vorübergehenden

Verwalter über Alaith. Er soll sich mit den anderen Offizieren und Generälen beraten, die in der Stadt stationiert sind, wie sie die restlichen Teile von Nidalis schnell einnehmen können. Ich will das Königspaar tot sehen.«

»Hattet Ihr über Oht dem nidalischen Prinzen nicht das Versprechen ...«

»Jeder sollte wissen, dass ich mich nicht an solch Firlefanz halte, wenn es mir nichts nutzt. Wer sagt mir denn, dass die Königin nächsten Monat nicht schon wieder schwanger ist? Erben lassen sich leicht zeugen, Davius, wenn man es denn möchte.« Sie balancierte die Klinge in ihrer Hand. »Und diese Prophezeiung darf sich auf keinen Fall erfüllen.«

»Natürlich.« Er wollte schon aufstehen, denn sie hatte sich abgewandt und er gehofft, dass das Gespräch damit beendet wäre.

»Was dich angeht«, warf sie ein und drehte sich zurück zu ihm. Sie kam auf ihn zu, die Klinge in ihrer Hand und ein schrecklich schönes Lächeln auf ihrem Alabastergesicht.

Davius schluckte, doch vor ihr durfte er keine Angst zeigen. Sie erreichte ihn, strich ihm mit dem Zeigefinger langsam übers Kinn und betrachtete seine Narbe.

»Ich könnte einen neuen Heerführer gebrauchen.« Sie sah ihm unverwandt in die Augen. »Und ich fürchte, niemand außer dir hat sich für diese Position als würdig erwiesen.«

»Ihr ehrt mich, meine Königin.« Er senkte ergeben seinen Kopf, erschauerte aber, denn ihre Finger glitten jetzt über seine Schulter.

»Noch etwas«, sagte sie und dachte offenbar gar nicht daran, ihren Blick abzuwenden. Gezwungenermaßen sah er wieder auf, direkt in ihre gelben Augen. »Ich habe Geschichten über dich gehört, Davius. Du besuchst die Bordelle ja nicht oft, aber wenn, hinterlässt du einen bleibenden Eindruck. Was mich wirklich nicht wundern sollte, mit diesem Charme und diesem Körper.«

Er versuchte, seine Gesichtszüge zu versteinern, damit ihm

das Lächeln nicht entgleiste. Sie würde doch nicht wirklich ...

»Meine Königin, es ist wirklich nicht nötig, mir zu schmeic...«

»Du wirst heute Nacht bleiben.« Sie sagte es in einem Ton, der keinerlei Wiederworte duldete und selbst wenn sie es anders gesagt hätte, so hätte er gewusst, dass er keinerlei andere Wahl hatte, als dem Ganzen zuzustimmen.

»Natürlich. Wenn Ihr das wünscht.«

Sie lächelte, drehte sich ein Stück von ihm weg und setzte das Diadem ab, das mit schwarz funkelnden Obsidianen auf ihrem Kopf gethront hatte.

»Und zieh das aus. Du stinkst immer noch nach Drache.«

Caldhra stand schon am Fenster, als er aufwachte. Für einen flüchtigen, aberwitzig kurzen Moment in der Welt zwischen Schlaf und Erwachen hatte er gehofft, die vergangene Nacht wäre ein Traum gewesen, den er beiseite wischen konnte wie eine schlechte Laune. Doch da lag er, im riesengroßen Bett der Königin und war unter den Fellen splitterfasernackt. Er war noch am Leben, obwohl er ihr nähergekommen war als jede andere lebende Fee am Hof. Die Frage war nur, wie lange er dafür noch am Leben blieb.

Seufzend richtete er sich auf. Sie schien die Bewegung zu hören und drehte sich zu ihm. Der Blick, mit dem sie ihn wie ein Tier in der Falle musterte, ließ ihn schaudern und erregte ihn zugleich. Es war zum verrückt werden. Sie trug nur einen leichten Überwurf, obwohl es kühl in ihren Gemächern war.

»Gut geschlafen?«, fragte sie kokett.

»Jedenfalls besser als auf dem Rücken eines Drachen«, wagte er zu sagen.

Sie schmunzelte. Etwas, das er noch nie gesehen hatte. Es ließ sie viel weniger gefährlich wirken, ja, fast charmant sogar. »Das will ich hoffen. Das Bett war einst ein Geschenk von Andavor

höchstpersönlich«, verriet sie ihm und stützte sich mit einem
Arm auf dem Fenstersims ab.

Während er überlegte, ob der hohe Gott höchstpersönlich ihn
in einen Geist verwandeln würde, weil er mit Caldhra geschlafen
hatte, sprach sie ungerührt weiter. »Er meinte, es wäre ein wür-
diges Geschenk für eine Frau wie mich. Und dass ich viele Erben
darin zeugen solle.« Sie schnaubte. »Als käme je ein anderer
Herrscher als ich infrage. Aber das hat meine werte Familie
noch nie verstanden. Kinder zu bekommen reißt eine Frau eher
ins Grab als Neid, Machtansprüche oder alle Krankheiten von
Erakos zusammen. Als ich mit Andavors Sohn schwanger war,
hat es mich fast zerrissen. Und ich kann nicht einmal sterben.«

»Meine Königin, habt Ihr deswegen nie einen Mann erwählt?«,
fragte er vorsichtig.

Auf ihren feinen Gesichtszügen spiegelte sich Belustigung.
»Einen Mann? Was brächte mir das, außer Probleme? Sieh
dich doch nur in all den anderen feinen Herrschaftshäusern
um, Davius. Königinnen, Gräfinnen, Herzoginnen ... Sie alle
schlagen sich mit ihren Ehemännern herum, müssen um ihre
Gunst buhlen, um ihre Titel oder gar ihre Leben zu erhalten. Sie
müssen männliche Erben hervorbringen, sonst sind sie nichts
wert. Sie dienen den Häusern lediglich als Zierde, aber bei den
meisten politischen Dingen werden sie ausgeschlossen oder ihre
Meinung schlichtweg als nichtig abgetan. Ching und Umarhar
sind da noch die ehrenwerten Ausnahmen, doch es reicht nur
ein Blick hinter die Fassade, um zu erkennen, wie es im Inneren
der Paläste brodelt. Männer werden immer wieder die Hände
nach Macht ausstrecken, und gönnen werden sie uns Frauen
nichts. Meine Schwester und ich haben alles, was wir haben, allein
geschafft – ohne einen Ehemann. Es schadet nie, Verbündete zu
haben. Doch ich habe nicht vor, jemals meine Stellung durch
eine Heirat oder gar ein Kind zu gefährden.«

Davius schälte sich aus der Decke und griff zum Krug Wasser.

»Aber Ihr habt ein Kind«, merkte er an, während er sich eingoss.

»Ein Mittel zum Zweck, ja. Ohne diese ... Notwendigkeit ... wären die Götter vielleicht immer noch vereint und würden über Erakos herrschen. Es war ein guter Plan, nichts weiter.« Sie trat zu ihm und schenkte sich ebenfalls etwas in ihr Glas. »Und er sorgt dafür, dass ich Nachkommen habe, ohne, dass jemand diese als solche wahrnehmen würde.«

»Und Ihr? Nehmt Ihr diese Kinder als solche wahr?«, fragte er. Wenn Marlon mit seiner Geschichte recht hatte, erklärte das zumindest, warum sie Yama einen solchen Wert zusprach, den niemand am Hof Altmyrs verstand.

»Natürlich.« Sie grinste und entblößte dabei zwei hübsche Grübchen auf ihren Wangen, die ihm bisher nie aufgefallen waren. »Sieh dich doch an.«

Er stockte. Sie konnte doch nicht ...

»Meine Königin?« Seine Kehle war trocken. Er stürzte den Inhalt seines Glases herunter.

Sie leckte sich über die Lippen, zog einen Schemel herbei und setzte sich provozierend langsam darauf. »Würdest du sagen, ich nehme dich wahr? Habe dich die letzten Stunden wahrgenommen?«

Das Glas zersprang in seiner Hand. Scherben rieselten über seine Oberschenkel und Blut rann ihm die Fingerkuppen herab, aber er nahm es kaum wahr. Stattdessen starrte er sie an.

Caldhra besaß tatsächlich die Dreistigkeit zu lachen. »Mach den Mund zu, Davius. Diese Naivität steht dir absolut nicht!«, warf sie ihm vor. »Was glaubst du denn, warum mein Sohn ausgerechnet dich an meinen Hof gezerrt hat? Aus Spaß vielleicht?«

Heiße und kalte Schauer liefen ihm über den Körper. *Ich habe mit meiner Großmutter geschlafen!*, schoss es ihm durch den Kopf. *Nein*, korrigierte er schnell. *Sie hat mit mir geschlafen. Ich hatte ja wohl kaum eine Wahl.*

»Ihr ... Aber ich ...«

»Du hast mein Blut in dir.« Caldhra beugte sich ein Stück zu ihm. Wie zufällig verrutschte ihr Morgenmantel und gab ihren Busen frei. »Eigentlich hatte ich nicht vor, dem besondere Bedeutung zuzumessen, und es mag dir auch nicht besonders erscheinen. Sofern die Kinder meines Sohnes nicht direkt bei der Geburt getötet werden, weil die Mütter wissen, was sie sind, werden sie so wie du. Mächtige Bändiger, gefährlich für normale Feen und überaus kaltherzige Kreaturen. Es gibt einige von euch, sogar Weitere hier am Hof. Du bist der Einzige, der nun weiß, wer er ist. Lass mich diese Entscheidung nicht bereuen, Davius.«

Er schluckte erneut. Am liebsten wäre er von ihr weggerutscht, doch dann würde sie ihn sicher im nächsten Moment töten.

Keine Gefühle zeigen, Davius, und auch keinerlei Schwäche. Wie viele Jahre war sie älter als er? Tausend, zweitausend? Zählte man als Unsterbliche überhaupt noch? Oder war Alter oder so etwas wie Verwandtschaft komplett egal?

Er räusperte sich. »Natürlich nicht, meine Königin«, brachte er irgendwie hervor.

»Gut, Heerführer.« Sie betrachtete ihre spitz gefeilten Fingernägel, die dem Gefühl nach ordentliche Schrammen auf seinem Rücken hinterlassen hatten. »Du hast heute frei. Nimm dir ein bisschen Zeit, die Beförderung zu verdauen.«

Die Beförderung ist wohl kaum das, was ich an diesem Tag verdauen muss, dachte er.

»Sorge nur dafür, dass du heute Abend zurück bist. Ich habe viel zu lange allein in diesem Bett genächtigt.«

15.

Die Gärten waren zu weitläufig. Schon ein paarmal hatte er sich fast in ihnen verlaufen. Tjorgen kickte einen Kieselstein von sich. Die Berichte seines Vaters machten ihm zu schaffen. Er hoffte nur, dass seine Eltern die richtige Entscheidung trafen und sich in Sicherheit brachten. Seine Geschwister waren noch so jung. Und wenn er den Gedanken auch nur zuließ, dass Phera etwas geschehen könnte ... Er vergrub das Gesicht in seinen Händen.

Vor Nuada musste er stark wirken. Hier, zwischen den Lotosteichen und Bambusbüschen war er allein. Wenn er doch nur Aghni und ihren Freundinnen hätte begleiten können! Der Krieg war so ungnädig, woher sollte er wissen, ob es ihm vergönnt sein würde, sie noch einmal zu sehen?

»Ihr seid weitab von den üblichen Pfaden.«

Doch nicht so allein!, stellte er mürrisch fest. Er hatte den Mann nicht kommen hören. *Aufmerksamer sein!*

»Genau wie Ihr.«

»Nur, dass ich nicht so verloren wirke.«

Er hob seinen Kopf. In den vergangenen Wochen hatte er ihn schon oft mit Nuada trainieren sehen, aber mit ihm gesprochen, das hatte er noch nicht. Sein halblanges Haar hielt er mit einem rotbestickten Band zurück. Tjorgen schätzte ihn nur wenige Jahre älter als sich. »Ihr seid Vhuor, nicht wahr?«

»Vhuor vom Su-Clan, Eure Hoheit.«

Er verbeugte sich tatsächlich, obwohl er am Hof garantiert ebenfalls eine gute Stellung bekleidete. Tjorgen ließ seinen Blick über die spindeldürre Gestalt wandern und entdeckte ein lederumwundenes Buch in seinen Armen.

»Ihr lest gern?«

Das überraschte ihn. Vhuor war ein wirklich talentierter Kämpfer und so drahtig, dass er vermutet hatte, er würde seine gesamte Freizeit damit verbringen, die alten Techniken zu erlernen, die er nun an Nuada weitergab. Vhuor klopfte mit seinen Fingern auf den Buchrücken, es wirkte beinahe unbeholfen.

»Ich studiere gerne die Natur«, erklärte er. »Botanik, Mathematik, aber vor allem liebe ich die Astronomie.«

Tjorgen hob die Brauen. »Kommt, setzt Euch doch zu mir«, bot er dann an.

Auch wenn es nur Findlinge waren, so war es um einiges bequemer, als das Gespräch im Stehen zu führen. Vhuor schien fast schon zu bereuen, dass er ihn überhaupt angesprochen hatte. Mit etwas rotem Kopf nickte er und nahm schräg gegenüber von ihm Platz, wobei er sorgsam darauf achtete, dass die teure Seide nicht knitterte.

»Gibt es hier denn eine Sternwarte?«, fragte Tjorgen.

Vhuor schüttelte den Kopf. »Leider nicht. Es gibt eine in Fangao. Zu den wichtigsten Ereignissen im Jahr besuche ich dort die Gelehrten, um mir alles anzusehen.« Seine Augen leuchteten auf. »Auch wenn ich dafür für einige Tage meine Ausbildung unterbrechen muss.«

»Eure Ausbildung?«, hakte er nach.

»Ich bin der einzige Sohn unseres Clans. Meine Familie ist im Vergleich zu den großen Adelshäusern jung und unser Sitz liegt in der Provinz, in einer der unwirtlichsten Gegenden. Mein Vater hat sich als General einen Namen gemacht und dient der Königin treu. Selbstverständlich möchte er, dass ich ihm eines Tages nachfolge.«

Eine Bitterkeit schwang in dieser Aussage mit, die ihn überraschte und die er dennoch zu gut verstand.

»Ihr mögt das Leben am Hof nicht«, stellte er fest.

Vhuor zuckte mit den Schultern. »Der Hof ist an sich nicht so schlimm. Ich wurde nie großartig beachtet. Selbst, als die Königin mich vor einigen Jahren zum Trainingspartner ihrer Tochter ernannte – eine überaus große Ehre – scherte sich kaum jemand um mich. Und wenn, dann gab es vielmehr Gerüchte, aus welchem Grund sie gerade mich, einen einfachen Provinzler, dafür ausgesucht haben könnte.« Er trommelte mit den Fingerspitzen auf sein Buch. »Dass ich lediglich ein guter Kämpfer und verschwiegen bin, dafür interessierte sich natürlich niemand.«

»Ihr und verschwiegen?« Tjorgen lachte. Der Mann erzählte ihm gerade seine halbe Lebensgeschichte!

Wieder zuckte Vhuor mit den Schultern. »Ihr wurdet ebenso wie ich dazu auserwählt, Nuada von Nidalis zu trainieren. Wenn Prinzessin Aghni Euch vertraut, sollte ich das wohl auch tun.«

Tjorgen betrachtete ihn etwas wehmütig. Dieser Kerl hatte hunderte Stunden mit seiner Angebeteten auf den Übungsplätzen verbracht. Wie gern wäre er an seiner Stelle gewesen! Er riss sich zusammen. Nuada hatte gut von ihm gesprochen. Vielleicht war es an der Zeit, sich Freunde auf Ching zu machen.

»Ihr sollt also General werden, anstatt Gelehrter?« Er lehnte sich ein Stück vor und betrachtete die spiegelglatte Wasseroberfläche des Teiches. »Ich kann mir Schlimmeres vorstellen.«

Vhuor schnaubte. »Ich war noch nicht fertig. Sagen wir es lieber so: Das Leben im Palast ist *noch* nicht schlimm. Allerdings erlebe ich jeden Tag, unter welch großem Druck mein Vater steht.« Er sah ihn an und runzelte die Stirn. »Wie viel Ahnung habt Ihr von chingesischer Politik?«

»Nicht viel, muss ich zugeben. Es war nie geplant, dass ... alles.« Er deutete hilflos um sich.

Vhuor nickte. »Habe ich gehört.« Er wog den Kopf hin und her, schien zu überlegen. Dann stützte er seinen Ellbogen auf dem Buchdeckel ab und legte sein Kinn in die Hand. »Vielleicht solltet Ihr das ändern. Ich hörte aus mehreren Mündern, dass aus Maldôs ebenfalls eine Anfrage auf ein Bündnis eintraf.«

Überrascht, dass Vhuor ihn offen auf die Heiratsofferte ansprach, blinzelte er. Noch überraschter war er aber, dass diese Information überhaupt an die Ohren des Hofstaates gedrungen war. Sein Vater hatte penibel darauf geachtet, Vertrauliches weiterhin geheimzuhalten. Ob derlei Angelegenheiten auf Ching nicht so diskret behandelt wurden?

»Es wurde in der großen Konferenz der Generäle zur Verteidigung Chings darüber gesprochen«, schien Vhuor seine Gedanken zu lesen. »Nichts Ungewöhnliches. Aber falls Euch das nicht bereits klar war, so seid Euch dessen bewusst, dass jeder Berater, jedes Haus und jeder Beamter Euch genauestens unter die Lupe nimmt.«

Großartig! Noch mehr Überwachung als auf Maldôs? Absolut fantastisch!

»Durch die Abwesenheit der Prinzessin steht die Königsfamilie unter Druck«, fuhr Vhuor fort. »Vor allem nach dem Desaster mit General Xu.«

»Ich erinnere mich«, sagte er und nickte.

»Sollte Aghni etwas zustoßen, steht das Haus ohne Erben da. Die Thronfolge wäre zwar durch den Bruder von König Gergan einigermaßen gesichert, aber es ist nicht gesagt, dass eine Änderung der Erbfolge kein Blutvergießen nach sich zieht.«

»Wieso? Gibt es mehrere gleichwertige Anwärter?«

Vhuor schüttelte den Kopf. »Das nicht. Es ist nur noch nie vorgekommen, dass ...« Er wog den Kopf. »Dass Ching nicht von Ylonas Erben regiert wird.«

Tjorgen nickte, ohne das Problem zu verstehen. Waren die Feuerfeen nach all den Jahrhunderten von Ylonas Abwesenheit immer noch so gottesfürchtig?

»Was viele Feen, selbst innerhalb Chings, nicht bewusst ist – die Ära der Götter ist für uns greifbarer als in vielen anderen Ländern. Den Legenden zufolge ist Königin Marietta die erste Vollsterbliche auf unserem Thron.«

»Vollsterblich? Wie meint Ihr ...?«

214

»Ihre Mutter, Königin Mari, soll eine Halbgöttin gewesen sein. Den Aufzeichnungen der Gelehrten nach regierte sie Ching seit dem Rückzug der Götter.«

»Das sind über tausendfünfhundert Jahre.«

»Ganz genau.« Vhuor lächelte. »Ob Ihr dem glaubt, ist Eure Sache. Das chingesische Königshaus galt für eine Ewigkeit als unantastbar. Niemand hat das Herrschaftsrecht infrage gestellt. Anders als zum Beispiel auf Umarhar oder Nidalis. Aber nun, plötzlich, gibt es eine Schwäche.«

Tjorgen seufzte. »Wir leben also in einem Haifischbecken.«

»Sozusagen. Zudem gibt es zwei große Glaubensrichtungen.« Tjorgen sah ihn irritiert an.

»Im Großteil des Landes wird Ylona verehrt, wie Euch sicher aufgefallen ist. Gerade im Westen, in den Gebieten, die seit Jahrhunderten als Bollwerke gegen die Todesfeen dienen, hat sich allerdings der Glaube an den Gott des Kampfes, Iatei, durchgesetzt. Nicht nur unter den Soldaten.«

Er war zwar auf Maldôs aufgewachsen, doch seine Mutter hatte ihn auch in den Glauben ihres Gottes eingeweiht. Tjorgen waren die sanften Ritengesänge der Ulmar-Priester weitaus lieber als die strikten Regeln Iateis. »Es gibt also viele, welche die Macht eher in den Händen eines kampferprobten Königs sehen wollen als in denen der Prinzessin?«, vermutete er.

»Genau.« Vhuor wurde unter seinem Blick schon wieder rot. »Mein Vater zählt zum Glück nicht dazu. Auch wenn er ein Kämpfer ist, so verdankt er Königin Marietta viel. Und er weiß, wie stark sie ist.« Er seufzte. »Der Nauri-Clan ist der einzige größere, der noch dicht hinter der Königin steht.«

»Verdankt sie ihm nicht auch die Verbindung zu Nidalis?«

»Das wäre toll geworden, was?« Vhuor vergrub sein Gesicht in einer Hand. »Aber ja, die Hofdame der Königin, selbst aus Nidalis stammend, hat sie hergestellt. Dann gibt es da noch den Yen-Clan. Der ist bisher recht unparteiisch, denn seine beiden

Söhne sind momentan in gegnerischen Parteien, und so recht entschieden hat sich der alte Herr noch nicht. Unser König, Gergan, entstammt ihm. Und nun, wo Aghni fort ist, versucht sein Bruder Reran alles, um den Rat zu überzeugen, sich selbst zum nächsten in der Thronfolge zu machen. Er hat zwei Töchter, setzt aber alles daran, noch einen männlichen Erben zu zeugen. Der Palast munkelt sogar, er hätte sich dafür vollständig dem Glauben Iateis verschrieben, damit er sich weitere Ehefrauen nehmen kann.«

Tjorgen schluckte. Er hatte immer nur darüber nachgedacht, wie er Aghnis Gunst gewinnen konnte. Nie, was ihn im Falle einer Heirat auf Ching erwarten würde. »Wollt Ihr mich gerade dazu überreden, schnellstmöglich das Weite zu suchen? Das macht Ihr nämlich sehr gut.«

Vhuor gluckste. »Dazu spricht die nidalische Prinzessin zu gut von Euch, Eure Hoheit. Nein, ich hoffe, Euch lediglich ein Bild von der Wahrheit vermitteln zu können. Klarzustellen, worauf Ihr Euch einlassen würdet.« Er spreizte die Finger und zählte daran ab. »Es gibt noch die kleineren Häuser, den Che-Clan, den Gá-Clan, den Kang-Clan, den Ker-Clan und die Gelehrten von Fangao, die eher den Glauben an Ylona vertreten. Aber wenn wir das Tiefland überqueren, finden wir den Tami-Clan, den Klai-Clan, den Nje-Clan, den Nan-Clan und die gesamte chingesische Armee, die sich dem Glauben an Iatei verschrieben haben.«

Tjorgen besah zweifelnd die wunderschöne Landschaft um ihn herum, in die er sich schon bei seinem ersten Besuch im letzten Herbst verliebt hatte. Als ob sie mit dem Krieg Caldhras nicht schon genug Probleme hatten! »Ihr sagt mir also, egal welches Szenario eintritt – ob nun Prinzessin Aghni heil zurückkehrt und den Thron besteigt oder dieser Reran – wird das Land vor einem Bürgerkrieg stehen?«

»Nicht zwingend. Ich glaube, diese Probleme werden erst entstehen, wenn die Thronfolge bricht. Ich bete zu Ylona, dass dies nicht geschieht.«

»Beten wird da wohl nicht helfen.« Tjorgen knirschte mit den Zähnen.

Vhuor fuhr sich durch das Haar, wodurch sich einige seiner halblangen Strähnen aus dem strengen Zopf lösten. »In diesem Fall glaube ich schon, dass Gebete helfen. Mein Vater hört das nicht gern ... er hält das für dummes Geschwätz, aber ...« Er sah sich um und schien sich vergewissern zu wollen, dass sie noch immer allein waren. »Die Astronomen sind sich einig, dass die Prinzessin unter dem Segen von Ylona steht.«

Tjorgen schüttelte verwundert den Kopf.

»Die Astronomen?«, wiederholte er ungläubig. »Wissenschaftler, die über Segen sprechen?«

»Ich war auch überrascht«, gab Vhuor zu. »Als großer Verfechter von Mathematik und Naturwissenschaften habe ich schon vor langer Zeit aufgehört, an die Götter zu glauben.«

»Aber?«

»Es mag sich lächerlich anhören.« Der Kämpfer klopfte wieder mit den Fingern auf den Buchrücken. »Zur Stunde ihrer Geburt ist ein neuer Stern am Nachthimmel erschienen, genau im Auge des Sternbildes des Drachen, welches die Gelehrten seit jeher Ylona zuordnen. Sie tauften ihn Bey-Shi. Das Königshaus selbst hat die Vermutungen der Astronomen zurückgeschmettert. Kein Wort wollte die Königin davon hören – ich vermute, sie wollte ihrer einzigen Tochter nicht noch mehr Druck anlasten. Aber natürlich sind Gerüchte davon ans Volk gedrungen. Und nun trägt Prinzessin Aghni auch noch die *elementarem* Gabe. Nur die Götter können diese verleihen, heißt es.«

Das fehlte gerade noch!

Dass seine Angebetete als eine Art Heilige vom Volk gesehen wurde – das würde es noch schwerer machen, überhaupt ein weiteres Mal in ihre Nähe zu gelangen.

»Warum erzählt Ihr mir das alles?«

»Prinzessin Nuada mag Euch.« Er zuckte mit den Schultern. »Ich glaube, sie hat eine ganz gute Feenkenntnis. Als dieser eingebildete Vogel von Jin sich ihr vorstellen wollte, hat sie ihn direkt einen Kopf kürzer gemacht.« Er glückste.

»Wer?«

»Nicht so wichtig«, winkte Vhuor ab. »Jedenfalls – sollte Prinzessin Aghni diesen Krieg überleben, wird sie heiraten müssen. Ob ihr das gefällt oder nicht. Ihr stammt aus einem großen Land, Ihr wurdet auf den Thron vorbereitet, und doch seid Ihr nicht mehr Thronerbe.« Er holte Luft.

Tjorgen überraschte es nicht, dass Vhuor auch davon schon gehört hatte. Zu seiner Erleichterung war endlich die Magie seines kleinen Bruders Otras erwacht. Tiermagie. Wodurch Tjorgen nicht mehr der Erste in der Thronfolge von Maldôs war, denn die Königshäuser zogen immer diejenigen Erben vor, welche die Magie ihres Landes vertraten. Eine große Last war von seinen Schultern gefallen, als ihn diese Nachricht erreicht hatte. Gleichzeitig vermisste er seine Geschwister so sehr, dass ihm bei dem Gedanken ein dicker Knoten in der Brust lag. Hoffentlich waren sie noch sicher!

»Ich kenne mich ja wirklich eher mit Strategien auf dem Schlachtfeld aus«, führte Vhuor weiter aus, »aber von allen Anwärtern auf die Hand der Prinzessin, von denen ich weiß – nun, Ihr wärt wohl am besten geeignet. Also, neben mir natürlich.«

Tjorgen zuckte zusammen. »Euch?« Er erzählte ihm das alles, um ihm dann so zu kommen?

Vhuor zuckte fast schon entschuldigend mit den Schultern. Er grinste, wurde aber wieder rot. »Reine Formalität, dass mein Vater mich vorgeschlagen hat. Wir sind ein zu kleines Haus, um ernsthaft in Betracht zu kommen.«

Aber er steht auf der Liste, dachte Tjorgen. Und er kannte die Prinzessin schon, anders als viele andere der Anwärter. Nach dem Desaster mit seinem Großcousin würde das der chingesischen Königin gewiss wichtig sein. Vor allem aber würde es Aghni selbst wichtig sein. Nachdem ihr Vertrauen derart gebrochen wurde, wie wahrscheinlich war es, dass sie einen Fremden vorzog, wenn doch Vhuor jahrelang an ihrer Seite stand? Wie sehr konnte er seinen Worten also trauen?

Er erhob sich, seine Beine etwas steif vom langen Sitzen auf dem harten Untergrund. »Vielen Dank für die Politikstunde.« Er neigte seinen Kopf in Vhuors Richtung. »Erweist Ihr mir die Ehre, die nächste Stunde von Prinzessin Nuada für einen Übungskampf zu nutzen?«

Der Su-Sohn lächelte. »Mit dem größten Vergnügen.«

16.

Venedta flatterte durch das schmale Fenster. Keram saß an einem Schreibpult, Pergamente vor sich ausgebreitet, auf die er sich scheinbar schwer konzentrierte. Sie tschirpte eine ganze Weile, bis sie endlich seine Aufmerksamkeit gewann. Er zog verwundert die Augenbrauen hoch. Dann stieß sie sich vom Sims ab und wandelte in der Landung wieder ihre Gestalt zu ihrem eigenen Körper.

»Hast du … warst du gerade …?«, stotterte er.

»Ja.«

Sie grinste zufrieden und zupfte sich eine verbliebene Feder aus den Haaren. Dann warf sie ihren Zopf in den Nacken.

»Bei Iatei«, hauchte er und musterte sie ungläubig von oben bis unten.

Sofort verzog sie missbilligend ihren Mund. »Bitte«, sagte sie und schauderte, »sag nie wieder diesen Namen in meiner Gegenwart.«

Er erhob sich, trat zu ihr und nahm sie sanft in den Arm. »Aber er ist unser Gott«, gab er nur zurück. In seinen wunderschönen braunen Augen lag so etwas wie Sorge. Sorge, die sie schon viel zu oft darin gesehen und die letzten Tage erfolgreich verdrängt hatte.

»Ich weiß.« Sie rümpfte die Nase. »Das macht es nicht besser.«

»Venedta, was verheimlichst du mir?«

Seine Finger strichen sanft über ihre Wange. Und obwohl sie die Berührung genoss, konnte sie einen Gedanken nicht mehr verdrängen, der schon lange in ihr schmorte. Keram betete zu Iatei. Genauso, wie sie zu Paiké betete, an sie glaubte, ihr einen Teil ihrer Magie und damit ihrer Kräfte verdankte. Was, wenn dieser

Gott in ihren Verlobten fuhr, so wie Paiké das bei ihr getan hatte?

Sie wich einen Schritt zurück, bis sie die kalte Mauer in ihrem Rücken spürte. Andererseits … die Sonnengöttin war dabei auf Erakos gewesen, mit Zaraths Erlaubnis. Würde Iatei sich das ohne eine solche trauen, so wie Andavor es getan hatte? Oder es überhaupt können?

»Er … hat um meine Hand angehalten«, hauchte sie. Das Vorhaben, weswegen sie hergekommen war, löste sich in Luft auf.

»Wer?« Keram runzelte die Stirn. Er griff vorsichtig ihre Hand, als wäre sie aus Glas und ließ sie nicht aus den Augen.

»Iatei, er … er hat Nahél verflucht, weil sie mich vor ihm gerettet hat. Sie hat mich von ihm weggezogen und somit verhindert, dass er mir ein Versprechen abringen konnte«, brach es aus ihr heraus.

Sie sah es hinter seiner Stirn arbeiten. »Venedta, das … das ist doch vollkommen unmöglich. Die Götter sind fort, seit langer Zeit. Und so sehr ich auch an sie glaube …«

Sie schnaubte laut. »Schön wäre es.«

Und dann erzählte sie ihm alles. Bisher hatte sie alles verschweigen wollen. Mit ihren Freundinnen hatte sie ausgemacht, alles, was auf Inyé geschehen war, geheimzuhalten. Schon während sie die ersten Worte sprach, merkte sie aber, wie gut es ihr tat, alles loszuwerden. Keram hörte ihr aufmerksam zu, zog sie währenddessen mit sich auf den Sessel und auf seinen Schoß, einfach, um sie im Arm zu halten. Die Nähe war tröstlich. Ab und zu hörte sie, wie er scharf die Luft einsog. Als sie ihre Erzählung beendete, fand sie sich vollständig in seinen Armen wieder. »Bitte sag mir, dass du dieses Angebot niemals annehmen wirst«, flüsterte er nahe an ihrem Wangenknochen und seine Wange lag an ihrer.

Seine Finger verschränkte er mit den ihren. Als hätte er Angst, sie würde sich in Luft auflösen, wenn er sie losließe, oder vor seinen Augen von Iatei in ein Leben gerissen werden, in das er ihr nicht folgen könnte. Sie hatte das Gefühl, ihm näher zu sein als jemals sonst. Seine Gesten zeigte ihr, wie ernst es ihm war. Wie wichtig sie ihm war. Vielmehr noch als gestern bei ihrer Verlobung.

»Was glaubst du denn? Dass ich mich freiwillig auf einen Mann einlasse, dessen Frauengeschichten in sämtlichen Legenden erwähnt werden? Über den Gerüchte über Unbarmherzigkeit und sogar Gewalttätigkeit existieren?« Venedta flüsterte nur, sicher war sie kaum zu verstehen, so brüchig fühlte sich ihre Stimme an. »Eher werde ich freiwillig den Tod wählen als ein Leben als sogenannte Auserwählte dort oben. Ganz gleich, was sie mir versprechen.«

Sein Daumen strich über ihren Handrücken. »Und wenn du keine Wahl hast?«

»Keram, können wir uns vielleicht erst einmal darauf konzentrieren, was direkt vor uns liegt? Darauf, einen Krieg zu überleben?«

Das brachte ihn zum Lachen. »Immer so optimistisch, hm?«

»Du hast doch damit angefangen«, schnaubte sie, grinste aber ebenso und schmiegte sich näher an ihn.

Er fing sie in einem sanften Kuss. Venedta schloss die Augen.

Sie hatte ihren Freundinnen nie erzählt, was geschehen war. Wie es sich angefühlt hatte, eine Göttin in sich zu beherbergen. Denn sie konnte es noch immer selbst nicht glauben. Sie war sich nicht einmal sicher, ob Paiké sich darüber bewusst war, welche Einblicke sie Venedta gewährt hatte. Sie war Paiké gewesen. Die Sonnengöttin Höchstselbst. Eine ungeheure Bilderflut aus jahrhundertealten Erinnerungen war über sie hereingebrochen. Sie hatte Ausschnitte aus der Unterwelt gesehen, Paikés Angst gespürt, als Andavor bei ihr lag, ihren Schmerz und ihre Verzweiflung. Eigentlich müsste Venedta nun noch mehr Angst vor Männern haben als ohnehin schon und vor allem vor dem, was eine Frau in der Ehe erwartete. Als die wenigen unangenehmen Erfahrungen, vor denen sie als Prinzessin größtenteils geschützt gewesen war, ihr schon vor Jahren mitgegeben hatten.

Gleichzeitig hatte sie aber auch andere Ausschnitte aus Paikés Vergangenheit kennengelernt. Die Liebe, das Verlangen, all die Gefühle, wenn sie mit Cahan Zeit verbracht, mit ihm geschlafen hatte, waren wie ein warmer Sommerregen auf sie eingeprasselt. Venedta sollte sich wie die unerfahrene, schüchterne junge Frau fühlen, die sie war. Aber seltsamerweise tat sie das nicht mehr. Die Erfahrungen der Göttin fühlten sich wie ein Teil von ihr an, so beängstigend das auch war. Dieser Teil wusste, welche schönen Gefühle sie verpassen würde, wenn sie sich an die unsinnigen Protokolle hielt und von ihren Ängsten leiten ließ. Dieser Teil hatte sie auch gestern so übermütig werden lassen, als sie ihren Verlobten zum ersten Mal geküsst hatte.

»Keram«, flüsterte sie an seinem Mund und ließ ihre Finger seinen Oberkörper ein Stück hinab wandern. Sie musste sich strecken, um seine Lippen zu erreichen. Er ließ sie nicht aus den Augen. Sie spürte genau, wie er die Luft anhielt, als ihre Hand sich unter sein Hemd schlich. Ihre Mundwinkel zuckten. Dann stoppte seine Hand die ihre.

Oh, verdammt! Konnte er sie bitte öfter so ansehen?

»Was genau soll das werden, Fünkchen?«

»Hast du mich gerade Fünkchen genannt?«, fragte sie, Nasenspitze an Nasenspitze und war vollkommen aus dem Konzept gebracht.

Er grinste und strich mit der freien Hand eine Strähne von ihrer Wange. »Möglich«, raunte er.

Sie schüttelte den Kopf, um ihre Gedanken wieder zu ordnen. »Keram«, hauchte sie erneut. »Können wir … können wir heute nicht einfach vergessen, wer wir sind? Was wir sind? Ich …« Ihre Stimme zitterte leicht. »Ich weiß nicht, ob wir jemals wieder … ich … wir müssen morgen, spätestens übermorgen aufbrechen und …«

Sie biss sich hart auf die Unterlippe, um die aufkommenden Tränen zu unterdrücken. Er sah sie an, seine Augen ganz groß.

»Ich liebe dich«, startete sie einen neuen Versuch. Sie stockte, als sie seinen Blick bemerkte. Sein Mund stand leicht offen.

»Träume ich gerade?«, raunte er leise.

Venedta räusperte sich unbeholfen. »Und ich möchte dich spüren. Wie eine Frau ihren Mann. Ich ...«

»Venedta.« Seine Stimme klang rau. »Weißt du überhaupt, was das für dich bedeutet?«

Sie hob trotzig ihr Kinn, befreite ihre Hand aus seinem Griff und sah ihn herausfordernd an. Das war ja wohl die Höhe! Sie war doch kein Kind mehr!

»Natürlich weiß ich das«, knurrte sie und spürte mit einem Kribbeln, wie ihre Haare die Farbe wechselten. Vermutlich ins Dunkelrot, so, wie sie sich gerade fühlte. Sie griff um seine Taille und zog ihn noch dichter zu sich. Er schnappte nach Luft. »Und ich weiß auch, dass das jeglichen Regeln und Protokollen widerspricht. Und weißt du was? Das ist mir sowas von schnuppe!«

Seine Augen schnellten von ihren Augen zu ihrem Mund und wieder zurück. »Wer bist du und was hast du mit Venedta gemacht?«, murmelte er.

Sie grinste. »Ich bin immer noch ich ... aber möglicherweise nicht ganz so schüchtern, wie du vielleicht gedacht hast.«

Er nagte an seiner Unterlippe. Natürlich war sie schüchtern. Fast wollte sie schon einen Rückzieher machen, als sich mehr als die Unsicherheit sich zurückmeldete. Was würden ihre Eltern sagen? Ihre Freundinnen, die sich vorbildlich an die Protokolle hielten. Na ja, bis auf Nahél. Und ... Nein! Das war ihr Leben! Und von keinem Gesetz dieser Welt würde sie sich ihre Gefühle länger verbieten lassen. Dazu waren sie viel zu stark. Dazu hatte Venedta sie zu lange verdrängt!

Er lehnte seine Stirn gegen ihre, fuhr mit dem Daumen ihre Wangenknochen nach. »Verdammt, Fünkchen, du machst mich fertig. Du weißt, wie schwer es zwischen unseren Ländern ist ... viel mehr noch als ich. Es grenzt an ein Wunder, dass wir uns verloben durften. Ich … möchte nicht dein Leben zerstören.«

Sie seufzte. »Keram.« Sie sah ihn nachdrücklich an. »Mein Leben wäre nichts mehr, ohne dich als Teil davon.«

Sie reckte ihren Kopf ein Stück nach oben, aber er zuckte ein Stück zurück. »Was ist?«

Er räusperte sich. »Du könntest schwanger werden. Ich könnte das niemals verantworten, vor allem, was dein Ansehen angeht und ...«

Ihre Wangen wurden heiß. Sie biss sich auf die Lippe. »Ich habe Kräuter genommen«, nuschelte sie. Es zuzugeben fiel ihr schwer.

Sie konnte regelrecht sehen, wie es in ihm klickte. Ein ungläubiger Blick traf den ihren, sodass sie nicht recht wusste, wo sie hinsehen sollte. Die Sekunden schienen sich endlos zu ziehen. Unverhofft fasste er ihre Wange, überbrückte die letzten Zentimeter, sodass ihre Lippen auf die seinen trafen. Nach ein paar Sekunden spürte sie, wie die Anspannung von ihm abfiel. Wie er jegliche Argumente hintanstellte und von seinen Gefühlen ebenso eingenommen wurde wie sie. Er seufzte an ihren Lippen. Sie erwiderte den Kuss, und er ließ zu, dass sie die Arme um seinen Hals schlang und sich noch enger an ihn presste. Ihre Zunge tanzte mit seiner, wie gestern, nur dass sie jetzt bereit war, weiter zu gehen. Viel weiter. Mit ihren Fingern streichelten seinen Nacken. Dann ließ sie eine Hand an seinem muskulösen Arm hinabgleiten und schlüpfte wieder unter sein Hemd.

Seine Finger fuhren über ihre Wange ihren Hals hinab, die Linien ihres Schlüsselbeines nach, ganz sanft. Kurze Zeit später folgten seine Lippen diesem Pfad. Kerams Hände legten sich um ihre Taille. Neugierig erkundete sie jeden Zentimeter Haut seines Oberkörpers, fuhr mit den Fingern die Konturen seiner Muskeln nach und entdeckte verzückt die Linien, die in seine hochgeschlossene Bundhose verliefen. Seine Hand packte die ihre.

»Nicht so schnell, Fünkchen!«

Venedta erschauerte, gleichzeitig kicherte sie leise. Als er ihre Hand wieder um seinen Nacken gelegt hatte, begann er langsam damit, die Schnüre ihres Mieders zu lösen. Dann sah er plötzlich auf.

»Bist du dir sicher, dass du das willst?«

Sie legte die Hände an seine Wangen. »Bin ich«, wiederholte sie. Zur Bestätigung zog sie das restliche Band selbst aus der Schnürung und ließ das Mieder zu Boden gleiten. Sie öffnete auch den Haken ihres Rockes. Der Stoff fiel raschelnd. Nun trennte sie nur noch der Stoff ihrer Chemise von seinen Berührungen. Die Chemise aus hauchdünner Baumwolle, die mehr preisgab, als sie verbarg.

Keram machte große Augen. Sein Blick wanderte an ihr hinab, bevor er wieder zu ihren Augen schnellte. Venedtas Herz klopfte schneller. Ob er sie schön fand?

»Was ist?«, hauchte sie.

Er schüttelte den Kopf. »Nichts ich …« Er trat wieder dicht an sie heran und strich eine Strähne hinter ihr Ohr. »Ich kann nur nicht glauben, dass diese wunderschöne Fee vor mir wirklich meine Verlobte ist.«

Und dann küsste er sie so, dass ihr schwindlig wurde. Ihre Beine wären mit Sicherheit weggeknickt, hätte er sie nicht in seinen Armen gehalten. Als sie dieses Mal nach dem Stoff seines Hemdes griff, half er ihr und streifte es sich bereitwillig über den Kopf. Ohne länger zu zögern, öffnete sie auch die Schnüre ihrer Chemise und ließ sie zu Boden gleiten. Zuerst fühlte es sich seltsam an, nackt vor ihm zu stehen. Sobald er sie aber zu sich zog und ihre Haut auf seinen blanken Oberkörper traf, wandelte sich das. Vielmehr fühlte es sich natürlich an und das bestätigte die Erkenntnis in ihr, die sie aus Paikés Erinnerungen mitgenommen hatte. Haut war dazu geschaffen, um berührt zu werden.

Er strich über ihren Rücken. »Du sagst sofort, wenn du dich unwohl fühlst, in Ordnung? Wenn du abbrechen möchtest oder dir etwas wehtut, oder ...«

Sie hielt einen Finger auf seine Lippen. »Versprochen«, murmelte sie, während seine Hände erneut ihren Oberkörper hinauf wanderten. »Du aber auch«, forderte sie.

Das brachte ihn zum Schmunzeln. Er nickte. Wie von selbst glitten ihre Hände wieder zu seinem Hosenbund. Diesmal hielt er sie nicht auf. Die Urellias in ihrem Bauch waren mittlerweile einem Ziehen gewichen. Einem kleinen Feuer, das sich in ihrem gesamten Unterleib ausbreitete und dem sie nicht länger widerstehen wollte. Und auch nicht mehr konnte. Keram offenbar schon. Er ließ sich Zeit mit allem. Seine Hose abzustreifen. Sie aufs Bett zu tragen. Seine Berührungen waren langsam, zärtlich und jede davon ließ sie erschaudern. Wie um alles in der Welt hatte Nahél es über sich gebracht, so oft so lange von ihrem Liebsten getrennt gewesen zu sein? Mit jeder Sekunde, die Keram und sie einander erkundeten, wurde ihr mehr und mehr bewusst, wie stark ihre Freundin war. Und dass sie das niemals könnte. Es würde ihr das Herz brechen, Keram zu verlassen und vielleicht niemals wiederzusehen.

Nephele sollte sich schonen. Doch wie könnte sie das? Wie könnte sie liegen bleiben in dem Wissen, dass ihre Familie ihre seelische Unterstützung brauchte?

Marina war fort. Ihr Kind tot. Der Gedanke schnürte ihr die Kehle zu. Ihre Cousine war von ihrer eigenen Mutter fortgeschickt worden, der Nephele so etwas niemals zugetraut hätte. Nur damit Marina darüber reflektierte, dass sie einen unverzeihlichen Protokollbruch begangen hatte, der sie und ganz Phylos das Ansehen kosten könnte. Zu verstehen, dass ihre Gefühle unter diesen Regeln nichts wert waren, dass sie sich gefälligst zusammen sollte und nicht einmal enge familiäre Bunde stark genug waren, sie bei einem Regelbruch zu unterstützen. Nephele war so verletzt von

Melusines Verhalten – wie sollte Marina sich dann erst fühlen? Sooft verdrängte Nephele die Konsequenzen und alles, was mit einer Heirat auf sie zukommen würde. Es war nicht leicht für sie gewesen, nach Phylos zurückzukehren. Alles andere als leicht. Aber sie war ihren Freundinnen dankbar, denn hätten sie Nephele nach Aethrún gebracht, würde sie sich jetzt mit Heiratsanträgen der Generalssprösslinge herumschlagen, anstatt das Leid ihrer Cousine betrauern zu dürfen. Leider brachte sie das zurück zu ihren Gefühlen. Und den Konsequenzen derer.

Wie es aussah, konnte sie von einer großen Portion Glück reden, dass sie selbst keinerlei Folgen der Nacht vor drei Jahren in sich getragen hatte. Der schönsten Nacht ihres Lebens und gleichzeitig doch auch ihr größter Fehler. Sie musste sich vorsehen, in dem Frust, der Nayek und sie nun noch mehr verband, nicht schwach zu werden und denselben Fehler zu wiederholen.

Wacklig erreichte sie die frisch auserkorene Ruhestätte von Marinas Ungeborenem – die Beisetzung hatte heimlich mitten in der Nacht stattgefunden und auch nur, weil ihre Cousine darauf bestanden hatte. Nayek stützte sie auch weiterhin, während Nephele sich mit zusammengebissenen Zähnen auf der Bank niederließ. Auf Phylos war es üblich, die Asche der Verstorbenen rund um einen Familienbaum zu begraben – meist einer stattlichen Eiche oder Linde, die sehr alt wurden. Die Feen der Weisheit glaubten, die Seelen der Toten würden so mit dem Kreislauf der Erde und des Wassers in den Baum übergehen und so weiterhin bei ihnen weilen. Es war strengstens verboten, einem solchen Baum auch nur ein Blatt zu krümmen. Das würde die Ahnen wütend und rachsüchtig stimmen.

Die Asche von Marinas Ungeborenem war nun Teil dieser Erde, ebenso wie die ihres Vaters, der vor knapp zwölf Jahren im Kampf um Nebelfels gefallen war. Melusine war gerade mit ihrer jüngsten Cousine, Maraide, schwanger gewesen, als er starb. Nephele war auch erst fünf Jahre alt. Sie konnte sich kaum mehr an ihren Onkel erinnern.

Sie lehnte sich an Nayek, denn der Kloß in ihrem Hals wurde immer größer, je länger sie die Wurzeln und die Rinde des imposanten Baumes betrachtete. Er strich über ihren nackten Arm. Entgegen aller Vernunft genoss sie die Berührung. Sie wusste, sie war ihm in diesem Moment ebenso eine Stütze wie er ihr. Als Einziger hatte er von Marinas Geheimnis gewusst. Am Abend vor Marinas erzwungner Abreise waren sie zusammen bei ihr gewesen, und ihre Cousine hatte ihn angefleht, etwas zu unternehmen, ihr zu helfen. Aber was könnte er tun? Nephele fiel selbst nichts ein, was ihre Tante hätte umstimmen können. Und jetzt war sie fort und niemand außer Melusine wusste, in welchem Winkel des Landes sie versteckt worden war.

Nayek schmunzelte neben ihr.

»Was ist?«

»Ich musste nur gerade denken, wie wir uns damals hier vor ihr versteckt haben. Weißt du noch, wie wütend sie war, als du ihr Lieblingskleid anprobiert hast, weil du älter aussehen wolltest?«, fragte er leise oberhalb ihres Ohres.

Sie kicherte. Wenn er wüsste, dass sie nur auf die Idee gekommen war, weil sie ihn beeindrucken wollte …

»Das war noch gar nichts. Viel aufgebrachter war sie, als wir es dann aus Rache versteckt haben. Den halben Hofstaat hat sie bei der Suche auf den Beinen gehalten«, fiel es ihr ein und ein Lächeln stahl sich auf ihre Lippen.

Nayek lachte leicht in ihre Haare und obwohl sich ein Schluchzen darunter mischte, so war sie froh, ihn wenigstens kurz in besserer Stimmung zu versetzen. Nicht auszudenken, was er sich gerade für Vorwürfe machen musste, weil er seine eigene Schwester nicht besser vor den Regeln des Hofes beschützen konnte.

»Was denkst du, hätte deine Mutter gemacht, wenn das Kind überlebt hätte?« Sie musste diese Frage einfach stellen.

Nayek schluckte sichtbar und seine Hand verkrampfte sich

auf der Lehne. »Sie hätte Marina genauso versteckt«, murmelte er tonlos. »Und es ihr weggenommen.«

»Das kannst du nicht wissen, sie ...«

»Die Königin weiß sehr gut, was das für uns bedeutet hätte. Für niemanden wäre eine Hochzeit mit Marina noch eine Option gewesen. Und dennoch ... Ich begreife nicht, wie Melusine so hart mit ihr sein kann! Ansehen hin und her, als ob in diesen Zeiten niemand andere Probleme hätte. Dann hat sie halt eine Tochter weniger, die für ein Bündnis infrage kommt, na und?« Er schnaubte.

Sie sah auf. Setzte sich gerade hin und sah in seine braunen Augen. Sofort drohte sie, darin zu versinken. Schnell wandte sie den Blick ab. »Nayek, so ungern ich das sage aber ... selbst deiner Mutter sind in einigen Dingen die Hände gebunden. Marina war das bewusst, sonst hätte sie sicherlich nicht versucht, ein Kind loszuwerden, das aus Liebe entstanden ist. Weil sie mit Sicherheit genau wusste, was sie das alles kosten könnte ... So tolerant Tante Melusine auch sein mag – und selbst wenn sie Marinas Liebe und ihre Schwangerschaft selbst akzeptieren würde – ändert das rein gar nichts. Die Adelshäuser, selbst der Hofstaat, würden einen solchen Regelbruch niemals hinnehmen. Damit möchte ich ihre harsche Reaktion keineswegs in Schutz nehmen, sondern lediglich sagen: Es ist nicht so einfach, wie es scheint.«

Nepheles Stimme brach, als sie daran dachte, wie die Generäle Aethrúns reagieren würden, wenn sie wüssten, was sie getan hatte. Dass sie kein unbeschriebenes Blatt, keine reine Unschuld mehr war. Und was sie erst tun würden, wenn sie schwanger wäre. So, wie es die Gerüchte, die mit Sicherheit von diesen Männern gestreut wurden, vermutlich schon verkündeten. Schließlich wären sie ja für Liebesabenteuer aus Láthrá durchgebrannt. Nephele schluckte. Sie konnte nur hoffen, dass dieses Gerede nach dem Ausgang der Konferenz auf Ching ein Ende genommen hatte. Sie fühlte etwas Feuchtes auf ihren Haaren.

Auch Nayek weinte.

»Ich werde dich nicht noch einmal dieser Gefahr aussetzen. Das war jugendliche Torheit und wenn ich daran denke, was das für dich hätte bedeuten können, dann …«

»He«, unterbrach sie ihn ernst und zwang ihn, sie anzusehen. »Wenn, dann tragen wir beide gleichermaßen Schuld daran und …«

»Nein. Ich bin älter, Nephele! Ich hätte … mir hätte bewusst sein müssen, was das nach sich ziehen könnte. War es auch, aber bei Zarath, es tut mir so leid.« Er nahm ihre Hände in seine. »Ich werde dich niemals wieder in solche Gefahr bringen«, wiederholte er.

Sie schnaubte, aber es klang verzweifelter, als sie wollte. »Ich war genauso alt genug, um den Ernst der Lage zu erkennen«, sagte sie. »Hör auf, dir die alleinige Schuld zuzuschieben!«

Er wich ihrem Blick aus, doch seine Hände ließen sie nicht los. Zu gern hätte sie ihm die Tränen von den Wangen gewischt, ihn gehalten und nie mehr losgelassen. Sie zwang sich dazu, es ihm nicht noch schwerer zu machen, konzentrierte sich stattdessen auf ihren Atem und versuchte, ihre eigenen Tränen zurückzuhalten.

»Ich wollte dir noch so viele Briefe schreiben, so viel sagen«, gestand er stockend. »Aber je länger … je länger du fort warst, desto mehr wurde mir bewusst, was ich angerichtet hatte. Und dass ich dich noch mehr gefährden würde, wenn ich weiterhin Nachrichten nach Aethrún schickte, die … so persönlich sind, wie ich es gern gewesen wäre.«

Nephele schluckte wieder. Sie hatte alle drei Briefe, die er irgendwie geschafft hatte, ihr heimlich zu schicken, so oft gelesen, dass sie seine Worte aus dem Gedächtnis aufsagen konnte. Die Papiere, abgegriffen und verquollen von den vielen Tränen, die sie darüber vergossen hatte, lagen noch immer gut versteckt in einem geheimen Fach ihres Nachttisches. Einem Ort, wo sie hoffentlich niemand je finden würde. Sie hatte es nicht über sich gebracht, diese Erinnerung mit nach Láthrá zu nehmen. Zu nah war das Internat an Weißdorn. Und als sie im letzten Herbst auf dem Tjost gewesen war, hatte sie nichts anderes getan, als zu beten, dass Nayek sie in der Menge nicht entdeckte.

»Du warst schon immer die Vernünftigere von uns beiden«, murmelte er und ließ ihre Hände los. Er sah zum Blätterdach des Familienbaumes hinauf, das nach dem langen Winter langsam ergrünte.

Beinahe hätte Nephele aufgelacht. Sie und vernünftig? Das wäre vermutlich das letzte Wort, mit dem ihre Freundinnen sie beschreiben würden, oder sie sich selbst. Wäre sie vernünftig, hätte der Wind sie kaum ausgewählt. Vernunft lag nicht in seiner Natur. Und dass sie hier saß, zusammen mit Nayek, obwohl sie schnell genesen musste, sprach für sich. Durch ihren Fehltritt, ihre Verletzung, hatten sie schon viel zu viel Zeit auf Phylos verbracht. Zeit, die ihnen davonrannte in einem Krieg, der immer erschreckendere Ausmaße annahm.

»Ich bin froh, dass sie mich vorher schon eingeweiht hat. So konnte ich die Königin wenigstens einigermaßen beruhigen und musste nicht selbst mit dem Schockmoment kämpfen. Ich weiß es sehr zu schätzen, dass sie mir so vertraut hat«, murmelte Nayek. »Durch all die Ängste, die Marina mir in den letzten Wochen anvertraut hat, weiß ich nun, was das Ganze für Frauen bedeutet. Ich ... war damals viel zu selbstsüchtig, Nephele. Ich wollte, dass das mit uns niemals endet. Dass du mich niemals wieder verlässt.« Er fuhr sich durch die Haare. »Ich hätte dich auf der Stelle geheiratet«, flüsterte er dann und seine Hände spielten am Saum seiner Tunika. »Nur weil ich zu naiv war, zu sehen ... dass es dich deinen rechtmäßigen Platz gekostet hätte. Deinen Tod bedeuten könnte, wenn all das stimmt, was ich über die Generäle gehört habe. Ganz zu schweigen davon, dass wir niemals die Erlaubnis bekommen würden.«

Seine Worte rauschten an ihr vorbei. Obwohl sie saß, wurden

nicht nur ihre Knie weich. Ihr wurde auch schwindelig.

Niemals hätte sie gedacht, dass seine Gefühle für sie so groß waren. Ein jugendlicher Fehltritt war eine Sache. Dieses Geständnis eine ganz andere. Zwei Gefühlswelten prallten in ihrem Inneren aufeinander. Die eine Seite war überrumpelt von seinen Worten. Ließ ihr Herz zittern wie Espenlaub im Wind und ihre Hände schwitzig werden. Die andere schnürte ihr erneut die Kehle zu. Wie konnte es sein, dass zwei Feen, die sich liebten, nicht zusammen sein duften? Mit jedem Tag, der verging, zweifelte sie genau aus solchen Gründen mehr und mehr an den Protokollen. Aber nicht nur das. Nefgadon hatte recht. Ihr Volk war nicht nur stoisch – es war so eitel und sah auf andere Feen herab. Nun, da sie über die Existenz der Götter wusste, fragte sie sich umso mehr, wie Daphne das zulassen konnte. Nephele wischte die Traurigkeit darüber fort. Mochte sein, dass sie in ihrem Leben nicht so gesegnet war wie Nahél oder Venedta, denen auf Anhieb das Meiste gelang, die nicht so viele Probleme in ihrer Heimat hatten. Und dennoch saß sie nun wieder mit Nayek hier, wie so oft in ihrer Kindheit und es fühlte sich ebenso vertraut an.

»Nayek, ich« Sie seufzte und vergrub das Gesicht in ihren Händen. »Ich kann das nicht«, gestand sie. »Ich kann dir nicht so nah sein. Das schaffe ich einfach nicht, ohne, dass alles wieder da ist. Und gleichzeitig vermisse ich dich so sehr, dass es wehtut.«

Sein Mund klappte auf. Dann schüttelte er den Kopf.

»Komm her!« Vorsichtig zog er sie in eine Umarmung. Sie ließ es geschehen, vergrub ihr Gesicht an seiner Schulter und genoss für einen langen Augenblick die Berührung seiner Hände, die auf ihrem Rücken lagen, und der Strähnen, die sich aus seinem Zopf gelöst hatten und sie an der Nase kitzelten.

»Egal, was passiert«, raunte er, »ich werde immer für dich da sein. Ganz gleich, auf welche Weise.«

Ihr Schluchzen vermischte sich mit dem Rascheln der Blätter in der aufkommenden Brise.

Königin Melusine erwartete sie im kleineren Saal, in welchem sie sie auch am ersten Tag empfangen hatte. Sie bot Nephele den großen Sessel beim Kamin an, die mit ihrer Verletzung immer noch nicht gut stehen konnte. Venedta setzte sich neben Tara.

Ihr war noch immer nicht ganz wohl dabei, die Königin in ihre Pläne mit einzubeziehen, doch wusste sie auch ihre Weisheit zu schätzen. Möglicherweise könnte sie ihnen entscheidend weiterhelfen. Venedta hatte schon die verschiedensten Optionen im Kopf durchgespielt, wie sie weiter vorgehen könnten. Keine davon gefiel ihr – aber irgendwie mussten sie weitermachen.

»Die Ereignisse haben sich in den letzten Tagen überschlagen, wie ihr wisst«, sagte Melusine. Sie setzte sich nicht zu ihnen, sondern stand am Fenster und blickte auf die mittlerweile schneefreien Berghänge. »Die *Drei Freunde* werden selbst mit der eingetroffenen Hilfe Umarhars nicht mehr lange standhalten können. Für viele von uns bedeutet das nicht nur den Verlust von Freunden und Bündnispartnern, sondern auch eine generelle Krise. Der Niedergang wird zu erschwertem Handel führen, was höhere Preise für einige Nahrungsmittel und Stoffe nach sich zieht. Caldhra weiß darum und wird das ausnutzen. Vor allem im Winter, wenn das Volk ohnehin am Hungernagel lebt und unzufrieden ist«, erklärte Melusine.

»Uns ist bewusst, dass Altmyrs schnelles Vorankommen und ihr Erfolg für weitreichende Probleme sorgt«, antwortete Nahél.

Melusine drehte sich mit einem traurigen Lächeln zu ihnen. »Ist es das wirklich?«

Bevor Venedta wütend darüber werden konnte, von der Älteren wie ein kleines Kind behandelt zu werden, fuhr diese fort. »Nach dem Rebellenangriff auf euch in Giadeth müssen wir umso schneller handeln.« Sie kam zum Tisch herüber und setzte sich ihr direkt gegenüber. »Ich spreche bei unseren Problemen nicht nur von Caldhra. An so vielen Fronten, wie sie mittlerweile kämpft, kann sie nicht allein handeln. Ich hege schon lange den Verdacht, dass sie mit Baraphé zusammen agiert. Nicht nur die Illusionisten haben mir das in den letzten Wochen ein für alle Mal bestätigt.«

»Das ist sogar sehr wahrscheinlich, schließlich sind sie Schwestern. Mit derselben Geschichte«, warf Aghni ein und lehnte sich ein Stück vor.

»Ihr wisst darüber Bescheid?« Melusine wirkte erstaunt.

Venedta tauschte einen langen Blick mit Nahél. Sie waren sich einig, Nepheles Tante nicht mehr als nötig zu erzählen. Je weniger Feen von ihrem weiteren Vorgehen und ihrem Weg bis hierher wussten, desto besser.

»Wir haben in Láthrás Bibliothek alte Stammbäume gefunden«, erklärte Nephele.

»Und auf unserer Reise begegnete ich einer Eisdrächin, die mir das bestätigte«, führte Aghni weiter aus.

»Was uns schon zu der Überlegung brachte, dass wir um Injadan nicht drumherum kommen. Wir brauchen auch Baraphés Urellia, wenn wir Erfolg haben wollen«, sagte Tara.

Melusine nickte. »In der Tat. Allerdings fürchte ich, dass sie kaum mit euch kooperieren wird.«

»Wohl eher im Gegenteil.« Venedta schnaubte. Dass die Königin ihnen diesen Gedanken nicht selbst zutraute! »Und gleichzeitig fehlt uns eine weitere Urellia. Eine, die hoffentlich noch nicht in Caldhras Besitz ist. Die vom Grund des Meeres.«

Immerhin hatte Melusine ihnen die von Phylos beim festlichen Abendessen überreicht, als Nephele offiziell genesen war. Venedta hatte das ganze Spektakel dank ihres heimlichen Treffens verpasst, aber das war ihr gleich. Wichtig war nur, dass die Luftfee jetzt die phylenische Urellia in ihrer Gürteltasche trug.

Melusine sah in die Runde. »Ich sage das nur ungern, aber ich bezweifle, dass Euch genügend Zeit bleiben wird. Meine Spione berichten von größeren Spähtrupps an Chings und auch an unserer Küste. Wo Caldhra als Nächstes zuschlagen wird, kann ich nur vermuten. Aber alles spricht für Ching. Nicht nur der alte Vers, den sie sicherlich kennt. Sie wird kein weiteres Risiko eingehen. Ich vermute, sobald sie die *Drei Freunde* in ihrer Hand hat, wird sie die Schlinge um Ching immer enger ziehen. Mag sein, dass sie das Bündnis verhindern konnte. Doch auch Phylos ist nur ein Kieselstein im Vergleich zur Stärke der Feuerfeen ... und sie wird auf dem Weg dorthin mit Sicherheit keine Gefangenen machen.«

Aghni schluckte hörbar. »Warum seid Ihr Euch da so sicher?«

Melusine winkte einen Diener heran, der die ganze Zeit an der Tür gestanden hatte. Er brachte eine Karte von Erakos und breitete sie vor ihnen aus.

»Natürlich gibt es keine Garantie«, sagte sie dann, »aber aus taktischen Gründen ergibt es am meisten Sinn, zunächst ihre ärgsten Gegner auszuschalten. Deswegen hat sie mit Nidalis angefangen. Wenn die *Drei Freunde* fallen, haben Kufkania und Elbryen der Stärke ihrer Armee kaum etwas entgegenzusetzen. Dazu kommt, dass sie im Falle eines Aufbegehrens von Kufkania ein Druckmittel in der Hand hat. Womöglich wird sie es mit einem Handel versuchen, um ihre Truppen zu schonen.«

Die Königin warf ihr einen traurigen Blick zu. Venedta biss sich auf die Unterlippe. Den Gedanken hatte sie auch schon gehabt und sie war nicht glücklich darüber. Aber ja ... vielleicht wäre eine Kapitulation oder ein Friedensvertrag mit den Todesfeen das Beste für Kufkania. So weh ihr der Gedanke auch tat, möglicherweise ihre Heimat an diese Tyrannin zu verlieren. Oder für den Rest ihres Lebens in einer Kolonie Altmyrs zu leben. Aber wenn das Iniyas Leben und das vieler kufkanischer Feen retten würde ... Sie war sich fast sicher, wie ihre Eltern entscheiden würden, sollte so ein Angebot auf dem Tisch liegen.

Melusine fuhr fort: »Dazu kommt Seimoria im Westen. Wenn

sie auch dort erfolgreich ist, steht ihr so gut wie niemand mehr im Weg. Zumindest niemand, der gegen ihre Streitmacht siegen könnte. Was uns dann noch übrigbleibt, ist die Truppen auf Ching zu vereinen.«

Sie ließ offen, was das bedeutete. Aber eine Erklärung war auch gar nicht nötig. Venedta schloss kurz die Augen.

»Ihr schlagt also vor, dass wir uns aufteilen, um Zeit zu sparen?«

»Euch wird kaum etwas anderes übrig bleiben. Ich weiß um die Weissagung, die sich um Euch rankt, Mädchen.«

Venedta erstarrte. Woher sollte sie davon wissen? Beherrschte die Königin etwa auch Telepathie und eine von ihnen war unachtsam gewesen? »Ich beschäftige mich schon lange genug mit alten Schriften und Möglichkeiten, Caldhra aufzuhalten, dass ich denke, diese alten Verse sprechen von Euch.«

Sie sagte die Worte auf und Venedta entspannte sich ein wenig. Keine Telepathie. Da Nevin diese Schrift auch auf Meral gefunden hatte, war es nicht so abwegig, dass Melusine sie kannte.

Melusine wartete auf keine Antwort von ihnen und fuhr fort. »Nachdem mein geliebter Mann Nevos durch die Hand von Caldhras Sohn, dem Schattenlord, starb, suchte ich in jedmöglicher Bibliothek nach Informationen über sie. Ich hatte mich nie sonderlich für Politik oder Staatsgeschäfte interessiert, hatte das Nevos überlassen und mich selbst in der Kunst verwirklicht, müsst ihr wissen. Aber plötzlich war ich Regentin – und meine Kinder noch zu jung, um selbst zu herrschen. Die Familie Mergodt, aus der ich stamme, ist zwar bedeutend, doch hatten wir nie eine Verbindung zu den Göttern, ganz im Gegensatz zu meinem Mann. In dessen Stammbaum fand sich nicht wenige Generationen entfernt der Name von Protynus und sogar Zarath selbst findet. Ich glaubte niemals ernsthaft an die Existenz der Götter und hielt das für bloße Übertreibung. Aber mit jedem Hinweis zu Caldhra wurde ich gläubiger. Je mehr Nachforschungen ich anstellte, desto klarer wurde mir, wie alt und mächtig meine

Feindin wirklich war. Und dass mir vorerst nichts anderes übrig blieb, als Nebelfels an sie abzutreten – dafür handelte ich mit ihr einen Vertrag aus, damit sie uns in Ruhe ließ.«

»Ihr habt … einen Pakt mit ihr geschlossen?«, fragte Tara. Misstrauen schwang in ihrer Stimme mit. Venedta spitzte die Ohren.

Melusine lehnte sich zurück und seufzte. »Ich würde es eher ein lockeres diplomatisches Abkommen nennen. Soweit ich weiß, ging es Altmyr bei Nebelfels hauptsächlich um eine persönliche Fehde mit dessen Leiter. Aber auch darum, dass Caldhra selbst junge Feen nach ihren Maßstäben ausbilden wollte und weder Láthrá, Meral noch Nebelfels ihr das ermöglicht haben, da sie ihrer Macht misstrauten. Also hat sie entschlossen, sich ihre Feen im wesentlich weiter abgelegenen Nebelfels selbst auszubilden.«

»Und was habt Ihr Altmyr dafür versprochen?«, fragte Nahél mit gerunzelter Stirn.

Venedta fröstelte. Nepheles Tante war eine so freundliche Frau. Niemals hätte sie gedacht, dass in ihr jemand steckte, der erfolgreich mit Caldhra verhandelt hatte. Melusine starrte auf die Tischplatte. Gram zeichnete sich im Gesicht der phylenischen Königin ab. Die Einnahme des alten Internats war ein kriegerischer Akt gewesen. Um ein weiteres Vorgehen zu stoppen, während Altmyr schon seine Truppen im Land gehabt hatte, musste sie ein großes Opfer gebracht haben. Venedta war sich nicht sicher, ob sie die Antwort wirklich hören wollte.

»Tante?« Nephele klang besorgt.

Melusine seufzte, dann holte sie tief Luft und sah auf. »Das soll nicht Eure Sorge sein – es ist eine Bürde, die ich zu tragen habe. Aber nachdem sie uns erneut angegriffen und Meral komplett verwüstet hat, betrachte ich dieses Abkommen so oder so als hinfällig.«

Venedta musste sich zusammenreißen, um ihre Haarfarbe nicht zu wechseln, so hibbelig war sie. Sie wusste, dass auch Taras Vater ernsthaft darüber nachdachte, mit Caldhra zu verhandeln. Gefiel ihr Melusines Aussage deshalb so wenig? Sie ließ vermuten, dass es sich dabei um das Leben von Feen handelte. Und egal, ob es dabei um viele Leben oder um ihre Familie ging, so ließen ihre Worte Venedta doch hellhörig werden. Sie warf einen Blick zu Tara. Ihrer Freundin stand vor Schreck der Mund offen.

Was, wenn die Abmachung von großem Interesse für den Ausgang des Krieges sein würde? Venedta schüttelte den Kopf. Melusine hatte selbst gesagt, dass es hinfällig war. Sie sollte es damit abhaken.

Aghni räusperte sich. »Was schlagt Ihr also vor? Dass wir Baraphé schnellstmöglich einen Besuch abstatten?«

Melusine starrte auf den Tisch. »Das auch.« Sie hob den Blick und sah zu Nahél. »Aber ich befürchte zudem, dass sobald Seimoria fällt … Mit den Gefangenen, die Caldhra auf Nidalis gemacht hat, hätte sie genug Mittel und Wege, um auch Sjobral anzugreifen. Am besten wäre es, wenn ihr euch sofort aufteilt und schnellstmöglich abreist.«

Eine Weile herrschte Schweigen. Nur das Rauschen des Wassers war durch die geschlossenen Fenster zu vernehmen.

»Ich werde nach Injadan reisen«, sagte Venedta schließlich. Ihre Freundinnen sahen sie erstaunt an. »Wenn Baraphé wirklich mit Caldhra zusammenarbeitet – und auch die Illusionisten beschäftigt, muss ich sie um jeden Preis aufhalten. Nicht nur für Iniya, sondern auch, um die Konflikte auf Kufkania zu stoppen und den Ursprung der Rebellion an der Wurzel zu vernichten.«

Aghni nickte. »Das kann ich verstehen, Venedta. Aber wir müssen uns in ihren Palast einschleichen. Von dem, was ich von Drifa gehört habe, zwingt sie die injadischen Drachen dazu, sich ihrer Armee anzuschließen. Und dann gibt es da diese Gerüchte über ihre Kräfte … Es wird nicht einfach.«

Wann war es jemals einfach?, dachte Venedta schnaubend. Als sie das letzte Mal ohne Sorgen war, hatte sie ihre Augen nur vor der echten Welt verschlossen. Weil sie naiv gewesen war. Doch um ihrer Schwester willen musste sie nun mit klarem Blick voranschreiten.

Melusine nickte. »Ich bin Baraphé noch nie persönlich begegnet. Aber sie soll über große Fähigkeiten in der Kunst der Illusion besitzen, wie auch Caldhra. Man sagt, sie könne eine Fee töten, ohne auch nur einen Finger zu rühren. Angeblich kann sie Feen jahrelang in ihren Illusionen gefangen halten.«

Venedta schluckte. Das passte zu gut zu dem, was sie von Caldhra in ihren Albträumen gesehen hatte. Konnte das noch Zufall sein? Wenn nur ein Hauch Wahrheit daran war, müsste sie noch viel härter an ihren eigenen Fähigkeiten arbeiten, um überhaupt eine Chance zu haben, ihre Schwester aus ihrer Traumwelt zurück in die Realität zu holen.

Nachdenklich sah sie zur Feuerfee. »Das mag euch vielleicht seltsam vorkommen, aber ... Aghni, auch wenn du mit deinen Kräften im Eis eine große Hilfe wärst ...« Venedta holte Luft. »Ich würde gern Nahél und Nephele bei diesem Teil unserer Reise bei mir haben.«

»Bitte was?« Auch Tara sah mit offenem Mund zu ihr herüber. »Ich könnte dir ebenso helfen! Meine Verwandlungen sind ...«

»Ich weiß«, unterbrach sie die Pflanzenfee schnell und griff über den Tisch nach ihrer Hand. »Und glaube mir, das ist keine Entscheidung, die ich leichtfertig treffe. Aber wenn wir auf Injadan Erfolg haben wollen, müssen wir versuchen, mit Baraphés eigenen Waffen nah genug an sie und ihre Urellia heranzukommen. Nahél ist die beste Kämpferin unter uns.«

»Das würde ich so nicht ...«, warf die Halbcelone ein, wurde jedoch sofort von Nephele mit »O doch, das bist du« abgewürgt.

Venedta räusperte sich. Es war ihr unangenehm, ihre Freundinnen aufzuteilen. Auch wenn es um ihre Schwester ging, hatte sie bisher ungern die Rolle der Anführerin übernommen – und mochte diese Position immer noch nicht. Denn das hieß auch,

Entscheidungen zu treffen, die nicht allen gefielen, so wie jetzt. Sie wollte keine ihrer Freundinnen vor den Kopf stoßen. Sie alle verfügten über Kräfte, von denen viele Feen nur träumen konnten. »Jedenfalls, Nahél, ich vertraue euch allen bedingungslos. Aber um in diesen Palast zu kommen, brauche ich dich.«

»Und wie kann ich dir helfen?« Nephele beugte sich vor. Einige kupferrote Strähnen fielen ihr in die Stirn.

Venedta wollte Königin Melusine nichts von ihrem Aufenthalt bei den Göttern oder dem Rat berichten. Selbst, wenn sie gläubig war, so war Venedta sich nicht sicher, wie die Ältere reagieren würde. »Mit deiner Freundschaft zum Wind und deinen neuen Fähigkeiten«, sagte sie daher nur. »Um möglichst ungesehen an den Wachen vorbeizukommen.« Venedta wandte sich an die Königin. »Haben Eure Spione zufällig Pläne von Baraphés Palastes? Oder Berichte über ihre Verteidigungsanlagen?«

Melusine nahm Feder und Pergament zur Hand. »Ich werde Euch alles bringen lassen, was wir haben«, versprach sie und schrieb etwas nieder. »Aber viel ist das nicht.«

»Aghni und ich sollen also nach Sjobral?«, nahm Tara den Faden wieder auf. Ihre Narben glühten leicht.

»Ja. Könnt ihr das Rätsel lösen oder die Meeresfeen vielleicht sogar überzeugen, euch die Urellia ohne diese Tradition auszuhändigen? Denkt ihr, das schafft ihr alleine?«

»Kein Spaziergang, aber sicher machbar«, sagte Aghni und knackte mit ihren Fingern.

Tara stützte den Kopf auf den Händen ab. »Die Frage ist, wie wir im Wasser überleben sollen. Ich könnte meine Gestalt wandeln, aber über mehrere Tage kann ich nicht in Tierform bleiben.«

»Macht euch darüber keine Gedanken. Ich habe noch etwas von Dyrdias Kraut aufbewahrt. Das wird für euch beide reichen«, gab Venedta zu.

Die nette Frau der kleinen Tripurainsel hatte ihnen genug Kraut gegeben, um sechs Verwandlungen durchzuführen – zur

Sicherheit. Venedta hatte es gut in ihrem Lieblingstäschchen aufbewahrt, denn natürlich war ihr längst bewusst gewesen, dass sie den Meeresfeen Sjobrals früher oder später auch einen Besuch abstatten mussten.

»Sie werden euch die Urellia nicht überreichen, ohne dass ihr das Rätsel gelöst habt«, sagte Melusine. »Die Meeresfeen sind sehr gläubig. Sie fürchten den Zorn von Nephos auf sich zu ziehen, wenn sie seine Regeln brechen.«

Nahél schnaubte. »Ich hätte da auch noch eine Idee. Caldhras größte militärische Stärke liegt wohl mittlerweile in ihrer Flotte. Wenn ihr Sjobral besucht, versucht das Königshaus davon zu überzeugen, zusammen mit den anderen Ländern zu kämpfen. Sie haben die größten Chancen, Caldhras Flotte ohne größere Verluste zu zerstören. Und auch sie werden nicht mehr lange von ihren Expansionsplänen verschont bleiben.«

»Wir werden es versuchen«, versprach Tara. »Aber wie geht es weiter, wenn wir das geschafft haben? Wo sollen wir euch wieder treffen? Und wann?«

Venedta biss sich auf die Unterlippe. Diese Frage stellte sie sich schon die ganze Zeit über. Mit gerunzelter Stirn starrte sie auf die Karte vor sich. »Wenn wir auf Injadan Erfolg haben sollten, müssen wir zunächst zu Tuuli. Ohne unsere eigenen Urellias macht es keinen Sinn, weiterzuziehen. Allerdings ist der Weg nach Sjobral weiter als in den Norden von Injadan und, wenn alles gut geht, zu Tuuli.«

»Catarh und Suamor sind schnell«, sagte Aghni. »Ich schätze ungefähr zwei Wochen, dann sollten wir spätestens die Südwestküste Chings erreichen. Von dort … Nun ja, wir werden uns was einfallen lassen, nicht wahr, Tara?«

Die Pflanzenfee nickte. »Ja. Sicher wäre es einfacher, von der Westküste Seimorias die Meere zu passieren. Aber das ist zu gefährlich. Wir werden sehen, ob bis dahin überhaupt noch an eine Passage zu denken ist.«

Venedta fröstelte. So ungern sie es auch zugab, Taras Befürchtungen waren nicht unbegründet. Caldhra gewann schnell Boden. Sie ahnte selbst, welch eine große Bürde nicht nur vor ihnen, sondern auch vor Aghni und Tara lag.

17.

Tara war mit Aghni nun schon seit anderthalb Wochen zu zweit unterwegs. Das machte ihr nichts aus, bis auf eine winzige Tatsache, die sie stoisch verdrängte. Oder zumindest versuchte. Sie vermisste Venedta mehr als alles andere. Nie hätte sie gedacht, dass sie ihre Gefühle so wenig unter Kontrolle hatte.

Und nun lag der schwierigste Teil des Weges vor ihnen. Die Altmyrer hatten zwar den Berichten nach, die Aghni und sie in Vaysuv aufgeschnappt hatten, noch keinen weiteren Boden auf Seimoria gewonnen, doch das hieß nur eines: Die Stadt Tarlagmyn und die gesamte Nordküste war heißes Gebiet.

Während der Reise waren sie stets auf der Hut. Sie wählten denselben Weg nach Süden, den sie vor wenigen Wochen noch nach Norden geflohen waren. Dieses Mal hatten sie keine Wahl: Auf die ein oder andere Weise mussten sie einen Weg finden, nach Sjobral zu gelangen. Dabei hielten sie sich möglichst westlich, um den altmyrschen Spähern zu entgehen, die sich rund um Kokusa breitgemacht hatten. Erst am Abend, in der Dunkelheit, wagten sie es, die Wälder zu verlassen und Richtung Tarlagmyn weiterzufliegen.

»Verfluchter Gnompopel«, zischte Aghni. Sofort riss sie Catarh weiter nach oben.

Tara dachte dasselbe. Unter ihnen erstreckte sich ein Meer aus Fackeln. Zwischen den Überresten der Baumstämme züngelten hunderte Lichter, ebenso wie auf der Ebene davor, die vor Tarlagmyn lag. Eine ganze Armada an Todesfeen, die vor nichts Halt machen würden. Tara lenkte Suamor ebenfalls höher.

»Wie sollen wir da durchkommen?«, murrte sie.

Tara

Sie drehten ab und landeten dort, wo sie hergekommen waren, in einem der noch dicht stehenden Haine.

»Nach Norden abzudrehen bringt auch nichts«, antwortete Aghni. »Überall brennen die Feuer der Todesfeen. Nur im Süden und Westen ist es dunkel, aber dort kommen wir nicht hin, ohne ihre Belagerung zu überqueren.«

Hufe donnerten dicht an ihnen vorbei. Tara drängte sich mit klopfendem Herzen ins Unterholz. »Kein Wunder, dass sie sich dort noch nicht hingetraut haben. Dort liegen die Wälder von Paratyl und die betritt niemand, der bei Verstand ist«, flüsterte sie.

Aghni stöhnte. »Es würde uns Tage kosten, die Wälder im Süden zu umgehen. Selbst, wenn wir es bis Sonnenaufgang ins Falarielgebirge schaffen.«

»Das weißt du nicht. Die Karten von Önäis sind viel zu ungenau.« Tara nagte auf ihrer Unterlippe.

»Der Pass nach Sjobral war direkt nördlich des Unterwassergebirges eingezeichnet, das er Zethyrberge nennt. Weiter südlich, und Untiefen und Strömungen in die entgegengesetzte Richtung erwarten uns.«

»Und wie willst du durch die Bresche kommen?«, zischte Tara. »Es grenzt an pures Glück, dass sie uns noch nicht in der Luft entdeckt haben. Und ich wette, Caldhras Armee hat für eine Belagerung solchen Ausmaßes Illusionsschilde im Einsatz.«

»Wir haben aber keine Zeit!«

»Aghni, es bringt uns auch nichts, wenn wir uns hier erwischen lassen ...« Tara wollte ihre Freundin am liebsten packen und durchschütteln. Spätestens ihre unbedachte Aktion bei der Sprengung der Orkmine hatte ihr gezeigt, dass die Feuerfee liebend gern überstürzt handelte, anstatt nachzudenken. »Ich möchte auch schnellstmöglich nach Sjobral, aber dort durchzukommen ist unmöglich.«

Die Feuerfee klopfte mit den Fingern auf die Rinde des nächststehenden Baumes. Catarh schnaubte ihr eine Ladung Funken an die Schulter. »Und wenn wir unser Eintreffen dafür nutzen, Tarlagmyn einen militärischen Vorteil zu verschaffen?«

»Wie soll das bitte gehen?«, fragte Tara irritiert.

»Illusionsschilde halten lediglich Illusionen ab«, sagte Aghni.

»Ja. Und?«

»Verwandlungen in Tiere werden davon nicht abgefangen.«

Tara sog scharf die Luft ein. »Aber du kannst dich nicht ...«

»Das muss ich auch gar nicht. Hör mir zu, bitte!« Aghni fasste sie sanft am Arm. Tara nickte langsam. »Du kannst dich in ein Tier verwandeln ... Egal welches, Hauptsache, du kommst ungesehen in die Festung. Sorge dafür, dass die Belagerten wissen, dass wir auf ihrer Seite stehen. Nahél sprach davon, dass sie Drachenabwehrsysteme haben – was vermutlich der Grund ist, warum wir hier noch keinen der altmyrschen Drachen am Himmel gesehen haben. Wenn du sie dazu bringen könntest, die Abwehr kurzfristig auszuschalten ...«

»Dann kannst du dich ungesehen mit Suamor und Catarh an den Altmyrern vorbeistehlen?«, hoffte Tara. Sie kannte Aghnis Antwort, noch bevor die Feuerfee schuldbewusst lächelte.

»Nicht ganz. Ich möchte ein wenig Chaos stiften, bevor ich unser neues Manöver anwende. Das haben Catarh und ich lange geübt. In der Unruhe kann Suamor sich dann rasch zu dir in Sicherheit bringen.«

»Und dann? Chaos zu stiften wird nicht reichen.«

»Wenn ich die Drachen aufgewühlt habe, werde ich versuchen eine Schneise ins Lager zu schlagen. Das ermöglicht den Stadtherren vielleicht, Teile der Stadt zu evakuieren oder zumindest ihre Vorräte aufzufrischen, ehe die Todesfeen den Kreis wieder schließen. Wenn Catarh die Drachen erstmal angestachelt hat, können sie die Abwehrsysteme wieder einschalten und sie angreifen.«

Der Drache brummte. Es klang wie ein zustimmendes Geräusch, und Tara fragte sich nicht zum ersten Mal, ob Catarh wirklich kein Feeisch verstand. Sie packte Aghnis Hand.

»Sie werden dich kriegen. Sie haben die größeren Drachen. Oder sie treffen Catarh mit den Balllisten.«

Aghni kraulte Catarh unterm Kinn. »Das ist ein Fürstensohn aus dem Karigebirge.« Herausfordernd blitzten ihre Augen auf. »Sie sollen es ruhig versuchen.«

Nach ihrer Flucht im Sumpf von Umarhar war der Falke Taras liebstes Tier geworden. Und doch würde ein Falke mitten in der Nacht auffallen, selbst wenn nur wenige sie am Himmel bemerken würden. Sie ließ die Drei als Schleiereule hinter sich. Lautlos glitt sie über das Lager. Ihre geschärften Sinne kamen ihr zugute. Sie nahm jede noch so kleine Bewegung am Boden und am Himmel wahr. Tara hatte sich eine Zeit lang gefragt, wieso bei Sasura noch keine Fee, keine Armee, eine Abwehr gegen diese Art der Verwandlungen entwickelt hatte. Mittlerweile hatte Zerklon, der alte Dryad aus dem *Rat der fünf Weisen*, ihr die Augen geöffnet. Diese Anwendung von Urmagie wurde seit dem Auftauchen der Götter auf Erakos so selten praktiziert, dass sie beinahe in Vergessenheit geraten war. Wie nur hatte Venedta dies als Kind, ohne jegliche Anleitung, selbst gelernt? Egal, was es gewesen war – Tara war zutiefst dankbar, dass ihre Freundin ihr diese schwierige Magie beigebracht hatte.

Während der Überquerung des Lagers zählte sie vier Drachen, allesamt mindestens doppelt so groß wie Catarh. Aghni würde kaum eine Chance haben, wenn diese sich auf sie stürzten. Tara schluckte. Sie musste ihre Aufgabe erfüllen! Irgendwie einen als sadistischen Statthalter verschrienen Kerl davon überzeugen, nicht auf sie zu schießen. Ob seine Verlobte, die echte Eonith, auch anwesend war? Sie würde Tara sofort erkennen, schließlich waren sie auf Láthrá in einer Klasse gewesen. Ohnehin hatte es sie gewundert, dass die Herzogstochter plötzlich heiraten sollte, anstatt ihre Ausbildung abzuschließen – noch dazu einen Adligen aus Seimoria.

Was auch immer die politischen Gründe sein mochten, sie fühlte sich reichlich unwohl bei dem Gedanken, Eonith wiederzusehen.

Als sie über die Zinnen der äußeren Mauer glitt, wich sie einem pinken Gift aus.

»Das ist nur eine Eule, du Narr!«, rief jemand.

Sie flog weiter, ignorierte ihr klopfendes Herz. Niemand sonst achtete auf sie. Sie war ein einfacher Vogel, der genauso gut in diesen Mauern sein Nest haben könnte, seine Jungen ernähren wollte und des Nachts auf Jagd ging.

Tara entdeckte die hohen Herrschaften von Tarlagmyn. Allesamt waren sie in der mittleren Kuppel um einen großen Kriegstisch versammelt und schoben Figuren umher. Als Eule konnte Tara ihre Angst riechen. Sie wussten, dass es bei dieser Belagerung nur eine Frage der Zeit war, bis die Festung fiel. Oder endlich Verstärkung eintraf, aber selbst diese müsste erst an den Todesfeen vorbei, oder zumindest nahe genug heran, um sie einzukesseln.

Tara mochte es überhaupt nicht, in den Vordergrund zu treten. Auf der Konferenz war sie froh gewesen, dass Venedta das Reden übernommen hatte. Aber nun blieb ihr keine andere Wahl. Hereinplatzen musste sie so oder so.

»Eine Eule!«, rief einer der Männer aus und deutete auf sie.

Da war sie schon weitergeflattert, direkt durch die offenen Vorhänge. Sie landete mitten auf dem Tisch und fegte einige Figuren mit ihren Flügeln beiseite.

»Was bei Xynthiane?«, rief ein alter Herr aus.

Tara wurde wieder sie selbst. Sie hatte lange genug geübt, um selbst in einer solchen Situation souverän zu bleiben. Zufrieden blickte sie in offene Münder, während sie sich Federn von der Bluse klopfte.

»Die Herren, ich komme in Frieden«, sagte sie und erlaubte sich ein Lächeln. »Und ich habe eine Botschaft an den Herrn dieser Festung.«

»Das bin ich, Petár Barathyr, neuer Herr von Tarlagmyn. Mein

Vater erlag vor einer Woche seinen Kriegsverletzungen.«

Gänsehaut überzog Taras Körper. Sie hatte ihn schon einmal gesehen. Als Nahél ihn auf ihrer Reise durch Seimoria erwähnt hatte, konnte sie mit dem Namen allein nichts anfangen. Aber nun, als sie vor ihm stand, kehrte die Erinnerung zurück. Petár war ihr vor Jahren auf Maranenstein begegnet, als Gast und Kumpane ihres verhassten Halbbruders. Und in dem Moment, als er sie mit seinen eisblauen Augen ansah, wusste sie, dass auch er sich daran erinnerte.

»Und wer seid Ihr, junge Dame?« Der ältere Herr blinzelte noch immer verwirrt.

»Das ist die verdammte Tochter von König Magnus«, stieß Petár aus.

»Ich bin durchaus in der Lage, mich selbst vorzustellen, verehrter Petár«, spuckte sie aus. Unter ihrer Kleidung glühten ihre Narben, dennoch wandte sie ihren Blick nicht von ihm ab.

Der Krieg hatte ihm übel zugesetzt, oder vielleicht war es auch das Training mit Dagon gewesen, wer konnte das schon sagen? Eine Narbe zog sich über seine linke Gesichtshälfte und seine Lippen und ließ sein schönes Gesicht schaurig aussehen. Sein schönes, sadistisches Gesicht. Nie würde sie vergessen.

Sie räusperte sich. »Ich bin Tara von Linphenou, rechtmäßige Erbin von König Magnus und Königin Liliana.«

Sie trat zwischen Kokusa und den Palast und sprang dann vom Tisch. Petár schnaubte laut. Ungeachtet dessen fuhr sie fort. »Meine Begleitung, Prinzessin Aghni von Ching, erbittet das Einstellen der Drachenabwehrsysteme.«

»Sie erbittet was?«, keuchte ein weiterer Herr mit weißem Bart. »Mit welchem Recht?«

Tara stützte sich mit den Händen auf dem Tisch ab. Ihr behagte es ganz und gar nicht, so im Mittelpunkt zu stehen, aber wenn sie diese Männer nicht zur Einsicht bewegte, würden sie nur über große Umwege nach Sjobral gelangen. Ganz zu schweigen davon, dass sie dann hier festsaß, inmitten der seimorischen Front und unter Feen, die sie nicht als Freunde bezeichnen würde.

»Weil, um es drastisch auszudrücken«, sie wagte einen Blick in Petárs eisblauen Augen, »sie sich da draußen gleich den Arsch für Euch aufreißen wird.«

Gemurmel brach unter den Männern aus.

»Mit Verlaub, aber wie meint Ihr das, Prinzessin?«, fragte ein bierbauchiger Herr.

Tara deutete aus dem Fenster. »Ihr seid eingekesselt. Die Altmyrer haben da draußen mindestens vier Drachen.«

»Weshalb es Irrsinn wäre, die Waffen zu entschärfen«, warf Petár ein.

»Weshalb Prinzessin Aghni, die selbst einen Drachen fliegt, dort gleich Unruhe stiften wird. Und wenn Ihr auch nur einen Hauch Verstand besitzt, nutzt Ihr das aus. Sie will eine Schneise schlagen. Wenn Ihr also zum Beispiel Reiter entsenden wollt ...«

»Mein Herr, sobald es eine Schneise gäbe, könnten wir die Verstärkung anrücken lassen«, warf der dicke Mann ein.

»Ruhe!« Petárs Mund kräuselte sich zynisch. Dann sah er wieder auf und starrte sie an. »Warum?«

Tara atmete tief durch. »Wenn Ihr unsere Hilfe nicht wollt ...« Sie wandte sich ab, bereit, sich wieder in eine Eule zu verwandeln und aus dem Fenster zu verschwinden, bevor ihnen der Gedanke kommen könnte, dass sie als Geisel nützlicher wäre.

»Verflucht!« Petár schlug mit der Faust so stark auf den Tisch, dass die eisernen Figuren vibrierten. Dann fuhr er sich mit der Hand übers Gesicht.

»Herr, dies ist vielleicht die einzige Chance, die wir ...«
»Ich weiß!«

Er brüllte fast. Der Blick, den er ihr zuwarf, konnte töten. Nein, es schien ihm ganz und gar nicht zu passen, dass er in ihrer Schuld stehen würde, sollten sie alle diese Nacht überleben.

»Gebt dieser Lebensmüden dort draußen ein Zeichen, dass

wir nicht auf sie schießen werden«, brummte er und wandte sich an den Mann zu seiner Linken. »Sattelt unverzüglich die Callos. Nutzt die Ablenkung, um Euch bis zu den königlichen Truppen durchzuschlagen. Sorgt dafür, dass ...«

Tara wandte sich ab. Ihre Aufgabe war vorerst erledigt. Sie würde Aghni das ausgemachte Zeichen schicken und sich den Rest ihres Aufenthaltes so weit weg wie möglich von Graf Barathyr aufhalten. Er mochte jetzt Herr von Tarlagmyn sein, aber das machte ihn nicht zu einer besseren Fee.

Halb aus der Tür jedoch hielt sie inne. »Was ist mit Yama?« Sie drehte sich wieder zum Tisch.

»Wem?«

Tara seufzte. »Der Todesfee, der Spionin, die der Kronprinz Euch vor wenigen Wochen durch eine Delegation seiner Wachen überbracht hat.«

»Ich fürchte, ich habe bisher nur wenige Spione in meiner Gewalt gehabt, Prinzessin.« Er spukte ihren Titel förmlich aus. »Eine Frau war gewiss nicht darunter.«

Ihre Beine drohten zu versagen. Sollte das bedeuten, dass Yama wieder auf freiem Fuß war? Sollte Petár auch in dieser Angelegenheit an Dagon festhalten und dafür sogar seinen Treueschwur zum seimorischen Königshaus brechen?

»Das ist unmöglich«, stieß sie aus. »Diese Fee wurde von mindestens zwanzig Mann geleitet. Sie kann doch nicht ...«

»Ich hörte die Geschichte.« Petár stützte sich mit einem selbstgefälligen Grinsen auf dem Tisch ab. »Aber waren es nicht ebenjene Wachen, durch die sie überhaupt erst Zugang zu unseren seimorischen Truppen fand? Ihr seid nicht so naiv, Tara. Keine Todesfee kann sich ohne Zutun von einem unserer Männer einschleichen. Das funktioniert vielleicht in anderen Ländern, aber nicht in Anwesenheit von Celonen.«

Tara bebte. Ihre Narben schimmerten sogar durch die dickeren Baumwollstoffe ihrer Bluse und verrieten auch dem Letzten, dass sie eine Pflanzenfee war. Yama war entkommen! Schon wieder war sie ungeschoren davongekommen und das konnte nur bedeuten, dass sie ihnen früher oder später wieder begegnen würde.

Tara reckte ihr Kinn vor. »Dann solltet Ihr jede einzelne Wache dieser Truppe zur Rechenschaft ziehen, oder Seimoria wird schneller in diesem Krieg fallen, als Ihr blinzeln könnt.«

Auf dem Weg die Treppen hinauf umfasste sie den Knauf ihres Dolches fest, doch selbst das half nicht annähernd, um ihre Nerven zu beruhigen. Auf dem obersten Stockwerk der Turmkuppel ignorierte sie die zwei Wachleute, die sie nur kritisch musterten, woraus sie schloss, dass der Bote ihnen schon Bescheid gesagt hatte.

Vorhin hatte sie das Zeichen nur einmal mit Aghni geübt, dementsprechend war sie aufgeregt, obwohl die beiden Männer desinteressiert auf die Ebene starrten. Tara atmete tief durch. Dann konzentrierte sie sich und als Marane jagte ihr Ruf über die Ebene. Die Feuerfee würde ihn nicht hören, wohl aber Catarh.

Zuerst passierte nichts. Sie fürchtete schon, Aghni könnte in der Zwischenzeit doch entdeckt und gefangen genommen worden sein. Aber dann glühte mitten über dem Lager eine Stoßflamme auf und setzte eine ganze Reihe von Zelten in Brand. Feen schrien auf. Ein Horn wurde gestoßen. Tara trat von einem Bein aufs andere. Auch Tarlagmyn blieb nicht untätig. Petár hatte offenbar beschlossen, Aghnis und Catarhs Ablenkung nicht nur als Weg zu nutzen, um wieder Kontakt zum Rest der seimorischen Armee herzustellen. Auf den Mauern wurde ein harscher Befehlston laut. Die katapultartigen Gestelle wurden mit glühenden Kohlen beladen. Der Gestank von Pech wehte zu Tara herüber. Sie wandte ihre Augen nicht vom Himmel ab.

Aghni hatte mit Catarh gewendet, und eine weitere Reihe an Zelten und Staketenzäunen ging in Flammen auf. Irgendwo auf der Ebene erklang ein Kreischen, das Tara durch Mark und Bein fuhr. Wie groß mochten die altmyrschen Drachen dieses Mal sein? In ihren Käfigen hatte sie nur einen schwachen Eindruck von ihnen erhaschen können. Immer mehr Zelte fielen dem Feuer zum Opfer. Aghni versuchte, die Schneise an der Straße zu schlagen, welche die Festung mit Kokusa und dem Königsweg verband. Die ersten Geschosse Tarlagmyns nahmen sich die linke Flanke der Belagerung vor, die nach Norden an der Bucht von einigen Schiffen der altmyrschen Flotte unterstützt wurde – vermutlich auch, um für Nachschub an Lebensmitteln zu sorgen.

Ein zweites lautes Kreischen bescherte Tara eine Gänsehaut. Sie heftete ihren Blick an den Schatten, der Catarh war, konnte ihn aber nur durch ihre Maranenaugen ausmachen. Eine andere Flamme, weiter rechts, zuckte über den Himmel. Das laute Schlagen lederner Schwingen ließ keinerlei Zweifel daran, dass der andere Drache riesig war. Im Lager war Panik ausgebrochen. Schreie hallten durch die Luft, Befehle wehten zu Tara hinauf. Als der große Drache der Feuerfee gefährlich nahekam, gruben sich ihre Maranenkrallen in die Ritzen des Mauerwerks. Catarh schaffte eine knappe Kehrtwendung und schoss eine Feuersalve über den Rücken des Großen. Sie konnte jedoch nicht erkennen, ob diese den Reiter das Leben gekostet hatte.

Schwere Stiefel stapften die Treppe zur Plattform hinauf. Taras Ohren drehten sich nach hinten. Ihr gelang es, sich wieder in sie selbst zu verwandeln, bevor Petár hinter ihr stand.

»Beeindruckend«, sagte er nur.

Sie wusste nicht, ob er Aghni dort draußen meinte oder ihre Verwandlung. Sie holte tief Luft, hielt den Blick stur auf die Ebene gerichtet und sagte nichts.

»Wollt Ihr Eurer Freundin nicht helfen?«

Die Frage war durchaus berechtigt. Mittlerweile hatten sich drei Drachenreiter an Catarhs Fersen geklemmt, bisher nutzte er die Aufmerksamkeit aber geschickt aus, um noch mehr Zelte ins Kreuzfeuer zu bringen, wenn die größeren Drachen ihn treffen wollten.

»Ich wüsste nicht, wie«, gestand sie.

»Ihr seid eine Wandlerin.«

Er klang tatsächlich beeindruckt. Ihre Hand verkrampfte sich um ihren Dolchknauf. Sicher hatte er in seinem Celonenleben schon einige Wandler getroffen, so wenige konnte es dann doch nicht geben, oder?

Ich bin noch viel mehr als das, dachte sie.

»Das weiß ich doch.« Seine Stimme triefte vor Ironie.

Tara biss sich hart auf die Zunge. »Was wollt Ihr? Wollt Ihr nicht Eure Stadt verteidigen?«

»Mich entschuldigen.«

Wie ein Blitz fuhren seine Worte durch ihren Körper. Dieser Mann wollte sich entschuldigen? Wieso nur passte das so gar nicht zu dem Bild, das nicht zuletzt die Aussagen von Esat über ihn geprägt hatten? Und natürlich alles, was damals geschehen war.

»Ihr mögt Dinge über mich gehört haben, ja, und ich leugne das meiste nicht, das über mich getuschelt wird«, sagte er. Sie hörte, dass er dabei grinste. »Aber ich hoffe, Ihr glaubt mir, dass ich niemals die Absicht hatte, Euch in irgendeiner Weise bloßzustellen. Das war ...« Er räusperte sich. »Das war ein dummer Zufall.«

Sie fuhr herum. Dabei registrierte sie, dass er nur wenige Zentimeter hinter ihr stand und wich ein paar Schritte zurück. Als hätte sie mit Dagon nicht schon genug Ärger, musste der sich auch noch einen celonischen Freund anlachen!

»Ihr, der mir gerade wieder bewiesen habt, dass Ihr in der Lage seid, Gedanken zu lesen, wollt mir weismachen, dass Ihr mit Dagon rein zufällig in die Bäder geplatzt seid, mitsamt einer gesamten Jagdgesellschaft, gerade, als ich dort war?«

Mit jedem Wort war ihre Stimme lauter geworden.

»Wie ich sagte, ein dummer Zufall. Mitnichten wusste ich, dass Ihr gerade Schwimmen wart. Und Ihr dürft nicht vergessen, dass es sich um... Ist das wirklich ein Bad für Euch? Das würde hierzulande eher als Tümpel zählen.«

Tara

Taras Narben pulsierten. Ihre Finger kribbelten. Nur allzu gern hätte sie sich jetzt auf das Schlachtfeld da draußen gestürzt oder wäre auf irgendeine andere Weise vor Petár geflohen, um ihm keine reinzuhauen.

»Selbstverständlich erschließt sich jemandem wie Euch der Wert linphenischer Moorbäder nicht. Und es würde mich nicht wundern, wenn Dagon Euch nicht über ebenjenen aufgeklärt hat.«

»Ihr tut mir Unrecht, Prinzessin.«

»Ach?« Tara ballte ihre Hände. »Gerade Euren Kommentaren nach kann ich doch froh sein, dass meine Beschützer bei mir waren.« Sie lief vor ihm auf und ab.

»Ihr seid nachtragend«, wagte er tatsächlich, zu sagen.

»Und Ihr ebenso dreist wie mein Halbbruder.« Sie schnaubte.

Er warf die Hände in die Luft. »Ich versuche gerade, mich zu entschuldigen!«

»Da seid Ihr wahrlich auf dem besten Weg.«

»Heiratet mich!«

Tara blieb wie angewurzelt stehen. Ihr Herz schien einen Aussetzer zu haben, bevor es wie ein wild keimender Haufen Sämlinge gegen ihre Brust hämmerte. »Wie bitte?« Langsam fuhr sie wieder zu ihm herum.

»Offensichtlich habt Ihr Probleme mit Eurem Halbbruder. Es ist kein Geheimnis, dass Euer Vater sich einen männlichen Nachfolger wünscht. Wie wohl jeder vernünftige Vater. Der König ...«

Taras Nasenflügel blähten sich auf. Ihr war heiß und kalt zugleich. Was bildete sich dieser Gockel ein?

»... täte jedenfalls gut daran. Ich war zwar nicht sehr lange auf Maranenstein zu Besuch, allerdings lange genug, um zu erkennen, dass Linphenou sehr traditionell veranlagt ist.«

Sie atmete tief durch. Es fehlte noch, dass sie hier ihre Nerven verlor, die sie dringend benötigte, falls Aghni dort draußen Schwierigkeiten bekommen sollte.

»Und ganz zufällig würde mir nach der Geburt eines Thronfolgers

255

das eine oder andere Unglück geschehen – ach, wie gut, dass so viele Frauen schon im Kindbett sterben, nicht wahr?«

»Prinzessin Tara, ich bin schließlich selbst Anwärter auf den seimorischen Thron und …«

Petár kam nicht mehr dazu, sich zu erklären. Eine lederne Schwinge rauschte knapp über ihre Köpfe. Tara zuckte zusammen und sah auf. In ihrer Wut über Petárs Dreistigkeit hatte sie den Kampf um sich herum komplett ausgeblendet. Der Drache hatte sie nur knapp verfehlt, doch vermutlich nur, weil er sie gar nicht hatte treffen wollen. Er setzte Aghni nach, die gerade zu einem steilen Manöver nach oben einlenkte. Der größere Drache verfolgte Catarh. Er spreizte die Schwingen und kreischte auf. Dann veränderte sich seine Flugbahn. Statt höher zu steigen, stürzte das feindliche Wesen samt seinem Reiter auf die Dächer des östlichen Flügels zu. Eine dicke Speerspitze von einem der Drachenabwehrgeschosse hatte sich zwischen seine Schuppen gebohrt. Es gab einen lauten Knall, als das Tier auf das Dach stürzte und auf den Ziegeln nach unten schlitterte. Tara verschenkte keinen weiteren Blick auf den Feind. Ihre Augen suchten nach Aghni, die mit Catarh wie ein Pfeil aus den Wolken geschossen kam und ihrerseits auf den Hof zuhielt. Aus den Augenwinkeln bemerkte Tara eine Bewegung.

»Nicht schießen!«, schrie sie. Ihre Reflexe funktionierten ganz ohne ihr Zutun. Eine ihrer starken Brombeerranken wand sich um das Geschoss und fing es im Flug auf. Sie warf dem Schützen einen bösen Blick zu. »Das ist nicht Euer Feind«, zischte sie, bevor sie an Petár vorbei die Treppe hinunterstürzte. Sie hörte, wie seine Stiefelabsätze ihr hinterher trampelten, doch sie musste sichergehen, dass es Aghni und Catarh gut ging, bevor sie Nerven dafür hatte, diese Konversation fortzusetzen. Wie sollte Suamor nur durch diese Frontlinie kommen?

Sie schlitterte auf den Hof und blieb vor Catarh stehen, dessen Brust sich schwerer hob und senkte als gewöhnlich. Aghni hatte ihre Arme um seinen breiten Hals geschlungen und verbarg ihr Gesicht an seinen Schuppen. War sie verletzt? Catarh senkte den Kopf und stieß einen tiefen Seufzer aus. Erst da ging Tara auf, was das eben Geschehene für die beiden bedeutete. Selbst wenn ihre Feinde diese Drachen benutzten, so waren sie dennoch Kinder des Feuers.

Tara legte ihre Hand auf Catarhs Nüstern. »Es tut mir leid«, murmelte sie.

Aghni hob leicht ihren Kopf. Ihr Gesicht war von Asche und Staub bedeckt. Sie wirkte erschöpft, doch ein Lächeln zuckte über ihre Lippen. »Wenigstens haben wir Chaos gestiftet.«

»Und das nicht wenig, Prinzessin Aghni.«

Tara zuckte zusammen, als sie Petárs Stimme hinter sich hörte. Sie hatte ihn beinahe vergessen.

Aghni wischte sich mit einer Hand über die Stirn. »Und Ihr seid?«

»Euer Gastgeber für diese Nacht, wie es scheint. Jedenfalls habt ihr uns eine kleine Atempause verschafft.«

»Das bezweifle ich«, murmelte die Feuerfee und rutschte von Catarhs Rücken. »Es ist lediglich eine winzige Schneise. Spätestens am Morgen werden sie sich neu formiert haben. Aber ich sah bereits, dass einige eurer Reiter durch die Bresche gekommen sind.«

»Wenn das der Wahrheit entspricht, schulde ich Euch wohl eher ein Festessen. Dann erwartet uns nämlich in nicht einmal zwei Tagen Verstärkung«, sagte Petár.

Aghni sah an sich herab. »Ein heißes Bad und ein Schlafplatz reichen vollkommen aus, oder Tara?«

Sie nickte. »Wir wollen uns ja nichts zu Schulden kommen lassen«, sagte sie an den Stadtherrn gewandt.

Dieser zuckte mit den Schultern. »Wie Ihr wünscht.«

»Habt Ihr einen Stall für meinen Drachen?«, fragte Aghni.

Ehe Petár antwortete, rauschte Suamor im Steilflug auf den Hof. Tara lachte erleichtert, als ihr Hirsch prahlerisch das Geweih in den Nacken warf und schnaubend an Catarh vorbei trabte.

»Und für mein Phidre?«, wollte sie wissen.

»Ich habe Plätze für Maranen, aber so klein, wie Euer Freund hier ist, werden sie ausreichen. Folgt mir bitte.« Petár schritt über den Hof auf ein unscheinbares Gebäude zu und riss die breiten Türen auf.

Catarh tapste hinterher. Aghni sah sich im Hof um. Vermutlich behagte es ihr nicht, in einem Haus wie diesem von ihrem Freund getrennt zu sein. Schon gar nicht, wenn der Hausherr als Sadist verschrien war. Tara folgte den beiden und versorgte Suamor.

Aghni kehrte rasch zu Petár zurück und sagte: »Sieht gut aus. Für eine Nacht wird es gehen.«

Tara warf ihm kritischen Blick zu, während er in der offenen Tür einem Stallburschen Befehle erteilte.

»Du traust ihm nicht«, stellte Aghni fest, als sie Catarh versorgte.

»Dazu haben wir auch keinen Grund.«

»Aber einen, ihm nicht zu trauen?« Die Feuerfee sah sie erwartungsvoll an.

Tara presste die Lippen hart aufeinander. »Ich bin nur vorsichtig.«

Aghni strich sich Strähnen von der verklebten Stirn, was einen schwarzen Strich auf ihrem Arm hinterließ. »Vermutlich ist das klüger. Ich bin gerade zu müde, um misstrauisch zu sein.«

18.

Sie landeten am westlichsten Zipfel Seimorias. Die dichten Wälder reichten bis an die Steilküsten heran. Es war schwer gewesen, hier einen sicheren Lagerplatz zu finden.

Tara rutschte von Suamors Rücken. Nachdem sie eine Nacht in Tarlagmyn geruht hatten, stand ihnen der Weg nach Westen offen. Zwar hatte Aghni bei Weitem nicht für genug Chaos gesorgt, um die Truppen der Todesfeen zu zerschlagen – zu so etwas wäre kaum eine einzelne Fee in der Lage. Aber es hatte gereicht, dass Tarlagmyn endlich die Verstärkung der seimorischen Truppen durch die Schneise anrücken lassen konnte. Schon am Morgen war ein Großteil, die celonische Seite, am Waldrand aufgetaucht und hatte begonnen, die Altmyrer einzukesseln. Aghni und sie hatten sich schnell verabschiedet und waren weitergezogen. Tara wollte den Gemetzeln ausweichen, solange sie konnte. Ihr Magen drehte sich immer noch bei einigen Bildern um, die ihr vom Tjost im Gedächtnis geblieben waren.

Nun standen sie vor einem weiteren Hindernis. Die Passage nach Sjobral war offen – keinerlei Spur von altmyrschen Kriegsschiffen. Trotzdem fehlte ihnen ein Plan, um ins Meeresreich zu gelangen. Das Kraut von Dyrdia war gut in ihrer Tasche verstaut. Aber die Karten waren so ungenau, dass ihnen nichts anderes übrigbleiben würde, als einfach drauflos zu schwimmen, in einen endlos weiten Ozean hinein.

Sicher, Tara hatte das bereits hinter sich. Auf Lormoralia war es allerdings anders gewesen. Dyrdia hatte ihnen den Weg, wie sie von ihrer kleinen Insel zur versunkenen Stadt kamen, genau beschrieben. Schon dort war Tara alles andere als wohl gewesen, den festen Boden nicht nur zu verlassen, sondern sich auch noch unter Wasser zu begeben. Ganz zu schweigen davon, Suamor zurückzulassen.

»Ich habe auch Angst.«

Aghni war neben sie getreten. Tara drehte sich zu ihr. Ihre Freundin hatte bereits ein Feuer entfacht, das sie in der Nacht wärmen würde. Die letzten Tage waren die härtesten der Reise gewesen, ganz ohne jeglichen Komfort. Nepheles Zelt hatten ihre Freundinnen nach Injadan mitgenommen – in der Kälte der Eiswüsten brauchten sie es weitaus dringender als sie. Aghni und sie verwendeten stattdessen das kleine Ersatzzelt, dessen Planen während der Reise auf Catarhs Rücken verstaut waren. Und auch Venedtas Retikül vermisste sie, denn es war eine große Hilfe, um Vorräte zu lagern. Immerhin kam es ihnen zugute, dass die hohen Herrschaften keinerlei Jagd mehr auf sie machten. Problemlos konnten sie in den Ortschaften ihre Vorräte auffrischen und mussten trotz ihres dürftigen Gepäcks nicht auf die Jagd gehen – was Tara ohnehin vermied, da sie kein Fleisch aß. Lieber verwendete sie ihre Magie. Das war für sie das größte Geschenk ihrer Pflanzenmagie. Sie musste niemals hungern. Wohl auch deswegen galt Linphenou als vergleichsweise reiches Land.

»Lass uns die Nacht noch auf festem Boden verbringen«, bat sie.

Aghni starrte in die schäumende Gischt, die gegen die Felsen donnerte. Das Meer lag mindestens zwanzig Meter unter ihnen. »Ja. Es bringt nichts, im Dunkeln aufzubrechen«, stimmte sie zu.

Es war eine Nacht, in der Tara wieder einmal kaum schlafen konnte. Sie fürchtete sich nicht vor der Wildnis. Stattdessen suchten unheilvolle Träume sie heim, in denen ihre Mutter festgenommen und in ein Verlies geschleppt wurde. Als sie am Morgen auf Suamors Rücken stieg, fühlte sie sich kaum ausgeruht. Ihre Begleiter brachten sie rund hundert Meter nah an die Küste – denn direkt vor den Felsen ins Wasser zu gehen, war bei der Brandung zu gefährlich. Sie hatte keine Ahnung, wie sie das Meer wieder verlassen sollten, falls sie das hier überlebten. Falls.

Sie wagte einen Blick zur Feuerfee. Aghni kaute bereits auf dem Kraut herum, ohne bei der Schärfe das Gesicht zu verziehen. Suamor schnaubte ungeduldig unter ihr. Tara strich über seinen breiten Hals.

»Ist ja gut. Ich komme zurück«, raunte sie.

Aghni verabschiedete sich ebenfalls von Catarh. Dann warf sie ihr Haar in den Nacken. »Bereit?«

Ihre Stimme klang wesentlich mutiger, als Tara sich fühlte. Klar, ihre Freundin hatte diese Prozedur auch noch nicht hinter sich. Wusste nicht, was die Schmerzen der Umwandlung mit sich brachten. Sie atmete tief durch und schob sich das Kraut in den Mund.

»Bereit.«

Dann ließ sie sich von Suamors Rücken gleiten, hinein in die schäumenden Wellen. Noch im Fallen überlegte sie, ob sie sich nicht einfach in ein Meerestier verwandeln sollte – doch dazu waren sie zu lange unterwegs. Wenn die Verwandlung zu lange anhielt, bestand die Gefahr, das feeische Wesen immer weiter zu vergessen und für immer im Körper des Tieres zu bleiben. Beißende Kälte umhüllte sie. Tara wagte nicht, sich zu bewegen oder die Augen zu öffnen. Sie ließ sich nach unten sinken, ohne jegliche Regung, um sich die verbliebene Luft in ihren Lungen gut einzuteilen. Der erste Krampf zuckte durch ihre Beine. Sie biss sich auf die Lippe, um nicht aufzuschreien. Der zweite reichte bis in ihre Zehenspitzen. Ein Bild blitzte vor ihren Augen auf, ein Junge an der Grenze zum Erwachsenwerden, der sich zu ihr hinunterbeugte, ein breites Lachen im Gesicht. Seine dunklen Locken hatte er im Nacken gebändigt. Als er sie hochhob, lösten sich einige vorwitzige Strähnen. Kader!

Ein heftiges, langes Ziehen in ihrem Unterkörper löste das Bild auf. Sie spürte, wie ihre Beine eins wurden, wie ihre Zehen sich streckten und sich in Flossen wandelten. Das Gefühl erinnerte entfernt an die Verwandlungen durch ihre Urmagie, aber diese hatten ihr nie wehgetan. Hierbei erschien es Tara, als wehrte sich ihr Körper gegen das Kraut, gegen die Art der Magie.

Ein weiteres Bild erschien, eines, an das sie sich nicht mehr erinnern konnte. Ihr Vater spielte doch tatsächlich mit ihr Verstecken. War das wirklich geschehen? Oder nur eine Illusion, erschaffen durch die Schmerzen? Der nächste Krampf zog sich durch ihren Oberkörper. Sie wimmerte stumm und winkelte ihre Beine an – oder das, was sie jetzt waren. Der Schmerz erreichte ihre Lungen, ihren Hals und presste ihr die Luft aus dem Körper. Ein Blitz vor ihrem inneren Auge, ihre Mutter, die sich heftig mit dem König stritt. Tara hielt es nicht länger aus. Sie keuchte und ... atmete Meerwasser.

Was für ein ekelhaftes Gefühl! Daran wollte sie sich gar nicht erst gewöhnen – aber für die nächsten Tage hatte sie keine andere Wahl. Sie wagte es, die Augen zu öffnen. Wo war Aghni?

Sie stieß sich vom rauen Grund ab, auf den sie gesunken war. Dort! Eine flammend rote Flosse zwischen all dem trostlosen Grau. Mit wenigen Flossenschlägen war sie bei ihr. Aghni hatte die Augen geschlossen, war bleich.

»Aghni!«, schrie sie und packte sie bei den Armen. »Aghni, wach auf!«

Die Feuerfee zuckte zusammen, ihr Körper bäumte sich auf. Dann hustete sie. Natürlich ... sie hatte zu lange versucht, die Luft anzuhalten und sich gegen die neue Atmung gewehrt.

»Schhh, ist ja gut.« Tara strich ihr über die Unterarme. Endlich riss Aghni die Augen auf.

»Tara«, keuchte sie und ein Schwall Luftblasen entwich ihrem Mund. Der Letzte, vermutlich. Aghni senkte ihren Blick und besah ihre Flosse. »Du hättest mich ruhig vorwarnen können, dass es so ... so wehtut.« Sie griff sich an ihre Kehle und tastete nach dem halben Herz.

Tara hatte sich schon oft gefragt, wo dieser Anhänger herkam und warum er Aghni plötzlich so wichtig schien. Ihr war nicht entgangen, dass Prinzessin Nuada die andere Hälfte besaß, doch hinter die Bedeutung war sie noch nicht gekommen.

»Warum sehen meine Schuppen dieses Mal ... so aus, deine aber haben dieselbe Farbe wie in Lormoralia?«, riss Aghni sie aus ihren Grübeleien.

»Ich denke, weil du letztes Mal nicht mit dem Kraut zur Meeresfee geworden bist. Opala hatte dir einen Trank gegeben, nicht wahr?«

Aghni nickte mit nachdenklicher Miene, dann sah sie sich um. Um sie herum war nichts. Weit und breit nur blau. Schon hier, nahe der Küste, war der Grund so tief, dass sie mit ihren normalen Feenaugen sicher kaum etwas hätten erkennen können. Ein weiteres Mal war Tara dankbar für die scharfen Sinne der Meeresfeen. Nur dank ihnen war es ihr auf Lormoralia gelungen, sich mitten im Ozean zu orientieren. Und so würde es hoffentlich auch dieses Mal sein. Sie blickte zurück zu den schroffen Felswänden, welche die Küstenlinie Seimorias bildeten. Laut der Karte mussten sie von hier lediglich geradeaus schwimmen, dann würden sie Sjobrals Grenzen irgendwann erreichen.

Tara sah ein letztes Mal zur Wasseroberfläche hoch, aber selbst dort war es nur unwesentlich heller, da sich dicke Wolken vor die Sonne geschoben hatten. Sie schlug kräftig mit der peridotgrünen Flosse. »Also los.«

In der unendlichen Weite waren sie beinahe allein. Am Grund lagen einige Schiffswracks, uralt und aus verschiedenen Epochen. Tara registrierte nur ein paar vereinzelte Schwärme von Thunfischen, Marlins und kleinerer Fische weit über ihren Köpfen – denn sie hielten sich nahe dem Meeresboden, der eine ganze Zeit lang immer weiter abfiel, bis sie die Meeresoberfläche und deren Licht kaum mehr ausmachen konnte. Das erste Mal, als sie die nymphischen Blütenblätter von Venedta gegessen hatte – hatte sie riesige Angst gehabt. Angst vor dem Wasser, Angst vor der Tiefe, dem Wasserdruck und dieser schieren Unendlichkeit.

Aber sie hatte Venedta vertraut und auch Dyrdia. Und wie im Nymphensee gab es keinerlei Grund zur Sorge ... zumindest nicht, was die Wirkung der Pflanze anging. Sie spürte nichts vom Druck, der sie eigentlich zerquetschen sollte. Dennoch war sie froh, dass Aghni stets dicht bei ihr blieb. Ihr schien das offene Meer ebenfalls nicht zu behagen – vor allem nach den letzten Erfahrungen, die sie mit der Wassermagie gemacht hatte. Der Meeresboden war karg. An einer flacheren Stelle reckte sich ein gigantischer Tangwald in die Höhe, doch diesen mussten sie zum Glück nicht durchqueren. Hier gab es mehr Leben. Zahlreiche Fischarten schienen den Schutz der Pflanzen als Brutquartier zu nutzen. Tara und Aghni schwammen, bis es noch dunkler wurde.

»Mir tut alles weh«, murrte die Feuerfee.

Ihnen blieb trotzdem nichts anderes übrig, als die Gegend erst auf Gefahren zu kontrollieren. Mittlerweile war der Boden furchiger und barg kleinere Hügel, auf denen vereinzelte Seesterne krochen und die an ihren Hängen ab und an flache Höhlen aufwiesen. Um über die Nacht zumindest etwas Schutz zu genießen, zwängten sie sich zusammen in eine dieser schmalen Höhlen.

»Westen ist in die Richtung.« Aghni, die extra an die Oberfläche geschwommen war, um sicherzugehen, dass sie sich noch auf dem richtigen Weg befanden, tauchte zu ihr hinab.

Tara nickte. »Die Strömung wird auch etwas wärmer in dieser Richtung.« Sie zog ihre Hand zurück. Dyrdia hatte ihnen eingebläut, immer auf die Meeresströmungen zu achten und vor allem: nicht in eine der Starkströmungen zu geraten. Dann könnten sie wer-weiß-wo landen, ehe sie aus dieser wieder herauskamen. Auf ihrer Reise von Lormoralia zurück nach Kufkania war ihr aufgefallen, dass nicht nur die Meerestiere das ausnutzten. Die Templerinnen hatten die Kutsche für eine Zeitlang in eine Starkströmung gesteuert, was ihre Reisegeschwindigkeit verdreifacht hatte. Im Gegensatz zu Aghni und ihr wussten sie aber sicher, worauf sie dabei achten mussten.

Eine gefühlte Stunde weiter und das Wasser wurde nicht nur wärmer, sondern auch wieder flacher. Die Hügel schoben sich immer mehr zur Meeresoberfläche und auf den höchsten fanden sich sogar Korallenriffe. Es begegneten ihnen mehr Fischarten. Vermutlich ein gutes Zeichen. Im Norden machte Tara riesige Seetangwälder aus. Je weiter sie schwammen, desto näher reichte die Waldgrenze an die Hügelkette heran, die sich immer mehr verschmälerte.

»Das hier muss der Pass sein, der in der Karte verzeichnet ist«, befand Aghni und hielt vor ihr an.

»Ich weiß nicht. War der nicht weiter südlich?«

Die Feuerfee folgte ihrem Blick nach links. »In diesen schroffen Bergen? Schau mal, da scheint es sogar zu brodeln.«

Leider hatte sie recht. Zwischen den Felsformationen traten an mehreren Stellen gräuliche Wolken hervor. Dort gab es kein Leben. Ihr Blick schwenkte wieder zu den Seetangwäldern. Obwohl es Pflanzen waren, fühlte Tara sich nicht wohl bei dem Gedanken, diesen Wäldern noch näherzukommen. Wer wusste schon, welches Getier sich darin verbarg? Ihr reichten die Riffhaie und Moränen vollkommen aus.

Du machst das hier für Venedta!, rief sie sich in Erinnerung. Je schneller sie die Urellia bekamen, desto schneller würde sie die Lichtfee wiedersehen.

»Komm weiter, sonst fragen sich die Haie noch, ob wir alt und lahm geworden sind und gutes Futter abgeben.« Sie knuffte Aghni in die Seite und schwamm voraus, kam aber nur ein paar Flossenschläge weit. Auf dem nächsten Hügelkamm thronte ein riesiges Schneckenhaus.

»Ist das ... ein Tier?«, blubberte Aghni.

»Wollen wir es nicht hoffen«, sagte sie und schwamm weiter. Bei näherer Betrachtung fielen ihr rundliche Wölbungen auf dem

Perlmutt auf, die von Weitem wirkten, als hätten sich Seepocken an der Schnecke festgeklebt. Größere Löcher überzogen die Oberfläche und in ihnen ...

»Das ist ein Gebäude«, stieß sie aus.

»Wer will denn in diesem Niemandsland wohnen?«, murmelte Aghni schlicht, folgte ihr aber. Sie waren noch keine hundert Meter gekommen, da schoss etwas aus einer der Öffnungen auf sie zu.

»Pass auf!«, schrie Aghni und stieß sie eben noch zur Seite.

Das Geschoss blieb wenige Meter hinter ihnen im Sand stecken. Es war eine Harpune.

»Wie unhöflich!«, echauffierte die Feuerfee sich. »Ihr dort, wir kommen in Frieden!«

»Niemand darf sich unerlaubt der Grenze nähern!«, rief eine tiefe Stimme zurück.

»Das soll Eure Grenze sein?«, fragte Aghni schneller, als Tara sie aufhalten konnte. Mahnend deutete sie auf die fehlenden Sicherungsmaßnahmen.

»Was meine Freundin sagen wollte«, setzte Tara daher schnell nach, »wir sind auf dem Weg zum Palast. Das Königshaus erwartet uns bereits.« Zumindest wenn sie richtig lag, und Melusine ihr Eintreffen in heimlicher Manier schon angekündigt hatte – wovon sie ausging - um Missverständnisse zu vermeiden.

»Das Königshaus erwartet Euch? Wollt Ihr mich veräppeln?« Eine Meeresfee schoss auf sie zu und baute sich mit verschränkten Armen vor ihnen auf. »Wieso sollte König Varun zwei junge Mädchen empfangen? Er hat genug Frauen!«

»Junge Mädchen? Hast du dich mal angeschaut?«, fuhr Aghni den Mann an, der trotz der tiefen Stimme überraschend klein war. Und jung. Tara schätzte ihn auf dreizehn. Er hatte noch nicht einmal Bartflaum.

Der Junge zog die Brauen zusammen. »Wer seid Ihr, dass Ihr es wagt, die Autorität der Grenzposten anzuzweifeln?«

»Du sollst ein ...«, setzte Aghni an.

Tara schnitt ihr schnell das Wort ab. »Verzeiht, dass wir diesen Umstand nicht gleich erkannten. Wir sind weit gereist, um im diplomatischen Auftrag mit Eurem König zu verhandeln – und seid versichert, dass dies nichts mit Eheversprechen zu tun hat.« Tara streckte ihren Rücken noch ein Stück durch, obwohl ihr der Junge ohnehin nur bis zum Kinn reichte. »Ihr steht hier vor Prinzessin Aghni von Ching und meiner Wenigkeit, Prinzessin Tara von Linphenou.«

Der Junge riss die leuchtend grünen Augen auf. »Verzeiht, edle Damen, ich ... Wartet hier!« Er fuhr sich durch das flachsblonde Haar, drehte sich einmal um die eigene Achse und schoss dann zurück zum Gebäude.

»Was bei Ylona war das denn?«

Sie gab Aghni keine Antwort. Das brauchte sie auch nicht. Der Junge kam mit einem zweiten Wächter wieder. Der war zwar kaum älter als er selbst – augenscheinlich sein Bruder –, doch er reckte sein Kinn so in die Höhe, dass sie keinerlei Zweifel daran hatte, dass dieser junge Herr von klein auf von seinen Eltern verhätschelt wurde.

»Bitte verzeiht die unangemessene Begrüßung meines Bruders«, empfing er sie. »Mein Name ist Feodyn Ceiron. Mein Bruder hört auf den Namen Beryos. Seid so gut und folgt uns in den Posten. Hier draußen ist es nicht sicher.«

Im Inneren des Schneckengewölbes spendeten Leuchtalgen ein bläuliches Licht. Die Möblierung war spärlich. Hätte es nicht in jeder der Fensteröffnungen Geschosse gegeben, wäre Tara überzeugt gewesen, die Jungen wollten sie veräppeln – zwei Kinder, die einen Außenposten bewachten?

»Verzeiht, dass nur wir Euch begrüßen. Unser Vater ist mit den anderen Männern auf der Jagd«, erklärte Feodyn.

»Euer Familienname sagt mir etwas«, sagte Aghni. »Ihr stammt aus einem der großen sjobralschen Häusern, nicht?«

»In der Tat. Unsere Residenz liegt in Swadhes«, brummte Beryos.

»Warum werden Adlige an die Außengrenzen Sjobrals geschickt? Ist das eine Art Strafe?«, traute Tara sich zu fragen.

Beryos zog seine hellen buschigen Augenbrauen nach oben. »Ganz im Gegenteil, Pflanzenfee. Der König ehrte unseren Vater mit dieser Aufgabe. Als einer der besten Kämpfer des Heeres ist dies nur gerechtfertigt.«

»Aber ... hier draußen ist doch nichts.« Aghni deutete um sich.

Die beiden Jungen warfen sich einen vielsagenden Blick zu, den Tara nicht deuten konnte und den ihre Freundin offenbar nicht bemerkte.

»Ich kann mir kaum vorstellen, dass Ihr hier viel Besuch bekommt«, fuhr Aghni unbeirrt fort.

Feodyn räusperte sich. »Weniger als früher, das stimmt. Aber der Handel mit Seimoria ist selbst jetzt, unter dem Angriff der Todesfeen, noch nicht zum Erliegen gekommen. Die Handelsschiffe trauen sich nicht mehr aufs Meer zu unseren eigentlichen Treffpunkten. Stattdessen reisen einige sjobralsche Händler bis ins Delta des Parat, um ihre Geschäfte abzuschließen.«

Beryos kramte unterdessen in einem Wandschrank, der Tara bisher nicht aufgefallen war, und holte tassenartige Gefäße hervor. »Möchten die Damen während der Wartezeit etwas Stachelrochenmilch?«

»Äh.« Aghni sah sie hilfesuchend an und stotterte lediglich: »Wartezeit?«

»Wir danken Euch sehr für das Angebot«, sagte Tara. Unter den fragenden Blicken der beiden leuchteten ihre Narben auf. Das bläuliche Licht schien das Schimmern noch zu verstärken. »Aber wie wir bereits sagten: Das Königshaus erwartet uns, und das schnellstmöglich. Uns bleibt keinerlei Zeit für eine Rast.«

»Ihr könnt nicht einfach davonschwimmen!«, fuhr Beryos auf.

»Ihr wollt uns aufhalten?« Das überraschte Tara.

Feodyn rang mit den Händen. »Wir haben keine bösen Absichten, mitnichten. Glaubt uns, der Weg ist gefährlich und sollte nur mit einer Wachtruppe passiert werden.«

Aghni seufzte. »Und wie lange werden wir warten müssen? Ich sagte ja bereits, die Zeit drängt.«

»Wenn alles gut geht, ist der Rest unserer Truppe in zwei Stunden zurück. Dann könntet Ihr es noch bis zum nächsten sicheren Posten schaffen, bevor es Nacht wird«, erklärte Feodyn.

»Und wie lange wird es dauern, zum Palast zu reisen?« Diese Frage lag ihr schon eine Weile auf der Zunge. Mit den Flossen waren sie nicht annähernd so schnell wie in der Luft mit ihren Begleitern.

»Die Damen, nach Swadhes könntet Ihr es an einem Tag schaffen. Uns steht eine kleine Gruppe von Rauzahndelfinen zur Verfügung, mit denen die Männer reisen. Bis zum Palast ist es dann noch einmal ein guter Tagesritt.«

Zwei Tage, wenn sie die Delfine bekamen. Wie lange würden sie nur ohne brauchen? Ob sie sich Delfine oder ein anderes Transportmittel von König Varun für das Rätsel leihen könnten? Würde er so großzügig sein? Schließlich hatte Königin Melusine gut von ihm gesprochen. *Aber die Frau hat auch einen geheimen Pakt mit Caldhra geschlossen*, schoss es Tara durch den Kopf. War als also klug, ihrem Wort zu vertrauen? Andererseits würden sie, wenn sie den Worten der beiden Wachmänner Glauben schenkte, Begleitschutz und Delfine gestellt bekommen. Sie würden weitaus schneller überhaupt zum Palast gelangen als mit ihren eigenen Flossen.

Aghni dachte offenbar dasselbe. »Also schön«, seufzte sie. »Warten wir. Beryos, ich nehme gern etwas Stachelrochenmilch.«

Tara verzog den Mund – im Gegensatz zur Feuerfee hatte sie sich noch nicht mit den Speisen und Getränken der Meeresfeen angefreundet. Und sicher würde sie sich niemals daran gewöhnen. Aber um des Anstands Willen gab sie sich geschlagen.

»Einen weiteren Becher für mich bitte, Beryos.«

Davius starrte aus dem Fenster. Unten im Hof, auf den Übungs-plätzen, wirbelte Yama mit einem Speer herum. Sie war vor wenigen Tagen mit zwei weiteren Spionen aus Seimoria wiedergekehrt und würde nur eine kurze Pause am Hof einlegen – ihr Auftrag und der ihrer Mitstreiter war noch nicht erfüllt. Caldhra hatte sie zu Beginn des Angriffes in das Land des Giftes ausgesandt, um Unruhe und Verwirrung in den Reihen der seimorischen Truppen zu schüren. Das war ihr nur bedingt gelungen. Und wer war angeblich Schuld daran? Wieder einmal Aghni und ihre Freundinnen.

Davius schüttelte leicht den Kopf. Dass sie sich überhaupt noch an den Hof traute, nach all ihren Fehlschlägen. Vielleicht hatte sie im Gegensatz zu ihm einen Hinweis darauf bekommen, dass der Schatten ihr Vater war, bevor sie an den Hof gekommen war – anders konnte er sich nicht erklären, wie sie so großkotzig und selbstsicher hatte werden können.

Marlon hatte berichtet, dass sie nur dank eines anderen Spiones aus dem Gewahrsam der seimorischen Truppen hatte fliehen können. Er stützte sich am Rahmen ab. Genau wie Marlon hatte er den Angriff auf Seimoria für zu früh befunden. Er selbst war an der Front gewesen und hatte Caldhra das Unterfangen schlecht ausreden können ... aber er ahnte, dass die Seimorier zäher waren, als ihre spärliche Bevölkerung es vermuten ließ. Er hoffte nur, das würde für Altmyr nicht nach hinten losgehen.

Noch interessierter verfolgte er allerdings Yamas Übungspartner mit den Augen. Der war ebenfalls erst vor wenigen Tagen mit Rumor, einem auf Davius' Radar eher unwichtigem Spion am Hof aufgetaucht. Direkt aus Ching. Sein blondes Haar hatte er ordentlich zurückgebunden, keinerlei Anzeichen vom Kampf, den er, Rumor und ihre Mitstreiter am chingesischen Palast hinter sich hatten. Und keinerlei Anzeichen von Reue. Einmal wehte sogar sein Lachen vom Hof hinauf, als er Yama kurz in der Mangel hatte. Nicht schlecht. Wie bei allen Göttern hatte Oht das nur hinbekommen? Wusste er, dass Caldhra seine Familie trotzdem nicht verschonen würde? Wie wichtig war seine Familie ihm? Schließlich hatte er seinen eigenen Bruder ermordet. Davius wusste nicht, ob er seinen Vater – den Mann, den er sein Leben lang dafür gehalten hatte – leichtfertig umbringen könnte. Vermutlich nicht.

Ein Glucksen riss seinen Blick vom Hof los. Er zog den Vorhang wieder zu, drehte sich um und verschränkte die Arme.

»Marlon, was bei Andavor soll das?«

»Was denn? Schau doch, wie süß sie ist!«

Davius rollte mit den Augen. Das durfte doch nicht wahr sein! Da entführte er unter Lebensgefahr, besonderen Umständen und völlig ungeplant eine kleine Prinzessin – und wozu?

Nicht nur, dass Caldhra bisher noch keinen Finger gekrümmt hatte, um das Gör als wertvolle Geisel im Handel mit Kufkania zu nutzen. Sie war der Meinung, das Mädchen würde hier ein viel besseres Druckmittel für ihre Pläne abgeben. Nein, zu allem Überfluss wickelte das kleine Ding unbewusst den halben Palast um ihren Finger, ohne ihre Räumlichkeiten auch nur zu verlassen. Und da saß sein alter Freund nun und spielte Teezeremonie mit einem Mädchen und den Puppen, die Caldhra ihr zugestand.

»Ich wünschte, sie würde sie wieder in eine Illusion stecken«, brummte er. *Und mich auch*, dachte er insgeheim, um diesem Wahnsinn mit seiner Königin zu entkommen. Seiner Großmutter! Er schauderte.

»Viel zu umständlich«, winkte Marlon ab. »Selbst Caldhra kann sich nicht monatelang auf sowas konzentrieren, wenn sie einen Krieg koordinieren muss.« Der Berater schob seinen langen Ärmel über den Ellbogen und hob die Teetasse an.

»Nicht so!«, quengelte das Mädchen. »Davius soll auch einen Tee bekommen.«

Er stöhnte. Könnte er die Zeit zurückdrehen, bei Andavor, er würde keine Sekunde zögern und die Kleine genau da lassen, wo er sie bei seinem Überfall auf den kufkanischen Palast gefunden hatte. Er hatte sich das Ganze wesentlich einfacher vorgestellt – sie war ja schließlich nur ein kleines Kind von fünf Jahren, was sollte schon so schwer daran sein, sie als Geisel zu nehmen?

Tja. Am ersten Tag hatte er sie beinahe versehentlich getötet, weil Iniya, eine Lichtfee, eine verdammte Sonnenallergie besaß. Die sich sogar als Mondscheinkrankheit herausstellte. Ihre Haut war so lichtempfindlich, dass sie bei den ersten Strahlen des Sonnenaufgangs bereits einen schweren Ausschlag bekommen hatte. Er hatte seinen Drachen nur noch in der Nacht fliegen lassen können, um sie nach Altmyr zu schaffen und darüber hinaus mitten in der Nacht eine Heilerin aufsuchen müssen, die ihr mit einer Salbe Linderung verschaffte. Leider hielt sie ihre Krankheit nicht davon ab, das hibbeligste Kind auf ganz Erakos zu sein. Selbst im Krieg hatte er mehr Schlaf bekommen als mit ihr im Gepäck. Zum Glück waren Kinder leichtgläubig – und Caldhras Illusionsmagie hatte ihr die Wahrheit ordentlich verschraubt. So war er für sie nicht der böse Entführer, der sie von ihrer Familie und aus ihrer Heimat fortgerissen hatte, sondern derjenige, der sie vor einem verheerenden Angriff der Rebellen gerettet und in Sicherheit gebracht hatte.

»Davius hat eigentlich eine ganze Menge zu tun«, versuchte er es.

»Was denn? Aus dem Fenster starren? Die lila Frau findest du immer ganz toll, oder?« Iniya grinste ihn an.

Er verkniff sich einen Kommentar. Für eine Fünfjährige war sie viel zu aufmerksam. Für ihn grenzte es an ein Wunder, dass sie noch nicht kreischend erkannt hatte, in welcher Lage sie sich wirklich befand. Selbst mit all den Illusionen.

»Schön. Einen Tee«, knurrte er.

»Juhuuu!« Sie patschte in ihre kleinen Hände, sprang auf und warf sich an seine Beine. Davius starrte Marlon mit zusammengekniffenen Augen an.

»Was genau hat sie ihr über mich erzähl ...«

»Keine Ahnung«, behauptete der Berater. »Und ich will es auch gar nicht wissen.« Betont gleichgültig schlürfte er an dem kalten Früchtetee.

Iniya griff nach seiner Hand und zog ihn mit zu dem niedrigen Tisch. »Du kannst hier sitzen«, jauchzte sie.

Marlon rückte mit einem großzügigen Grinsen ein Stück beiseite und klopfte neben sich auf die Kissen. Davius kniff die Augen zusammen. Das durfte doch nicht wahr sein! Er hatte es nicht zum Heerführer der altmyrschen Armee gebracht und setzte sich nun jeden Tag der tödlichen Gefahr aus, ungefragt Caldhras Liebhaber zu sein, um dann mit einer kleinen Prinzessin und ihren Puppen einen Tee zu trinken. Bei seinem Vater, er sollte längst wieder im Einsatz sein! Nur Caldhras Egoismus hinderte ihn momentan daran, die Truppen auf Seimoria zu unterstützen. Wenn sie ihn nur ...

»Marlon, kannst du ihm bitte eingießen?«, bat Iniya. »Die Kanne ist zu schwer für mich.« Sie hielt dem Berater eine Tasse hin.

Seufzend ergab Davius sich seinem Schicksal und ließ sich neben Marlon nieder. Viel lieber würde er mit Yama tauschen und eine Runde auf dem Platz üben. Ob die Sandmagie des Schattens auch in ihm verborgen lag? Das war unwahrscheinlich. Er hatte noch nie gesehen, dass Yama die schwarze Magie des Todes benutzte, die er heraufbeschwören konnte. Vermutlich war es also nicht möglich, dass der Sand tief in ihm schlummerte.

»Hier, bitte.« Mit einer vornehmen Geste reichte Iniya ihm die grazile Tasse. »Dann kannst du jetzt mit uns anstoßen.«

Es klopfte. Die Türen zu dem einfachen Gemach der Gefangenen waren bewacht, aber der Soldat riss nach dieser Geste ohne Ankündigung die Pforte auf. Ein breitschultriger Mann trat ein, der Marlon knapp zunickte und die gesamte Situation mit einem Stirnrunzeln versah. Es war einer der Männer, die schon seit einer Weile nur für ihn arbeiteten. Davius bemühte sich, in dieser lächerlichen Situation so würdevoll wie möglich auszusehen – schließlich war er jetzt der Heerführer der Truppen.

»Herr.« Der Mann verbeugte sich. »Wir haben Nachrichten vom Königshaus Sjobrals erhalten, die Euch interessieren werden.«

Sofort war er auf den Beinen. Beinahe riss sein kurzer Umhang dabei Marlons Teebesteck mit vom Tisch. Der Berater warf ihm einen wütenden Blick zu, als er die klappernde Tasse zu fassen bekam.

»Aber ... was wird jetzt aus deinem Tee?«, quengelte Iniya.

»Es tut mir leid, Prinzessin. Aber diese Angelegenheit erfordert meine sofortige Aufmerksamkeit.« Er lächelte ihr entschuldigend zu und obwohl sie schmollte, fand er auch so etwas wie Verständnis in ihrem pausbäckigen Gesicht.

Auf dem Gang forderte er sofort, die Nachricht zu sehen. »Ich wagte nicht, damit durch den Palast zu spazieren, Herr. Sie ist noch in Eurem geheimen Verschlag.«

In seiner Neugierde musste er sich zurückhalten, den Boten nicht scharf anzufahren. Stattdessen drückte er ihm wortlos ein paar Münzen in die Hand, schlug seinen Kragen hoch und nahm die Abkürzung über die äußeren Brüstungsmauern, um möglichst schnell zu dem kleinen, etwas abseits vom Palastkomplex gelegenen Gebäude zu gelangen, das er sich als privaten Rückzugsort auserkoren hatte. Und den er, gerade in Zeiten als Caldhras Betthupferl, gut gebrauchen konnte.

Durch einen verschlungenen Waldpfad, der durch dichte Fichtenschonungen führte, bahnte er sich seinen Weg. Sollte die Nachricht wirklich vom sjobralischen Königshaus stammen? Wieso? Was könnten sie wollen? Und warum richteten sie sich damit an ihn?

Es war ihm nicht unbekannt, dass Caldhra vor ihrem Angriff auf Nidalis einige Nautilationen mit Sjobrals König geführt hatte. Schließlich sah dieser Nidalis immer noch als eine Art Kolonie an, die er zwar nicht durch sein Blut, wohl aber durch die Nephospriester zu großen Teilen kontrollierte.

Caldhra hatte Bedingungen gestellt, verhandelt. Wie zu erwarten war das alte Geschlecht des Nephos zu stolz, um sich mit Feen von der Oberfläche zu verbünden. Noch dazu einer Halbgöttin, die sich schon vor hunderten von Jahren von ihrer Großmutter Zylana und somit auch von Nephos abgewandt hatte.

Hatte sich das Blatt nach der Einnahme von Alaith gewendet? Erkannten sie Caldhras Stärke endlich an? Sahen ein, dass ein Pakt vernünftiger wäre?

Zwischen den Hügeln tauchte der halbverfallene Turm auf. Das Gebäude lag am schmalen Zulauf, der das Meer mit dem Sinephfjord verband. Einst war es ein Leuchtturm gewesen, doch waren die Handelswege, die einst nach Ching und Seimoria führten, längst aufgegeben und der Posten vergessen worden. Davius hatte sich im Keller ein Versteck eingerichtet, die brüchige Treppe nachgebessert und im Ausguck einen Verschlag für seine Krähen ausgebaut. Im Inneren war es trotz der frühsommerlichen Temperaturen eiskalt. Er entzündete eine Laterne und machte sich an den Aufstieg. Oben erwarteten ihn nicht nur ein spektakulärer Ausblick über die rauen Klippen und Schärenlandschaften, sondern auch drei Vögel, die ihn kreischend empfingen. Er erkannte sofort, welchen die Meeresfeen geschickt hatten. Statt einer Krähe, die Caldhra so liebte, oder der Rauthna, die viele Feen auf Erakos verwendeten, saß dort ein schlanker Vogel mit strahlend weißem Gefieder. Eine Seeschwalbe. Vorsichtig entnahm er das schmale Rohr und fischte die Nachricht heraus. Das Papier war grünlich – aus Seegras – und das Siegel bestand aus einer grünen, wachsartigen Substanz. Möglicherweise Simutrin, das die Meeresfeen mit etwas anderem vermengt hatten. Er zog die Brauen zusammen. Ein Gedicht?

»Feuertochter in Blumen gehüllt, hin zu rauschenden Wogen, Sonne küsst Mond, in Meerestränen, Grund.«

Er las wieder und wieder. Dann starrte Davius den Vogel an und wieder das Papier, während seine Gedanken sich langsam einen Reim aus diesem Kauderwelsch machten. Oder zumindest hoffte er, dass er diese blumige Sprache richtig verstand.

Entschlossen knüllte er das Blatt zusammen und verätzte es mit seiner Magie. Wieder war er Yama einen Schritt voraus. Dieses Mal würde ihm kein Fehler unterlaufen. Es war Zeit, diese Jagd endgültig zu beenden.

Nahél fand die Eishöhle in der Nähe von Pertlon ohne Probleme wieder. Venedta wünschte sich, auch über so ein Gedächtnis zu verfügen. Für sie sahen all die verschneiten Hügelkuppen gleich aus. Klar, auch in ihrer Heimat gab es Schnee. Aber der kam selbst im Winter nur selten vor, zumindest in den Ebenen. Lediglich in den Bergen sorgten die rauen Winde dafür, dass dieser länger liegen blieb, doch jetzt im Sommer taute er selbst auf den höchsten Bergkämmen. Davon gab es auf Injadan keinerlei Anzeichen.

»Wie soll eine Fee hier dauerhaft leben?«, murrte Nephele. Sie griff in ihre Manteltasche und holte etwas Handgroßes heraus. Ihr magisches Zelt – und damit ihre einzige Möglichkeit, in dieser Eiseskälte nicht zu erfrieren.

Während die Luftfee ihren Zauber sprach und das Zelt seine eigentliche Größe annahm, zäumte Venedta Nayana ab. Ihre falbenfarbene Ricke war durch die langen Flugreisen um einiges muskulöser geworden – und zäher. Danach griff sie in ihr Retikül und dachte an das Futter für ihre Tiere, bis sie es in der Hand hielt.

Der Zauber war einfach gestrickt. Sobald sie den Gegenstand benennen konnte oder ein Bild vor Augen hatte, brauchte sie in ihrer Tasche nicht lange danach suchen. Sofern sie es zuvor in eine der magischen »Schubladen« sortiert hatte. Als ihre Mutter ihr damals das Retikül geschenkt hatte, war sie überhaupt nicht auf die Idee gekommen, dass es sich um etwas anderes als einen hübsch bestickten Beutel handelte. Iniya war diejenige gewesen, die es herausgefunden hatte. Venedta erinnerte sich nur zu gern an den Moment, als nur noch ihre kurzen Kleinkindbeinchen aus dem winzigen Täschchen hervorgelugt hatten. Eine Fee konnte sich darin nicht verstecken, das verhinderte der Zauber. Aber um nach Dingen zu suchen, konnte schon der halbe Körper in den Stoff tauchen. Sie brauchte eine Weile, um das System zu verstehen – am Anfang warf sie alles hinein, ohne nachzudenken, und fand es kaum wieder. Venedta streute großzügig Stroh auf das gefrorene Gestein des Höhlenbodens. Da Tara nicht bei ihnen war, hatten sie bei ihrer letzten Station in einem kleinen Dorf östlich des Lagono eine ganze Ladung gekauft, damit die Tiere es wenigstens von unten warm hatten. Trotz des langen Fluges dachte ihre Ricke nicht ans Fressen. Stattdessen kuschelte sie sich an ihren Leidensgefährten Jumanh und wärmte sich auf. Venedta schmunzelte. Seit sie aus Láthrá ausgebrochen waren, wirkten die beiden unzertrennlich. Nepheles Luftgeist knabberte hingegen schon genüsslich am frischen Heu. Nur dank Ciraia und ihrer Fähigkeit, warme Brisen zu erzeugen, konnten sie die Tiere bei diesen Temperaturen überhaupt draußen lassen.

»Ich werde mir die injadische Lebensweise mal genauer ansehen«, hörte sie Nahéls Stimme hinter sich.

Sie fuhr herum. »Kommt nicht infrage, nicht ganz allein!«

Die Halbcelone grinste. »Keine Sorge, ich laufe nur bis nach Pertlon. Sollte nicht lange dauern. Ich will nur wissen, was sie für Abwehrsysteme haben. Und vielleicht finde ich eine bessere Karte. Mit diesem Gekrakel von Önäis kommen wir hier nicht weit.«

»Du wirst ziemlich auffallen«, befand Nephele.

»Ich habe nicht vor, gesehen zu werden«, hielt Nahél dagegen.

Venedta rollte mit den Augen. Das war wieder typisch! Aber sie verstand ihre Neugier – ihr selbst ging es nicht anders. So viele Geschichten hatte sie über die injadischen Feen und deren Kultur gehört, doch viel zu selten war sie einer von ihnen begegnet. Selbst auf Láthrá waren es nur zwei Mädchen gewesen. Schwestern, beide hellblond, mit Haut wie frischer Schnee und schweigsam wie ein Grab. Venedta hatte sie immer nur zusammen gesehen.

»Schön, aber sei bitte vorsichtig.«

»Wann war ich das jemals nicht?« Nahél grinste wieder breit und zog ihre Kapuze tiefer ins Gesicht. Dann war sie verschwunden.

Venedta schüttelte den Kopf. »Woher nimmt sie bloß diese Unerschrockenheit?«

»Wenn ich in einem Land voller quasi Unsterblichen aufgewachsen wäre, wäre ich vermutlich auch so.« Nephele zuckte mit den Schultern. »Na komm, ich habe einen Bärenhunger.«

»Tadaa.«

Venedta war schon im Halbschlaf, als Nahél von ihrer Erkundung zurückkehrte. Sie hielt ein Pergament wie eine Trophäe in die Höhe.

»Wo hast du das her?«, fragte Venedta, konnte sich die Antwort aber schon denken, bevor Nahél sie unschuldig angrinste.

»Bitte sag mir, es gibt keine Illusionsschilde«, flehte Nephele. Im Gegensatz zu ihr war die Luftfee noch hellwach. Sie hatte es sich im Sessel bequem gemacht und strickte, allem Anschein nach würde ihr Werk mal ein Pullover werden.

Nahél prustete, was dazu führte, dass noch ungetaute Schneeflocken von ihrem Haar rieselten. »Ich bitte dich! Als ob eine Herrscherin, die Illusionen liebt, Schilde einbaut.« Sie schüttelte den Kopf und streifte Mantel und Stiefel ab. »Du hast es selbst gesagt. Hier ist es ja angeblich sogar erlaubt, seine Gestalt zu der einer anderen Fee zu formen.«

Venedta schauderte. Davon hatte sie gehört. Doch dem Glauben schenken? Das war eine andere Sache.

Wenn sie sich nur vorstellte, dass es dort draußen Feen gab, die dazu in der Lage waren ... Sie schauderte. Manchmal waren ihr schon ihre eigenen Verwandlungskünste unheimlich, selbst wenn ihr diese schon so oft aus der Patsche geholfen hatten.

Nahél klopfte sich auch den letzten Schnee ab, dann stapfte sie zu Nephele und breitete die Karte auf dem Tisch aus. Venedta gab ihren Plan zu schlafen auf, und warf sich stattdessen ihren Morgenmantel über. Da Aghni nicht bei ihnen war, heizten sie auf traditionelle Weise mit Holz – wenn es möglich war. Hier in der Höhle befürchteten sie, dass die dicken Eiszapfen sich durch die aufsteigende Hitze von der Decke lösen könnten. Daher hatte sie ein paar Lichtbälle im Zelt verteilt. Sicher, das war kein Vergleich zu der Wärme einer Flamme. Doch die Sonnenstrahlen ihrer Lichtmagie sorgten immerhin für milde Temperaturen.

»So, wie es aussieht, liegt Baraphés Schloss ganz im Norden. Hier.« Nahél tippte auf das geklaute Papier.

»Also wäre es am schnellsten, wenn wir durch die Eiswüste reisen«, schlussfolgerte Nephele.

»Das ja«, stimmte die Halbcelone zu. »Aber dort haben wir keinerlei Deckung. Wir haben es ja gesehen, als wir nach Umarhar geflogen sind – dort gibt es nicht einmal Hügel. Es ist flaches Land, über das der Wind unnachgiebig pfeift. Ich schlage eher vor, wir nehmen den Weg von hier nach Norden, an den gefrorenen Seen vorbei und dann durchqueren wir die Eiswüsten südlich des Imardisgebirge. Oder, wenn wir uns etwas in die Zivilisation trauen«, Nahél tippte weiter westlich, »könnten wir von hier nach Krala fliegen, und dann nördlich die Straße nach Inada nehmen.«

Das synchrone Klappern von Nepheles Nadeln stoppte. »Das ist riskant. Aber es hilft bestimmt, etwas über ihr Volk zu erfahren, bevor wir in den Palast einbrechen. Einem Volk, das nach den Geschichten der Händler in Angst lebt.«

»Meint ihr denn, das stimmt?«, hauchte Venedta.

»Ich bezweifle es«, antwortete Nahél. »Selbst mit den besten Wachen würde es früher oder später Feen geben, die aufbegehren, sollte Baraphé ihr eigenes Volk knechten – davon gibt es in all den Jahren keinerlei Aufzeichnungen. Selbst, wenn sie so angsteinflößend ist, wie alle sagen, ist sie immer noch sterblich. Im Gegensatz zu Caldhra hat sie keinen Pakt mit Andavor geschlossen.«

»Trotzdem ist sie eine Halbgöttin.« Nepheles Nadeln klapperten weiter.

»Wir haben die Klingen. Das Gift sollte auch bei ihr ansetzen und du kommst vermutlich als Einzige nahe genug an sie heran.« Venedta sah die Luftfee erwartungsvoll an.

Diese hielt erneut inne. »War es das, was du auf Phylos meintest? Weshalb du meine neuen Fähigkeiten brauchst?«

Wie zu erwarten klang sie wenig begeistert. Venedta senkte schuldbewusst den Blick. »Ich wollte es mit Illusionen versuchen, aber«, sie atmete tief durch. »Nach dem Desaster auf Manskelie mit den Illusionisten traue ich mir das nicht mehr zu.«

Nahél griff nach ihrer Hand. »Du machst dir Vorwürfe. Dabei hast du keinen Grund dazu – du hattest ebenso wenig Zeit, um zu lernen, mit deinen neuen Fähigkeiten umzugehen wie wir. Anyx hat selbst prophezeit, dass Illusionen schwierig sind. Venedta, sie sind eine Art der Urmagie, die mir vergleichsweise leicht fällt. Und trotzdem könnte ich nicht einmal ansatzweise erschaffen, was du bereits im Kampf mit den Rebellen eingesetzt hast. Die Größe deiner Illusionen ist erstaunlich!«

Sie schluckte. Sah zu Nephele, die unter ihrer Kleidung noch immer Verbände trug und dennoch ohne Widerworte mit ihnen gekommen war. Sie verlangte ohnehin schon viel zu viel von ihr. Ihr war durchaus aufgefallen, wie sehr die Luftfee der Abschied von Weißdorn schmerzte. Der Abschied von ihrer Familie, aber vor allem der von Nayek. Sosehr sie auch versucht hatte, es vor ihnen zu verstecken – Venedta war klar, dass die beiden eine innige Zuneigung verband.

»Das mag sein«, fand sie ihre Stimme wieder. »Aber Baraphé soll angeblich eine wahre Meisterin sein. Ihre Kräfte übersteigen die der Rebellen immens, sollten die Gerüchte stimmen. Wie soll ich da auch nur ansatzweise eine Chance haben, aus ihren

Illusionen auszubrechen? Oder sie gar zu meinen zu wandeln? Das ist mir schon bei den Illusionisten schwergefallen.«

»Lass uns darüber nachdenken, wenn wir es bis zum Palast geschafft haben.« Nephele blickte nicht einmal auf. »Bis dahin hast du noch ein paar Tage Zeit, zu üben. Und ich glaube, wir werden deine Kräfte brauchen. Haar und Haut der injadischen Bevölkerung sollen fast weiß sein und es gibt kaum Feen anderer Kulturen, die freiwillig in diese Kälte kommen. Nahél und auch ich mit meinen roten Haaren werden auffallen.«

»Das lass meine Sorge sein«, warf die Halbcelone ein. »Ein wenig Illusionsmagie beherrsche ich noch selbst. Im Übrigen bin ich für den Weg über Krala. Esat hat mal erwähnt, dass die Eisfeen angeblich dort ihr Heer stationiert haben.«

»Und das hältst du für eine gute Idee?« Venedta zwirbelte ihre blauen Strähnen zwischen ihren Fingern.

»Ich will mir ein möglichst vollständiges Bild machen. Je mehr Informationen wir haben, desto besser. Außerdem will ich die injadische Politik verstehen. Was würde passieren, wenn Baraphé nicht mehr Königin wäre? Es entstünde eine große Lücke – seit mindestens tausend Jahren gibt es keinerlei Zweifel daran, dass der Thron einzig und allein ihr gehört. Ich will wissen, welche potentiellen Feen dann nach der Macht greifen würden. Selbst – oder gerade wegen der Schreckensherrschaft, die sie angeblich betreibt, wird es davon einige geben.«

»Was heißt angeblich? Hast du in Pertlon nichts Auffälliges gefunden?« Nephele war nun wieder ganz Ohr.

Die Halbcelone schüttelte den Kopf. »Mein Bild von unserer letzten Durchreise hat sich bestätigt. Die Stadt ist direkt an die Berghänge gebaut. Ein paar Eisdrachen sind mir aufgefallen, aber es war alles friedlich. Keine Spur von Soldaten, welche die Bevölkerung des Nachts tyrannisieren. Es gab sogar einen Nachtmarkt, hell erleuchtet und wunderschön.«

»Ich fasse mal zusammen«, sagte Nephele. »In den wenigen

Berichten von Händlern und Reisenden, die sich in die Nordfjorde trauen, schneidet Injadan nie gut ab. Es wird über grausame Wachen, eine strikte Überwachung und Misstrauen gegenüber Reisenden berichtet.«

»Das konnte ich zumindest in Pertlon nicht vorfinden. Aber generell weiß ich nur vom Handel mit Umarhar und Linphenou, und das auch nur mit dem Nötigsten. Baraphé scheint sich also gern abzuschotten«, warf Nahél ein.

»Zudem wissen wir, dass das Heer bei Krala lagert«, Nephele zählte mit Nadeln und Fingern. »Und Drifa sagte, dass Baraphé angeblich Eisdrachen für die Armee fängt und versklavt. Alles in allem sind das überwiegend Gerüchte aus dem Volksmund.«

»Da hast du recht«, befand Nahél. »Ich habe weder an den Höfen noch in Láthrá Schlechtes über Injadan gehört – die Illusionisten, von denen Melusine uns erzählt hat, einmal ausgeschlossen.«

Venedta war keineswegs überzeugt. »Also finden wir es in Krala heraus. Irgendwas muss ja an den Geschichten dran sein.«

19.

Tara blieb die Luft weg. Nicht etwa, weil die Wirkung des Zaubers nachließ – sondern weil Sjobral wunderschön war.

Es war nicht nur der Palast, welcher sich wie Schneckengewinde gen Wasseroberfläche reckte. Hunderte und aberhunderte kleinere Gebäude tummelten sich um ihn, wie eine Horde Babyschnecken, die in der Nähe ihrer Mutter verbleiben wollten. Das gesamte Gebilde saß auf einem Berg voll bunter Strukturen, die sich bei genauerem Hinsehen als ganz unterschiedliche Korallen und Schwämme entpuppten. Immer mehr der Punkte, die um den Palast herumwuselten, stellten sich als Meerestiere oder Meeresfeen heraus.

Der Wachmann Fiadon Ceiron, Vater ihrer jungen Begrüßer, führte sie geradewegs zu dem größten Turmgebilde. Hier hatte es keine einzige Seepocke gewagt, sich niederzulassen. Schwärme von Putzerfischen strömten ihnen entgegen und sorgten dafür, dass jede noch so winzige Algenablagerung sofort beseitigt wurde. Das Ergebnis war strahlend. Obwohl sie so tief unter der Wasseroberfläche waren – zumindest fühlte es sich für Tara so an – tat der helle Schein des Perlmutts in den Augen weh.

»Das ist alles dreifach so groß wie in Lormoralia«, murmelte Aghni.

Tiefer im Inneren des Gebäudes begegneten ihnen immer mehr fein herausgeputzte Meeresfeen, allesamt mit schimmernden oder zumindest glänzenden Flossen, die sie ungeniert neugierig anstarrten. Tara wurde das Gefühl nicht los, dass man sie längst erwartete, denn immer mehr von ihnen schlossen sich ihrer kleinen Prozedur an – und das, obwohl Aghni und sie am liebsten so privat wie möglich mit König Varun gesprochen hätten.

Endlich hielt die kleine Gruppe des Außenpostens vor einer majestätischen Pforte an. Feine Muster von Schildkröten und Walen waren in die Flügel geschnitzt. Laute Trompetenstöße von seltsam aussehenden Fischen erklangen und die Türen schwangen so schwungvoll zurück, dass ihr Aufprall in der Halle vor ihnen laut widerhallte. Ja, anders konnte sie den Raum nicht beschreiben. Hoch und prunkvoll wie die Hauptkathedrale der Sasura strebte das Perlmutt der Oberfläche entgegen und wie das ganze Gebäude verjüngte sich das Dach nach oben hin ein wenig.

»Erzähl mir nochmal einer, dass Nephos nicht größenwahnsinnig ist«, blubberte Aghni ihr ins Ohr.

Tara kicherte, doch das Lachen blieb ihr sofort wieder im Hals stecken, als die Trompeten nicht verebbten. Stattdessen scherte der ganze Pulk, der sich hinter ihnen gebildet hatte, zu beiden Seiten der Kathedrale aus und bildete einen breiten Gang in der Mitte, auf den die Wachen mit ihnen sofort zusteuerten. Mit jedem Flossenschlag kam sie sich mehr wie eine Gefangene vor, obwohl Hauptmann Ceiron ihnen versichert hatte, dass sie nichts zu befürchten hätten. Tara war sich da nicht mehr so sicher. Die ganze Aufmerksamkeit war ihr mehr als unangenehm. Der Weg schien endlos. Endlich hielten die Wachen inne, verbeugten sich und gaben den Blick auf einen schwindelerregend hohen Thron frei. Auf diesem, ganze fünf Meter über ihnen, saß ein älterer Herr mit einem langen weißen Bart.

Noch viel absurder waren jedoch die vielen kleineren Throne zu beiden Seiten, die in Treppenstufen anmutend zu seinem führten. Jeden der Plätze besetzte eine grazile Meeresfee, alle von ganz unterschiedlichem Aussehen und Alter. Die einzige Gemeinsamkeit war, dass jede eine Krone trug – und je höher Tara blickte, desto aufwändiger waren diese verziert.

Noch mehr verwirrten sie die vielen Sitze, die jeweils eine Stufe unter den Damen angeordnet waren. Es waren Dutzende, mal nur ein oder zwei, dann fünf, manchmal sogar zehn. Nicht alle waren besetzt, doch auf vielen thronten Meeresfeen ganz unterschiedlichen Alters. Die jüngste, die Tara ausmachte, zählte vielleicht vier Jahre. War das etwa alles die königliche Familie? Sie hatte keine Zeit mehr, darüber nachzudenken. Hauptmann Ceiron trat vor und verneigte sich erneut.

»König Varun, wir haben Euch zwei Gäste geleitet.«

Stille legte sich über den Saal. Tara spürte hunderte Augenpaare, die sich in ihren Rücken bohrten.

Der König beugte sich ein Stück vor und stützte seinen Kopf auf der Faust ab. »Das sehe ich.« Seine grünen Augen bohrten sich in ihre, bevor er Aghni musterte. »Und, stimmt es? Seid Ihr die, für die Ihr Euch ausgebt?«

Als wären ihre Flossen nicht schon auffällig genug …

»König Varun, ich bin Aghni von Ching. Dies hier sollte Antwort genug auf Eure Zweifel sein.« Ihre Freundin deutete auf ihren Hals, wo sie als Ersatz für ihre Urellia nicht nur das halbe Herz, sondern auch einen Anhänger mit dem Wappen von Ching trug.

»Und ich bin Tara von Linphenou«, erhob sie selbst ihre Stimme.

»So seid willkommen am Hof von Sjobral. Bitte verzeiht die Umstände Eurer Ankunft. Wir mussten einige Sicherheitsvorkehrungen treffen, um unser Reich vor den langen Tentakeln Caldhras zu schützen.«

»Natürlich, das verstehen wir«, sagte Tara, obwohl ihr der ganze Aufriss gegen den Strich ging.

»Ich wundere mich dennoch, warum zwei Thronfolgerinnen in diesen gefährlichen Zeiten solch eine Reise auf sich nehmen.« Der König strich sich über den Bart.

»Ihr habt sicherlich von der Konferenz meiner Mutter gehört, zu der auch Ihr eingeladen wurdet«, begann Aghni.

»Wir haben davon gehört, doch unverschämterweise hielt Eure Mutter es für klug, sie nicht in unserer Reichweite abzuhalten, in der Nähe zum Meer.«

»Das bedauern wir sehr. Es waren unsere eigenen Sicherheitsvorkehrungen, die sie dazu bewegten und Ihr hättet …«

»Und trotzdem ist einer Eurer Gäste kurz danach ermordet worden. Von Eurem eigenen Verlobten, wenn ich mich nicht täusche?«

Aghni schwankte unter dieser Aussage.

»Ein Verrat heißt nicht ohne Grund Verrat«, sprang Tara ihr rasch bei. »Niemand konnte etwas von der Sinneswandlung von Prinz Nevin ahnen.«

»Bei einem solchen Angriff der Todesfeen auf den chingesischen Palast kann ich nur von Glück reden, dass mein Sohn diesen weiten Weg nicht wegen einer sinnlosen Konferenz auf sich genommen hat«, warf eine Frau ein. Es war die Meeresfee, die am nächsten beim König saß und bei der Tara davon ausging, dass es seine Lieblingsfrau war.

»Die Konferenz hat dafür gesorgt, dass sich viele Länder untereinander unterstützen und sich schnelle Hilfe zugesagt haben«, konterte Aghni. »Es haben sich sogar direkt zusätzliche Truppen auf den Weg auf die *Drei Freunde* gemacht, um ihnen beizustehen. Ich würde das alles andere als sinnlos nennen.«

Die Frau schürzte ihre Lippen.

»Ich habe mir den Bericht angehört, den Königin Marietta schickte«, brummte der König.

»Dann wisst Ihr auch, dass wir auf der Suche nach einem Erbstück Eurer Familie sind.« Mehr wagte Tara nicht zu sagen, angesichts der vielen Zuhörer im Raum.

Der König lachte. »Das weiß ich gewiss. Doch ist mir nicht ganz klar, wie Ihr das bewerkstelligen wollt. Ich habe das Rätsel, nach dem Ihr verlangt, schon Unzähligen vor Euch aufgegeben. Niemand hat es je gelöst. Niemand uns von der Plage erlöst, die es mit sich bringt.«

Tara drückte ihren Rücken durch.

»Das ist uns bewusst«, entgegnete Aghni und reckte ihr Kinn vor. »Aber wir gedenken nicht zu gehen, ohne dass wir es zumindest gehört haben.«

Ein mittelalter Mann auf einem der Sitze lachte.

Der König hob die Brauen, offenbar überrascht von Aghnis Selbstbewusstsein. »So oder so dürft Ihr selbstverständlich, bis Ihr aufbrecht, die Gastfreundschaft von Sjobrals Hallen genießen. Alsdann…« Er erhob sich vom Thron. »Prinz Ashwagan, wärt Ihr so freundlich, den Prinzessinnen das Rätsel aufzutragen?«

Der Mann, der gelacht hatte und offensichtlich der Älteste von König Varuns Söhnen war, nickte und erhob sich ebenfalls, wobei seine dunkelblaue Flosse aufblitzte.

»Des Meeres Herzen mahlt es unermüdlich. Der Kinder Tränen frisst es unersättlich. Dies Erden Zähne staubt es ungestüm, Naturgewalt, Zerstörer, unser Mörder. «

Über die Menge hatte sich Schweigen ausgebreitet, doch als Prinz Ashwagan mit einem bedeutungsvollen Seufzer endete, schwoll das Stimmengewirr wieder an wie das Zischen einer Marane. Der Thronfolger setzte sich wieder, auf seinem Gesicht ein überhebliches Lächeln. Auch er schien überzeugt, dass sie es niemals schaffen würden. Tara hatte keine Zeit für sein Gehabe. Ihre Gedanken rasten bereits. Was hatte Hauptmann Ceiron nochmal über die Gegend östlich der Hauptstadt gesagt? Dort, in den Seetangwiesen, sollte etwas Ungeheueres hausen. Was auch immer es war – sicher war es das, wovon Prinz Ashwagan sprach.

»Ihr seid bestimmt erschöpft von der Reise«, erhob König Varun wieder das Wort. »Bitte, ruht Euch aus. Meine Frau Rhaya wird Euch in unsere Gästegemächer geleiten.«

»Es wundert mich keineswegs, dass meine Eltern kaum Kontakt zu ihm haben.« Aghni schnaubte. Sie bürstete ihre schwarzen Haare, die von der Reise noch ganz zerzaust waren.

»Glaubst du, Melusines Aufzeichnungen stimmen und er ist auch ein Halbgott?«, fragte sie.

Venedta würde das vielleicht wissen. Ihre Kenntnis über irgendwelche verstaubten Stammbäume war bemerkenswert, auch wenn Tara beim besten Willen nicht verstand, wie die Lichtfee sich das alles merken oder gar interessant finden konnte.

»Sieh dir doch nur an, wie alt seine Kinder schon sind«, murmelte Aghni mit einer Haarklemme zwischen den Zähnen. »Oder seine Frauen.«

Tara schauderte. »Das können niemals alles seine Frauen sein.« Sie rieb sich die Arme.

Aghni lachte freudlos auf, setzte sich und griff nach einem Papier. »Da habe ich im Nephostempel anderes gehört. Ehrlich gesagt wundert es mich, dass Zarath bei Andavors einer Untat so ausgerastet ist, Nephos und Iatei aber bei so gut wie allen Fehltritten freie Hand gewährt hat.«

Tara hob eine Braue. »Vermutlich weil Andavor ihn mit seiner Tat persönlich angegriffen und beleidigt hat. Paiké ist immerhin Zaraths Tochter.«

»Natürlich, aber rechtfertigt das etwa, dass Nephos sich ohne jegliche Absprache mit den anderen Göttern oder einem triftigen Grund Lormoralia selbst eingeheimst hat? Oder dass er das Gebiet seines Großvaters eingenommen hat, obwohl dieser Zaraths Bruder ist, zumindest laut den alten Schriften?«

Tara sah sich unruhig um. Obwohl sie wusste, dass die Götter nicht so einfach nach Erakos kommen konnten, war ihr nach dem Besuch auf Iniye jedes Mal Angst und Bange, wenn jemand einen abfälligen Kommentar über sie machte. Sie wollte nicht auch noch einen Fluch auf sich ziehen – es reichte schon, wenn einer auf Nahél lag.

»Wer weiß, was noch dahintersteckte«, sagte sie. »Vielleicht mochte Zarath Andavor von Beginn an nicht, das soll ja vorkommen. Und bei einem unsterblichen Leben …«

»So wie du Petár von Tarlagmyn?«

»Du hast Nahél doch gehört. Mit Sadisten stehe ich nicht auf guten

Wurzeln.« Sie zog sich ihre Schlafrobe über.

»Also, auf mich wirkte er nicht wie ein Sadist. Etwas von sich selbst überzeugt, vielleicht«, sagte Aghni und sah von ihrem Gekritzel auf, mit dem sie ihre Gedanken zum Rätsel festhielt.

»Du kennst ihn nicht«, schnaufte sie energischer als beabsichtigt. Aghni sah sie fragend an. Ein lautstarkes Hämmern an der Tür riss die Feuerfee von ihrem Sitzplatz.

»Treás«, hauchte Aghni. Sie war kreidebleich geworden und zitterte leicht.

Tara zog die Robe enger um sich. Sie konnte nur vermuten, warum Aghni so reagierte – denn sie wusste nicht, wie die Schreckensnacht verlaufen war, in der Treás ermordet worden war. Tara griff nach ihrem kleinen Dolch und vergewisserte sich, dass ihre Freundin einverstanden war. Erst dann öffnete sie die Tür einen winzigen Spalt. Eine mittelalte Meeresfee schwebte davor im Wasser.

»Endlich öffnet Ihr«, flüsterte der Mann und sah sich hektisch um. »Ich muss dringend mit Euch beiden reden.«

Tara ließ ihren Blick an ihm auf- und abgleiten. »Und Ihr seid?«

Der Mann trommelte neben der Tür an die Wand. »Ich bin Prinz Hajambat. Bitte lasst mich ein! Ich schwöre bei allen Göttern, ich will Euch nichts Böses.« Da er Angst zu haben schien, dass er bei ihnen gesehen wurde, ließ Tara ihn ein. Er rauschte an ihr vorbei und zog augenblicklich den letzten Vorhang zu, den sie noch nicht geschlossen hatten.

»Bitte entschuldigt mein unangemessenes Auftreten«, sagte er dann und verbeugte sich. »Ihr solltet aber etwas wissen, bevor Ihr aufbrecht, um das Rätsel zu lösen.«

»Lasst mich raten.« Aghni verschränkte die Arme vor der Brust. »Für diese Informationen erwartet Ihr eine Gegenleistung?«

Tara hob die Brauen. Bei Petár blieb ihre Freundin ruhig, aber bei diesem unscheinbaren Mann wurde sie misstrauisch? Der schüttelte seine dunkelgrünen Locken.

»Nein, denn wenn Ihr es schafft, meines Vaters Rätsel zu lösen, tut Ihr mir bereits einen großen Gefallen. Vermutlich sogar dem Großteil Sjobrals.«

Tara fuhr sich durch ihre eigenen Locken, die vom Salzwasser und der Strömung ganz zerzaust waren. »Es ist ein Ungeheuer, nicht wahr?«

Der Prinz nickte ihr knapp zu. »Da ratet Ihr richtig.« Er inspizierte die Decken und Säulen des Gemachs noch einmal genauer.

»Was soll das?«, quiekte Aghni, als er sie beiseiteschob, um auch die letzte Säule zu überprüfen.

»Mein Vater hat überall seine Seepocken. Eine spezielle Rasse, ihre Schalen besitzt besondere Kristalle, die das Licht reflektieren und sie beinahe unsichtbar machen«, erklärte er. »Deswegen ist es auch ein großes Risiko für mich, hier zu sein.«

»Ihr seid sein Sohn …« Aghni runzelte die Stirn.

»Ich bin nur vorsichtig.« Er seufzte. »Bei meines Vaters Launen … Nun ja, ich bin mir nie sicher, was er als Nächstes plant oder tut.« Er sah sie nachdenklich an. »Leider liegt Ihr richtig, Prinzessin Tara. Es handelt sich um eine Seeschlange.«

»Nur eine Schlange?«, fragte sie perplex.

Der Prinz lachte leise, doch Trauer schwang darin mit. »Wir sprechen hier von einem dreißig Meter langen Ungetüm.«

Tara schluckte. Das erklärte den Umweg, den sie hatten nehmen müssen.

»Aber so ein riesiges Tier braucht doch Nahrung«, murmelte Aghni. »In den Seetangwiesen halten sich doch eher kleinere Lebewesen auf.«

»In der Tat. Deswegen ist sie auch nicht ausschließlich dort unterwegs. Seit mehreren Jahrzehnten sucht sie uns heim und greift Siedlungen an, sogar die größeren Städte.«

»Warum unternimmt König Varun nichts dagegen?«, fragte Tara und ließ sich auf dem Bettschemel nieder. Ihre Finger, sogar ihre gesamte Flosse zitterte bei dem bloßen Gedanken an eine riesige Schlange.

»Das hat er lange versucht.«

»Und jetzt nicht mehr?«, fragte sie verwirrt.

Der Prinz schüttelte den Kopf. »Wie er bereits sagte, hat er seitdem jedem Bittsteller dieses Rätsel aufgegeben. Nicht nur das, unsere Streitmacht hat wiederholt versucht, gegen das Ungetüm zu bestehen. Doch vor acht Jahren beschloss mein Vater, ein Abkommen mit der Schlange zu schließen – denn selbst unsere Streitmacht samt unserer mächtigsten Feen konnten sie nur mit Mühe und großen Verlusten davon abhalten, die Hauptstadt zu verwüsten.« Er seufzte.

»Und was bedeutet dieses Abkommen für Sjobral?«, fragte Tara schaudernd.

»Opfer.« Prinz Hajambat sah sie an und in seinen Augen lag tiefe Trauer. »Eine ganze Menge Opfer. Sie hat zugestimmt, sich in die Seetangwälder im Nordosten Sjobrals zurückzuziehen. Dafür werden jeden Monat zehn Bürger in den Tiefen dieser Wälder ausgesetzt. Sie kommt aus dem Tiefseegraben geschossen und verspeist einen nach dem anderen.«

Tara schluckte und rieb sich die Arme. Aghni setzte sich und auch auf ihren Armen erkannte Tara eine Gänsehaut.

»Wie werden diese Opfer ausgewählt?« Trotz des Meerwassers klang ihre Stimme staubtrocken.

»Meist sind es Verbrecher. Diebe, Gewalttätige, manchmal Vergewaltiger oder Mörder. Aber mittlerweile sind unsere Zellen leer und Verbrecher reichen nicht mehr aus.« Er knetete seine Hände.

»Und dann?«, hauchte Tara.

Hajambat schluckte. »Eine Spezialeinheit greift Dörfer in den abgelegenen Regionen an oder sucht explizit nach Meeresfeen, die außerhalb unserer Grenzen leben. Manchmal fordert mein Vater auch Gefangene von unseren Kolonien ein.«

»Er sieht Lormoralia als Kolonie an?«, schlussfolgerte Aghni.

»Ihr wisst vom untergegangenen Reich?« Kurz stand Hajambat

der Mund offen. Dann räusperte er sich. »Ja, tut er. Ein weiteres Thema, auf das ich nicht stolz bin, aber nicht ändern kann.«

»Niemals?«, hakte Tara nach.

Er zuckte mit den Schultern. »Ich bin nur der sechste in der Thronfolge. Sollte mein Vater einmal abdanken – was er nur unwahrscheinlich freiwillig würde, wird mein Halbbruder Ashwagan König. Ich werde höchstens Berater ... aber so, wie ich meinen Bruder kenne, werde ich meine Frauen und Kinder nehmen und fliehen.«

Tara wog den Kopf hin und her. »Das klingt schrecklich.«

»Das ist das Schicksal der meisten Nachgeborenen«, erwiderte er.

»Nicht in allen Königreichen«, stellte Aghni richtig. »Aber zurück zur Schlange. Was wisst Ihr über sie? Hat sie Schwachstellen?«

Hajambat lächelte träge. »Wenn wir eine gefunden hätten, wären wir kaum in dieser Lage. Ich persönlich glaube, dass sie lichtscheu ist. Woher diese Schlange kommt, wissen wir nicht. Aber in unseren alten Legenden stammen solche Ungeheuer immer aus der Tiefsee. Es bestehen also gute Chancen, dass sie nachtaktiv ist. Niemand hat je lange genug überlebt, um das mit Sicherheit zu sagen, aber die Angriffe auf die Städte erfolgten immer in der Dunkelheit.«

Tara schlug die Augen nieder. Natürlich, ausgerechnet dann, wenn Venedta nicht bei ihnen war!

»Habt vielen Dank, Prinz Hajambat«, sagte Aghni. »Wir wissen das sehr zu schätzen.«

»Ich sorge mich nur um die Zukunft meines Volkes«, erklärte er. »Und eure Abenteuer, über die ich im Bericht der Konferenz las, lassen mich hoffen, dass Ihr uns von diesem Monster erlöst.«

»Das ehrt uns, aber hofft nicht zu sehr. Auch wir sind nur zwei Feen.«

»Ihr verratet mir vermutlich nicht, was aus Euren drei Freundinnen geworden ist?«

Taras Blick kreuzte unbemerkt den von Aghni. Sosehr sie den

Hinweis Hajambats auch zu schätzen wusste, so war sie sicher, das die Not seines Volkes nicht sein einziges Motiv sein konnte. Und selbst wenn sie sich täuschte und er wegen den Untertanen seines Vaters ein so großes Risiko auf sich nahm, wollte sie nicht mehr Feen als nötig verraten, wo ihre Freundinnen waren. Sie waren auch so schon in größter Gefahr.

»Ich bedaure«, sagte Aghni.

»Natürlich, bitte verzeiht meine Dreistigkeit. Ich lasse Euch dann allein.«

Nachdem er sich vorsichtig auf dem Flur umgesehen hatte, schwamm er ohne ein weiteres Wort ins schillernde Perlmutt davon. Aghni ging sicher, dass die Tür richtig verschlossen war. Dann lehnte sie sich dagegen und sah sie müde an.

»Irgendeine Idee, wie wir diese Seeschlange loswerden?«

»Du meinst, ohne dabei den König zu verärgern, der mit diesem Pakt sicher auch die Angst vor ihm schürt und seinen Machtanspruch sichert?« Aghni nickte. Tara lehnte sich ihrerseits gegen den Sekretär. »Nicht, dass ich wüsste.«

Tara schlief so gut wie gar nicht. Nach den Worten ihres abendlichen Besuchers wälzte sie sich in der ungewohnten Schlafgelegenheit hin und her. Wenn ihr doch die Augen zufielen, träumte sie von einem riesigen Maul, das sie verschlang. Noch schlimmer war jedoch der Traum, der von ihrer Mutter handelte. Seit Nächten wachte Tara schweißgebadet davon auf. Zum ersten Mal seit ihrer Flucht aus Láthrá hatte sie eine Ahnung, wie Venedta sich mit ihren Ängsten und Albträumen fühlte.

Aghni und sie verbrachten den Morgen in der königlichen Bibliothek, um an bessere Karten Sjobrals und vor allem des großen Gebietes der Seetangwälder zu kommen. Selbst in den Reihen voller Schriftrollen, in denen Tara sich sonst so wohl fühlte, wurden sie von einer ganzen Schar Diener begleitet. Angeblich, um ihnen jeden noch so kleinen Wunsch von den Augen abzulesen. Doch Aghni und sie waren sich einig, dass der König sie beschatten ließ.

Sie suchten auch nach Aufzeichnungen zu Seemonstern, aber die Bibliothekare bedauerten zutiefst: Diese zählten zu den heiligen Schriften und waren nur Gläubigen des Nephos zugänglich.

»Was für ein Unsinn«, zischte Aghni ihr beim Verlassen der Bibliothek zu. »Die Priesterinnen im Nephostempel haben mir erklärt, dass jeder unter Nephos' Schutz willkommen sei, ebenso wie ein jeder die Geschichten und alten Sagen hören dürfte. Sie haben mich ihre Bibliothek nutzen lassen, obwohl sie genau wussten, dass ich keine Meeresfee bin.«

Unter den Augen und Ohren der Diener verkniff sich Tara einen Kommentar. Sie packten ihre Sachen, wurden vom Thronfolger persönlich mit guten Wünschen beladen und machten sich dann auf den Weg. Die Hauptstadt Astant lag nicht weit entfernt. Schon auf dem Hinweg hatten sie mit den Wachen die weitläufige Siedlung passiert. Von dort aus mussten sie nach Nordosten, aber da sie im Palast mit ihrer Suche nach Informationen wenig erfolgreich gewesen waren, wollten sie den Tempel aufsuchen. Dieses Mal hatten sie die Möglichkeit, sich der wahren Schönheit Astants bewusst zu werden. Die Bauwerke aus Koralle, Perlmutt und Kalkgestein waren auch hier größtenteils gewunden und schraubten sich in beachtlicher Steigung in die Höhe. Der Tempel war selbstverständlich eines der beeindruckendsten Gebäude und um einiges prächtiger als der von Lormoralia. In Konklaven der Perlmuttwände fanden sich Statuen, die Nephos' Geschichte darstellten. Korallenbäume schmückten den Vorplatz. In die hohen Fenster waren bunte Scheiben eingesetzt und die Portale glitzerten vor blauen Edelsteinen. Sie mussten nicht um Erlaubnis bitten, denn der Tempel besaß tatsächlich eine offen zugängliche Bibliothek.

»Es sollte viel mehr solcher Orte geben«, flüsterte Aghni, als sie hinein schwammen.

Tara nickte. »Die Dryaden lassen jeden aus ihrem Volk an Wissen teilhaben. Im legendären Mithrad soll es Schulen für Dryaden jeden Alters geben. Selbst, wer alt und gebrechlich ist, aber noch etwas Neues lernen möchte, ist willkommen.«

»Auf Aethrún gibt es mehrere solcher Orte.« Sie schwammen zu der Regalreihe, auf der das Schriftzeichen *Meeresungeheuer* verkündete. »Sie wurden von den alten Königen erbaut. Jene, die noch Daphnes herzensgutes Wesen in sich trugen. Es sind ihre Grabstätten und dienen gleichzeitig als Vermächtnis ihrer Büchersammlungen. Damit ehrten sie nicht nur Daphne selbst, sondern auch ihren Vater Ako.«

Tara ließ ihren Blick die Reihen entlangwandern. Obwohl sie Aghnis Erzählung interessant fand, hatte sie jetzt andere Dinge im Kopf. Eine Seeschlange stand zwischen ihr und der Urellia von Sjobral. Und damit zwischen ihr und dem Wiedersehen mit Venedta, die hoffentlich …

Nein! Sie durfte nicht daran denken, was auf Injadan alles passieren konnte. Schnell zog sie einen verstaubten Einband hervor – *Der Opaq in seinem natürlichen Lebensraum* – und schob ihn schnell wieder zurück. Nach der Begegnung mit einem dieser Monster hatte sie gehofft, vor weiteren schleimigen Aufeinandertreffen verschont zu werden.

»Gefahr aus der Tiefe – vom Anglerfisch bis zum xylindrischen Fächerwurm«, las Aghni vor. »Klingt das nicht vielversprechend?«

Tara ignorierte den Schauer, der ihr über den Rücken lief. »Traumhaft. Du kannst ja schonmal anfangen. Ich suche hier noch weiter.«

Aghni kicherte. »Kopf hoch, immerhin haben wir dank unseres nächtlichen Besuchers schon einen Hinweis.«

Tara blätterte noch eine Weile zwischen den Seiten und entrollte Pergamente, aber außer einer weiteren Schriftrolle, welche *Die Gewohnheiten von Tiefseeschlangen im Jahre 574* anpries, fand sie nichts. Sie nahm es mit und ließ sich neben Aghni nieder, die ihre Nase bereits tief in der Lektüre vergraben hatte.

»Mit Lichtschein lag er gar nicht falsch«, murmelte Tara nach ein paar Seiten.

»Vielleicht kann ich es mit Feuer blenden.«

Tara kratzte sich die Nase. »Das unter Wasser nicht funktioniert?«

Aghni vergrub ihre Stirn in ihrer Hand. »Warum musst du recht haben?«

Nach einer Weile der Stille sagte die Feuerfee: »Hier steht etwas über eine Pflanze, deren Geruch Seeschlangen betäuben kann. Es wird zwar nur von einer kleinen, sehr giftigen Seeschlange berichtet, aber bei dieser schien es äußerst wirksam zu sein.«

»Und von welcher Pflanze sprechen wir hier?«

»Eine sogenannte Blutblume.«

Tara spitzte die Ohren. »Davon habe ich schonmal gehört. Allerdings ist das eine Unterwasserpflanze.«

»Glaubst du denn, du könntest eine wachsen lassen?«

Tara wiegte den Kopf hin und her. »Dazu muss ich sie genau kennen, ihre Essenz, weißt du? Ich habe nicht ohne Grund in jeder freien Sekunde Botanik studiert.« Sie erhob sich. »Aber vielleicht gibt es hier auch Botanikbücher.«

Wie sich herausstellte, war die Blutblume ebenso ein Mysterium wie die *unbekannten Lande*. Die Gelehrten waren sich einig, dass sie existierte, aber die Pflanze schien so selten zu sein, dass es keinerlei genaue Aufzeichnungen, geschweige denn eine Illustration von ihr gab – nur eine, die Tara ebenso abwegig erschien wie mithilfe einer Pflanze gegen eine riesige Seeschlange zu gewinnen. Nahél hätte ihr an dieser Stelle vielleicht weiterhelfen können – immerhin sollte es sich um eine Giftpflanze handeln. Als sie das nächste Mal von ihrer Recherche aufschaute, waren die Priester des Nephos bereits dabei, die noch anwesenden Feen herauszubitten.

Aghni rollte ihre Lektüre zusammen. »Lass uns eine Unterkunft für die Nacht finden und dort weiter überlegen, was wir tun können.«

Taras Mut war an dieser Stelle bereits auf null gesunken. Aghni hatte recht. Weitere Informationen würden sie hier nicht finden. Also machten sie sich auf die Suche nach einem Gasthaus. Kaum hatten sie die Bibliothek verlassen, knurrte Aghnis Magen lautstark.

Die Feuerfee grinste. »Was dagegen, wenn wir einen kleinen Umweg einlegen? So hungrig kann ich jedenfalls nicht einschlafen.«

Tara stimmte lachend zu. Sie fanden ein kleines Lokal, in das es Aghni sofort hineinzog. Da die Feuerfee sich durch ihren längeren Aufenthalt in Lormoralia mit den Speisen der Meeresfeen besser auskannte, vertraute sie ihr dabei blind. Während sie auf ihr Essen warteten, fiel ihr dennoch auf, dass ihre Freundin sich auffällig oft umsah.

»Ist alles in Ordnung?«

Aghni lächelte und fuhr sich durch die Haare. »Entschuldige, ich bin die ganze Zeit angespannt. Stundenlang durch *sein* Element zu schwimmen, macht mir zu schaffen.«

Tara griff über den Tisch nach ihren Händen. »Deine Reaktion beim Klopfen Hajambats hat Bände gesprochen. Möchtest du darüber reden?«

Aghnis Finger verkrampften sich. »Das wird nichts bringen.«

»Du musst das nicht mit dir selbst ausfechten, das ist vollkommen unmöglich.«

»Ich konnte nichts tun!«, fuhr Aghni sie harsch an. Dann sackten ihre Schultern nach vorn. »Ein Klopfen, Treás kam hereingestürmt, und nur Sekunden später war alles voller Blut. Seinem Blut. Er ... er hatte nicht einmal Zeit, sein Schwert zu ziehen.« Sie schluckte sichtbar.

Tara nickte. Als Kind war sie nur knapp einem Attentat der Todesfeen entkommen, wäre Kader nicht gewesen. Und dann hatte sie hilflos mitansehen müssen, wie er zum Rachezug auszog und nie wiederkam.

»Und ... wie fühlst du dich jetzt?«, traute sie sich, zu fragen.

Aghni wartete mit ihrer Antwort, bis ein breitschultriger Kerl

eine wabblige Substanz in großen Muschelschalen vor ihnen ab-
gestellt hatte.

»Leer. Ich bin jeden Tag gleichermaßen traurig und wütend
und weiß nicht, wohin mit diesen Emotionen. Ich versuche sie
in meine Magie zu lenken, wenn wir kämpfen, auch wenn Tai Lo
meinte, das wäre gefährlich. Aber das hilft wenigstens für einige
Stunden gegen die nagende Unruhe in mir. Weißt du, meine persönlichen Probleme scheinen seitdem nicht mehr zu existieren.«

Tara horchte auf. »Wie meinst du das?«

»Erbfolge, Thron, irgendwelche innenpolitischen Streitereien
wegen Iatei und Ylona – das alles erscheint plötzlich so unwichtig.
Es gibt nur noch das Ziel, die Urellias zu finden, um endlich
eine richtige Waffe gegen Caldhra in der Hand zu haben. Damit
dieser unsinnige Krieg beendet wird und ich Nevin für seinen
Verrat zur Rechenschaft ziehen kann. Alles andere kann sowieso
erst gelöst werden, wenn das vorbei ist.« Aghni zog ihre Hände
aus der Berührung und griff stattdessen zum Löffel.

Tara schluckte und legte ihre Hände in ihren Schoß. Sie war zwar
hungrig, aber die Brühe vor ihnen sah mit ihrem bräunlichen
Farbton alles andere als appetitlich aus.

Nach ein paar Bissen sah die Feuerfee sie durchdringend an.
»In Tarlagmyn«, sagte sie plötzlich, »du kanntest Petár, nicht?
Warum hast du das nicht erwähnt, als wir auf dem Weg zum
seimorischen Palast waren?«

Tara malte imaginäre Linien auf die Tischplatte. »Weil ich den
Namen nicht zuordnen konnte. Mir wurde erst klar, wer er ist,
als ich ihn sah.«

»Und woher kennst du ihn?«

Sie seufzte. Dann erzählte sie Aghni, wie sie vor einigen Jahren
entspannt ein zeremonielles Moorbad zu Ehren der Sasura abhalten wollte, zusammen mit den Dryaden des linphenischen
Palastes, welches dann eiskalt von Petár, Dagon und ihrer gesamte
Jagdgesellschaft unterbrochen worden war. Allein, dass Dagon

eine Jagd auf den geheiligten Gründen der Sasura abgehalten hatte, war unverzeihlich. Die meisten Linphener lebten vegetarisch wie sie. Taras Glück war gewesen, dass sie schon bis zu den Schultern im Moorwasser abgetaucht war und die Dryaden mit ihren zeremoniellen Waffen keinen Zweifel daran ließen, dass sie ihre Ehre bis auf den Tod verteidigen würden.

»Möchte ich wissen, wie die beiden sich kennengelernt haben?«, fragte Aghni nach ihrer Geschichte.

Tara zuckte mit den Schultern. »Wenn ich das wüsste. Sie passen aber gut zusammen – alle beide sind arrogante Distelhintern! Unser Aufenthalt auf Tarlagmyn hat ihn nicht sympathischer gemacht.«

»Hat er dich denn auf eure Begegnung damals angesprochen?« Aghni griff nach der Gewürzschale, die neben ihnen stand und streute ein bläuliches Kraut auf den Rest ihrer Mahlzeit.

Taras Nasenflügel blähten sich schon bei der Erinnerung auf. »Er hat mir einen Antrag gemacht.«

Aghnis Handbewegung stoppte augenblicklich. Mit geweiteten Augen sah sie auf. »Wie bitte?«

Sie konnte nur nicken.

»Der hat ja Nerven«, befand sie. »Wie hast du reagiert?«

Tara strich über ihre Narbenlinien, die im fahlen Licht der sjobralschen Korallenlämpchen glühten. »Gar nicht«, gestand sie. »Dein Auftritt hat mir eine Antwort erspart. Aber alles, was er bis dahin von sich gegeben hat, sprach für mich für eine klare Absage. Ich würde mir vermutlich mein eigenes Grab schaufeln.«

Aghni zog die Brauen hoch. »Er scheint jedenfalls größere Pläne zu haben, als der Statthalter von Tarlagmyn zu bleiben.«

Sie schnaubte. »Er sagte irgendwas davon, dass er Anrecht auf den seimorischen Thron hätte ...«

»Dazu müsste er mit Esat verwandt sein.« Die Feuerfee tippte auf die Tischplatte. »Aber mit diesem Antrag hat er bereits gezeigt, dass er einen Freund verraten würde.«

»Das hat mich nicht einmal verwundert. Ich bin froh, dass wir Tarlagmyn so schnell wieder verlassen konnten.«

»Glaubst du, Eonith war in der Stadt? Ich habe sie nirgends gesehen«, stellte Aghni fest.

Tara schob ihren Teller beiseite. Das Gericht schmeckte zwar besser als alles, was sie bisher im sjobralschen Palast vorgesetzt bekommen hatten, mit dem Essen der Meeresfeen anfreunden würde sie sich aber nie. »Ich glaube nicht, dass die Hochzeit zustande gekommen ist. Petár wäre hoffentlich sonst nicht auf die Idee gekommen, um meine Hand anzuhalten.«

»Oder er würde dafür über ihre Leiche gehen«, sprach Aghni das aus, was Tara schon die ganze Zeit beschäftigt hatte. Ihr lief ein Schauer über den Rücken.

»Falls sie geheiratet haben, tut sie mir leid. Ich habe ein schlechtes Gewissen, nicht einmal nach ihr gefragt zu haben.«

Aghni drückte ihre Hände. »Ich auch, ehrlich gesagt. Sie mag vom Charakter her zu ihm passen, das macht dieses Schicksal aber vermutlich nicht weniger erträglich.«

Tara konnte ihr Gähnen nicht länger zurückhalten.

Ihre Freundin lachte. »Ja, ich auch. Komm, wir sollten uns eine Unterkunft suchen.«

Sie bezahlten und machten sich auf den Weg durch die engen Gassen. Sie waren noch nicht weit gekommen, als Tara einen dumpfen Schrei hinter sich vernahm. Sie fuhr herum – aber Aghni war nicht mehr hinter ihr. Was bei Sasura? Ihr Herz verdoppelte sein Tempo. Rasch schwamm sie zurück um die letzte Hausecke. Nur um festzustellen, dass dort ein ihr bekanntes Gesicht ihre Freundin in der Mangel hatte.

Schwarze Fesseln wanden sich um Aghnis Hals. Tara fackelte nicht lange. Pflanzen schossen aus dem Meeresboden auf den Krieger Caldhras zu. Im gleichen Moment stieß dieser einen schrillen Pfiff aus und seine rechte Hand schnellte nach vorn, um ihren Angriff abzublocken. Ätzende Masse wand sich um ihre

Pflanzen und tötete die ersten innerhalb weniger Sekunden. Tara biss die Zähne zusammen. Sie wusste von Pflanzenfeen, deren Magie stark genug war, um gegen die schwarze Substanz zu bestehen. Sie musste das dieses Mal auch schaffen, Aghni zuliebe!

Ihre Freundin konnte nicht viel tun. Sie wehrte sich zwar, so gut es ihr ohne ihr Feuer unter Wasser möglich war, aber für eine Essenz des Wassers, wie sie es auf Láthrá gelernt hatten, schien sie ihre innere Mitte nicht zu finden. Kein Wunder, nach der Vergiftung, die Nevins Mitstreiter ihr zugefügt hatten und deren Nachwirkungen ihren Rücken vermutlich für immer zieren würden.

Tara atmete tief durch die Kiemen und redete ihren Pflanzen durch ihre Magie, die sie wie eine Barriere hochhielt, Mut zu. Dann änderte sie ihre Strategie. Sie schloss ihre Hände zu Fäusten zusammen und die Wurzeln der Gewächse schossen ebenfalls auf den Mann zu. Tara spürte trotz des Meerwassers den eiskalten Schauer, der sich bei seinem Lächeln auf ihrem Nacken festsetzte. Sie wehrte seinen Angriff ab, zog einen Schild um sich und ging in die Hocke. Sie legte ihre Hände auf den Boden – auf alles Mögliche vorbereitet, denn hier hatte sie ihre neuen Fähigkeiten noch nicht getestet.

Nichts. Da war nichts, was auf ihre Magie antwortete. Tara biss sich auf die Lippe – das durfte doch nicht wahr sein! Etwas traf sie hart an der Schulter und die Wucht stieß sie zu Boden. Ein großes Tier rauschte an ihr vorbei. Es musste sie mit seiner Schwanzflosse getreten haben. Verschwommen sah sie, wie der Mann mit Aghni auf das Tier sprang. Das Wesen schwamm so schnell in Richtung Wasseroberfläche, dass selbst ihre schnellsten Triebe es nicht einfangen konnten. Sie verschwanden in einem Strudel aus Luftblasen. Tara blieb allein zurück.

Allein. Als Versagerin. Und ohne Hoffnung.

20.

Ein Hämmern riss ihn aus dem Schlaf. Zunächst dachte Tjorgen, es würde von den Spechten stammen, die seinen Traum heimgesucht hatten – Spechte waren die Lieblingstiere seiner kleinen Schwester Phera. Sogar ihr Tiergeist hatte die Form eines dieser nervigen Vögel angenommen. Und es kam nicht selten vor, dass Tiergeister auf ihren Pfaden auch in die Traumwelt der Feen gelangten, zu denen ihre Partnerfee ein enges Band hegte. Aber als Tjorgen in seinem Bett hochfuhr, war das Hämmern immer noch da.

»Verdammt nochmal, Tjorgen! Oder soll ich lieber faulste Durchlaucht auf Erakos sagen? Bist du da?«

Die Stimme kannte er. Mittlerweile viel zu gut. Seufzend rollte er sich herum und brachte ein »Komm rein« zustande. Dass es sich absolut nicht gehörte, dass er nur seine Schlafhose trug, störte ihn herzlich wenig, nach allem, was sie sich im Training in den letzten Wochen an den Kopf geworfen hatten. Die Tür flog auf und sein Albtraum von braunhaarigem Wirbelwind stürzte ins Zimmer.

»Wie kannst du bitte um diese Uhrzeit noch schlafen?«, warf Nuada ihm vor.

Er vernahm den neugierigen Blick der Wachen, bevor sie die Tür vor ihren Nasen zu pfefferte.

»Was willst du?«, murrte er.

Sie schnaubte, hob eine Tunika vom Bettschemel auf und warf sie ihm gegen die nackte Brust. »Mit der Kette stimmt etwas nicht.« Sie deutete auf das halbe Herz an ihrem Schlüsselbein. »Ich glaube, Aghni schwebt in großer Gefahr.«

Sofort war er hellwach. Er griff nach dem Stoff und zog sich das Gewand über. Dann war er bei ihr. »Was meinst du damit?« Er sah sie ernst an, während sein Herz sich schon bei dem Gedanken, dass Aghni in Gefahr war, schmerzhaft zusammenzog. Wieder einmal. Lächerlich! In den letzten Wochen hatte er mit allen Mitteln versucht, nicht an die Feuerfee zu denken – mit überaus mäßigem Erfolg, schließlich befand er sich am Hof ihrer Eltern und war von Feuerfeen umgeben. Natürlich war ihm mehr als bewusst, dass sie sich allein durch ihre Reise in große Gefahr begab – davon hatte das Training mit Vhuor und Nuada ihn immerhin etwas abgelenkt.

»Die Kette ist über Nacht immer heißer geworden. Erst war sie nur lauwarm, aber mittlerweile kann ich sie nur tragen, weil meine Magie dagegen kühlt.«

Tatsächlich vernahm er ein leichtes, aber stetiges Zischen, das von Nuadas Hals ausging. Er fuhr sich mit der Hand über die Augen. »Und weißt du, um was für eine Gefahr sich handelt? Können wir etwas tun?«

»Siehst du das nicht?« Er starrte weiterhin verwirrt auf ihren Hals. Nuada seufzte und nahm den Anhänger ab. »Er ist schwarz angelaufen, siehst du?«

Tjorgens Herz schlug schneller. »Aber was bedeutet das? Heißt das … Altmyr …?« Er sprach seine Befürchtung nicht aus.

Nuada wiegte den Kopf hin und her. »Ich fürchte es. Normalerweise hat der Anhänger die Farbe unserer Familienurellia. Und schau mal, mir ist noch etwas aufgefallen.« Sie streckte ihre Hand mit dem halben Herz darin aus und drehte sich langsam. Was sollte das denn werden?

»Ich verstehe n…«

»Sch«, zischte Nuada und bedeutete ihm mit der freien Hand, abzuwarten. Als sie sich in Richtung des Palasthofes drehte, glühte der Anhänger auf. Tjorgens Augen weiteten sich. Die Kette sah nun vielmehr wie ein Kohlestück aus, das eine glimmende

Glut durchzog. Von der ursprünglichen saphirblauen Farbe war nichts mehr zu sehen.

»Bevor es hell wurde, hat er sogar leicht in die Richtung geleuchtet«, sagte Nuada. »So ist es mir überhaupt erst aufgefallen.«

»Also ... bedeutet das ... der Anhänger kann uns zu ihr führen?«, stotterte er.

Nuada strich über das halbe Herz. »Ich hoffe es. Nur wird mich niemand gehen lassen.«

»Nuada, denkst du nicht, dass sie hier am Hof ebenso besorgt sein werden? Vermutlich mehr noch als du oder ich. Es handelt sich immerhin um Aghnis Familie.«

Sie zuckte mit den Schultern. »Das werden sie sein, ganz bestimmt sogar. Aber Königin Marietta hat dem Unterfangen der fünf zugestimmt. Sie wusste, welche Risiken das birgt, ebenso wie Aghni selbst es weiß – sie würde ihre Tochter öffentlich als schwach darstellen, würde rauskommen, dass sie ihr Hilfe schickt.«

»Und trotzdem willst du gehen?«, fragte er, obwohl er die Antwort längst kannte.

Nuada seufzte und trat ans Fenster, nicht ohne sich den Anhänger wieder umzubinden. »Es mag seltsam klingen, aber ich habe das unbestimmte Gefühl, dass sie mich braucht. Wir sind durch Safranis Anhänger auf gewisse Weise miteinander verbunden und ... ich weiß auch nicht, aber ... diese Magie, die darin verborgen liegt, könnte ihr vielleicht helfen.«

Tjorgen verschränkte die Arme vor der Brust. »Aber ihr wisst nicht, wie sie funktioniert, oder?«, warf er ein. Ja, auch er wollte am liebsten all seine Habseligkeiten packen und seiner Feuerfee zur Hilfe eilen, aber ohne Anhaltspunkte war das der reinste Wahnsinn. Mal abgesehen davon, dass er hier in den nächsten Tagen ... Wochen, gebraucht wurde. Es war nur eine Frage der Zeit, bis seine Eltern einsahen, dass es schlecht um die *Drei Freunde* stand. Selbst mit der Hilfe der umarharschen Truppen. Seitdem die Todesfeen Alaith eingenommen hatten, war es noch schwerer, an ihre Feinde heranzukommen und ihren Truppen zu schaden. Nach dem Tod ihrer Schwester im letzten Herbst würde seine Mutter nicht zulassen, dass ihren Kindern etwas zustieß. Ehrlich gesagt zählte er die Stunden, bis die Nachricht eintraf, dass sie mit Phera und Otras zu ihm nach Ching floh.

»Ich habe ehrlich gesagt schon geglaubt, sie wäre vollkommen nutzlos«, murmelte Nuada und riss ihn aus seinen Gedanken. »Aber dann das … Ich bin mir sicher, dass ihre Magie wichtig ist. Und wenn auch nur, um Caldhra für einen winzigen Augenblick zu schocken, dann …«

»Schon gut, ich weiß, was du meinst«, sagte er und trat neben sie, die Hand auf ihre Schulter legend. »Aber selbst dann weißt du nicht, wie ihre Magie funktioniert.«

»Dazu habe ich auf der Reise genug Zeit«, murmelte Nuada.

»Und ich fürchte, du hast recht damit, dass du … wir, keine Erlaubnis bekommen werden. Königin Marietta hat unseren Familien versprochen, auf uns aufzupassen. Ich mag volljährig sein und meinen eigenen Weg gehen dürfen, zumal ich seit der Entdeckung von Otras Magie nicht mehr der Erste in der Thronfolge bin. Aber du bist jetzt allein und …«

»Das weiß ich alles!«, zischte sie. »Ich werde Aghni dennoch nicht im Stich lassen! Und vor allem werde ich nicht Däumchen drehen, während ihr wer weiß-was-geschieht. Ich spüre, dass etwas nicht stimmt!«

»Und was ist mit den Plänen deines Vaters?«

»Ich werde ganz bestimmt keinen Fremden heiraten, nur weil mein Vater nicht damit leben kann, dass unsere Blutlinie ohne einen Erben aus meinem Schoß ausstirbt. Nicht, wenn wir mitten in einem Krieg stecken und ich ohne Ehe und ohne Schwangerschaft viel nützlicher sein kann! Wir alle haben gerade ganz andere Probleme, als Kinder in diese chaotische Welt zu setzen!« Sie starrte auf den Hof. »Vor den Beamten darf Marietta nicht schwach erscheinen. Sie hat ihre Entscheidung gefällt und ihre

Tochter gehen lassen. Im Falle von Aghnis Tod musste sie zustimmen, den nächsten in der Thronfolge, Aghnis Onkel Reran, als Erben anzuerkennen. So, wie ich sie einschätze, ist ihr das alles andere als leicht gefallen. Und ich hörte, dieser möchte das auch gar nicht.«

»Was macht dich da so sicher?«, fragte er, aufhorchend.

»Das war eines der ersten Dinge, die Aghnis Hofdame, Lif, mir über ihren Vater berichtet hat. Er ist angeblich einer der höchsten Berater der Königin und noch einer der wenigen Adligen, die nie etwas gegen die weibliche Linie des Königshauses eingewandt hat. Zumindest tuscheln die Dienerinnen darüber.«

»Diese Hofdame ist noch ein Kind. Sie ist jünger als du.«

Sie schüttelte seine Hand ab. »Aber sie ist klug!«

Tjorgen hob nur die Augenbraue und dachte sich seinen Teil. Vhuor hatte da ganz andere Vermutungen geäußert. »Wenn du wirklich gehen willst, brauchen wir außerdem eine Fee, die uns aus dem Palast schmuggelt. Ohne jemanden, der sich in diesem Labyrinth auskennt, schaffen wir es niemals.«

Nuada lehnte ihre Stirn an die Papierfenster.

»Lass mich raten ... Du willst Vhuor fragen?«, vermutete er.

Sie zuckte mit den Schultern, während Tjorgen etwas fassungslos den Kopf schüttelte.

»Aghni vertraut ihm, also werde ich das auch tun.«

Tjorgens Mundwinkel schnellte nach oben. »Er wäre garantiert eine gute Hilfe. Aber ob er das Ganze befürwortet, ist eine andere Frage.« Er trat neben sie. »Aber wenn du dir sicher bist, dass dieses Ding«, er zeigte auf ihren Anhänger, »wie ein Kompass funktioniert, helfe ich dir. Noch besser, ich werde dich sogar begleiten.«

»Was?«

»Ich lasse dich doch nicht allein reisen! Viel zu gefährlich und außerdem verstößt das gegen jegliche Protokolle.«

Nuada wackelte mit den Augenbrauen. »Wie gut, dass wir jetzt offiziell als Familie gelten. So brauche ich mir keine Sorgen über die Protokolle machen, wenn du mitkommst. Aber was ist mit deiner Familie? Könnten sie nicht jederzeit eintreffen?«

»Wenn ich auf diese Weise Aghni helfen kann…«

»Bei Ako, wenn ich einen so hartnäckigen Verehrer hätte wie dich, würde ich ihn im Schlaf erdrosseln.«

»Darüber sollte ich mir vermutlich auch bei Aghni Sorgen machen«, gab er zu.

»Immerhin wärst du ein akzeptabler Ehemann.«

»Ist das so?«

»Vielleicht lege ich sogar ein gutes Wort für dich ein.« Er lachte und Nuadas Ellbogen landete in seiner Seite.

Vhuor war erstaunlicherweise eine große Hilfe. Ohne ihn, das bezweifelte Tjorgen nicht, hätten sie es nie ungesehen aus dem chingesischen Palast geschafft. Und damit keinen Schritt näher zu Aghni.

»Hier gehts lang.« Der schlaksige Mann tippte auf einen unscheinbaren Punkt an der Wand und ein Mechanismus setzte sich in Gang.

Selbst Tjorgens guten Augen wäre die Stelle niemals aufgefallen – sie war wesentlich diskreter als der Geheimgang, den er durch Karhs Aufzeichnungen im maldôsischen Palast gefunden hatte. Ein Palast, der bald nicht mehr stehen würde. Seine Kehle wurde eng. Nicht einmal eine Stunde war es her, als ihn die Nachricht erreichte, auf die er schon seit Tagen gewartet hatte. Seine Geschwister waren auf dem Weg nach Ching. Nicht aber seine Mutter, so viel war ihm schon zuvor klar gewesen. Dazu war der Wille, ihr Land zu beschützen, zu stark. Ihr Land – das ihr halbes Leben lang nicht einmal ihre Heimat gewesen war, denn Tjorgens Großeltern hatten sie noch als kleines Mädchen als Mündel nach Manskelie geschickt. Sie hatte so lange unter den Kampffeen gelebt, dass Iateis Prinzip, niemals kampflos aufzugeben, fest in ihr verankert war. Seine Mutter würde Widerstand leisten. Seinem Vater, ihrer großen Liebe, beistehen bis zum bitteren Ende. Tjorgen schluckte. Er hatte keine Ahnung, wen sie als Aufpasser für seine Geschwister schicken würde. Alle Familie, jegliche Onkel und Tanten, waren dem Krieg schon zum Opfer gefallen. Zuerst die alte Königsfamilie. Dann seine Tante Iariah, die den nidalischen General Lekander geheiratet hatte, als Indral fiel. Und zu guter Letzt sein Onkel Reagher in der Schlacht um Alaith. Die letzten Tage hatte er nichts sehnlicher herbeigewünscht als diese Nautilation. Aber jetzt, da er ging ... Sein Herz krampfte sich zusammen. Wieder würde er seine Mutter enttäuschen. Aus demselben Grund.

Wegen eines Phantoms, wie sie es nannte. Ein Phantom, das Vhuor zu urteilen nicht so unnahbar war, wie er bisher angenommen hatte. Ja, die Worte des Generalssohns hatten ihm Hoffnung gegeben. Aber zunächst galt es, einen Krieg zu überleben. So schmerzhaft es auch war, seine kleine Phera und den übermütigen Otras noch nicht wiederzusehen – immerhin wusste er, dass sie am chingesischen Hof in guten Händen waren. Königin Marietta, so taff sie auch vor den Ministern und dem Hofstaat wirken musste, war eine brillante Frau. Es war kein Wunder, dass ihre Tochter eine so bezaubernde Fee geworden war.

»Kommst du jetzt, oder was?« Nuadas Zischen riss ihn aus seinen Gedanken.

Ohne nachzudenken, folgte er den beiden in den stockdunklen Gang. Hinter ihm schloss sich die Wand wieder. Kein Zurück. Vhuor entzündete mit seinen Fingern eine kleine Flamme und ging voraus. Er schien sich hier bestens auszukennen. Schweigend folgten sie ihm durch die modrigen Korridore. Nur das Wasser, das an einigen Stellen von der niedrigen Decke tropfte, durchschnitt die Stille. Tjorgen überkam ein mulmiges Gefühl. Wie alt mochten diese Gänge sein? Hunderte, tausende Jahre? Er hatte den Verdacht, sich durch ein Heiligtum zu bewegen.

»Wie hast du diesen Weg nochmal gefunden?«, fragte Nuada. Sie ging vor ihm und hatte alle Hände damit zu tun, ihr langes Priesterinnengewand, das sie zur Tarnung trug, nicht einzusauen. Es war Vhuors Idee gewesen. Auf Ching wurden Priester aller Götter gern willkommen geheißen. Neben Melanon auf Phylos, Orthail auf Umarhar und dem nidalischen Narow war Fangao eine der größten Pilgerstätten unter den Gottesvertretern. Dort lagerte, verborgen in den imposanten Bibliotheken, das umfangreichste Wissen von ganz Erakos. Nuada hatte sich nur schwer mit dem Gedanken angefreundet, in einem Kleid reisen zu müssen – geschweige denn, überhaupt wieder eines zu tragen. Auch in dieser Hinsicht war die chingesische Königin gnädig mit ihr gewesen, dem Missfallen von Nuadas Tante Jiatra zum Trotz. Aber es würde unnötige Fragen verhindern.

»Ich kann mich doch auch als junger Bursche verkleiden«, hatte Nuada ihm vorgeworfen. Vor nicht allzu langer Zeit, als sie am maldôsischen Hofe eingetroffen war, hätte er dieser Idee vielleicht sogar zugestimmt. Doch mittlerweile war unter ihrer Kleidung deutlich zu erkennen, dass sie kein Junge war. Als Priesterin würde es niemand wagen, sie anzugreifen. Schon gar nicht, wenn sie zwei Wächter bei sich hatte, das war zumindest Vhuors Hoffnung.

»Ich habe diese Gänge gewiss nicht aufgespürt«, antwortete Vhuor endlich. »Prinzessin Aghni hat sie mir gezeigt. Sie hat sie gern genutzt, um sich nachts in die Gärten zu schleichen.« Er kicherte. »Hat ihr einige Diskussionen mit den Wachen eingebracht. Aber die haben nie herausgefunden, wie sie es immer ungesehen dorthin geschafft hat.«

»Bei Ako, warum gibt es solche Gänge bei uns nicht?«, schmollte Nuada.

»Wo kommen wir raus?«, fragte er das weitaus Wichtigere.

»In der Sattelkammer der Ställe. Keine Sorge, um diese Uhrzeit sind die Bediensteten schon alle in ihren Betten.« Vhuor wirkte so unbekümmert, als liefe er diese Strecke jede Nacht im Schlaf.

»Nur Kinan wird uns helfen.«

Nach einer gefühlten Ewigkeit machte Tjorgen im Schein von Vhuors Flamme eine schmale Tür in der Wand aus, fein geschnitzt mit Verzierungen, die Drachen darstellten. Die Feuerfee hielt darauf zu und fuhr eine Ritze im Gestein mit seiner Flamme nach.

»Das ist raffiniert«, befand Nuada. »Kein Eindringling kommt so unbemerkt in den Palast ... na, also zumindest keine andersbegabte Fee.«

Vhuor nickte, dann bedeutete er ihnen, still zu sein. Die Tür öffnete sich einen schmalen Spalt, er lugte heraus – und nickte wieder. »Kommt, rasch. Es ist alles vorbereitet.«

Er führte sie in die Kammer, wo Kinan wartete. Der Stallbursche drückte ihnen schweigend drei Sättel und Zaumzeuge in die Hand. Dann griff er nach dem Türbeschlag, zog die Pforte auf und winkte sie weiter, bis sie nahe dem Eingang des Stalles vor den Verschlägen hielten.

»Der Hirsch dort, den nimmst du.« Vhuor deutete auf einen pechschwarzen Callohirsch mit imposantem Geweih.

»Bitte sag mir, dass wir nicht die Königin bestehlen«, flüsterte er.

Vhuor grinste ihn an und deutete auf ein kleineres Tier im Nebenverschlag. »Nuada, der jüngere Hirsch ist für dich.«

Die Prinzessin nickte knapp. Kinan machte sich sogleich daran, das Tier für sie zu zäumen, während Tjorgen sich immer unwohler fühlte. Die Königin hatte ihm Zuflucht geboten, würde seinen Geschwistern Zuflucht gewähren und sie beschützen. Und er?

»Bei Ylona!« Vhuor haute ihm freundschaftlich auf die Schulter. »Natürlich sind das keine königlichen Tiere. Mein Vater hat eine eigene kleine Zucht.«

Großartig. Also stahlen sie von einem hochrangigen General. Das machte es natürlich besser.

»Und wie sollen wir vom Gelände kommen?«

Er schätzte Vhuors Hilfe ja sehr, aber die Gleichgültigkeit, mit der er an dieses Abenteuer heranging, ließ ihn zweifeln, ob er wirklich der Richtige dafür war. Schließlich ging es hier um Aghnis Leben! Tjorgens Herz verknotete sich. Ob dieser Generalssohn überhaupt schon einmal in der Wildnis gewesen war? Es würde schon fordernd genug sein, auf Nuada aufzupassen. Etwas missmutig wuchtete er das Gepäck auf den Rücken des Hirsches.

»Keine Sorge«, sagte Kinan. »Ich habe Vhuor alle meine geheimen Wege gezeigt. Es sollte einfach werden, wenn ihr es richtig angeht.«

Vhuor hatte sein Tier in Windeseile gesattelt und führte es in den Gang. »Ich kenne die beiden Wachen, die heute Abend am Tor zu den königlichen Wäldern positioniert sind. Es gäbe natürlich noch einen offiziellen Weg hinaus, aber der ist mit wesentlich mehr Risiko verbunden. Außerdem habe ich die beiden gut bezahlt, damit sie ihre Klappe halten.«

So wirklich beruhigten Tjorgen seine Worte nicht. Aber was sollte er tun? Sein Plan wäre gewesen, einen Grund vorzugeben, weshalb er und Nuada unbedingt die Bibliotheken von Fangao aufsuchen mussten. Auf dem Weg hätten sie zufällig ihre Wachmannschaft aus den Augen verloren. Weil das aber wesentlich länger gedauert und zudem das Einverständnis Königin Mariettas erfordert hätte, hatte er Vhuors Idee zugestimmt.

Der Su-Sohn führte sie über einen verschlungenen Pfad, der zwischen den Büschen kaum sichtbar vom Stall wegführte. Kinan ließen sie nach einem kurzen Abschied zurück.

»Ist eigentlich für die Stallburschen gedacht«, erklärte er. Selbst im kaum vorhandenen Mondlicht sah Tjorgen, wie er sich das Lachen verkniff, als die Äste ihm ins Gesicht schlugen. »Hat Kinan mir gezeigt, als ich ihm helfen musste, Aghni wieder zum Palast zurückzubringen.«

Tjorgen hob seine Brauen.

»Passierte das oft?«, fragte Nuada und er hörte die Sehnsucht nach einem solch freien Leben aus ihrer Stimme heraus.

Wobei er bezweifelte, dass Aghni als einzige Thronerbin auch nur ansatzweise eine freie Kindheit genossen hatte.

»Hm, ja schon.« Vhuor lenkte sie durch weitere tiefhängende Äste. »Die Prinzessin liebt es, sich in die Wälder zu flüchten.«

»Zum großen Ärger der Königin darf sie als Erbin ja sogar an den Jagden teilnehmen«, bemerkte Tjorgen und biss sich auf die Zunge. Er wollte nicht immer so wirken, als wüsste er alles über sie!

»Ja, das hat ihr immer Spaß gemacht«, sagte Vhuor jedoch ohne Anzeichen von Belustigung.

»Toll, und ich durfte eine Waffe nicht einmal schräg ansehen«, grummelte Nuada.

Endlich ragte vor ihnen die innere Mauer auf. Vhuor legte die Finger an die Lippen. Die drei Wachen saßen im kleinen Grenzhaus um eine Feuerschale und spielten Karten. Noch trennten sie dichtes Gebüsch von der schmalen Straße, welche die Soldaten bewachten und schützten sie vor ihren Blicken. Tjorgen überlegte schon, wie sie unbemerkt an ihnen vorbeikamen – selbst die leisen Callohufe wären auf den Pflastersteinen verräterisch laut–, da überraschte Vhuor ihn ein weiteres Mal. Er formte seine Hand zur Faust, spreizte zwei Finger ab und stieß dadurch eine Art Vogelschrei aus, der einer Nachtigall ähnelte. Tjorgen hatte die Lehrstunden seines Vaters noch gut im Gedächtnis und wusste, dass es einen kleinen, aber feinen Unterschied gab – es war das Lied eines Sprossers. Die Tiere waren tagsüber aktiv. Nach einigen Vogelrufen sprangen die Wachen so rasch auf, dass ein Schemel lautstark auf den Boden schepperte. Sie schmissen die Karten beiseite, griffen zu ihren Waffen und stürmten die Straße hinauf Richtung Palast.

»Kommt, rasch!« Vhuor verschwendete keine Zeit. Sowie die Männer außer Hörweite waren, spornte er seinen eigenen Hirsch an und jagte die Straße hinunter. Nuada nickte Tjorgen knapp zu, dann folgte sie der Feuerfee. Ihm blieb nichts anderes übrig, als Vhuor zu vertrauen.

Als sie gut dreihundert Meter den Weg hinunter waren, verlangsamte der Generalssohn sein Tempo und lenkte sein Callo wieder auf einen unscheinbaren Seitenpfad.

»Was war das für ein Ruf?«, fragte Nuada.

»Jeder Ring hat seinen speziellen Notfallton.« Vhuor musste sich zu ihr gedreht haben, denn seine Zähne blitzten im Mondlicht auf. »Es hat durchaus Vorteile, Mitglied des Heers zu sein.«

Nuada grummelte, offenbar nicht zufrieden mit seiner Antwort, während er sich wiederholt wunderte, dass ihr Helfer keinerlei Probleme damit zu haben schien, dass er quasi desertierte – oder sogar Hochverrat beging. Er wollte nicht wissen, was ihm bevorstand, sollten sie entdeckt werden. Tjorgen würde ihn in Schutz nehmen, aber die Entscheidung über sein Urteil würde allein bei der Königin liegen. Wie diese unter Druck entschied, würde er vermutlich noch früh genug erfahren, sobald es zu einem weiteren Kriegsakt der Altmyrer gegen Ching kommen sollte.

Schweigend erreichten sie den äußeren Ring. Wie Vhuor versprochen hatte, taten die beiden Männer so, als würden sie ihre kleine Truppe nicht sehen. Sie drehten sich sogar demonstrativ weg. Und dann lag nur noch Schwärze vor ihnen. Der Wald breitete sich hier fast direkt hinter den Mauern aus. Es musste sich um einen kaum genutzten Zugang handeln, der höchstens für die Jagden des Königs offenstand. Vhuor jedenfalls schien sich auch inmitten der Schwärze hervorragend auszukennen. Er entzündete nicht einmal eine Flamme in seinen Händen und führte sie zielsicher durchs Unterholz. Zunächst ein Stück nach Süden, dann nach Westen, wie Tjorgen anhand der Sterne ausmachte. Als es bereits anfing zu dämmern, lichtete sich der Wald langsam.

»Wir rasten hier. Nur ein, zwei Stunden, mehr können wir uns so nahe am Palast nicht erlauben«, erklärte Vhuor. »Letta umgehen wir am besten. Zu viele Augen und Ohren. Zu eurem Glück kenne ich eine Abkürzung.«

»Je schneller, desto besser«, murmelte Nuada. Ihr fielen die

Augen auf dem Rücken des Hirsches schon fast zu. Tjorgen half ihr aus dem Sattel.

Abkürzung. Er vertraute Vhuor zwar – immerhin vertraute Aghni ihm und sein Vater war, das war ihm auch in den Konferenzen aufgefallen, ein Befürworter für den Kurs der Königin. Aber ihr Ausbruch kam ihm beinahe schon zu perfekt vor. Zu einfach.

»Da sollen wir rein?«

Zu perfekt! Nun war Tjorgen klar, weshalb normale Feen die Straße von Letta nahmen. Am gestrigen Tag hatten sie zunächst einen Bach überquert, der nach einigen Stunden in den Kalamindron mündete – immer so weit von der Straße entfernt wie möglich. Vor ihm verband sich dieser nun mit dem weitaus wütenderem Kangtse. Das Wasser war zwar flach, aber es hüpfte in Stromschnellen über rutschige Steine.

»Äh, wo ist die nächste Brücke?«, fragte auch Nuada und sah sich mit zusammengekniffenen Augen um.

Vhuor lachte. »Keine Sorge, es ist nicht so schlimm, wie es aussieht. Jetzt im Spätfrühling ist die Schneeschmelze schon fast durch. Außerdem haben wir ja eine Wasserpriesterin dabei.«

»Wieso kennst du dich hier so gut aus?« Nuada stellte die Frage, die Tjorgen schon seit ihrem Aufbruch auf der Zunge brannte.

Vhuor vertraute seinem Hirsch anscheinend so sehr, dass er nicht einmal abstieg, sondern das Tier bestimmt in den Fluss lenkte. Callos waren zwar nicht wasserscheu, doch von Natur aus vorsichtig. Der dunkelbraune Hirsch war schon bis zu den Kniegelenken im Wasser, als sein Reiter sich umdrehte.

»Seit ich sieben war, stand fest, dass ich meinem Vater eines Tages nachfolgen soll. Während meine ältere Schwester in Wega blieb und darauf vorbereitet wird, eines Tages Herrin im Haus zu werden, habe ich fast mein gesamtes Leben am Hof verbracht.«

Er zuckte mit den Schultern. »Nur hatte ich im Gegensatz zu Aghni viel mehr Freiheiten. Ich bin wahrlich kein Abenteurer, aber meine botanischen Studien haben mich immer wieder in diese Region geführt.«

Tjorgen sah sich genauer um, konnte aber nichts erkennen außer dem vergrößerten Zulaufgebiet, das weiter flussabwärts durch eine Verschmälerung dafür sorgte, dass der Fluss hier deutlich langsamer floss. »Was ist hier so besonders?«, rutschte es ihm heraus.

Er lenkte sein Tier neben Nuada, die noch unentschlossen am Ufer verharrte, griff ihr in die Zügel und führte sie mit sich ins Wasser. Ihr junger Hirsch war wesentlich zögerlicher und schnaubte mit geblähten Nüstern, als sie sich einen Weg über die glitschigen Steine bahnten. Vhuor war schon fast am anderen Ufer. Er deutete nach links.

»Von hier gen Süden erstreckt sich ein Sumpfgebiet. Dort finden sich viele seltene Gewächse. Die Pflanzen, die sich auf Insekten als Nahrung spezialisiert haben, finde ich am spannendsten.«

Selbst über die Entfernung sah Tjorgen, dass die Augen ihres Naturführers leuchteten. Nuada hingegen überließ ihm die Kontrolle über ihren Junghirsch komplett und widmete sich dem Hin- und Herdrehen ihrer Kette, die nur noch schwach glimmte. Hoffentlich war das kein schlechtes Zeichen! Wohl oder übel musste er darauf vertrauen, dass Aghni dem Generalssohn am Herzen lag.

21.

Krala übertraf jegliche ihrer Erwartungen.

Venedta hatte mit Hütten gerechnet, gedrungen und so simpel wie die Nomadenzelte, die ihnen in den Eiswüsten begegnet waren. Stattdessen breitete sich ein funkelnder Ozean aus kuppelartigen, zylindrischen Gebäuden im seltenen injadischen Sonnenlicht vor ihnen aus, die sie an gigantische Eiszapfen erinnerte. Die Bauten wurden zum See hin, der an die Stadt angrenzte, immer flacher und muteten an, mit seiner spiegelglatten Oberfläche zu verschmelzen. Eisblaue Fahnen flatterten im schneidend kalten Wind. Als sie die Tore passierten, pochte ihr das Herz bis zum Hals. Zwei Eisdrachen ringelten sich um die Torpfosten und starrten mit ihren silbrigen Augen auf jede Fee herab, die es wagte, die Stadt zu betreten. Venedta sah sich schon zu einer Eisstatue gefrieren. Aber all ihre Befürchtungen, dass die Wächter Nahéls Illusion über ihr und Jumanh erkannten oder darauf reagierten, war unbegründet. Sie ließen sie passieren.

In den letzten Stunden hatten sie bereits eine Vorstellung von den Ausmaßen des injadischen Heeres bekommen, das zu Teilen in den Steppen vor der Stadt in einem Wirrwarr aus braunen Zelten lagerte. Nun aber wurde ihr bewusst, dass Krala das eigentliche Zentrum war. Die Stadt war neben all ihrer Pracht eine Festungsanlage.

»Also, das mag vielleicht verrückt klingen«, sagte Nephele neben ihr, »aber es ist wunderschön.«

Venedta konnte nur nicken. Zu sehr fesselte sie der Anblick, der sich ihnen hinter der Torgasse bot. Auf den Straßen wimmelte es nur so von Soldaten in silbernen Rüstungen und Fellen, die zu

Fuß oder auf großen Elchen den Verkehr regelten. Aber nicht einmal diese lauernde Gefahr konnte sie von der Schönheit der Stadt ablenken. Krala war von Kanälen durchzogen, die sich um die hohen Gebäude schlängelten. Während auf den dicht beschneiten Straßen Schlitten, von Rentieren und Elchen gezogen, Waren und Feen transportiert wurden, spielte sich der Großteil auf den zugefrorenen Wasserwegen ab. Dort waren die Feen auf Kufen unterwegs und obwohl dichtes Gedränge herrschte, schien alles geordnete Bahnen zu nehmen. Kleine Gestelle, die Fisch oder gefrorene Süßigkeiten zum Kauf anboten, tummelten sich an den Stufen, die von den Straßen in die Kanäle hinab führten. Konnte das alles einst getaut gewesen sein? Venedta erinnerte sich vage an eine Legende, dass Injadan einst so grün wie Umarhar gewesen wäre, und seinen eiskalten Zustand nur Baraphé verdankte. Aber hätte eine Halbgöttin die Macht dazu?

»He, Ihr versperrt die Straße!«

Ein Mann in einem Wollumhang drängelte sich an ihr vorbei. Nayana schnaubte empört, aber Venedta nahm das kaum wahr. Fasziniert starrte sie auf die Stickereien auf dem blauen Stoff, fein geschlungene Linien, die sich zu Pflanzen und Eismustern formten.

»Wir sollten schnellstmöglich eine Herberge finden«, riss Nahél sie aus ihrem Staunen. »Und andere Kleidung. Na, Nephele kann vielleicht so bleiben.«

Damit spielte die Halbcelone auf den indigofarbenen Umhang der Luftfee an, denn die meisten Einheimischen trugen entweder weiße, blaue oder hellbraune Kleidung. Auch schienen sie kaum über ein Kälteempfinden zu verfügen, einige liefen gar in kurzen Blusen durch die schneidenden Temperaturen.

Nephele fiel tatsächlich auch sonst am wenigsten von ihnen inmitten der injadischen Feen auf – trotz ihres Luftgeistes Ciraia. Denn zu Venedtas Überraschung schwebten einige halb durchscheinende Gestalten über ihren Köpfen.

Venedta

»Nördliche Luftgeister«, erklärte Nephele. »Sie bevorzugen die launischen Nordbrisen, im Gegensatz zu Ciraia.«

Ein wenig sehnsüchtig dachte Venedta an Anyx. Was wohl aus Erakos geworden wäre, wenn noch mehr der Naturgeister den Kampf gegen die feeische Verdrängung überlebt hätten?

Venedta fühlte sich sofort unwohl in ihrem hellgelben Reisemantel, der geradezu danach schrie, dass sie nicht von hier stammte. Wie selbstverständlich übernahm Nephele die Führung und hatte innerhalb von wenigen Minuten den Weg zu einem Gasthaus erfragt. Nach drei weiteren Straßenecken, bei denen Venedta nicht aus dem Staunen herauskam, hielt die Luftfee vor einem der hohen Portale. Wie die meisten Gebilde schien das Haus hauptsächlich aus einem milchigen Eis zu bestehen, welches etwas Privatsphäre bot.

»*Das kalte Herz?*«, fragte Nephele den Türwächter.

Dieser nickte und auf eine Handbewegung von ihm öffneten sich die Flügel. Kaum waren sie ein paar Meter ins Gebäude hinein geritten – so hatten sie es bei allen anderen Feen beobachtet – klappte Venedta erneut der Mund auf.

Injadische Magie schien ein Widerspruch in sich zu sein. War es wie bei Aghnis magischem Feuer, das nichts verbrannte? Eis, das nicht schmolz? Im Inneren des Eiszapfens war es zwar kalt, doch inmitten der untersten Ebene befand sich ein eisfreies Becken, das stetig Dampf absonderte. Eine heiße Quelle.

Oh, Tara!, dachte sie. *Das würdest du lieben.*

Über der Quelle, die eher an einen Brunnen erinnerte, rankte sich ein hauchdünnes Gerüst, an dem Pflanzen wuchsen, die sie niemals in diesem Temperaturgebiet vermutet hätte. Venedta ließ ihren Blick weiter schweifen. Die Eistreppe, die sich seitlich in die nächsten Stockwerke schlängelte, war mit buntgemusterten Wollteppichen ausgelegt. Unter der Treppe, im hinteren Teil des Raumes, gab es eine Reihe von wunderschön verzierten Tierverschlägen, in denen vier Rentiere an ihrem Heu zupften. Das Verwunderlichste war jedoch das gewindeartige Gebilde, das sich gegensätzlich zur Treppe auf der linken Seite von oben nach unten ringelte. Ehe sie sich versah, schoss daraus ein Kind auf einer Art flachen Schlitten hinaus, rollte sich vor ihren Augen ab und stellte das Gefährt an den Fuß der Treppe, bevor es zu den Verschlägen hüpfte. Nephele war schon einen Schritt weiter. Sie war von Ciraia gestiegen und ebenfalls zu den Verschlägen getreten. »Beherbergt Ihr die Tiere für *Das kalte Herz*?«, fragte sie.

Das Kind zupfte eine ältere, pausbäckige Frau am Ärmel und machte sie auf ihre Gruppe aufmerksam. »Oh ja, in der Tat. Die Herberge indes findet Ihr ab dem dritten Stock. Meine Schwägerin freut sich immer, Reisende zu bewirten.« Die Grauhaarige zwinkerte Nahél und ihr zu.

Ertappt ließ Venedta sich von Nayana gleiten und trat an die filigran gearbeiteten Türen. Sie sahen keineswegs so aus, aber als sie mit ihren Fingern darüber fuhr, hatte sie keinerlei Zweifel mehr. Auch aus Eis! Nutzten sie denn gar keine anderen Baumaterialien?

Wie seltsam, dass die Alte sich gar nicht über ihren Aufzug zu wundern schien. Waren Reisende doch nicht so selten, wie sie angenommen hatte? Schweigend nahmen sie die Treppe zur Herberge. Im ersten und zweiten Stock schienen sich Handwerksstätten und private Wohnungen zu befinden, die vom Treppengewinde abzweigten. Auf skurrile Weise erinnerte sie dieses Gebilde an die quarzenen Flure in Láthrá. *Das kalte Herz* wurde lediglich durch ein rundes Portal vom Treppenhaus getrennt, das bunte Vorhänge verschlossen. Obwohl es erst nachmittags war, drang lautes Geschnatter und Gelächter heraus.

Bevor sie eintraten, wartete sie wie immer auf Nahéls Nicken. Mit ihren ausgeprägten Sinnen konnte sie am besten einschätzen, ob es für sie sicher war, hier zu verweilen. »Einige Stadtwachen«, murmelte die Giftfee, »aber auch erstaunlich viele Reisende.«

Der Raum quoll über vor Fellen und Wolle. Hier war es nicht viel wärmer als im Treppenhaus, doch wie auch auf den Straßen

Venedta

schien das den injadischen Feen nichts auszumachen. An der Theke wirbelte ein schlaksiger junger Mann mit gläsernen Gefäßen umher. Nein, nicht gläsern. Vor ihren Augen hob er eine Handvoll Schnee aus einer Ladeluke und formte ihn mit seiner Magie zu einem neuen Becher. Noch nie war sie an einem Ort gewesen, an dem die Feen die göttergegebenen Kräfte so spielerisch verwendeten und vor allem: für alles nutzten. Ob das in Taras Heimat ähnlich war? Mit Pflanzen, das sah sie schließlich immer bei ihr, konnte ja auch alles Mögliche erschaffen werden.

Eine dunkelblonde Frau kam vor ihnen zum Stehen. Sie trug trotz der Kälte ein bauchfreies Oberteil und einen skandalös hoch geschlitzten Rock. Auf ihren Armen entdeckte Venedta weiße Runenzeichnungen, die ähnlich Taras Narben zu schimmern schienen. Verwendeten sie dieselbe Technik? Sie hatte die Pflanzenfee nie gefragt, ob die Prozedur schmerzhaft war.

»Willkommen im *kalten Herz*.« Das Lächeln der Frau nahm ihr ganzes Gesicht ein und ließ ihre Sommersprossen tanzen. »Wie kann ich Euch helfen?«

»Wir brauchen eine gute Mahlzeit und ein Bett für die Nacht«, erklärte Nephele vorsichtig.

»Dann kommt, ich habe hier einen freien Tisch.« Sie winkte sie weiter.

Während sie ihr folgten, fielen Venedta immer mehr Besonderheiten auf. Die Sitzgruppen waren meist durch Felle oder dicke, wollgewebte Kissen gepolstert, aber es gab auch Stoffe, die aus Umarhar zu stammen schienen. Selbst die teure Pflanzenseide Linphenous entdeckte sie. Es gab Feen, deren Herkunft sie nicht einmal erahnen konnte, so fremd wirkten ihre Züge. Selbst eine Gruppe Luftgeister, die feeische Form angenommen hatte, mischte sich unter die bunte Masse. Nur durch ihre leicht durchscheinende Gestalt war erkennbar, was sie wirklich waren.

Umhänge schienen für injadische Feen lediglich ein hübsches Accessoire zu sein, denn hier gab es nur die augenscheinlich

Reisenden wie sie, die noch in Winterkleidung verharrten. Wie die Wirtin trugen die meisten Anwesenden, Frauen wie Männer, luftige oder gar freizügige Kleidung. Zu interessieren schien das niemanden. Selbst die Stadtwachen, von denen Venedta eine Durchsuchung befürchtet hatte, würdigten sie nicht keines Blickes.

Die Wirtin blieb in Nähe der fast raumhohen Fensterfront vor einer Vierersitzgruppe stehen. Hier war das Eis kristallklar und erlaubte einen atemberaubenden Blick in die funkelnde Stadt.

»Setzt Euch doch. Ihr habt Glück, ein Zimmer habe ich auch noch für Euch.« Sie klopfte mit dem Zeigefinger in die Mitte des Tisches, worauf sich ein schlankes Gefäß aus der Oberfläche erhob.

»Licht bringe ich Euch gleich. Darf es Fjordbier sein?«

»Gewiss.« Nahél fläzte sich bereits in die Kissen. Sie schien wenig beeindruckt von Krala, aber Venedta konnte nie einschätzen, was wirklich in ihr vorging. Sie setzte sich neben Nephele.

»Gerüchte sind eben Gerüchte«, murmelte diese in ihren nicht vorhandenen Bart.

»Es reicht offenbar, um den Schein zu wahren«, sagte Nahél. »Vermutlich werden sie sogar gezielt verbreitet.«

»Ich traue dem nicht«, flüsterte Venedta. »Was, wenn das alles auch nur Schein ist?«

»Venedta, du kannst nicht ein gesamtes Volk wegen seiner Königin verdächtigen.« Nahél deutete um sich. »Und eine Illusion zu erzeugen, die ein ganzes Land gefangen hält? Ich bitte dich. Das schaffen nicht einmal die Götter.«

Die Bedienung kam wieder und stellte drei der Eisgefäße vor ihnen ab. Darin schimmerte eine grünliche Flüssigkeit.

»Das soll Bier sein?«, rutschte es ihr heraus.

Die Frau lachte. »Ihr seid augenscheinlich nicht von hier.« Sie zwinkerte. »Fjordbier wird mit einer Alge gefärbt. Und es ist süßer als die meisten Biersorten.« Erwartungsvoll strahlte sie Nephele an, die daran nippte. »Und, gut oder?«

Die Luftfee nickte vorsichtig und die Frau holte noch etwas von ihrem Tablett – eine kleine Kugel. Sie hielt sie über das Gefäß, welches sie vorhin aus dem Tisch geformt hatte, und öffnete den Ball. Eine kleine blaue Flamme schwappte hinaus auf das Gefäß und verharrte dort. Sofort veränderte sie sich und wurde zu einem zuckenden Meer aus Farben. Lichtstrahlen, die über dem Gefäß waberten. Sie hatte von diesem Lichtphänomen gelesen. Nordlichter. Aber wie passten sie in dieses Gefäß?

»Schön, nicht wahr?« Die Bedienung hatte Venedtas Staunen bemerkt. »Wir nennen sie Aurora ... Also, was kann ich Euch sonst bringen? Eishai? Rentiergulasch? Preiselbeergrütze?«

Venedta nahm sie kaum wahr, sondern starrte weiterhin auf das Licht. Ob sie auch so etwas erzeugen konnte?

»Äh ... Rentier, bitte.« Selbst Nahéls Antwort klang eher wie eine Frage, obwohl sie sonst keine Sekunde zögerte. Die Bedienung nickte und verschwand flink hinter dem Tresen.

Nephele stupste sie freundschaftlich in die Seite. Das riss sie aus ihrer Trance, doch den Blick abwenden konnte sie trotzdem nicht. »Wieso handelt Umarhar mit Krala?«, fragte die Luftfee und deutete auf die bestickten Kissen. »Königin Salva muss doch wissen, was ...«

»Königin Salva ist so klug, wie ihre Position es verlangt«, schnitt Nahél Nephele das Wort ab. »Ich schätze mal, dass Melusine genau so etwas meinte, als sie von einem ... Pakt mit den Todesfeen sprach. Injadan besitzt Güter, die andere Länder brauchen – Felle zum Beispiel. Und auch wenn einige bewusst darauf verzichten, um Baraphé nicht zu unterstützen, so brauchen andere schlichtweg diese Güter. Sei es nur, um Armut einzuschränken.«

Venedta legte den Kopf schief und starrte auf die Aurora. »Wie funktioniert das nur?«

Nahéls Kiefer entspannte sich sichtlich. Offenbar war sie froh, in diesem Umfeld ein anderes Gesprächsthema zu finden als die seltsamen Handelsbeziehungen zu Injadan. Sie streckte ihre Hand über das Licht und schüttelte dann den Kopf. »Zumindest ist da nichts Giftiges.«

Venedta kaute auf ihrer Unterlippe und dachte an Iniya. Wie schön es wäre, dieses Licht erzeugen zu können, nur für ihre kleine Schwester!

Nahél sog scharf die Luft ein. »Unmöglich.«

»Was ist?« Nephele sah sie besorgt an.

Die Halbcelone antwortete nicht, starrte wie versteinert auf einen Punkt hinter sie. Vermutlich den Eingang des Schankraumes, den Venedta von ihrem Sitzplatz nicht sehen konnte. Schließlich blinzelte sie.

»Unmöglich.« Diesmal nur ein Flüstern.

»Nahél?« Vorsichtig nahm sie ihre kalte Hand und endlich begegnete sie ihrem Blick.

»*Unbekannte Lande.*« Nur ein Hauch.

»Was?« Nephele verrenkte ihren Kopf, um zu sehen, was Nahél sah.

»Dort sind eben zwei Feen eingetreten ...« Nahél legte den Kopf schief. »Nein, das sind Celonen.« Sie blinzelte erneut. »Und sie kommen aus den Unbekannten.«

»Das ist vollkommen unmöglich«, echote Nephele, doch Nahél schüttelte den Kopf.

»Ich kann nicht mehr sehen. Ich habe Angst, dass sie mich bemerken, wenn ich weiter in ihren Gedanken wühle«, gab sie zu. »Aber ich bin mir sicher.« Sie legte ihre schlanken Finger um das Fjordbier und stürzte es herunter. »Es muss eine Passage nach Norden geben.«

Das widersprach allem, was Venedta gelernt hatte. Allem, was sie glaubte. Ihrer kompletten Weltanschauung. Wieso wusste das niemand? Oder wussten sie es, doch der Weg war für Sterbliche zu gefährlich? Und wenn doch? Gab es Feen, die in die *Unbekannten Lande* reisten? Waren sie dann überhaupt noch unbekannt? Und was war da draußen?

All das, was sie über Injadan gelernt hatte, war falsch. Selbst die Geschichten der grausamen Königin und ihrer Rachepläne, die sie seit Jahrhunderten mit Caldhra schmiedete, stellte sie mittlerweile infrage. Venedta zweifelte, dass Baraphé wirklich so gefährlich war. Selbst die Ausmaße des Heeres, das nördlich von Krala lagerte, ließen sie nach ihrem freundlichen Empfang in der Stadt verwirrt zurück. War Baraphé vielleicht nur auf Kriegsfuß, weil Caldhra ihre Schwester war? War das gar nicht ihr Kampf – selbst wenn der *Rat der fünf Weisen* befürchtet hatte, dass sie beide den Göttern gefährlich werden könnten?

»Du bist nicht so naiv«, riss Nahéls Stimme sie aus ihren Gedanken. »Das alles mag vielleicht nicht den Anschein erwecken, aber Baraphé hatte schon lange vor Caldhra Expansionspläne.«

Sie legte ein Scheit Holz nach und schürte das Feuer. Venedta sah zu Nephele, doch die starrte nur nachdenklich in die Flammen und schien dem harten Wind zu lauschen, der unerbittlich über die Ebene pfiff, selbst hier im Schutz der gefrorenen Kiefern.

»Du sollst nicht immer ...«

»Tut mir leid.« Nahél zuckte mit den Schultern. »Aber du bist schon den ganzen Tag so still.«

Venedta spürte, wie ihre Haare hellbraun wurden. Sorgsam verschloss sie ihre Gedanken wieder. Nicht, dass sie ihrer Freundin unwissentlich noch ganz andere Dinge verriet. Dinge, die auf Phylos geschehen waren und die sie wirklich nichts angingen! War ihr der Bernstein an ihrem Finger aufgefallen? Vermutlich. Gesagt hatte sie dennoch nichts und Venedta war Keram umso dankbarer, dass, so schön der Ring auch war, er nicht wie ein Verlobungsring anmutete. Wie von selbst fuhr sie mit dem Daumen über den glattpolierten Stein.

»Was meinst du mit früheren Expansionsplänen?«, fragte sie.

»Ist eine ziemlich alte Geschichte, die ich mal in der Bibliothek von Seimorias Palast gefunden habe. Auch, wenn der Autor sich Mühe gab, es lediglich wie eine Sage klingen zu lassen, so war sie zu genau, um komplett erdacht zu sein.« Nahél strich sich eine Strähne hinters Ohr. »Sie handelt von einem umarharschen General, der heldenhaft den Pass von Tilain verteidigt. Als seine Flotte zum größten Teil durch den Angriff der injadischen Feen zerschlagen ist, schafft er es dennoch, sich nach Cezanne zurückzuziehen und die Stadt zu verteidigen, bis Hilfe aus Linphenou und Manskelie kam.«

»Was macht dich so sicher, dass nicht alles erdacht ist?«, fragte sie.

Nahél zog ihre Lieblingslektüre hervor – das Buch der Gifte von Alemandra – und machte es sich im Schneidersitz auf dem Sessel gemütlich. »Ganz einfach. Es wurden die Namen von Matshe und Pycta verwendet. Schwestern und Halbgöttinnen wie unsere grausamen Lieblingsköniginnen. Nur, dass sie von Pylades abstammen sollen, dem Gott des Schmiedens. Keine Ahnung, ob das stimmt.« Sie grinste. »Aber geschichtlich lassen sich die beiden nachweisen. Pycta war die erste Königin Umarhars nach dem großen Götterkrieg und dem Verschwinden der Götter. Ihre Schwester herrschte angeblich bis ins Jahr 1405 über Manskelie. Das heißt, dieser Konflikt liegt vermutlich schon mindestens fünfhundert Jahre zurück. Ein so früher Angriff Caldhras auf andere Länder ist nicht verzeichnet – ich wage also, zu behaupten, dass Baraphé sehr wohl ihre eigenen Expansionspläne hatte.«

Mit diesen Worten klappte sie ihr Buch auf, vergrub ihre Nase in den Giften von Erakos und ließ Venedta nachdenklich zurück.

22.

Vor Venedta breiteten sich hunderte Jurten aus. Sie hatte die Form eines Polarfuchses angenommen und saß auf einem der Felsen, die aus dem hohen Schnee ragten. Der harsche Wind der Eiswüste plusterte ihr das weiße Fell auf. Sie hatten zu wenige Informationen über Baraphé, und so gut wie gar keine über den injadischen Palast. Es war Nahéls Idee gewesen, dass sie ging. Es hatte auf Maldós geklappt, als sie die Fluchttunnelpläne von Mala gestohlen hatten, also war es auch hier einen Versuch wert. Venedta schätzte die Zahl an Soldaten, die in diesem Lager lebten, auf zehntausend. Eine Menge Männer, die Caldhra zur Unterstützung eilen konnten.

Die Nacht war beinahe pechschwarz. Der Wind trieb die dichten Wolken wie Schafe vor sich her. Das Heulen mehrerer Hunde wehte zu ihr hinauf. Und die Antwort von Füchsen. Sie schienen sich das Lager der Soldaten und die damit verbundenen Essensreste freundlich aufzuteilen – denn davon gab es genug. Und die Soldaten schienen die Tiere in ihren Reihen zu dulden.

Venedta trabte los. Ihre Pfoten lautlos auf dem knarschen Schnee. Ihr Herz wummerte, aber sie wusste, dass sie es schaffen konnte. Wenn sie aufmerksam blieb. Sie passierte die ersten Jurten, die an einigen Stellen notdürftig geflickt waren. In jeder dieser runden Leder- und Holzkonstruktionen waren bis zu zehn Kameraden untergebracht. Ihre feinen Sinne wurden von all den starken Gerüchen abgelenkt. Sie musste sich auf ihre Aufgabe konzentrieren, um das Tier in sich zurückzuhalten. Es gab uralte Geschichten von Feen, welche sich nie mehr zurückverwandelt hatten. Venedta traute ihren Fähigkeiten, auch wenn es manchmal beängstigend war, Gedanken zuzulassen, die sie so nie gedacht hätte. Oder mit ihren Sinnen Dinge wahrzunehmen, die sie sonst mit ihren stumpfen Feensinnen nicht einmal erahnen konnte. Sie trabte weiter durch die Reihen, die Schnauze etwas nach unten, als wäre sie ein ganz normaler Polarfuchs auf der Suche nach Nahrung. Die meisten Männer schliefen. Ab und an kreuzte sie eine Patrouille, die sie zum Glück keines Blickes würdigten.

Sie folgte dem Geruch des besten Essens und fand das Zelt des Kommandanten problemlos. Ein paar Meter entfernt blieb sie stehen und sondierte. Es gab vier Wachen. Zwei vor dem Eingang und zwei, die patrouillierten. Die Jurte war ebenso gebaut wie alle anderen Zelte, nur größer. Vermutlich, um Platz für die Beratungen zu bieten. Sie stellte ihre Ohren nach vorn. Niemand war im Zelt. Ihre Schnauze bebte. Sie musste schnellstmöglich hinein und die Chance nutzen. Über das halbwegs feste Gebilde der Jurte würde sie nur durch die Tür eindringen können. Oder ... ihr Blick folgte dem dünnen Rauchfaden, der sich gen Himmel schob.

Venedta lief auf die benachbarte Jurte zu, wo Kisten aufgestapelt waren. Sie sprang eine nach der anderen hoch, bis sie oben angekommen war. Vorsichtig änderte sie ihre Gestalt zu einem Gleithörnchen. Dann trippelte sie über das dünne Gestänge, das gerade mal stark genug war, um den Schnee der Nacht zu tragen. Sie nahm Anlauf, sprang und breitete im selben Moment ihre Pfoten aus. Ihre Flughaut spannte sich im Wind sofort. Problemlos segelte sie auf das Dach des Kommandantenzeltes und landete ohne jegliches Geräusch. Sie hielt auf den Rauch zu, ließ sich durch die Öffnung fallen und segelte über die Feuerstelle hinweg und landete auf dem Tisch.

Venedta zuckte zusammen. Wie hatten ihre tierische Sinne den Mann nicht wahrnehmen können? Der Kommandant schlief mit dem Rücken zu ihr. Seine Atemzüge waren ruhig, aber langsam. Sie versuchte ihr Herz, das ihr bis zum Hals klopfte, zu beruhigen.

Leise trippelnd sah sie sich um. Ein Haufen Papiere lag auf den Tischen verteilt. Teils vor Windstößen mit Briefbeschwerern geschützt. Als kleines Tier würde sie nicht weit kommen.

Sie warf einen Blick in Richtung des Kommandanten, aber der schlief tief und fest. Sie sprang auf den Boden und änderte noch im Fall ihre Gestalt. Lautlos kamen ihre Füße auf dem Teppich auf. Zielstrebig schlich sie zu den Papieren und blätterte leise durch die Dokumente. Wo, wenn nicht hier, sollte es einen Verteidigungsplan des injadischen Palastes geben?

Ein Knarzen. Sie stockte, ihr Puls rasend. Vorsichtig wagte sie einen Blick über die Schulter. Doch der Kommandant hatte lediglich seine Liegeposition etwas verändert. Neben seiner Liege fiel ihr eine kleine Kommode auf, die vor Dokumenten überquoll. Nur eine Armlänge von ihm entfernt. Venedta atmete tief durch. Sie war so nah am Ziel, sie würde jetzt keinen Rückzieher machen!

Sie wurde wieder kleiner. Fell wuchs, ihre Hände und Füße wurden zu samtigen Pfoten. Sie mochte als Marane keine Daumen haben, doch in dieser Nähe war es ihr lieber, sich so leise wie möglich fortzubewegen. Lautlos lief sie über den Teppich und sprang mit einem eleganten Satz auf das Holz. Als sie landete, schnarchte der Kerl laut auf. Sie erschrak so sehr, dass sie fast das Gleichgewicht verlor. Zitternd ließ sie ihren Blick über die Papiere schweifen. Da! Grundrisse.

Der Mann murmelte im Schlaf. Rasch sprang sie von der Kommode, wurde wieder zur Fee. Sie hielt den Atem an, während sie das Dokument mit einem Rascheln unter den anderen hervorzog. Ums Flüstern kam sie nicht herum. Es würde zu sehr auffallen, wenn der Plan gänzlich verschwand. Also sprach sie den Dopplungszauber, den Aghni ihr beigebracht hatte. Der Kommandant grunzte und drehte sich auf den Rücken. Sie wagte einen Blick, aber er hatte die Decke bis über die Nase gezogen. Mit klopfendem Herzen legte sie die Originalpläne zurück und rollte die Kopie zusammen, während sie sich auf die Mitte des Zeltes zubewegte.

Venedta wurde zu einer Schneeeule, griff das Papier mit ihren Klauen und schlug mit den Flügeln.

»Hiergeblieben, du ...!« Eine Hand griff nach ihr, der sie gerade noch ausweichen konnte.

Venedta schlug stärker mit den Flügeln und flatterte über die Rauchluke aus dem Zelt. Ihr Herz raste, als sie einen Blick nach unten warf. Der Kommandant stand an der Feuerstelle und starrte zu ihr hoch. So schnell sie konnte, stob sie aufwärts.

Unterdrückte die aufsteigende Angst in sich. Rufe ertönten, ihre nachtsichtigen Eulenaugen verfolgten aufmerksam die Bewegungen dort unten. Sie wich einem Pfeil aus und tauchte in die Wolken ein. Bevor sie wieder zu Nahél und Nephele stieß, die nördlich von Krala in einem Waldstück lagerten, änderte sie noch drei Mal ihre Gestalt. Sicher war sicher.

»Das müsst ihr euch ansehen!« Nephele wehte wie ein Wirbelwind ins Zelt.

»Was denn?«, fragte sie verblüfft. Nephele war nicht so leicht aus der Fassung zu bringen. Nicht einmal bei der Besprechung der Pläne hatte sie mit der Wimper gezuckt.

»Nicht fragen. Umhänge an und raus mit euch!«

Sie war schon im Halbschlaf gewesen, diskutierte jedoch nicht, griff sich eine dicke Hose, ihre Stiefel und den Umhang und folgte der Luftfee dick eingemummelt nach draußen.

Der Himmel! Er erstrahlte in allen Farben. Grün, blau, violett ... Eine große Wiedergabe dessen, was die injadischen Feen als Tischlicht benutzten. Aurora. Obwohl sie immer noch keine Ahnung hatte, wie es funktionierte – oder vielmehr gerade deswegen – starrte sie gebannt an den Himmel, den Kopf in den Nacken gelegt. Sie kniff die Augen zusammen. Normalerweise funktionierte Licht bei ihr intuitiv. Es war immer eine Art Teil ihrer selbst, ihrer Magie gewesen, das Wesen solcher Lichterscheinungen ohne ein bestimmtes Prinzip, zu ergründen. Sie spürte, dass irritierenderweise Sonnenstrahlen für dieses Schauspiel am Werk sein sollten ... was doch keinen Sinn ergab, mitten in der Nacht! War das eine von Art von Illusion, welche die Natur Höchstselbst ihr vorgaukelte? Ein wenig wie bei einer Fata Morgana? Sonne, also. Aber da war noch etwas! Etwas, das ganz offenbar nicht zu ihrer Lichtmagie gehörte. Sie schürzte die Lippen. Sie konnte also vergessen, Iniya damit zu beeindrucken, sollte sie ihre Schwester jemals wieder in ihre Arme schließen. Doch wie brachten die Eisfeen es fertig, es in Kugeln zu fangen?

»So schön es auch ist, gegen Baraphé wird uns das nicht helfen«, fasste Nahél zusammen und zog sich scheinbar unbeeindruckt wieder ins Innere des Zeltes zurück.

Nephele blieb bei ihr und eine Weile standen sie nur da, den Kopf im Nacken. Venedta schwieg. Wie gern würde sie dieses Schauspiel Keram zeigen. Viel zu oft fuhr sie sich unbewusst über den Finger, wo der Ring saß, sehnte sich nach seinen Lippen auf ihren oder verzehrte sich nach seinen Händen, die ihr sanft durchs Haar fuhren.

»Vermisst du ihn?« Nepheles Flüstern war nicht mehr als ein Hauch, im harschen Wind kaum zu hören.

Unbewusst griff Venedta an ihren Hals, wo sie die Schnüre von Kerams erstem Geschenk fühlte – dem Bernsteinanhänger. »Was meinst du?«

Sie spürte Nepheles vorwurfsvollen Blick, ohne sie anzublicken. Dieser schien zu sagen: »Mir kannst du nichts vormachen.« Und vermutlich konnte sie das auch nicht. Vermutlich waren ihre Freundinnen nur höflich genug gewesen, dass sie nichts gesagt hatten. Schließlich war es selbst Tara aufgefallen, die bei solchen Dingen eher unbedarft war. Genauso unbedarft, wie Venedta noch vor wenigen Wochen gewesen war – bis Paiké sich in ihr niedergelassen hatte. Sie räusperte sich, als sie spürte, wie ihr die Kehle eng wurde, und blinzelte die Träne in ihrem Augenwinkel weg. »Sehr«, gab sie zu. Und das war alles, was sie für eine lange Zeit sagte. Gemeinsam starrten sie an den Himmel. Die Farben tanzten, bildeten Schlangenlinien und wurden, wenn überhaupt möglich, noch stürmischer. Ab und an war sogar ein Rotton zu sehen.

»Und du?«, hauchte sie irgendwann. So leise, dass der Wind es hoffentlich nur Nephele ins Ohr trug.

»Ich vermisse meine Familie, ja.«

»Das meine ich nicht.«

Nephele sah sie argwöhnisch an. Wahrscheinlich zurecht.

Venedta hatte schließlich nur eine Vermutung – Wortfetzen, die vielleicht auch aus dem Zusammenhang gerissen waren und etwas ganz anderes bedeuten konnten. Aber Nayeks Blicke ... Das konnte doch selbst Nephele nicht entgangen sein, oder?

»Vermisst du ihn?«, hakte sie nach.

»Was meinst du?«, imitierte ihre Freundin sie und grinste sie verschwörerisch an.

Venedta griff zögerlich ihre Hand. »Deinen Cousin.« Sie redete so leise, dass ihre Worte komplett im Sturm untergingen. Doch Nephele hörte sie, denn trotz des Handschuhs spürte sie, wie ihre Finger sich verkrampften. Wie viel sie wohl sonst noch hörte, was ihr der Wind, ihr Freund, sonst noch zutrug?

»Ich fürchte, du musst präziser werden.« Nepheles Stimme klang heiser.

»Was ist mit demjenigen, der sich neulich liebevoll um dich gekümmert hat? Der die ganze Nacht an deinem Krankenbett gewacht hat? Vermisst du ihn?«

Nephele zuckte nicht mit der Wimper. Aber Venedta sah die Anspannung in ihrem Kiefer. »Ich habe einen großen Teil meiner Kindheit auf Weißdorn verbracht. Er ist wie ein großer Bruder für mich. Natürlich vermisse ich ihn«, presste sie schließlich hervor. Da war Schmerz in ihrer Stimme. Großer Schmerz, den sie zu verstecken versuchte.

Venedta drückte ihre Finger fester. Hoffte, ihr ein wenig Halt geben zu können. Drängen, mehr zu sagen, würde sie ihre Freundin nicht. Sie alle hatten ihre eigenen Bürden, die sie mit sich trugen. Und keine davon war mehr oder weniger wert als der Schmerz und die Trauer der anderen. Sie würde gern mehr sagen. Dass Gefühle nun mal einfach existierten oder nicht, und wenn sie kamen, dann wie eine Flutwelle, die einen ohne Vorwarnung mitriss. Früher hätte sie diesen Gedanken vielleicht lächerlich gefunden, so sehr sie auch von Liebe geträumt hatte. Aber seit Keram in ihr Leben gepurzelt war ... Sie seufzte und rieb sich die fröstelnden Schultern. »Wir sollten wieder reingehen.«

»Sicher.« Nephele löste ihre Finger aus ihrer Umklammerung, rührte sich aber nicht von der Stelle.

»Wenn du reden möchtest ... ich bin immer für dich da. Wir sind immer für dich da. Ich bin zwar nicht Aghni, aber ... na ja, du weißt, ich kann Geheimnisse für mich behalten«, versuchte sie ihr, eine Stütze zu sein.

Nepheles Mundwinkel zuckten kaum merklich. »Ich erzähle auch Aghni nicht alles«, gab sie flüsternd zu. »Sie hat genug eigene Probleme.« Dann wandte sie sich wieder ab, ging zwei Schritte weiter. »Sie soll sich nicht noch mehr Sorgen machen.« Ihre Stimme zitterte.

Venedta blinzelte. Sollte Nephele – diejenige von ihnen, die immer gut drauf war, immer Späße machte, ihr lustiger Wirbelwind – sollte sie wirklich Angst haben, anderen mit ihrem Kummer zur Last zu fallen?

»Bei Paiké, Nephele! Du musst dich für deine Sorgen doch nicht schuldig fühlen! Jeder hat Sorgen und Ängste, selbst eine so lebenslustige Fee wie du!« Venedta schluckte, während sie sprach.

Sie hatte gut reden! Sie wusste nicht einmal, wie groß Nepheles Probleme vielleicht wirklich waren. Auch auf Kufkania war nicht alles leicht, aber im Gegensatz zu Nephele hatte sie eine Kindheit mit einer heilen Familie genossen. Eltern, die einander und ihre Kinder über alles liebten und deswegen manchmal überhaupt nicht königlich handelten. Sie hatte nie echte Freundinnen gehabt, war für ihre nymphische Herkunft von den meisten anderen Kindern gehänselt worden, aber trotzdem war sie nie allein gewesen. Ihr Vater hatte sie immer verstanden. Sooft es ging, ermöglichte er es ihr, zum Nymphensee zu reisen und Meloma zu sehen. Mit ihrer Cousine konnte sie über alles, wirklich alles sprechen. Ohne die Sorge von Vorurteilen oder Scham. Selbst, wenn sie ihre Großmutter in Sorau besuchte, war sie nie einsam.

Man mochte es kaum glauben, doch selbst Eonith hatte ihre guten Zeiten gehabt, in denen sie ihr so etwas wie eine Freundin gewesen war, wenn sie bei ihrer Großmutter in Sorau verweilte. Statt sich auf den Ärger mit den Adelskindern einzulassen, stürzte Venedta sich in die Protokolle und in den Ausbau ihrer Fähigkeiten. Lernen, eines Tages, trotz ihres Andersseins, eine gute Königin für ihr Volk zu werden. Damals dachte sie, dass sie vielleicht mal heiraten würde, einen Mann, den sie wahrhaft liebte, so wie ihre Eltern sich wahrhaftig liebten! Aber sie sah an ihrer Tante Nydalhé, dass diese auch ohne Mann eine gute Königin sein konnte und vom Volk des Nymphensees dennoch geliebt wurde, daher hatte Venedta sich selten tiefere Gedanken darum gemacht. Und dann kam Iniya. Erst war sie skeptisch – plötzlich lag alle Aufmerksamkeit ihrer Eltern auf diesem kleinen ... Bündel!

Es brauchte eine Weile und eine weise Lektion von Nydalhé, bis sie verstand, dass dieses winzige, schreiende Geschöpf etwas ganz Besonderes war. Ihre Schwester. Ihre zerbrechliche, kranke Schwester, die viel Aufmerksamkeit benötigte, damit die Krankheit sie nicht auffraß. Mit der Zeit lernte sie, dass schwesterliche Bunde unzertrennlich werden konnten, gerade unter solchen Umständen. Nach ihrer Lektion stand das für sie außer Zweifel. Sie würde die Kleine lieben. Bedingungslos.

»Phylos war ...« Nephele hatte bemerkt, dass sie immer noch hinter ihr stand. »Phylos war der einzige Ort, an dem ich ich sein durfte.«

»Wie meinst du das?«, hauchte sie.

»All der Druck zu Hause. Ich musste immer die fröhliche, lustige, nie aufgebende Fee sein. Für meinen Vater. Verstehst du?«

»Du wolltest ihm Mut machen«, vermutete sie.

Nephele nickte. »Die Trauer um den Verlust meiner Mutter. Der Druck der Generäle, erneut zu heiraten. Ich wusste, er erträgt das nur, wenn ich so tue, als wäre alles bestens. Als würde mich das alles nicht tangieren. Vor den Augen des Hofes habe ich alles stoisch hingenommen, die ganzen Anfeindungen, die Überheblichkeit, die Kälte.« Sie schluckte.

Venedta hätte sie am liebsten in den Arm genommen, aber die Luftfee würde das nicht zulassen. »Oh, Nephele«, brachte sie also nur hilflos hervor.

»Er hat es sich gewünscht, weißt du? Dass ich stark bin, für ihn. Wie könnte ich ihn da im Stich lassen? Wie könnte ich ...« Ein kleiner Schluchzer entwich ihr, dem wütenden Unterton in der Stimme zum Trotz. »Wie könnte ich da eine Frau beweinen, die ich nie kennengelernt habe? Ich habe sie sogar eine Zeitlang gehasst. Habe mir gewünscht, mein Vater würde wieder heiraten, einen anderen Erben zeugen. Dann müsste ich diese Farce nicht mehr ertragen.« Sie schniefte. »Irgendwann habe ich begriffen, dass das nicht geht. Wie sehr er meine Mutter geliebt hat, immer noch liebt. An ihrem Tod ist er fast zerbrochen – und dennoch hat er mir nie die Schuld gegeben.«

»Das würde doch kein Vater ...«

»Ich habe mir die Schuld gegeben«, presste sie hervor. »Zuerst mir, dass ich sie in den Tod gerissen habe. Dann ihr, dass ich ihretwegen anders als alle Luftfeen bin. Erst als ich seine Liebe verstanden habe, wurde mir klar, wie sehr er leidet. Und dass er diesen ganzen Druck von außen erträgt, weil er mich ebenso liebt wie sie.« Sie atmete tief ein, ihr Atem zitterte. »Tante Melusine war stets mein Halt. Sooft ich konnte, flüchtete ich nach Ching, oder eben nach Weißdorn. Als ihr Ehemann ... als mein Onkel starb – da erst habe ich meinen Vater verstanden. Weil ich ihren Schmerz sah, von Anfang an. Weil ich die Trauer meiner Cousinen und Cousins mitbekam, ihre Ängste und Zweifel. Anders als in Aethrún durfte ich dort alles. Mittrauern. Denselben Schmerz empfinden. Ich musste die Fassade nie aufrechterhalten.«

Schlagartig wurde Venedta klar, was Nephele ihr mitteilen wollte. Ihre Vermutungen bezüglich Nayek mochten richtig oder falsch sein, doch das spielte keine Rolle.

»Du ... vermisst deine Heimat.«

Nur ein Nicken. Venedta wurde die Kehle eng. »Hast du denn das Gefühl, du kannst bei uns nicht ... du sein?«

Sie wartete lange auf die Antwort. »Ihr habt alle ... gerade du«, stotterte die Luftfee.

Sie überbrückte nun doch die zwei Schritte und fasste sanft Nepheles Schulter. »Wir mögen alle Probleme haben. Große, niederschmetternde. Aber das macht deine nicht weniger schmerzvoll, nicht weniger einfach. Friss das nicht in dich rein, ja? Wir sind deine Freundinnen. Wir sind für dich da.«

»Aber ...«

»Nichts aber. Wenn du traurig bist, hast du jedes Recht dazu, es zu zeigen. Glaub mir, das alles in sich reinzufressen, ist kein Weg.«

Nephele drehte sich halb zu ihr und zog eine Braue hoch. »Warum klingt das so, als wüsstest du, wovon du redest?«

»Weil ...« Venedta kicherte, dabei war die Erinnerung alles andere als lustig. »Als ich jünger war, habe ich sonst alles Meloma anvertraut, aber in dem Fall ... das ging einfach nicht. Ich habe mich von meinen Eltern verlassen gefühlt. Iniya erforderte all ihre Aufmerksamkeit.«

»*Du* warst eifersüchtig?« Nephele klang ehrlich überrascht.

Venedta nickte. Hitze schoss ihr in die Wangen, sie spürte, wie ihre Haut fleckig und ihre Haare pink wurden. Gut, dass das dank des immer noch bunten Himmels sicher kaum zu sehen war. »Es war richtig schlimm. Ich habe mir gewünscht, ihr würde etwas zustoßen, damit ich wieder im Mittelpunkt stehe.«

»Und dann?«

»Ist tatsächlich was passiert. Sie ist aus unserem Zimmer abgehauen – ich habe schon geschlafen und ihre Nachtwache hat sie irgendwie ausgetrickst. Ich bin von einem Albtraum wachgeworden und es war so still, dass ich misstrauisch wurde und sie gesucht habe. Nirgends eine Spur.« Venedta ballte ihre Rechte zusammen, um das Zittern ihrer Finger zu unterdrücken. »Ich schaute aus dem Fenster und musste mit ansehen, wie sie mitten in den Hofteich rannte.« Sie schluckte. »Ich bin panisch losgestürmt, habe die Glocken unseres Gemaches geläutet, nach den Wachen gerufen. Trotzdem war ich die Erste, die am Wasser ankam. Ich bin ihr nachgerannt, schrie nach ihr, bin hinter ihr hergetaucht. Sie war zwei Jahre alt, natürlich bin ich vor Angst fast gestorben, dass sie ertrinkt. Meine Kehle war plötzlich so eng, dass ich nicht einmal nachgedacht habe.«

Nun kicherte sie doch wieder, während Nephele sie anstarrte. »Und was fand ich? Meine kleine Schwester, wie sie übermütig durch das Wasser paddelte. Ihre Haare hatten die Farbe des Mondes und sie strahlte mich breit an.« Venedta schüttelte den Kopf. »In dem Moment habe ich begriffen, dass sie wie ich ist. Dass sie die ganzen Nymphensachen ebenfalls konnte. Und plötzlich war da nichts mehr. Keine Wut, keine Eifersucht. Nur noch Liebe.«

Nephele gluckste. »Das ist schon etwas anderes. Ich wollte nie jemandem wehtun. Ich will ... einfach nur ich sein.«

»Darum geht es mir auch nicht.« Venedta griff wieder nach der Hand ihrer Freundin. »Egal, was dich bedrückt. Du kannst mit uns reden, in Ordnung? Mag es dir auch noch so unwichtig erscheinen.«

Endlich nickte Nephele. Sie erwiderte ihren Händedruck und seufzte. »Du hast nicht ganz Unrecht mit deiner Vermutung:«

Venedta starrte sie an. Trotz des vertrauten Gespräches hätte sie nie erwartet, dass die Luftfee sich öffnen würde.

»Er ... wir«, Nephele räusperte sich. »Ich kann nicht in seiner Nähe sein.«

»Wie meinst du das?« Venedta runzelte die Stirn.

»Es schmerzt zu sehr. Ihn anzusehen und zu wissen, dass wir keine Zukunft haben.«

»Warum glaubst du ...?« Sie drückte Nepheles Hände fester.

»Er ist keine Luftfee«, war die erschreckend einfache Antwort. Einfach und nahezu lächerlich. Konnte ein Volk wirklich so engstirnig sein? Nephele schluckte. »Die Generäle würden es niemals zulassen. Als wir Láthrá verließen, hatte mein Vater gerade ein Abkommen mit ihnen ausgehandelt. Um Königin zu werden, muss ich einen ihrer Söhne oder Neffen heiraten – in jedem Fall eine adlige Luftfee.«

»Aber wieso hat dein Vater das zugelassen?« Venedta sah sie mit großen Augen an.

»Ich habe ihn darum gebeten. Ich wollte, dass sie endlich aufhören, ihn zu einer erneuten Heirat zu drängen. Und es hat geklappt. Eine zweite Hochzeit außerhalb Aethrúns hätten sie so oder so nicht zugelassen, also war es ein kleines Übel.«

Venedta sah das anders. Ihre Freundin hatte ein großes Opfer gebracht. »Und ... wie sieht Nay... dein Cousin das Ganze?«

»Er weiß nichts davon.« Nephele mahlte mit dem Kiefer. »Und es ist besser, wenn das so bleibt. Besser, wenn ich ihn nie wiedersehe. Ich hatte mir das schon einmal vorgenommen und das erfolgreich drei Jahre lang geschafft.« Deshalb hatte ihre Freundin Weißdorn so ungern erwähnt! Venedta wurde klar, in was für eine unangenehme Situation sie Nephele mit der Entscheidung, sie auf Phylos heilen zu lassen, gebracht hatten.

»Es tut mir leid, Nephele.«

»Das braucht es nicht. Nicht einmal Aghni wusste davon. Ich habe die Briefe und alles, was damals geschehen ist, tief in meinem Herzen vergraben und mit keiner Silbe erwähnt.«

Venedta schluckte. Sie wusste zu gut, wie schmerzhaft es war, große Geheimnisse mit sich herumzutragen. Aber es wog noch schwerer, ein solches nicht einmal seiner besten Freundin anvertrauen zu können.

»Marinas Situation hat mir wie ein Schlag ins Gesicht vor Augen geführt, wie unbedacht ich damals war und ...« Nephele stockte, starrte wieder an den Himmel.

Venedta sah sie sprachlos von der Seite an. Wollte sie damit andeuten, dass sie in derselben Situation hätte sein können? Sie schloss ihre Freundin in die Arme.

»Ich weiß genau, wie du dich fühlst.«

Sie spürte, dass Nephele den Kopf schüttelte. »Das glaube ich nicht.«

»Ich habe sie auch gebrochen, Neph«, murmelte sie in ihre roten Haare.

Die Luftfee packte sie bei den Schultern, rückte ein Stück von ihr ab und sah ihr fest in die Augen. »Venedta, du bist die spießigste, regelkonformste Fee, die ich kenne. Ich kann dir das also nicht ganz glauben, ohne zu fragen, ob du betrunken warst?«

Sie kicherte, wenn auch schniefend. Wie sollte sie ihrer Freundin das beibringen? Sie zog ihren Handschuh aus und hielt ihr den Ring vor die Nase, auch wenn sie sich dabei schlecht fühlte – die reale Erklärung für ihr Verhalten würde sie noch mehr überfordern. »Betrunken vor Glück vielleicht, ja.«

»Oh.« Nepheles Augen weiteten sich. »Ohhh. Bei Daphne, du meinst das ernst.«

»Natürlich meine ich das ernst. Glaubst du, ich mache über so etwas Scherze?«

»Heilige ...« Nephele hielt sich die Hand vor den Mund. Venedta ließ ihr die Zeit zu verdauen. »Äh ... darf ich dich beglückwünschen oder ist das ein guter Zeitpunkt für eine Krisensitzung?«

Sie kicherte. »Ich bereue nichts davon«, stellte sie klar.

Im nächsten Moment fand sie sich in einer dicken Umarmung wieder, während der Himmel in hellem Pink erstrahlte.

23.

Der Moment zog sich wie eine Ewigkeit. Nuada klopfte das Herz bis zum Hals, während der Pfeil schnurgerade auf sie zuschoss. Die Spitze kam immer näher. Eine Schwertschneide fuhr in ihr Sichtfeld. Es klirrte lautstark und der Pfeil prallte mit Wucht gegen die Rinde des nächsten Baumes. Sie keuchte.

»Runter!«, zischte eine Stimme hinter ihr.

Gerade noch wich sie mit einem Ducken dem nächsten Pfeil aus.

»Verflucht!«, rief Vhuor. Er warf ein Messer und in der nächsten Sekunde schrie einer der Angreifer auf.

Es war unverkennbar eine einfache Diebesbande, Wegelagerer, doch sie waren gut aufgestellt. Auf dieser Strecke, mitten im chingesischen Tiefland, hatte Nuada nicht im Geringsten mit einem Überfall gerechnet. Wenn sie daran dachte, dass sie vor ein paar Wochen allein, nur in Begleitung eines Stallburschen, zum Hafen von Gao geritten war, schauerte sie. Vielleicht war sie doch zu leichtsinnig gewesen!

Was dachten sich diese Banditen? Wie Vhuor es vorgeschlagen hatte, war sie vor ihrem Aufbruch zu Aghnis Base gegangen und hatte sich eines ihrer Gewänder zu einem klassischen Reisegewand der Nephospriesterinnen ändern lassen. Und die besaßen bekanntermaßen nicht viel Hab und Gut außer ihrer Kleidung am Leib. Das Gewand hatte zudem entscheidende Nachteile – Kämpfen gestaltete sich darin als schwierig. Aber sie hatte nicht so hart trainiert, um Tjorgen und Vhuor jetzt die ganze Arbeit zu überlassen.

Sie wirbelte in der Hocke herum, um einem weiteren Geschoss auszuweichen. Dabei machte sie im Augenwinkel einen weiteren

Angreifer aus. Noch während sie sich erhob, sammelte sie Wasser in ihren Händen, zog es aus der Luft und materialisierte es zu einer Peitsche, die auch Treás geliebt hatte. Treás! Es war nicht klug, Magie über Wut zu lenken – zu schnell wäre der Punkt des Selbstverglühens erreicht. Aber seit seinem Tod wurde es automatisch brodelnd heiß, wenn sie ihre Magie benutzte. Alles daran erinnerte sie an ihn. An ihn und Nevin. Dass sie nun gezwungen war, diese Magie zu nutzen, um Treás' Tod zu rächen, um am Leben zu bleiben, erschien ihr alles andere als gerecht. Der Mann, der eben noch auf sie geschossen hatte, wehrte sich mit einer kleinen Salve aus Licht, aber sie traf ihn dennoch mit der Peitsche am Unterarm und riss ihn aus seinem Versteck. Er schrie auf und ließ etwas Metallenes fallen. Zwei Meter weiter traf er mit dem Gesicht auf dem Boden auf. Es gab ein unschönes Knacken, er schrie wieder, rollte sich aber dennoch herum und funkelte sie hasserfüllt an.

Ein weiterer Mann kam ihm zu Hilfe und stürzte mit einem Beil auf sie zu. Neben ihr kämpfte Tjorgen noch immer mit dem Hünen, der den Angriff gestartet hatte. Vhuor war in einen Kampf mit einer magieerfahrenen Diebin verwickelt. Nuada war auf sich allein gestellt. Zum ersten Mal in ihrem Leben gab es niemanden, der Rücksicht auf sie nehmen würde. Sie verlagerte ihr Gewicht und ihre Magie in die linke Hand, um mit der freien ein Schutzschild zu erschaffen und den Hieb des zweiten Mannes abzuwehren. Ihr ganzer Arm vibrierte. Das Schild bekam sofort einen Riss. Sie biss die Zähne zusammen. Vorsichtig löste sie die Peitsche vom Arm des ersten Mannes, um sich voll auf den zweiten zu konzentrieren, und stärkte ihr Schutzschild. Der Mann fuhr herum und versuchte mit großen Ausfallschritten, um ihr Schutzschild zu gelangen. Rasch folgte sie seinen Bewegungen.

Sie konzentrierte sich vollständig auf ihre Magie, riss ihre zweite Hand wieder vom Schild und kreierte Schlangen, die sich noch effektiver als ihre Peitsche um den Hals des Mannes wanden.

Bevor sie zudrücken konnte, packte etwas hart ihren Unter-schenkel. Im Fall schleuderte sie eine Welle ihrer Magie nach vorn. Keuchend landete sie auf dem Boden. Steine gruben sich in ihre Seite und ehe sich ihre Sicht wieder geklärt hatte, drückte jemand sie fester auf die Erde und presste ihr Luft aus der Lunge. Metall legte sich an ihren Hals.

»Was haben wir denn da?«, säuselte der Dieb, viel zu nah an ihrem Gesicht.

»Durchsuch sie endlich!«, forderte der zweite Mann und spuckte mit einem ekligen Grunzen auf den Boden.

Nuada trug nur eine kleine Tasche bei sich, in der sich etwas Brot, Pergamente, ihre Feldflasche und ein Schlafsack befanden. Selbst diese ungebildeten Diebe mussten doch sehen, dass sie kaum etwas von Wert besaß und das ihr höchstes Gut ihre Kleidung war. »Ich habe kein Geld«, presste sie hervor.

»Und was ist das hier Hübsches, hm?« Er riss an ihrer Halskette und schnürte ihr die Luft ab.

»Nur … eine Erinnerung«, keuchte sie.

Das Metall gab nicht nach, stattdessen wurde es noch heißer. Der Mann schrie auf und riss seine Hand zurück, die Finger voller Blasen. »Was ist das für dreckige Magie?«, knurrte er und presste sein Messer fester gegen ihre Kehle.

Sie spürte, wie Blut ihren Nacken herabrann. Der Anhänger loderte auf. Nuada konnte es nicht sehen, spürte aber deutlich die Hitze, die sich auf ihrer Haut bewegte und sie dampfen ließ. Seltsamerweise machte ihr das keine Angst. Die Flammen fühlten sich vielmehr wie eine tröstende Umarmung Aghnis an. Oder wie die Urellia ihrer Familie, die sie so oft berührt hatte, wenn sie sich auf ihrer Reise nach Maldôs und dann nach Ching einsam gefühlt hatte. Der Mann hingegen riss die Augen auf, als die Flammen das Metall der Klinge erreichten und das augenschein-lich billige Material zum Schmelzen brachten. Nuada grinste. Endlich war Safranis Geschenk mal nützlich! Schnell formte sie eigene Klingen aus Wasser in ihren Händen und rammte sie ihm von beiden Seiten in die Rippen. Verbissen stemmte er sich noch dagegen, sackte dann aber keuchend zusammen und starb.

Sie zitterte. Sie hatte gerade ihren ersten Gegner getötet. Eine Fee, eine echte Fee. Sie schluckte. Ihre Magie löste sich auf, wodurch Blut aus den Wunden des Mannes rann. Heißes Blut, das ihre Kleidung durchtränkte. Ruckartig wich sie zurück, doch er war zu schwer. Sie hatte alle Mühe, ihn seitwärts von sich herunter zu stemmen, um nicht von ihm begraben zu werden. Ihre Hände zitterten so sehr, dass ihr es kaum gelang, den dicken Stoff seiner Tunika loszulassen. Auch ihre Finger waren voller Blut. Sie schluckte wieder, doch der Kloß in ihrem Hals wollte nicht verschwinden.

Eine Speerspitze glitt auf sie zu. Gerade noch konnte sie sich herumrollen, bevor die Waffe dort in der Erde landete, wo eben noch ihr Kopf gewesen war. Mit hämmerndem Herzen rollte sie weiter. Der nächste Hieb folgte sofort und war näher an ihrem Ohr, als ihr lieb war. Mit einem Wasserstrahl wehrte sie den nächsten ab, rollte noch einmal herum und sprang auf, die Nasenspitze nur Millimeter von der Speerspitze entfernt. Schluchzend stolperte sie einen Schritt zurück, während der zweite Mann ihr brüllend nachsetzte.

»Verfluchte Priesterin!«, zischte dieser.

Sie stolperte weiter rückwärts, bis sie mit dem Rücken gegen etwas stieß.

»Verda… Nuada!« Es war Vhuor, der seinerseits ein Feuerschild gegen die Attacken der Diebin hochhielt. Ihre Blicke kreuzten sich nur für Millisekunden, doch das reichte aus, um sich mit ihm zu verständigen. Vhuor packte ihren Arm, riss sie herum und tauschte innerhalb eines Wimpernschlages ihre Plätze. Noch in der Drehung erschuf sie geistesgegenwärtig ein Schild, das die Feuersalve der Diebin abwehrte. Diese wich einen Schritt zurück und musterte sie kritisch. Zu Nuadas Pech fasste sie sich aber schnell wieder und feuerte erneut. Sie war geschickter mit ihrer Magie als die Männer, dafür nutzte sie keine anderen Waffen und das war Nuada wesentlich lieber. Nuada ließ ihre Tränen in ihre Magie fließen und ignorierte ihre zugeschnürte Kehle. Wenn sie überleben wollte, durfte sie jetzt keine Schwäche zeigen!

Über ihren Köpfen donnerte es. Während sie nach einer Schwachstelle in den Bewegungen ihrer Gegnerin suchte, begann es zu regnen. Innerhalb kürzester Zeit schüttete es so heftig, dass ihr die Haare an der Stirn klebten. Die Diebin zischte. Sie ließ die Tropfen um sich herum verdampfen, dennoch verpufften ihre Salven zum Großteil im Regen, bevor sie Nuada erreichten.

Nuada nutzte den Wetterumschwung zu ihrem Vorteil. Was blieb ihr auch anderes übrig? Was könnte sie den Angriffen einer so erfahrenen Frau schon entgegensetzen? Nun musste sie sich nicht mehr darauf konzentrieren, Wasser aus der Materie zu gewinnen. Sie leitete einfach die Regentropfen in die Form um, die sie gerade brauchte. Dadurch gelang es ihr, eine Art Schild um die Feuerfee zu errichten und ihre Flammen direkt im Keim zu ersticken. Schwer atmend fesselte Nuada sie mit Schlingen aus Wasser, bis Tjorgen, der seinen Gegner offenbar besiegt hatte, die Diebin mit einem gezielten Schlag auf den Nacken ausknockte. Sie hatte keine Zeit zu verlieren und musste Vhuor helfen!

Nuada fuhr herum, Wasserbälle in ihren Händen. Doch die Feuerfee wischte sich bereits mit einem überaus lässigen Gesichtsausdruck die Hände im nassen Gras sauber. Der Mann, mit dem sie bis zum Tausch mit Vhuor gekämpft hatte, lag bewusstlos auf dem Rücken. Zumindest hoffte sie, dass er nicht ebenfalls tot war. Ihr Blick glitt ein paar Meter weiter zum leblosen Körper des anderen. Ihr Herzschlag beschleunigte sich wieder. Ihre zitternden Beine sackten weg, sie sank auf die Knie und versuchte, ihre Atmung unter Kontrolle zu bringen.

»So viel zu einer ruhigen Reise«, knurrte Tjorgen und pflückte die Pfeile unweit von ihr vom Boden. Sie konnte nur auf ihre

Hände starren, die trotz des Regens noch immer Blutspuren aufwiesen. »He … alles in Ordnung?« Er kniete neben ihr nieder. Sie sah ihn an, doch er verschwamm vor ihren Augen. »Schhh… das ist …«

»Er ist tot«, brachte sie stockend hervor und schloss ihre Augen, um das Bild des röchelnden Mannes zu verdrängen.

Sie spürte, wie er sie in einer Umarmung fing. Tjorgen strich ihr über das Haar. »Du hast dich verteidigt«, murmelte er. »Daran ist nichts falsch.«

»Aber…«, schniefte sie.

»Nichts aber. Dieser Mann wollte uns ausrauben, sogar töten. Dafür kannst du ebenso wenig wie wir. Ich bin stolz auf dich, dass du dich so gut geschlagen hast.«

Sie nickte halb und schniefte an seine Schulter. Es dauerte eine ganze Weile, bis ihre Schultern nicht mehr bebten und sie wieder aufsehen konnte.

»Ching ist leider nicht so sicher, wie es von außen den Anschein hat. Trotz«, Vhuor besah sich den Dolch des Diebes genauer, »oder gerade wegen der großen Armee.« Er schüttelte den Kopf. »Deserteure!«

»Passiert … so etwas öfter?«, schluchzte Nuada. Sie schaffte es irgendwie, sich wieder aufzurichten und das blutverschmierte Priesterinnengewand einigermaßen zurechtzurücken. Immerhin war nichts gerissen. Es regnete noch immer. Während die Tropfen auch um Vhuor verdampften, war Tjorgen klitschnass. Nuada zog das Wasser aus seiner Kleidung und erschuf einen leichten Schild, der ihn trocken hielt. Dass sie sich darauf konzentrierte, war in dem Moment eine gute Ablenkung.

»Lasst uns weiterziehen«, grollte Vhuor. »Wir haben keine Zeit zu verlieren.«

Das Feuer knackte stetig in ihrer Mitte. Seit sie aus dem Palast aufgebrochen waren, fühlte Nuada sich nutzlos. Sie hatte, wenn sie ehrlich zu sich selbst war, bei dem Angriff der Diebesbande neulich, keine wirkliche Hilfe dargestellt. Nur mehr Chaos angerichtet, weil sie es nicht fertig gebracht hatte, ihren Gegner fachgerecht zu betäuben. Nein, sie hatte ihn getötet! Und dafür könnte man sie verhaften lassen, denn das machte sie zu nichts anderem als einer Mörderin. Selbst, wenn sie sich nur verteidigt hatte, änderte das nichts an den Tatsachen.

Und auch jetzt war es Vhuors Feuer, das ihnen die Nacht erhellte und Tjorgens Jagdkünste, die für eine Mahlzeit sorgten. Die Callos schnaubten friedlich am Rand der kleinen Lichtung, die sie als Lagerstätte auserkoren hatten. Für Nuadas Geschmack kamen sie noch immer zu langsam voran, auch wenn sie die Tiere bis aufs Äußerste trieben. Sie wusste, das Vhuor einen Drachen besaß und hätte die Suche nach Aghni viel lieber auf diesem angetreten – trotz ihrer Höhenangst. Aber dieser war für sie unerreichbar, denn er war nicht im Königstempel untergebracht, sondern auf dem Heimatsitz von Vhuors Familie. Der Generalssohn versicherte ihr immer wieder, dass sie äußerst schnell vorankamen. Dennoch. Mit jedem Tag, der verging, fürchtete sie, zu spät für Aghni zu kommen. Das Leuchten des Kettenanhängers hatte sie immer weiter nach Westen geführt und seit sie gestern das Umland von Baligan, der großen Festungsanlage erreicht hatten, glimmte der Lichtschein leicht in Richtung Nordwesten. Was Nuadas Vermutung bestätigte, dass Altmyr mit diesem sonderbaren Verhalten des Anhängers zusammenhing. Seit sie diese Entdeckung gemacht hatte, hielten sie sich nördlich des Nedan, dessen Ufer sich nur wenige Kilometer südlich von ihrem Lagerplatz befand.

»Hier.« Tjorgen hielt ihr einen Teller mit Kaninchenfleisch vor die Nase.

»Ich hab keinen Hunger mehr«, murmelte sie.

»Du fällst uns noch von den Knochen«, sagte er wieder einmal.

Nuada

Seit Wochen hörte sie sich das von ihm an. Und vielleicht stimmte es sogar. Selbst im Palast hatte sie seit Treás Tod nur wenig gegessen, trotz des harten Trainings und andauerndem Muskelkater. Seitdem ihr auch noch die Sorge um Aghni auf den Magen schlug, bekam sie so gut wie gar nichts mehr herunter. Nuada war immer schon dünn gewesen. Mittlerweile war es ihr jedoch ein Leichtes, ihre Rippen zu zählen.

Vhuor zuckte mit den Schultern und nahm sich Nachschlag. »Bleibt mehr für uns.« Tjorgen warf ihm einen bösen Blick zu, doch bevor er etwas einwenden konnte, sprach die Feuerfee weiter: »Ich halte die erste Wache, in Ordnung?«

Mehr als in Ordnung. Nach den Tagen auf der Straße fühlte sie sich ausgelaugt. Wie sehr wünschte sie sich, so ein magisches Zelt zur Verfügung zu haben wie Aghni und ihre Freundinnen. Während die beiden noch aßen, lehnte sie sich gegen einen der dicken Baumstämme am Rand der Lichtung und zog ihre Lektüre aus der Tasche. Sie hatte zwar wenig eingepackt, aber ohne Lesestoff würde sie an Langeweile sterben. Außerdem verschaffte ihr das Lesen Gesprächsthemen mit Vhuor, der ebenfalls seine Nase abseits vom Kampftraining in jedes erdenkliche Pergament steckte. Charakterlich hatten Tjorgen und er viel gemeinsam – und doch könnten sie unterschiedlicher nicht sein. Sie waren beide mutig, auf verschiedene Weise abenteuerlustig und ehrenvoll. Gleichzeitig war Vhuor schüchtern und stets darauf bedacht, kein falsches Wort zu verlieren, während Tjorgen das sagte, was ihm in den Sinn kam. Die beiden lachten und Nuada sah auf. Manchmal, so wie jetzt, verglich sie die Männer mit ihren Brüdern. Auch wenn ihr der Gedanke die Kehle zuschnürte, war sie dankbar, dass sie Tjorgen und Vhuor an ihrer Seite hatte. Ohne sie hätte sie es nicht einmal aus dem Königstempel geschafft.

Eines der Callos schnaubte. Ihr maldôsischer Beschützer spitzte die Ohren. Warnend legte er einen Finger an die Lippen. Ihr Herzschlag beschleunigte sich. Was auch immer dort im Wald unterwegs war, beunruhigte mittlerweile alle drei Callos. Rasch legte sie das Pergament beiseite und griff nach ihrem Dolch. Dann hörte sie das Grölen. Zunächst dachte sie, es wäre ein verletztes Tier, das durch die Dunkelheit um Hilfe rief. Aber als mehrere Stimmen antworteten, wurde ihr bewusst, dass es sich um Feen handeln musste. Eine Gruppe Männer. Sofort war sie auf den Beinen.

»Jungs, hier ist eine Priesterin«, grölte die erste Stimme.

Nuada zuckte zusammen, denn sie erschien ihr schon viel näher, als sie angenommen hatte. Und machte ihr zudem deutlich, dass die Männer betrunken waren. Sie sammelte Wasser in ihrer freien Hand. Sie kamen aus Richtung des Flusses. Im nächsten Augenblick stürzte der Erste von ihnen durchs Unterholz. Sein Blick war klar – er war leider nicht annähernd so besoffen, wie Nuada vermutet hatte, trug eine Uniform und entfachte zu allem Überfluss Flammen in seinen Händen, die er zu Feuerbällen formte, augenscheinlich, um ihr zu drohen.

»Hallo, Kleine.« Er grinste sie an.

Ehe sie reagieren konnte, stellte Vhuor sich vor sie.

»Was wollt Ihr hier?«, fragte Tjorgen laut.

Bevor der Mann antwortete, trat der Rest der Gruppe zwischen den Bäumen hervor. Sie zählte zehn, zwölf Männer. Zu viele, um leichtfertig mit der Situation umzugehen.

»Die Frage ist doch eher, was eine Priesterin des Wassers in Baligans Umland zu suchen hat, hm?«, antwortete ein anderer Mann mit kahlem Schädel und einem langen, spitzen Bart. »Wir sind nur auf dem Weg ins nächste Dorf, um uns zu vergnügen.« Der Mann fixierte sie. Nuada ließ noch mehr Wasser in ihrer Hand zusammenlaufen.

»Wir sind Reisende auf dem Weg zur Westküste. Seid willkommen an unserem Feuer oder zieht friedlich weiter«, stellte Vhuor klar.

»Oder was?« Der erste Mann verschränkte die muskulösen Arme

vor der Brust. Nach kurzem Überlegen taten es ihm die anderen nach.

»Wir wollen keine Probleme«, gab Tjorgen zu verstehen.

»Dann überlasst die Priesterin unserer Obhut«, verlangte der Kahlköpfige, der offenbar ihr Anführer war.

Nuada wurde heiß und kalt zugleich. Das würden sie ja wohl kaum tun! Sie irgendwelchen fremden Soldaten zu überlassen, die sie bestenfalls zum Königstempel zurück eskortierten. Das fehlte ihr gerade noch!

»Mit welchem Recht? Die Priesterin bleibt bei uns. Sie hat uns als Geleitschutz angeheuert und niemand anderen.« Tjorgen klang bestimmt, aber Nuada kannte ihn mittlerweile gut genug, um die unterdrückte Wut aus seiner Stimme herauszuhören. Er jedenfalls würde sie niemandem überlassen.

»So, Ihr habt also Gründe, der Krone nicht zu vertrauen?«, rief ein Dritter weiter hinten.

»Im Gegenteil«, sagte Vhuor ruhig. »Wir dienen damit der Krone. Die Prinzessin selbst hat uns mit dieser Aufgabe betreut.« Vhuor log gut. Vielleicht lernte man das, wenn man sein Leben lang zwischen Beamten und Generälen lebte.

»Die Prinzessin ist fort«, schnaubte der Erste abschätzig.

»Das macht ihren Befehl nicht weniger wirksam«, zischte Tjorgen.

»Warum sollte die Prinzessin nach dem Verrat von Nidalis eine Wasserpriesterin durchs ganze Land schicken? Und dann auch noch an die Westküste ... Wenn ich mich recht entsinne, liegt hinter diesem Ozean der Feind.« Die Männer stimmten ihrem Anführer grummelnd zu.

»Nicht Nidalis hat den Verrat begangen. Das war einzig und allein Prinz Nevin«, korrigierte Nuada ihn und ballte die Faust um den Dolchgriff. »Und die Gründe der Krone gehen einfache Soldaten wohl kaum etwas an.«

»Na klar.« Der Kahlköpfige spuckte auf den Boden. »Ich gebe Euch noch eine Chance. Priesterin zu mir, oder es wird Euch allen leidtun.«

»Das ist gegen alles, wofür Ching steht.« Sie sah Vhuors Gesicht nicht, hörte aber seinen Unmut.

»Baligan verteidigt dieses Drecksland. Baligan verteidigt die beschissene Krone. Wir haben unsere eigenen Regeln.« Auf die Rede des Anführers folgte zustimmendes Gebrüll.

Nuada wich einen Schritt zurück. Das hatte keinen Sinn. Diese Kerle würden nicht mit sich reden lassen. Sie formte das Wasser in ihrer Hand zu einer Peitsche und hob ihr Kinn. »Ihr werdet uns ziehen lassen«, erhob sie ihre Stimme. »Oder Nephos wird Euch alle dafür bestrafen, eine unter seinem Schutz stehende Priesterin aufgehalten zu haben.«

Die Männer grölten. »Aufgehalten? Oh Süße, wir haben noch viel mehr vor.«

Tjorgen zögerte nicht länger. Ehe die Männer überhaupt begriffen, was geschah, hatte der erste ein Wurfmesser im Hals stecken und brach zusammen. Vhuor riss seinen Arm nach oben und blockte mit seiner Magie die Feuersalve des Kahlköpfigen.

»Ich wusste es«, zischte dieser. »Er ist eine Feuerfee!« Sein Blick kreuzte kurz den ihren. Wie ein Stich fuhr er ihr in den Magen. »Schnappt sie Euch, Männer. Tötet die anderen.«

Sie begriff nicht, was geschah. Was wollten sie von ihr?

Chaos brach aus. Ein Soldat näherte sich ihr von links. Sie schlang die Wasserpeitsche um seinen Hals, würgte ihn. Vhuor wirbelte herum, blockte den Angriff des Anführers und stieß die Klinge in die Seite des Soldaten. Blut spritzte zu allen Seiten, als er das Metall wieder herauszog und sich wieder den Männern vor ihm zuwandte. Nuada schluckte die Galle herunter, die in ihr aufstieg. Angriffe zu üben, war eine Sache. Aber nach dem Überfall dieser Banditen hatte sie gehofft, dem nächsten Kampf eine Weile zu entkommen. Noch hatte sie sich nicht davon erholt, dass sie eine Fee getötet hatte.

Auf Tjorgen stürzten sich drei Männer gleichzeitig. Die Kampffee zog weitere Dolche aus seinen Taschen, verteilte Tritte und wich aus. Nuada musste sich selbst verteidigen. Zwei weitere Männer stoben aus und kamen auf sie zu. Unter ihnen der Kahlköpfige, der sich seitlich an Vhuor vorbeigedreht hatte, der durch zwei andere Soldaten abgelenkt wurde. Sie umklammerte ihren Dolch fester. Schoss eine Fontäne aus Wasser auf die beiden zu. Eine Flamme stob über ihren Kopf hinweg, sie duckte sich. Eine Hand schoss vor und umklammerte ihren Oberarm.

Nuada schrie auf, erschuf eine Wasserblase um den Kopf des Kerls. Instinktiv ließ er los, griff sich an den Hals, nach Luft ringend. Sie hielt ihre Magie aufrecht, wich einer Faust des Kahlköpfigen aus, duckte sich unter ihm hindurch und landete einen Tritt in seinen Rücken. Sie stieß gegen jemanden. Es war Vhuor, der sofort weiter herumwirbelte. Sein Schwert schnitt durch die Luft, fing die nächste Attacke auf, die sie niemals selbst hätte abwehren können. Gebrüll hallte über die Lichtung. Vhuor hatte dem Angreifer zwei Finger abgetrennt. Auch er selbst hatte schon eingesteckt und blutete an der Wange.

Etwas traf sie am Rücken. Sie taumelte nach vorne, weg von dem Generalssohn. Im nächsten Moment kesselte eine Flammenwand sie ein. Sie schaffte es, nicht zu stürzen, rappelte sich auf und blickte direkt in das Gesicht des Kahlköpfigen, der jetzt zwischen Vhuor und ihr stand. Er war für die Feuerwände verantwortlich. Nuada wich einen Schritt zurück, wagte einen Blick hinter ihn. Tjorgen war der Feuerwand ausgewichen. Er blutete am Oberschenkel und hatte noch mit zwei Männern zu kämpfen. Vhuors Umhang stand lichterloh in Flammen. Gut, dass das Feuer ihm nichts anhaben konnte. Zwei Männer hatte er schon erledigt und kämpfte noch mit zwei weiteren, unter ihnen der Anführer. Nuada schoss einen Schwall Wasser über die Feuerwände. Unter ihrer Magie verloschen sie zischend, nur um umso stärker wieder aufzuflammen. Der Kahlköpfige kam immer näher, sie wich weiter zurück. Neben Vhuor fiel ein weiterer Mann röchelnd zu Boden. Die halbe Lichtung stand in Flammen. Nuada schmiss den Dolch beiseite, ließ Wasser in ihren beiden Händen zusammenlaufen und schoss einen dünnen Strahl mitten in den Mund des Kahlköpfigen. Gurgelnd schlug er um sich. Sein Schwert kam ihr erschreckend nahe und eine seiner Flammen traf sie an der Schulter. Nuada schrie auf, ihr Wasser brach in sich zusammen. Der Mann hatte plötzlich eine kleine Klinge in der Hand, sein Schwert polterte neben ihm auf den Boden. Durch seinen Streifschuss war sie so aus dem Gleichgewicht geraten, dass er sie mühelos hätte töten können. Stattdessen drehte er sich blitzschnell um und ...

»Nein!« Ihre Stimme hallte über die Lichtung.

Sein Messer bohrte sich in Vhuors Rücken. Er schrie auf, aber kämpfte weiter. Lange würde er das nicht mehr durchhalten. Der Kahlköpfige lachte höhnisch, bevor er sich ihr wieder zuwandte.

»Du wirst mir gehören«, prahlte er.

Nuada sackte das Herz in die Hose, als die Bedeutung seiner Worte zu ihr durchdrang. »Wag es ja nicht, mich anzufassen!« Ihre Stimme klang stärker, als sie vermutet hatte.

Der Mann lachte nur, zog seine Feuerwand enger zusammen, sodass sie weiter zurückweichen musste. Ihr Rücken stieß schon wieder gegen etwas. Ihr Kopf ruckte herum. Der Baum, an dem sie eben noch mit dem Pergament gesessen hatte, stand ihr nun im Weg. Ihr Herz sprengte ihr beinahe die Brust. Sie formte ihr Wasser zu Dolchen, stieß damit nach dem Kerl. Er war schneller. In der Bewegung packte er ihren Oberarm, dann ihren zweiten. Mit Wucht presste er sie an die scharfkantige Rinde des Baumes.

Rauch brannte in ihren Augen. Tjorgen rief nach ihr, nach Vhuor. »Verfluchte Orkpisse!«, hörte sie ihn dann brüllen.

Sie konnte nicht sehen, was vor sich ging. Konnte nur den Kahlköpfigen anstarren, der sich vor ihr aufbaute und ihre Arme schmerzhaft umklammerte.

»Aber, aber ...«, säuselte er, viel zu nahe an ihrem Gesicht. »Wenn die Königin davon überzeugt ist, dass Feuer und Wasser sich so gut verstehen, dann können wir das auch, findest du nicht?«

»Lass mich sofort los!«, forderte sie lautstark. Aber ihr war eiskalt. Ihre Mutter hatte sie nach Ching geschickt, damit sie den Gelüsten der altmyrschen Soldaten entkam. Es war Ironie des Schicksals, dass sich jetzt ausgerechnet ein chingesischer Soldat an ihr vergehen wollte.

Statt ihrer Forderung nachzukommen, rückte er noch etwas näher. Seine Hand wanderte grob über ihren Busen. Nuada presste die Zähne fest zusammen. Sie würde nicht schreien und Tjorgen auch noch in Gefahr bringen!

»Lass uns auch was übrig!«, rief der Anführer. Eine Windböe fuhr über die Lichtung und ließ die Flammen zucken. Dadurch erkannte sie, dass Vhuor noch immer mit ihm kämpfte. Noch hielt dieser sich auf den Beinen.

Nuada versuchte verzweifelt, ihre Arme freizubekommen. Der Kerl hatte ihre linke Elle noch immer fest im Griff, während er sich rechts mit der Schulter gegen sie lehnte. So nah, dass sein gäriger Atem in ihrer Lunge kratzte. Seine rauen Finger strichen ihr über die Wange. »Was meinst du? Reichst du für mehrere?«

»Wenn du Trollkopf weiterhin so lüsterne Gedanken hast, bettelst du geradezu darum, dass ich dir das Gehirn in Fetzen sprenge und ...«

Sein Lachen ließ sie verstummen. Sie drehte ihre Handfläche nach oben. Wasser rann aus ihren Fingern, kletterte rasend schnell ihre Haut empor und legte sich um seine Hand.

»Netter Versuch«, presste er hervor. Er setzte seinen Oberkörper in Flammen. Ihr Wasser sammelte sich nur noch an den Stellen, wo er sie berührte, und bewahrte sie vor Verbrennungen, aber die Hitze raubte ihr den Atem. Dann packten seine Finger ihr Kinn. Seine breiten Lippen pressten sich auf ihre. Nuada wand sich. Ihr war übel. Ihr Herz raste in einem Takt, den sie so noch nicht von sich kannte. Irgendwie schaffte sie es, sich ein Stück freizukämpfen. Sie stellte sich auf die Zehenspitzen und knallte ihm ihr Kinn auf den Kopf.

»Verfluchte Wasserhure!« Sofort hatte er sie wieder fest im Griff, quetschte ihre Brüste unter seinen Fingern. Nuada keuchte. Solchen Schmerz hatte sie noch nie gespürt.

»Lass sie in Ruhe, du widerwärtiger Hund!«, brüllte Tjorgen hinter den Feuerwänden.

Klingen trafen aufeinander. Durch die Flammen sah sie, wie Vhuor fiel. Mehrere Klingen und Pfeile ragten aus seinem Körper. Ihr Herz zog sich zusammen. Nein! Er durfte nicht ... Nein! Nicht noch jemand, der sie beschützen wollte ... Sie schluchzte.

Jäh wurde ihre Aufmerksamkeit zu ihrer eigenen Situation zurückgerissen. Der Kahlköpfige packte ihre Arme und flammende Fesseln wandten sich um ihre Handgelenke. Der Schmerz ließ Sterne vor ihren Augen tanzen. Er presste sie mit dem Unterarm ihren Oberkörper fester gegen den Stamm. Ein kaltes, berechnendes Lächeln lag auf seinen Lippen. Seine freie Hand griff in die Röcke ihres Priesterinnengewandes, hob den Stoff. Ohne den Blick von ihrem Gesicht zu wenden, fuhr er mit den Fingern ihren Oberschenkel hinauf.

»So zarte Haut«, stellte er fest. »Ich hab schon gehört, dass die Nephospriesterinnen ein paar mehr Aufgaben haben als das Beten allein.« Er lachte rau. Nuada konnte ihn nur anstarren. Unfähig, sich zu bewegen. Er beugte sich noch ein Stück vor, bis sein Mund ihr Ohr streifte. »Na los, Beine breit!«, forderte er.

Angst kroch in all ihre Zellen. Sie bäumte sich auf, versuchte, sich gegen seinen starken Arm zu stemmen. Erfolglos. Sie presste ihre Oberschenkel zusammen, so fest sie konnte.

»Komm schon, mach es dir nicht schwerer als nötig!«

Er nagte an ihrem Ohrläppchen. Sie biss sich auf die Zunge, um nicht aufzuschreien. Sie konnte jedes Detail seines kantigen Gesichts erkennen. Sein Blick blieb an ihrem Unterleib haften und er leckte sich über die Lippen. Ehe sie sich´s versah, machte er sich an seiner Hose zu schaffen. Ihr wurde wenn möglich, noch übler. Er presste sich noch enger an sie. Eine Hand an ihrem Oberschenkel, die an ihr entlangstrich. Nuada schloss die Augen, sammelte all ihre Kraft, während sie versuchte, den Ekel zu unterdrücken. Vor sich sah sie immer wieder Vhuor, der blutend zu Boden fiel. Getötet für diesen Irrsinn! Diese Soldaten sollten im Zölibat leben! Immerhin so viel wusste sie. Sie schluckte, als er erneut versuchte, ihre Schenkel auseinanderzudrücken.

O Götter! Ihr war so schlecht. Gleichzeitig rann eine Entschlossenheit durch ihren Körper, die sie so nicht von sich kannte. Sie würde das nicht zulassen! Um jeden Preis würde sie verhindern, dass er ihr die Ehre raubte!

Er musste seine zweite Hand von ihrem Oberkörper nehmen, da sie so fest presste. Entschlossen riss sie ihren Arm hinter ihrem Rücken hervor. Sie ignorierte das widerwärtige Gefühl, als es ihm gelang, seine Finger zwischen ihre Beine zu schieben. Stattdessen schlang sie den Arm um seinen Hals, legte die Hand auf seinen Mund und ließ ungehemmt Wasser fließen. Es füllte zuerst seinen Mund, seinen Rachen, strömte in Speise- und Luftröhre gleichermaßen.

»Arhhhhh!« Er versuchte, nach ihr zu greifen. Röchelte. Bäumte sich auf. Ein Schwert durchbohrte seinen Rücken. Ihr Wasser färbte sich rot, als er Blut spuckte und erstickte und ertrank zugleich. Tjorgen stieß den wuchtigen Körper zur Seite. Ihre Blicke kreuzten sich nur für den Bruchteil einer Sekunde. Dann stolperte sie an ihm vorbei und rückte ihr Kleid zurecht, soweit es ihre zitternden Hände zuließen. Alles drehte sich. Sie sackte zusammen, übergab sich kniend ins plattgetrampelte Gras.

»He, ich bin da!« Tjorgen taumelte an ihre Seite, wollte nach ihrer Schulter greifen, doch sie zuckte zurück.

»Zu spät!«, schluchzte sie.

Das war ungerecht ihm gegenüber, aber sie konnte nicht anders. Zittrig fuhr sie sich mit der Hand über den Mund, doch der eklige Geschmack blieb. Irgendwie schaffte sie es, sich zu Vhuor zu schleppen. Tränen füllten ihre Augen, tropften ungehemmt auf Vhuors Gesicht. Seine braunen Augen starrten leer zu dem Baum, an dem sie fast ihre Ehre verloren hatte. Er war für sie gestorben! Einzig und allein für sie. Ihre Hände krallten sich in das blutige Gras. Und sie war schuld! Er wäre niemals mitgekommen, hätte sie ihn nicht um Hilfe gebeten.

»Es tut mir leid«, schluchzte sie. »Oh, Vhuor! Es tut mir so leid!«

Tjorgen kniete sich neben sie. Dieses Mal erlaubte sie ihm, ihre Schulter zu umfassen. Er sagte nichts, ließ sie weinen und trauern, und dafür war sie ihm dankbar. Sie hätte kein einziges Wort hervorbringen können.

Der Morgen graute. Nuada fühlte sich schmutzig. Dabei hatte sie ihre eigene Magie genutzt, um sich von oben bis unten zu waschen. Sie war zu nichts anderem fähig gewesen. Während Tjorgen das Chaos um sie herum beseitigte und sogar einen Reisighaufen zusammentrug, um die Toten zu verbrennen, saß sie nur an Vhuors Seite.

Regungslos wie eine Puppe. Sie hatte ihm die Wunden abgespült, doch wie bei Treás zeigte ihr das die grausame Realität umso deutlicher, unter der ihr Freund gestorben war. Ihr war eiskalt. Selbst dann noch, als Tjorgen das Feuer entfachte. Sie versuchte, so wenig wie möglich zu atmen, um den beißenden Geruch der verbrennenden Leiber zu verdrängen. Wenn es nach ihr gegangen wäre, hätten sie diese Männer liegen lassen, sodass sich Raubtiere und die Aasvögel an ihnen gütlich tun würden. Sie hatten nichts anderes verdient. Tjorgen bestand darauf, ihnen trotz ihrer Taten ein ordentliches, wenn auch improvisiertes Totenfeuer zu gestatten. Sie hatte kein Wort mit ihm gesprochen. Ihre Kehle war noch immer so zugeschnürt, dass ihr jeglicher Laut falsch vorkam. Er akzeptierte, dass sie die Geschehnisse erst verarbeiten musste, und kümmerte sich stillschweigend um alles. Dafür war sie ihm nochdankbarer. Nuada hätte es nicht ertragen, die Körper der toten Männer, die sie vergewaltigen wollten, auch nur anzusehen. Es reichte, dass ihre Haut brannte. Überall dort, wo der Kahlköpfige sie berührt hatte. Unter ihrem Gewand hatte sie riesige blaue Flecken. Wenn sie die Augen schloss, tauchte sofort dieses höhnische Grinsen vor ihr auf. Sie schüttelte den Kopf, um ihre Atmung zu beruhigen. Nicht daran denken!

»Nuada?«

Sie blinzelte gegen den Rauch an, der sich über die Lichtung hob. Sicherlich weithin sichtbar. Ihr war bewusst, dass sie weitermussten. Nur würde sie vorher gern auch Vhuor die letzte Ehre erweisen. Endlich sah sie auf. Tjorgen legte vorsichtig die Hand auf ihre Schulter. Er sah müde aus, doch gleichzeitig schlummerte ein wütendes Funkeln in seinen Augen.

»Kann ich dir irgendwie helfen?«, fragte er schließlich und sah sie durchdringend an.

Sie dachte eine Weile nach, bevor sie zögerlich den Kopf schüttelte. »Ich muss«, sie schluckte, »ich muss damit alleine fertigwerden.«

»Hat er ...?«

Sie wollte nicht, dass ein Mann es aussprach. Es brodelte schon in ihr, dass er sie überhaupt zuerst darauf ansprach. »Mir die Ehre geraubt?«

Er nickte langsam.

»Nein.«

Tjorgen atmete geräuschvoll aus. Bevor sie zurückweichen konnte, fing er sie in einer Umarmung. »Es tut mir leid!«, nuschelte er an ihr Ohr. »Es tut mir so leid.«

Zuerst wollte sie sich aus der Umklammerung winden. Sie fürchtete, jede Berührung würde das Brennen auf ihrer Haut noch verstärken. Aber Tjorgen kühlte sie ab. Klaubte sie aus ihrem Schockzustand und brachte sie zurück in ihren Körper.

Ihr Damm brach. Ungehemmt schluchzte sie an seiner Schulter, klammerte sich an seinen Arm wie eine Ertrinkende.

»Er ... hat mich ...« Ihr ganzer Körper bebte unter ihrem Schluchzen.

Tjorgen legte sein Kinn auf ihrem Kopf ab, strich ihr beruhigend über den Rücken. »Schhh ... Es ist vorbei.«

Nuada wimmerte. Seit Treás' Totenfeuer hatte sie nicht mehr geweint, keine einzige Träne mehr zugelassen. Sie hatte der Wut auf Nevin den Vorrang gegeben, um vor dem chingesischen Hof ihr Gesicht zu wahren und stark zu wirken. Jetzt spürte sie, wie viel Schmerz sie zurückgehalten hatte. Vhuor dort liegen zu sehen rief ihr einmal mehr ins Gedächtnis, dass sie mit Nevins Taten nicht nur einen, sondern zwei Brüder verloren hatte. Und diese Wunde riss plötzlich wieder auf wie eine Quelle, die aus dem Boden hervorbrach.

»Sollen wir uns verabschieden?«, flüsterte Tjorgen nach einer ganzen Ewigkeit.

Nuada nickte, unfähig, zu sprechen. Ihr Körper fühlte sich schwer an. Tjorgen zog sie hoch. Dann ging er um sie herum, hob Vhuors Leiche vorsichtig auf seine Arme und trug den Generalssohn auf den letzten Haufen, den er aus groben Ästen und Zweigen errichtet hatte. Er griff in dessen Tunika und holte etwas Kleines, Metallenes hervor.

»Was ist das?«

»Ein Abzeichen«, erklärte er. »Wenn wir jemals zurück an den chingesischen Hof gehen, werde ich es seinem Vater übergeben. Damit er zumindest etwas von seinem Sohn bei sich hat.«

Nuada nickte, mit den Gedanken schon ganz woanders. Tjorgen würde schneller zurückkehren, als er dachte – diesen Entschluss hatte sie sicher gefasst. Aber das würde sie ihm nicht sagen. Er würde sie niemals gehen lassen. Vor allem nicht nach der letzten Nacht.

»Das ist alles meine Schuld«, sagte sie zu Vhuor. Tjorgen hatte seine Augen geschlossen, aber er wirkte dennoch nicht friedlich. »Du hast alles getan, um mich zu schützen. Viel zu viel.« Ihre Stimme zitterte, versagte. »Ich hätte dich nie fragen dürfen, uns zu helfen. Bitte verzeih mir.«

Nuada beugte sich über den Leichnam und küsste seine Stirn zum Abschied. Sie hoffte, sein Geist würde sich durch ihre Worte nicht ewig damit quälen, dass er sie nicht vor dem Übergriff hatte beschützen können. Denn am meisten machte sie sich selbst Vorwürfe. Sie hatte darauf bestanden, den kürzesten Weg zu nehmen, anstatt die Straße nach Norden, Richtung Wega und damit zu Vhuors Heimat zu nehmen. Es wäre nur ein Tag mehr gewesen.

Tjorgen verabschiedete sich stumm. Trotz fehlender Worte sah Nuada, dass er größte Ehrfurcht vor der Feuerfee hatte.

Sie half ihm, das Feuer zu entfachen. Die Sonne war bereits gänzlich über den Horizont geklettert, als Vhuors sterbliche Überreste in Flammen aufgingen. Sie hielt Tjorgens Hand, sprach Gebete zu den Göttern und weinte stumm.

Rauschen. Es klang nach Heimat. Nach einer, die sie niemals als eine solche angesehen hatte, und die dennoch in ihrem Herzen saß. Das Meer war nahe.

Nuada saß mit klopfendem Herzen an einem Baumstumpf gelehnt und hielt Wache. Gespannt lauschte sie Tjorgens Atemzügen. Seit einer Weile waren sie so ruhig, dass sie sicher war, dass er schlief. Ohne ein Geräusch zu machen, erhob sie sich und zog das kleine Schriftstück aus den Falten ihres Gewandes. Sie hatte es rasch geschrieben, als Tjorgen Feuerholz gesammelt hatte. Das war der einzige Moment gewesen, in dem er sie seit einiger Zeit alleingelassen hatte, und das auch nur mit der Bitte, sie möge sich ja nicht von der Stelle rühren.

Sie schlich zu ihm herüber. Es tat ihr mit jeder Faser weh, ihm das anzutun. Aber sie sah keinen anderen Ausweg. Sie würde nicht noch eine Fee verlieren, die sie beschützen wollte!

Leise beugte sie sich herab und platzierte das Schriftstück neben seinem Gepäck. Dann schlich sie durchs Lager, hatte mit einem Griff ihre wenigen Sachen beisammen und machte sich auf den Weg. Ihre drei Callos standen im schwachen Mondlicht und sahen auf. Sie drehten ihre großen Ohren in ihre Richtung, blieben aber zum Glück ruhig. Nuada schlich noch hundert Meter weit, dann traute sie sich, schneller zu laufen. Es war nicht weit bis zu den Dünen.

Aus Angst, Tjorgen würde sie doch noch aufhalten können, rannte sie den Sand hinauf, der sich wie eine Mauer zwischen Wäldern und Meer erhob. Endlich breitete sich die Weite vor ihr aus. Im Mondlicht wirkte die Bucht wie eine helle Sichel, umringt von der Schwärze der See.

Sie verschwendete keine Zeit, schlitterte die Dünen hinab und rannte über den Sand. Ihr Herz klopfte. Wollte sie das wirklich tun? Im Laufen zog sie den Anhänger hervor, der sofort einen leichten Lichtstrahl gen Ozean abgab. *Wollen* war nicht die Frage. Aghni *brauchte* sie! Und sie würde niemandem sonst diese Bürde aufdrücken. Etwas sagte ihr, dass sie das allein schaffen musste.

Sie hatte das Wasser fast erreicht, als ein Ruf an ihr Ohr drang. Hatte sie sich das eingebildet? Panisch fuhr sie herum. Auf der Düne stand ein Callo mit Reiter. Tjorgen. War sie so unachtsam gewesen? Für Zweifel blieb keine Zeit mehr – mit dem Tier war er schneller, als sie rennen konnte.

»Ich schaffe das!«, redete sie sich selbst Mut zu.

Dann setzte sie ihre Füße aufs Wasser. Einen Schritt nach dem anderen machte sie über die Wellen, die sich ihrem Weg anzupassen schienen. Ihr Körper schmerzte, verlangte nach Ruhe, aber die würde sie sich vorerst nicht gönnen. Nicht, bis sie einen solchen Abstand zwischen sich und Ching gebracht hatte, dass sie die immerwährende Erinnerung an den Vorfall zumindest eine Zeitlang verdrängen konnte. Sie wusste nicht, wie oder ob ihr das gelingen würde. Der Schock war verflogen, die Schmerzen und die Erkenntnis hingegen stets greifbar. Erst einen Tag war der Überfall her. So nahe waren sie ihrem Ziel gewesen, bevor die Soldaten alles zerstört hatten. Nur einen Tag mehr.

»Nuada!« Er rief ihren Namen. Wieder und wieder. Sie hörte die Verzweiflung darin, kämpfte mit sich und ihren Tränen. Als das Ufer gut hundert Meter hinter ihr lag, hielt sie es nicht mehr aus und drehte sich noch einmal um. Tjorgen stand in der Brandung, die Callos von Vhuors Familie bei sich und blickte ihr hinterher. Rief wieder ihren Namen. Sie schluckte. Sie wollte sich nicht ausmalen, welchen Schmerz sie ihm zufügte. Wie er leiden musste, weil er wusste, dass er ihr nicht folgen konnte. Aber alles war besser, als ihn ihretwegen sterben zu sehen.

Sie schlug die Augen zu, wandte ihren Blick ab. Der Ozean, das Wasser, war ihr Element. Sie mochte es nicht toll finden, aber sie war eine Wasserfee. Es war ein Teil von ihr, den sie nicht abschreiben konnte.

Sie wollte so lange wie möglich der Angst vor der Tiefe entgehen. Noch mehr Angst, noch mehr schreckliche Erfahrungen würde sie vielleicht nicht verkraften. Nuada riss sich zusammen, nicht noch einmal zurückzublicken. Dann lief sie wieder los. Rannte über die Wellen, immer und immer weiter. Fort von Tjorgen. Fort von ihrem Schmerz.

Die Kette an ihrem Hals begann wieder zu glühen.

24.

Nach einem weiteren Tag, an dem ein Schneesturm ihr Vorankommen nach Norden verzögerte, erreichten sie einen zugefrorenen Bachlauf, der unter den Eis- und Schneemassen kaum zu erkennen war.

»Das müsste die Grenze sein«, sagte Nahél.

»Also ich sehe nichts.« Nephele kniff die Augen zusammen.

»Die inoffizielle«, schob die Halbcelone hinterher. »Nicht mehr lange, und wir müssten die äußeren Mauern erreichen.«

Venedta atmete tief durch und sah zu ihren Freundinnen. »Seid ihr bereit dafür?« Sie merkte selbst, wie piepsig ihre Stimme klang. Das Gespräch mit Nephele hatte ihr gutgetan, dennoch fühlte sie sich überhaupt nicht vorbereitet. Während ihrer Pausen hatte sie mit Nahél stets Illusionen geübt, aber ob das annähernd reichte ...

Entschlossen schüttelte sie den Kopf. Es gab keine andere Möglichkeit! Sie brauchten diese Urellia! Aber vielleicht, flüsterte eine kleine Stimme in ihr, besteht ja die Chance, sie Baraphé ohne einen Kampf abzuluchsen. Mussten sie die Königin wirklich töten oder könnten sie ein Rätsel lösen wie sonst auch? Ihr Volk wirkte recht wohlhabend und ... ja, sogar zufrieden. Was würde passieren, wenn sie diesen Zustand ins Wanken brachten?

»Von jetzt an müssen wir noch vorsichtiger sein.« Nahél stieg von Jumanhs Rücken, tätschelte ihm den Hals und kniete sich dann hin. Vorsichtig berührte sie erst das Eis, dann vergrub sie ihre Hand ein Stück im Schnee und schien ihre Sinne auszuweiten. »Ich kann noch keine Magie erkennen. Es scheint hier keine Abwehr zu geben. Die äußere Mauer ist gute dreihundert Meter entfernt.«

Venedta kniff die Augen noch einmal zusammen, aber der Schneefall war so dicht, dass sie kaum fünfzig Meter weit sehen konnte. Sie war schon froh, dass sie in diesen Stürmen niemanden verloren hatten.

»Ich kann in diesem Abschnitt vier Feen auf der Mauer wahrnehmen. Und einen Drachen mit Wächtern weiter östlich. Wir sollten unsere Begleiter hier zurücklassen.«

»Denkst du denn ... Reicht Jumanh und Nayana der Schutz der Nadelwälder weiter südlich?«, fragte Nephele.

Für Ciraia stellte die Kälte keinerlei Probleme dar, aber für die beiden war es zu kalt. Venedta hatte im letzten kleinen Dorf, das sie passierten, einen Stall gesehen. Doch so richtig traute sie sich nicht, die Tiere allein zu lassen, zumal Nahél die Illusion über Jumanh aufgehoben hatte.

Die Giftfee starrte eine Weile an den Himmel, ehe sie antwortete. Obwohl es auf Seimoria sicher keinen Schnee gab, schien ihr das Wetter und die Kälte kaum etwas auszumachen. Vielleicht war das so ein Celonending. »Das muss genügen. Macht euch keine Sorgen, Jumanh ist in der Wildnis groß geworden. Auch wenn er manchmal wie ein Schmusekater wirkt ...«

»Wohl kaum«, murmelte Nephele und sie lachten.

»Er ist immer noch eine Marane aus dem Faralielgebirge. Und ja, da gibt es Schnee.« Ihre Mundwinkel zuckten amüsiert. »Du kümmerst dich gut um die beiden, nicht wahr?« Nahél kraulte ihn am Kinn, was Jumanh zu einem wohligen Brummen veranlasste. »Wir hingegen sollten keine Zeit verlieren. Drachen haben viel zu gute Nasen. Je länger wir hier stehen, desto eher wird der dort oben auf uns aufmerksam.«

Venedta ließ sich von ihrer Ricke gleiten und nahm ihr den Sattel und das Zaumzeug ab. Sie hatten ihre Begleiter in den letzten Monaten nun schon oft allein gelassen, aber diesmal war es anders, denn diese Umgebung war ihnen völlig fremd. Als sie alles verstaut hatten und die Tiere gen Süden verschwanden, spürte sie Nahéls Hand auf ihrer Schulter.

»Keine Sorge. Jumanh findet mich immer wieder. Und ich ihn.« Sie grinste.

»Dann wollen wir mal.« Nephele sagte das so unbekümmert, wie Venedta sich gern fühlen würde.

In ihr war das Gegenteil der Fall. Alles verkrampfte sich bei dem Gedanken, in diese Schlangengrube einzudringen. Einem Ort, in dem sie mit großer Wahrscheinlichkeit nicht willkommen waren. Zumal sie auf sich gestellt sein würde. Sie wollten sich aufteilen, um zunächst zu prüfen, ob die Pläne des Palastes, die sie vom Heer gestohlen hatte, einigermaßen korrekt waren. Und um alles noch komplizierter zu machen, würden nur Nephele und sie gehen. Um das Risiko geringer zu halten. Damit Nahél im Notfall ... Darüber wollte sie gar nicht nachdenken! Ihr Herz klopfte sowieso schon bis zum Hals. Wie konnte Nephele so ruhig bleiben?

»Viel Glück.« Nahél umarmte sie beide. »Wenn es Ärger gibt, schickt mir ein Zeichen, und ich komme sofort. Auch dann, wenn es wider Erwarten selbst im Palast keinerlei Illusionsschilde geben sollte. Dann werde ich direkt hinter euch sein.«

Venedta schluckte. Zunächst hatten sie überlegt, ob Nahéls Geschwindigkeit ausreichen würde, um auch ohne Illusion ungesehen in den Palast zu gelangen, mit ihnen zusammen. Doch das Risiko war zu groß. Sie presste ihre Freundin fest an sich und schob den Gedanken weit von sich, dass es vielleicht das letzte Mal sein könnte.

»Das werden wir«, sagte sie also nur.

Nephele gab Nahél ein kleines Päckchen – ihr magisches Zelt –, dann wandelte sie die Gestalt, machte eine ausladende Handbewegung. Und war verschwunden. Venedta hingegen konzentrierte sich und schrumpfte. Schrumpfte immer weiter, bis sie nur noch so groß war wie ihr Unterschenkel. Sie holte mit ihren Armen aus, die nun weißbefiederte Flügel waren, und hob ab. Nun, da sich ihre Sinne zu denen einer Schneeeule geschärft hatten, sah auch sie den Wall aus Eis. Sie hielt direkt darauf zu. Nephele nahm sie durch den veränderten Luftwiderstand neben sich wahr. Spürten Luftfeen immer solche Veränderungen im Wind?

Venedta hatte aufgehört zu zählen, in wie viele Tierarten sie mittlerweile geschlüpft war. Meist probierte sie es vorher in ihren Übungsstunden aus. Seit sie vor fünf Jahren gelernt hatte, diese Art der Urmagie für sich zu nutzen, saß sie noch öfter als vorher in der Bibliothek. Sie studierte Tiere, die sie interessant fand, genau. Las über ihr Aussehen, ihre Größe und ihr Verhalten, um ihre Tarnung möglichst zu perfektionieren.

Nahél hatte sie einmal gefragt, wieso sie sich so gut in Tiere einfühlen konnte. Das war gar nicht der Fall. Das Geheimnis war simpel: harte Arbeit. Einsame Stunden, die sie in einsamen Ecken des kufkanischen Schlosses ungesehen zubrachte, um ihre Verwandlungen zu üben, in immer mehr Tiere, um den Gegner noch besser täuschen zu können. Nie wieder wollte sie sich so in die Ecke drängen lassen, wie an dem Tag des Rebellenanschlags. Sie schlug kräftiger mit den Flügeln. Den Wall passierte sie, ohne Aufmerksamkeit zu erregen. Prüfend sah sie sich um, doch ihr Gefühl gab ihr Recht. Nicht eine Spur von einem Illusionsschild. Seltsam. Nephele trennte sich von ihr, sowie sie die innere Mauer überquert hatten. Ihre scharfen Eulensinne kamen ihr immer wieder zu gute. So erkannte sie Eingänge, halb unter Schnee verborgene Tunnel und zwei Wehren, die ihr unter all dem Weiß sonst sicher verborgen geblieben wären. Überall waren nur Weiß- und Grauschattierungen. Zwischen den Mauern gab es wenig Spektakuläres zu sehen. Ein paar kleinere Gebäude aus Eis, schnurgerade an einer Straße entlang, die unter dem heftigen Schneefall ebenfalls kaum zu erkennen war – doch trotzdem genutzt wurde. Einige Kufenschlitten, wie Venedta sie in Krala gesehen hatte, fuhren in Richtung des Palastes oder kamen von dort. Die innere Mauer war wesentlich dicker. Offensichtlich begann Baraphés richtige Verteidigungslinie erst hier. Das Eis der Mauer war so breit, dass fünf Feen nebeneinander auf ihr laufen konnten. Zahlreiche der silbernen Rüstungen, teils mit Umhängen aus Fell, teils aus dem eisblauen Stoff, bewegten sich auf dem Wehr. In der Mauer gab es hunderte Stellen, an denen das Eis glasklar war – doch sie zweifelte nicht daran, dass die Feen die Architektur mithilfe ihrer Magie schnell verändern konnten. Sicher war es ein enormer Vorteil, wenn der Urbestandteil der eigenen Magie als Baumaterial genutzt wurde. Ob Baraphé das Schloss nach ihren Launen veränderte?

Venedtas Herz schlug schneller. Bitte nicht!

Im Kreis der inneren Mauer erwachte die Einöde aus Schnee und Eis zum Leben. Gebäude, die wie in Krala an die Form von Eiszapfen erinnerten, reckten sich in immer größeren Ausmaßen in die Höhe. Sie ließ sich vom Wind nach Osten tragen, flatterte über einen Übungsplatz, eine Arena ... und Drachen. Viele Drachen. Perplex ließ sie sich auf einem der Fenstervorsprünge des nächsten Gebäudes nieder, um wieder zu Atem zu kommen.

Mit Drifas Geschichte im Hinterkopf dachte sie, sie wäre auf vieles vorbereitet gewesen. Der Wind stob die Flocken auseinander. Sie zählte allein achtzehn Drachen, die in der Arena oder halb unter den Tribünen lümmelten. Die meisten waren kleiner als Drifa, aber nicht weniger imposant. Ihre harten Schuppen blitzten selbst in diesem Schummerlicht eisern auf. Frostiger Dampf stob aus ihren Nüstern. Wenn sich doch einer bewegte, schien die Erde zu beben. Das Knacken von Eis zerriss die Luft, sodass sich Venedtas Federn aufstellten. Knirschend hob sich eines der Tore der Arena und eine Gruppe Wärter zerrte einen blutigen Hirsch in die Mitte. Ein Drache nach dem anderen wachte auf, sie murrten, fauchten, rasselten mit ihren Ketten, doch keiner traute sich, das Futter anzutasten. Ein tiefes Grummeln folgte.

Ein Knirschen. Eine Eisfontäne schreckte eine Gruppe der kleineren Drachen auf.

Venedta sah erstarrt zu, wie ein Ungeheuer die Arena geradezu ins Wanken brachte. Es besaß mindestens die Größe des schwarzen Schreckens, mit dem Yama und ihr Kumpan sie vor Lormoralia angegriffen hatten. Ohne Rücksicht auf Verluste warf es sich zwischen die anderen Drachen, schnappte sich das tote Tier und verschlang es in einem Bissen. Dann schnappte es noch einmal zu. Einer der Wärter schaffte es gerade noch, sich in Sicherheit zu bringen. Ein anderer war nicht so schnell. Der Drache erwischte sein Bein und riss ihn in die Höhe. Der Mann versuchte noch, den Drachen mit seiner Magie und hartem Gebrüll dazu zu bringen, loszulassen. Weitere Männer rannten herbei, zogen die Ketten des Ungetüms fester – zu spät. Der Eisdrache schleuderte sein Opfer in die Höhe, riss sein Maul auf, und der Wärter verschwand kreischend darin. Unten brach Chaos aus, als die restlichen Wärter versuchten, das monströse Tier wieder unter Kontrolle zu bringen. Venedta konnte nicht länger zusehen. Mit einem eiskalten Gefühl im Herzen wandte sie ihren Blick ab. Welche Fee würde freiwillig in solcher Gefahr arbeiten?

Sie flog weiter nach Norden – hinein ins Zentrum des Palasthofes, abgetrennt durch eine weitere, letzte Mauer, noch breiter als die zuvor. Ein weiteres Mal blieb ihr die Luft weg. Vor ihren Augen wand sich eine Eisstruktur in die Höhe, die wie eine riesige Kathedrale anmutete. Eine Kathedrale aus funkelnder, glitzernder Kälte. Wie gern würde sie nun wissen, dass sie nicht allein war. Aber Nephele beherrschte ihre neuen Kräfte – zum Glück – ausgesprochen gut. Sie kreiste zwei, dreimal über der Anlage, bis sie sicher war, sich die Anordnung der Gebäude eingeprägt zu haben. Dann wechselte sie ihre Form zu einer kleineren, weniger auffälligen Gestalt und wurde zu einem Eissturmvogel. So war sie schneller, wendiger. Dennoch ging sie kein Risiko ein und verhielt sich so unauffällig wie möglich. Bisher schien die Aufteilung der

Türme, der Seitenflügel und des Hauptschiffs mit den Zeichnungen der Armee übereinzustimmen. Doch Venedta brauchte mehr. Sie musste wissen, wie es im Inneren aussah. Welches Tier würde dort drinnen nicht auffallen? Eine Schneeschwalbe, die sich durch die hohen Galerien nach innen verirrte, wäre ein Anfang. Oder fiel das zu sehr auf? Sie hatte keine Zeit, darüber nachzudenken. Sie musste so viel wie möglich vom Schloss erkunden, um pünktlich zum vereinbarten Treffpunkt mit Nephele und Nahél zurückzukehren würde. Nur so konnten sie einen finalen Plan schmieden.

Venedta veränderte ihre Gestalt, schrumpfte, ihr Schnabel wurde länger und ihr Gefieder geschmeidiger. Dann stieß sie sich ab und flatterte über den Vorplatz, der von einem siebenstöckigen Eisbrunnen verziert wurde. Die südliche Seite des Palastes war teilweise offen, eine riesige Empfangshalle mit etlichen Statuen, die Feen zeigten und einen eindrucksvollen Säulenhof. Über ihr wölbte sich in bizarrer Spitzgiebelform das Dach. Allein hier war die Decke gute fünfzehn Meter hoch. Die fast ebenso hohe Flügeltür war geschlossen, ein Meisterwerk aus Eis in unterschiedlichsten Formen und Lichtreflexen, die wie ein Kaleidoskop den Raum erhellte. Sechs Wachen standen davor, mit Eisspeeren bewaffnet, die sicher magisch waren und den Gegner betäubten. Eisige Rutschen, wie jene im Inneren der Eiszapfen von Krala, kamen an beiden Seiten des Säulenhofes aus einer der oberen Etagen.

Venedta nutzte den leichten Aufwind, der von draußen hinein wehte, und ließ sich in den Ostflügel treiben. Oben verbarg sie sich hinter einem Vorsprung. Sie wollte von so wenigen Feen wie möglich gesehen werden und hier oben waren jede Menge unterwegs. Sie befand sich nun im dritten Stock, vor ihr führte eine lange Galerie mit vielen Türen nach Norden. Dem Anschein nach Gemächer für Gäste. Mägde in hellblauen Roben mit dem Wappen Injadans auf den Röcken – einem Eiskristall – trugen

hohe Stapel Bettwäsche, Behälter voller Auroralichter und zahlreiche andere Dinge in die Räume. Wie die Frauen in Krala waren
sie bauchfrei und mit kurzen Ärmeln unterwegs. Außerdem
huschten einige männliche Diener herum – ebenfalls in knapper
Kleidung – und verzierten mit ihrer Magie die Säulen der Galerie
neu.

»Es muss alles perfekt sein.« Eine gut gekleidete Dame rauschte
an Venedtas Platz vorbei, einen Laufburschen neben sich. Eine
offene Tür verdeckte die Sprecherin, sodass Venedta sie nicht
sehen konnte. »Nichts darf am Geburtstag ihrer Majestät schief-
gehen. Du weißt, wie sehr sie ihren Geburtstag liebt.«

»Und hasst gleichermaßen«, warf der Laufbursche ein.

»Still«, unterbrach ihn die hohe Stimme. »Oder willst du in der
Arena landen?«

Der Laufbursche schluckte hörbar. Venedta schauerte. War
das die Art Strafe, die Baraphés Personal bei Fehlern erwartete?
Wer würde sich dieser Gefahr freiwillig aussetzen?

»Selbst, wenn es der tausendsieben...«

Sie verschwanden in einem der Gemächer. So konnte sie leider
nicht mehr hören, wie alt Baraphé wirklich war. Ohnehin reichte
ihr, was sie gehört hatte. Waren deswegen alle so in Aufruhr?
Bereitete sie ein großes Fest vor? Wer würde dort hinkommen?
Die adligen Injadans – sollte es davon noch welche geben? Das
könnte interessant sein. Vielleicht könnten sie sich unter die
Gäste mischen, um näher an Baraphé heranzukommen. Sie
flatterte durch die offene Wand der Galerie, durchquerte zwei
große Räume, die zu den Arbeitsstätten der Bediensteten zu gehören schienen, flog durch eine weitere Galerie und landete in
einer Art Atrium.

Hier war es mindestens zehn Grad wärmer. Wie auf dem Vorplatz gab es hier einen großen Brunnen, doch bei diesem schien
es sich um eine heiße Quelle zu handeln, denn er dampfte.
Andere Brunnen und Wasserläufe ringelten sich von ihm fort

durch eine hügelig angelegte Gartenlandschaft, in der wie das größte Paradox schlechthin Gehwegplatten aus Eisschollen und tropische Fische im warmen Wasser nebeneinander existierten. Wärmeliebende Pflanzen rankten sich an zarten Eissäulen in die Höhe, bildeten ein ausladendes Blätterdach, das einer Fee von unten nur stellenweise einen Blick auf die atemberaubende Kuppel gewährte, die sich über das Atrium wölbte wie das Mittelschiff einer riesigen Kathedrale. Die Kuppel schien auf den ersten Blick rundgewölbt, aber so, wie sich das Licht an den verschiedensten Stellen in diesem Gewächshaus brach, mussten es achteckige Ornamente sein, hauchdünn zusammengesetzt.

Venedta hatte keine Zeit für diese Schönheit. Entschlossen flatterte sie in den Nordflügel und erhaschte einen Blick in den Thronsaal, der leer war. Dann bog sie ab, um den Westflügel zu erkunden. In einem der Türme auf dieser Seite mussten sich die Gemächer Baraphés befinden, sollten die Zeichnungen stimmen.

Ein Eisstrahl blitzte vor ihr auf. Zu schnell, um auszuweichen. Er kam genau auf sie zu. Und dann Dunkelheit.

25.

Venedta blinzelte. Schmerz brandete an ihre Stirn. Sie keuchte auf. Moment!

Keuchte? Das war nicht gut!

Sie sollte doch ein Vogel sein!

Hektisch blinzelte sie. Alles war verschwommen. Was ... was waren das für Bewegungen? Wieso schaukelte es so? Trug sie etwa jemand? Gegen den Schmerz ankämpfend, versuchte sie sich zu bewegen. Kämpfte gegen die Blitze, die vor ihren Augen tanzten. Ihre Hände ... Warum waren sie so schwer? Sie zwang sich, ihren Blick zu schärfen. Warum stand alles Kopf? Wie ein heißes Eisen fuhr ihr die Erkenntnis in den Magen.

Nein!

Nein, nein, nein, nein!

Sie versuchte, ihre Hände zu bewegen. Die Schellen rasselten und ihre Dornen bohrten sich in ihre Unterarme. Blut rann über ihre Gelenke, ihre Finger, tropfte auf den spiegelglatten Boden. Magiefesseln. Sie besaßen Magiefesseln. Bei Paiké, große Klasse!

»Habt echt geglaubt, uns täuschen zu können, was?«

Es war eine männliche Stimme, aber sie kam nicht von der Fee, die sie trug. Venedta schaffte es, ihren Kopf leicht zu heben. Eine Fee in Wachuniform schritt mit amüsiertem Lächeln hinter ihr.

Sie riss die Augen auf, woraufhin er beide Brauen hob. »Was denn, so erstaunt? Prinzesschen, wir sind doch alle ehrlich, nicht wahr? Habt ihr wirklich geglaubt, uns wäre nicht aufgefallen, dass uns Pläne gestohlen wurden?«

Ihr rutschte das Herz in die Fußspitzen. Er wusste, wer sie war.

Was bedeutete: Baraphé wusste, wer sie war.

Ihre Hände wurden schwitzig, obwohl eine Gänsehaut ihren gesamten Körper überzog. Kühler Kopf, wie ging das noch gleich? Sie versuchte, ruhig zu atmen, aber der Schmerz erschwerte ihr auch das. Magiefesseln banden in der Regel nur die göttergegebenen Kräfte. Wenn sie also ...

»Denkt gar nicht erst dran. Ich bin so oder so zu schnell für Euch.«

Was bei ...?

Ein schaler Geschmack legte sich auf ihre Zunge. Wieso konnte er Gedanken lesen? In ihrem halbwachen Zustand war es schwer, überhaupt einen klaren zu fassen. Und jetzt das ... Sie biss die Zähne zusammen und stemmte sich ein Stück gegen ihren Träger, was diesen – diese! – zu einem genervten Grunzen veranlasste. Die neue Position ermöglichte es ihr, den Mann, der hinter ihnen schritt, genauer unter die Lupe zu nehmen.

»Ihr ... seid der Kerl vom Tjost«, stieß sie aus. Richtig. Tara hatte ihn besiegt, mithilfe von Nahél und den Jungen von Meral. Er war auch an Yamas Seite gewesen, als diese sie auf Umarhar angegriffen hatte. Aber wie ...?

»Nur ein Nebenerwerb. Spaßiger Zeitvertreib, wenn Ihr so wollt. Schön, Euch wiederzusehen.«

Sie konnte nichts erwidern. Zu fest saß ihr die Angst in den Knochen. Venedta verschloss ihre Gedanken, aber ihr war klar, dass ihr das nichts mehr bringen würde außer Privatsphäre in ihrem Kopf. Sie war ihnen in die Falle gegangen. Sie hing kopfüber über der Schulter einer muskelbepackten Wachfrau, die sie wer-weiß-wohin trug. Trug Magiefesseln an ihren Händen, die ihr ins Fleisch schnitten. Sie würde selbst dann nicht weit kommen, wenn sie nicht mit einem injadischen Celonen direkt vor ihrer Nase zu tun hätte.

Nephele! Ihr wummerte das Herz gegen die Brust. Unmöglich konnte er sie entdeckt haben. Irgendwie würde Venedta also hier herauskommen, oder?

Ihre Trägerin blieb stehen. »Himal, deine kleine Freundin ist ganz schön schwer. Sieht gar nicht so aus«, beschwerte sich die Frau.

Wenn die Situation nicht so ernst gewesen wäre, hätte sie vielleicht darüber geschmunzelt. Normalen Feen gegenübergestellt, wog sie tatsächlich überdurchschnittlich viel. Bei Nymphen war das normal. Ihre Knochen waren ganz anders gebaut, um dem Druck unter Wasser besser standhalten zu können. Im Vergleich zu ihrem Vater wog sie nichts. Meloma hatte sie sogar früher immer damit geärgert, dass sie eine Feder war.

»Quatsch nicht rum!«, murrte Himal. »Wir sollten sie nicht warten lassen.«

Er trat an ihnen vorbei und kurz darauf schwangen hohe Türen mit einem Knirschen auf. Natürlich, dachte sie, er kann sie nur mit seiner Magie öffnen! Dann setzte das Geholpere erneut ein und sorgte dafür, dass ihr Kopf wieder wummerte.

»Meine Königin, wir haben einen Eindringling gefangen genommen.« Himals Stimme hallte über das Eis.

Sie schluckte. Alles, was sie von ihrer Umgebung erkannte, ließ auf den Thronsaal schließen. Wie sollte sie hier nur wieder herauskommen? Iniya! Sie konnte nicht so versagen! Und ... Keram!

Venedta biss sich auf die Lippen, um den Schmerz der Magieschellen irgendwie erträglich zu machen. Nicht aufgeben! Nephele war noch frei, genauso wie Nahél. Sie würden das schaffen. Und zur Not müsste sie nur diese Magieschellen loswerden, um dann ... ja, was? Um den Palast mit ihren Sonnenstrahlen zum Schmelzen zu bringen? So stark war ihre Magie dann doch nicht, um es mit den Kräften einer Halbgöttin aufnehmen zu können.

»Wie erfreulich. Ein weiterer Gast zu meinem Geburtstag«, durchschnitt eine kalte Stimme die Luft.

Gäste? Mehrzahl? Venedtas Stirn pochte. Nein, sicher meinte sie nur diejenigen, die an ihrem Fest teilnehmen würden. Abrupt hielt ihre Trägerin an, packte sie härter um die Taille. Die Frau setzte sie hart auf dem Boden ab und drückte sie an ihren Schultern nach unten, bis sie mit den Knien über den Boden schabte. Er war nicht so glatt, wie er aussah. Abertausende winzige Eissplitter schienen daraus hervorzuragen und gruben sich durch ihre Hose. Venedta wimmerte.

»Also wirklich, müsst Ihr immer so grob zu unseren Besuchern sein, Himal?« In der Stimme der Königin lag so etwas wie Tadel.

Bevor Venedta verwundert den Kopf heben konnte, hörte sie das Keuchen. Ihr Blick schnellte nach rechts. Ihr Magen zog sich zusammen. Nein!

Nephele fing ihren Blick auf. Grimmig nickte sie ihr kurz zu. Venedta wollte das Herz aussetzen – aber da war keine Spur von Aufgeben in der Miene ihrer Freundin zu sehen. Und das, obwohl sie so mitgenommen aussah, wie sie sich fühlte. Nephele hatte ihre Gestalt zurück gewandelt und ihr Mantel war an einer Stelle grob zerschlissen. War das etwa das Werk eines Drachen? Ihr schnürte sich die Kehle zu. Auch sie trug Magieschellen, deren Dornen sich durch ihre Ärmel bohrten und den Stoff rot färbten.

»Ihr wisst doch, dass ich derlei Gewalt verabscheue, also wirklich!« Die Frau war nähergetreten. Weißer, fließender Stoff in ihrem Sichtfeld. Ihre Stimme klang wie ein klarer Bach nach der Schneeschmelze. Baraphé!

»Entschuldigt diese Sicherheitsmaßnahme, meine Königin«, sagte Himal hinter ihr. »Aber die beiden haben sich unerlaubt und in Tarnung auf dem Palastgelände aufgehalten. Offenkundig ...«

»Ich weiß doch längst, was sie wollen«, unterbrach Baraphé den Celonen und bescherte ihr damit eine schreckliche Gänsehaut. »Aber das ist kein Grund, so mit ihnen umzugehen. Ich kann doch nicht jegliche Gerüchte, die über mich existieren, so unterstreichen.«

Nun wagte Venedta doch, ihren Blick zu heben. Hatte sie richtig gehört? Vor ihr erhob sich eine schlanke Frauengestalt in einem ausladenden Kleid, dessen Stoff so hauchdünn war, dass er in dem leichten Luftzug flatterte. Selbst in diesem feinen Gewand

Venedta

wirkte die Fee zierlich, sogar noch kleiner als sie. Venedta suchte
nach einer Ähnlichkeit zu Caldhra – und fand sie in ihren Gesichtszügen. Das war aber auch schon alles.

Baraphé winkte unwirsch mit ihren dünnen Armen, auf denen
sich wie bei vielen Feen ihres Volkes hauchfeine eisblaue Linien
rankten. »Lasst sie frei, na los!«

Wie Bitte? Venedtas Kopf ruckte noch höher, und ihr Blick traf
die hellblauen Augen der Königin. Diese beugte sich ein Stück
zu ihr herunter und betrachtete sie beinahe vergnügt. Nur am
Rande nahm sie wahr, dass die Wachfee ihre Hände in die Höhe
riss und die Magieschellen abnahm, was dafür sorgte, dass noch
mehr Blut ihre Arme herabrann. Sie konnte ihren Blick nicht
von Baraphé abwenden. War das schon Teil ihres Zaubers? Spann
sie Venedta bereits in Illusionen, ohne einen Finger zu rühren?

»Ihr müsst Venedta von Kufkania sein, wenn ich mir die Beschreibung meiner Schwester richtig gemerkt habe«, unterbrach
Baraphé ihre Gedanken. »Und Ihr Nephele von Aethrún?«

Sie schluckte. Brachte geradeso ein Nicken zustande, während
sie sich tausend Ausreden zurechtlegte. Überlegte, mit welchem
Grund die Königin sie nicht töten würde.

»Ich bin hocherfreut, endlich mal wieder Gäste aus den anderen
Königreichen in meinem bescheidenen Palast willkommen zu
heißen. Bitte, erhebt Euch.«

Unsicher sah sie zu Nephele. Spielte sie mit ihnen? Die Luftfee
schien nicht zu kümmern, was der Grund für Baraphés Höflich-
keiten war. Sie schüttelte die Hand des Wachmannes ab, der sie
noch immer an der Schulter hielt und bewegte mit schmerzverzerrtem Gesicht ihre Finger.

»Gäste?«, fragte sie dann, erstaunlich gelassen.

»Zu meinem Geburtstag, ja.« Baraphé breitete lächelnd die
Arme aus. »Es ist so langweilig, immer nur die gleichen wenigen
Gesichter zu sehen. Seit diesem ... Missverständnis vor ein paar
Jahren mit Umarhar besucht mich ja niemand mehr.«

»Missverständnis?«, rutschte es Venedta heraus.

»Paar Jahre?«, echote Nephele.

Endlich gelang es ihr, sich trotz der dröhnenden Kopfschmerzen aufzurichten.

Baraphé zwirbelte grinsend eine weiße Haarsträhne zwischen ihren Fingern. »Oh also wirklich, ich weiß doch, wieso ihr in Wahrheit hier seid.« Sie zuckte mit den Schultern. »Aber ich bin absolut keine Unterstützerin dieses ganzen Dramas, das meine Schwester veranstaltet.« Sie griff sich theatralisch ans Schlüsselbein, wo ... ja, wo die Urellia von Injadan baumelte. Ein eisblau blitzender Stein. »Und das alles wegen einer Hochzeit, tsts.« Sie schüttelte den Kopf, wobei ihr Diadem ebenfalls aufblitzte.

»Verzeiht, aber ... Ihr seid nicht sauer?« Nun klang Nephele doch unsicher.

Baraphé kicherte. »Meine Liebe, ich weiß durchaus, was über mich geredet wird. Sie halten mich für ein schreckliches Monster. Eine Tyrannin – könnt Ihr Euch das vorstellen?«

Venedta warf Nephele einen verwirrten Blick zu. Was passierte hier gerade? Wollte Baraphé sie mit ihrer vergnügten, ja beinahe kindlichen Art einlullen? Nachdem sie Krala gesehen hatte, wollte Venedta an das Gute glauben. Doch die Drachen und die Kommentare der Dienerschaft sprachen für sich, oder?

»So ist es doch gleich viel besser, oder?« Baraphé scheuchte die Wachen samt Himal mit einer Handbewegung fort. »Ihr seid leider etwas zu früh für die eigentliche Feier.« Sie zuckte mit den dünnen Schultern. »Aber kommt doch mit, ich habe einen kleinen Saal, in dem ich Gespräche viel lieber führe als in dieser Halle.«

Sie griff in ihren Rock und hob den Stoff an, um neben Venedta die Treppe hinunterzuschreiten. In puncto Eleganz stand sie Paiké jedenfalls in nichts nach. Nephele rieb sich mit schmerzverzerrtem Blick ihre Arme, doch vorerst blieb ihnen nichts anderes übrig, als Baraphé zu folgen.

»Ich hörte, Ihr hattet bereits Zeit, mein Reich zu bewundern.

Und was sagt Ihr, gefällt es Euch?«

Venedta rann ein Schauer über den Rücken. Hatte ihr Gefühl sie nicht getrübt? Waren sie die ganze Zeit beobachtet worden? Oder war es Himal gewesen, der ihr seit dem Diebstahl der Karte gefolgt war?

»Es ist ... erfrischend«, antwortete Nephele stockend.

Baraphé lachte auf. »Erfrischend. Was für ein hübsches Wort!«

Nephele räusperte sich. »Wieso – wieso genau besuchen Euch die anderen Königreiche nicht mehr?«

Ablenkung? Sollte das die Taktik der Luftfee sein? Oder fiel ihr, genau wie ihr, einfach nichts anderes ein?

»Ach, das«, Baraphé winkte ab. »Eine Kleinigkeit, eigentlich. Wie gesagt, gab es da vor ein paar Jahren ...«, sie hielt mitten auf dem Gang inne und zählte an ihren Fingern, »öh, Jahrhunderten, wohl eher, ein Missverständnis mit Umarhar. Sie haben doch tatsächlich geglaubt, ich würde sie angreifen. Ich!« Sie schüttelte den Kopf so heftig, dass ihre weißen Haare peitschten.

»Und das ... habt Ihr nicht?« Venedta versuchte, ihre Frage nicht zu ungläubig klingen zu lassen.

Sie erreichten eine weitere Tür und Baraphé machte eine fließende Bewegung mit ihrer Hand, woraufhin die Pforte sich öffnete.

»Natürlich nicht«, sagte sie, als wäre sie selbstverständlich das friedlichste aller Lebewesen auf Erakos und nicht die Schwester der gefürchtetsten Frau der Welt. »Ich wollte mit Pycta, der damaligen Königin von Umarhar, einen Handel schließen. Für die Vereinbarung und Unterzeichnung des Vertrags entsandte ich eine kleine Ehrengarde. Kaum hatte diese die injadischen Gewässer verlassen, griffen die umarharschen Grenzschiffe sie an. Ohne einen Grund! Ich kann nur vermuten, dass sie es sich plötzlich anders überlegt hatte ...« Sie seufzte. »Ich wurde dann als die Böse dargestellt, weil ich es wagte, für die Klärung dieses Skandals meine Schiffe bis nach Cezanne zu schicken ... Kommt, setzt Euch doch.« Die Königin jedenfalls wartete keine Sekunde und machte es sich auf einen von Rentierfellen überquellenden Sessel bequem. Den Raum schmückte neben zwei Sofas auch ein Kamin, in dem eine Aurora flackerte – Licht spendete, aber keine Wärme – sowie einer Eisstatue in Lebensgröße, die einen jungen Mann in Kampfhaltung darstellte. Bevor sie sich zu sehr über Baraphés Einrichtungsgeschmack wunderte, ließ Venedta sich zögernd ihr gegenüber nieder, neben Nephele.

So zierlich Baraphé auch war, so unscheinbar und nett – so einfach würde sie nicht aus Venedtas Kopf radieren, was sie in den Aufzeichnungen von Gelehrten gelesen hatte. Andererseits waren das oftmals Männer – und es wäre nicht das erste Mal, dass sie eine Frau in einer solchen Machtposition schlecht redeten.

»Was ist mit ... der Landabtrennung Injadans?«, traute sie sich, zu fragen. »Das wird in den Schriften auch Euch in die Schuhe geschoben.«

»Und es ist meine Schuld.« Baraphé lächelte sie an. »Dafür schäme ich mich nicht. Ihr müsst wissen, Injadan wurde bis zu meiner Machtergreifung von meiner Großmutter regiert. Zylana war seit meiner Kindheit meine engste Bezugsperson. Sie zog mich auf, da meine richtige Mutter es ja nicht mehr konnte.«

»Zylana ist die Göttin der Kälte, nicht wahr? Und ... Eure Großmutter?«, hakte Nephele nach. Baraphé nickte. »Und dennoch habt Ihr sie hintergangen?«, wagte sich die Luftfee ein ganzes Stück weiter vor.

Baraphé griff wieder zur Urellia an ihrem Hals. »Zylana ist vieles und obwohl ich so nett von ihr spreche, hat sie leider ein paar ... kalte Eigenschaften, die sie natürlich überaus eifrig versuchte, auch mir, ihrem kleinen Projekt, anzuerziehen. Ich bin auf Injadan aufgewachsen, durfte jedoch nie den inneren Palast verlassen. Mein Vater, müsst Ihr wissen, lebte damals bei uns.«

»Nagolon, Gott der Schatten und Zylanas Sohn«, warf Venedta ein. Sie erinnerte sich daran, dass er eine Fee gezwungen hatte, ihn zu heiraten, sie jedoch vor allen Augen versteckt hielt. Sie flehte die Götter an, ihr zu helfen – und floh schließlich verzweifelt mit ihren beiden Säuglingen in die Paratylwälder, wo Nagolon sie aufspürte und wutentbrannt tötete. Die Säuglinge ließ er zum Sterben in der Kälte zurück, aber Xynthiane fand die beiden und brachte sie zu den Göttern – so zumindest die Legende.

Baraphé verzog den Mund. »Ja. Nagolon lebte hier im Exil - Zarath hatte ihn eigentlich in die Wüste Injadans verbannt, für alles, was er meiner Mutter antat.« Sie schüttelte den Kopf. »Doch wie Mütter so sind«, sie spuckte diese Worte fast aus, »konnte Zylana ihm nicht böse sein. Schon als ich vier war, holte sie ihn heimlich an den Hof zurück. Er hasste mich. Und das ließ er mich spüren.« Baraphé schluckte und deutete auf ihre Arme, wo die Verzierungen prangten.

»Das ist ... von Nagolon?«, fragte Venedta erstaunt.

»Die Ursprünge, ja. Das war seine Art, sich für sein Exil an mir zu rächen. Zylana sah weg.« Baraphés Lächeln nahm etwas Überlegenes an. »Mittlerweile habe ich es zu mir gemacht. Jeder soll sehen, wie sehr ich gelitten habe, und das ich stolz drauf bin, diesen Schmerz überlebt zu haben. Also habe ich die Narben mit meiner eigenen Magie verschönert. Und mein Volk tut es mir mittlerweile nach.«

Sie schwieg eine Weile, sich über die Linien fahrend. Venedta hingegen saß erstarrt in den Fellen. Sie hatte vieles über die beiden Schwestern gehört – doch niemals hätte sie gedacht, dass sie so waren, wie sie waren, weil ihr frühes Leben durchweg von Leid geprägt war.

»Irgendwann trafen Caldhra und ich zufällig aufeinander. Wir sahen uns so ähnlich, dass wir begannen, Fragen zu stellen. Schließlich fanden wir heraus, dass sie uns alle angelogen hatten. Dass wir Schwestern sind und sie uns auf Zaraths Wunsch getrennt hatten.« Bitterkeit schwang in ihrer Stimme mit. »Erst viel später«, fuhr Baraphé dann fort, »als erwachsene Frau, sah ich die ärmlichen, fast ausbeuterischen Umstände, in denen viele unserer Untertanen lebten. Das stimmte mich nachdenklich. Sah meine Großmutter auch hier viel zu oft weg? Als der ach-so-weise Zarath schließlich Caldhra dafür bestrafte, einen Sohn geboren zu haben – und meine Großmutter auf seiner Seite stand ... Das war dann zu viel des Guten.« Sie schluckte. »Ich nutzte lediglich die Macht, die Caldhra und ihr Verbündeter Andavor schon über Altmyr besaßen. Die damit verbundenen Mittel und Streitkräfte. Trotzdem musste ich Zylana hintergehen und in eine Falle locken, damit der Plan gelang.«

Venedta saß immer noch wie erschüttert da. Wie musste es sein - einsam aufzuwachsen, mit einem grausamen Vater, und nach vielen Jahren herauszufinden, dass die gesamte Kindheit eine Lüge war. Man eine Schwester hatte? Am Anfang ihrer Geschichte mit Umarhar, hatte Venedta noch gemutmaßt, ob Baraphé sie nicht anlog. Jetzt aber wirkte sie so betroffen, selbst nach all den Jahrhunderten, dass für sie kein Zweifel bestand, dass die Frau vor ihr all das wirklich durchlebt hatte. Und ob sie es wollte oder nicht, erwachte ein Funken Mitgefühl in ihr. Niemand sollte so aufwachsen! Hatte der *Rat der fünf Weisen* möglicherweise Recht? Waren die Götter nicht der Segen, den die Feen sich für Erakos erhofften?

»Nachdem die Falle gelang und ich Zylana in meiner Gewalt hatte, zwang ich sie, mir die Krone zu übergeben. Zarath tobte und trennte Injadan vom Festland, wir hatten ein paar Jahre mit gewaltigen Beben und deren Folgen zu kämpfen. Dabei war ich noch gnädig – ich wollte keinen unnötigen Streit und begnadigte meine Großmutter, ja sogar Nagolon, unter der Bedingung, nie wieder einen Fuß auf injadischen Boden zu setzen.«

Eine Weile schwiegen sie. Dann fragte Nephele, zögerlich: »Verzeiht, dass ich auch dies frage. Aber ... ich habe gelesen, dass Injadan einst wärmer war. Beinahe so tropisch wie Umarhar. Hängt das mit der Landabtrennung zusammen?«

»Für die Frage bin ich Euch nicht böse«, sagte Baraphé. »Ich habe sogar mit ihr gerechnet, denn sie findet sich in vielen Sagen wieder.« Sie schüttelte leicht den Kopf. »Unglaublich, dass sie Sagen über mich schreiben, aber so waren die Feen schon immer. Jedenfalls: Ja. Es ist meine Schuld, dass Injadan nicht mehr blüht. Es gab eine Zeit in meinem Leben, da wurde ich so von Schmerz und Trauer übermannt, dass ich meine Kräfte nicht kontrollieren konnte.«

Wie Xynthiane!, schoss es Venedta durch den Kopf.

»Wisst Ihr, selbst wenn wir Unsterblichen anders empfinden als Sterbliche, gibt es Dinge, die zu groß für unsere Kräfte sind. Ich hegte für jemanden Gefühle – große Gefühle. Doch wie alle, die ich liebte, stieß er mich eines Tages von sich. Ohne Erklärung, ohne ...« Baraphé stockte. »Aber das ist nicht mehr von Belang. Zunächst wollte ich alles rückgängig machen. Allerdings musste feststellen ich, dass ich es ganz einfach nicht konnte. Und dass es meinem Volk, das ja ohnehin durch meine Großmutter die Gabe der Kälte in sich trägt, sogar besser ging. Plötzlich konnten sie ihre Umgebung nutzen. Mit der Zeit lernten wir einen ganz anderen Umgang mit unserer Magie – ich ebenso wie sie.«

Venedta nickte langsam. Ihr schien es, als würde Baraphé letztendlich doch nur verurteilt werden, weil sie Caldhras Schwester war. »Königin Baraphé, das mag eine unhöfliche Frage sein, aber ...«, begann sie schließlich vorsichtig. »Ihr scheint eine nette Frau zu sein. Warum habt Ihr nicht versucht, die Königreiche von Euch zu überzeugen?«

»Weil ich feststellen musste, dass es nichts bringt. So viele hatten sich schon ihre Meinung gebildet und nicht viele sind bereit, zuzuhören, so wie Ihr. Um ehrlich zu sein, habe ich es vielleicht gar nicht richtig versucht. Nach all dem Schmerz, wieder nicht gut genug zu sein. Wieder abgewiesen zu werden ...«

Venedta begriff. Diese Frau hatte in ihrer Kindheit schon so viel durchgemacht, dass ihr nun einfach die Kraft fehlte, weiterzukämpfen. Weiter an die Liebe zu glauben. Stattdessen wählte sie Einsamkeit, um sich zu schützen. Um nicht denselben Schmerz noch einmal zu erleiden. Vielleicht war das drastisch ... aber wie würde sie entscheiden, falls sie Feen verlor, die sie liebte? Falls Keram ... Sie wagte nicht, weiterzudenken.

»Ihr versteht also«, fasste Baraphé zusammen. »Caldhra ist die Einzige, die immer für mich da war. Die meine Liebe ebenso suchte wie ich die ihre. Und auch wenn ich ihren Weg nicht immer richtig finde ...« Sie seufzte. »Es tut mir leid, aber ich kann Euch nicht gehenlassen.«

»Was?«, rutschte es Nephele flapsig raus.

Nach dieser Geschichtsstunde überraschte das auch Venedta. Trotz Baraphés Predigt darüber, eine bessere Königin als Zylana zu sein, wollte sie Caldhra dennoch bedingungslos unterstützen? Das mochte kein Grund sein, eine Fee, die so einsam wirkte, zu verurteilen. Aber nur für die Liebe der Schwester vor dem Krieg, all dem Leid, welches dieser hervorrief, die Augen zu verschließen und sie hier festzuhalten ...

»Königin Baraphé, das ist ...«

»Leider notwendig, ja«, unterbrach Baraphé sie. Sie hatte sich erhoben und strich erhaben ihr Kleid wieder glatt.

»Nein, ein Fehler«, knurrte Nephele.

»Ein Fehler wäre es, dem Wunsch meiner Schwester vollends zu folgen. Ich werde Euch hingegen erlauben, Euch unter Bewachung frei auf dem Palastgelände zu bewegen, anstatt Euch zu töten.«

»Das hättet Ihr lieber tun sollen. Ich lasse mich von niemandem einsperren«, stellte Nephele klar.

»Und ich mich nicht davon abhalten, das Unrecht zu begradigen, das Caldhra angerichtet hat.« Venedta stand ebenfalls auf und sah Baraphé direkt in die Augen. »Ich verstehe, dass Ihr zu Ihr stehen wollt. Ich habe ebenfalls eine Schwester und ich würde alles für sie tun. Und genau aus diesem Grund werden wir nicht bleiben. Weil Eure Schwester sie entführt hat.«

Ihre Stimme klang in dem kleinen Eissaal viel stärker, als sie es erwartet hatte. Innerlich bebte sie. Sie hatte nicht so viel durchgemacht, war nicht mit ihren Freundinnen durch ganz Erakos gereist, um jetzt an dieser Hürde zu scheitern.

»Es tut mir wirklich leid«, bekräftigte Baraphé. »Ich kann jedoch nicht abrücken. Wenn meine Schwester nicht gewesen wäre, würde ich niemals auf dem Thron Injadans sitzen. Wer weiß, was Nagolon mir noch alles angetan hätte. Sie hat mir geholfen, mich zu befreien.«

Nepheles Blick kreuzte den ihren. Es war sinnlos! Besser, sie verschwanden einfach sofort, bevor sie ihre Wachen rief und sie in einen unnötigen Kampf verwickelt wurden. Sie nickte unmerklich in Richtung der Luftfee. Nur eine kleine Drehung mit der Hand. Augenblicklich wurde Nephele unsichtbar. Sie würde nur ein paar Schritte brauchen, um hinter der Königin zu stehen, aber Venedta musste noch Zeit gewinnen. Ohne die Urellia wäre alles umsonst gewesen! Es war zwar nicht die Lösung, die sie sich erhofft hatte – laut den Legenden konnte der rechtmäßige Träger der Urellia einen Dieb oder jemanden, der den Anhänger nach Benutzung nicht zurückbrachte, verfluchen oder zum Tod verdammen. Die Königin wollte sie so oder so hierbehalten – was würde ein zusätzlicher Fluch da noch für einen Unterschied machen?

»Selbst wenn Ihr in der Schuld Eurer Schwester steht, Ihr steht doch für Euch«, versuchte sie es also. »Und Ihr habt ein Anrecht darauf, eigene Entscheidungen zu treffen. Ihr sagt selbst, dass Ihr Caldhras Wunsch nach Gewalt nicht versteht und …«

»Oh, ich verstehe ihn sehr gut«, stellte Baraphé klar. »Ich denke lediglich, dass eine Frau keine Gewalt braucht, um voranzukommen. Und das, Fräulein Aethrún, ist ein großer Fehler. Es ist ein großer Fehler, meine Gutherzigkeit auszunutzen!«

Baraphé wirbelte herum. Offenbar hatte sie gemerkt, dass Nephele sich an sie herangeschlichen hatte. Sie hob ihre Hände und …

»Nein«, rief Venedta. Sie würde nicht zulassen, dass Baraphé ihre Freundin in einer Illusion gefangen nahm. Aber es war bereits zu spät – Nepheles Augen wurden glasig.

Baraphé zeigte keinerlei Anzeichen von Anstrengung und drehte sich nun unschuldig zu ihr um. »So ist es besser, glaubt mir. Wir wollen doch nun wirklich kein weiteres Blutvergießen, oder?«

Venedta legte ihren Kopf schief. »Wenn Ihr sie freilasst, werde ich Euch kein Haar krümmen«, sagte sie selbstbewusster, als sie sich fühlte. Sie hatte keine Ahnung, wo das gerade herkam. Vielleicht war sie einfach wütend darüber, dass sie sich von Baraphé so einlullen lassen hatte. Sie hatte tatsächlich begonnen zu glauben, es würde einmal einfach werden! Einfach und ohne Probleme.

»Ich sagte bereits, es wird keine Freiheit geben. Für keine von Euch.«

Das reichte. Venedta rannte zu der Stelle, an der sie Nephele vermutete, und landete mitten in einem Feld aus Wolkennarzissen. Zumindest glaubte Venedta, diese aus den Erzählungen von Nephele wiederzuerkennen. Kein Wunder, dass Paiké sich im Land der Luftfeen so wohlgefühlt hatte. Die Sonne strahlte ohne Hindernisse auf die flauschigen Hügel. Sie hatte sofort das Gefühl, Energie zu tanken. Ihre Freundin stand nah bei ihr und blickte sich verwirrt um, bevor ihr Mund sich zu einem Lächeln verzog und sie sich lachend im Kreis drehte.

Venedta verstand die Illusion selbst erst Sekunden später, denn die Magie der Eiskönigin war zart. Fein und beinahe unmerklich webte sie sich durch den Saal, nicht wie die der Rebellen, deren Magie stumpf und grobschlächtig auf sie gewirkt hatte. Sie war eindeutig mächtiger, und das stellte Venedta gleich vor zwei Probleme.

Sie musste die Illusionsmagie von Baraphé überbrücken und irgendwie zu ihrer eigenen machen. Und Nephele aus Baraphés Illusion holen, ohne ihrer geistigen Gesundheit zu schaden. Denn davor hatte Anyx sie gewarnt.

Sollte die Illusion mächtig sein, bestand immer Gefahr, dass die Fee, die aus ihr gerissen wurde, sich nie vollständig davon erholte. Dass sie weiterhin in ihr gefangen blieb, obwohl der Zauber längst verklungen war, der Geist verwirrt.

Baraphé hatte sich offenbar ohne große Mühe Zugang zu Nepheles Gedanken verschafft. Oder, und das glaubte Venedta eher, sie war durch die Berichte der Illusionisten so gut im Bilde, dass sie diese Informationen als Zugänge genutzt hatte. So wie es half, Schwächen seiner Gegner herauszufinden, war es natürlich auch möglich, grundlegende Dinge zu verwenden, um sie in einer Illusion zu halten. So, wie Anyx sie in ihrer ersten Lektion an den kufkanischen Hof geführt hatte. Aber Baraphé konnte hoffentlich keine Gedanken lesen.

Von der Eiskönigin war natürlich nichts zu sehen, lediglich Landschaft, die sich um sie zog. Venedta dachte nach, was gar nicht so einfach war, da Nephele sie entdeckt hatte.

»Was machst du denn hier?«, fragte sie und sah sie irritiert an.

Venedta wandelte ihre Gestalt und konzentrierte sich als Erstes auf ihre Atmung. Sie musste sich davor schützen, sich in Baraphés Magie zu verlieren. Sie schloss die Augen und fokussierte die Fäden von Magie, die sich durch den Saal webten, ortete sie. Als sie ihre Lider wieder öffnete, fuhr sie mit der Hand durch die Luft und heftete Lichtpartikel an diese Fäden, um sich zu orientieren. Da die Fäden so fein gesponnen waren, kostete sie es sie viel mehr Kraft als auf Manskelie. Endlich bekamen die Zwischenräume Risse, und Venedta konnte Baraphé wieder sehen. Nephele rief verwirrt ihren Namen.

»Nicht schlecht, kleine Lichtfee.« Die Königin kicherte. »Es ist schon lange niemandem mehr gelungen, meinen Illusionen auf die Schliche zu kommen.« Sie fuhr mit dem Zeigefinger vor ihrem Gesicht durch die Luft und zeichnete drei kleine Kringel. »Nur wird das nicht reichen. Ihr könnt mir nicht entkommen.

Wäre es nicht schöner, einfacher, sich einer hübschen Scheinwelt hinzugeben?«

Venedta schüttelte den Kopf. »Lasst uns gehen!«, wiederholte sie ihre Forderung. »Ich respektiere Eure Geschichte, all den Schmerz, der in Euch verborgen ist. Ich möchte Euch nicht angreifen.«

»Dann hättet Ihr nicht herkommen dürfen. Das, was Ihr wollt, werde ich Euch nicht geben. Ich habe mir diese Urellia hart erkämpft. Ich werde nicht zulassen, dass Ihr sie gegen meine Schwester einsetzt.«

»Warum habt Ihr sie Caldhra dann nicht schon längst gegeben?«, fragte sie verblüfft.

»Weil wir zusammenarbeiten«, zischte sie und ihre Züge verhärteten sich. »Sollte Ihr Plan Erfolg haben, wird sie sich selbstverständlich erkenntlich zeigen, dass ich ihr geholfen habe. So wie schon immer ...«

»Das könnt Ihr nicht ernsthaft glauben«, brachte Venedta hervor und schüttelte den Kopf. »Als sie uns auf Láthrá angriff – kein Wort hat sie von Euch gesagt.«

»Natürlich nicht.« Baraphé wirkte wirklich verärgert. »Sie möchte mich schützen – wollte sie schon immer. Vor dem Hass der anderen Königreiche, wenn ich ebenso offen wie sie im Krieg agieren würde.« Die Königin des Eises verwob ihre Hände miteinander, wollte sie eindeutig erneut in einer Illusion fangen. Sie schien es ohne Probleme zu schaffen, sich komplett auf zwei Feen und zwei schwierige Zauber zu konzentrieren. Aber diesmal war sie vorbereitet. Sie hüllte sich in eine kleine Sonne, schirmte sich mit ihrem Licht davor ab, dass Baraphés Magie sie erreichte. Dennoch umwirbelten Bilder sie. Ihre Heimat, wie sie vielleicht einmal ausgesehen hatte.

Iniya!

Baraphé hatte es trotz ihrer Vorsichtsmaßnahmen geschafft, sich Zugang zu ihren Gedanken zu verschaffen - oder Caldhra hatte ihr diese Information zukommen lassen. Venedta spürte tausende kleine Explosionen in ihrem Inneren, wie Sternschnuppen, die auf die Erde trafen. Sie musste Baraphé mit ihren eigenen Mitteln angreifen. Wenigstens dazu war das Gespräch vorhin sinnvoll gewesen – sie kannte nun die ein oder andere Angst ihrer Gegnerin. Venedta erschuf das Bild der Eiswüsten vor ihrem inneren Auge, verdrehte die Realität und stellte sich die Königin vor, wie sie, am Ende ihrer Kräfte, durch den tiefen Schnee stapfte. Sie ließ den Wind ordentlich heulen, beschwor einen Schneesturm und ließ es immer dunkler werden.

Die Königin durchschaute sie sofort. »Hübsch.« Sie lachte. »Du denkst, ich fühle mich einsam, nur weil ich allein bin?«

Sie holte ihrerseits mit der Hand aus und begrub Venedta unter einem Schneehügel. Eiskalt schien der Schnee nach ihrer Seele zu greifen und brachte sie zum Zittern. »Lass dir eins sagen, kleine Lichtfee. Allein und einsam sind nicht dasselbe. Ich mag allein sein, aber diese Entscheidung traf ich selbst und niemand könnte etwas an dieser Entscheidung ändern.«

So? Venedta war sich da nicht so sicher. Vorhin hatte Baraphé erwähnt, dass Injadan so eisig war, weil sie ihre Gefühle nicht im Griff hatte. Sie hatte keinerlei Namen erwähnt, doch Venedta meinte, sich an eine der alten Sagen zu erinnern. Eine, die vom Halbgottbund handelte, der sich, vermutlich nach jenem Vorfall mit Umarhar, unter Lahore der Weisen gebildet hatte. Darin hieß es, ein gewisser Halbgott namens Edyr hätte trotz seiner persönlichen Verbindungen zu den beiden Schwestern geholfen, Erakos zu verteidigen und sich auf Lahores Seite gestellt.

»Was ist mit Edyr?«, wagte sie, zu sagen.

Ihr Plan schien zu funktionieren. Sie musste gar nichts tun. Baraphés Magie war so stark – und natürlich war sie ohne Weiteres in der Lage, Venedtas Illusion umzuformen. Ihre Gefühle mussten sehr groß gewesen sein, denn kaum hatte Venedta den Namen ausgesprochen, flackerte zwei Meter neben der Halbgöttin das Bildnis eines Mannes auf. Im nächsten Augenblick lag Baraphés eiskalter Blick direkt auf ihr.

»Du wagst es, mit meinen Gefühlen zu spielen?«, brachte sie hervor.

Obwohl ihre Stimme zitterte, war Venedta bewusst, dass sie es endgültig geschafft hatte, sie zu verärgern. Eisstrahlen rasten auf sie zu. Venedta wich aus, aber es folgten immer mehr.

Aus dem Augenwinkel sah sie, dass Nephele von hinten auf die Königin zusteuerte. Immerhin. Venedta schien Baraphé immerhin so weit geschockt zu haben, dass ihre Konzentration nachließ. Nephele war vorerst frei – und sie schien auch keine Schäden davongetragen zu haben. Ihr Blick war klar und stark, ihre Augen funkelten wütend. Baraphé bemerkte Nephele ebenfalls, fuhr herum und feuerte auch in ihre Richtung. Die Luftfee war darauf nicht vorbereitet. Sie schaffte es zwar noch, einen wirbelnden Schutzschild um sich zu errichten, dennoch traf sie der Eisstrahl hart am Arm. Nur knapp unter der Stelle an ihrer Schulter, an welcher die Keule sie getroffen hatte. Nephele schrie auf und taumelte. Rasch feuerte Venedta Sonnenstrahlen auf Baraphé, so heiß, dass sie Löcher in der Wand des Saals hinterließen. Nur die Statue von dem Mann und seinem Reittier wurde von ihrer Magie nicht tangiert. Seltsam.

Sofort fand sie sich in einem Hagel aus Eisstrahlen wieder. Diesmal war sie nicht schnell genug. Ein großer Blitz traf sie am Unterschenkel. Kälte griff nach ihr, gierig wie ein Rudel Wölfe. Venedta spürte keinen Schmerz, obwohl ihr Bein blutete. Stattdessen wurde es taub, und das bereitete ihr noch mehr Sorgen. Sie hatte von den magischen Eisspeeren gehört, die manche injadischen Feen verwendeten. Was, wenn sie ihr Bein nie wieder bewegen könnte? Einen weiteren Eisstrahl konnte sie eben noch mit ihrem Schutzschild abwehren, aber die Wucht des Aufpralls riss sie von den Beinen. Sie schaffte es, sich mit den Armen abzurollen, doch Sterne tanzten vor ihren Augen. Venedta keuchte. Sie hatte keinerlei Chance!

Baraphé kam näher, wirbelnde Schneeflocken in ihren Händen. »Dachtet Ihr wirklich, es wird so einfach?« Sie spuckte die Worte geradezu aus. »Dass Ihr mal eben eine Halbgöttin besiegen könnt? Hm ... Vielleicht seid Ihr doch langweiliger, als ich es angenommen habe.«

Venedta rutschte zurück, bis die Königin ihren Fuß erwischte, auf ihn trat und ihn zur Seite drehte. Der Schmerz explodierte in ihrem Bein. Ob sich so ihre nymphischen Verwandten fühlten, wenn sie den Jägern in die Falle gegangen waren? Hilflos und ... als würden sie einen Teil von sich verlieren, ohne zu wissen, ob sie das überlebten? Die meisten überlebten nicht. Die meisten wurden ohnmächtig, auf sich allein gestellt und am Verbluten, ihrem Schicksal überlassen. Venedta schluckte. Alles war umsonst! Sie würde Keram nie wiedersehen ... und Iniya!

Es tut mir leid, Schwester!

»Meine Gefühle mögen groß gewesen sein, aber das ist lange, lange her«, fauchte Baraphé. Sie beugte sich zu ihr herab, bis die weißen Spitzen ihrer langen Haare sie an der Wange streiften. »Hübsch, deine korallrote Haarfarbe. Ich weiß immerhin genug über Nymphen, um zu sehen, dass du dich ungemein fürchtest.« Sie legte den Kopf schief und fixierte Venedta. »Na, wollen wir uns deine Ängste mal ansehen?«

Venedta wurde heiß und kalt zugleich. Genau den gleichen Wortlaut hatte Caldhra in ihren Albträumen verwendet. Waren das wirklich keine Träume gewesen? War es möglich, dass sie oder gar Baraphé sich einen Zugang zu ihrer Traumwelt verschafft hatte – vielleicht mithilfe eines Tiergeistes? Ihr blieb keine Zeit, darüber zu spekulieren. Ihre Umgebung veränderte sich und sie fand sich zwischen hohen, im Wind wiegenden Gräser wieder. Das Blut schien in ihren Adern zu gefrieren. Das war ihr Albtraum! Aber wie ...?

Schon klärte sich ihr Blickfeld, und keine zehn Meter entfernt entdeckte sie ihren Vater, der mit dem Nymphenjäger kämpfte.

Venedta brauchte nicht an sich herabzusehen, um zu wissen, dass sie ein kleines Mädchen war. Sie schluckte und krallte sich ins Gras. Sie hatte sich geschworen, nie wieder hilflos dabei zuzusehen, wie geliebte Feen litten. Und was hatte sich geändert? Nichts! Obwohl sie nun über große Kräfte verfügte, die andere Feen verglühen lassen würden – so konnte sie doch nichts dagegen tun, als sich immer noch hilflos zu fühlen. Ihr Vater schrie auf. Alles in ihr zog sich zusammen.

Das ist nur eine Illusion!, rief sie sich in Erinnerung. *Ich habe ihn gerettet!* Ich war das, selbst als kleine, unbedarfte Fee. Sie versuchte, sich aufzurappeln, doch Baraphé wollte es wohl voll auskosten: Selbst in der Illusion spürte sie ihr Bein nicht. Es war unmöglich, es zu bewegen. Venedta biss die Zähne zusammen. Sie sah bereits, wie die Illusion verschwamm und zu einer weiteren, noch schlimmeren wurde. Aber sie würde sich nicht erneut von ihren Ängsten überrumpeln lassen! Moment! Ängste ...

Sie schloss die Augen, fokussierte sich auf ihr Innerstes. Harmonie in sich zu finden, war schwer. Ihr Geist sprang hin und her wie ein zielloser, verirrter Hase. Ihr blieb nicht viel Zeit. Sie hatte keine Ahnung, was die Königin gerade Nephele antat, während sie in dieser Illusion festsaß. Oder was sie Venedta antun würde. Sie holte tief Luft. Das konnte sie auch! Und sie kannte Ängste der Königin, noch viel größere als die vor dem Alleinsein!

Sie drehte ihre Handflächen nach oben, erschuf einen Stern zwischen ihren Fingern und verwob ihre Magie mit der Illusion. Sie wollte sie nicht brechen. Sie musste sie zu ihrer machen, wenn sie Erfolg haben wollte. Venedta fand die Magiestellen, knüpfte daran an, veränderte das Bild zu dem Atrium, das sie bei ihrem Flug durchs Schloss gesehen hatte. Sie fokussierte Baraphé, dann stellte sie sich bildlich deren Vater vor. Es half, dass sie den Gott schon auf vielen Abbildern gesehen hatte. Statuen, aber auch einige Illustrationen in den Schriften der alten Gelehrten. Sie ließ ihn aus dem Gebüsch treten. Baraphé erbleichte. Zumindest schien sie Venedta nicht wahrzunehmen – was bedeutete, dass ihre Illusion funktionierte!

»Vater«, keuchte die Königin und trat zwei Schritte zurück.

»Lange her, nicht wahr?«

Venedta triumphierte innerlich. Baraphés eigene Vorstellung übernahm dieses Abbild der Realität, sodass sie sich verselbstständigte. So, wie es Venedta in Anyx' Illusion mit ihrer Heimat gegangen war, so spielte Baraphés Verstand ihr einen Streich – und Venedtas Stimme klang wie die des Schattengottes.

»Was tust du hier?«, brachte sie hervor. »Du bist aus meinem Reich verbannt.«

»Du meinst das Reich deiner Großmutter.«

Baraphé presste die Lippen aufeinander. »Verschwinde sofort, ehe ich bereue, dich jemals begnadigt zu haben.«

»Begnadigt? Wofür? Dafür, dass ich meine Mutter unterstützt habe – genauso wie du deine Schwester unterstützt?«

Venedta tat es nicht gern, doch wenn sie gewinnen und Nephele eine Chance geben wollte, an die Urellia zu kommen, musste sie all die grausamen Karten auf den Tisch legen.

»Du weißt genau, was du mir angetan hast, Vater«, spuckte Baraphé aus. Ihre eisblauen Augen bohrten sich an den Punkt, an dem das Abbild des Gottes stand.

»Wie ich sehe, hast du mein Werk verschandelt.«

Venedta ließ Baraphés eigener Vorstellung freien Lauf. Sie hielt lediglich ihre Magie aufrecht, auch wenn es sie erhebliche Kraft kostete, eine solche Illusion zu kreieren. Lange würde sie das nicht durchhalten, ohne zu verglühen.

»Verschönert, meinst du wohl.«

Der Gott strich durch die Luft und die Narbenlinien auf Baraphés Armen verloren ihr eisblaues Glühen. Stattdessen färbten sie sich nach und nach rot, als würde eine unsichtbare Klinge die Linien nachzeichnen. Blut tropfte auf die Eisschollen. Die Königin schrie auf und Venedtas Magen drohte, sich umzudrehen.

»So ist es viel besser«, befand Nagolon.

Komm schon Nephele, beeil dich!

Trotz der Kälte im Saal rann ihr Schweiß die Stirn herab. Sie erlaubte sich einen Blick. Die Luftfee streckte vorsichtig ihre Hand nach der Königin aus. Um sie herum flimmerte die Luft und Venedta brauchte einen Moment, bis sie verstand, dass sie ein Vakuum erzeugt hatte. Sie versuchte, der Königin die Luft zum Atmen zu rauben.

»Dass du es wagst, meine Arbeit zu zerstören, tsts.« Der Gott schüttelte sein schwarzes Haar. Auf seinem kantigen Gesicht lag ein grausames Lächeln. »Ich muss dich wohl mit weiteren Zeichen verschönern, damit du verstehst, dass du ein Nichts bist. Und dabei sollte ich stolz auf dich sein. Du bist vielmehr nach mir geraten, als ich es mir je erträumt hatte.«

Baraphé starrte ihn hasserfüllt an, wich zurück – und stieß in der Realität gegen Nephele. Venedta konnte nicht so schnell reagieren, um eine Säule, oder einen Stamm in der Illusion zu erschaffen, wie die Königin herumfuhr und eindeutig registrierte, dass dort nicht nichts wahr. Ihr Gesicht verzog sich zu einem gehässigen Grinsen. Sie veränderte ihre Gestalt, wuchs ein Stück, ihre Haut verjüngte sich, ihre Haare wurden kürzer und färbten sich rot und sie ... wurde zu Venedta, die nur erstarrt zusehen konnte. Venedtas kunstvolle Illusion brach entzwei.

Venedta blinzelte. Aber immer noch sah sie sich selbst. Das war keine Illusion. Baraphé hatte Wandlungsmagie verwendet und Gesetze gebrochen, indem sie die Gestalt einer anderen Fee annahm. Ihre Gestalt.

Baraphé kreischte, als sie zum Angriff überging. Ein Schneesturm bildete sich um sie und explodierte schneller, als Venedta ihre Magie umleiten konnte. Die Druckwelle drückte Venedta auf den Boden, riss Nephele von den Füßen und warf sie gegen die Statue. Erneut fuhr ein heftiger Stich durch Venedtas Bein, raubte ihr beinahe das Bewusstsein.

»Das wirst du bitter büßen«, hörte sie irgendwo über sich ihre eigene Stimme.

Sie blinzelte, versuchte die Schwärze vor ihren Augen zu vertreiben. Eine eiskalte Klinge legte sich an ihren Hals, kalt genug, um sie ins hier zurückzuschleudern. Venedta riss die Lider auf und starrte direkt in ihr eigenes Gesicht. *Jetzt hat sie mich. Kein Entkommen.* Ihr fehlte die Kraft, sich zu wehren. Ihr Körper schrie von der geballten Magie, die sie angewandt hatte, nach Ruhe. Sie zitterte überall.

»Sag Hallo zu Andavor«, fauchte Baraphé.

Venedta schloss die Augen und das Einzige, was sie sah, war Iniya. *Verzeih mir!*

Baraphé kreischte erneut auf. Die Klinge fiel laut klirrend neben Venedta zu Boden. Verwirrt riss sie die Augen auf, stemmte sich hoch, so weit es ging. Sie dachte zunächst, dass es Nephele gelungen war, sich wieder aufzurappeln. Doch die Luftfee lag bewusstlos vom Aufprall an den Füßen der Statue.

Stattdessen wirbelte etwas Dunkles um die injadische Königin herum, attackierte sie mit bunten Bällen, während jene sich mit Eisstrahlen und -stürmen verteidigte. Nahél!

Venedta sah zur Decke. Natürlich, es war bereits dunkel geworden – sie waren nicht pünktlich zum ausgemachten Treffpunkt zurückgekehrt. Es war schwer, die Halbcelone in dem wilden Knäuel aus Magie bei ihrem Tempo auszumachen. Noch verwirrender war es allerdings, ihre Freundin mit sich selbst kämpfen zu sehen. Venedta schüttelte den Kopf. Sie hatte geglaubt, die Halbgöttin mit Illusionen besiegen zu können. Lächerlich!

Obwohl ihr Körper nach Ruhe verlangte, musste sie weitermachen. Nahél war schnell, aber sie hatte der Königin nur Gifte und einfache Illusionen entgegenzusetzen. Nur wie sollte sie ihrer Freundin helfen? Ihr Bein war taub, bewegen konnte sie sich also höchstens langsam. Großartige Zauber würde sie auch nicht mehr vollbringen können, ohne sich in Sternenstaub aufzulösen.

Stirnrunzelnd sah sie sich um. Der Kampf der beiden spiegelte sich an jeder Ecke, verzerrt und durch das Eis noch unklarer als ohnehin schon. Sie hörte, dass die Wachen von außen gegen die Türen hämmerten, die sie aus irgendeinem Grund nicht aufbekamen – vielleicht hatte die Halbcelone sie zuvor blockiert. Dennoch blieb ihnen nicht viel Zeit, bis die Soldaten ihrer Königin beistehen würden.

Ein Schrei drang durch den Raum. Baraphé hatte Nahél trotz ihrer Schnelligkeit getroffen. Die Füße der Giftfee steckten bis zu den Knien in einem Eisgebilde fest. Lediglich ihren Oberkörper konnte sie noch bewegen. Venedta musste etwas tun! Sie hatte keine Waffen bei sich, ihr Retikül hatte sie Nahél gegeben. Nur die Gürteltasche des Rates mit den Urellias lag getarnt um ihre Taille. Die Magie der Urellias zu nutzen, würde sie ebenfalls nicht mehr schaffen. Ein heiße Bestürzung durchfuhr sie. Der Gürtel!

Leise murmelnd, beinahe flüsternd, um Baraphé nicht auf sich aufmerksam zu machen, sprach sie die Worte, die den Tarnungszauber des Rates für wenige Sekunden unwirksam machten. Rasch öffnete sie die Seitentasche und zog den Gegenstand hervor, den Anyx ihr eigenhändig dort hineingelegt hatte. Ein Dolch, beschmiert mit Nahéls stärkstem Gift. Die Königin achtete nicht auf sie. Sie hatte ihr den Rücken zugewandt, immer noch in Venedtas Gestalt. Vielleicht wollte sie damit die Halbcelone verwirren, ihre Zauber abschwächen. Baraphé fixierte Nahél, die sich mit einem magischen Schild vor ihren Angriffen schützte.

Venedta zögerte. Wollte sie wirklich so weit gehen? Sie hatte sich noch nie so weit an den Rand der Dunkelheit gewagt. Baraphé hatte lange gewartet, bis sie ihnen mit Gewalt begegnet war. Und dennoch wäre es ihr Todesurteil, würde Venedta nun Schwäche zeigen. Auch wenn die Eiskönigin sie nicht selbst tötete, so würde Caldhra nicht einmal mit der Wimper zucken. Entschlossen atmete sie tief ein. Für Iniya!

Krampfhaft zog sie sich hoch, biss die Zähne zusammen, um

keinen Laut von sich zu geben, der sie verraten würde. Ihr Bein blutete. Sie spürte es nicht. Irgendwie schaffte sie es, ihr Bein so positionieren, dass sie nicht umkippte. Mit dem letzten bisschen Magie, das sie sich zutraute, veränderte sie ihre Gestalt. Sie spürte bereits, wie ihre Haut kribbelte und Funken sprühte. Sie wurde ein Stück kleiner, ihr Gesicht schmaler. In der Spiegelung des Eises sah sie, wie ihr Haar sich weiß färbte. Schließlich wagte sie einen Schritt, zog das verletzte Bein hinter sich her. Baraphé wich Giften der Halbcelone aus und feuerte im gleichen Moment Eiszapfen in deren Richtung.

Nahél bemerkte sie. Für den Bruchteil einer Sekunde sah sie die Erkenntnis im Gesicht ihrer Freundin aufbranden. Im Nächsten wandte sie sich bereits wieder der Kreation eines neuen Giftes zu. »Ist das alles, was Ihr draufhabt?«, schrie Nahél Baraphé entgegen und schien sie beschäftigt halten zu wollen.

Venedta war ihr dankbar dafür, denn mit ihrem Bein kam sie nur langsam voran.

»Ich habe von Euch gehört.« Baraphé lachte. »Eine einfache Grafentochter, die sich über ihren Stand erheben will.« Sie gackerte.

»Es geht mir gewiss nicht um die Position«, stellte Nahél klar. »Ich bin nicht so machtbesessen wie Ihr.«

»Machtbesessen?« Baraphé preschte vor, ungeachtet der Gifte, die ihre Rippen an mehreren Stellen streiften. Venedta konnte ihr Gesicht nicht sehen, doch sie gab keinen Schmerzenslaut von sich. In ihrer Hand kreierte sie ein neues Eismesser, hieb, wie blind, auf Nahél ein, die sich nur noch mühsam mit ihrem Schutzschild verteidigen konnte.

»Ich habe lediglich mein Volk verteidigt, schon immer«, behauptete die Halbgöttin.

Venedta biss die Zähne zusammen. Sie war der Königin schon so nah, dass sie nur ihre Hand auszustrecken brauchte. Trotz ihrer langen Reise, trotz allem: Sie zögerte wieder. Sie hatte noch nie eine Fee getötet, es sei denn, aus Notwehr. Orks, ja, aber das war schlimm genug. Sie wollte keine Fee töten. Andererseits: Baraphé kannte ihre Albträume. Es schien sogar, als wüsste sie genau, was in ihrem Kopf vorging, als hätte sie diese Träume entworfen. Venedta hatte nirgends einen Tiergeist gesehen, der ihr dabei hätte helfen können – aber das musste nichts heißen. Und wer sagte, dass eine Halbgöttin nicht auch ohne dieses Hilfsmittel dazu in der Lage war? Und sie unterstützte Caldhra im Krieg. Es war nur eine Frage der Zeit, bis sie Altmyr auch mit ihren großen Streitkräften aushalf. Spätestens, wenn die Todesfeen Ching angriffen, würde Baraphé nicht untätig bleiben.

Die Entscheidung wurde ihr abgenommen, als Baraphé einen Treffer landete. Nahél schrie nicht, aber das Messer schrammte an ihrem Unterarm entlang und Blut spritzte in ihrer Bewegung. Venedta sammelte sich. Sie hob den vergifteten Dolch, holte aus ... Die Königin stockte in ihrer Bewegung. Im Eis trafen sich ihre Blicke. Vertauschte Welten, vertauschte Körper. Sie zögerte nicht länger. Der Dolch fuhr mit Leichtigkeit in Baraphés Rücken.

Ihr Blick war pure Erkenntnis, weit aufgerissene Augen.

Venedtas Augen. Sie fröstelte, als sie sich selbst sterben sah. Das Gift breitete sich mit schwarzen Adern von der Eintrittsstelle aus, rasend schnell über den ganzen Körper. Der Eisdolch in Baraphés Hand zerbarst in tausende Splitter, schlitzte Venedta die Elle auf, die sie noch schützend vor ihr Gesicht hielt. Baraphés Körper wandelte sich zurück, noch bevor sie auf dem Boden auftraf. Ein dumpfer Aufprall, der Venedtas Herz gefror.

Erst jetzt nahm sie das Getöse vor der Tür wahr. Die Wachen. Gleichzeitig begann es unter ihren Füßen zu beben. Venedta begegnete Nahéls Blick, die noch immer im Eis feststeckte. All ihre Zweifel verflogen – Reue empfinden konnte sie später. Sie sammelte das letzte bisschen Magie, das sie sich zutraute, erschuf einen heißen Sonnenstrahl und befreite ihre Freundin aus dem Eis. Ihre Finger und Arme knisterten. Ihre Zehenspitzen ebenso. Schwarze Punkte tanzten vor ihren Augen. Das Eis zerbarst,

Nahél war frei. Sofort zog sie ihre Magie zurück, doch selbst das kostete sie Unmengen an Kraft. Sie taumelte. Spürte, wie Nahél ihre Hand griff.

»Bleib wach«, murmelte die Halbcelone und drückte ihre Hand. Leichter gesagt als getan.

Venedta blinzelte, versuchte die Dunkelheit vor ihren Augen zu vertreiben. Irgendwie schaffte sie es, sich herunter zu beugen und Baraphé die Urellia vom Hals zu reißen. Gut, dass die Königin wieder ihre eigene Gestalt angenommen hatte. Sich selbst dort tot liegen zu sehen, hätte sie nicht verkraftet.

»Was bei Xynthiane?«, stieß ihre Freundin aus, als sich Pfützen unter ihren Füßen bildeten.

Venedta zwang sich, mit ihr Schritt zu halten, schleifte ihr taubes Bein hinter sich her. Der ganze Palast bebte, der Boden knackte unter ihren Füßen. Nahél stieß einen spitzen Pfiff aus, dann hob sie Venedta hoch, woraufhin sie ihr Tempo beschleunigte. Als die Wachen die Tür einbrachen, erreichten sie Nephele. Eine Lanze flog über ihren Kopf hinweg, Nahél fluchte. Ein schwarzer Schatten landete vor ihnen, packte die Luftfee. Im selben Moment barst die Statue neben ihnen. Und Venedta verlor ihr Bewusstsein.

Dämmrig lichtete sich ihr Verstand. Nahél unterhielt sich mit einer sanften dunklen Stimme.

Moment, dunkel?

Venedta zwang sich, zu blinzeln. Sie musste auf der Seite liegen, denn sie entdeckte Nephele eine Pritsche weiter. Ihr Kopf war verbunden, doch ihr Atem ging im Schlaf regelmäßig. Baraphé musste sie schlimm erwischt haben.

»Vielen Dank«, murmelte der Mann gerade. Seine Stimme war schwach, als würde er sie seit einer Weile nicht benutzt haben.

»Ich konnte Euch ja schlecht Eurem Schicksal überlassen. Gut, dass mein Kater Euch tragen konnte. Sonst hätten wir es nie rechtzeitig dort rausgeschafft«, sagte Nahél. Sie klang überhaupt nicht schwach, sondern souverän. Wie machte sie das nur? Sie musste doch ebenso müde sein ...

»Ihr ... Ihr habt sie erledigt.« Die Stimme des Mannes zitterte. Venedta wollte nicht lauschen. Am liebsten wollte sie sich aufrichten und sehen, wem Nahél da erlaubt hatte, mit ihnen zu kommen. Wo auch immer sie waren. Doch die Schmerzen übermannten sie noch zu sehr.

»Baraphé? Ja, das war leider nötig.«

»Leider?« Der Mann lachte, wenn auch schwach. »Ich bin Euch ehrlich dankbar dafür, auch wenn ...« Er stockte. »Welches Jahr schreiben wir?«

»Wie meint Ihr das?« Nahél sog hörbar die Luft ein. »Könnt Ihr Euch nicht mehr erinnern?«

»Ihr ... habt es selbst gesagt«, brachte er hervor. »Ich war in diesem Eisblock. Aber ich weiß nur noch ...« Ein Knarzen wie das einer anderen Liege und das Rascheln von Stoff. »Meine Männer und ich haben Baraphés Palast angegriffen. Wir wollten eigentlich Caldhra erledigen, aber ...«

»Ihr seid gegen Caldhra gezogen?« Nahél klang ehrlich erstaunt.

»Es war nötig. Also, welches Jahr?«, drängte er.

»1722.«

Die Zahl hing eine Zeit in der Luft. Venedtas Arm pochte. Sie spürte ihr Bein wieder, ein stumpfer Schmerz, doch bewegen konnte sie es immer noch nicht.

»Neun Jahre«, stieß er dann aus. Es wirkte kraftlos.

»Das mag lange klingen«, stimmte Nahél zu. »Aber glaubt mir, so viel hat sich nicht verändert.«

Eine große Lüge. Wirkte es für die Halbcelone, die schon hundert Jahre lebte, tatsächlich so, als hätte sich nichts getan?

»Das glaube ich nicht!«, presste er schließlich hervor. »Sie waren nicht begeistert von meinem Vorhaben, aber sicher ...« Er schien sich wieder zu fangen. »Sagt, wie ist die Lage? Wird Krieg gegen Altmyr geführt?«

Nahél klapperte mit etwas. Schien mit dem Feuer zu hantieren. »Caldhra hat letztes Jahr unsere Freundin angegriffen und wollte sie töten. Um eine Verbindung von Ching und Nidalis zu verhindern.«

»Eure Freundin ... ist die Prinzessin von Ching?«

Venedta erstarrte. So schnell Schlüsse zu ziehen ... Er musste selbst adlig sein, um sich so gut mit den Häusern auszukennen!

Nahél ging nicht darauf ein. »Wenig später griffen Todesfeen Meral an. Es gab Anschläge auf die Königsfamilie von Maldôs und Kufkania – die junge Prinzessin Iniya, gerade einmal fünf Jahre alt, wurde entführt.«

Venedtas Herz zog sich zusammen. Im Gegensatz zu all den anderen Verbrechen, die Caldhra begangen hatte, klang die Entführung ihrer Schwester geradezu lächerlich.

»Weil all ihre Bemühungen, die Verbindung zu verhindern, fehlschlugen, überfielen die Todesfeen schließlich Nidalis. Es gibt im Moment einen offenen Krieg«, fuhr Nahél ungerührt fort.

»Also wird sie endlich besiegt? Gegen ganz Erakos kann sie doch unmöglich ...«

»Sie hat mehr Verbündete, als Ihr denkt.« Nahél klang nicht mehr ganz so gelassen.

Das Feuer knackte laut. Venedta spürte die Wärme in ihren Rücken kriechen und es half auch ihren Zehen, langsam wieder beweglicher zu werden.

»Alles umsonst, also.« Der Mann knirschte mit den Zähnen. »Und dabei ... Sie muss zur Rechenschaft gezogen werden, das war schließlich nicht das erste Mal, dass sie ein Königshaus zu Fall bringen wollte.«

»Wie meint Ihr das?«

»Sie kamen mitten in der Nacht. Eine Gruppe Todesfeen, bis an die Zähne bewaffnet«, berichtete er. »Nur durch meinen guten

Freund Petár, einem Celonen, wurde ich überhaupt auf sie aufmerksam und konnte Schlimmeres verhindern. Während ich losstürzte und meine Eltern beschützte, rettete er meine kleine Schwester und bewahrte sie ...«

Er stockte, doch Venedta hatte genug gehört. Trotz ihrer Schmerzen gelang es ihr mühsam, sich umzudrehen. Erst, als sie sich mit zitternden Armen aufstemmte und ihr ein Keuchen entwich, wurden die beiden auf sie aufmerksam.

»Wie ist Euer Name?«, brachte sie hervor.

Er sah sie mit großen Augen an. Mit großen, rehbraunen Augen, die Richtung Schläfen und Stirn von grünen Linien verziert waren.

»Ich bin Kader von Linphenou. Und wer seid Ihr?

STAMMBAUM

Ylona
Feuer
— •○• —
Ako
Gelehrtheit
└ ...

Protynus
Gerechtigkeit

Safrani
Liebe
— • ○ • —
Matu
Wein, Lust

Ulmar
Ackerbau

Daphne
Luft
└ ...
— •○• —
Nephos
Wasser

Andavor
Unterwelt

Sundara — ○
Schönheit

Fahat
Tod
└ ...

Patalá
Pförtnerin

Zylana
Kälte

Icaia
Musik
└ ...

Beyara
(Fee)

Nagol
Schatt

Caldhra
Tod
└ ...

Baraphé
Kälte

Jadhur
Bäume

Pyl
Schr
└ ...

ER GÖTTER

Irava — •○• — Gayan
Nacht   *Gesang*

Khasuba — •○• — Zarath
Fruchtbarkeit   *Weisheit*
                    └ ...

Xynthiane
Weissagung

Paiké
Licht
... ┘

...an
...ut

Tureth
Götterbote

Sasura
Pflanzen

Veta
Jagd

Kleope
Tiere

Cuos
Wetter

Clio
Kunst

Wathir
Fantasie

Iatei
Kampf
└ ...

Agena — ...
Handwerk

Ruva
Blumen

Boeton
Schicksal

Fuerno   Veron   Inala   Hinera
Zukunft   *Vergangenheit*   *Dichtung*   *Theater*

VERZEICHNIS

AGENA: Göttin des Handwerks.

AKO: Gott des Wissens. Einer der sieben Geschwister und
einst Herrscher über Nidalis, bis Nephos es im Götterkrieg an sich riss. Gatte von Ylona.

ANDAVOR: Der Gott der Unterwelt. Einst Herrscher über Altmyr.
Er entführte Paiké und nahm sie zur Frau. Sohn
von Safrani.

BASILISK: Ein hühnerartiges Wesen. Oft so groß wie ein Schwan,
hat einen Schlangenschwanz und Gift in seinen Krallen.

CAHAN: Der Gott des Mutes. Geliebter der Paiké. Sohn von
Xynthiane.

CALLO: Ein mit Hirschen verwandtes Reit- und Lasttier, das
geläufigste auf Erakos. Callos haben lange, staksige Beine und große Ohren. Die Böcke tragen Geweihe.

CELONE: Ein feenähnliches Wesen. Sie sind wesentlich stärker
und schneller als Feen, besitzen aber keine Urmagie.
Einige besitzen Gaben wie Telepathie. Sie können nur
durch ihre eigene Hand sterben.

DAPHNE: Göttin der Luft. Einst Herrscherin über Aethrún.
Einst Gattin ihres Bruders Nephos, doch die Ehe wurde aufgelöst. Tochter der Safrani.

DRACHE: Ein reptilartiges Wesen, meist feuerspeiend. Sie können fliegen und werden in einigen Ländern für den Kampf eingesetzt oder als Reittiere genutzt.

DRYADE: Ein feenähnlicher Naturgeist, zumeist sehr scheu. Sie leben zurückgezogen in den Wäldern, bei Orten oder in der Nähe von Pflanzen, die sie schützen.

ELEMENTAREM: Eine alte, seltene Gabe der Götter. Sie wird immer nur einer Fee aus jedem Magiekreis (Land) pro Lebenszyklus zuteil.

ELFE: Ein feenähnlicher Naturgeist. Sie sind nur handgroß, verfügen aber über starke Urmagie. Elfen sind sehr naturverbunden und haben dank der Göttin Ruva ihr eigenes Land – Elbryen, wo sie zurückgezogen leben.

GIGANTWOLF: Eine große, sehr gefährliche Wolfsart, die auch Celonen angreift. Nur Zwerge können in einem Wald mit ihnen leben. Sie jagen meist in Rudeln von drei bis fünf Tieren.

GNOM: Ein kleines, griesgrämiges Geschöpf. Gnome sind Meister der Baukunst, aber sehr geheimnisumwoben und leben meist zurückgezogen in Gebirgsketten oder Wäldern.

HYPPOGREIF: Ein seltenes, sprechendes Wesen. Sie haben Schuppen im Gesicht, einen Vogelkörper und Adlerschnabel sowie den Schweif einer Marane. Sie sind sehr weise.

IATEI: Gott des Kampfes. Einst Herrscher über Manskelie.

IRAVA: Göttin der Nacht. Eine der sieben Geschwister. Einst Herrscherin über Seimoria, bevor sie an ihre Tochter Xynthiane abtritt. Heiratet nach der Trennung von ihrem Bruder Gayan den Gott Ulmar.

KHASUBA: Göttin der Fruchtbarkeit und Heilkunst. Einst Herrscherin über Umarhar. Gattin des Zarath.

LICHTGEIST: Ein ausgestorbenes Wesen. Sie gehören zu den Naturgeistern und sind Meister der Illusionen. Wie viele andere Naturgeister können sie ihre Gestalt verändern, treten aber oft in feenähnlicher Form auf.

LUFTGEIST: Ein durchscheinendes Wesen, das in Form eines Tieres auftritt. Es kann fliegen und dient Luftfeen als Reittier.

MARANE: Eine Großkatze, die in den tiefen Wäldern von Erakos zu Hause ist. Ein Raubtier mit ausgesprochen gutem Gehör. Einige wenige werden gezähmt als Reittier genutzt.

MONDAMI: Ein magischer Gegenstand. Eine Art Kugel, mit der es möglich sein soll, andere Orte auf Erakos zu sehen.

NAGOLON: Gott der Schatten. Vater von Caldhra und Baraphé. Sohn von Zylana.

NAUTILUS: Ein magischer Gegenstand, der nahe der Meere den Austausch von Nachrichten ermöglicht.

NEPHOS: Gott des Wassers. Einst herrschte er über Sjobral und nahm im Krieg der Götter Nidalis ein.

NOMBLADE: Ein reptilartiges, fleischfressendes Tier in der Größe eines Warans. In Altmyr werden sie als Nutztiere gehalten, obwohl sie sehr gefährlich sind. Ihre Wolle ist warm und begehrt.

NYMPHE: Ein feenähnliches Wesen, das in Seen oder Flüssen lebt. Sie können ihre Haarfarbe an ihre Umgebung anpassen. Wegen der angeblichen Heilkräfte der Haarwurzeln werden sie von Söldnern brutal gejagt.

OPAQ: Ein Monster mit dem Kopf eines Hummers und bis zu fünfzig Tentakeln, dessen Kopf allein so hoch wie ein Haus sein kann.

ORKS: galten als von den Göttern ausgerottet. Große, grobschlächtige aber sehr intelligente Wesen, welche Sonnenlicht scheuen. Sie sind hervorragende Kämpfer.

PAIKE: Göttin der Sonne. Sie herrschte einst über Kufkania. Andavor entführte sie in die Unterwelt.

PHIDRE: Ein hirschartiges Wesen, entfernt mit Callos verwandt. Im Gegensatz zu ihnen haben sie Flügel, die an Libellen erinnern. Sie werden, vorwiegend auf Linphenou, als Reittiere genutzt.

PHOENIX: Ein vogelartiges Wesen, das dem Tod entrinnen kann. Sowie es stirbt, wird es sofort aus Asche wiedergeboren. Sie haben hervorragende innere Uhren.

PROTYNUS: Der Gott der Gerechtigkeit. Zu seinen Ehren wird am 22. Dezember das Protynusfest gefeiert. Berater von Zarath und einst Herrscher über Injadan, bis Zylana dieses an sich riss.

RAT DER FUENF WEISEN: Ein mysteriöser Rat, der den Göttern der Sage nach die Urelliaketten und Kronen geschmiedet haben soll.

RUVA: Göttin der Pflanzen. Tochter von Sasura.

SAFRANI: Göttin der Liebe. Einst herrschte sie über Elbryen.

SANOI: Ein kleines rehartiges Tier mit schwarz gepunkteter Kruppe. Sie sind Pflanzenfresser und sehr scheu. Sie leben auf ganz Erakos.

SASURA: Göttin der Erde. Einst herrschte sie über Linphenou.

TIERGEIST: Ein Wesen, dass die Gestalt eines Tieres annehmen kann. Sie können Tierfeen helfen, einen Filter um sich zu errichten, um ungewünschte Geräusche auszublenden.

TOTENZEICHEN: Überreste einer alten, längst vergessenen Sprache.

TURETH: Götterbote. Sohn von Paiké.

ULMAR: Gott der Landwirtschaft. Einst herrschte er über Maldòs. Gatte von Irava.

URELLIA: Ein kleines erakonisches Insekt, ähnlich eines Schmetterlings. Die Götter ließen ihre magischen Ketten in dieser Form gestalten, weshalb man sie auch Urellia-ketten nennt.

URMAGIE: Die Magie, die Feen von sich aus in sich tragen. Viele nutzen sie nicht mehr, sondern nur noch die Magie, die ihnen durch die Götter geschenkt wurde.

WUSAPA: mystisches, uraltes Wesen, das über Telepathie kommuniziert. Es war einst der Hüter von Maldos. Seine Gestalt ist eine Mischung aus Hundewesen und Fee.

XYNTHIANE: Göttin der Weissagung. Einst herrschte sie über Seimoria. Gattin des Matu.

YLONA: Eine der großen sieben und Göttin des Feuers. Einst herrschte sie über Ching. Gattin des Ako.

ZARATH: Der älteste Gott. Der Gott der Weisheit. Einst herrschte er über Phylos. Gatte der Khasuba.

ZYLANA: Göttin der Kälte. Sie riss Injadan an sich und herrschte bis zum Götterkrieg darüber.

LIEBE LESERIN, LIEBER LESER!

Es freut mich sehr, dass du unsere Held*innen auf ihrer Reise durch Erakos begleitest! Vielen Dank, dass du dieses Buch gelesen hast. Vielleicht kannst du es dir denken – so ein Roman bedeutet unvorstellbar viel Arbeit, vor allem, wenn es der Erste ist, den man fertigstellt. Wenn dir mein Buch gefallen hat und du mir helfen möchtest, weiterhin Romane zu schreiben:
Schreib eine Rezension. Das geht auf allen gängigen Plattformen (Thalia, Hugendubel, Amazon, Lovelybooks, etc.) und ist besonders für Selfpublisher*innen wie mich unglaublich wichtig.
Natürlich freue ich mich auch auf anderem Weg über Lob, Anregungen und (sachliche) Kritik. Du kannst mir auch gern persönlich eine Irisbotschaft schicken.
Das geht über Instagram (@ariadnes_world) oder auf meiner Webseite: www.ariadnes–world.com.
Dort kannst du dich übrigens auch zum Newsletter anmelden, damit du nichts aus Erakos verpasst.

Herzliche Grüße,

SOPHIE ANSCHUETZ

Danksagung

Die Leuchtende war eine riesige Herausforderung für mich! Ja, denn Venedta hat ein paar Eigenschaften, die ich bei mir definitiv als Schwäche ansehe - und so hat es Momente beim Schreiben gegeben, in denen ich verzweifelt vorm Manuskript saß und geheult habe wie ein Schlosshund und Szenen im Buch, in denen ich auch Teile meiner Vergangenheit einen kurzen Auftritt gegeben habe - in der einen oder anderen Form. Dabei konnte ich mich immer auf meine Illustrtorin und gute Schreibfreundin Lilian verlassen: Schatz, ich weiß nicht, was ich ohne deinen Zuspruch tun würde! Darüber hinaus saß ich während des gesamten Lektorates für „Die Leuchtende" auf einem Schiff, mit allen Höhen und Tiefen, die ihr euch vorstellen könnt.

In dieser Zeit war meine liebe Kollegin Peri mit Nervennahrung, Taschentüchern und Schokolade mein Anker, der mich vor der Verzweiflung gerettet hat - liebste Peri, danke dafür <3

Natürlich wäre dieses Buch nichts ohne die wunderbarste Lektorin der Welt - Xenia, ich freue mich jedes Mal aufs Neue, mit dir zusammenzuarbeiten!

SJOBRAL

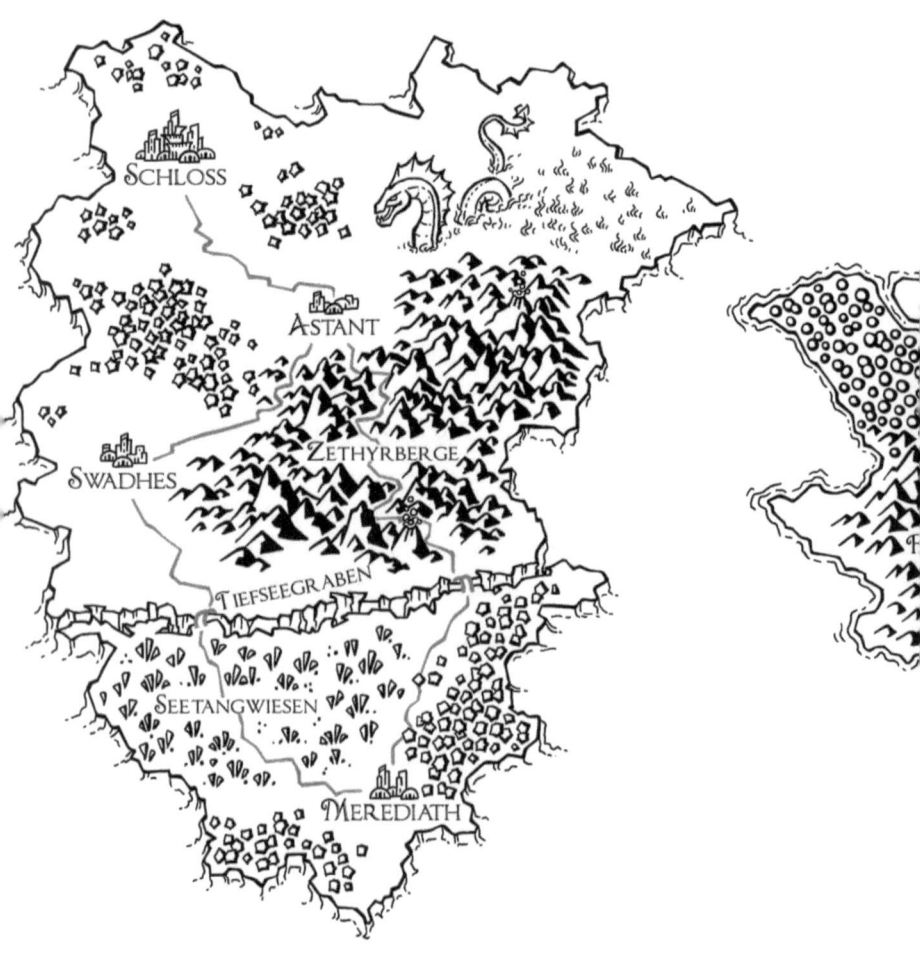

SEIMORIA

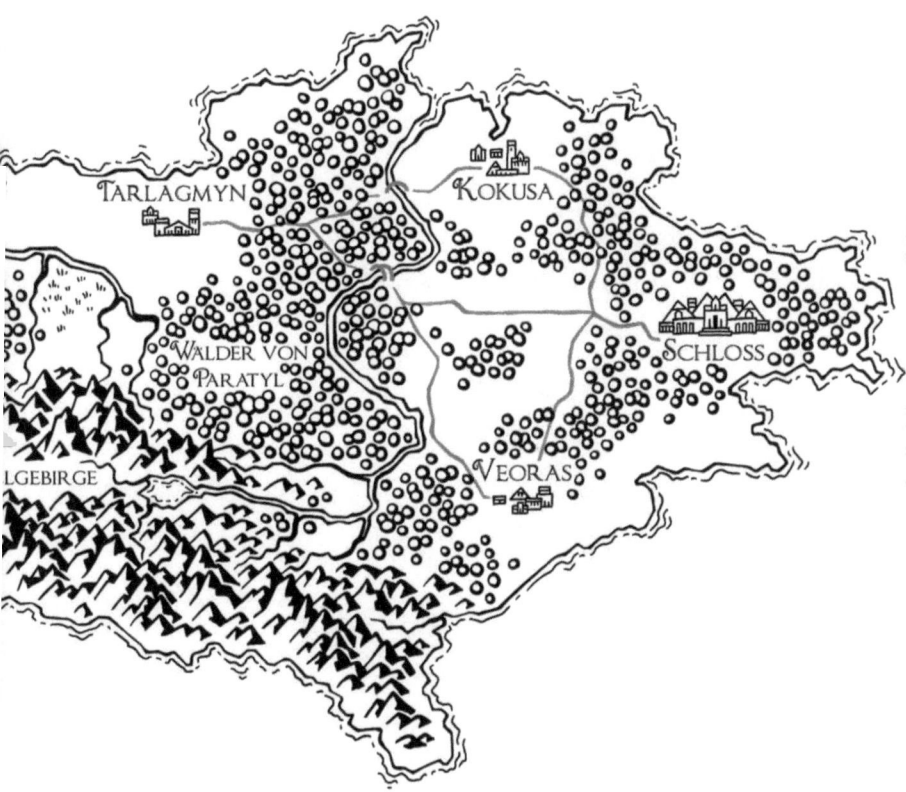

TARLAGMYN
KOKUSA
WÄLDER VON
PARATYL
SCHLOSS
LGEBIRGE
VEORAS

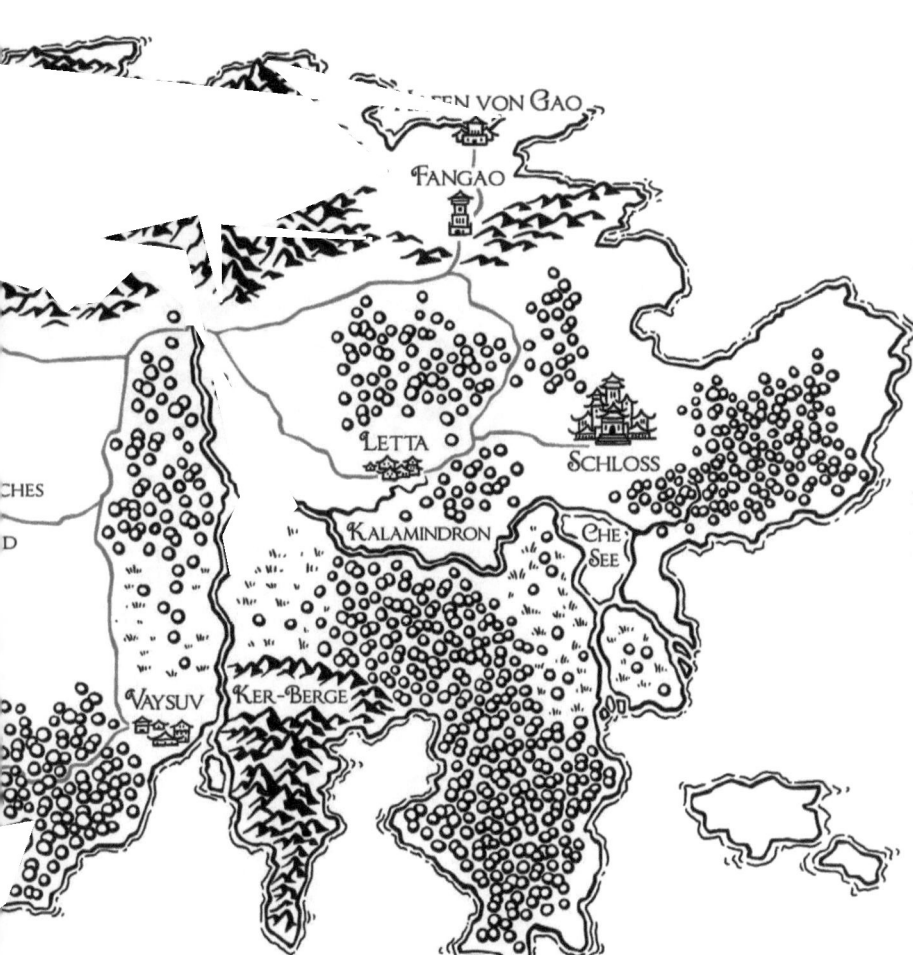

NG

EN VON GAO

FANGAO

LETTA

SCHLOSS

KALAMINDRON

CHE
SEE

CHES

D

VAYSUV   KER-BERGE

Injadan

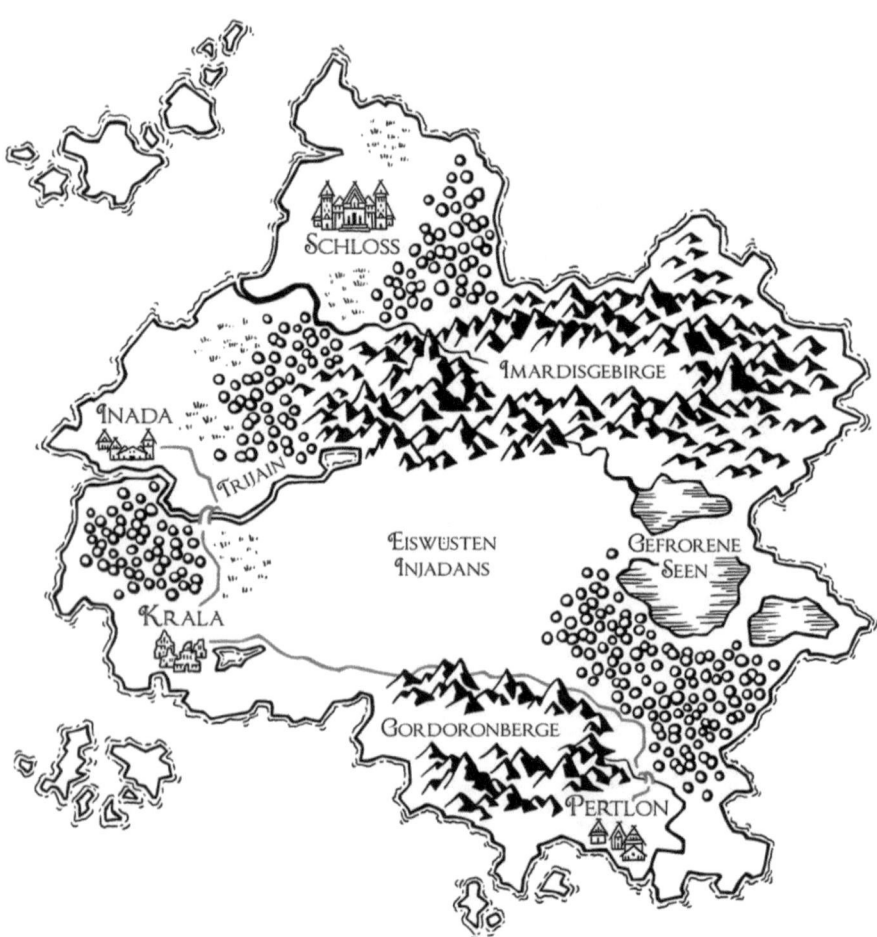

ÜBER DIE AUTORIN

Sophie Anschütz, geboren 1996 in Neustrelitz, studierte Industrie- und Produktdesign. Nach ihrem Diplom verschlug es sie ins Kostümdesign, und so ist sie als „Autorin auf See" meist auf den 7 Weltmeeren unterwegs, wo sie arbeitet und weiter an ihren Schreibkünsten feilt.

www.ariadnes-world.com
Instagram: @ariadnes_world
Facebook: Urellias - Die Brennende